Staread
星 文 文 化

逆鳞卷
NILIN
JUAN

司南
SI
NAN

侧侧
轻寒
著

长江出版社
CHANGJIANGPRESS

司南

逆鳞卷

目录

逆

鳞

卷

第一章

芳草江南

夏末细雨，笼罩着六朝金粉地。

地气太烫，雨丝太薄，下了两三个时辰亦带不走暑气，反倒让天气更加闷热。

处理完手头的公务，朱聿恒看看外面的天色，便换了衣服，去陪伴前几日腿疾发作的父王用膳。

他常年在顺天承圣上亲自教诲，与父母相处的时间并不多。因此回到应天后，但凡有时间，便尽量挤时间承欢膝下。

他弟妹甚多，一家人在厅中也是其乐融融。只是母亲因为担忧他的身体，一直给他盛补汤："阿琰，这两日精神可好？你看你又瘦了。"

"多谢母妃关心，孩儿如今身体已大好了。"朱聿恒料想祖父没有将他的病情告知父母，更不愿让父母徒为自己担忧，便也不向他们提及此事。

见太子妃一直命人给儿子布菜，太子凑到儿子耳边，悄声告状道："你母妃早上只让父王吃了一碗小米粥两个枣糕，这可怎么得了？你去劝劝她，让父王多吃点，啊？"

太子妃一听就不乐意了，出声道："阿琰你瞧瞧，你父王腿疾发作后，整日不动又胖了多少！如今两个小太监扶他起身都艰难，太医一再请他节食、多活动，他就是不肯听！"

朱聿恒笑着安抚父母，说道："父王，母妃也是为您身子着想，确实该听取。但这早膳也确实少了点，孩儿请母妃酌量增加些许？"

坐在旁边的二弟朱聿堃扑哧一声笑了出来，说："父王才不饿呢……"

说到这里，他又赶紧闭了嘴，只朝着朱聿恒挤了挤眼。

"可不是，中午没到他就瞒着我偷偷传了四次食！"太子妃郁闷地数点给儿子听，"其中包括半只烧鹅一个蹄膀！"

太子讪讪道："要考虑的事情一多啊，人就容易饿。这不最近正忙于登莱流民的安置方案嘛……"

朱聿恒亲自动手，将几盘清淡的菜转移到父亲面前："登莱流民父王不必劳心，南京工部户部这几日已经出了草案，对策稳重平实，孩儿看着还算不错。"

太子无奈地夹起素菜："然则其中还有几条要让他们改进，一是调拨和转运、分发粮食时，宜另设他方监管……"

朱聿恒一一应了，一顿饭吃完，几处细节已商榷完毕。太子肥胖的身子有些坐不住，但还是坚持再吃了半只烤鸭才离席。

弟妹们都散了，他陪母亲用茶，听着母亲继续气恼埋怨："日日叮嘱他保重身体，可他连少吃两口都不成！阿琰，你可不能学你父王，一定得保重身体知道吗？你今年都大病两场了，知道爹娘有多担心？"

"母妃说得是，孩儿谨记于心。"朱聿恒笑着抚慰道。

"你看圣上日日操劳国事，如今年过五旬还要御驾亲征。九州四海，天下这么大，帝王这桩事业，没有一副好身体，怎么扛得下来？"母亲抬手轻抚他的脸颊。儿子已经长得高大伟岸，她望着他的眼中却依旧满是关切，"阿琰，你自小懂事，把所有重任都扛在自己肩上，可再辛苦你也得善待自身，一定要保重身体，啊？"

朱聿恒只觉眼眶一热，重重点头。

但不知是不是意识影响了身体，他只觉得自己身上那两条血脉突突跳动起来，隐隐的微痛，让他的身体略有僵硬。

幸好母亲并没有注意到他的细微异常，招手让女官捧了个螺钿盒过来，交给他说："这是圣上特地命人从顺天送过来给你的，说是西洋新进贡的珍宝，你看看。"

"我一个大男人，要这些东西干什么？"朱聿恒说着，随手打开手边那个盒子看了看。

螺钿盒分为三层，里面有构件连在盒盖上，随着盒盖打开，三层内盒依次上升，将里面的东西完整展现在他面前。

第一层是二十四颗硕大的鸽血红宝石，殷红浓艳；第二层是四十八颗蓝宝石，湛蓝通透；第三层则是满满一屉珍珠，大的如拇指，小的如小指甲盖，颗颗圆润生辉。

朱聿恒看了看，抬手将第三层那颗最大最亮的珍珠取出来，又将盒子重新盖好，没有说话。

"明白圣上的意思了？"母亲瞥着他的动作，笑着拍拍他的手背道，"这一盒珠宝，刚好可以镶嵌一顶六龙四凤珠冠，正是太孙妃的规格。"

周围人又送了一堆卷轴过来，摆在案上。

"圣上一意栽培你，是东宫、也是天下的幸事。可你常年埋首于政事军务之中，连终身大事也顾不上了，这也说不过去呀。"母亲笑着解开几张给他看，"你瞧，这是母妃打听到的几个姑娘，人品相貌都没话说。你先看小像，中意哪几个，母妃就召她们过来，你再亲自相看。"

朱聿恒略微看了几眼，漫不经心玩着手中那颗澄圆明灿的珠子，让它从掌心转到指节，又从虎口转到指尖——

就像阿南闲着没事时那样。

"这是张翰林家的姑娘，温柔贤淑……这是李御史家的姑娘，知书识礼……"母亲介绍了几个，见他只望着手中的珍珠沉默，无奈收起那堆画像，试探着问，"那你喜欢什么样的姑娘？只要说一声，应天、南直隶或者整个天底下，你祖父和爹娘，定能帮你寻来。"

朱聿恒缓缓道："以后再说吧。孩儿最近这段时间忙得不可开交，怕是无暇考虑这些。"

"阿琰，这不是你一个人的事。再不早做决定，这次圣上送来的是珠宝，下次就会是太孙妃了。到时候，你连选择的余地都没有。"

朱聿恒点了点头，低头看着母亲那殷切的目光，顿了片刻，才低低道："是，孩儿知道。"

"知道的话，就尽快挑个合意的姑娘成亲，给我们生个孙子，圣上也期待着抱重皇孙的那一日呢！"

应天城南，秦淮河畔，天下最繁华热闹的地方。南京礼部的教坊就设在此处。

朱聿恒下了马车，韦杭之替他撑着伞，打量着面前的十六楼。

这十六楼是官办的酒楼，旁边便是南京教坊司，客人在酒楼饮酒时，可去教坊司延请乐伎助兴，因此附近便成了烟花繁华之地。

朱聿恒抬头看向楼上，几个正等客人的艳丽女子立即笑着朝他招手，甚至有人抛了帕子下来。

他微微皱眉，问韦杭之："阿南在此处？"

那帕子正挂住了韦杭之的伞沿，他忙扯下来一把扔掉，说道："确是这里。南姑娘这行径……委实有些荒诞。"

朱聿恒便不再多说，抬脚迈了进去，对拥上来的小二、酒保、歌女、乐伎视而不见，径自上了二楼。

楼上一个女子正在唱歌，那歌喉婉转柔美，竟似带着些窗外江南烟雨的气息。

"瘦岩岩，愁浓难补眉儿淡。香消翠减，雨昏烟暗，芳草遍江南。"

她唱的是乔吉的一首《春闺怨》，市井艳曲，缠绵悱恻。

朱聿恒的记忆力极好，尽管没看她的脸，但仅听这歌声，也可以辨认出这是之前在放生池伺候过竺星河的那个歌女，应该是叫方碧眠。

他的目光穿过满楼红翠，落在了蜷在美人靠上的阿南身上。

她穿着件男装，简洁的衣饰衬得明艳利落的五官潇洒英气，只是本性难移，她还是那副懒洋洋没骨头的模样，倚栏半坐着。

灿亮的眸光落在他身上，她的脸上露出了戏谑的神情："阿言，你也来这种地方呀？"

听到"阿言"二字，坐在她对面、背朝楼梯的一个褐衣男子顿时跳了起来，想要回头又硬生生忍住，抬手遮住脸就要往楼下溜。

"卓晏，别跑了。"朱聿恒示意他不必欲盖弥彰。

见他已经认出自己，卓晏只能回身，苦着脸向他行了个礼："我都穿成这样了，您还看得出来啊？"

朱聿恒没说话，微抬下巴示意。

卓晏胆战心惊，赶紧把方碧眠及一干乐伎都匆匆打发走，然后请朱聿恒到内里雅间坐下。

阿南有些遗憾："听说这个碧眠姑娘难得见客的，好容易她今天在教坊，被我们请来才唱了一首曲子，话还没讲过呢。"

朱聿恒没理她，只皱眉道："你正在丁忧期，自己逃出来荒唐也就罢了，还带着阿南来这种地方，成何体统？"

卓晏嗫嚅着，不敢回话，阿南却笑嘻嘻地给他斟了杯茶，说："其实不是卓少带我来的……是我带他来的。"

朱聿恒只觉得眼皮一跳，不敢置信地看着她。

"我们又不做什么，就是听听曲子而已。"阿南望着耷拉着脑袋的卓晏，凑到朱聿恒耳边悄悄道，"卓少也够可怜的。家里出事后，狐朋狗友都抛弃他了，还要困在家里为那个假娘亲守丧。我作为朋友，拉他出来散散心没什么吧？"

一个姑娘家，居然如此满不在乎地在这种地方厮混，朱聿恒生硬道："荒谬！下次不许了。"

"是是，不来了不来了。"卓晏猛点头。

阿南则抛给朱聿恒一个"管天管地还管我"的笑容，眨眨眼问："你不是也来了吗？"

朱聿恒顿了顿："我是来找你的。"

"找到这边来了？什么大事呀？"

朱聿恒从袖中拿出一个小小的荷包，放在桌上推到她面前。

阿南疑惑地打开一看，是一颗浑圆光亮的珍珠，几乎有拇指大，珠光莹润，甚至可以清晰映出她的五官。

"给我的？"即使在海上十几年，也难遇这么美的珍珠，她拿起照着自己的面容，惊喜不已。

朱聿恒看向她的臂环："那上面，缺了一颗。"

阿南抬手看看臂环上那个圆形的缺痕，笑道："对呀，我把之前的珠子送给了囡囡，还没找到合适的替补呢。"

说着，她动作利索地解下臂环，调整爪托将珍珠镶嵌上去，晃了晃自己这个五彩斑斓得几近杂乱的臂环，心满意足："这是朝廷赏给我的吗？多谢啦！"

"不是朝廷，这是……"朱聿恒看着她那笑得如同弯月的双眼，最终没有解释，"算是弥补你之前的损失吧。"

阿南爱不释手地抚摸着这颗完美的珍珠："那我赚了。"

见她喜爱之情溢于言表，朱聿恒便又道："另外，上次说过的夜明珠，我仓促南下时没来得及从库房找出来，现在应该已经在送过来的路途上了……"

"夜明珠就不用了，我自己那颗够用了。"阿南终于舍得拉下袖子遮住自己的臂环，笑道，"真要感谢的话，不如帮我搞一些黑火油吧，我准备回杭州和楚先生研究些东西，想来想去，也只有你能帮我搞到了。不过我对这批火油有些特殊要求啊……"

朱聿恒略加思忖，对卓晏道："你去一趟南直隶神机营，把他们提督叫来。"

卓晏现在已是个白身，见朱聿恒吩咐他做事，知道太孙殿下有心要拉自己一把，心下大喜，跳起来就奔去了。

屋内只剩下他们二人，朱聿恒又从袖中取出一张帖子，递到她面前。

这帖子是织金绢帛压成，以五彩丝线绣了翠鸟牡丹，彩绣辉煌，光彩夺目。

阿南疑惑地接过，打开一看，里面写着时维太子妃寿辰，故东官广邀各勋贵人家女侄七月廿七齐赴含凉殿，共贺嘉时，执此为凭云云。

阿南觉得有些好笑，抬起那双亮晶晶的杏儿眼盯着他问："太子妃生辰，找勋贵家的女儿聊天，跟我有什么关系？"

朱聿恒有些不自然地别开头，道："你在顺天立下丰功伟绩，太子妃自然要褒奖你的。"

阿南挠头："不用了吧，我最怵这种大场面了……"

"宫里的帖子送来了，并非你可以考虑去不去。"

阿南只能苦着脸，将那帖子打开又看了看，说："好吧，那我先去买件庄重点的衣服，这可是大场面。"

"倒也不必紧张，太子妃性情柔善，定会喜欢你的。"说到这儿，他脸上略显别扭，又添了一句，"她喜欢浅色。"

"浅色，那要白白瘦瘦的姑娘穿起来才好看啊。"阿南看看自己的手背肤色，有点烦恼，"我不适合那么安静的颜色。"

"总之不必太在意，你平常心就好。"朱聿恒示意阿南收好请帖。

此时隔壁传来几个女子的笑声，其中有个姑娘声音特别大："咦，那不是吴家的马车吗？里面坐着的该不会是太孙妃吧？"

"什么，是太子妃垂青的那个吴眉月吗？真的被选上了？"

阿南最爱听这种坊间闲扯，塞好请柬，兴冲冲扒到窗口去看。

下面一辆平平无奇的青棚马车走过，车帘也遮得严严实实的，根本看不见里面的人。

太孙妃，这么说……

想起葛稚雅在雷峰塔内冲口而出的那一声"殿下"，阿南心中泛起一丝怪异的感觉，目光不自觉地在朱聿恒脸上转了转。

这下着细雨的沉闷下午，原本昏暗的天色因为他清俊秀挺的面容，竟也显得明亮起来。

香消翠减，雨昏烟暗。江南遍地的芳草怎及他濯濯如松的风姿。

她回身在朱聿恒面前坐下，给自己续了一盏茶，抬眼看着面前的朱聿恒，玩世不恭的惯常笑意又出现在她脸上："怎么了阿言，茶太差了喝不惯？你看起来不太开心呀。"

朱聿恒声音沉缓道："太吵了，把窗关上。"

“是，提督大人。”阿南起身把窗户关好，似笑非笑地靠在窗上。

“那些流言……不听也罢。”因为心头无言的悸动，朱聿恒开了口，又不知如何说下去。

毕竟，他有什么立场解释呢？又该怎么对她解释呢？

“你是说太孙妃的事？莫非你知道内幕，最终花落谁家？”

看着她脸上那戏谑的神情，朱聿恒别开了头：“不知道。”

两人一时陷入沉默。他微垂双目看着面前袅袅的茶气，她手中无意识转着茶杯。院落之中，不知道谁在吹着一曲《折杨柳》，笛声轻轻细细，娓娓如诉，像一抹似有若无的烟岚在他们身边流转。

啜了口茶，阿南因为笛声想起一件事：“对了，上次葛家那支笛子，现在哪儿？”

“应该在南京刑部衙门的证物房。”

“我前几天给你制订练手计划时，忽然想起一个可能性，所以想借来看看，或许能解开它的秘密。”阿南捏着茶杯凑近他，一扫刚刚的玩世不恭，语气也变得凝重起来，“毕竟，这是你身上‘山河社稷图’唯一的线索了。”

朱聿恒默然点头，起身去门外吩咐了一声，让侍卫将那支笛子取来。

“前两次发作都是在月初，现在掐指一算，时间也差不多了……”阿南掰着手指头算了算，抬眼望着他，“你有查出什么线索吗？”

朱聿恒摇了摇头，道：“朝廷已经下达命令，让各地严密排查最近可能出现的隐患，但天下之大，山河广袤，仓促之间又如何能寻得出那一处？”

“唔……”阿南皱眉沉吟着，似乎还想说什么，只听门扉叩响，卓晏带着诸葛嘉和南直隶神机营的戴耘到来了。

神机营中，最不缺的就是火油火药等，阿南敲上了朝廷这根大竹杠，跟他们毫不客气，在桌上划拉着算了算，说：“东西有点多，我去借点笔墨。”

她迈着一溜烟的兴奋步子出门，让朱聿恒仿佛看到一只偷了鸡的小狐狸。

过了足有一盏茶工夫，阿南才拿着张写满了字的纸回来，说：“这里的账房可真小气，不许我借笔墨，我只能在那边写好了拿回来。”

诸葛嘉见上面全是火油火药硫黄芒硝之类的危险物什，那清冷眉眼上顿时跟罩了寒霜似的：“要这么多，恐怕有所不便。”

本以为她只是要一点东西试玩的朱聿恒，瞥了一眼后也不觉皱眉，对阿南道：“这些都是民间严控之物，拨给你本已不合律令，何况如此多种类、分量，确实无法调配。”

阿南噘起嘴看着他，见他神情强硬，只能凑近他压低声音，动之以情诱之以利：“刚你还说我为朝廷立下了大功，难道救下顺天城还不值得这么点火药吗？再说了，我们是互帮互助呀，我这又不是为了自己，对你也有利的！"

戴耘摸不透她与皇太孙的关系，硬着头皮出来打圆场道："姑娘，这东西确实有点多，别说我们了，神机营库房的出入账都不敢做，担不起这个责啊！"

"那难道就真的没有办法了吗？"阿南望着朱聿恒，一脸恳求，"帮个忙嘛！"

"用途呢？"朱聿恒问。

"我要和楚元知一起研究个新火器，威力无敌的那种，肯定可以帮到你的。"

听她这样说，又想到刚刚她提及笛子的事情，朱聿恒自然也明白了她的意思。

他便道："这样吧，我给楚元知在神机营安排个职务，然后将一应东西调到他的名下，出入便合理了。不过为安全起见，火药不能带出神机营，火油可以让楚元知领一部分，但也要酌减一半。"

诸葛嘉与戴耘如释重负，赶紧应允，准备退出。

阿南看着朱聿恒嘟囔："小气鬼，张口就给我打了个对折……"

朱聿恒淡淡道："凡事都得按规矩。"

"看在珍珠的分上，算了算了……"阿南正说着，旁边忽然传来一声女子的尖叫声。

叫喊者显然在极度惊吓恐慌之中，那声音就像是硬生生撕裂了喉咙逼出来的，听在耳中令人心口一颤。

阿南立即站起身，开门出去一看，走廊拐弯处有个姑娘正连滚带爬地往这边扑来，可才跑了两步就手脚发软瘫倒在地，只能竭力尖叫着，大喊："救命……救命啊！"

"绮霞？"阿南一眼就认出了这被吓坏的姑娘，忙上去扶起她，问："怎么了？"

绮霞吓得涕泪满面，死死揪着她的手，面无人色道："阿南，他死了……死人了！"

皇太孙所在之处竟然出了事，韦杭之大惊，抓紧了手中的佩刀，向廊下几个穿便衣的侍卫使了个眼色。

侍卫立即分成两批，一批护住朱聿恒及他所处的房间，另一批奔入那个出事的房间。

阿南扶着绮霞在栏杆边坐下，轻拍着绮霞的手背安抚她，探头往屋内看去。

酒楼的雅间并不大，一张八仙桌、几把椅子，还有一张小榻放在窗下以供客人歇息。小榻旁边是脸盆架，搁了一个彩绘木盆，里面盛着清水，以供客人喝醉时可以洗把脸。

而此时，一个穿着宝蓝直裰的健壮男人，正趴跪在脸盆架前，脸埋在木盆中，一动不动。

饶是阿南见多识广，也被这诡异的情景给震了一下，脱口而出："死在脸盆里？"

"怎么回事？"诸葛嘉沉声问绮霞。

绮霞语无伦次，惊慌道："我……我一进门就看到他扎在水里，一动不动，还以为是在、在洗脸，叫他不应，就过去扶他起来……可我拉不动，只看到他的脸在水里偏了偏，那……那是一张死人脸啊！"

说到这里，她看看自己刚刚拉过尸体的手，崩溃惊哭，再也说不下去了。

屋内一个侍卫上前查看尸体，将那男人的衣领揪住，扳过身子。

男人啪嗒一下就滑倒在了地上，脸盆被打翻，泼了满地的水。他面色惨白，嘴唇和指甲乌紫，口鼻间弥漫着一片细小的白色泡沫。

"确是死了，而且……是溺死的。"

众人的目光都看向那个浅浅的木盆，难以相信一个人竟然能在这样一个木盆中溺毙。

朱聿恒在门外看见那个人的脸，不由得微皱眉头。

阿南低声问："阿言，你认识他？"

"这是登州知府苗永望。"

满脸涕泪的绮霞也慌忙点头："是啊是啊，是苗大人！"

"登州知府？"阿南有些诧异，"他一个山东的父母官，跑到应天来干什么？而且还如此诡异地死在这里……"

朱聿恒没有回答，目光又落在旁边墙壁之上，略一皱眉。

阿南顺着他的目光看去，只看见墙上三个极淡的微青色印记，应是有人用手指在墙上轻抹出来的。

淡淡的三枚月牙形状，月牙的下端凑在一起，那形状颜色看起来像是一朵青莲。

阿南看了看说道："指印纤细，应该是哪个姑娘手上沾了眉黛，就顺手擦在这儿了，不知是什么时候弄的。"

朱聿恒点了下头表示赞同。

刑部的仵作很快赶到，是个五十来岁的老头，脾气有点大，张口就埋怨道："一群人拥进来，还把死者的尸体都翻倒了，这一塌糊涂，老头子处理起来有点难！"

诸葛嘉冷冷道："尸体是我叫人翻的。万一只是呛水闭气呢，我救还是不救？别说他是朝廷命官，就算普通人，能让他这样趴在水里等着你们来？"

刑部的人脸都青了，讷讷赔罪："诸葛提督恕罪，这老头性情古怪，口无遮拦，不过他验尸的手段在南直隶算是数一数二的。"

老头"嘿"了一声，一边查验尸身一边道："奇怪，死者若是被人按进水盆之中，则必有挣扎痕迹，至少也会留下瘀痕，可目前看来，他身上并无任何外伤……"

卓晏爱和三教九流打交道，蹲在仵作旁边问："那，有没有可能是死了之后，被人按进水盆造成溺死假象的？"

"不可能，这位公子可以看看死者的口鼻。"仵作指着死者面部，说道，"这些小泡沫，是人在呛咳之时的鼻涕和口涎结成的。若是死后按入水中的，其时已无呼吸，又怎会有这样的东西？"

卓晏听他说得有理，连连点头。

"人怎么可能把自己在脸盆里溺死呢？"诸葛嘉冷冷道，"呛到一口水后，自然便会起身抬头，怎么可能还硬生生扎在水里？"

仵作沉声道："老朽难道不知此事于理不合？可他没有任何外伤，脖子和身上连个红印都没有，绝不可能是被人按进水里的。"

卓晏抽动两下鼻翼，闻了闻空气，问："会不会是喝醉酒栽进去了？或者被人下药麻晕了摆进去的？"

"壶中酒只少了一点，而且这种淡酒，又刚入喉，我看不至于醉倒。"仵作一口就否定了他的猜测，"麻药和被人弄晕也是无稽之谈，没见他手还痉挛地抓着衣物吗？失去意识的话不能这样。第一个发现尸身的人是谁？"

"是……是我。"绮霞此时脚还是软得站不起来，阿南便扶着她到现场指认。

"苗大人以前……在顺天时就与我相熟，这次在应天我们重逢，他又点了我。我、我陪他喝了两杯，他只说是为公务来应天的，然后我有相熟的客人喊我……"

说到这里，她小心翼翼地瞟了一下旁边的卓晏。

卓晏立即解释道："是我喊的。我最爱绮霞的笛子，所以请她来与碧眠姑娘合奏一曲。"

诸葛嘉瞥了绮霞一眼，问："那么，她什么时候为你们吹完笛子的，又为何迟迟不回去？"

此话一出，卓晏的神色也迟疑起来。

毕竟，朱聿恒一来，他便让众人都散了，距离后来绮霞发现尸身足有半个时辰。

她把客人撂在雅间这么久不回去，绝对于理不合。

绮霞那本就煞白的脸色，此时更为难看，嗫嚅道："我……我在下面又遇见了几个熟人，聊得兴起，一时就忘了苗大人了……可我真的才回来，我一直在楼下，真的！"

韦杭之问侍卫们："你们一直守在楼梯口的，是否有注意到这位姑娘出入？"

有两个侍卫点头肯定道："确实如这位姑娘所说，她与众人一起出去后，便只回来过一次，而且刚进屋不久就叫嚷起来了。"

"那么，这里还有什么人进出过？"

"这……死者这房间朝院子，而我们守的这边朝街，是以看不到那边屋内进去了什么人。不过，这楼只有一栋楼梯，而这段时间内上下进出的人并不多，楼上究竟有几个人，查一下就知道。"

刑部的人商议着，将在场的人都一一记录下来，结果一遍行踪理下来，清清楚楚的，只有两个人有接近过这间屋子。

除了绮霞之外，另一个便是阿南。

她出去借笔墨时，曾经绕到拐弯处片刻。

"我？"阿南觉得好笑，"我一直在屋内和你们大人说话呢。"

韦杭之看着她，欲言又止。

阿南一拍脑袋想起来，无奈道："对，中途出去了一会儿，但我借了笔墨就回来了，楼下账房先生可以做证。"

韦杭之看看朱聿恒的脸色，硬着头皮补充道："在下楼之前，你先顺着二楼走廊，拐弯绕去了那边。"

"这个自然啊，如果二楼转个弯能借到的话，为什么要下楼？"阿南皱眉道，"我转过去一看，那边全都是雅间，和我们这边一样的，估计没有笔墨可借，所以立马就转回来下楼了。"

在场众人谁没在她手下吃过亏？因此都只看着她没说话，心想，你这个女煞星，这两三步的时间，还不知道能杀几个人呢。

"这是在怀疑我喽？"阿南看着众人的神情，似笑非笑地转向朱聿恒，"该解释的，我都解释了，你看着办吧。"

朱聿恒朝她点了点头，目光转到苗永望的尸身上，道："此案大有蹊跷，目前一切尚未明晰，若说她去那边看过一眼便有嫌疑，未免太过武断。"

刑部的人忙点头称是，明白这姑娘今天是收不了押了。

朱聿恒不掌刑律，只吩咐道："来龙去脉查清楚后，将卷宗抄录一份给我看看。"

阿南有心留下看热闹，但见刚刚去取笛子的侍卫已经回来了，朱聿恒挥挥那支笛子向她示意。绮霞那边也已经录完口供，按了手印，阿南便让她赶紧跟着他们跑掉，免得在这里多生事端。

十二寸长的笛子，笛身金黄，金丝缠绕，通体泛着晦暗的金光，入手颇为沉重。

阿南一边骑马行过秦淮河畔，一边心不在焉地转着这支笛子，心里还在想着刚刚那桩案件："奇了怪了，如果不是被强按着溺死的话，难道……真的会有人把自己的脸埋入水中，用这样的方式自尽？"

卓晏则道："我更不明白的是，他就算要自杀，跳河、跳崖哪儿都行，何必在酒楼死一盆水里呢？"

"何况，世上哪有人能对自己这么狠，都快呛死了还不抬头的？"阿南转着手中笛子，说，"太诡异了，简直像鬼迷心窍。"

"难道，这就是传说中的水鬼附身？"卓晏一脸疑惧，说话声音微颤。

朱聿恒瞥了他们一眼，对这种怪力乱神之说不予置评。

阿南想起自己在卓晏母亲灵堂动的手脚，有点不好意思地转了话题："绮霞，你笛子吹得最好了，来试一试？"

绮霞刚刚被吓到了，现在还有些魂不附体，接过她手中的笛子，手被压得一沉，差点抓不住。她勉强定定神，打开随身带的小盒子，取出一张笛膜，贴上后试着吹了吹。

那笛音沉闷呜咽，众人听得直皱眉头。

绮霞放下笛子，小声道："这漆未免太厚了，声音发不出来啊。"

"漆太厚……"阿南眨眨眼，将笛子拿起来在面前看了看，眼睛忽然亮起来。

"快快快，阿言，我可能知道这笛子藏着什么秘密了！"

让卓晏好好护送绮霞回教坊司后，阿南拉上朱聿恒直奔她所住的应天驿馆。

笛身外部厚重的金漆，在调配好的药水中渐渐溶化。

因为药水的主料是硼砂，因此不需防护。阿南小心地刷去渐解的油漆，那原本光滑的笛身变得凹凸不平。

"一开始我觉得这笛子如此沉重，或许是里面夹带了什么东西，但这笛子确是中空的，而绮霞又说漆很厚，我便想到了，夹带的东西或许不在笛子中间，而是在笛身之内。"阿南说着，取过旁边的小针，用细细的尖挑着笛身的缠丝。

金丝被胶与漆黏合在笛身上，缠得极紧。但胶漆已被溶解，她手法又利落，不多时，便只剩下了一根光裸笛身。

她擦干笛子，交到朱聿恒手中。

除去了外面的金漆之后，里面依旧是金色的模样，只是那金色并不均匀，有些似是在笛子表面，又有些似乎在笛子内部。

朱聿恒细细打量道："这竹壁之内，似有东西在。"

"对，看得出东西是怎么藏进去的吗？"阿南丢了刷子与针，笑问。

朱聿恒抚摸着笛子下面凹凹凸凸的金漆触感，又看着竹子内部层层叠叠的金漆字，顿时了然："将笛子翻滚着劈成一卷薄片，然后在上面用金漆写上字，再重新卷好，用胶封住，外面涂上金漆。这字写了密密麻麻这么多层，竹子怕是被劈了有丈许长……用什么手法能做出来呢？"

"如果是我，会先用薄刃将竹子翻滚剖开，然后将两个刀片相对拼在一起，中间留一条狭缝，将竹片从中拉过。一次次地调整狭缝，使其越来越小，便能刮出越来越薄的竹片。但对方能将竹子劈得这般薄如蝉翼，写字后又能重新原封如初，现如今的我怕是已做不到了……"

阿南用指尖在笛子上细细寻找着劈口，说到此处时，神情黯淡下来。

从三千阶跌落，她虽忍着巨大的痛苦，竭力让自己逐渐恢复，但依旧回不到巅峰了。

朱聿恒望着她黯然的神情，开解道："或许，竹子质地坚脆，容易开裂，对方用了秘法处理，便可使质地改变，从而更易打薄？"

"嗯，也有道理，竹子在药油中浸泡过，增强了韧度，拉薄片的难度也会减小。"她略略振作了些，又拉起他的手，将笛子放在他的掌中，"不过没事，有你呢，我相信你一定能将它完整剖解开的。"

朱聿恒点点头，收张了几下手指，在阿南的指导下，顺着笛子边缘慢慢抚摸。静下心转了十来圈之后，他终于摸到薄薄的一线触感，定睛却看不出那一处有任何的痕迹。

"竹子被削得太薄了，近似一层透明的膜，你用手指轻捻，看能不能将断口弄出来。"

朱聿恒点头，反复揉搓那一处，许久，终于出现了细微的一条白边，如绒线般横贯过笛身。

阿南将一片薄薄的刀递给他，让他顺着那个断口，将竹膜劈出来。

朱聿恒深吸一口气，将刃口抵在断口处，下手极轻地向内推去。

然而，那条细微的白边立即被他削了下来，如一缕蛛丝般在窗外照进来的光线中一闪即逝，飘飞了出去。

阿南眼疾手快，将他的手按住了。

朱聿恒盯着自己手中的薄刃，又将目光转向覆在自己手背上的她的手。

那双布着大小伤痕的手，将他手中的刀片取走。她轻叹了口气，说："还不行，你对手的控制已很强了，但精度不够，太过细微的活计还是做不到。"

看着她脸上的失望神情，朱聿恒抿唇沉默了片刻，然后道："我继续练习。"

阿南看着他眼中认真的神情，忽然想起他第一次跟自己回家时，说的那句话——

"天下之大，我控制一颗骰子、一场赌局，有什么意义？"

她当时还嘲笑他胸怀天下不像个太监，现在想起来，忍不住就笑了出来。

见她忽朝自己莞尔一笑，朱聿恒正不明所以，阿南却转了话题，说："我再给你做个岐中易吧。不过这次不是'十二天官'了，叫'九曲关山'，力道有丝毫分寸掌控不好就解不开的一种岐中易，过两天做好了给你。"

离开驿馆，朱聿恒回到自己所居的东宫东院。

东方为朝阳初升之所，太子是天下的未来，自然要居于正东。而皇太孙则居于东宫之东，朝阳最早覆照之所。

江南潮湿，如今又是夏暑刚过，东院也并不觉开阔舒朗，只感水汽闷湿。

穿过玉簪葱茏的庭院，转过走廊之时，耳边芭蕉树叶微微一晃，刚刚歇了不久的雨点又落了下来。

朱聿恒迈入正堂，各地送达的文书都在案头等候他审阅。在堆叠的家国大事文书之上，是一份封漆完好的黄绫折子。

这是圣上送来的，自然无人敢怠慢。

瀚泓带上了殿门，在不断击打于屋顶地面的雨声之中，朱聿恒拆开了折子查看。

这是数年之前，七宝太监第六次下西洋后，将到访的几处风土人情集略上报的折子。洋洋洒洒数千言，其中有新近被朱砂标注出的几行文字，示意朱聿恒仔细观看。

南洋一带有鲸鲵出没之岛，颇有龙涎香出产。后该岛为海盗所占，劫掠渔民船工，强迫其冒险搜取香料，为祸二十载，竟无管束。至某日岛上炽火忽起，一白衣少女依仗火势，孤身杀尽岛上匪盗，白衣染血尽赤，释放众奴役而去。口耳相传，渔民皆以为神明化身，在岛上刻仙迹祭拜。或云，该女为永泰船队海匪也。永泰者，十八年前突现于南洋之船队，自言华夏后裔，持江南口音。后啸聚数千众，纵横诸海挡者披靡，被海上诸国尊奉为四海之主。疑其驻于婆罗洲一带，但沧海辽阔，未可知也。

朱聿恒看到，祖父的朱批在"十八年前"四字下着重圈点了一下。

他自然知道是什么意思，捏着折子的手指不由得收紧，心口微震。

十八年前，宫闱巨变，朝堂倾覆。炆帝自焚于应天宫苑之中，尸骨至今未见，随他一起踪迹全无的，还有南边一应达官贵戚。

而就在十八年前，海外出现了这支船队。

草草掠过这份奏折，再无任何关于永泰的事情，他的目光在"白衣少女"四字上停了停，又转而看向十八年前那四个字。

看来，阿南的身份比他所想的，更为棘手。

可……他想着自己送给阿南的珍珠，自己枕于她膝头，她在黑暗中轻哼着小曲的情形，又是心乱如麻，不知祖父对他传递的训诫，是否已太迟了。

最终，他将黄绫折子收起，锁在了屉中。

是也罢，否也罢，只要他信阿南，一切纷纭是非便都无关紧要。

外面叩门声响，南京刑部侍郎秦子实亲自送卷宗过来求见。

南京六部职权远不如北京，如今登州知府死在辖区，最可怕的还是在闹市酒楼、距离皇太孙殿下只隔了一个房间的地方被杀。这种大案要案，刑部侍郎自然得亲身上阵，并且从快从速，短短两三个时辰，就把来龙去脉给摸了个透。

登莱一带近年来灾荒不断，青莲宗趁机煽动民众叛乱，朝廷虽已派人镇压，但追根溯源，还是得安抚民心，赈济灾民。

苏杭是本朝财赋重地，因此朝廷让苗永望到南直隶求赈。而他却偷空微服，带着一个随从来到秦淮河边，享受倚红偎翠的感觉——

谁知道，那个随从在楼下打盹等候时，他死在了楼上。

当时在楼上的人都已一一严查。除了阿南与诸葛嘉、卓晏、戴耘等，便是一群教坊的歌女。

朱聿恒看到此处，对秦子实道："诸葛嘉和卓晏、戴耘等，行踪清晰，他们是我叫过去的，上楼后便到房内回话，并未离开过。"

"是，卑职询问了现场所有证人，确实如此。"

"那个绮霞，行踪可查明了？"

"查明了。她与苗永望在顺天确是旧识，因此被叫去雅间陪酒。她被卓晏一行叫去时，二楼几个招客的歌女曾从窗口看见死者还坐着喝酒，而她回来后一进门便发现尸体了，因此，她的嫌疑似可排除。"

朱聿恒顺口问："那几个招客的歌女，后来又在何处？"

"一共六人，当时倚在栏杆边闲聊。卓晏过来后，先喊了绮霞，后来那位南姑娘爱热闹，就把她们一起都叫过去唱曲儿了，因此她们可以相互做证，确无一人有作案时间。"

这么说，所有人都已经洗脱了杀人的嫌疑，除了……

秦子实拱手道："卑职与仵作、推官等初步商讨后，认为此案唯有两个可能性。一是苗永望自尽；二是那个女海客司南下的手。"

朱聿恒翻着卷宗，推敲其中细节，又将当时的情形和整座酒楼的布局保卫情况，在心里过了一遍。

他带来的侍卫把守了门口、楼梯口，甚至楼下前后门也有暗卫布置。因此，当时那座酒楼无人可能偷偷潜入，更无人能避过这么多耳目私自行动。

可若说苗永望那诡异的死法是自尽，他又绝难相信。

他思索着，眼前又出现了用眉黛绘在墙壁之上的三枚新月痕迹，思考那代表着什么。

秦子实揣摩着他的神色，见他沉吟不语，便试探道："以卑职看来，苗永望在酒楼自尽的可能性极小，或应尽快批捕嫌犯司南，以免错失抓捕良机。"

朱聿恒抬手示意他不必多说："她曾为朝廷立下大功，此次在酒楼，亦只有片刻时间不在众人眼前，若因此断定是她作案，未免太过草率。你们可审慎深查，等有了确凿证据，再来告知本王不迟。"

秦子实听他的口气，心中一惊，这是不仅不肯批捕，而且就算有了证据，也要先请示过他才能动手的意思了。

不知殿下为何要一力包庇这个女嫌犯，一时之间秦子实有些无措，只得下意识应了，然后匆匆退出。

第二章

水殿风来

七月廿七，太子妃寿辰日。

阿南收到朱聿恒送来的天青色冰绡裙，在镜子面前比画着，考虑到底要不要去赴宴。

"算了算了，看在阿言这么用心的分上，去去也无妨。"再说了，公子还陷在放生池呢，有机会见识见识朝廷的派头，或者能和太子妃搭上一两句话，肯定也不算坏事。

于是她骑着马溜溜达达出了应天城，顺秦淮河上游而行。

官道上时有一两辆马车从她身边经过，阿南还认出了那个吴家姑娘的车。有几个马车上的闺秀打起车帘透气时，也都用扇子半遮着脸，看见路边有个姑娘单身骑马，都面带错愕地打量她。

阿南倒是不介意，甚至还大大方方地朝她们一笑。

"请问可是司南姑娘？"站在行宫门前迎宾的小太监早已得了朱聿恒吩咐，一见她的模样便立即迎上来，验看过织金彩线朱砂印的帖子，满脸堆笑地带她和那群闺秀向上方行去。

冰绡衣的裙摆垂地，拖在地上有些不便，阿南的个性哪耐小步慢行，提起裙角几步就跨上了游廊，抬头一望，前方森森古木掩映之中，出现了一带金瓦红墙。

行宫依山而建，层层台阶顺着山势向上延伸。台阶最上方是一带白练似的瀑布，倾泻在山顶屋宇之上，化成一片蒙蒙水气笼罩住下方楼阁，显得仙气缥缈。

看见这般美景，众人都面露神往之色。

引路太监道："各位姑娘，此处行宫为瀑布分隔，宫殿分列山峰左右，请诸位随我到左峰来。道路湿滑，还请小心脚下。"

山道一转，左峰便出现在他们面前。木头遇水易朽，左峰宫阙全用琉璃砖瓦搭成，外看光彩生辉，内里幽深阴凉，需要宫灯照明。

瀑布左右两处楼阁中间隔了碧绿水潭，只有一条汉白玉拱桥相连左右。阿南抬头看见右峰是疏朗台阁，八角高台斜挑，琉璃砖砌成八根柱子撑起屋顶，没有墙壁，一片通透。

瀑布不断洒落在琉璃宫阙之上，日光映照着水光，雾气蒙蒙，散射出无数虹霓炫光。下方水潭清澈，只在后方角落中栽种郁郁葱葱的树木。阿南仔细一看，原来后方藏着一具巨大的龙骨水车。

高山之巅并无太多泉水，这宏大的瀑布水流需要龙骨水车循环运送，才得以经年往复。

阿南查看这边的布局，正在赞叹工匠的巧思，耳边忽然传来乐声，随着水风飘散于林间，更显悠扬。

殿内一角有群乐伎正在弹奏乐曲，丝竹管弦好不热闹。

阿南一下看见了坐在人群中的绮霞，忙朝她招手。

绮霞抬头看见她，惊喜之下吹错了一个音。

旁边的方碧眠抬头瞥了她一眼，绮霞赶紧朝阿南飞了个眼风。按捺着将那一曲吹完，才趁着休息间隙跑到阿南身边，上下打量她，啧啧称奇："你怎么会在这里？也来选妃了？"

"什么选妃？"阿南莫名其妙。

"太孙妃啊！"绮霞看她虽然穿了件漂亮衣服，可是头上只挽了个素净螺髻，插了簇蓝色小绒花，看着实在不像话，当即拔下自己头上的金钗，给她插上，"看人家个个打扮得花枝招展，你怎么这样来了呀？这个好歹是金的，先借给你！"

阿南扶着金钗，笑道："你误会了，我之前在顺天替朝廷办了件事，现在太孙妃寿辰顺便召见我，可能是以示嘉奖吧。话说回来，今天选的什么妃？"

"原来你不是候选人啊。"绮霞一听她这么说，脸上顿时露出失望的神情，"最近皇太孙是回应天了嘛，太子妃殿下又借着寿辰的名义召见这么多适龄未婚女子，坊间都说，她是要借机相看儿媳呢。"

说着，她又悄悄指指站在栏杆旁的几个姑娘，说："中间穿浅红纱衣的那个，叫吴眉月，她祖父当年门生遍天下，现在朝中很多大官都称她祖父是恩师，大家都说太孙妃准是她了！"

阿南打量着那个吴眉月，纤纤巧巧的个子，白白净净的小脸，娇娇柔柔的模样。

"挺漂亮的。"阿南说着，心里想，可是看起来不太般配，毕竟这个小姑娘站在阿言身旁，可能只到他胸口吧。

"那你说张翰林家那个姑娘呢？"

"太瘦了吧……"

"李御史家的呢？"

"看起来很高傲啊，个性很孤僻的样子。"

今日过来的几个姑娘，环肥燕瘦都很出挑。只是阿南想象了一下她们站在阿言身边的模样，总觉得心里别扭，有种怪怪的感觉。

正想抽空和绮霞聊聊苗永望的案子，忽听得旁边传来击掌声，殿上顿时肃静下来。

"太子妃要来了，我赶紧回去。"绮霞慌忙说着，又指指她头上的金钗，"这很贵的，我就这么点压箱底的东西，千万别丢了啊！"

阿南摸摸这素股金钗，不由得笑了："知道啦。"

东宫一行人已到山脚下。

太子与太子妃换了肩舆，侍从们列队上山。

朱聿恒落在后方，抬头看向上方，思忖着是否要与父母一起出现在阿南面前。

恰在此时，韦杭之疾步上前："殿下，顺天有飞鸽急报。"

飞鸽传书比八百里加急还要快些，但因为不够稳妥，通常都会放飞多只保证到达，携带的纸卷也要以加密文字书写。

朱聿恒接过来，展开纸卷查看，那跟随父母上山的脚步顿时停住了。

这并不是普通的公文，而是圣上的口谕。

加密的文字转换过来，赫然只有一句话——

　　切勿近水，远离江海。

圣上特意命飞鸽紧急传递的，居然只是这么一句话。

朱聿恒眼前顿时闪过苗永望溺死在木盆中的身影。他捏紧了纸条，下意识抬头看向上方的瀑布。

太子一行已经转过瀑布，进了水殿之中。

韦杭之站在他身后，听到他压低的声音："今日行宫的防卫由谁负责？让他立即过来。"

不多时，一个剽悍精壮的汉子匆匆奔来，向他行礼："行宫护卫使张达年，参见殿下。"

朱聿恒也不多话，示意他随自己山上去，一边走，一边询问具体布防，重点询问瀑布的事情。

张达年谨慎回答："最近未曾降雨，山顶池水不多，这瀑布由龙骨水车引水上去的，绝无泛滥危险。而且下方池边都围着半人高的栏杆，应无坠水之虞。另外行宫早已仔细清理过数次，整座山并无其他任何上山途径，殿下尽可放心。"

朱聿恒点了点头，大步跨上了山道，走近左岸琉璃殿。

在阿南与一众女子的期盼下，回廊处先是出现了一队侍女。她们或捧行炉，或持伞障，徐徐行来。中间是锦衣侍卫，将乘坐肩舆的太子与太子妃护在正中，后方是贴身侍女和一个肩舆上的年轻女子，最后是带着箱笼盆盂的太监，跟在队伍最后。

这浩浩荡荡数十人，沿山间游廊而上，秩序井然，连咳嗽声都没有。

太子肥胖白净，颔下微须，四个小太监一起将他扶下肩舆。他腿脚似有不便，后方那个年轻女子赶上来，体贴地搀住太子，与太监们一起扶着他上座。

太子妃则轻搭着侍女手腕，含笑站定，向殿内众人点头示意。她已有四旬年纪，因为保养得宜，依旧姿容秀丽，略为丰腴的面容更显温和娴静。

阿南随着众人一起下拜行礼，起身后按捺不住自己爱看美人的心态，打量太子身旁那个年轻女子。

她正紧贴太子身后坐着，似是时刻等着伺候他。二十五六年纪，韶华正盛，头上簪着一朵绢制牡丹，金丝为蕊，红绢为瓣；身上是翠绿的罗衣，绣着品红海棠。这一身艳丽逼人的装扮，因为她容颜太美，居然硬生生压住了。

阿南的目光又遍扫过殿内，满目是花一样的年纪与容颜，却只有偏殿低头弹琴的方碧眠，足以与这个盛装打扮的美女抗衡。

在她打量满殿美人的同时，迎宾已走近太子妃，低声对她介绍阿南。

太子妃的目光其实早已在阿南身上扫过一遍。毕竟她在人群中十分显目——身量高挑，皮肤微黑，孤身一人还透着一股散漫的劲儿，怎么看都不像是应选的佳丽。

阿南迎着太子妃的目光微微一笑，大方行礼："海客司南，拜见太子妃殿下。"

"哦，你便是在顺天立下大功的那位姑娘？"太子妃的目光定在她的身上。

天青色冰绡裙裳的氤氲颜色，让她蜜色的皮肤与英挺的五官更显明亮，深黑的眸子光彩熠熠，双眉浓如燕翅，高挺的鼻梁与颜色鲜亮的双唇，再加上身量高挑矫健，整个人有股摄人的神采，在殿内矫矫不群。

太子妃含笑点头，目光向下，瞧见了她臂环上那颗明亮的珍珠。

这亮眼的稀世明珠，让太子妃一眼便看出，是那日朱聿恒从盒子中唯一取走的那颗珠宝。

她的双眉轻轻扬了扬，瞥了殿外一眼，见朱聿恒尚未出现，难免又打量了阿南一眼，对身旁女官低声吩咐了一句。

齐天乐奏响，太监们抬着小桌案入殿，一一陈设果点看盘，很快便有人将阿南引到离太子妃最近的那一张桌案坐下。

只听得前方击掌声起，女官示意大家肃静。

只见太子与太子妃一同起身，带领众人一起举杯祝酒。第一杯先祝圣上万寿无疆，第二杯祝山河安稳人寿年丰，第三杯才是太子妃芳龄永驻，身体康健。

满屋皆是女眷，太子显然不适合在此间多逗留，因此按程序向太子妃敬酒贺寿后，只对众人讲了几句场面话，便到后方休息去了。

那个美人扶着太子出了殿门，几队侍卫相随，经过水池上那座高高拱桥，便走入了对面楼阁之中。

众人纷纷向太子妃呈上寿礼，从贺寿图到绣品，目不暇接。太子妃兴致颇高，笑着一一点评，称赞各位姑娘蕙质兰心。

殿内满堂美人言笑晏晏，共饮琼浆；对面瀑布虹彩灿烂，如同仙境；偏殿的管弦正繁，演奏到《贺永年》的中段。正在这一派喜乐之际，忽听得嗡一声尖锐啸叫声，压过了所有乐声笑声，在殿内如同有形的水波般弥漫开来。

随着那声音扩散的，还有疯狂横冲向殿内的巨大水浪——是对面那条倾泻奔流的瀑布突然改变了方向。

流淌不息的水浪猛然间流量倍增，在轰然巨响之中，狂浪上下相激，暴增的水量无处宣泄，便如巨大的海浪打横向殿内猛扑而来，直冲入琉璃殿中。

悬于梁柱之上的宫灯瞬间被激浪扑灭，陷入阴暗。

眼前陡然一黑，又有冰冷的水直击而来，殿内所有年轻少女抱头惊叫，乱成一片。

因为今日女眷集聚，侍卫们早已被屏退在殿外，殿内那几个看来比较老成的女官，也是慌了手脚，呆呆看着那片巨大的水浪直冲进殿，竟无法动弹。

只有阿南距离太子妃最近。她是从各种险境中拼杀出来的人，怪声在殿中响起之时，便已警觉地按住面前几案。此时瀑布向内冲来，她立即抓起面前案桌，纵身而起挡在太子妃面前。

桌上陈设的盘碗尚未来得及滑落到地上，便已在水流的冲击下粉碎。阿南的睫毛微微一颤，手中的木桌板挡不住巨大的冲力，已经逼得她往后倒去。

眼看下一波更大的激浪已经再度涌入，阿南手一松便丢开了破裂的桌板，抱住身后的太子妃滚向后方的屏风，一脚蹬了过去。

巨大的沉香木屏风应声倒下，挡在了她们面前。水流的冲力直击在屏风上，瞬间如同千斤重压。幸好前面有破碎的几案将屏风卡住，否则她们怕是扛不住这重击。

直到水流冲击的声音停止，阿南才掀开屏风，扶着太子妃站起来，推她站到殿基高处。

守候在外的侍卫们终于从殿外冲进来。殿内光线晦暗，依稀看见满殿都是被水流冲得摔倒在地、惊慌失措的人。

太子妃借着朦胧光亮，高声指挥侍卫们救助周边几个摔在水中的姑娘，声音沉稳如昔。只是陡遭大变，她的身体难以保持平衡，要紧紧地扯着阿南的手臂才站得住。

阿南稳稳地扶住她，低声指给太子妃各处需要注意的状况。她目光犀利，在将殿内情形一一禀报的同时，还注意到偏殿的绮霞正仓皇地扶着方碧眠跌坐在地上。

侍卫和女官们迅速救助安抚伤者，亦有女官上来扶太子妃去偏殿安歇。

太子妃见殿内众人虽然狼狈，但水浪退去后并无人失踪，才松了一口气，轻轻握了握阿南的手。

她虽然全身湿透，但身上雍容气度不减，声音依旧沉静："这回真是多亏姑娘了，你先歇一会儿吧。"

阿南应声退下，涉水跑到绮霞身边，见方碧眠右衣袖上全是血迹，忙问："怎么了？"

绮霞语带哭腔地撩起方碧眠的衣袖给阿南看："刚刚那个水冲来时，旁边吹笙的姐妹摔向我这边，笙管差点插到我眼睛里，幸好碧眠抬手帮我挡住了，可、可她的手……"

方碧眠肌肤雪白，纤细右臂上被戳出了一个血洞，正在汩汩流血，看来格外令人心惊。

阿南见绮霞用帕子胡乱绑扎伤口，便抬手接过帕子，先将方碧眠的上臂扎住，弹出臂环中的银针取酒冲了冲，将伤口旁的竹木屑剔除干净，才用帕子将她的伤处包扎好。

方碧眠疼得面色煞白，曲着右手被绮霞扶起，声音虚软："绮霞，我……我站不起来……"

"方姑娘太虚弱了，你扶她去休息一下吧。"阿南见她的伤处动一下就裂开冒血，帕子上全是血迹，便帮绮霞将她扶到殿后无人处躺下，嘱咐她尽量不要动弹。

阿南起身回殿，绕过水池。

日光依旧明灿，山林之间水风呼啸。瀑布向下倾泻，仿佛一匹安静的白练悬挂于两山之间。

若不是殿内现在凌乱一片，伤患呻吟不止，刚刚那巨大的水龙激流仿佛只是一场幻觉。

一转头之际，她看到朱聿恒沿着白玉拱桥向她大步走来。对面高台瀑布耀出绚丽霓虹，七彩光华笼罩在琉璃台阁之上，也笼罩在他颀长严整的身影之上。

水风轻扬他身上的天青色锦衣，水光山色，动人心魄。

阿南的目光不由自主地定在他的身上，被攫取了所有注意力。直到他走到自己面前，将手中一块雪白帕子递给她，她才回过神来，接过来擦着自己湿漉漉的头发，心里升起一股懊恼来——明明差不多的天青色，怎么他穿得俊逸出尘，自己却搞得灰头土脸狼狈不堪？

"我刚去看了，太子妃一切无虞。她说此次多亏有你，不然局面怕是不好收拾。"朱聿恒说着，又仔细打量她上下，确定没看到伤痕才问，"你没事吧？"

"放心吧，我怎么会有事呢？"阿南一边擦头发，一边朝他扬扬唇角，"那边情况怎么样？"

"右峰下临绝壁，与这边相接的唯有这座拱桥，事发之时侍卫已经把守好了这唯一的出入口，可确定安全无虞。"

阿南打量右峰那边的悬崖峭壁，确实无人能潜入，便又问："这行宫设计如此精巧，借瀑布长流之水而消暑，简直奇思妙想，是哪位能工巧匠设计的？"

"这我倒不知。六十年前太祖攻下金陵后，因龙凤帝身有热病，便在来之前遣人先建了行宫，准备来江南避暑。工图册与建造全都是他那边的人着手的。"朱聿恒说道。

当时天下纷争，群雄并起，本朝太祖也是势力之一，共尊当时的青莲宗敌首为帝，抗击异族。但行宫建好后，那敌首在南下之时溺亡于淮河，因此其实并未来过这座行宫。

阿南恍然大悟，指着对面高台问："所以那两个水晶大缸，是用来供奉莲花的？"毕竟，当年龙凤帝依托青莲宗而起事，自然要设下这排场。

见朱聿恒点头，阿南又脱口而出："你说，这里会不会是关大先生设计的？"

朱聿恒眉梢微扬："确有这个可能，我让人查查看当时修建的工图。"

若确实是关大先生所为，又万一能从中找到些"山河社稷图"的线索，那自是再好不过了。

朱聿恒抬头看看日头，向殿内走去："我先去看看太子妃殿下是否已整肃完毕。这里既有意外，还是及早离开为好。"

阿南想起绮霞和方碧眠，也快步向殿后走去，看是否能过去帮一把。结果刚绕过两棵树，差点和对面的绮霞撞个满怀。

阿南一把扶住绮霞，见她正捂着眼睛，便问："怎么了？"

"没什么。我刚在殿内找你半天，可能里面太暗了，一出来一道白光猛刺过来，我眼睛都要瞎了。"绮霞抬手将涌出的眼泪擦掉，抓着她的手说道："阿南，碧眠撑不住晕倒了，现在殿后躺着呢。她的伤口一动就冒血，教坊司也不敢带她下山。要不……你向太子妃求个情，让她至少能进殿内躺一躺？虽然我们教坊的女子低贱，可殿后全是瀑布水风，她又受了那么重的伤，怎么顶得住呀！"

阿南点头道："行，我去找太子妃求求情，她仁慈宽厚，应该……"

话音未落，忽听得对面瀑布的嘈杂声中，似乎夹杂了一声惊呼。

阿南和绮霞下意识转头，一起看向对面。

只见一条女子身影从后方楼阁中冲出，顺着桥直奔高台，向着流泻的瀑布冲去。

正午日光猛烈，周围又全是水色晕光，阿南看不清对方低埋的脸。但那艳丽的绿底红花服饰让她一眼就认出来了，这个快步奔向瀑布的女子，正是刚才陪伴在太子身边的美人。

只是她如今步伐惊乱，已全然失去了之前如牡丹般华贵雍容的姿态，只顾着向瀑布奔去。

但在奔到高台上时，她忽然顿住了脚步，那冲向台外瀑布的步伐硬生生停下了，口中的惊呼也陡然停住，像是卡在了喉咙之中，瞬间停顿。

阿南知道那边肯定出了什么事，但八角高台虽然四面无墙，那美人所处的角度却十分不凑巧，刚好就在一根柱子之后，整个人被彻底挡住。

阿南忙奔到栏杆旁，与绮霞一起探头去看柱子后发生了什么。

柱子的旁边，就是那个高大的水晶缸。透过明净的水晶缸壁，阿南一眼便看见柱子后方隐藏着一个灰绿人影。

那人背对着她们，手持利刃，一刀扎进了美人的胸口。

但在这一瞬间，美人也终于发出了最后绝望而凄厉的尖叫声："救……救命！"

右侧山峰搜检无异后，太子身边的侍卫们大都被调到左殿来了，只有把守在拱桥上的侍卫们离得最近，听到夹杂在瀑布水声中的尖叫，立即向左右张望，寻找声音来源。

阿南指着那根琉璃柱大呼："在高台上，有刺客！"

那几名侍卫立即转身，向着被瀑布笼罩的高台疾奔。

未等他们跑出几步，只听到一声凄厉惨叫，那条衫裙鲜艳的身影已从柱子后被推了下去，随着长流不息的瀑布水流坠入了下方池子之中，清澈的池水迅速被狂涌的鲜血染成一片猩红。

绮霞早已不敢看了，瑟瑟发抖地捂着脸，别开头尖叫。

殿内正在收拾残局的人被惊动，放下手头东西一拥而出，就连朱聿恒也循声出来了。

几个侍卫已经追到了高台之上，阿南对着那边大叫："刺客还在亭子内！"

可侍卫们却在八角的琉璃顶下面面相觑四下张望，一看便知他们在台上并未寻到任何外人踪迹。

在一片诡异中，领头侍卫发现了亭内血迹，他伸手在水晶缸壁上抹了一把，转头说了声什么，几个人立即长刀出鞘，在高台上搜寻起来。

阿南和绮霞面面相觑，她们明明看到凶手就在柱子后面，怎么这几步路的时间，就消失不见了？

朱聿恒已赶到池边，阿南指着水中急道："有人落水了，快救人！"

朱聿恒吩咐下去，一个侍卫立即脱了鞋帽佩刀，跃下水向着鲜血弥散的地方游去。

朱聿恒排开人群向着阿南大步走去，问："怎么回事？"

阿南一指对面亭子，道："刚刚那里有刺客躲藏着，把人杀了又推下水去了！"

朱聿恒双眉一扬，立即转向对面，正要下令搜查，只听得头顶轰鸣声响，夹杂着旁边人的尖叫声，在他们耳畔瞬间爆发。

在巨大而尖锐的悠长响声中，头顶瀑布再度涌出巨大水流，万千白浪如雪崩般直击向下方水潭。

浅潭之中怎么可能容得下这骤增的水势，大股波涛凶猛地倾泻奔腾，势不可当地向着岸上人猛扑而来。

朱聿恒立即拉住阿南，与她一起抱紧栏杆，勉强在浪头之下维持住平衡。

激浪之中，岸上其他人被水浪冲得摔了一地，狂浪冲入殿门，在里面回荡席卷，里面又是哀声一片。

等浪头过去，众人都是惊慌失措，唯有朱聿恒神情冷峻，吩咐侍卫们立即去对面保护太子，以免出事。

阿南抬起头，看见瀑布之下的高台已空无一物，侍卫们连同瓷桌椅、水晶缸都被激浪扫落，如今只剩了空荡荡的八角台。

身旁的绮霞尖叫一声，伸出颤抖的手揪住阿南衣袖，指着下方叫道："她……她掉下去了！"

瀑布汇于水池，这些水又自拱桥之下流泻于山间，形成第二折瀑布。那个被杀的美人正被激浪从水池中被冲出，身形冒出水面的一瞬间，便立即向下方坠落，跌下百丈瀑布，怕是尸骨难寻。

阿南略一思忖，立即奔到池子后方，去查看那具龙骨水车。

日光大亮，五彩虹光再度高挂于山间。

细微的"吱呀"声中，巨大的龙骨水车依旧不紧不慢地将潭水往上方输送。

众人却只觉得身体发冷，面前仙境般的美景也显得诡异阴森起来。

朱聿恒吩咐侍卫们立即准备返程，又朝着阿南一点头，立即向着对面右峰奔去。

阿南会意，赶紧前去迎接从殿内出来的太子妃。

太子妃处变不惊，镇定自若地被女官和侍卫簇拥而出，如坐在自己熟悉的高堂华殿之中，从容不迫。

看见阿南过来，她开口问："司南姑娘，本宫刚才看到，你与那个乐伎最早发现刺客踪迹？"

阿南招手让绮霞过来，回禀太子妃道："是，我二人当时正在瀑布边闲聊，忽听见对面传来惊叫声，抬头一看，是那位……"

她不知死者身份，难免停顿了一下。

太子妃显然也看到了水中那翠衣红花的衣角，提示道："袁才人。"

阿南才知道那是东宫之中仅次于太子妃的媵妾，便继续道："我们看见袁才人一边惊呼着，一边向瀑布奔去，只是瀑布水声太大，将她的声音遮盖过去了，因此除了我们之外，并无他人听见……"

她将当时情形一五一十述说了一遍，说到自己看见一个绿衣人在水晶鱼缸后杀人之时，太子妃终于开了口，问："什么样的绿衣人？"

阿南仔细回想，道："因为屋檐上全是瀑布往下流淌，就像隔了一层暴雨，再加上那人又躲在水晶缸之后，更加了一层障碍，因此看得并不分明。袁才人是一边低呼一边跑进亭子的，在柱子后声音忽然停止，我估计她应该是在当时被藏在柱子后的凶手刺中了胸口。而我与绮霞跑到栏杆边时，只看到凶手将刀子从她胸口拔出来的一刻了。那人身上穿着灰绿衣服，比袁才人高半个头左右，右手举着一柄利刃，刀子一拔出，袁才人的鲜血便喷涌到了他身上和水缸上，让场景更加模糊了。"

绮霞在旁边拼命点头，表示自己也看到了一模一样的场景："我……我也看到鱼缸后那个刺客了，只是我眼睛痛，看得没有阿南这么仔细。"

太子妃神情凝重，问："那刺客如此凶残，袁才人岂有生还之理？"

阿南点了一下头："怕是凶多吉少。"

"真是咄咄怪事。"太子妃沉吟道，"你们二人都看到了刺客行凶，可侍卫们赶到的时候，却没有发现任何人……这刺客是逃到何处去了呢？"

阿南肯定道："虽不知他如何逃脱，但据我推测，此人必定还藏身在附近，请殿下务必小心。"

"姑娘言之有理。"太子妃行事爽利，当即命女官整肃好回宫仪仗，又令严密封锁消息，私下找寻袁才人，不得将此事泄露半分。

这边正在准备，那边朱聿恒已经护送太子走过拱桥。

太子气喘吁吁地搭着身边太监的手走过拱桥，肥胖的面容上满带惊怒。

显然朱聿恒已将袁才人的消息禀报给他。在走到桥头之时，太子手抚栏杆向着下方望去，见瀑布流泻悬空，下方足有百十丈高，顿时满目绝望。

朱聿恒护送太子与太子妃下山，绮霞赶紧拉着阿南去殿后照看方碧眠。

到了后方一看，情况比阿南所想的还要凄凉——瀑布狂涌波及至此，四周廊下全是水。方碧眠全身湿透，躺在阴湿的青石板上，意识昏沉。

绮霞慌忙上前抱扶起方碧眠："碧眠，你怎么了？快醒醒……"

方碧眠昏迷不醒，毫无反应。绮霞探探她额头，懊恼不已："糟了！伤口见水，发烧了！"

"别慌，我看看。"阿南将方碧眠臂上湿透的帕子解下来一看，果然帕子湿透，见了水的伤口早已泛白翻卷。

绮霞眼泪顿时就掉下来了："这……她的手会不会残了啊？都是为了我……"

"别急，伤口虽深，但好歹不大，好好养护会痊愈的。"阿南抚慰她，抬头看见旁边几个侍卫有点面熟，认出是之前随侍过阿言的，便厚着脸皮向他们讨了些金疮药和干净白布，将方碧眠的伤处拭干，妥善包扎好。

山路多台阶，方碧眠昏沉发热，阿南正在烦恼怎么把她弄下山去，见朱聿恒已带着紧急调集的人手再度上山，当下请他调了个缚辇，又找了两个士兵，帮绮霞将方碧眠抬回教坊司去。

"阿南，你先别走。"朱聿恒叫住了她。

阿南"咦"了一声，回头听他说道："袁才人之死你亲眼所见，当时情形需要你详加复述。"

阿南一想也有道理，便挥别了绮霞，抬头一看，最先赶到的是诸葛嘉和戴耘。

秦淮河上游正是神机营大营所在，因此他们带领增调的士兵最快赶到，迅速封锁现场进行搜查。

诸葛嘉与阿南向来不对付，一看见她脸上就露出"怎么又是你"的表情。

阿南还他一个"你以为姑奶奶想这样"的白眼。

负责行宫守备的锦衣卫百户唐翀将工图与名册送来，几人在殿中一一对照，筛选出有作案可能的人。

第一张是所有女眷及其家人的名单。但事发之时，她们都已被护送下山，不可能有机会作案。

第二张是今日乐工的名单。

唐翀禀报道："当时一众乐工都与女眷一起下山，留在行宫的只有两人，一个叫绮霞，一个叫方碧眠。"

"她们的嫌疑可以排除。事发之时，绮霞就在我身旁，我们是一起目睹袁才人被刺客杀害的。"阿南在旁边说道，"而方碧眠右手重伤，就算她可以瞒过所有人的眼目潜入右峰，但我看到的刺客下手狠准、拔刀利落，那手绝不可能是受了重伤的。另外，刺客身穿灰绿衣服，方碧眠则穿着教坊统一的淡蓝衣衫，哪有换衣服的机会？"

众人皆以为然，毕竟教坊所有人进行宫内，按例都要搜身记录，若携带了任何无关物什，都会被记录在案。

唐翀是事发时最早赶去现场的六人之一，他带领诸葛嘉与戴耘走到高台上，将当时情形又详细讲述了一番："当时我一听到示警，知道这边出事，便立即率人从拱桥过来，转过山坳，上了连通高台的曲桥，直冲上高台。从听到呼救声到我们追上曲桥，不到十次呼吸，但就是这么短暂的时间，台上瞬间空空如也，刺客失去了任何踪迹。"

阿南也指着对面道："而我们在对面，看着刺客在柱子后刺杀了袁才人，又将她从台上推落。那之后，刺客再也没有出现在高台上。"

"就那么凭空消失，简直见鬼了！"唐翀脱口而出，几乎忘了面前还有皇太孙在。

诸葛嘉和戴耘面面相觑，不敢置信："难道……刺客就在周围所有人的注视和后方迫近的侍卫们之间，无声无息、凭空消失了？"

阿南点了一下头，朱聿恒则沉声道："确实如此。"

连皇太孙都这样说，二人虽不敢相信，但又不得不信。

"按照常理来说，此事绝无可能，不过……"见所有的路都堵上了，诸葛嘉面上带着迟疑表情，开口道，"属下倒是想到了一个……匪夷所思的手法。"

朱聿恒示意他尽可开口。

"阿南姑娘，你刚刚说，当时在对面目击刺杀事件的，只有你和那个绮霞？"

"对。一开始我们不知道发生了什么，直到发现袁才人被刺杀，才叫喊示警，引得殿内的人出来查看。"

"那你有没有想过一个可能性，对面水雾迷蒙，你又隔着两层水晶缸壁，看到的情形都是扭曲——或许，你们的眼睛可能会欺骗你？"

"你这是指，我当时看错了？"阿南冷笑一声，"诸葛提督，刺客灰绿衣服、比袁才人高半个头、右手杀人行动利落，有细节有动作，我记得清清楚楚。其次，袁才人被推落水，水中冒出大团血花，证明她确实被刺伤了。"

朱聿恒亦肯定道："袁才人落水后的情形，确是重伤的模样。"

戴耘一直在旁沉吟不语，此时忽然"咦"了一声，自言自语："难道……"

朱聿恒看了他一眼，他自觉失言，只能讷讷道："属下听了诸葛提督的话，也想到一个可能，只是亦是匪夷所思。"

朱聿恒示意他说来听听，他才迟疑道："属下喜看坊间戏法，记得一个遁形之法名叫移花接木。"

阿南对这些神秘之事大感兴趣，立即竖起耳朵。

"其实说穿了也不难，就是艺人将一件特制的衣服缝在自己背后，以棉花碎布填充好，看起来便像是背着另一个人般。但妙就妙在艺人将自己的身躯接了一个假人头，而自己真正的头做得仿佛在背后那个假人身上，半真半假的，在模糊光线下乍一看，确实难辨真伪。"

阿南沉吟着问："你的意思是，当时亭内其实只有袁才人，只是她做了个局，故意让我们以为有刺客，所以她跳下水潭后，我们才找不到那个她假造出来的凶手？"

诸葛嘉赞同道："所以，当时亭中确实只有一个人在，这样便既能解释袁才人为何突然跑到瀑布旁边，又能解释刺客失踪之谜了。"

阿南回想着当时的情形，忽然想起袁才人那件衣服是华丽大袖，或许真的能塞得下假人。她刚来了点兴致，想打听那个戏法去哪儿看，却听朱聿恒道："一切都只是猜测，得等刑部与大理寺的人到来再详加推断。我们现今该做的，就是将行宫严密梳篦，不能放过任何蛛丝马迹。"

听他的口气，诸葛嘉和戴耘便都知道他对他们的提议不以为然，识趣地不再开口。

事情交代清楚了，阿南便要甩手走人，但看见唐翀手中的工图，心里又痒痒的，问朱聿恒："那图能借我看看吗？这楼阁瀑布如此精妙，我想借来研究下。"

如此简单的要求，她料想阿言应当不至于拒绝，谁知他却道："怕是不行，这是皇家行宫，外人不得妄窥布局。"

"小气鬼……"阿南嘟囔着，转身挥挥手就走，"那我走了，有事就去应天驿馆找我。"

在行宫内弄得全身湿透，阿南回驿站后便立即打水洗澡。

天青色冰绡衣在泥水里滚得皱巴巴的，虽然她不是去参选太子妃的，但一想到自己这副丑模样，不知怎么的就有点郁闷。

解头发时她才发觉，绮霞那支金钗还在自己头上。只是黄金柔软，折腾这一番，不知何时已经弯得不成样子了。

她取下来将钗子掰正。虽只是半两不到的素股金钗，但绮霞这样的姑娘能攒钱买一支真金的钗子，实属不易。

阿南晾干头发，便去秦淮河畔教坊司找绮霞，及早将钗子还回去。

秦淮河是脂香粉腻之处，此时初初入夜，灯影映在河中，上下交辉，伴着姑娘们的歌声笑声，更显香艳。

绮霞正在方碧眠的屋内喂她喝粥。方碧眠虽已醒来，但她烧得迷迷糊糊毫无胃口，根本吃不下东西。

绮霞无奈只能将粥碗捧回，口中抱怨着那个吹笙的虹衣："真是混账东西，把姐妹害成这样，跑得比谁都快！被我抓住非撕烂她的脸！"

"绮霞姑娘如此凶悍，那不是相好的都要跑光了？"阿南站在檐下笑道。

绮霞放下粥碗，作势要打她。阿南忙把金钗还给她，说道："别恼别恼，我请你吃饭，你要吃什么？"

"盐水鸭！"绮霞毫不客气，立马就去换鞋子，"要箭子巷那家的，我三天不吃他家的鸭子就浑身难受！"

"我看你是三天看不见他家小二浑身难受吧？"

阿南和绮霞在店内叫了一只鸭子，见绮霞的眼睛一直滴溜溜在那个年轻爱笑的小二身上打转，便揶揄道。

绮霞笑着捶她一下，说道："他笑起来确实好看嘛。不过像我这种身份，跟正经人哪有缘分啊？也就指望能遇到几个出手大方的恩客，搞点钱养老了。"

正说着，盐水鸭上来了。绮霞撕下一条腿吃着，情绪有点低落："阿南，卓世子家怎么一夜间塌台了啊？失去这么一个大主顾，我这几天又不停被叫去问话无法赴局，司里的脂粉钱我都要交不起了。苗永望死就死了，还给我惹一堆麻烦，刑部这两天传唤了我五次！五次啊，我根本没法开张！"

"别担心，到时候实在不行，我给你支点。"阿南知道教坊司的姑娘每月固定要上交钱额的，便给她倒酒劝慰道，"忍忍吧，查清就没事了……话说回来，为什么事发时你一直待在下面，不回去继续陪那个苗大人？"

绮霞微酡的面容不自觉一变，她的手下意识摸向了头上那根素股金钗，又仿佛烫手般缩了回来。

阿南打量她的神情，等待回答。

绮霞放下手，悻悻道："这事……哎呀我不想说。万一官府的人知道我恶心苗永望，那我的麻烦岂不是更大了？"

阿南问："你与他不是老熟人吗？"

"是啊，五六年了。"绮霞咬住下唇，脸色难看。最终，她还是转换了话题，问，"你那边呢？麻烦大吗？"

"我倒还好，大概是阿言帮我说了话吧。"

"那个阿言什么身份啊，真是神通广大。"绮霞八卦兮兮地贴近她问，"我看对你挺关照的。"

"他？"阿南不觉笑了，转着手中酒杯道，"别乱想，我们没可能的。他快成亲了，而我也已有心上人了。"

绮霞笑嘻嘻望着她："什么人啊，还能比那个阿言更俊？"

"这个不好比。但在我心里，我家公子就是最好的。"阿南托腮望着窗外，眼中倒映着那些迷幻灯影，表情也蒙上了一层虚妄的温柔甜蜜，就像沉在一场梦境中般迷离。

"是公子将我从绝境中救了出来，也是他送我去学了一身的本事，才造就了现在的我……要是没有公子啊，这世上也就没有阿南了。而且他不仅待我恩重如山，十几年来还对我关怀备至，爱护有加，你说在这天底下、在我心里，谁能比得上他？"

绮霞抿着酒打量她，若有所思。

阿南挑挑眉："怎么了？"

"没什么，我只是忽然想到了一个姐妹……就是荷裳，你还记得吗？"

"记得啊，我还记得她相好是打钹的，一副鬼灵精模样，特别爱说笑，荷裳老是被逗得咯咯直笑……哎你说荷裳整天这么笑，以后是不是皱纹也会多一些？"

"不会。"绮霞夹一筷子菜吃着，说，"荷裳有次赴局时，不小心摔了个挺贵重的玉瓶，实在还不起怎么办呢？她只能去那家做了婢妾，以身还债，和打钹的饶二再也没有缘分了。"

"以身还债……"阿南捏着茶杯愣了片刻，然后忍不住轻掐了她一把，"想什么呢？我和我家公子两情相悦、两心相许，跟欠不欠债的没有半点关系！"

"没有没有，我只是一瞬间脑中就闪过了荷裳，不知怎么搞的……"绮霞见她要生气，赶紧赔不是，"再说了，你怎么可能会是欠债呢？你是知恩图报、以身相许！"

"才不是！"阿南坚决道，"我和公子他……"

她一时迟疑，尚未找到具体的话语形容自己与公子的感情，旁边忽传来脚步声。两个公人走了进来，扫了屋内一眼："谁是教坊司乐伎绮霞？"

"我是。"绮霞一看又是官府差役，无奈地站起身，"两位官爷，这黑天下雨的不会又要叫我去问话吧？早上不是问过了吗……"

话音未落，官差一条锁链就挂在了她的脖颈上："你的事儿犯了，衙门批了文书，即刻收押！"

绮霞吓得浑身一颤，手中筷子顿时掉落在地。

阿南忙按住锁链，打探问："两位差爷，绮霞犯的什么事？"

官差不耐烦道："登州知府的命案！"

"苗知府的命案，之前官府早已彻查过，已确定绮霞与此事无关了！"

铁链勒得脖子生疼，绮霞不得不抬手抓着点，勉强透气："是啊，我当时真的不在，你们问过好几次了……"

"我们奉命行事，你有什么话，堂上审讯时再招供！"官差说着，扯起绮霞就走，"走！"

眼见官差如狼似虎，绮霞只能拔下头上金钗，匆匆塞到阿南手中："阿南，你先帮我保管着，要是我……你把它卖了，好歹替我料理一下身后事。"

"别胡说，你没事的！"阿南收好钥匙和金钗，眼看着绮霞在雨中被官差拉走。

她站在店门口思忖许久，是否该去找阿言询问此事。

可这都入夜了，她要去何处找他呢？总不可能闯入东宫去找人吧？

正思索着，却听雨中传来哒哒的马蹄声，两匹高大墨骊拉着一辆金漆玉饰的马车在她面前停下。

车帘被打起些许，街边被风雨晕染的灯光照出朱聿恒的面容，让他一贯沉郁的面容，显出难得的温柔。

"怎么不带伞？"他隔窗问檐下的她。

"因为你会来接我的。"正愁去哪儿找他的阿南如释重负，一个箭步跃上了马车。

车内十分宽敞，她在他对面坐下，掸着身上的雨珠，问："怎么回事，为什么绮霞又被抓走了？"

"是吗？"朱聿恒显然不知此事，道，"我找人替你询问一下。"

阿南挑挑眉："咦，那你来找我是？"

"这是你之前想看的工图。"朱聿恒从身旁取出一本册子给她，"行宫重地，按律不得私自窥探工图，但……你若在我身边稍微看一下，不算违规。"

"真的？我就知道阿言最好了！"阿南欢喜地接过来，不管马车在雨夜颠簸，立即翻看里面的内容。

扉页之上，赫然便是"上辽行省平章关夺"的落款。

关大先生曾席卷上都及辽阳，自然被任命为上辽平章。

"那座行宫，果然是关大先生设计修建的！"阿南有点激动。

朱聿恒道："确实是他亲笔所绘图册，你看里面的字迹。"

借着车内晃动的琉璃灯盏，阿南迫不及待翻看里面的内容，发现字迹果然与蓟承明那张地图上的一样，一手行草笔走龙蛇，仿佛可以看到他写字时那飞快的速度。

阿南正看着，翻到某一页时忽然"咦"了一声，将册子竖起，转给朱聿恒看。

那是一簇灰黄的印记，三枚新月形状，合成一朵花的模样。虽已年深日久，但依旧可以看出那笔触不是用笔写成的，应当是用指尖抹成。

朱聿恒点了点头，说道："与蓟承明那张地图上的旋涡一样，是六十年前以手指点胭脂绘下的。"

"而且，这印记的形状，与苗永望死时身边留下的印记一模一样啊！只不过那印记是用青色眉黛画下的。"阿南举着书，看着上面的记号，大感兴趣，"六十年前的关大先生，和六十年后登州知府诡异死亡的现场，居然留下了相同的痕迹！"

朱聿恒缓缓道："对，其中必有关联。"

阿南看着那印记，再一想又皱起眉头："不过也不一定。毕竟，有些姑娘比较邋遢，画完了眉或者涂完胭脂后懒得洗手，随手就在墙壁上、书页上抹掉痕迹，也不是不可能……毕竟这三捺的痕迹，或许可以凑巧弄得出来。"

琉璃灯光华柔和朦胧，照出朱聿恒凝望她的双眼，里面含着幽微锋芒："不，绝不是凑巧。"

阿南合上了书，认真地望着他："有新的佐证出现？"

朱聿恒"嗯"了一声，却没有回答，只打起车帘。

雨丝笼罩着外面的世界，他们出了高大的城门，向着东南而去。

"去行宫？好啊，我倒要看看关……"阿南看着车外，敏锐地认出了方向。但话音未落，她又忽然闭了口，朝他眨了眨眼，把脸板了起来，"不行，你叫我去我就去吗？官府又没给我发俸禄，为什么我要替朝廷出力累死累活的呀？"

朱聿恒哪会不懂她的意思，淡淡道："绮霞的案子，我会让他们好好审查的。若有需要，到时我亲自过问。"

"就知道阿言你最好了！"阿南心花怒放，赶紧翻开册子，"来我们再推敲一下，左右双峰之间究竟有没有可以潜渡的方法。"

他们凑在灯下仔细研究那本工图。暗夜山道，又有大雨，马车的颠簸摇晃中他们忽然碰了头。

阿南捂着额头吸着冷气抬头看朱聿恒，见他那一贯清冷的目光因这突如其来的碰触竟有些茫然，忍不住笑了出来："碰多了就傻了，以后不能凑这么近了。"

朱聿恒抿唇默然，马车徐徐停下，已经抵达行宫。

山路之上撑伞难行，二人披上油绢衣，在防水行灯的光照下，顺着游廊向上而行。

大雨嘈杂地敲打着山峰水潭，石阶湿滑，阿南却毫无所惧，几步跨到了瀑布边，与朱聿恒并肩走过拱桥，来到右峰。

殿阁内依次点起宫灯，照亮这缥缈宫室。

绝壁上挑出来的一点地盘，建筑自然短窄，没有前后殿，只在左右用碧纱橱隔出卧榻，充作休寝之所。

朱聿恒带阿南踏进北边的碧纱橱。里面打扫得干干净净，设着床榻与小几，香炉内烟雾已灭，尚存依稀香气。旁边小门敞开着，出去就是曲桥，通往高台。

此处凉意最盛，太子肥胖怕热，自然安歇在此处。

朱聿恒对阿南道："瀑布第一次出现异状时，我立即带人到这边查看，袁才人还在这里陪侍。不过太子殿下睡眠极浅，安歇后不喜人在周边走动，因此宫女们便都退出候在了檐下，是以无人知晓袁才人为何要独自从后方小门出殿，奔向后方瀑布。"

"不对，这于理不合。"阿南一听便摇头，指着后方瀑布道，"瀑布声音嘈杂，太子殿下既然睡眠浅，歇在这敞开的轩榭中如何安睡？何况袁才人当时边跑边喊，太子殿下怎么可能一无所知？"

"甚至，在袁才人出事后，太子殿下才刚被唤醒。"朱聿恒说着，走到香炉前，掀开盖子捻起一撮灰烬，递到她的面前。

阿南就着他的指尖闻了闻，双眉微扬："羊踯躅，蒙汗药中最常用的东西。"

朱聿恒弹去指尖灰迹，声音微冷："是。"

"这东西，显然是为睡眠警觉的太子殿下准备的。如果不是袁才人突然跑出去，刺客下手的目标就是……"

她没有说出口，但二人都心知肚明，这是针对太子殿下而设的局。

朱聿恒的嗓音低沉了下来："确实，刺客冒这么大的风险刺杀东宫一个妃嫔，可能性并不大。我认为他潜入后不小心被袁才人撞上，才杀人灭口。"

毕竟，这里距离睡在殿中的太子殿下，已经只有几步距离了。

飞鸽传书的内容又一次浮现在朱聿恒脑中。

切勿近水。

圣上定是知道了什么，因此给他发了这讯息示警。从这复杂的布局看来，背后怕是早已预谋良久。

若不是袁才人的异常惊动了众人，太子殿下或许已遭不测。

而刺客一击不成，必有下一次，若不能及早揪出刺客，到时敌暗己明，怕是难以防范反击。

见他脸色难看，阿南安慰道："怕什么，再狡猾的狐狸也躲不过老猎手的眼睛，如今对方已露形迹，只要我们尽快揪住狐狸尾巴，相信太子殿下应该无虞。"

朱聿恒默然地点了点头，抬手一指面前的高台，说："走吧，我带你去看看凶手当时留下的记号。"

那记号做在琉璃柱上，背向瀑布，因此暴涨的瀑布水并未将它彻底冲刷掉，只显得浅淡。但他们依旧可以看出，那三枚新月痕迹簇成一朵半开的花，似莲如兰，姿态绰约。

朱聿恒指着那个印记道："这三个月牙的弧度和下方微收的手法，与当日酒楼里那个标记，几乎一模一样，不做第二人想。"

"所以，这个刺客与当日酒楼中的凶手，必有关联——而且极有可能是同一个人。"阿南断言，又微皱眉头问他，"这么说，绮霞是因此被带走的？"

朱聿恒摇头道："应该不是。此事我尚未告知任何人，你是第一个知道的。"

这么说，她力压所有衙门，成为他第一个赶来商量的人了。

阿南朝他一笑："那我可得好好帮你一把，咱们争取从这里挖点'山河社稷图'的线索来。"

"这案子未必与'山河社稷图'有关，但与关大先生必有关系——甚至还可因此确定，目前发生的这两桩命案，与青莲宗有关系。"朱聿恒指着工图册上的胭脂痕迹，道，"毕竟，这是同为青莲宗的关大先生当年留下的印记。"

"这印记……"阿南比照着工图上的方位，抬头看向头顶。台顶由石梁构建而成，八根巨大的汉白玉梁延伸向中间，攒出端整金顶，悬挂着一盏三十六支巨大琉璃灯。

阿南手中流光射出，勾住石梁后一个翻身，跃上了台顶正中。

灯台中尚有油迹，她掏出手中火折，点燃了中间的灯芯。

灯芯的火迅速向外扩张延伸，三十六支灯盏中火苗齐齐亮起，覆照在高台之上。

周围水汽氤氲，琉璃灯罩上蒙着散碎水珠。朦胧灯光映着水光，周围波光粼粼，如同仙境绝景。

朱聿恒仰头望着上方的阿南，她笼罩在这虚幻又迷离的光彩中，朝他微微而笑，抬手指向地上："阿言，你看。"

朱聿恒顺着她的手看向高台的地面，只见三十六盏灯光汇聚成明灿的一片光团，覆照在他们脚下。

在光团的正中，是灯影形成的巨大淡青色莲花影，与工图上那朵用胭脂涂成的标记一模一样。因为阿南的手刚刚在点灯时碰触了灯罩，此时那朵巨大的青莲正也随着灯影晃动，在朱聿恒的脚下恍惚移动。

原来，关大先生并不用实物来描绘青莲，而是通过精确布置琉璃罩上的灯光，用光影营造出了一朵青莲。

周围瀑布溅起水珠，如无数光点在他们周身乱跳。她在光中，他在影中，两人站在莲花影中上下遥望，恍然如梦。

她看见幽微的光照进他的双眸之中，他凝视着她，眼底有种比灯光更为熠熠的光彩落定在她的身上，一瞬不瞬。

穿过世间万物，这一刹那，他的眼中似乎只有她的存在。

阿南心口突地一跳，有些别扭地扭开头，把目光转回灯上。

随即，她发现了一些怪异的端倪，抬手抚灯思索片刻后，低头对朱聿恒道："阿言，你把工图册上那朵胭脂莲花刮掉看看。"

图册上由陈年胭脂绘成的青莲，正盖在灯盏类目中，上方是琉璃盏的样式，中间是胭脂青莲，下方标注着三十六字样。

六十年前的胭脂早已灰黄干脆，很方便就刮掉了。他们立即看到印记下方显露出了墨迹，原来这胭脂是用来覆盖之前的字迹的。

"七十二。"朱聿恒抬头，告诉阿南下面被覆盖的三个字。

阿南露出"果然如此"的笑容，指指灯盏："我就说这灯盏还留有一半的灯头，原本可以更加华美盛大，灯影的莲花也可以更清晰明亮的。所以，他们在做好灯托之后又临时更改了灯盏数目，是为什么呢？"

朱聿恒略一沉吟，对她招手："跟我来。"

阿南翻身自汉白玉梁跃下，跟着他回到山壁殿阁中，走到南边碧纱橱。

书橱上放着一叠陈年档案，朱聿恒将它们搬到书案上，说道："这是从南京六部调集来的、所有与龙凤帝及关大先生有关的档案。或许我们可以查查，看是否有蛛丝马迹。"

已近亥末，但查根问底的欲望让他们毫无睡意，把档案一分两半，两人坐下便翻了起来。

窗外疾风骤雨，殿内只有他们相对而坐。宫灯以暖黄色的光芒包裹住他们，在雨声和水风中辟出一个只属于两人的静谧空间。

他们在灯下迅速翻阅，查找临时修改灯盏数量的原因。朱聿恒看完一本毫无所获，将它搁到一边，不自觉抬头看向对面的阿南。

阿南睫毛长且浓密，灯光斜照，在她的面容上映出如同蜻蜓翅翼的一片阴影。阴影之下，是她灿亮的一双眸子，正在飞速扫过面前的资料。

她忽然发现了什么，眼眸一转便看向了他，朱聿恒还未来得及转开眼，两人目光便直直撞上了。

暗流忽然被堵在心口，朱聿恒张了张口，一时难以出声。

阿南却面带愉快的笑容，将手中的册子丢到他面前："看，杭州府，青鸾台——这边缩减的形制，被调拨去了那里。"

"青鸾台？"朱聿恒在脑中搜索了一遍，确定自己从未听过这个地名。

低头看向册子上的记录，目光在那上面所绘的图形上一一扫过后，自小在朝堂风雨中历练出来的朱聿恒，忽而霍然站起，带动得烛火一阵摇曳。

他失去了一贯的冷静自若，盯着那上面的字许久，目光才缓缓移到阿南的脸上。

而阿南朝他微微一笑："没错。三千斤精铜，一百二十斤黄金，机栝、杠杆……以及，加工成一定形状的璎珞、宝石、琉璃片。"

阿南的指尖在各式图样上划过，抬眼望着他："以你棋九步的能力，扫一眼应当就足以将这些散乱的机栝零件组合起来了吧，那是什么形状？"

"青鸾……"朱聿恒声音低低的，却带着不容置疑的确切，"和顺天地下那只一样内藏机栝的青鸾。只是顺天那只是站立的，而这一只，是盘旋飞舞的青鸾。"

"对，而且可以看出，匆忙调拨物资去杭州建造的这个青鸾台，它的形制规模与我们在顺天城地下所见的一样巨大。"阿南的手按在图册之上，凝重而缓慢地道，"如果按照之前的机关来推算，那么这个青鸾台，可能就是你身上'山河社稷图'的另一个牵引点，也就是，决定你下一条血脉的关键所在。"

第三章

东海扬尘

杭州距离应天只有两三天路程，朱聿恒多次去过杭州办事，阿南更在杭州大街小巷混得烂熟，但两人都未曾听说过，杭州有个叫作青鸾台的地方。

朱聿恒离开行官，黉夜至工部调阅六十年前的杭州方志，让众人寻找名叫青鸾台的所在。

而阿南拿着朱聿恒的手书，第二天就跑到江宁大牢去探望绮霞。

应天府北面为上元县，南面为江宁县。秦淮河一带隶属江宁，绮霞自然被关押在此。

心里琢磨着绮霞的事儿，阿南埋头往里走，冷不防与里面急冲冲往外走的人相撞，一个趔趄差点摔倒。

阿南赶紧护住手中的提篮："走路小心点啊，我的东西……"

话音未落，她诧异地停下了手："卓少？你怎么在这儿？"

卓晏蹲下来帮她捡拾东西，怒道："真是虎落平阳被犬欺，没想到我现在连探个监都被搡出来了！"

阿南自然知道他来探望谁："绮霞怎么样？"

"那些人说她是朝廷要犯，东宫下的令旨，任何人不得探看。"卓晏悻悻道，"我还想塞点钱打点打点，结果直接被推出来了！"

"东宫？"阿南诧异问，"不是苗永望的事吗，怎么是东宫出面？"

"别提了，合该绮霞倒霉。"卓晏看看旁边，压低声音道，"苗永望的夫人与太子妃是旧交，来应天抚棺之时，求太子妃为她做主，说绮霞必定是杀苗大人的凶手！”

　　"她说是就是？之前不是已查明绮霞与此案无关了吗？仅凭她一句话怎么能翻案？"

　　卓晏抿了抿唇，面露迟疑之色："因为……绮霞当年确曾刺过苗永望，而且这两日官府找教坊司的人问过了，她们都记得绮霞说过，总有一天，她要杀了苗永望！"

　　厚重的砖墙让江宁大牢更显阴暗，即使是夏暑之际，踏入其中依旧通身泛寒。

　　阿南提着食盒，走进关押绮霞的狱室。

　　狭窄阴湿的室内，墙角铺着些霉烂的稻草，放着个便桶，其余一无所有。绮霞蜷缩在稻草堆上，大概是哭累了，正睁着红肿的眼睛盯着上方巴掌大的窗洞。

　　听到开门的声音，她木然转头看了看，等看清阿南的面容时，扁了扁嘴又似想笑又似想哭："阿南，我这回……可能真的要完了……"

　　她的手指紫胀，又蜷在稻草上坐都坐不稳，阿南不由得又心疼又愤怒。她探头喊外面的卓晏赶紧买点伤药来，一边把稻草归拢，垫着绮霞受刑后的身子。

　　"我知道你没有杀人，当时在酒楼内，我杀人的嫌疑还比你大呢！"阿南摆下带来的几碟饭菜，绮霞的手被拶坏了，握不住筷子，阿南便将碗端起，给她喂着饭，说道："放心吧，我一定会把凶手找出来，尽快把你接出来的。"

　　"可、可我……我想招了，我真的忍不下去了……"绮霞嚼着饭，肿得跟桃子似的眼睛里满是恨意，"阿南，我这辈子好惨啊！爹娘把我卖了我熬下来了，交不出脂粉钱被打骂我也熬过来了，十四岁就被苗永望那个人渣强暴了我还是得熬下来……现在他死了还要连累我，受这么多罪，你说我活着干什么？"

　　"你说什么胡话！"阿南把一个鱼丸塞到她嘴里，打断她的话，"你现在要是受不了罪胡乱招了，到时候要让教坊姐妹们去菜市口看你杀头？一刀下去鲜血乱溅脑袋乱飞，你想想那又有多痛？万一判你个凌迟，要挨三千多刀，你说你现在这点痛又算什么？"

　　"呜……"绮霞脸上的木然顿时变成惊恐畏惧。

　　"所以你赶紧跟我说说，你当初刺杀苗永望是怎么回事？教坊司的姐妹们也证实你之前说过要杀了苗永望，有这样的事情吗？"

　　"有……"绮霞声音嘶哑，"我已经在堂上招过了，我当时，真的很想杀了苗永望……"

　　阿南持着筷子，一边给她喂饭，一边专注地听她说下去。

绮霞幼年随父母逃荒到顺天周边，正逢教坊司采买女童，她便被卖掉换了半袋小米。长大后她相貌虽不算顶尖，但因为天赋和勤奋，十二三岁便吹得一手好笛子，邀请她去助兴的大小宴席倒也不少。

上了十四岁后，教坊司抽取的脂粉钱便多了，即使绮霞奔赴一个又一个酒宴，可打点嬷嬷的钱也不多了。有次她被请去赴私局，嬷嬷懒得动身，她跟着几个姐妹一起前去，结果遇上了苗永望，被他灌酒后失了身。

当时她抄起剪刀要与苗永望拼命，但十四岁的小姑娘怎么敢得过正当壮年的男人，最终只在他左臂上留下了一道口子。

苗永望是个场面人，既然是绮霞的第一个恩客，便大度地原谅了她，给她打了支金钗，又给嬷嬷姐妹们大散茶点红包。她们轮番上阵劝说，终于让绮霞明白身在教坊司迟早要接受这样的命运，最后不得不认了命。

后来苗永望每到顺天，都要来找绮霞，教坊司的姐妹都赞他有情有义，绮霞算是遇到好人了。

绮霞自那之后倒也放开了，她性格开朗酒量好，笛子吹得又动人，叫她酬酢助兴的宴会从来不缺。只是宴乐班子领不了几分工银，教坊里每月催刮的脂粉钱不在少数，她又不肯像其他姑娘一样找几个有钱的相好捞钱，一转眼六年过去，她已经快二十岁了，却还没存下以后的体己钱。

那时卓晏还和她笑谈过，说："绮霞你不如跟了我吧，我爱听你吹笛子。"

她一口拒绝，唾弃道："得了吧，你还爱听芳芳的琵琶圆圆的箫呢，照顾一整个教坊你忙得过来吗？"

因此在知道教坊司要转调几个擅长吹弹的姑娘到苏杭这边时，她当即就决定来了，希望南方富庶，能捞点养老的钱。

在接风宴上有相熟的姑娘认出了她，喝多了后笑嘻嘻问她："绮霞，你怎么混得这么落魄啊，还戴着苗大人送的素股金钗呢？"

绮霞也醉笑道："你不懂，总有一天我要把这金钗扎进他心口去，报仇雪恨！"

周围人打听到那是她十四岁时的第一个客人，顿时哄堂大笑，只有卓晏没有笑。他走过去扶起绮霞，说："你喝多了，我送你回去吧。"

"不多，我现在酒量好着呢。"绮霞挽着他的手醉醺醺往外走，嘻嘻笑问，"哎你说，我当初酒量怎么不像现在这么好啊……"

卓晏无奈地将她推上马车，她抱着自己的笛子蜷缩在座上，头搁在他肩膀，转眼已陷入沉睡。

　　醒来后，她早已将一切忘得一干二净，可酒席上的人都还记得她说过的话。于是在苗永望死后，她酒后的话便被翻了出来，并且和她十四岁那年刺伤过苗永望的罪状一起，最终让她下了大牢。

　　阿南将来龙去脉听清楚了，才问："那，你准备怎么办？"

　　"在受刑的时候，我想过干脆认了吧，我真受不了这折磨……"绮霞举起自己紫胀的十指看着，语调绝望，"再说了，我都沦落成这样了，活着又有什么意思呢……"

　　"活着当然有意思了！"阿南将最后一勺饭菜递到她口中，干脆利落问，"是应天的盐水鸭不好吃了，还是顺天的烤鸭不好吃？是春天的花朵不鲜艳，还是秋天的月儿不够亮？你好好把这口气憋住，千万不要胡乱认罪，等你出来后，咱们还要打扮得漂漂亮亮去吃鹅掌鸡脯奶皮豌豆黄呢！"

　　绮霞睁大红肿的眼睛盯着她，又有流泪的迹象。

　　阿南抬手帮她擦掉眼泪，说："苗永望的死虽然蹊跷，但我不信这世上能有什么杀人方法会是铁板一块。你安心在这里待几天，我们会尽快帮你洗清罪责的，知道吗？"

　　"嗯！"绮霞咀嚼着她递来的饭，用力点头。

　　即使她知道阿南与自己一样，既无家世也无职权，甚至还是个女子。但，看着阿南坚定恳切的神情，她就是相信她。

　　狱卒帮卓晏转送金疮药进来，阿南替绮霞将伤处抹好，嘱咐她按时抹药，才出了监狱。

　　在外等待的卓晏急急地伸手接过食盒帮她拎着，问："绮霞怎么样？"

　　"还好，受了点折磨。万幸伤势不是很重，好好抹药不继续受刑的话，过三四天应该就会好了。"

　　卓晏点头，送她回驿馆的路上长吁短叹："我当时不应该把绮霞从苗永望的身边喊来的，不然她也不至于中途离场，现在背上了杀人嫌疑。"

　　"幸好你把绮霞喊来了，"阿南安慰他道，"不然的话，说不定她已遭池鱼之殃，被凶手一起杀害了。"

　　"说得也对！"卓晏大力点头。

　　"现在的问题是，我们究竟要怎样才能帮绮霞洗清冤屈，尽快把她救出来。"

　　卓晏回想着苗永望那诡异的死法，只觉得头大，探讨不出什么来："我估计刑部那些人一时半会儿破不了案的，苗永望死得太诡异了。"

"还是得尽快，我要赶紧去杭州呢。"

"我也想回杭州了。"卓晏说着，想起自家的乐赏园现在都没人了，想必已是长满杂草，不由得伤感地叹了口气，问她，"回杭州有什么急事吗？"

阿南苦笑道："我两个朋友起了纠纷，我得去调解调解。"

卓晏大奇，问："起纠纷去官府理论不就可以了，怎么还得你去调解？"

阿南摇头："这事儿，官府没法解决。"

卓晏一想也对，阿南一群人是海盗出身，江湖上的事情官府肯定难以插手。

"你看……能不能先解决了绮霞这边的事儿再说？你那两个朋友的事情紧急吗？"

"绮霞这边只能托阿言帮帮忙了，其他人怕是摆不平。至于我朋友嘛……"阿南叹了口气，烦恼道，"挺久的恩怨了，上一辈结下的，急倒也不急了，只是我不知道该怎么处理才好。"

卓晏自与阿南相识以来，从没见她烦恼过，现下又有求于她，便拉她进了旁边的酒肆，说道："论起调停事理，这我最擅长了，你跟我说说是怎么回事，我肯定能帮你出主意！"

阿南心道这种大事我怎么可能与人商议？但卓晏毕竟是在关怀自己，又已经被拉进了店中，便无奈地点了盏杨梅渴水喝着，敷衍道："事情挺复杂的，你要想听，我就简短说说。"

卓晏殷勤地帮她剥香榧："你说！"

"其实我这两个朋友算起来还是亲戚，上辈老人将家产全部留给了长房，也就是我朋友某甲。其他各房当然不高兴，于是集合起来把当时年幼的某甲赶出了家门，当家的换成了我另一个朋友某乙的爹。现在甲长大了，他要回来找乙讨还公道。甲对我有恩，我发过誓要帮他的，可乙也和我出生入死，和我有过命的交情，你说……我现在能不纠结吗？"

卓晏心思简单，脱口而出："这有什么可纠结的？世上事总绕不开一个理字，某甲既然是正当继承人，那咱们肯定站在他那边啊！"

阿南看着他笑了笑，心想，我看未必，说不定阿言抓捕公子时，你就在旁边当帮手呢。

"虽然如此，但乙父占的家产，如今他接手后大为振兴，甲二十年后回来讨还公道，靠他家吃饭的掌柜、伙计、合伙人们，能答应轻易换主人吗？"阿南手捧着瓷杯，渴水也压不下她的烦闷，"再说了，是乙的父辈当年对不起甲，乙又没做错事，甚至他以前都不知道世上还有个甲存在，岂不是太冤枉？"

"这确实难以取舍……"卓晏挠头道，"而且你们江湖人士，动不动就打打杀杀的，两个朋友生死相搏时，你可怎么办呀？"

"如今只能走一步看一步了，希望柳暗花明，能有转机。"阿南一口气喝完了杯中渴水，道，"到时再说吧。天无绝人之路，我们现在看着面前是悬崖峭壁，说不定过几天一个转机，就能搭出一条生路来呢？"

眼看时间不早，卓晏怕祖母唠叨，将阿南送到驿站外就匆匆走了。

阿南一边思索着一边踏进驿站，抬头就看见了守在自己所住屋门前的韦杭之。

"韦大哥辛苦了。"她笑嘻嘻地与他打招呼，往屋内一望，日光透过窗棂笼罩在阿言端坐的身躯之上，也照在他那双举世无匹的手上——他的手中，正握着她做好后搁在桌上的"九曲关山"，在缓慢拆解着。

他还未掌握这个岐中易的诀窍，手部的动作尚不流畅。

十二天官需要手指从各种不可思议的角度穿插勾挑，练出最灵活的指法，才能拆解；而九曲关山则曲折层叠，每一个圈环都需要保持极细微精确的角度与斜度，才能一步步拆解下去，若是有一丝一毫的偏差，便前功尽弃，连复原都几乎不可能。

"看，你还没有摸到最精妙的那个角度和力度。"阿南笑吟吟地走进屋内，以惯常的散漫姿势往椅子上一歪，看着他拆解，"一定要好好练手哦，不能松懈，练好了才能早日把笛子解出来啊。"

朱聿恒瞥了她一眼，低低地"嗯"了一声，仔细地观察着手中岐中易，在脑中将它们所有的勾连都想清楚后，试着解了一步，然后随即便又将那个环退了回来——因为他的手指拨动差了一毫厘，所以环扣没能对上。

但等他退回来后，却又发现退回来的位置与刚刚错开了一丝，于是所有在脑中预设好的步骤，全部不成立了，要重新规划。

他忍不住瞥了阿南一眼，见她笑吟吟地托着下巴看自己，便抿唇屏息静气，再度分析起面前的岐中易来。

阿南也不指导他，任由他自己琢磨力道和方位，只坐没坐相地蜷在椅子里，趴在椅背上看着他："阿言，应天府草菅人命、乱判命案，你管不管？"

朱聿恒早已知道她今天去探望绮霞的事情，便淡淡道："本来不归我管，但我知道你需要，所以来之前已部署好了。苗永望的案子会交由三法司共同办理，相信不日便会有进展。"

阿南顿时来了精神，双眸亮亮地望着他："真的？"

朱聿恒点了一下头："毕竟我们探讨过了，杀害苗永望的凶手与刺杀袁才人的，极有可能是同一人，所以此案本来就得提起重视。"

"赶紧把绮霞救出来吧，再折磨下去她受不了的。"阿南喃喃说着，眼睛一瞥看见了朱聿恒身边的一个盒子，"那是什么？"

他示意她打开看看。阿南捧起来掀开盒盖一看，里面是一簇火焰般绚烂的珊瑚，红滟滟的光华，动人心魂。

她"咦"了一声，抬手摸了摸："珊瑚？"

"是一个疍民在东海捞到的，因珊瑚形似火凤，众人都说是祥瑞，因此进献到杭州府衙，又送到了南京礼部。"朱聿恒说着，将珊瑚从盒中取出，递给了她。

这珊瑚足有一尺半长宽，通身殷红色，在水流长久的冲刷下，珊瑚已经变得十分光滑。而最奇妙的是，下方的珊瑚根正如凤凰身子，前方有细长的分叉，正如凤头衔灵芝；左右两侧伸出的枝杈如同舒展的双翼；后方拖曳出长长的通红枝丫，与凤凰尾羽一般无二。

"这珊瑚凤凰雕琢得形神兼备，真是难得。"阿南夸赞着，转念一想，脱口而出，"杭州送来的，难道这是青鸾台的线索？"

"对，杭州所有老旧地图和地方志都已翻遍，官府也找了许多七八十岁甚至年纪更大的杭州老人询问过，但没有任何关于青鸾台的蛛丝马迹，甚至连青鸾二字，也并无有关地名。"朱聿恒轻按手中九曲关山，缓缓道，"直到今日内库进呈了这具珊瑚过来……"

说到这里，朱聿恒略微顿了顿，毕竟，这其实是为了太孙妃的仪聘之事在做准备。望着与他只有咫尺距离的阿南，他声音略有波动："经司仓判断，这珊瑚纹路这般圆滑，在水下至少有五六十年了。我考虑它来自钱塘湾，或与青鸾台有关，便找礼部的人了解了下，终于发现了一个与青鸾有关的地方。"

阿南大感兴趣："这么说，在东海之上？"

"不，"朱聿恒摇了摇头，"在东海之下。"

"东海之下？听起来好像很神秘的样子！"阿南两眼灼灼发亮。

朱聿恒将盒中的册子取出，翻到一页指给她。

那是礼部记录的祥瑞情形，只有寥寥数语。

杭州疍民江白涟，捕鱼之时于水下见青鸾翔舞。循而趋之，于海沙之中觅拾珊瑚凤鸟一只，进献于南京礼部。

"青鸾翔舞……"阿南自言自语着，又将珊瑚凤凰拿起来仔细查看，研究上面的水磨痕迹，"水下出现青鸾，这珊瑚又与关大先生修建青鸾台的时间对上，这肯定不是巧合。只是，青鸾毕竟是鸟类，如何能在海水之下飞舞呢？这事听来可真怪异……"

"礼部每年进献祥瑞之人络绎不绝，故此记录简略。或许找到那个疍民江白涟，详加询问后能具体了解。"

"那还等什么？赶紧去杭州呀！要是真的能因此找到青鸾台，那你身上的'山河社稷图'或许就有指望了！"

关大先生在顺天城地下所留的几幅画，其中顺天大火和黄河水患都已应验，而玉门关之前之后都有缺失，那上面剥落的画幅所对应的，或许就有东海这个青鸾台。

关系自己的生死存亡，朱聿恒自然已经命人加紧彻查："玉门关那边，朝廷已经遣人严密排查，但近期似无灾患迹象。而九玄门的青鸾既然出现了东海之中，又有实物发现，我想必定有问题，确可深究。"

"那我赶紧收拾一下，咱们去杭州仔细查看一下海底情况。"阿南是个风风火火的性子，跳下椅子就要收拾东西，见朱聿恒并不动身，好奇问，"你出行那么大阵仗，怎么还不去准备？"

朱聿恒微抿双唇，停顿片刻才道："我要在应天再待几日，毕竟这边还有紧急公务。"

阿南脱口而出："公务再急能有你的身体重要吗？"

她这乍然流露的关切，让他心口一热，差点冲口而出，我们一起去。

但最终，他还是默然摇了摇头，说："此次太子殿下受惊，怕是要卧病一段时间。而刺客的真正目标显然是太子殿下，我怎可独自抽身前往杭州？"

阿南这才想起，他的父母目前在应天，还身陷危局之中。

"看不出你一个神机营提督，事儿还挺忙。"阿南说着，见他神情黯然，显然对父母安危十分忧虑，便轻轻拍了拍他的肩膀以示安慰，道，"也好，本来我想让你派个人关照绮霞，现在你可以直接出面解决她的案子了，毕竟她的案子和刺客大有关联。"

朱聿恒道："你放心。"

短短三个字，但阿南知道他既已许诺，绮霞便没多大事了，于是转移了话题问："对了阿言，你会天元术吗？可以解到几？"

"三吧，再上面的没试过了。"

君子六艺，礼、乐、射、御、书、数。数排在最后，而且当今圣上最重骑射，所以他的射御是每日必练的，但数算则较受忽视。

"才到三？"阿南有些失望，"唐朝王孝通就能解到天元三了，现在都快一千年，阿言你居然也只算到三？"

朱聿恒道："他是算历博士，我是军营提督。"

"好吧，我教你。"阿南抓了把算筹，展开纸卷，将《四元玉鉴》及增乘开平方法一一解说了一遍。

朱聿恒扫了她画给自己的图一眼，拿着算筹按照她说的算法，抹平四元后逐一消解，最终物易天位，得到结果。

他轻舒了一口气，抬手按住写着最终数字的纸，轻轻推向阿南。

"我就知道阿言什么都是一学就会！"阿南早已看到结果，从袖中拿出一张纸欢喜道，"交给你啦，用天元术和割圆术，替我算出这组数据最详细的中心点，割圆术要退位后七位数，我要误差不超过三尺……不，一尺。"

那上面的数据十分庞大，最大的有百余丈，最小的也有八九丈。数据详尽到寸。要计算这样不规则的一个巨圆中心点，殊为困难。

朱聿恒推算着这组数字，问："这是你新设的阵法吗？为什么不做成正圆？"

阿南含糊道："在水力冲击下，维持正圆不太可能。"

朱聿恒料想应该是她要在东海使用，想到她要为了他的安危而奔赴海上，心中不觉涌起巨大的不安。

他叫人送了个三十二档算盘过来，又拿起算筹，在桌上开始计算。

阿南则到旁边银店里买了些米粒珠，又借了他家炉具，拿回来在檐下烧好炭，陪着朱聿恒。

朱聿恒在计算间隙抬头看她，见她掏出怀里一支素股金钗，放在小炉中熔了，重新倒出打制。

他隔窗问她："这是什么？"

"待会儿你就知道了。"阿南朝他一笑，又低头小心地用小剪刀和小锤子加工初成雏形的金钗，"快点帮我算出来哦，不许分心。"

朱聿恒看看面前这浩如烟海的数据，让韦杭之去工部调了八个账房来打算盘，他统合数据，一直算了约有两个时辰，才得出了最终的结果。

朱聿恒轻舒一口气，将结果又查验了一遍，抬头正想问阿南对不对，却发现她已经进屋来了，正俯身专注查看自己的运算。他这一转头，两人的脸颊几乎凑到了一起，似贴未贴的肌肤上恍惚温热。

两人都怔了一下，下意识地彼此挪开，有点不自然地一个看向左边，一个看向右边。

略带别扭的气氛，让阿南的语调都有些不自然："阿言你好快啊，那我可以出发去杭州了？"

"我给你写份手书，一切事宜杭州府会替你安排好的。若需要海上助力，你就去找海宁水军。"朱聿恒将手中数据卷起，交到她手中，低声道，"你此番孤身赴险，我……"

见他欲言又止，阿南笑着朝他眨眨眼，接过数据："你只管忙你的，本姑娘在海里长大的，大风大浪见多了，怕什么？再说杭州那边你都安排好了，说不定我去了也就是扎个猛子下去看一眼的事儿，没问题的。"

她笑容轻快，仿佛不是去往那不可测的深海，而是要前往繁花盛开的春日。

"阿南……"朱聿恒的心口弥漫起浓浓的酸涩与不安。他顿了顿，最终才轻轻道，"万事小心。"

阿南朝他轻快一笑："放心吧。你记得好好练手，我回来会检查你进度的，到时可别让我失望哦！"

送走了阿南，刚回到东宫，朱聿恒遥遥听见了嘈杂声响。

韦杭之立即打探消息，回来禀报："邯王殿下来了，正在清宁殿后堂叙话。"

"邯王？"朱聿恒微微皱眉。

他这个二叔悍勇烈性，仗着太子孝悌温善对他多有容忍，虽封地在九江，但常来应天，且每次过来必有一场大响动。

果然，朱聿恒刚进前殿，便听到了邯王的声音。他混迹行伍多年，一开口便是高声大气："太子殿下，袁才人何在？我家王妃算着本月就是姐姐生日了，托我送了贺礼过来呢。"

袁才人出身荣国公府，当时一双姐妹花，姐姐入东宫，妹妹侍邯王，也是一时佳话。

太子殿下神情低黯，叹道："袁才人寿辰未到，二弟远来辛苦，先歇息几日再说吧。"

"也行，那寿礼便先送进去吧，让她给妹妹写张回函，我在此等着。"邯王喝着茶，一派悠闲模样。

见他不肯罢休，太子只能道："袁才人她……怕是仓促间无法回函。"

"怎么，我千里迢迢过来，她几个字都不给我写？"

见太子面露悲戚之色，太子妃便答道："昨日去行宫避暑，袁才人失足落水了。不过邯王无须担忧，袁才人温柔婉顺，在东宫有口皆碑，相信吉人天相，定能得上天庇佑。"

"靠天不如靠己，人都出事了，难道还能坐等她被风吹回来不成？我看现下该加派人手，尽快搜寻为好！"郕王立即道，"需不需要本王搭把手，替东宫找找啊？"

"二皇叔您领兵作战精熟搜索，若是肯帮手那是求之不得，侄儿正要找您讨教一二。"他话音未落，只听朱聿恒的声音自殿外传来，清朗自若。

殿上众人正因郕王气焰而大气都不敢出，一听到他的声音，顿时都松了一口气。

朱聿恒自殿外跨进，大步从容向郕王走去。

他朝坐在上方的父母一点头，对着郕王拱手行礼："二皇叔远道而来，侄儿迟迎，还望见谅。"

郕王皮笑肉不笑地拍拍他的肩，道："听说你这几个月接连犯病，圣上都心疼你，让你来应天养病了。改天二叔带你打猎去，好强身健体，年纪轻轻的可别落下病根儿啊。"

"多谢二皇叔。不过应天虎踞龙盘，是太子所镇之处，二皇叔怕是不熟悉地势，还是让侄儿带您去吧。"朱聿恒还以一笑，抬手请他落座。

东宫最难惹的就是这个侄儿，郕王见他说话绵里藏针，自己无从借故发作，只能悻悻问："你刚说搜索的事儿，是找袁才人吗？"

朱聿恒在郕王身旁坐下，接过后方宫女递来的茶盏："是，袁才人此番出事，父王心急如焚，东宫倾尽全力，侄儿奉命夤夜搜寻，排布了数百士卒沿着瀑布水流打捞，所有河湾沟壑全部细细寻找，可至今一无所获。"

郕王虽是来借故闹事的，但听他描述也是疑惑顿生："侄子你亲自出马，带那么多人去瀑布下游找，还能找不到？"

"袁才人落水之时，秦淮河入口处便紧急封锁了，山间水道更是梳篦了四次，可惜一无所获。"朱聿恒啜着茶若有所思，"按理，水流再急也不可能冲刷得这么快，但……再找寻不到的话，可能就要去秦淮河寻找了。"

"这……"郕王对水性一窍不通，哪里说得出门道来，只能干瞪眼道，"总之，还是得加派人手，紧急搜索！"

"二皇叔说的是。"朱聿恒就坡下驴，道，"如此，侄儿得尽快去了，便先送二皇叔至下榻处接风洗尘吧。"

眼看朱聿恒将郕王带出了东宫，太子与太子妃默然相视，都松了一口气。

"这可真是巧了，袁才人刚刚出事，郕王便来兴师问罪了。"

"没有这么巧的事。"太子缓缓摇头，在太监们的搀扶下向着内堂走去，"老二是来者不善啊，他对此事的了解比我们所透露的要多得多，袁才人的消息也绝不可能在短时间内传到九江去。"

"所以……"太子妃沉吟着，两人心知肚明，但都没说出口。

最终，太子妃只问："要知会聿儿一声，提醒他吗？"

"你没见他刚刚面对郑王的模样吗？他比我们察觉得只会更早。"太子低声道，"聿儿办事，咱就放心吧。这世上没有他应付不了的事，也没有他应付不了的人。"

将郑王安置妥当，朱聿恒又到刑部，对照行宫地势图和工图册，再研究一遍袁才人还能有什么消失的途径。

甚至，他还考虑起了尸体被猛兽从河中拖到周边山林的可能性，如果真是这样的话，那找到的可能不会是全尸了。到时郑王必然联合荥国公兴风作浪，对于东宫自是不小的打击。而郑王此次显然是趁机而来，他与刺客是否有关联，也值得思量。

正在思索间，韦杭之忽然进来禀报道："殿下，已经寻到疑似袁才人的……骸骨了。"

朱聿恒微皱眉头，没想到他正在设想最坏的结局，结局便真的出现了。

他起身与韦杭之向外走去，问："如何找到的？"

"之前诸葛提督提议，认为水性不定，或许渔民常在水上，会较易知晓方向，因此招了一批人来帮忙打捞。"

"此事我知道。"

"果然，一个常在苏杭一带来往的疍民，叫江白滟的，他撑着船过来，片刻间便寻到了……"

"江白滟？"朱聿恒停下脚步，打断了他的话，"他没回杭州？"

韦杭之有些诧异："殿下认识此人？"

朱聿恒摇了摇头，下意识看向了南方，心口涌起一丝不安。

看来，阿南的青鸾台之行，第一步便要扑空了。

希望她在未能彻底摸清情况之前，不要为了他而急着下水。不然，若东海水下与顺天地下一样危机重重，她一个人要如何应对？

钱塘江上游为富春江，下游折之字形而奔东流，汇合最后一条支流曹娥江，流入东海。

出杭州城，沿钱塘江而下，便是如喇叭形扩散的入海口。万千海岛星罗棋布，呈拱卫之势护住杭州。

杭州卫副指挥使彭英泽看到阿南带来的手书后，哪敢怠慢，亲自带领海宁水军，百余人与阿南一起乘船出海，前往江白涟当初打捞到珊瑚凤鸟的地方。

到了杭州阿南才知道，江白涟刚好运货去应天了。而彭英泽当日正好出海巡逻，遇到过回航的江白涟，也是第一个看到珊瑚凤鸟的人，对此事正是知情人。

江白涟是福建迁来的疍民，恪守永不上岸的规矩，靠出海捕鱼为生。

江浙近海舟楫如山，他特意选了一片少人前往的海域，结果网在水下被缠住了，他竭尽全力也拖不回来。

渔民没了渔网便是没了吃饭的家什，他自然得跳下水去，潜到海底寻回自己的渔网。

"就在他解着被石头缠住的渔网时，忽然听到头顶传来怪异的声音，如同鸟鸣，缓缓渡过大海……"

听到此处，阿南开口道："在水下很难听到声音的。"

"但江白涟确实是这么说的。"彭英泽努力回忆当时他所说的话，道，"然后他就抬头一看，一只青鸾从他的头顶飞了过去，远远地飞到了海的那一边。"

阿南想着礼部记叙中"于水下见青鸾翔舞"那句，微微皱眉。毕竟，这确实不符合常理。

"无论如何，先下去探看再说。"阿南看着手中的钱塘湾地图，审视下方情况。

钱塘江泥沙甚多，但此处离入海口颇远，海水已是一片清澈明透，就如大块青蓝色的琉璃，与天空上下相接。若不是中间隔了一层水面日光，几乎难以分辨上下。

"阿南，什么时候可以回去啊？"因为在杭州这边场面上到处是熟人、上上下下事务都精通，卓晏被指派跟她一起出海。他趴在船舷上吐得晕头转向，有气无力地问。

"卓少，你看看咱们所处的位置。"阿南将地图拿给他看，用手指在上面画了个不太规则的圆，"海湾与群岛组成了一个包围，咱们大差不差，刚好就在这个圆的中心点。"

"你这么一说的话，确实是的……"卓晏扫了一眼，又吐了两口黄水，"那，先喊几个水军下海探查看看？"

彭英泽在水军中挑了几个身强力壮的下水，不多久，他们便一一冒头出来，对着船上人摆手喊话，示意下方并无异样，青鸾之类的更是一无所见。

阿南听他们说着水下情形，思索片刻，说："我下去看看吧。"

卓晏闻言，那因为晕船而苍白的脸当即又泛了青："阿南，这可是深海啊！"

"这算什么深海？周围全都是岛屿，再深也深不到哪里去。"阿南心里牵挂着公子，想着早点把这边的事情结束掉，去办自己的要事。

她利落地脱掉外衣，在夏末炽热的阳光之下，只穿着一件水靠[1]，活动着身躯："你们先在这儿停着，我下去看看，一阵憋气的时间就上来。"

卓晏紧张不已，看看一望无垠的海面，又看看苍蓝的水下，一把扯住阿南穿着水靠的脚踝："阿南，别开玩笑啊！你就这么跳下去，要是出事了，提督大人问罪下来，我们可担不起啊！"

阿南见他这么说，便笑着扯过缆绳系住自己的腰，说："那挑几个水性好的和我一起下去吧，万一下面有事，我们扯动绳子，你们把我们拉上来就行。"

卓晏略略放了下心，但依旧有些紧张，一再嘱咐道："那你可记得一定要快点上来。"

"得了。"阿南笑着拍开他的手，纵身一跃，如一尾鱼划开波浪，钻入了水中。

夏日午后的海水被阳光晒得十分温暖，阿南双腿在水中拍动，很快便钻入了更深的水下。

即使海水清澈无比，但日光毕竟无法穿透得太深，周围虽还明亮，水却逐渐冰冷起来。

领头的水军指着下方，示意那边有大片礁石，应该就是江白涟发现珊瑚的地方。

耳中有微痛传来，阿南捏住鼻子鼓了鼓气，与他们继续下潜。

前方碧蓝海水之中，渐渐呈现出一块巨石的轮廓，与周围的石头相连，就如海底一片连绵起伏的山峰。

阿南在水中掉转身体，将足尖踩在那块巨石上，观察周围。下方沙地上零零散散的水草中，几条石斑鱼偶尔扬起沙土，又很快消失，除此之外，似乎并无动静。

不要说没有青鸾的踪迹，就连普通水下的鱼群都十分少见。

阿南思索着江白涟说过的"青鸾飞到了海的那一边"，便试着游向与海岸相反的方向，一路潜泳而去。

水越发深了，日光照不到的地方，一片阴冷。

身后跟随的水军，虽然都是身强力壮的男人，但平时娴于水上作战，潜水却并非所长，很快，一个个都跟不上她了，只能浮上水面放弃。

最后，阿南回头时，发现水中已经只剩了她一个人。

深海之中，周围唯有一片凝固的碧蓝。她一个人往前游去，手肘与腘窝的伤处在森冷的水中隐隐作痛。

---

1 水靠：古人用鱼皮、海蛟皮或鲨鱼皮制作的连体潜水服。

正考虑着是否要上浮之时，眼前大团的碧蓝之中忽然出现了一阵轻微的波动，水波从她的耳畔荡漾开来，如同划过耳边的微风。

她下意识地抬头，向前方水波的来处看去。

琉璃般的水下、波动的光线之中，一只青鸾曳着长长的卷羽尾巴，横渡过她的头顶。

尽管她就是来寻找青鸾的，但这一刻看着它出现在自己面前，阿南还是错愕地睁大了眼睛。

这是一只由青绿色的晶莹水波聚成的青鸾，水涡为羽，浪涛为翼，水波组成的身躯纤毫毕现，甚至那卷羽上的小小旋涡，还旋转着带起了一个个小泡泡，让它显得更有威势与实感。

在类似于鸟鸣的尖锐声响中，青鸾以睥睨众生、凌驾海天的姿态，横掠过广袤无垠的碧海，投向深不可及的大海另一边，最终在蓝得暗黑的彼岸，消失了踪迹。

阿南顺着它飞翔的方向看去。随着水波扩散，它的身躯在海中越变越大，也越来越模糊，最终消失在海的尽头，化为了一片微小水波。

她回过头，看向青鸾飞出来的地方。

碧蓝的水下，依稀可以看见一条弧线出现在远远的面前。

此时，她因为胸中一口气憋得太长，眼睛与耳朵都已有了痛感，胸口也有了强烈的压迫感。

但她已经发现了端倪，不顾自己已经到了气息竭尽之际，又往前游了一段。

碧蓝的海水波动着，透明虚幻如梦境，将海底的一切朦朦胧胧又真实无比地呈现在她的面前。

那巨大的圆弧，是高大的圆形院墙，上面零零散散长着些斑驳的海藻。

而在城墙之内，是一座约有百丈见方的宏伟城市。砖石累砌的殿阁楼宇，幽深曲折的街衢巷陌，甚至还有珊瑚水草组成的花园林圃，在明暗不定的苍碧波光之下，如仙境又如鬼地，诡谲绮丽。

所有的龙楼凤阁，都簇拥着、或者是朝拜着城池正中间一座高台。但那高台离她太远了，只见它影影绰绰反射着上面的日光，闪着瑰丽的光华，迷离梦幻，却实在看不清楚那上面有什么。

阿南震撼得停在深海之中，呆了片刻。

忽然之间，腰上传来拉扯的力量——是岸上人因为她在水下太久而慌乱，开始拉扯那条牵系她的绳子了。

面前那座水下城市迅速离她远去。被向上拉扯的速度太快，仿佛大海要将她硬生生挤压出去。

阿南胸口传来剧痛，深知太过快速出水会让自己受伤，忙扯着绳索示意他们停手。

但岸上的人怎么能察觉得到她这轻微的拉扯，她还在快速上升。

阿南只能当机立断弹出臂环上的尖刃，斩断腰上绳索，硬生生在海面下方停了下来。

她捏住口鼻，在窒息的晕眩之中，勉强控制着自己慢慢冒出水面，重回到温暖的阳光之下。

船上众人正拉着断掉的绳索惊惧，见她冒出了水面，卓晏不由得惊喜地扑到船边，和众人一起七手八脚将阿南拉上船。

阿南大口大口地喘息着，只觉眼前一阵发黑晕眩。面前的大海与蓝天仿佛统统消失了，只剩下一片嘈杂在耳边急促轰鸣着。

她意识模糊地倒在甲板上，只觉得口鼻中尽是血腥味，忍不住呕吐了出来。

"阿南，你流了好多血啊！"卓晏惊慌失措，手忙脚乱地给她递上帕子。

阿南捂着鼻子，靠在船舷上喘息了许久，才略微清醒一些，恍惚道："太久没下水，阴沟里翻船了……看来，得回去准备下，过两天再来了。"

铁门被当啷一声推开，蜷缩在稻草上的绮霞惊得猛睁开眼。

"出来，问话！"狱卒大声道。

绮霞踉跄跟着狱卒走出囚室，到了后方一间净室。室内被打扫得干干净净，桌椅上都设了崭新锦袱，甚至还熏了炉香。

绮霞瞬间心慌气短，正揣测着是什么人提审自己，怎么排场这么大时，却见周围所有狱卒都退了干净，只有一人从门口进来，声音清朗沉稳："你是教坊司笛伎绮霞？"

来人身姿笔挺，身上艳烈的朱红罗衣也夺不去一身冷然高华。那超卓不群的气质，让绮霞一见便认出是那日到酒楼找阿南的"阿言"。

想起阿南说过会帮自己的，绮霞当即颤抖着跪伏了下去："是，绮霞求大人救命！"

朱聿恒随手指指旁边的椅子："坐吧。"

"我……我坐不了。"绮霞杖责的伤还没好，嗫嚅道。

朱聿恒便将手边一个盒子递给她，说："阿南托我转交给你的，你看看吧。"

绮霞迟疑地接过盒子，用紫胀的双手掀开盒盖一看，里面是一支轻盈的花钗。

细细的钗身上开出三四朵以薄金片为花瓣的玫瑰花，花瓣上镶嵌着米粒珠以作露水，花后隐现金丝缠成的云霞，云霞后是一颗明月珍珠，整支钗子寓意花好月圆。

"阿南说，这是用你的素股金钗改造的。我想她是希望你摆脱过往伤痛，拨云见日，以后会有花好月圆的一生。"

他看过卷宗，自然知道绮霞与苗永望的过往，也知道阿南的用意。

绮霞紧紧抓着花钗，口中不由自主地发出一声呜咽，含泪重重点头。

"原本我近日忙碌，没空亲自过问你的事情。但阿南跟我说，你是个仗义的姑娘，之前她落魄的时候，你因帮她而与人争执，把自己的笛膜都打破了。"

虽然只是很小的事情，但阿南告诉他时，曾很认真地叮嘱："阿言，我从小在海上闯荡，仇敌很多，但朋友很少。绮霞是我朋友，所以我一定得帮她到底。"

那时朱聿恒望着她纵马远去的背影，心口不由得涌起轻微的悸动。

他想，阿南过往的人生，一定很孤独，很艰难。不然她不至于因为别人对她有一点点好，就千倍万倍地回报——

对萍娘，对绮霞，对他……都是如此。

他拉回思绪，看着面前的绮霞，口吻依旧淡淡的："更何况，苗永望这桩案子与行宫的变故或有干系。而你在这两桩案子发生之时，都在现场不远，相信你应该能为官府破案提供助力。"

绮霞拼命点头，但随即又开始迟疑："但是……我所知道的一切，都已经一股脑讲出来了！"

朱聿恒将她的口供再翻了一遍，见她翻来覆去招的都是些现场已知的证据，便将册子合上了，起身道："回忆或有疏漏，我带你去案发现场再看一遍，也许能有进展。"

第四章

远山鸣蝉

　　十六楼朝朝欢笑、夜夜笙歌，早已恢复了常态。只有那日苗永望被杀的房间，如今房门紧锁，禁止出入。

　　朱聿恒带着绮霞进门，见里面所有陈设都还保持着当日的模样，甚至连那个打翻的水盆都还扣在地上，周围大片干掉的水渍。

　　"当日我进门时，苗大人也刚到，因天气炎热他浑身冒汗，我绞毛巾给他洗了把脸，结果他跟我说这回到应天，少则三两天，多则十来天，他就要升官发财了，到时候他和家中老母……妻子商量下，定能帮我赎身……"绮霞努力回忆那日发生的一切，连苗永望那天找自己说的话都抖搂了一遍。

　　"他有何底气，敢说这种话？"朱聿恒嗓音略低，带着些寒意，"登莱动乱，他身为当地父母官，按律定被朝廷查办，他居然认为还能升官发财？"

　　绮霞不知道他的身份，只讷讷点头："他真这么说的。只是我早听腻了这些鬼话，懒得听他胡扯，就把话题带过去了……"

　　朱聿恒沉吟思索片刻，又指着墙上那个眉黛痕迹问："那是你画的？"

　　绮霞这才发现墙上有三条月牙痕迹，凑在一起像是一朵莲花。她惊讶地上前仔细瞧了瞧，摇头道："不是我的，这螺黛很贵的，我可用不起……"

　　刑部一群人虽然勘察仔细，朱聿恒也是思虑周到之人，但对于眉黛这种女子的东西，一群大男人哪有研究。

听她这么说，朱聿恒又仔细看着那痕迹，道："这是什么螺黛？"

"这是金兰斋最好的远山黛，二两银子才一小颗。我们普通姐妹用的是半钱银子一大盒的那种眉石，画出来又黑又僵。听金兰斋的伙计说，这种螺黛是用波斯的黛石和青金石、云母、珍珠一起捣碎过筛压制阴干的，远看带点微青，细看有朦胧闪光，跟我们用的是天上地下。"

朱聿恒仔细查看那几抹青黛，确实如她所说，看起来微青且有光泽，与寻常不同。

"酒楼的人说，梅雨季墙上发霉，因此他们前几日刚刚粉过墙，而你们是第一个用新刷的房间的。所以，你当时进屋后，应该就看到了这个痕迹？"

绮霞摇头："没有，我真没注意过墙上的痕迹。而且我当日绞毛巾时就对着这片墙面，当时没发现有这朵花啊！"

朱聿恒略一沉吟，确定这应该是在绮霞走后、苗永望的尸体被发现的那一段时间内出现的。

毕竟，这标记做在墙上如此显目，他和阿南都能一眼看见，绮霞这种对妆饰十分关切的人，早该凑上去看个清楚了——除非，眉黛出现的时候，苗永望已经出了异常，绮霞才无暇关注到闲杂的东西。

朱聿恒吩咐刑部的人："去查一查当时在楼中的人，有谁用的是这种远山黛。"

将绮霞带回狱中，朱聿恒让江宁县换了个净室关押她，又命人送了她的日用物什进去。

诸葛嘉等候他已久，见他回来，赶紧将手中一本册子呈上："殿下，这是袁才人的验尸报告，请过目。"

朱聿恒接过来看了看，袁才人被冲下河滩之后，由于水力回激，在下方潭中逆流而上，冲到了水潭上游，以致未能及时搜寻到。

只是正值夏日，她的尸体又被山中猛兽拖到林中，胸腹撕开啃咬得惨不忍睹，刺客的刀痕已找不到了。

"若非江白涟这种熟悉水性的人在，谁又能想到被瀑布冲下水潭后，尸体会被逆流冲到上游呢？"诸葛嘉见朱聿恒神情沉郁，掩了档案一言不发，只能试探着替手下找场子，"可见水性凶险难测，实非常人能解。"

朱聿恒想起缓缓点了一下头，心里又难免想起阿南来——不知道她去东海了吗？水下凶险，她又是否一切顺利？

似乎是应了他心中所想，杭州的消息正火速送到。

信内，卓晏急迫之情跃然纸上："阿南下海受伤，已火速返岸。"

离开大海太久了，真是今非昔比。

"当年我在海上，潜得再深再久也跟没事人一样，如今流这么点鼻血，能有什么关系？"阿南被卓晏按着休息了两天，实在躺不住了，对他抱怨。

"不行，你给我好好躺着，提督大人把你交给我，我就一定要好好关照你。"卓晏对姑娘家的事情特别上心，牢牢记得她喜欢吃的菜，殷勤地每日送到她房中来。

"卓少，将来谁嫁给你，可算有福了。"阿南吃着饭，和他闲扯。

"就我这声名狼藉的花花公子，如今家里又失势，谁肯嫁给我啊。"卓晏说着，脸上倒是不幽怨，"再说了，教坊姑娘们多好，个个年轻漂亮又多才多艺，比娶个老婆回家管自己可好太多了！"

阿南给他一个白眼："幸好阿言不在，不然还不被你带坏？"

"他……他肯定不会受我影响。"卓晏说着，默默把"他将来会有三宫六院"几个字吞回肚子里去，又从怀中掏出一封信件，"喏，应天送来的急件，你看看。"

"挺快啊，两天就一个来回了。"阿南拆开信看了看，道，"阿言说他知道了，已经让官府选择海边善水的渔民，还让他们妥善准备一切下水物什，现在万事俱备，就等我恢复了。"

里面还写了已经派应天的太医携带伤药赶赴杭州，希望她先好生休养，一切以身体为要云云。

阿南笑眯眯看着阿言的嘱咐，没有告诉卓晏。

卓晏又好奇地问："阿南，你下水后发现了什么啊？为什么只叫我们把那周围守住，不许任何人下去？"

"水下有点问题，我要和阿言商量商量。"阿南喝着小米粥，又捂着胸口说，"唔，我好像真的是伤到了，挺痛的……大概要养几天呢。对了我有个方子，卓少你记得亲自帮我去配药哦，这个至关重要，不能配错了！"

卓晏接过药方，把胸脯拍得山响："阿南你安心休养，我一定蹲在旁边盯着他们配药，放心吧！"

把卓晏支走后，阿南一骨碌爬起来，换了件不起眼的衣服，直奔吴山而去。确定没人跟踪后，她和自己人碰了个头。

"魏先生，这是我请人根据你们传递来的消息，算出的放生池中心径。"阿南将朱聿恒得出的结果交给他们中最精术数的魏乐安，只字不提这其实不是"请"而是"骗"来的。

魏乐安一看那上面的数据，顿时惊呆了："这……居然真的能算出来？我知道公子在放生池上被牵丝捆缚后，已经算了十来天了，可进度还没到三分之一呢！"

"他只用了两个时辰。"阿南见魏乐安震惊得眼珠都快掉下来了，心里暗自有点骄傲——毕竟，这可是她调教出来的阿言，比世上任何人都要合她心意。

"不过因为担心他会看出这是放生池，所以我抽掉了一批内容，你还得把它补完才能得到最后的结果。"

魏乐安激动道："南姑娘放心，有了这些，推算后面的不是难事！我估摸着……两三天内，我准能成！"

司霖在旁边抱臂看着阿南，冷冷插话："你准备什么时候去救公子，带几个帮手？"

"没法带人去。我仔细推算过那个水下的机关，人越多，水波越混乱，造成的扰乱越多。"阿南说着，不自觉又叹了口气，心道，若说有人能帮自己，或许只有阿言了——

可惜，这世上最不可能帮自己破阵的，就是阿言。

"还有，你上次不是说，为了保住公子这些年的根基，咱们最好不要与朝廷正面对抗吗？如今你这是准备直接杀进去了？"

"公子这些年来辛苦打下的基业，我当然难舍。可如今看来，也顾不得了。"阿南示意司鹭出去观察外面动静，又将门掩上，目光才一一扫过堂上众人，让他们都注意听着，"毕竟，朝廷很可能已经知晓公子的身份。"

堂上众人顿时大哗，冯胜最激动，压低的声音也掩不住他的激愤："怎么走漏的消息？知道真相的只有咱们这群最忠心的老伙计，难道是出了内鬼？"

"是个叫蓟承明的太监，之前是内宫监掌印，你们谁接触过吗？"

堂上众人沉默片刻，最后是常叔道："他对老主子忠心耿耿，是我们上岸后联系的人之一。但我听说他数月前在火中丧生了？"

阿南扫过众人表情，心下微沉——看来，除了她之外，其余人大都知道蓟承明的身份。

她十四岁出师后，便发誓效忠公子，用三年时间为他立下汗马功劳，他被尊奉为四海之主时，她就站在他的身旁。

她曾认为自己是他最倚仗的人之一。可现在看来，她似乎有点高估自己了。

常叔察觉到她神情异样，立即解释道："南姑娘，我们联系蓟公公时，正值你身陷拙巧阁，后来又送你北上养伤，我想公子大约是希望你好好休养，因此才未对你提起。"

"这本是小事，公子未曾提及也是正常。"阿南通明事理，便说道，"蓟承明擅自动手引发机关，想将顺天城毁于一旦。后来功亏一篑，行迹败露，竟让人查到了他留给公子的密信。"

魏乐安急问："密信是如何写的？"

阿南回忆信上内容，缓缓道："他写自己二十年来卧薪尝胆，为报旧主之恩不惜殒身，并伏愿一脉正统，千秋万代。"

"这、这可如何是好？"冯胜脱口而出。

众人莫衷一是，但无人能提出解决途径。

只有魏乐安捻须一叹，道："历来的皇权斗争，哪有善了的途径。"

"南姑娘，到这份上了，咱们只有将公子拼抢出来这一条道了！"冯胜挥拳道，"实在不行，咱老伙计把这身老骨头全都葬送在放生池，也算不辜负咱们这二十年的辛苦！"

"那可不行，冯叔你得保重身体，你还要与公子回去纵横四海，继续当你的海霸王呢。"

"对，当海霸王有什么不好！"

其他人也纷纷响应："回海上！过自由自在的日子！老子早就不爽这束手束脚的日子了！"

见众人都没有异议，阿南一锤定音："好，趁现在我这边方便，咱们尽快把公子给救出来！魏先生，你三天之内，一定要将最终结果交给我。"

"放心吧南姑娘，绝不辱命！"

"冯叔，你把我的棠木舟好好保养保养，下方多辟暗格，越大越好，我到时候要用。"

"行，包在我身上！"

"常叔，接应的重任交给你……"

阿南桩桩件件吩咐下去，众人齐齐应了，一一领取阿南给他们分派的任务，又商议筹划到时如何配合。

一群人热火朝天地商量完，看看时间不早，阿南估摸着卓晏也快配药回来了，便告别了众人，火速赶回驿站去。

已是七月末了，夏日暑气正盛，灼热的风中，满街鸣蝉远远近近的噪声，让这午后更显沉闷。

吴山之下，古御街左右，夹道满街紫薇盛开，团团簇簇如枝枝锦缎堆叠。

阿南抬手碰一碰花朵，让它们扑簌簌落在自己的掌心。

那艳丽夺目的花瓣，如同顺天城下，引燃了煤层的火焰一般，散乱而毫无规则。

一瞬间，阿南心中忽然闪过一个念头——

蓟承明当时要做的事情，公子他……知道吗？

就如一瓢冰水猛然浇在她的头上，在这炎热天气之中，她后背竟冒出了一股冷汗。

但随即，她便用力摇头，撇开了自己这个可怕的想法，严正地警告自己不要胡思乱想。

毕竟，那是她的公子，是胸怀苍生的公子，是叮嘱她去挽救黄河堤坝的公子，是将年幼的她从生死关头救回来的公子。

哪怕一闪而逝的怀疑，都是对公子的玷污。

阿南来到楚元知家时，破败门庭外正在上演升官发财的戏码。

官差带着官印官服和大小箱笼，咬文嚼字道："南直隶神机营诚聘楚先生为左军把牌官一职，以后俸禄补贴、日常家用、妻儿用度衙门都会依例供给，请先生明日起准时到衙门点卯，切勿延误。"

邻居们顿时都震惊了。有人张大嘴久久合不上，有人交头接耳满脸艳羡，有人偷偷指着楚元知的手道："就这样也能当官？祖上烧了高香啊！"

楚元知用颤抖的手接过官印，奉上茶水钱感谢各位官差。

阿南也不上前打扰，绕到后院一看，金璧儿正在做绒花。阿南熟稔地抄起来帮她绕着，向她问起楚北淮的学业。

"小北已经从蒙班转到地字班了，先生说他之前有底子，学得快……"一聊起孩子，金璧儿脸上顿时放出了光彩，打都打不住。

楚元知过来后看见妻子和这个女煞星聊得火热，心下油然升起不祥的惶惑："南姑娘，神机营说……有一批芒硝火油让我交给你？这些东西都是危险物什，你一个姑娘家要这么多干什么？"

"多吗？我看看。"阿南开心地起身去翻看那些东西，"你是天下用火的第一大行家，还担忧这些东西危险？"

楚元知苦笑道："姑娘折煞在下了，在你面前我哪敢班门弄斧。"

"我说正经的啊，破阵我擅长，但设阵肯定不如你。"阿南查看着神机营给他送来的东西，懊丧道，"阿言这个小气鬼，抠死了！答应给我一半的，结果现在送来的连三分之一都不到！"

"仓促之间，哪有这么快啊。"楚元知忙解释道，"这只是今天顺便带来的。"

"可以啊楚先生，刚入职就替上司说话啦。"阿南笑着揶揄他，蹲下打开火油，与他一起商议起了自己需要的东西。

"一定要尽快研究出来啊，楚先生，我真的急需！"

"放心南姑娘，两天后一定交到你手上。"

回到驿馆一看，卓晏正急得跳脚，见她回来了才松了一口气："阿南，你身体还没好，跑哪儿去了？"

阿南笑道："找楚先生去了，我和他商量些新的机关。"

卓晏将配好的药丸交给她，问："这药没事吧？大夫说里面几味药材有毒。"

"没事，我会谨慎着用的。"

卓晏听着有些不安："阿南，你不要太为难自己。"

"谁叫命运喜欢为难我呢？可能我这个名字就起得不好。"阿南不由得笑了，她调着手上臂环，道，"所以，我要赶紧下海帮阿言把事情处理了，你看我这么忙，真的不能浪费时间了！"

第二次下东海的阵仗，比之前的规模更大一些。

官府在附近渔村招揽的善泳高手，个个精瘦结实，一看就知道是浪里来水里去的人物。

知道此行要跟着阿南这个姑娘，那二十人的眼神都有些不对劲，等知道后方还有一百水军也被调来随她下海，众人简直震惊了。

有几个相熟的渔夫忍不住交头接耳："我听说官船出海时，娘儿们是不让跟船的啊……这姑娘真是朝廷派来打头的？"

"瞎说，怎么不让女人上船了？七宝太监下西洋时，每船还特地招了几个老婆子，干缝补浆洗的活儿呢。"

阿南听他们嘀嘀咕咕，也不理会，只裹着布巾遮着头顶烈日，笑嘻嘻地逗弄船前船后纷飞的海鸥。

反正到时候下了水，是龙是蛟，立马就能分个清楚。

按照阿南的记忆，船这次不再停在江白涟当时捕鱼的地方，而是往东南再行了二三里，在海中定锚。

阿南指着下方海底，朗声道："这下方的海有十五丈深，觉得自己能潜到底的，就跟我下去，不行的话就乖乖待着，待会儿有船送你们回去。"

那二十人自然没人会说自己不行，周围水军中选出来的精锐也一起应了。

众人佩戴好铜坠坨、气囊、驱鱼药、水下弓弩、分水刺等，脱了外衣，在日光下活动筋骨，一一跳下海适应水温。

等身体活动开了，阿南一声招呼，众人随她一起潜入海中。

虽然悬挂了铜坠坨，但到了十丈以下，下潜已十分艰难，有些人拉着锚上的铁链，才能继续向下。

等落到海底，阿南迅速扫了一眼，共有十一个渔人和二十五个水军能跟上来。

她也不再等待，一招手示意众人跟上自己。

在海中生活了十几年，阿南只靠着水温便能辨认方向，因此判定定锚的地方离她记得的水城虽有偏离，但相差不远。

凭着记忆，她带着一群人向着前方游去。

她穿着自己惯用的水靠，因为素喜艳丽，灰白色鲨鱼皮水靠上绘满艳红赤龙纹，在一片蓝绿的水中十分惹眼，一下便可看到她在前方指引的身影。

很快，那道弧形围墙便出现在他们面前。众人看向里面，划水的动作都因激动而变得急促起来。

宏伟街道上，金灿灿的车马和珊瑚花树历历在目，连珊瑚树上艳红的宝石花鸟都还站立着。

水下城池不知用了何法，竟不长丝毫水藻水苔，以至于稍微掠去尘埃，那光彩就迷了众人眼睛。

阿南拿下气囊，按在口鼻上深吸了两口气，然后再利索地将袋口扎紧，思索着该如何进入这座水城。

而彭英泽迫不及待，看见如此宏伟的水下城市，哪还能按捺得住，一挥手就示意水军们跟着自己从城墙上游进去。

幽深的水下，一片死寂。就算他们游进城去，也只是搅起无声无息的水波。

在这一片寂静之中，阿南看着他们投向水底城池的身影，却只觉得头皮微麻，仿佛他们正要投身巨大的凶险之中。

不知道哪里不对劲，但她在海中这么多年，下意识就觉得十分不妥。

她加快速度往前游去，正要阻拦他们，眼前水波陡然一震，大片黑压压的细影从城池中疾弹出来，如同万千支利箭，射向越过围墙的人。

　　阿南反应何等快捷，一个仰身避开射向自己的那片"箭"影，身体急速下沉，扑在了城墙之下。

　　她抬眼上望，才看清那千万疾射的细影是大片集结的针鱼群。海上常有渔民会被这种鱼扎伤，但这么庞大、又潜得这么深的针鱼群，她却从未见过，甚至令她怀疑，是不是被人饲养在其中当作护卫的。

　　企图越过围墙的人，此时全身无遮无掩，个个都被针鱼刺穿了水靠与皮肤。

　　冰冷的海水迅速刺激伤口，剧痛令所有人都抽搐着在水中挣扎翻滚，伤口的血因为水压激射而出，化成一团团黑色血雾，如同朵朵妖花开在众人周身。

　　看着上面诡异可怕的场景，阿南立即取出携带的驱鱼药，打开竹筒在水下泼洒，让土黄色的药物随水流弥漫开来。

　　众人这才反应过来，赶紧个个取出药物，浓重的鱼药弥漫，终于让针鱼渐渐退却。

　　那令人心悸的鱼群，在将他们扎得遍体鳞伤之后，集结在一起，如同一匹巨大的黑灰色缎子，在水中漂向了远方。

　　幸好，针鱼虽迅猛无比，但毕竟细小，虽然大部分人见了血受了伤，但并无重伤者。

　　只是几乎所有人的气囊都被扎破了，这下根本无法在水下维持太长时间。

　　彭英泽一马当先，受伤最重，艰难地挪到城墙边，咬牙切齿拔着自己臂上扎着的鱼。

　　阿南向他游去，而他举着手中瘪掉的气囊向她示意，要她与众人一起撤退，放弃这次行动。

　　阿南转头看向水城内，她觉得自己还能再坚持一下，但这么多人受了伤，又没了水下续气的东西，怎么可能还继续得下去。

　　她正在思索自己是不是一个人进城时，后方忽然有几人泼剌剌地打水，拼命地向上游。

　　彭英泽正想大骂一声不要命了，转头一看，那脸在水下变得惨青——

　　是十几头巨大的鲨鱼，不知何时已悄无声息地游了过来。

　　即便是天不怕地不怕的阿南，此时看着那些幽灵般出现的鲨鱼，也觉后背冷汗渗了出来。

　　青灰的背部和翻白的肚皮，正是出海人最怕的白鲛，甚至有人叫它噬人魔，正是海里为数不多会攻击渔民的凶猛大鱼之一。

　　此时众人身上所携带的鱼药几乎已经用完，再加上人人带伤流血，今日怕是难逃这场祸患。

　　一时之间，所有人都拼命打水，向着水面急促游去。

鲨鱼受到惊动，在他们身后紧追不舍。

这般急切出水，就算逃脱了鲨口，怕是也要受深重内伤。可阿南又如何阻止得住他们。她只能靠在城墙上，抄起水下弓弩按在臂上，看向上方。

彭英泽受伤最重，向上游了三四丈便已力竭，下方一条鲨鱼猛然上蹿，张口便向他扑咬而去。

彭英泽大惊，尽力上游，可他的速度如何能快过鲨鱼，右脚掌被一下咬住，向下方拖了下去。

彭英泽张口惨呼，声音在水中并未传出多远，阿南只看见他口中大股气泡冒出，怕是已经呛到了水。

来不及思索，阿南手中的弩箭已经激射而出，分开水流，直刺入鲨鱼的腹中。

吃痛的鲨鱼猛然一挣，彭英泽的身躯在水中被甩出了半圈，但终究是脱离了鲨口。

他毕竟是行伍中人，在这般剧痛绝境之下，依旧下意识挥动手中分水刺，向着扑上来的又一条鲨鱼狠狠扎去。

可惜海水阻慢了他的动作，鲨鱼身子一偏，分水刺从它的鳍边划过，只割开了一道血口，并未造成太大伤害。

阿南第二支弩箭激射而出，不偏不倚射入鲨鱼的鳃裂之中，直至没杆。

那条鲨鱼伤了要害，顿时在水中翻滚挣扎，甚至撞歪了旁边另外两条鲨鱼，使得彭英泽身边压力陡减。

借此机会，他竭力摆动双臂，向上游去。

身后的群鲨如鬼影一般，紧追不舍，甚至有几条已经蹿上了更高的地方，撕咬其他几个带伤的渔民。

阿南搭上弩箭，一箭箭射出，每一箭基本都能射中一条鲨鱼，只可惜跟鲨鱼庞大的体型比起来，弩箭毕竟微小，即使射中了，也不过是让它们吃痛而已，只能稍微阻一阻它们的速度，为上面的人争取一点逃离时间。

弩箭毕竟有限，阿南最后一次伸手摸了个空，只能丢掉弓弩，打开皮囊又深深吸了两口气，等再扎紧时，已经感觉到了头顶水流紊乱。

她将后背抵在身后的城墙上，警觉地抬头上望。

头顶的黑色血雾之中，有一条鲨鱼正向她急速游来。

她当即套上分水刺，在它张开遍布利齿的血盆大口猛扑向她之时，将身一矮，左手在城墙上一撑，借助海底的泥沙，屈膝从它的腹下硬生生滑了出去。

她手中的分水刺一路划过鲨鱼肚腹，利落地将鱼腹剖开一道大口子。只可惜这柄分水刺不甚精良，刃口已歪了。

那鲨鱼重重撞在城墙上，激起大片泥沙，水下顿时浑浊起来。它凶性大发，转身张口向着她疯咬。

泥沙骤翻，水流乱卷，她无法在发狂的鲨鱼身边保持平衡，仓促间挥臂直刺鱼眼，可歪曲的分水刺扎偏了，卡在了鱼头上，她的身子也被发狂的鱼带得在水中翻飞，差点被甩飞。

阿南当机立断放弃了这柄分水刺，撤身且游且退到城墙边，借助那坚实的砖石来保护自己的后背。

面前浑浊的海水之中，黑影更多更乱，上方的鲨鱼已经集结向她冲撞而来。

阿南胸中那口气已经消耗殆尽，心肺那种压迫的疼痛又隐隐发作，却根本没有时间吸气。她在鲨群中左冲右突，惊险无比地堪堪从它们的利齿边擦过。

在这生死攸关的一瞬，阿南的手按住臂环，指尖扣在了阿言送给她的那颗珍珠之上，毫不犹豫地按了下去。

臂环之中，传来轻微的琉璃破碎声。被封印在其中的黑色浓雾疾喷而出，因鲨群乱游而紊乱的水流，迅速将周围海域洇染成一片诡异的蓝黑色。

即使憋着气，阿南也立即捂住了口鼻，一纵身向着上方拼命游去。

黑雾毒性剧烈，在碧蓝的水中烧出大块黑色，有几条鲨鱼已开始在水中翻滚。

突破鲨群，阿南冲向上方蓝绿色的天光。

正在此时，一种怪异的波动裹挟着尖锐的啸叫声，陡然震过整片海域，让她在死一般寂静的海中，感到毛骨悚然。

因为莫名力量的驱使，她回过头，向下方看去。

水波汇聚而成的青鸾，从斜下方飞速地扩散，冲向四面八方。

它们冲出的地方，正是那个她一直没能看清楚的灿烂高台。四只青鸾同时从高台上喷射而出，向着四面而去，随着水波越扩越大，直至横掠过四方水域，最终消失于苍茫大海的边缘。

阿南面前水波陡震，眼看着青鸾水波向她飞扑而来，那水波痕迹不偏不倚直冲向她，似乎要斩断她的身躯。

明知道面前只是透明海水泛出的波纹，阿南还是下意识地偏了一偏身子，避开那扑面而来的青鸾。

然后，她看见自己鬓边一缕散乱的头发，在水中被那横掠而过的波光斩断，随着水波在她眼前一漂而过，随即消失不见。

这青鸾的冲击力，好生可怕。

一瞬间，阿南脑中掠过一道凛冽的白光，一个可怕的预想，几乎扼住了她的心。

还没等她理出头绪，下方的鲨鱼又扑了上来，尖锐密集的利齿在幽暗的水下闪着骇人的光，似要将她撕碎吞噬。

难道本姑娘在海上纵横这么多年，居然会死在这一刻？

阿南咬一咬牙，在水中翻转身子，想寻求一处空隙脱困而出，却终究不可得。

周围密密匝匝的鲨鱼，看来足有六七十头，她的身周聚拢了伺机而噬的鲨群，等待着将她撕成碎片。

阿南抬起臂环，准备最后再杀几条鲨鱼，至少，也不能让它们将自己吃得太愉快了。

只是……

她的眼前，忽然闪过放生池那一片烟柳长堤，掩住了公子被关押的楼阁。那之后，她再也没见过他，或许，已是永远见不到了。

还有……阿言身上的"山河社稷图"，她是帮不上忙了，希望他能自己找到那条生路，好好地，长久地活下去吧。

紧一紧臂环，她手中的流光破水疾射，那光华压过了周围所有粼粼波光，如同新月光辉，在扑过来的鲨群中耀眼闪过。

周围所有的鲨鱼，几乎同时挣扎扭曲，血箭齐迸，将她的周身染成血海。

阿南不敢置信地在水中睁大了眼睛，自己都不相信这薄薄的流光能有这么大的威力。

成群鲨鱼扭曲挣扎着，大股大股的血箭从鱼身上疾射而出，一时间她周围的海水全部被染成猩红，如坠血海。

大批手持机栝的水军，正成群结队向她身处的海域游来。即使这边大群鲨鱼聚集，也挡不过他们密集发射的水弩与鱼叉。

毫不迟疑，阿南立即竭力打水，冲出海面。

鲜血消失湮没的边缘，碧蓝的天光之下，粼粼的波光笼罩着她眼前的世界。

在那如同暴风骤雨般射击的武器中，水下顿成血腥屠杀场，几乎染红了这片大海。冲破这片血海，她浮出水面，脱离了梦魇般的地狱。

日光穿透云层，笼罩整片湛蓝大海。阿南大口喘息着，因为晕眩而眼前一片朦胧。

迎着上方虚幻的光晕，她看见站在船头俯瞰她的阿言。

日光反射着水波，荡漾在他的周身。他蒙着一身潋滟光华，伫立在船头等待着她。

而她从暗黑与血腥中奋力游出，向他伸出双臂，冲破阴寒的海水，紧紧抓住了他伸来的，温暖的手。

朱聿恒紧握住阿南的双手，将她从水中拉出。

她在水下待久了，又与群鲨搏斗脱了力，此时脸色发青，身体冰冷僵硬。顾不上烈日暴晒，她倒在甲板上松开水靠的带子，大口喘息着，摊平四肢让自己的身体温暖起来。

刚刚在船上水下指引众人时，她一副霸气强悍指挥若定的模样，此时却在众目睽睽之下像条死鱼一般躺平，手指头都不想动一下。

周围一片安静，所有人都不敢出声，连朱聿恒也站在她身旁，等待她缓过这口气。

直到眼前阴影过去，阿南才慢慢坐起来，被朱聿恒搀扶着回到船舱。她将紧裹全身的湿水靠从身上艰难剥下来，擦干身体，换上干衣服。

夏日炎热，她带出海的是细麻窄袖衫子，吸湿易干，海棠红的颜色衬得她苍白的脸色好看了不少。

打开胭脂盒子，阿南沾了点胭脂晕开，让自己的唇色显得精神些。

朱聿恒敲门进来，看见她这副模样了居然还在化妆，不由得皱起眉头。

阿南从镜子看他一眼，又给自己的脸颊打了些粉色："脸色太难看了，我死都要死好看些。"

可惜朱聿恒并没有注意她的妆容，目光只落在她左颊和脖颈红肿的擦伤上。

她被衣服遮住的身躯上，不知道还有多少未曾被人察觉的伤痕。

他的目光与她在镜中交汇，他看见她的眼睛在水下太久而布满了血丝，疲惫微肿。

他再也忍不住，开口问："为何要如此逞强？我让你等待你不等，这么急着把自己的命拼上吗？"

阿南听他这质问语气，本想问我是主子还是你是主子，但抬眼看见他眼中的关怀与焦急，不知怎么的心口一暖，不由自主地笑了出来，应道："是是是，我知道错了。"

这没正经的样子让朱聿恒不由得皱眉，哼了一声，端起旁边的碗递给她。

阿南喝了一口，甜丝丝的姜茶，正好驱寒。

她捧在手里慢慢喝着，朝着他微微而笑："阿言你可真贴心。"

朱聿恒没好气地瞪她一眼，而她得意忘形，凑到他耳边低笑道："这次你护主有功，我回去好好犒劳你。"

朱聿恒别开头，正不知如何对付这个惫懒的女人，目光却扫到她妆盒中的一支螺黛。

他看着这支泛着暗青微光的螺黛，问她："你用的是什么眉黛？"

阿南没想到他会忽然问自己这个问题，随口道："金兰斋的远山黛，怎么了？"

"二两银子一颗的那个？"朱聿恒的眼中含着她看不分明的复杂情绪。

阿南笑笑，随手拿起来对着镜子描了描自己的眉："怎么了，怕我用不起？"

可惜她在水下太过疲惫，手有点虚软，眉毛画得不太像样。她叹了口气，拿绒布沾了点面脂，将眉毛又擦掉了。

"怕你麻烦大了。"朱聿恒望着她绒布上的颜色，道，"那朵留在苗永望身边的青莲标记，和描在行宫亭子上的那朵青莲，都是用远山黛画的。"

"咦？"阿南回头看他，挑挑眉，"这么说我又在现场，又用的是同样的眉黛，嫌疑很大？"

"非常大——甚至可以说，已经超越绮霞，成为最大嫌疑人了。"

"别吓我啊，又来了？你之前还曾怀疑我在宫中放火，一直追着我不放呢！"

朱聿恒凑近她，海风从敞开的窗口吹进，自他的唇上掠过，将他的声音压得很低很低："所以接下来，我得盯着你不放，也不许你离开我半步，不得擅自行动。不然的话，朝廷会立即对你采取行动的。"

"好怕哦，我何德何能让阿言你亲自盯着我？"阿南夸张地拍着胸口压惊，随即笑了出来，"我救了顺天百万人，我为朝廷立过功，你不会这么残忍吧？要让我下狱和绮霞做伴吗？"

日光波光交相辉映，照得她的笑颜灿烂明亮，那些可怖的暗局与可怕的凶案在这一刻的笑语中忽然远去。

朱聿恒一直沉在阴霾中的心也如拨云见日，甚至让他的唇角也微扬起来："放心吧，绮霞已经没事了。对了，你给她做的金钗，她挺喜欢的。"

"那就好，我也得加快努力了，希望我们的麻烦能快点解决。"阿南见镜中的自己已不再难看得像个死人，便朝朱聿恒勾勾手指，捧着姜茶晃出了舱门。

下水斩鲨的人已一一上船。人群中有一条身影按住甲板翻舷而上，身形利落远超他人，带起的水花都比别人少。

那是个瘦长黝黑的少年，大约十七八岁年纪，滴水的眉眼黑亮似漆。他身量不算高大，身形似一条细瘦的黑鱼，每一寸肌肤骨骼都最适合下水不过。

阿南的目光在他厚实而筋骨分明的手脚上停了停，问朱聿恒："你带来的？他水性可不错呀。"

朱聿恒道："他就是最早发现水下青鸾的疍民江白涟。此次他受邀共探青鸾台，水下的情况，你尽可一一对他讲述。"

"啊，难怪！"

听到阿南的话，正在甲板上甩着头控水的江白涟朝她一笑，露出一口大白牙："你也不赖，一个姑娘家居然能只身从鲨群内杀出来，我们疍民汉子都不敢说比你强。"

"我还是疏忽了，不然不至于这么狼狈。"阿南的目光落在他腰间的气囊上，眼睛一亮，"你这个气囊是带嘴的？让我瞧瞧？"

江白涟爽快地解下递给她："这是我自己琢磨的。其实就是在取猪脬时多留了一截管子，再贴一根竹管将它撑起硬化。这样在吸气的时候既方便，里面的气也不会逃逸。"

阿南笑道："难怪我琢磨不出来，因为我在海上，用的气囊是大鱼鳔做的，那东西可没管口。"

见他们讨论起下水的物什，朱聿恒也不去打扰，回头吩咐船只回航。阿南指着海底问他："这水下，不探了？"

"先让水军把守这一带吧，反正城池就在水下，又不可能走脱。"

阿南迟疑着，似乎有些不想走："可是……"

"还是得回去做好准备，今日大家的状态不适合再下水了。"朱聿恒说着，又打量着她的神情，问，"怎么了？你要下去？"

阿南叹了口气，说："算了，我今天已经力竭了。"

"江白涟这边会寻几个水性最好的疍民一起来，你们详细探讨下水下地势，等研讨仔细再做安排。"朱聿恒道，"此次你未免太心急了，上一次你已经受伤了，这次为何不安排妥当再行事？"

阿南只笑笑看向飞溅的浪花，说："对呀，我太心急了，是我不对，先向你道个歉。"

她那没正经的模样，让朱聿恒无奈地皱起眉："阿南，我说的是正事。"

"我也是真心诚意向你道歉的。"阿南靠在栏杆上，托腮看着他，脸上的笑容渐渐隐去。

毕竟，她很快要劫走朝廷要犯，以后如何面对阿言也是个问题了。

至少……这一路以来的交情，怕是只能就此结束了。

所以，她真的很希望能多帮阿言一些，如果她能在"山河社稷图"的事上帮到他一些的话，以后想起他时，是不是至少能减轻一些愧疚呢？

见她忽然陷入缄默，朱聿恒便也没再说话，只和她一起靠在栏杆上，吹着微微的海风，望着海天相接处的灿烂光点。

分开不过三两天，但他们都觉得有许多大大小小的事情想要和对方说，却又感觉现在这样什么都不说也挺好的。

只有温热的海风从她的脸颊边擦过，带着熟悉的栀子花香越过朱聿恒的鼻间唇畔，消散在茫茫大海之上，无从寻觅。

飞船快桨，很快便到了海宁，众人将彭英泽抬下船，送入营中。

他的左脚掌被鲨鱼咬断了，怕是回去后要截掉整只脚，否则难免伤口溃烂，祸及全身。

所幸彭英泽个性爽朗，只拍了拍自己的腿道："男子汉大丈夫，这点伤残不算什么，比起这回葬身鱼腹的刘三他们，我已算行大运了。再说，若不是南姑娘，这回我们所有人的命都要丢在海里，现在这样已经是邀天之幸。"

阿南望着被抬上岸的伤员们，只觉心下沉重。

朱聿恒开解道："军中法度完备，对伤残的抚恤和家人的安顿，都有定例，你不必担心。"

阿南点头，挥开了低落情绪，走到船舱中铺开宣纸，喊了江白涟过来，将水下情况一一绘制出来。

"水城在水底十五丈深，日光穿透海水照射，视物无碍。城市介于方圆之间，略呈弧形，约有百丈见方。"阿南在纸上描绘图形，边画边详细讲解道，"小城东西有入口大门，门内是狭窄道路，左右商铺林立，后方是坊间人家花草楼阁。顺着道路一直上去，是一座斜坡，坡上顶端是个高台，因为水波遮挡，所以看不清台上情况，但我亲眼看见青鸾从台上飞出，确凿无疑。"

江白涟大觉不可思议："原来青鸾是来自水下城池的高台？"

"而且，不止是一只两只，而是四只一起向四面八方射去。"她掠起自己那缕被削断的头发，展示给他看，"另外，这是我太过接近青鸾时被削断的头发。"

江白涟看着那缕头发，尚未明白过来，一直缄默听他们交谈的朱聿恒开了口，问："看来，得马上派人去钱塘湾海域，查看各处水下岛礁的情况？"

"嗯。钱塘入海口有大小岛屿环卫，粗略看来一个巨大的圆形，而青鸾正在这个圆的中心点，它们向四面八方扰动的水波，已经持续了六十年。"阿南抬手指向后方的钱塘湾，说道，"绳锯木断，水滴石穿。六十年来振动的水波，我怕水下屏障难免有了缺失，或许……东海正在酝酿一场大灾变。"

江白涟对钱塘湾再熟悉不过，顿时脱口而出："若钱塘湾这一圈拱卫岛屿有失，那八月十八的大潮，岂不是再也防护不住了？"

阿南点了点头，看向朱聿恒。

朱聿恒神情凝重道："'黄河日修一斗金，钱江日修一斗银'，钱塘江的回头潮号称天下第一，若江海横溢奔腾入城，往往城毁人亡，伤亡无数。前朝便有两次大灾，风雨合并大潮冲毁城墙，全城男女溺毙万余。"

想着那全城被冲毁、万人浮尸的景象，几人看着面前浩瀚碧海，都觉毛骨悚然。

"若海中地势真的在这数十年中被缓慢改变，那么以后每逢大潮水之日，杭州难免沦为泽国，海水倒灌入运河、湖泽，使得杭州府，甚至地势更低的太湖、南直隶一带，百姓流离失所。"朱聿恒的面容上失去了一贯的沉静，"我查过南直隶工部卷宗，近几十年来，杭州修堤委实越来越频繁，冲垮的海堤也逐年增多，想来，这也是水下阵法威力初现了。"

江白涟道："这个我倒是可以找几个年长的人问问，毕竟我们疍民祖祖辈辈都在水上，老人们对这些年来的水文变化再熟悉不过。"

阿南点头道："那就拜托你了。"

船近杭州，疍民聚居江上，江白涟的小船就停靠在埠头。他一手抓住大船栏杆，一个翻身便跃到小船之上，动作轻捷得让小船只稍微晃了晃，荡起一两条涟漪便稳住了。

朝廷的官船继续沿着江岸往杭州而去。钱塘江两岸，是巨石堆砌成的海塘，整整齐齐一路排列，在水波冲击下岿然不动。

阿南与朱聿恒打量着这看似坚不可摧的海塘，沉默估算着下一波大潮来临时它是否能抵得住那些剧烈冲击，但最终都只看到了彼此眼中的担忧。

"不过……这只是我们所设想的最差结果。毕竟海中岛屿暗礁都是千万年才形成的巨大屏障，我不信关大先生能以区区数十年彻底改变。只要我们及时摧毁水下机关，再填补这些年来海下的折损，相信目前不至于酿成大灾祸。"阿南安慰朱聿恒道，"相比之下，我倒是更担心你。若你身上的'山河社稷图'真如我们所料在八月十八发作，不知对你的身体，会有多大影响。"

"它既要发作，我们又拦不住，那就让它来吧。"

那贯穿全身的剧痛、那身上相继烙下的痕迹、那步步进逼的死亡，都如同蛊虫般噬咬着他的心，让他日夜焦灼难安。可看见她眼中的隐忧，朱聿恒的语气反而轻缓下来，甚至安慰她道："与杭州城数十万百姓相比，我身上的'山河社稷图'又算得了什么？只要这水下机关还有挽救余地，那便是邀天之幸了。"

"嗯……"阿南点了点头，想想又询问起绮霞的事情来，"行宫那个案子，现在有进展吗？”

"袁才人的尸身已经搜寻到了，此事是江白涟帮忙出力的。此外，在苗永望死去的房内也有一些发现。"

朱聿恒详细地讲述了她走后的调查所见，又道："还有，在通往高台的曲桥上，搜寻到了一个我比较意外的东西。"

"什么东西？"

朱聿恒来杭州寻她，自然早已将东西准备好。那是一根细细的金丝，顶上结着一颗小小的珍珠，在他的指尖微微颤动。

日光与波光汇聚在他们之间，细小的金光与珠光在他们中间闪烁不定。而阿南的眼中闪耀着比它们更亮的光彩："袁才人所戴宫花的花蕊！"

毕竟，她当时留心过袁才人那艳丽逼人的装饰，自然也记得她头上那朵金丝为蕊的绢花。

"对，袁才人是在高台遇刺的，为何首饰会在桥上残破掉落？我想这或许就是袁才人独自跑去高台的原因。"

阿南点头沉吟片刻，道："来杭州的这几日，我也反复将当日情形推敲了许久。这两桩案子最诡异也最重要的地方在于三点：一是苗永望怪异的死法；二是袁才人跑到高台的原因；三是刺客消失的方法。而寻找线索的关键，我认为瀑布那两次暴涨必定值得研究，你命人查看过了吗？"

"诸葛嘉带人查过了，山下水车和山上蓄水池都毫无异常。不过他提出另一个思路，刺客或许是当时在左峰的人，先用瀑布制造混乱，然后沿着那具水车潜入右峰行刺。"

"这不可能。事发后我立即去查看了水车，那具巨大的龙骨水车虽可容纳比较瘦小的人，但一是翻板由硬木制成，坚薄锋利，进入的人或东西必定会被绞得血肉模糊；二是一旦有大一点的东西进入，这水车必定会卡住停止。但事发之时，瀑布水并未停过，因此可以肯定，这水车没有出过问题。"

说到这里，她惊觉朱聿恒的目光一直定在她的脸上，未曾瞬视。

她下意识地抬手摸了摸自己的脸，问："怎么了？"

朱聿恒凝视着她，缓缓道："阿南，你有点着急。"

急着下水，急着交代水下情况，急着解决应天的案子——

大概她是，随时准备，急着离开吧。

"难道你不急吗？"阿南鼓着腮反问他，"还想帮你早点解决问题呢，看来我是皇帝不急急太监了？"

他转开了脸，目光微冷，说道："欲速则不达，太急了往往思虑不周，一切等上岸再说。"

阿南自然也知道自己太露痕迹了，她长出了一口气，压下脸上的急躁，可手指还是不住地在栏杆上弹着。

朱聿恒取出袖中的九曲关山，慢慢地解着。在微微起伏的船身上练习毫厘不差的掌控力，显然比在陆地上更难了十倍百倍，但他的手异常稳定，影响倒也不大。

"阿言你进步很大啊，看来离你解出那支笛子已不远了。"阿南撑着下巴欣赏他绝世无双的手，夸奖道。

朱聿恒略略抬眼瞥了她一眼，低低地"嗯"了一声。

船即将靠岸，码头的水波冲击得船身更加颠簸。朱聿恒抬手按住了九曲关山，将它收入袖中。

就在下船之时，阿南忽然皱起眉，抬手试了试迎面而来的风，低低道："风向变了。"

朱聿恒看着她，不解其意："风向？"

阿南收回手，道："让水军做好准备，如今是夏末，风却忽然自东北而来，怕是旋风的边缘已到此间，大风雨就要来了。"

第五章

琉璃业火

朱聿恒此次是微服而来，所以杭州府衙不敢大张旗鼓迎接，只有知府率了几个要员，与卓晏等人在码头等待。

船一靠岸，一群人便诚惶诚恐笑脸相迎，个个提督长提督短的，让阿南暗自觑着朱聿恒好笑，也不知道这位大爷什么时候才肯与自己坦诚相见。

再想了想，这样也好，毕竟阿言要是真成了殿下，到时候场面可能不好收拾。

"有空去驿馆找我。"阿南对朱聿恒挥挥手，懒得去看一群男人觥筹交错。

在众人错愕的目光中，朱聿恒略点了一下头，看了卓晏一眼。

卓晏会意，立即跑到阿南身边："我送你回去吧，顺便带你去吃我最喜欢的那家店！"

卓晏这个纨绔子弟找的店自然名不虚传。

"来，龙井虾仁东坡肉，这家厨子做得最好的菜，你尝尝看。"

"你怎么过来陪我了？在官场上多转悠转悠呗，说不定能重回神机营谋个差事。"阿南吃着鲜嫩的虾仁，笑笑看着他，"你看你整天瞎晃悠，这也不是个事儿啊。"

卓晏笑道："一样的一样的，我把你伺候好了，提督大人一开心，我不就有着落了吗？对了，我一上船就晕所以今天没出海，听说当时情形特别危急？"

阿南心有余悸道："确实，我差点以为自己要送命了呢，幸好阿言带人及时赶到，把我救下来了。”

“那可算万幸。提督大人一到杭州，听到你出海了，连水都来不及喝一口便立即调船赶过去了！你是没瞧见他当时那焦急的模样，杭之都惊呆了！”

“是吗？阿言对我真好。”阿南笑眯眯地吃着，又压低声音问，“他在应天不是有要事吗？为什么忽然跑来杭州啊？”

卓晏朝她挤挤眼：“关心你的……不，杭州的安危吧。”

“骗人！我不信他说要来找我，朝廷就能让他来。”

“这……我还真不知道，我现在白丁一个，哪知道这些内情？”卓晏叹气道，“我也就帮忙打打杂，接待接待朝廷不便出面的人了。”

“朝廷不便出面的人，我吗？”阿南笑着指指自己。

“不是啊，听说要小心伺候着，我也不知道是什么人……”

见卓晏略有迟疑，阿南也不愿为难他，立即转了话题道：“算了算了，公务上的事我才没兴趣呢。”

“可不是嘛，聊这些干什么，吃饭才是要紧事。”卓晏殷勤地把叫花鸡外面的荷叶给剥开。

阿南确实饿了，撕个叫花鸡的翅膀吃了，又风卷残云吃了两块东坡肉。

卓晏啧啧称奇：“像你这么能吃肉的姑娘，很少见啊。”

“那没办法，不多吃点肉，哪撑得住水下的阴寒？”

“先休息几天呗，反正大家在准备，这几天应该不需要下水。”

阿南朝他笑了笑，说：“那可说不准。”

一顿饭吃完，卓晏将阿南送回驿馆，阿南抚着肚子进了门，想想又悄悄地欺身到巷子口，见左右无人，便翻上墙头，几步踏过屋檐，看向长街。

黄昏渐暗的街边，卓晏阻止了一家皮货店的老板关门，进内匆匆付了钱，提着一个竹筒出来，随手往马背上一系，便骑马走了。

阿南的目光紧盯着那马上的竹筒，思索着直到它与卓晏消失在巷口，一丝不安难以抑制地涌上心口。

她深吸一口气，勉强沉下气，踏过几道屋脊，翻落在一条冷僻街巷。

在街巷的最末端，是个破旧得几乎要塌朽的破园子。

在破园的围墙一角，是正在等待她的几个人。

阿南越过望风的司霖，向司鸶点了点头，转到倾颓的墙角：“魏先生，冯叔，久等了。”

"没事，我们也是刚来不久。"魏乐安从怀中掏出一张纸交给阿南，道，"南姑娘，这是放生池最中心的那个点，确认无误。"

冯胜道："你的棠木舟我已经打理好了，还增大了水下暗格，妥妥儿的！"

司鸳走过来拍胸脯道："后撤的路我也已经安排好了，直通三天竺，一路畅行无阻！"

"辛苦魏先生和冯叔了。"阿南验看了魏乐安的数据，又确定了小船的位置，最后对司鸳点头表示肯定，说道，"明日辰时，我准时出发。"

众人闻言都是一惊，司鸳急问："这么快？"

"朝廷要将公子押解北上了，而且很可能直接去顺天。"不然，朱聿恒不至于连父母的危机都要搁置，亲自来到杭州。

"这不是更好？"冯胜一拍大腿，道，"没有放生池那些阵法，咱们在半道上劫个人还不是易如反掌？"

魏乐安捻须点头，司鸳更是把头点得跟敲鼓似的。

"但，朝廷的帮手要来了……"阿南低下头，望着自己不自觉握紧的双手，"他若是来了，我没有任何把握救出公子。"

众人看着她的手，都知道她指的人是谁，一时脸色都难看起来。

司鸳抬手轻轻拍了拍阿南的背以示安慰，又觑着司霖道："幸好阿南潜伏在官府那边，及时打探到消息。不然，姓傅的那个混账一来，我们肯定全军覆没。"

司霖面色铁青，一言不发。

魏乐安则问阿南："消息确切吗？"

"九成九。"

毕竟，只有那人能拆解吉祥天保养内部构造，并且要用到纯净的羊脂——那种东西，只有皮匠铺才会备有。

"所以，我们必须赶在援兵未到杭州之前，将公子及早救出。"

魏乐安问："你真打算只身前往？"

阿南摇了摇头："没法带人去。我说过了，那水下的机关，人越多，水波越混乱，造成的扰乱越多。"

几人虽然都知道阿南的本事，但想到她孤身前去，一时都陷入沉默。

魏乐安踌躇着问："如此冒险，有几成把握救出公子？"

"放心吧，这些日子，我已将石叔豁命探来的阵法，一再反复地推算过了。"阿南一扬眉，说道，"放生池这个鬼门关，只要对方阵法没变，我就有充分信心，绝不会对不起石叔的付出。"

听她有如此把握，大家都略松了一口气。

确认过了所有事务，阿南最后交代司鹭道："明日你把棠木舟驶到西湖东岸，然后到河坊后街帮我取点东西。"

事情商量妥当，阿南向外走去，一直站在外面望风的司霖抬起胳膊拦住她，冷冷开口："我问你，你现在是不是要去找那些朝廷的人？"

阿南抬手弹了弹横在自己面前的胳膊："你操这个心干什么？总之明天我会将公子安全救回，少了一根寒毛我认罪。"

"你天天与官府的人混在一起，叫我们如何不操心，如何相信你？"司霖目光利得如同针尖，直刺着她，"南姑娘，若你还对公子忠心耿耿，愿意护着咱们这一脉正统的话，你就该拿出诚意来给我们看看，不然，谁知道明日我们等来的，会是公子还是朝廷鹰犬？"

"笑话，我若是背叛公子效忠朝廷，你还会好好站在这里？"阿南扫了周围几人一眼，提高声音道，"怎么，我才刚离开你们几个月，你们就觉得我会背弃当初誓死效忠公子的誓言、出卖出生入死的兄弟？"

"阿南，别听司霖胡说八道！"司鹭急道，冲上去就将司霖搡开，"别挡道！阿南既然说了明日去救公子，那咱们安心等着就行！"

魏乐安见司霖面色铁青，任凭司鹭推搡，依旧一动不动站立着，也有些无奈："南姑娘，如今公子失陷，群龙无首，司霖急火攻心胡言乱语，确是该罚。只是……明日既然有事，你今晚不如与兄弟们细细商议大事，何必还要离开呢？"

"我今晚还有事。"阿南不愿详细回答。

司霖冷笑问："明天一早你就要出发去救公子，什么事你今晚必须要去办？"

阿南本不愿理他，但见司鹭与冯胜也在看着自己，便道："明日放生池一战，冲突在所难免。我和阿言还有些事情，需要及早安排好。"

毕竟，她委实不愿阿言在场，更不愿他卷入纷争。

"阿言？口口声声叫得这么亲热，你如今与他形影不离，心里还有公子？"司霖死死盯着她，逼问，"你忘记当初你快死的时候，是谁收留了你？又是谁悉心培养你、多次救你出险境？谁让你这个五岁就应该死在海岛贼窟里的小丫头，最终成为叱咤西洋的南姑娘？"

"公子的恩情，我片刻不曾忘记，只要有需要，我为他豁出命都可以！"阿南冷冷驳斥道，"不需要你来强调。"

"呵……既然你还没有忘记公子对你的大恩大德，"司霖抬起手，指向杭州府衙所在的灯火辉煌的凤凰山麓，一字一顿道，"那么，我教你一个比你孤身去救公子更靠谱的方法——把那个被所有人尊称为提督的大人物、那个与你日日相伴的阿言，绑过来，交给我们，用作人质！"

阿南心下一震，抬眼盯着他。

"相信以你的身手，不难办到吧？"司霖见其余人虽面露犹疑之色，却并无人出声反对，对阿南说话的声音更提高了三分，"这样，即使你明天出了岔子，我们手里也有最后的筹码，可以确保公子安全无虞地回到我们的身边！"

阿南盯着他的目光犀利冰冷，与她的声音一样锋利："你的意思，是不相信我？"

因她这锐利的目光，司霖头皮忽然一麻。

他终于想起了面前的人是谁。想起了她当年在海上踏浪屠戮、凶光掩日的模样。

他脖子梗住，一动也不敢动，更不敢发声。

阿南回头，缓缓扫过身后的人，又问："你们呢？信不信我？"

司鸷第一个摇头，大声道："阿南，我明天准时去接你！"

冯胜大声附和，魏乐安也恳切道："南姑娘，公子就交给你了，我等静候佳音。"

阿南神情稍霁，冷冷瞥了司霖一眼，手中流光闪动，身影早已跃出了这颓败的所在。

渐暗的夜色之中，只传来她留下的最后一句话："所有一切我自会安排好，你们只要等着迎接公子就行！"

朱聿恒从府衙出来时，沁凉的风夹杂着零星的小雨，已笼罩住整个杭州城。

阿南的预测很准确，大风雨已经登陆杭州了。

他再次询问杭州都司，是否已经做好应对大风雨的准备。

皇太孙一再示警，所有官员自然不敢怠慢："布政司已派遣人手加固海塘及城墙，检查各处危房，堵水、排水通道亦已彻底检查。城内城外有危险的百姓皆已防范转移。"

朱聿恒微微点头，抬头见雨丝稀疏，但风势渐大，街上行人寥寥。

此时正有一骑快马在杭州府衙外停下，马上人翻身下马，直冲向灯火通明的大门。

朱聿恒在上马车之前，拿到了浙江布政司截留的这封飞鸽书。

为防止官方飞鸽传书被误扰，江浙一带历来禁止民间私人放飞，还在各通衢之处设了拦截，专门射杀、抓捕单飞鸽鸟，以免有人偷偷犯禁。一旦循踪发现主人，严惩不贷。

此次被拦截下来的鸽子早已被射死，只有一卷被雨水和鸽血染得模糊的纸条，传递到了朱聿恒手中。

那纸条上排列着几行怪异的数字，写的是二七肆庚或是一二五陆申之类的混乱数字，前后全无落款。

唯一特别的，是右上标注着"三拾贰"三个字。另外，便是在左下落款处，印着一个以眉黛画出的标记，寥寥三抹新月形状，似是一朵青莲。

朱聿恒在灯下转侧这朵青莲，看到了黑黛内暗暗隐现的青色微光。

他垂下眼，不动声色地回身示意杭州知府给自己找寻几个懂得密信格律的人。

很快，浙江布政司的人便赶到了，接过朱聿恒列出的那几个数字研讨一阵后，很快得出了结论："提督大人，这混杂相用的数字体例，应该是循影格的密信。"

"循影格？"

"这是民间一种密信法子，拿一本市面上通行的书作为'本'，然后按照数字，去寻'影'即可。"一个吏员指着第一个数字三拾贰说，"三拾贰，这三个字的写法不一样，我估计，这个'三'应该是一套书，'拾贰'是指书的第十二本。坊间带三字的书，唔……《三车一览》？《诗三百》？但这几本书那么薄，怎么可能有十二本……"

另一个人思忖道："《三国》？是《三国志》还是《演义》？"

众人皆以为然："坊间流行的就那几种，都拿过来对照翻看，必有所得。"

当下有人跑去寻书，剩下的人继续研讨："再看这个，二七肆庚，二七是一种写法，那么应该是第二十七页，肆是另一种写法，应该是第四行。后面的天干地支该用来表示列。第二个数字里有申字，大概是因为天干不够，只能往下续数地支数列。"

不多久，市面上通行的三国刊刻本都已送到。这两部书都很厚，且版本也多，但超过十册的刻本，唯有松鹤堂的《三国演义》。

不到半个时辰，所有字被翻了出来，众人都是面面相觑，不敢作声。

朱聿恒盯着那上面的内容，一贯沉静的面容也被难以抑制的阴霾所笼罩。

他回到下榻处，立即铺纸修书。但匆匆写了几笔，却又因为心底涌上来的惶惑与恐惧，而将纸狠狠撕掉。

他死死盯着翻出来的内容，不敢想，也不知如何下笔。

那上面标注的，是一个人的特征——

　　　　肥胖而有腿疾，镇守应天之人。

南京肥胖的官员不在少数，上面也并未写明身份。可纵然是万分之一的风险，他也绝不敢去赌。

因为，那是他二十年来敬重依赖的人，是他这世上至亲之人。

几日前的行宫已潜伏了诡异隐现的刺客，如今再度出现这般描述，他如何能只送一封信去应天，然后自己安坐在杭州等待！

即使，大风雨将至，这一夜必定是艰难跋涉，可他也得以最快的时间，赶回应天去。

他终于下定了决心，霍然而起。

没有带太多人，一行二十八骑换了油绢衣，他在疾风中上马，沿着官道向应天飞驰而去。

零星落了一夜的雨，到凌晨反而停了。只是风越发大了，在杭州城内疾卷而过，隐隐有山呼海啸的气势。

街上唯有零散几个摊子支在背风巷口，卖着包子馒头。

阿南一早就到楚元知家中，敲开了门："楚先生，吃了吗？我路上买了早点。"

楚元知接过她递来的荷叶包，打开来看，是两个红糖豆沙包，顿时喜不自胜。旁边他儿子楚北淮正在背书，一眼瞅见，立即不满道："爹，你前几天还牙痛，今天还敢吃甜的！"

"没事，爹吃完好好漱口。"楚元知扯着儿子衣袖，示意他给自己留点面子。

"来，小北吃肉包子，长得壮壮的。"阿南笑着把另一个荷叶包递给楚北淮，又打发他给金璧儿送红枣糕，才对楚元知道："我看今天天气还不错，来取上次说的东西了，楚先生应该制备好了吧？"

"今天这天气……"楚元知看着空中的旋风苦笑，心说你睁眼说瞎话的本事也没谁了，"南姑娘你上次吩咐过后，我当然尽快弄好了。只是东西不少，好拿吗？"

"这倒不必担心，我和朋友约好了，他过会儿就会推车来，咱们先准备好。"

转眼司鹭就来了，阿南招呼他将东西搬走，又对楚元知笑道："麻烦楚先生啦，下次我请你吃饭！"

"哪里，多谢南姑娘和提督大人的关照，我现在都有官家饭吃了，这些东西……"他说着指了指司鹭的独轮推车，说道，"也是奉命行事，本是我分内事。"

阿南笑着朝他挥挥手，带着司鹭出了街巷，前往西湖。

楚元知站在门口，看着那些被运走的东西，只觉心里涌起一种怪异的不安，总觉得她会惹出什么大事。

但看着阿南闲散的步履与笑微微的模样，他又觉得自己多虑了——哪有人去办大事的时候，会是这副不正经的模样？

棠木舟早已靠在西湖南岸，阿南回到吴山园子内，换了水靠和一身红衣，开门招呼司鹭给自己提一壶热水来。

她将卓晏给自己配的药丢在茶碗内，想了想又加了一丸，化开后吹了吹凉，一口喝掉。

司鹭一看之下，就要来夺她的药："不要命了，你又吃这个，还吃双倍剂量！"

"今日一战，我必须得万无一失。"阿南一侧身避开他，将空碗放回桌上，抿唇道。

司鹭嘴唇动了动，但他知道自己说什么都没用，便只叹了口气，打量她一身绯色衣裳，转了话头："还有你这一身红衣去水上，会不会太显目？"

"显目些好，不然颜色在水里分辨不清。"阿南朝他一笑，取出怀里一双银色精钢手套戴上，握了握五指。

这双手套十分厚重，骨节处由精钢打制，每只手背上扇形排列着三根细长铁管，刚好就卡在骨节的凹处，不太引人注目。

手套略微大了一些，毕竟，这原本是她为公子所制。她调整了一下大小，又试着握住双拳，骨节的精钢中立即弹出刀锋，不过两寸长短，但那锋利刃口闪出的寒芒，足以令人胆寒。

收回寸芒后，阿南垂下双手，一拂艳红衣摆，转身就出了院门："每个人都按计划行事，切勿延迟拖沓。"

众人站在近水平台上，目送她离开，就连司霖也不敢再吭声。

阿南一身红衣，独自驾着棠木舟穿出湖边垂柳。

大风将她绯红的裙角与发带高高扬起，夹杂在万条柳丝之间，那抹红色忽现忽失，越发灼眼。

一年四季烟波蒙蒙的西子湖，此时因疾风而水波粼粼。波浪四下相激，大大阻遏了阿南的小船去势。

她的船上看似空无一物，可经过改造的船舱内暗藏不少东西，使得她速度更缓慢。

但阿南并不急躁，她慢慢撑着小船，在动荡不安的水面上，向东北方向慢慢而去。

她身上红衣如此显目，尚未接近放生池五十丈内，湖上围巡的船只便立即发现了她，有几艘船围拢过来，向她喝道："快走，官府在此巡逻，不得靠近！"

大风雨将至，水风激荡，波浪拍击之下船身颠簸不已。对方船上的士兵都要按住船舷，才能稳住自己的身子，但阿南本就在海边长大，立在船头轻捷平稳，混若无事。

对面船上的人见她没搭理问话，便伸出几根篙杆抵在她的小舟上，企图驱离她的小舟。

阿南将船身一侧，篙杆吃不住力，就从船身上滑到了水里。握杆的人在船上一个趔趄，差点栽在水中，狼狈中恼羞成怒，愤愤呵斥道："哪来的刁民，赶快离开，不然有得你好看！"

阿南抬头看高船上的众人，眉宇微扬，朗声问："西湖是天地所生，放生池是古人所设，怎么你们能在此处停留，我就不行？"

见她这样发问，官府那艘船上有个锦衣卫总旗服色的人觉得不对劲，便站起身走到船头，居高临下打量她。

见只是一个女子孤身前来，他顿时放了心，不屑道："此处禁止通行，擅入者休怪我们手下无情！"

湖面水风回荡，阿南红衣猎猎，一两绺未曾盘起的发丝散在颊边，让她双眼微眯，竟似显出一丝慵懒来："可本姑娘今日就要来玩赏放生池，你们若是不放我进去的话，岂不是让我空跑一趟，无颜见人吗？"

那总旗手下也有百来个兵卒，脾气自是不小。见她就要闯进他把守的放生池，顿时冷笑一声，抓过旁边一个士卒的弓箭，拉弓满弦，将箭头直指向她："大胆！地狱无门你偏要闯，不给你点颜色看看……"

话音未落，后面一个"看"字，已经变成惨叫声。

流光在船头一闪即逝，那总旗的手上血箭迸射。他手中弓箭掉落甲板，只挥舞着血肉模糊的两只手，惨叫不已。

在叫声中，阿南抬脚勾住船头一个铁把，拨开后重重蹬下去。

船身忽然一轻，猛然向上升了几寸。她鼻中闻到了淡淡的硫黄和油脂的气味，低眼一瞥，小舟下方舱中泄出无数浅棕色的油脂，此时迅速漫延向四方水面，又被水浪拍击着，涌送到各条船只下方。

她不由得心花怒放，楚元知做的东西还真实诚，分量十足。

还没等船上众人发现异样，阿南右臂疾挥，臂环中白光飞射，钩住上方官船船头，整个人借势向上翻起，红衣招展间已经站在了对方船头。

船上人还在查看那个总旗的伤势，根本未及回神，更不可能察觉到水面的异样。

而阿南一落在他们船上便即动手，虚幻的光线乍现，与风中粼粼波光混合在一起，似真似幻。

流光所到之处鲜血横飞，与她艳红的衣裳交织闪耀，飞散在水风之中。

先下手为强，她操控流光迅疾如飞，片刻间已血洗了半条船。

在一片哀声中，有一两点温热的鲜血滴落在了她的脸上。她抬手去擦，脸颊却只触到一片冰凉——是她的手套逛迩，铁与血混合，淡淡的腥味。

只这短短一瞬间，便有两三个人欺到她身后，挥刀向她砍来。

距离太近，阿南的流光无法出手。她仗着手套的力量，硬生生抓住向自己砍下来的刀刃，迅疾攻击对方手肘回手反推。

那一往无前的刀势被阻拦，对方手中钢刀立即脱手飞出，连身体都因为此时船身的颠簸而站立不住，翻了两个跟斗，重重坠入湖中。

水花四溅之时，阿南纵身踢飞了第二个欺上来的人。

那迅疾的大风与起伏的湖面，成了她最好的帮手。在这样的天时地利之下，她几乎无人可敌。

片刻之间，倒下了一船哀叫的伤患，躺倒在斑斑血迹之中。

但，跌入湖中的人，已经发现了湖面的怪异之处，大喊了出来。

旁边船上的人终于反应过来，抓起了自己的刀剑，有的向这边船上跳来，阻击阿南的攻势，更多的人张弓搭箭，箭如飞蝗向着阿南射来。

臂环中精钢丝网飞舞而出，阿南招手斜拖，挡下第一轮飞箭，转瞬间第二轮又射到。

她飞速撤了丝网，手撑在船舷上，身体凌空跃起，如一朵红云重新落回小船上。

她放矮身子，用船舷挡住身子，然后扳动机栝。

船舱内的草蓬竖起，暗藏在内的铁板遮住了铺天盖地而来的箭矢。

趁着箭头叮叮当当敲打在船身之际，阿南低头观察了一下水面。那些淡淡的棕褐色油膜自船下涌出后，已迅速湮开覆盖了水面，随着水面起伏，拥住了围拢来的所有船只。

但此时湖上哀声一片，混乱局面之下，大多人只注意着攻击或防备，虽有落水者叫嚷，但并没有多少人注意到湖面已经变了颜色。

阿南抬头看向放生池，思忖着火油是否已经足够覆盖这些船只。

正当此时，一艘细窄的黑船破浪而来，毕阳辉站在高翘的船头，居高临下俯视着小舟上的她。

他的肩膀上，站着那只傲首翘望的孔雀吉祥天，湖绿色与艳蓝色交织的羽翼，在晦暗的天色中绚丽逼人，如神鸟临世，摄人心魄。

他振臂抬手，一拨肩上孔雀，那绚烂的大鸟便应着他挥手的姿势，拖着灿烂的长长尾羽扇动翅膀，在空中以阿南的小船为中心盘旋。

"臭娘儿们，终于现身了？"毕阳辉居高临下，冷笑看着她，"前几次老子不小心着了你的道，这次你自投罗网，看我怎么收拾你！"

"就凭你，还有这只呆板的死孔雀，也想动我？"阿南冷笑着，瞥了空中的孔雀一眼，"痴人说梦！"

"死孔雀？待会儿它就让你死！"毕阳辉狞笑道，"这可是我们阁主特地替你准备的大礼，你还不乖乖投降，叩谢他的恩德？"

阿南嗤之以鼻，拢好自己在水风中横飞的鲜红裙摆："是谁死还说不定呢。"

"今日湖上，就是我替兄弟报仇之日！"毕阳辉从肩上卸下长弓，咬牙切齿道。

他的话如同号令，四周船上所有士兵弓箭上弦，一起对准了她。那些箭尖闪耀出的点点寒光，如同即将群扑而来的饿狼之眼。

弥漫的杀意压在整片湖面上，一片寂静。

唯有阿南昂首站在风中，艳红的裙袂猎猎飞扬，如一朵即将被风吹去的炫目火花。

毕阳辉缓缓举起了手中的长弓，搭上了二指粗的一支铁箭，对准了阿南。

周围的弓箭手尽皆等着他，只待他一箭射出，便是万箭齐发。

但，毕阳辉迟疑了片刻，手中那支箭却迟迟未曾射出。

看着阿南脸上那绝不似装出来的笑意，他心下清楚，既然她有恃无恐，那么，必定还有杀招。

只是……让她这么无所畏惧的，到底是什么？

"怎么，不敢动手？"阿南唇角微扬，缓缓举起了双手，做出要击掌的手势，"天色不早，我急着去见我家公子了，可没耐心等你了哦……"

水风劲疾，湖面上一片死寂，所有人都听到她口中的数数声："三——"

周围静得有些可怕，只听到湖水撞在水岸和船身上的拍击声，空中孔雀翅膀扇动的声音，还有，每个人的胸膛中，心脏急促跳动的怦怦声。

她的声音，还在湖面响起："二——"

风卷波光，所有人眼前都是一片湖水白光，西湖景色竟似有些失真。

水上火油层的边缘，终于扩散到了最外围的船下。

"一！"

随着这一声落下，她猛一击掌，毕阳辉手中的铁箭也在同时激射而出。

但阿南早有防备，他的弓弦乍动，她于击掌之前已经卧倒，飞快掷出了火折。

万箭齐发，如飞蝗急雨，射得阿南的小船猛然晃荡。

湖面上只听得箭头射入船身的声音如暴风骤雨，也有射在船舱铁板上的叮咚作响声。但随即，更为巨大的声响吞噬了这一切——

是湖面上混合了磷粉与硫黄的火油轰然起火，迅速腾起一片火海，肉眼根本看不出起火的点在哪里，湖上所有人只感到炽烈的光骤然升腾，周身灼热，才知道已经陷入火海。

湖面上大大小小所有船只，被升腾而起的火海瞬间淹没。

尤其是官船的油漆和船帆，火舌舐舐所到之处，便如猛兽般席卷扑袭，浓烟烈焰吞噬了所有人。

那原本盘旋在空中的孔雀吉祥天，立时被烟火撩到，歪斜着被风卷走，不见了踪迹。

刚刚还搭弓射箭的士兵们，此时都在火海中疾呼奔逃，纷纷跃入水中。可水面也有一层火油在燃烧，潜下去的人无法呼吸，不得不重新冒头，绝望地被火海灼烧皮肤头发，发出阵阵哀号。

湖面上烈火熊熊，如人间炼狱。

朱聿恒赶到的时候，看到的便是这般惨烈情形。

他望着火光耀扬的水面，既惊且怒，寻找阿南的踪迹。

身后的卓晏吓得脸色惨白，看看阿南的小船又心惊胆战地看看朱聿恒，不知该如何才好。

他脑中忽然闪过一个念头——或许，自己不应该跟着皇太孙殿下回应天的，在这边接待拙巧阁那个阁主不好吗？

可他牵挂绮霞，又觉得跟着皇太孙肯定有好处，便抓住机会跟着去了。

在暗夜呼啸的大风中，前路黑暗，无星无月，他们跋涉于泥泞山路之上。

卓晏狼狈地抹着脸上的汗，望着前方皇太孙殿下的背影——他在马上的脊背笔挺且紧绷，像是有巨大的恐怖即将降临，一刻都不能拖延，也绝不愿被压垮。

快到半夜的时候，他们经过驿站换马，一行人抓紧时间修整。

卓晏累得半死，但还是强打起精神，拿着当地的扎肝让皇太孙尝一尝。被拒绝后他便劝道："虽然油腻了一点，但阿南姑娘昨天跟我说了，要多吃点肉，下水才有力气。"

"不是让她最近不要下水吗？"朱聿恒说着，端茶盏的手忽然顿了一顿。

卓晏看见皇太孙殿下的目光在摇曳烛火之下忽然变得森寒。他像是想到了什么，抿唇抬手，示意卓晏不要说话。

周围的人都安静下来，不敢说话。

在片刻的沉默之后，朱聿恒忽然一把抓起搁在桌上的马鞭，大步向外走去。

卓晏胆战心惊，紧跟了上去，却只能从后方看到他绷紧的下巴与紧抿的唇角。

驿丞牵着马站在门口，他抓过缰绳翻身上马，却拨转了马头，向着杭州回头奔赴而去。

所有人都呆了一呆，韦杭之反应最快，立即上马急奔追上。众人如梦初醒，纷纷打马重新扎进回杭州的黑暗山路。

难道，昨晚那苦不堪言的暗夜跋涉，那令殿下不顾一切狂奔向应天的骗局……

卓晏看着面前的西湖，心有余悸地想，全是阿南设下的调虎离山之计吗？

大大小小的船只在水面上燃烧，烈焰熊熊。

阿南的棠木舟上却没有一丝火焰，除了扎在船身上的箭已经被焚烧成弯曲的焦黑木杆，未曾受到任何影响。

朱聿恒指挥岸边仅剩的船只，命令立即前去搜救湖中落难者。

众人七手八脚从水里拉起被烧得全身燎泡的士兵，在他们的呻吟声中，朱聿恒终于看见了阿南那艘小船微微一动。

一双戴着手套的手从船舱中伸出，手套上尖锐的寸芒锋利无比，撑在船头闪耀着寒光。然后，一条红色身影从船舱中借力旋身跃出，落在高高翘起的棠木舟船头。

正是阿南。她稳稳站在这哀鸿遍野的水面之上，目光扫过面前湖面，落在朱聿恒身上时，脸色微微一变。

朱聿恒隔着十数丈的距离看着她，一言不发。

他身边那几个刚被从水中拖出的士兵，身上沾的火油还在燃烧。火油是楚元知与阿南一起研制改进的，燃烧迅速，入水不灭。这些士兵本以为跳进水里能逃出生天，谁知那些火油如附骨之蛆，反倒烧得更为惨烈。

激愤之下，他们个个对着阿南破口大骂："妖女！你死期到了！"

在众人的唾骂声中，阿南反倒大大方方地朝朱聿恒一笑，高声道："快走吧，水火无情，待会儿要是伤到磕到了，后悔莫及哦。"

卓晏知道她这话是特地对皇太孙殿下说的，忍不住偷偷地瞧了瞧朱聿恒的脸色。却见他面沉似水，盯着阿南一瞬不瞬，并无任何避让的意思。

箭在弦上，阿南撂下话后操起竹篙在水上一点，卸掉了火油的小船此时轻巧无比，在水上如箭一般向着放生池堤岸而去。

朱聿恒一抬手，西湖上仅存的几艘官船立即围拢上去，伸出勾镰，拦截阿南的棠木舟。

阿南回头瞥了朱聿恒一眼，手中竹篙用力一撑，小舟以间不容发的速度穿过两艘官船中间的空隙。

在疾冲过官船尾的一刹那，阿南抬手间流光闪动，两边的舵手齐齐抖着鲜血淋漓的手腕大叫出来。

大风之中，相接的两船无人掌舵，失控地重重撞击在一处。

巨大的碰撞声中，船上那些手持钩镰站在船沿的士兵全部落水，锋利的钩镰交错着无法避让，水面上鲜血迅速洇开，惨叫声连成一片。

阿南的篙子在水面上一划，将一切迅速抛到身后，向着放生池闯去。

然而就在她离放生池的堤岸不到十丈之时，一支长箭忽然自后方而来，向着她疾射而去。

后方船上的朱聿恒呼吸一滞，下意识地霍然起身。却见那支箭来自那艘燃烧的黑船上，极其粗大，显然只有那个臂力过人的毕阳辉才能用他的长弓射出。

那箭去势骇人，声响极大，阿南听到耳后有异常风声，身形立即向旁边一倾，整个人向着水面倒了下去。

那支箭擦着她的胸口飞了出去，去势极为骇人，直插入放生池堤岸的砖缝间，激得碎末纷飞。

众人皆以为阿南会坠入水中，谁知她手套上的寸芒正好卡住了船身，此时腰身一挺，再度飞旋而起，目光冷冷地扫向后方那艘余火未熄的黑船。

船上，毕阳辉正手持长弓，再度搭箭上弦。

黑船材质比普通木头坚固，起火缓慢，而他竟在满船扑火的人中，不顾逃生，先要杀了阿南。

见他这不死不休的架势，阿南冷笑一声，身形在风中急晃，闪过他射来的利箭之时，勾住黑船的船头，飞身跃了上去："毕阳辉，姑奶奶正要找你呢！"

毕阳辉手中长弓无法近战，见她身形诡魅，唯有抡起弓身向她扫去。

阿南仗着自己的手套，抓住抽来的弓身，一个翻身便带着长弓疾转了一圈，臂环中流光疾射，毕阳辉捂住脸，高大的身躯立时倒下。

旁边的士兵早已被火熏得神色大乱，此时见她一个照面就干掉了毕阳辉，吓得只敢在外围持刀作势，不敢上前。

"臭娘儿们……我死也不会放过你！"毕阳辉趴在地上，兀自恶狠狠地咒骂。

"你不放过我，我还要找你呢！"阿南一脚踩在他的腿上，冷冷道，"你害得石叔这辈子下不了床，我就让你这辈子走不了路！"

"阿南！"朱聿恒的声音在她耳畔厉声响起。

阿南回头一看，朱聿恒的船已经接近，他站在船头，片刻间就要到来。

天空闪过一抹灿绿，隐露吉祥天的痕迹。毕阳辉仓促地伸手入口，似乎要撮口而呼，让它下来攻击她。

她转回头，毫不迟疑地抬手，握紧手套，将寸芒对着毕阳辉的膝盖砸了下去。

在骨头碎裂声与毕阳辉的惨叫声中，她纵身而起，带着一手淋漓的鲜血，落回自己的小船上。

她手中飞扬的血珠，有一两滴抛洒在了朱聿恒面前的甲板上。

朱聿恒的目光，顺着鲜血缓缓移到小船上她的身上。

相识这么久，她在他的面前总是笑嘻嘻又懒洋洋的模样。即使在生死一线之时，也还带着三分不正经地和他开玩笑。

而他从未见过、也没未想过，她竟有如此狠辣的一面。

阿南回过头看他，那些鲜血洒在她一身红衣上，并不明显。而她的神情亦未曾有多大改变，只瞥了他一眼，说道："阿言，别过来。"

过去了，会怎么样？

朱聿恒盯着回头撑船离去的她，面容冷峻。

韦杭之站在朱聿恒身后，迟疑地问："殿下，要去阻拦阿南姑娘吗？"

朱聿恒尚在犹豫，忽听旁边传来一阵惊呼。他们回头一看，黑船上本已昏死过去的毕阳辉，居然扒着余烟未尽的船沿，咬牙爬了起来。

他的衣服被船上未熄的火烬烫出大洞，眼看要烧进他的皮肉去。但他仿佛毫无察觉，只拖着残腿爬到掌舵人身边，将他一把推开，然后用力搭上了舵把，右手一扯，将风帆猛然升起。

黑船本就细窄，此时大风已席卷杭州城，那篷帆一经打开，立即在旋风的力量下，急速向着前方冲去，直撞向前面阿南的小船。

黑船上的士兵在太过迅猛的加速中跌倒一片，船上一片惊呼喧哗。

阿南在惊呼声中回过头，看见那只黑船向自己以泰山压顶之势急逼而来，似要将自己连同小船一起撞成碎片。

她久在海上生活，最擅操控船只，手中篙杆疾点，小船在湖面急转，借着风势横过船身，向着右后侧急避而去。

可她没料到的是，朱聿恒的船正从右后侧驶来。

仓促之间，绝无法再次改变航向。阿南手中篙杆立即脱手，整个人向后跃起，如一条红鱼般迅速钻入水中。

轰然一声，她的棠木舟被撞得四分五裂。

而这黑船上的满帆被大旋风鼓动，在撞碎了棠木舟之后，速度并未稍减，反而与狂风一起携着浪头，骤急直冲面前朱聿恒的大船。

韦杭之下意识护住朱聿恒，连退几步避开高高扑来的水浪。

脚下的甲板剧震，所有人都失去了平衡，失控的黑船冲破水浪，向着他们直冲过来。

即使船上的士兵与水手拼命拉扯船帆，可船头龙骨已直冲向他们的船身，又在水浪的冲击下高高直立。

水浪骤倾，黑船向下重重压跌，眼看要将他们连同下面的船身砸得粉碎。

后方是船舱的板壁，根本没有退路。

挡在他面前的韦杭之已被水浪冲走，紧急关头，朱聿恒唯有翻过船身栏杆，直跃入下面激荡的水面。

骤然落水，朱聿恒被狂浪拍得脑子嗡了一下，下意识就探头冒出了水。

刚来得及吸一口气，他就看见上头的栏杆已经被黑船压碎，断裂的栏杆和黑船的木板劈头盖脸向他狠狠砸下来。

正在这生死之际，有人在下方猛然抱住他的腰，将他往下一拽，拖进了水里。

下意识的，他抬腿就去蹬那拉自己下水的人。

然后对方的身躯立即贴住了他，抱紧他示意他别动。

这熟悉的感觉，让他立即知道了抱住自己的人是谁——

阿南。

上方是大风之中动荡急湍的水面，惊慌呼救与伤患哀叫交织一片，湖底却是一片平静。

阿南带着他停在一片水草之中，从腰间解下一个小气囊，示意他吸一口气。

朱聿恒吸了两口后，才注意到她的衣袖上有丝丝缕缕的红色飘出。他以为是她在流血，心中正一惊，再看却是她衣服上染的红色，在水中洇渲开来。

阿南拉起他的手，带着他往放生池边潜去。

朱聿恒自然不愿随她去那边，将自己的手抽了回来。

阿南挑挑眉看着他，示意他尽可以自己走。

朱聿恒刚一抬手，骤然间只觉得指尖一凉，水下"沙沙"声响成一片，水草丛中泥沙乱翻，湖水瞬间紊乱。

距离水草足有二尺远的几条鱼身形一滞，随即化为破碎血肉，随水载浮载沉漂走。

朱聿恒迅速收手，只觉头皮发麻，想起了之前被水下阵法绞得血肉模糊的那个男人。

阿南轻轻抖了抖手臂，袖子上的红色随着水流晕开，他才看到在淡红色的水中，有如鱼鳞般若隐若现的无数薄片。

他立刻就明白了。这是用水晶打磨成的薄片，磨得太薄了，通透如水又锋利无比，安置在水中便能与湖水浑然一体。除非用手去触摸，或者像阿南这样用红衣将水洇染变色，否则仅凭肉眼绝难分辨。

而看那几条鱼的惨状，这应该是个连锁阵，只要触到一块之后，就会牵动连锁攻击，到时候无数水晶在水中乱割，他们在水下将无处可逃。

阿南悬停在水中，手指着周围水域示意他，两人现在已经陷入了这个连锁水阵，四面上下尽是杀机。他可以离开自己探索出来的这一片安全区域，但，他一定会在水下死得非常惨。

在鱼鳞般密密匝匝随水浮沉的幻影中，朱聿恒清楚地意识到，上天入地，除了跟着阿南之外，他已无路可走。

西湖的水清澈澄净，如一块通透水晶冻在他们的周身。

阿南身上的红色淡淡晕染向四面湖水。水晶铺设的绞杀阵有时候在头顶上，有时候在身侧，有时候在正前方，有时候又在很远的边缘。

顺着依稀的红色痕迹，朱聿恒跟在阿南身后，小心翼翼地在水中穿行。

西湖并不大，他们离放生池也不过短短距离，前方已经接近堤岸。湖水变浅，水草丰茂。草丛中杂质更多，柔软的茎叶在水中招摇，将平静的水流搅成一团团一簇簇纠结的云气。

阿南停了下来。

她衣上的红色虽还在缓缓漫延，但在这样混乱涡卷的气息中，已经寻不出隐藏的水晶阵了。

朱聿恒憋不住气，拿过阿南的气囊吸了一口气，看向她。

阿南抬起手，在他面前的水中缓缓招了招，搅动水中颜色示意他，让他以自己那远超他人的触感，追循这些晕染的颜色，逆推出变化的开端，寻找并避开隐藏在水中那些凶器，穿过这片杀机四伏的水域。

朱聿恒望着面前翡翠般的通透世界，只觉得毛骨悚然。

他下意识便摇了摇头，拒绝替她蹚阵。

阿南见他不同意，也不勉强，只朝他笑了笑。水波将她的笑容拉得恍惚迷离，却无法模糊那上面的坚定与一往无前。

她回过头，向着面前的水草游去。在一片紊乱的水域之前，她抬手以自己臂环中的流光试探。

前两次的光华流转，都从水中毫无阻碍地去了又回。第三次，她试着将流光在水中斜划过一道弧形。

顿时，水中涌起无数的水泡泥渣，水草泥浆翻滚如沸，她的流光迅速被绞了进去，那巨大的力道，牵扯得她的身形在水中急速往前直撞，眼看就要被拖进那个绞杀阵之中。

朱聿恒立即拉住她的身躯，可人在水中无法借力，他非但没有拉住阿南，反而两人都被疾卷入了水阵之中。

危急关头，阿南当机立断，飞快在自己的臂环上一按，撤掉了流光，任由那片如新月般的弧形精钢被乱流吞噬。

但他们的身体依旧不可避免地向前疾冲，眼看就要硬生生撞入那个绞杀阵中。

在浑浊泥浆的边缘，阿南用尽最后的力量，拼命将自己的身躯在水中转过来，横过来抵消往前冲的力量。

她的背部已经进入翻沸的泥浆边缘，后背被绞住，顿时痛得在水里闷哼一声，口中吐出一串水泡，那口气再也憋不住了。

朱聿恒顾不上脚下泥浆中是否有阵法，一脚踏进水草丛中阻住前冲的趋势，一手揽住阿南的腰，把卷进水阵的她狠狠拉了回来。

湍急水流令他们的身形失控，二人不由自主地紧抱在一起，才能抵消那即将把他们卷进去的力量。

她红衣的背后，已经被绞出了一个大洞，里面的鲨鱼皮水靠纵然无比坚韧，也被割出了好几条口子。

朱聿恒的脚踏在水阵边缘，零星的水晶片将朱聿恒的靴子割破数道口子，但他恍如不觉，直到将阿南拉回来后，才急速拔足后退，并在中途将气囊摘下，按在她的口鼻之上。

两人在水阵外稳住身子，阿南吸了两口气，稳了稳状态，看了一下周围。

水阵随水而设，顺流转移，他们刚刚在水中的一番搅乱，已经使得原先探索出来的通道彻底转变。

如今，他们已无法回头了。

阿南咬一咬牙，转身再度向放生池方向游去。

她的手被朱聿恒拉住了。

阿南回头看他，却见在浑浊幽微的水中，他的目光在她的脸上停了一瞬，又扫过她背后洇染在水中的血痕，然后默不作声地越过她，向着面前的水域游了过去。

无数道暗流裹挟着微不可见的悬浮杂质，缓缓地在他们面前流淌。

他减小了游动的幅度，让自己的动作尽量轻缓，竭力避免改变眼前这些微粒的漂浮，减轻回溯的计算压力。

顺着水中微粒的轨迹，他缜密而谨慎，以水流的波动来分析面前这片杀机四伏的水域。

水流从他的肌肤滑过时，像凝固的羊脂或者冻乳，又像最温柔的云朵簇拥着他和阿南的身体。

因为紧张与水压，他耳膜发痛，心脏反而跳得极快。

他的目光随着柔软的水藻在水中载沉载浮，绘出水流方向，迅速寻找偏离了摇摆、脉络异常的那几块地方，回溯出它们穿过薄脆光滑的物体时，那笔直滑动的姿态。

每一缕水波的动荡，每一抹泥浆的流动，都在他的分析与观察下无所遁形。

它们从何而来、前往何处，为何会是这样的轨迹、下一刻又将会汇聚成什么样的流速……

水流无穷无尽，巨量的表象在他的脑中飞速闪过，又一一归总出最精确最可靠的结论，让他寻找到带她逃出生天的那条路。

他们在水下曲折缓慢地前进。为了不触及周围潜伏的杀机，他们的身体靠得很近，紧随着往水草最深处的放生池游去。

即将穿过最后一层水草丛，朱聿恒那口气终于再也憋不住，因为胸口的窒息感，他身形微微一颤，偏离了自己一直谨慎恪守的毫厘。

周围水草丛顿时暗潮狂涌，呼啦啦的分水声令他们肌肤上的毛栗子顿时竖了起来。

面前水波紊乱，连锁阵在瞬间开启，而他们深陷其中，已无法全身而退。

朱聿恒接触阵法时日尚浅，面对着突如其来的变故，在周围涌动的水波中，下意识抬起手，企图阻挡那些狂涌的波纹。

一只手抓住了他的衣领，将他狠狠拽了回来。漂浮在水中的他往后一仰，便撞入了阿南的怀中。

阿南伸出戴着精钢手套的双手，挡在他的面前。

耳边轻微的嘶嘶声不断，手套虽然坚韧，但她的衣袖已迅速被绞成碎末，而旋转的波纹如同锋利旋涡，已向着他们狂扑而来。

阿南用手肘抵住怀中的朱聿恒，左手搭上了右手的臂环，竭力按下了珍珠机栝。

浓紫的黑水自臂环中喷薄而出，在水中借着水力旋转喷射，硬生生改变了面前水波的方向。

原本被他们的动作吸引而来的锋利縠纹，被那股疾利的水流裹挟着，画出道道银丝般的痕迹，依附着紫色的水龙卷，向着反方向袭去，最终和紫色一起湮没在水中，消失了踪影。

用臂环中的毒雾改变了水流，阿南立即捂住了朱聿恒与自己的口鼻，并且竭力避开那些黑紫色的水。

在生死之间走了一遭，淋漓的汗冒出来，又悉数化在了水中，朱聿恒只觉全身鸡皮疙瘩都冒了出来。

他和阿南一时都回不过神。静静地呆了片刻，他们才惊觉现在的姿势，似乎是她自背后紧紧拥抱他。

阿南默然放开拥抱他的双臂，他也默然转开头。

幸好此时已到了放生池边缘，堤岸旁边无法布置太多水阵，他们已经穿过了最可怕的地方。

避开最后的一片水阵，他们终于靠近了堤岸。

冒出头浮停在水面上，他们勉强平息自己的喘息。

面前是正在燃烧的堤岸，火油已弥漫到了这边。

湖面上的油已经燃烧殆尽，现在正在熊熊燃烧的，是岸边的船只和放生池外围堤岸上的草木。

朱聿恒回头看去，不远处的湖面上，船只的余烟尚在弥漫，也不知韦杭之和一众侍卫到底情况如何。

此时岸上人正在努力救火，岸边水面微烫，满是漂浮的灰烬，但朱聿恒浮在水上，却觉得比刚刚下面阴寒的水域要强上百万倍。

在水下憋气太久，他们的状况都不是很好，二人都是狼狈不堪。

阿南摸出一个小瓶，倒出解药，自己吃了一颗，又递给朱聿恒一颗。

朱聿恒拿在手里看了看，阿南声音嘶哑道："刚刚水下的毒雾厉害，我怕难免沾染，吃一颗比较稳妥。"

两人服了药，略略喘了几口气，他听到阿南的声音，在耳边嘶哑响起："多谢你啦，阿言……保重。"

　　朱聿恒在水下太久，神志有些恍惚。听着她说的保重，望着她滴水的脸颊和头发，他忽然明白过来。

　　即使此时就在同一圈涟漪之中、即使彼此就在伸手可及的地方，可她道了别之后，他们就是咫尺天涯。

　　她最后再看了他一眼，对他扯起一个笑容，没有问他要不要随自己一起去，转身便向岸上走去。

　　她知道他不可能帮助自己去救公子，所以她也并不开口，只撩起湿漉漉的衣服蒙住头脸，跳上了正在燃烧的堤岸，独自向着放生池冲去。

第六章

春风流光

　　旋风正急，催得大火从外围堤岸烧向十字形的纵横内堤。饶是阿南刚从水中出来，但在跑到隔绝了大火的石桥边时，身上也已干透了。

　　阁中守卫沿着小径把守，一路围攻她。

　　阿南的流光已经在水下被绞走，仗着精钢手套空手入白刃，抢过一柄最适合自己的细窄长刀，杀入阁中。

　　她的身法是与流光一样的路数，根本没有人能看清来处与去向，只见她一身红衣，浴血沐光，雪亮的刀光如鬼魅般闪现，挡者披靡。

　　朱聿恒此时终于走上码头。他不适应水下，只觉身体沉重无比。看着前方阿南的身影，水风将湿透的衣服贴在他身上，冰冷无比。

　　诸葛嘉站在小阁上，俯瞰下面无人可挡的阿南。

　　她已经杀出血路，袭入小阁，一身凛冽杀气让诸葛嘉这种人都心头发寒。

　　抬头看见朱聿恒，皇太孙殿下对他打了个手势。诸葛嘉愣了愣，转身飞速下了楼。

　　小阁四面门户俱开，阁外的合欢树在狂风中癫狂乱舞，绒球般的红花与血腥气一起被风卷送进来，弥漫在阁内。

　　漫卷的纱帘与横斜的花朵，被此时的大风席卷着，纵横飘飞于阿南的面前。

　　整个世间动荡凌乱，暴雨欲来。

　　在这风暴的正中间，小阁的屏风之前，静坐着被牵丝系住的竺星河。

他是这个动荡世界之中，唯一一颗寂静的星辰。

他白衣赤足，端坐在案前，目光在她残破的红衣上缓缓扫过，面容上那春风般和煦的神情消失了。

"阿南，你受伤了。"

阿南只觉眼底一热，一时喉口哽住。

如无数次从尸山血海中爬出来时一样，无论在多么紧急的状况下，他的目光总是最先落到她的身上，温柔关注。

即使，他自己的脖子上还架着一柄利刀。

持刀的人正是双腿已残的毕阳辉，他委顿瘫坐，烟熏火燎的面目焦黑，目露凶光。

见阿南的目光落在刀上，毕阳辉面露狞笑，手中原本侧压在竺星河脖子上的刀横了过来，架在了他的脖颈之前。

因为刚刚外面那场激战，阿南的喘息有些沉重。她的手斜持着长刀，面带嘲讽地盯着毕阳辉："姓毕的，命挺硬啊？"

毕阳辉双目充血，将压在竺星河肩上的刀又收紧了一分，声音嘶哑怨毒："放下武器！"

刀尖割破竺星河的皮肤，殷红的血渗了出来，在他的白衣上格外刺目。

阿南盯着竺星河，而他神情平静如常，只略抬了抬自己的手，看了看那上面的牵丝，转向阿南的眼神一凝。

以微不可见的幅度，阿南略一点头。

毕阳辉压在刀上的力度又加了一分，竺星河的鲜血如同梅花一般灼灼开在胸前。

阿南咬了咬牙，终于丢掉了手中那柄细窄长刀。

见她乖乖听话，毕阳辉的脸上闪过一丝得色："手上！"

阿南抬起右手的臂环看了看，然后按住上面的环扣，指尖用力一按，将它脱卸了下来。

"扔过来！"毕阳辉狞笑道，见她真的抬手将臂环扔了过来，他心情爽快之下，握着刀的手略松了一松。

只这刀尖略松的一瞬，金色的臂环光芒闪耀，却是砸向了卡住竺星河右手的那一根牵丝。

右侧的丝线被臂环往下一压，力道略略一滞。

在这一瞬即逝的空档，竺星河身形向后微仰，右手疾挥，借助牵丝的引力，反手击向了毕阳辉的脑袋。

周围的人只看见竺星河的手在他头上一按即收，毕阳辉太阳穴中鲜血立即溅射而出。

艳丽的血花六股横射，诡异又惊心，如血色六瓣花绽放在竺星河的掌下。毕阳辉一声不吭，手中的长刀已经落地，立时毙命。

阿南之前在外面杀得声势浩大，可其实大都避开了守卫们的要害，哪如竺星河一动手便是杀招，而且还是这般血溅五步的死法。

周围所有士兵顿时都噤若寒蝉，不敢上前。

谁也料不到，这个霁月光风、优雅从容的公子，一出手竟如此狠辣。

但击杀毕阳辉的动作毕竟大了一些，即使有阿南帮他缓了一缓牵丝的力量，竺星河的左侧手腕还是被深深嵌入，剐开了一个大口子。

阿南立即冲上前来，扶住衣袖被血染红的竺星河，抬手撕下他的衣袖，将他的伤口紧紧扎住，才放他缓缓倚靠在柱子上。

她查看公子身上的牵丝。公子却示意她转过身去，让他看看她后背的伤。

危急情势之中，阿南只略侧了一侧身子，让他看了一眼。

绞烂的水靠遮不住她脊背上纵横的割痕，伤口在水中泡得红肿。竺星河只扫了一眼，便已知道她这一路过来有多艰难。

他神情略有黯然，道：“以前总是替你包扎伤口，没想到这次我竟帮不了你。”

“没事，小伤，很快就好了。”阿南心中一暖，抬头对他展颜而笑。

虽然她现在全身湿了又干，衣服皱巴巴的，头发紧贴在额上鬓边委实狼狈，但那灿烂的神情，还是让竺星河抬起手，帮她摘去发间夹杂的一枝水草，顺势轻轻抚了抚她的头。

周围的士兵虽然都将刀尖对准了他们，但面对这一双煞星，他们毕竟不敢贸然冲上来。

窗外狂风呼啸，周围刀剑环绕；明明刚才还疲惫不堪，但因为他轻抚她的发丝，她迅速便恢复了力量。

她抓起臂环，“咔”的一声重新戴上，手持长刀站起身。

她如今精神大振，而士兵们正因为毕阳辉之死而被震慑，哪里还敢真的上来拼命，几下便被杀散，转眼间阁内撤得只剩下阿南与竺星河二人。

“走，我们先去解开你的牵丝。我已经托人……托魏先生测算出了放生池的正中心。”

竺星河“嗯”了一声，伸手给她。

阿南扶着他起身，絮絮叨叨地和他说话，像是要把分别以后该说的话都一起说出来："公子你也知道的，像放生池这种有水的地方，哪怕只是不均衡的水波，也有可能让牵丝失去平衡，所以只能选在最中心的那一点，以平衡它所受到的牵引力量……"

说了这一堆后，她又觉得懊悔，心想自己到底在说什么啊，难道不是应该像正常的姑娘家一样，说一说自己有多想念他、多担心他才对吗？

但竺星河却十分认真地倾听着，道："我在这边无事之时，也以散步为名义，以脚丈量这边的地形，计算出了牵丝所在。"

阿南惊喜道："我就知道，公子的五行决天下无敌！"

他摇头而笑："走吧，我们去看看，究竟我和魏先生，谁算得比较准确。"

因为牵丝羁绊，竺星河行走的速度十分缓慢，在湖心疾风中如临风的玉树，看似要被风雨摧折，却始终步步沉稳，依旧是她记忆中坚如磐石的公子。

小阁右侧，合欢树下，在朱聿恒推算出的中心点上，赫然立着一座石质的灯笼柱。石柱雕刻成莲花模样，中间挖出碗口大的空洞，里面插着蜡烛。

阿南举步从楼阁边缘而行，测算了一下距离，然后停在灯笼右侧半尺处。

竺星河微微一笑问："魏先生算出来的中心点，是在这里吗？"

阿南点点头蹲下来，用手中刀去撬那下面的地砖。

"等一下。"竺星河环顾四周，问，"这么重要的地方，那些守卫为什么会轻易被我们杀散，任由我们寻找到这里？"

阿南悚然而惊，应道："我知道，公子放心。"

说着，她侧身退开了一点，抬起手中长刀，以刀尖在旁边的青砖上轻敲，确定了空洞之后，将那块青砖一寸一寸地小心抬起。

在砖块尚未彻底起出之时，她一手按住青砖，一手刀尖直插入砖缝。

只听到轻微的咔一声，然后是轧轧声响起，随即里面的机栝彻底卡死。

她左右摇晃了一下刀子，确定没有问题后，才将青砖掀开，看了一眼，立即辨认了出来："毒针机栝。若我们仓促不查，起出砖块那一刻，便是被毒针笼罩之时。"

竺星河道："魏先生追随我左右多年，我想他不会有问题。你拿到这个计算结果，中间是否有人插手了？"

阿南恨恨地将卷刃的长刀抽回，把砖块还原，脸色难看道："是我小觑他了。"

那个插手的人，还是她骗来的。

她以为能瞒天过海利用他，谁知道他才是那只黄雀，早已将计就计布好了陷阱等着她入套。

是她大意了。即使抽离出了部分数据，可他那么聪明的人，自然早已察觉了那是放生池，也一眼就看破了她的心思。

阿言，他居然敢这么不动声色，布下如此阴毒的手段！

但……再一想她又只能苦笑，先骗他的好像是自己。

见她没有吐露下手的人，竺星河也不询问，只缓缓抬手指向旁边一块太湖石："你试试看那边。"

阿南快步走到太湖石前。长刀已卷了刀尖，她用手套上的寸芒起出太湖石周围的砖块，露出下面的泥地。

果然，那隐藏在地底的五根精钢线一一显露出来。太湖石多孔隙空洞，它们穿过石洞，隐入了地下。

阿南将寸芒收回手套中，双手抓住太湖石上面的孔洞，要将它从泥土中起出。

就在此时，周围杂沓的脚步声响起。

阿南一抬头，便看到从园门处涌进来的士兵，当先之人正是诸葛嘉。

放生池地方狭小，士兵们结好了八阵图，这一次手中所持是短棍。

阿南笑着站起身，拍了拍手上的灰土："诸葛提督，你上次擒拿我的阵仗就不小，这次声势更大，该是怕自己再失手？"

一听她提到上次，诸葛嘉灰头土脸，厉声喝道："你们已插翅难飞，束手就擒吧！"

他一挥手，示意摆开阵势的士兵们收缩包围。

"等等。"阿南却毫无惧色，甚至脸上还带了一丝笑模样，"你最好还是带他们退下，先让你们那位提督大人过来跟我聊一聊吧。"

诸葛嘉清冷的眉眼上，似罩着一层寒霜："提督大人日理万机，哪有空见你？"

"是吗？可是我好担心啊，毕竟，他得好好保重身子，才能日理万机呢。"阿南面带忧虑，叹道，"不如你回去问问你们提督大人，他刚刚出水的时候，是不是吃了我给的一颗紫色小丸药？"

诸葛嘉的脸色顿时铁青："你敢！"

"敢不敢他也都吃了，而且这时候，怕是也吐不出来了。"阿南抬头看了看天上，"那药叫作朝夕，朝不保夕，夕不保朝，就六个时辰的事儿。诸葛提督，你懂的。"

卓晏在后方"啊"了一声，心道难道就是阿南让自己去配的那个毒药？

想到她让楚元知帮忙搞火油，让自己帮她配毒药，卓晏不由得眼泪都快下来了——阿南，你这么拖人下水，太没义气了啊！

事关皇太孙殿下的生死，即使诸葛嘉知道阿南并不可信，但谁都冒不起这个险，他那指挥结阵的手，还是迟疑了。

阿南笑微微地抬头看着天空："还有五个半时辰，得抓紧啊，不然明天的太阳他是见不到了……"

只犹豫了一瞬，诸葛嘉终究转过身，向着后方云光楼快步而去。

剩下那些结阵的士兵，一动不动地用手中短棍对准他们，依旧是杀气腾腾。

阿南却视若未见，转身又研究那个太湖石去了。

太湖石虽然不大，但十分沉重，她必须要两只手才能擎住。而牵丝的线就从石孔中穿过。若举起石头，她就无法去解牵丝，若去解牵丝，则石头肯定会砸下来，一时间她竟无从选择。

正在两难之际，耳听脚步声响，竺星河走到她身边。

牵丝的机栝始终维持紧绷的状态，竺星河每走一步，身上的精钢线便随着机栝轻微的转动声而缩短，只会缓慢地予以允许范围内的力量，一旦超出则立即收紧，极为敏感。

"我来吧。"他抬手帮她接住太湖石，让她腾出手来。

阿南轻轻捻着精钢线，循着它小心翼翼地摸进地下去。

还未等她摸到中间机栝，周围那些虎视眈眈的士兵们，忽然放下了手中的武器，陆续后撤。

阁旁树木在大风中倾折乱舞，风声与拍击堤岸的波浪声震得放生池似是一个动荡的世界。

阿南看见月门外的士兵如潮水般退后，拱卫着新换了一袭玄色锦衣的朱聿恒。

他的目光比一身的玄色还要深沉，落在她的身上，久久未曾移开。

飞扬狂风之中，朱聿恒身上衣服被疾风卷起，可他的目光却如深渊般，深暗地紧盯在阿南的身上。

竺星河瞥了身旁阿南一眼，对朱聿恒略一点头，就像第一次在佛堂前见面时那样，神态舒缓："灵隐一面之缘后，阁下多次来此与我见面，却一直遮遮掩掩，不肯露出真面目，不知是何原因？"

阿南顿时心下一凛。

她一直以为，阿言时刻与自己在一起，应当与公子失陷放生池并无关系，可原来，公子在灵隐被擒与他有关，甚至他还一再地瞒着自己过来审讯过公子，唯一蒙在鼓里的，似乎只有她！

再想到刚刚布置于地下的毒针，怒火顿时冲上她的脑门，阿南脸色顿时沉了下来。

朱聿恒未理会竺星河，他只盯着阿南道："你说那是解药。"

阿南冷冷道："那药用的是以毒攻毒的法子，如果当时已经中毒了，就可以解毒；可如果当时没有中毒的话，那麻烦就大了。"

朱聿恒神情比她更冷："把解药给我。"

"我可没带这么多东西，但你可以随我和公子回去拿。"

"你胆敢到官府手中劫人，还以为自己能离开？"

"我不但要离开，还要你帮我们离开。"阿南嗤笑一声，指了指太湖石下的机关，"你得帮我们找出那五根牵丝，公子解了绑，我才能带你回去。"

"我不会。"朱聿恒一口拒绝，"这是毕阳辉设置的，现在，他已经死了。"

"你会的，毕竟，只有五个时辰了。"

朱聿恒定定地看着阿南，似乎不相信她就是那个与自己一再出生入死、携手相依的阿南。

曾为了他而豁出性命、在最危险的地方也要拉住他的阿南，怎么会是面前这个，为了另一个男人而以性命胁迫他的人？

他的目光，缓缓从她的身上，转向了竺星河。

竺星河的白衣在风中招展，即使不言不语站在他们身旁，也自有一种疏离尘世的脱俗意味。

"带不走公子，大家一起死。"见他看着竺星河不说话，阿南在旁冷冷道，"反正我贱命一条，死不死无所谓，倒是你，愿意以你的万金之躯陪我们一起赴黄泉？"

朱聿恒反问："我怎么知道你说的是真是假？"

"按一按胸腹间，鸠尾穴那里。"阿南道。

朱聿恒迟疑了一下，抬起手，在自己胸口下方轻轻一按。

顿时，一股麻痹的感觉从胸口蔓延开来，他全身的力气都在瞬间被抽离，整个人虚脱晕眩。

踉跄扶住身旁的石灯笼柱，他勉强维持自己站立的姿势，只觉得五脏六腑齐齐抽搐，呕出一口浓黑的血来。

阿南看着那口血，挑衅地一抬下巴："信了吗？想活命的话，找出牵系公子的那五根线，交给我。"

朱聿恒只觉脑中嗡嗡作响，他咬牙等着眼前那阵晕眩过去，才终于稳住身子，握住那束杂乱的精钢线。

因为里面五根线长时间的抽动，导致其他线也被拉扯松动，散乱地纠结在一起。

他现下心乱如麻，哪有心思细细寻找："太多了，不如直接砍断所有牵丝线，省得麻烦。"

"所有的牵丝都是经过精确计算，每股力均衡相克，才能维系住机括。不然杭州这么大，姓傅的为什么一定要找放生池这边设置？就因为这里是个基本规则的圆形，牵丝所受的力最均衡。"阿南抬手拨了拨那些精钢丝，问，"你一砍，所有钢线同时收紧，我家公子怎么办？"

朱聿恒瞥了她一眼，冷冷问："这里足有百来根牵丝线，一样粗细大小，又都乱缠在机括之上，一被牵动就所有钢线都震颤而动，如何寻找？"

"百来根也不多嘛，对你棋九步来说轻而易举。"阿南托着下巴，真挚地望着他，"牵系着公子的那五根线，和机括连接时颤动的方式肯定不一样，你将它们挑出来就行。"

朱聿恒冷哼一声，深吸一口气，将自己的手指轻探入那些纠缠的精钢线中。

精钢线纠结在一起，又细又利，只要有一条钢线略微一动，其他线被带动抽拉，便会割伤皮肤，甚至整只手会被它们一起绞得血肉模糊。

他那双白皙修长的手，缓缓探入了这危机丛生的机关之中。如羊脂玉雕琢的指尖，轻轻按在了第一条钢线与机括相接的点上，试探震颤的幅度。

这一刻，他的脑海中忽然闪过那一夜，从楚元知家中脱险回来时，阿南在楼梯口回身，笑吟吟地将怀中伤药丢给他。

她说，千万不要让你的手留下伤痕啊，不然我会很心疼的。

然而现在，她逼着他为她的公子冒如此大险，就算明知他的手可能因为一时不慎而彻底废掉，都毫不顾惜。

指尖触到冰凉的机括，传来轻微的颤动。

他打住了这些混乱思绪，强迫自己把注意力集中到指尖。他甚至闭上了眼，不再去看阿南和竺星河的面容，也不去看那危机四伏的机括与缠绕在他手边的钢线，只屏息静气，慢慢地摸索着。

或许是因为阿南这段时间来对他的训练，如今他的指尖变得异常敏感。闭上眼后，手上触感更加强了些许，心跳却比平时剧烈许多，耳朵也在嗡嗡作响，是血脉在体内急促流动的声响，震颤着他的耳膜。

就像悬丝诊脉，极细微的震颤，自某一条滑过指尖的钢线彼端传来。

他不假思索，手指利落地收紧，捏住了那一缕颤动的触感，睁眼看向阿南："找到了，第一条。"

"我就知道你没问题的。"阿南朝他一笑，正要抬手接过，耳边忽听到脚步声急促响起。

她回头一看，几个明显不是官兵服色的人，手持武器冲进了前方天风阁。

随即，阁内就响起了惨痛呼声："毕堂主！"

竺星河缓缓站直了身躯，抬手轻按上自己右手那个尚带着毕阳辉血迹的扳指。

他这边略微一动，朱聿恒那边的牵丝线立即抽动，一条钢线从他的食指边擦过，顿时割开一道口子。

朱聿恒立即收手，冷冷回头瞥了竺星河一眼。

看着那莹白手掌上迅速沁出的血珠，阿南心头猛然一抽，手指也不由自主攥紧了。

但这是她逼着他干的活，她抹不开脸慰问，口气依旧强硬地说道："小伤而已，别浪费时间。"

她眼中的痛惜低落，蹲着触摸机栝的朱聿恒没看到，但站在她旁边的竺星河却看得清清楚楚。

他垂眼看着地上的朱聿恒，目光从那俊美迫人的面容上，缓缓转移到那双天下难寻的手上。

"你这双手，阿南肯定喜欢。"

曾对他说过的这句话，如今竟莫名其妙在自己的耳边响起。

他所料不错，阿南确实喜欢他的手。

只是……

她喜欢的，仅仅只是这双手吗？

他没有深想，也不必去深想。

即使她眼底深藏的情绪让他感到不悦，但至少，她一直站在他身边，确凿无疑。

天风阁内，接应毕阳辉的人已经发现了后方的踪迹，他们穿过阁门，直扑后院。

知道今日与拙巧阁无法善了，阿南转头问朱聿恒："拙巧阁的人你管不管？"

朱聿恒看也不看她："管不着。"

"哦，那我自己来。"阿南说着，从怀中掏出一个油纸包，取出六颗乌黑暗器，刮开左右手套上拿六根钢管的封蜡，塞了进去。

她这双手套，名叫遐迩。遐是极近，迩是极远。

她举手握拳，以自己的骨节为瞄，以凸起的寸芒为准，对准了天风阁的后门。

门内，有个人影一晃便看见了他们，率先冲了出来："在这里！兄弟们抄家伙……"

话音未落，阿南已经按下机栝。

钢管中设有火石，机栝启动，飞射爆裂声立即响起。

这么近的距离，根本不需要时间，只在阿南抬手之际，对方的胸前已有一朵火花炸裂燃烧。

砰然巨响压过了此时的暴风呼啸，交织着对方的惨叫声，外面的诸葛嘉立即率人冲进来，查看皇太孙殿下的安危。

阿南却理都不理他们，只举手盯着天风阁内的人，冷静而沉稳。

每根钢管都只能发射一次，因为用炸药发射暗器后，爆炸留下的灰烬会堵塞管口，为免炸膛，必须彻底清理才能再次使用。

所以，六根钢管，她只有六次机会，浪费一次便少了一次。

见同伙一击倒地，对方自然不敢再直接欺上来，而是隐藏在门后，企图借助门窗遮掩身体。

可惜门窗的漏雕出卖了他们。阿南冷静地眯起眼睛，瞄着后面那两道影子，手中又是两声发射声响。

穿透漏雕，门窗后两团火焰炸开，躲在那里的两人尚未出声，便都倒了下去。

阿南吹了吹左手钢管中未尽的硝烟，回头瞄了诸葛嘉一眼。

诸葛嘉震惊地看着正在摸索机栝的朱聿恒，尚未明白发生了什么，便听到阿南的声音："看什么看？有我在，保你家提督没事。"

朱聿恒抿紧双唇，微抬下巴对诸葛嘉示意。

诸葛嘉知道他此时被胁迫，看来是无法逃脱这女煞星的手段了。但他又确实无法解救殿下，唯有率众向他行了个礼，默默退到了一边。

冰冷的钢线在朱聿恒的手上滑过，他感觉到食指的伤口上麻痒微痛。抿了抿唇，他干脆摒弃一切，再也不管身外事，闭上眼睛放开自己的指尖，任由一条条锋利钢线从自己的手指上滑过，尽快寻找那几条震颤幅度不同的牵丝线。

阿南紧盯着天风阁内的人，抬手间又干掉了一个从侧面绕出来的人，才瞥了朱聿恒一眼，问："找到了吗？"

"还剩最后一根。"已经陷入恍惚的朱聿恒闭着眼睛，丝毫不知外界的动静，他的动作和声音都缓得有些迟滞，仿佛正陷在另一个繁杂的世界之中。

而此时从他的指尖一根根流转而过的钢线，就是他在另一个世界主宰的线索。

阿南不再打扰他，只盯着面前的天风阁。瞥到在疾风中起伏的合欢树枝杈之间，一丝与所有树枝都相逆的摇摆幅度，她不假思索，冲着那纠结的乱枝射出了一团火花。

树枝之间血花与火花一起喷射出来，一个身影带着折断的树枝直坠落地。

"找到了，最后一根。"朱聿恒也睁开了眼睛，缓慢地将最后那根钢线拉了出来。

"好。"阿南毫不迟疑，回身抓过朱聿恒手中的五条钢线，将它们从乱线中抽出，然后手腕一抖，就搭上了朱聿恒的手腕。

朱聿恒只觉得手腕一凉，右手已经被系上了一条精钢线。

还没等他反应过来，阿南一挥手间，竺星河立即推动了手边的太湖石。

在太湖石轰然落下的同时，被他们拉出又急速回缩的丝纶扫过了朱聿恒的双腿。

朱聿恒本就因为寻找牵丝而大费心力，此时右手刚要一动，便觉得手腕剧痛，被精钢线束住的右手已经勒出细长伤口，鲜血顿时涌出。他身体一僵之际，而阿南又骤然发难，牵绊之下他顿时跌倒在地。

阿南立即俯下身，握住他的脚后，手中钢线一收一拉，系住了他的脚踝。

被牵丝束住的朱聿恒，躺在地上死死盯着阿南，感觉到四肢上传来被勒紧的剧痛。

有竺星河的前车之鉴，他不敢动弹，只能死死盯着她，从牙缝间挤出两个字："阿南！"

这一下兔起鹘落，实在太快。退在外围的诸葛嘉虽在她系第一根牵丝的时候已立即跃起，但到他近身之时，阿南已经举起手套上的钢管，对准了朱聿恒的额头。

"诸葛提督，退下吧。"阿南胁迫的声音既冷且厉。

诸葛嘉与他手下已经结阵的众人，正因为她手中火暗器的犀利而心胆俱寒，此时这东西对准了皇太孙殿下的脑袋，他们哪敢上前，即使离她不到三步距离，但谁都不敢再挪动半步。

阿南低下头，拉着最后那条牵丝，轻轻慢慢地在朱聿恒的左手上打了一个结。

"抱歉啊，阿言。我现在没法彻底摧毁牵丝的中枢，而且……我不希望和你正面对抗。"

朱聿恒躺在地上，忍着手臂上被牵丝深深嵌入的痛楚，望着俯视自己的阿南，声音沉暗微颤："你早已打定主意，要我李代桃僵？"

"你又没事的，官府和拙巧阁不敢让你少一根寒毛。"她朝他微扬唇角，只是笑得有点勉强，"您说是不是啊，皇太孙殿下。"

尽管早有预感，但在此时骤然被戳穿了身份，朱聿恒眸中的光顿时变得彻底寒凉。

他一瞬不瞬地盯着她，一字一顿地问："这么说，你早就知道了我的身份，也早就打定了主意利用我？"

所以，从一开始，就全是假的吗？

绝境之中她从他怀中跃起的身躯；火海之内她握住他的手；没顶的水下她挡在他面前的脊背；从生与死的边缘挣扎过来后，她轻轻哼唱的那一支曲子……

全都是假的吗？

最终，只是为了将他困在此处，让他死于朝夕剧毒之下？

他盯着她的目光如此森寒，阿南不愿多看，别开头举起手套，狠狠地将手背寸芒朝着地上的牵丝线砸下去。

火花四溅之中，五根精钢线立即断裂，所有的力量被朱聿恒所承受，迅速收紧了他的四肢。

即使他一动不动，手腕与脚踝上也立即被勒出了深深血痕。

一直被限制了行动的竺星河，此时身上的钢线立时松脱，终于解开了束缚。

阿南撤身疾退，奔到竺星河身边，仓促道："公子，走吧。"

竺星河却没有回答她，他的目光定在地上的朱聿恒身上。

阿南刚一撤离，诸葛嘉便立即奔上前来，身边八阵图结阵，护住了朱聿恒。

阿南向后方水面看去，低声道："快走，司鸶来接应我们了！"

"你知道，我在灵隐寺时，为何轻易就擒吗？"竺星河的右手缓缓抬起，他那个银白色的扳指在昏暗的天光之中隐隐发光，与他的目光一样锐利而夺人心魄。

"因为我看见他了。这是我等待了二十年的机会。"

二十年。

二十年前宫闱巨变，一夜之间朝堂倾覆，改变了后来无数人的命运，其中，就有阿南的一生。

她自然深深知道，公子所说等待了二十年的机会，是什么。

大风雨呼啸而来，耳边噼啪声作响，豆大的雨点终于急促砸落下来。

风雨交加，西湖水浪拍击在四面堤岸上，仿似整个世界都在动荡。

"司南，你好大的胆子！"

诸葛嘉辟众而出，刀尖直指阿南，厉声喝道："把解药交出来！"

听到解药二字，竺星河转头看了看阿南。

她抿了抿唇，见公子手中的"春风"正闪烁着银白的光辉，如同春日即将破土的蒹葭。

一触即发的血战，显然已经不可避免。

心念急转之间，阿南对着诸葛嘉脱口而出："怎么，想要朝夕的解药？那你就凭自己本事过来拿啊！"

竺星河双眸微眯，落在朱聿恒身上的目光不觉敛了锋芒。

朝夕。

一个朝不保夕、即将要死的人，又何须他倾注心神。

对面众人的脸色则因阿南的一句话全都变了。韦杭之目眦欲裂，长刀出鞘，就要冲上去与阿南拼命。

朱聿恒喝止住了他。

牵丝在手臂上剐出细长的血口，朱聿恒却浑似不觉，只冷冷盯着站在竺星河身旁的阿南，沉声吩咐韦杭之："通知外围兵力封锁水道，湖面士兵一律登岛。匪徒接应船只格杀勿论。"

"你不要命了？"阿南一听，立即扬声道，"放我们走，我给你解药。"

朱聿恒冷冷瞥了她一眼，听若不闻，只提高了声音："拙巧阁呢？毕阳辉一死就自乱阵脚了？"

皇太孙殿下放话，湖面上消息立即放出，三长三短尖锐的啸声穿透疾风，迅速传向四面八方。

湖面上救援的船只立即转向，齐齐向着放生池而来。

"阿南，你思虑不周了。他抓住你自然就可以威逼你拿出解药，怎会答应放虎归山？"竺星河侧过头，微微朝阿南一笑，"看来，今日不能善了，二十年的总账也终可了结了。"

阿南抬头看见朱聿恒那冰冷的神情，知道他一贯是宁折不弯的人，只能无奈一跺脚，劝竺星河道："留得青山在……"

话音未落，她忽觉双耳嗡的一声，脊背上顿时冒出了冰冷的汗。

面前的世界，包括围攻上来的士兵们，全都幻化成了一层层重影，让她看不分明。

她忽然惊觉，时间到了。

她在出发前喝的那一盏茶，支撑她精神亢奋地杀到了现在，可也到了透支的时刻了。

司鹜来接她之时，就是她计算好的药力消减之刻。

竺星河也察觉到了她的不对劲，他转头看向她，见她脸色苍白，冷汗涔涔，低声问："怎么了？"

阿南摇了摇头，狠狠一咬舌尖，竭力让自己清醒一点："没事……我来之前，喝了一剂玄霜。"

竺星河眉头一皱，知道玄霜是短暂提振精神的毒药，但脱力之后药性发作，她将痛苦万分。

见她身形摇摇欲坠，他知道她已近虚脱，心口又不由得微微一动，低低道："傻丫头，这害人东西，你这是饮鸩止渴。"

阿南低低道："不喝，我坚持不到这里。"

竺星河叹了口气，抬手轻轻抚了抚她的发丝："无妨，我会带你走。"

说着，他一手揽住她，身形疾退，在暴风中迎向了后方围上来的攻势。

诸葛嘉的八阵图攻击何其凌厉，可竺星河身形飘忽，纵然阵法再千变万化，亦难沾到他一片衣角。

被诸葛嘉护着退到后方的朱聿恒，第二次看见了竺星河出手。

与上次不同，这一次他们距离太近，这种窒息压迫感便也格外清晰刻骨。

而且，上次的竺星河还顾忌着官府，只仗着自己的身形在八阵图中闪避，并未还手。而这一次，他要带阿南杀出生天，下手毫不留情。

无论八阵图多么严密，那些棍棒的集结多么紧凑，他总有办法寻到最不可思议的那一个空隙，挥手攻击向最薄弱的地方。

他的手中似无武器，但右手挥过的地方，阻挡他的任何人身上，都立即爆出大片妖异的六瓣血花。

在棍棒的丛林之中，大片的血花陆续开谢。竺星河的白衣上，迅速染上了大片艳红的颜色，一瓣瓣一片片，层层叠叠，比春花还要耀眼。

韦杭之帮朱聿恒解着手上的牵丝。但牵丝需彼此牵扯均衡受力，才能维持那种似紧似松的状态，必须要像阿南这样，寻找到机栝中心点将其封住，才能一举摧毁钢丝线的力量，若只解其中一条，其他几条会越收越紧，直至勒断骨头为止。

韦杭之竭尽全力依旧白费力气，而朱聿恒则紧盯着竺星河。

即使怀中还抱着阿南，但他的身形太过飘忽，又在八阵图中冲突来去，别说围困捕杀他，就连身影都难以捕捉。

暴雨劈落在场上，溅起的水花都带着血迹。

身后人替朱聿恒打起伞，遮蔽落在他身上的雨点。

他却缓缓摇头，示意不要遮挡自己的视线和暴雨的力道，以免让他的计算产生偏差——

竺星河显然也无法窥探八阵图的阵型变化，所以他奇诡的身法，只可能是凭借五行决对地势的计算而来。

五行决，虽然朱聿恒之前未曾见过，但从竺星河行动开始，他便一直在观察他的身法与行动，并且迅速理出了大致的逻辑脉络，现在，只需要处于同样的境地之中，验证他的思维而已。

面前浓艳血光在疾风骤雨之中闪现，如同触目惊心的猩红花朵，与哀叫声一同盛绽。

血雨纷洒在半空之中，即使隔了一段距离，朱聿恒依然能闻到那淡淡的血腥味夹杂在雨风之中，笼罩了当场。

在这血雨腥风之中，他终于开了口，对诸葛嘉道："攻东南方向，四尺围径。"

诸葛嘉一怔，立即便厉声呼喝："第五图第七变，收放势！"

如臂指使，短棍丛林骤然袭向东南，聚收后又陡然而放，借着此时风雨之势，威势大盛。

竺星河那原本奇诡飘忽的身躯，正向着东南而去，此时等于将自己送到阵法的攻击正中点。

正抱紧公子的左臂、因为药效而萎靡的阿南，此时也不由得脸色一变，看向了朱聿恒。

朱聿恒的目光，冷冷盯在他们二人的身上，又似从他们身上穿了过去。

他在看着他们，又或者他看的，其实是下一刻的他们。

综合千头万绪，从竺星河的步伐之中，推算出他最有可能踏出的下一步、下下步，直至最后那一步。

他要以阿南孜孜以求的棋九步，阻截她家公子的五行决，绝不允许他们逃离这场大风雨，逃离这座放生池。

竺星河与阿南已深陷于攻势之中。万千短棍如长蛇如游龙，纠缠着他们翻滚不断，难以挣脱。

但竺星河的五行决毕竟非同小可。他带着阿南偏转闪避之时，手腕于棍阵最密集处疾抖。于是，这最难撕破的角度忽然爆出灿烈的血花，染得周围风雨皆红。

他们浴血突破，冲击得八阵图阵型顿时一散。

朱聿恒早已根据竺星河的行动轨迹，计算出他在突围之后的下一步落点。他盯着竺星河，口中冷冷地吐出几字："西南，一丈三。"

诸葛嘉立即传令："第二图第十一变，绞压势！"

他话音未落，竺星河已经带着阿南落在西南一丈三开外的青砖地上。

身形在半空之中下坠，眼看脚下就是朱聿恒预计的范围，竺星河脸色微变。

可落势已定，他无法在空中变招，周围的战阵也已蜂拥集结。万千攻势挟着雨点砸落下来，眼看他们就要被压为齑粉。

在这千钧一发之际，竺星河当机立断，托住阿南的腰让她跃上九曲桥畔的柳树，脱离战阵，任凭自己深陷于攻势之中。

见他分心停滞，万千短棍当即如巨蟒绞缠住他，翻滚不断。

阿南站在柳树上看着这威压之势，萎靡的精神亦紧张起来。她的目光紧紧盯在公子身上，尤其是他受了伤的手腕，关注他的一举一动。

上一次这么担心他，是什么时候呢……

是老主人去世的时候，她悄悄去婆罗洲最高的断崖上，寻找独自僵立了一天的公子。

她听到公子对着面前汹涌的海浪发誓，他一定要回到故土，一定要手刃仇人，一定要洗雪父母所受的国仇家恨……

那是她唯一一次听到他痛哭失声，看到他崩溃无助，却固执地要在这条世间最艰难的路上走下去的痛悟。

当时疯狂扑击在断崖上的波浪，就与现在冲击公子的攻势一般，震天动地，让面前的人无路可走、无法可挡。

但公子，他终究冲破了那一日的狂浪，迎向了今日这万千攻势。

只见间不容发之际，竺星河拔身而起，身形一旋一转之间，引得持棍奋击的众士兵顺势向上攻击，却个个击向了虚空暴雨。

阵型散乱，那固若金汤的气势顿时化为乌有。

"西北，六尺。"

"第四图第五变，攒心势！"

散乱的士兵们阵法疾收，于六尺处围拢。

可惜他们之前的阵势已被带乱，而狂风席卷倾盆的暴雨，阻住了他们快速集聚之势。

在响彻整个天地的暴雨声中，竺星河身形急速下降，直插入棍阵正中尚未来得及闭合的空当，就像陡然压下的巨石，让湖面所有的水退却开去——只是他挥手间激起的，是片片血色六瓣花朵。

时间似乎突然慢了下来。

青蓝布甲组成的战阵、风中狂乱起伏的树木、疯狂击打地面的暴雨、碧绿湖水簇拥的堤岸楼台……在这青绿凛冽的底色上，陡然开出了片片鲜红花朵。

如绚丽妖异的艳红色彼岸花，瞬间开遍了这西湖上的小岛。

而朱聿恒也终于看见了竺星河的武器。

他的手中有一道极细的白光，如今上面沾染了无数鲜血，终于显现出了形状。

那是一支尖锐的细管，由他那枚素淡的白色扳指上生出，如同春日刚抽出嫩芽的银白色蒹葭。

芦苇般的细管上，有无数怪异的孔洞，随着竺星河挥手伤人之势，六瓣血花便自苇管的孔洞之中喷涌而出。

疾风猎猎的放生池畔，白光飒沓如流星，红花绽放如噩梦，持棍结阵的士卒们，随着鲜血的喷涌，发出此起彼伏的惨叫声，摔跌一地。

在一片哀叫声中，朱聿恒听到了诸葛嘉失声叫了出来："春风！"

春风。

这骇人的武器却有着这般温柔的名字，只是它催开的，不是娇艳的花朵，而是六瓣血花。

而阿南的武器，就叫流光。

春风拂流光，他们连武器，都是一对。

想必当初在海上，他们共同进退纵横驰骋的时候，也是如此这般，春风流光携手并行吧。

朱聿恒想着阿南臂环之中一转即逝的新月，看着面前纷飞的血雨，目光下意识地穿透已经溃不成军的八阵图，射向阿南。

冷雨暴击，似乎让她的意识清醒了一些。她从柳树之上跃下，头发散乱，脸颊上全是血污，身上红衣遍布泥尘，便如罗刹降世，邪气弥漫。

而从八阵图中杀出，携带着血雨腥风的竺星河，此时身上亦被斑斑血迹染成一身红色。

两人正向着码头奔去，企图脱出八阵图，逃出生天。

她为了救这个人，诱骗他服下剧毒，要置他于死地。

似有冰冷的寒气从额头贯入，朱聿恒只觉太阳穴剧痛难耐，就像两把刀子正硬生生扎进去。

但，那刻入他骨血的冷静与骄傲让他竭力忍耐，不允许自己流露出哪怕一丝一毫的异样。

他咬牙定定盯着阿南与竺星河逃往的外围弧形堤岸，那里有一艘小船正自风浪中而来，驾船者赫然正是司鹭。

朱聿恒沉声发令："彻底封锁四周湖岸及水道，不得让他们逃脱！"

阿南早已脱力，竺星河亦失了锋芒，水下又有杀阵，只要隔绝接应，他们绝对跑不掉。

悠长的呼哨声再度响起，于西湖沿岸四散回荡。在诸葛嘉的呼喝声中，八阵图重新集结，袭向奔逃的二人。

朱聿恒冷静地盯着他们的身影，分析着竺星河最有可能的突破方向，以及对他们一击必杀的角度。

暴雨击打在他的额上、手上、心上，力道沉重生痛。

朱聿恒的目光，落在了堤岸内侧的桥沿，又转向外侧台阶。

随即，一息之后，竺星河便带着阿南落在了桥沿内，奔向外侧台阶。

脑中虚构的影迹与面前的身影彻底重合的一刹那，朱聿恒终于开了口，嗓音既冷硬且稳定："东南偏南，三尺……"

他的话尚未出口，便被剧烈的风疾卷而走。

凶猛的雨点砸在他的唇上，旋风呼啦啦猛然席卷过湖面，掀起巨大的浪头。

头顶噼啪作响，是屋顶的瓦片连同栏杆，全部被风裹挟而去。巨大的气旋猛然下压又疯狂飞升，所有站着的人都被重重地掼在了地上。

只有坐在石椅上的朱聿恒逃过一劫，但他紧抓椅背的手也难免被牵丝剌出两道口子。

但手脚的疼痛他已无感觉。就在这风雨暴击之中，他的胸口陡然一震，照海穴上一阵钻心剧痛顺着内踝直冲而上，沿大腿的内侧劈向胸腹部，最后直达喉结。

那剧烈的痛楚纵贯过全身，似要将他整个人活生生劈为两半。

是"山河社稷图"。没有按照他们预想的那般于八月十八大潮日来临，而是在这一日、这一刻，在大风雨登陆杭城之时，突然发作，让他的阴跷脉崩裂了。

一贯挺直的脊背此时再也支撑不住，他在骤雨之中无力委顿了下去。

韦杭之早已爬起，一把扶住他，周围的人都慌乱地围上来。

只有诸葛嘉勉强稳住身子，咬牙道："不惜一切，抓住女刺客，搜出解药！"

众人悚然而惊，以为皇太孙殿下是毒发了，个个目眦欲裂，拥向堤岸。

阿南与竺星河已在风暴中艰难起身，奔到岸边。湖中船队早已在大风雨中乱成一片，司鹭的小舟更是在水中失控转圈，几近翻覆。

在尖利的呼哨声中，周围所有的船都围了上来。密集的弓箭、火铳与火炮对准了他们。

在这必死的境地之中，阿南与竺星河被团团围住，接应的船又无法靠岸，已经确定插翅难逃。

竺星河靠近阿南，与她脊背相抵，互为倚仗。

在这般危急关头之中，阿南不知为何，忍不住抬头，望向了风雨那端的朱聿恒。

隔了这么远的距离，中间又有那么多风雨，可他痛楚委顿的模样，她依稀可见。

心口猛然揪紧，阿南看他的样子，知道他定是"山河社稷图"发作了。

原本她还打算，救走公子之后，她要赶在下一条血脉崩裂前，替阿言拼死下水城，就当给他赔礼道歉了，可人算不如天算，怎么他的血脉此时突然发作了，让她弥补的可能化为乌有。

但事已至此，无可挽回，想再多又有何用。

她听到公子的声音，就像之前无数次在海上纵横时一样，从耳后传来："阿南，跟我再搏一次？"

"好。"她咬一咬牙，将一切懊恼与愧疚抛在脑后，一如过往那般，坚定而确切地回答。

暴雨让玄霜的药效稍微消退，面对着面前如林的武器，她贴着公子的脊背，在准备跃入湖中的一瞬间，她忽然笑了笑。

"他们觉得我挑这个大风雨的日子过来，只是为了让风暴干掉吉祥天吗？"

竺星河尚未回答，湖面上巨大的声响已经传来，是对准他们的那些火器，一起发射了。

虽然暴风雨让很多火药湿透，但毕竟还有些火力残余。小船周围所有的火铳手们，毫不留情地向着他们射出了所有的火力。

朱聿恒眼前的整个世界暗了下来，模糊昏暗，只有满湖喷射的火焰残留在朱聿恒的眼中，如一簇簇亮得诡异的花朵。

在这些突兀盛开的花朵之中，面前所有的一切全部倾覆于风暴之中，随即，是滚滚巨浪滔天而来，席卷了整片湖面。

巨大的浊浪排空而来，从杭州城冲出，如同暴烈的猛兽，向他们汹涌狂扑而来。

是大风雨挟巨大海潮倒灌入钱塘江，冲垮了杭州城墙又直灌入西湖。激浪与大风雨一起，掀翻了西湖上所有一切。

摧枯拉朽的巨浪之中，韦杭之竭力抵住背后的石桌，将殿下护在自己的怀中。

天地动乱，风雨狂暴。剧痛在朱聿恒每一寸皮肤里、血脉里、骨缝里蔓延，像是有人顺着阴跷脉狠狠往他的体内一枚一枚插入刀尖，偏偏他却连挣扎都不能。

痛苦让他眼前漆黑一片，可身体的剧痛亦比不上心口涌起的刻骨怨愤。

"接下来一年的时间，你属于我。"

"我事事村，他般般丑。丑则丑，村则村，意相投……"

"带不走公子，大家一起死。"

她曾说过的话，唱过的曲儿，在耳边如同水波般回荡，又被暴雨声撕扯成碎片。

眼前的世界越来越暗淡，最终，他的意识再也承受不住那刻骨之痛，任由黑暗席卷了一切。

第七章

山长水阔

豪雨倾盆，水面疾风乱卷。

在枪炮弓箭齐射的瞬间，竺星河与阿南不约而同钻入水中。上方波浪滔天，下方亦是暗流涌动。

水阵被巨浪摧毁，他们穿过封锁，向着前方奋力游去。

大风雨遮掩了他们，也裹挟了他们，两人的身体被激流卷起，猛然抛向后方，又在湖中重重激荡，全身骨头都如遭碾压。

本就虚脱的阿南此时眼前发黑，终于再也坚持不住，失去了意识。

波浪实在太急，竺星河只能紧抱住她的身躯，宁可与她一起失控，随波浪胡乱沉浮，直到被一阵巨力冲上湖岸，重重摔落。

杭州城内外全是污浊泥水。竺星河抱着已失去意识的阿南，蹚过及胸的大水，攀上旁边一棵合抱古木，带着她暂避浪头。

她在昏迷中呛到了水，此时无意识地咳嗽不止。

大水冲击过来，粗壮的树干摇晃不已。但竺星河也顾不上了，他半靠在树杈上，将阿南的身体翻过来，让她靠在自己的膝上，将水控出来。

她吐了几口浊水，意识依旧昏迷，竺星河探了探她的鼻息，虽然低微但总算均匀绵长，知道她只是因为玄霜的药效昏睡了，才略略放了心。

上面是疾风骤雨，下面是汹涌浊浪。他抱着她靠坐在树枝上，见繁急的雨点击打着阿南的脸颊，让她在睡梦中都痛苦皱眉，便俯身用脊背帮阿南遮蔽风雨，至少不让雨水直击她的面容。

他低头望着怀中的她，伸手轻轻帮她理着纠结的湿发。

在漆黑凌乱的头发和艳红血衣的衬托下，她的唇色显得异常苍白，完全不是平常鲜润的颜色。

就像当初他刚捡到的她一样，脆弱得仿佛随时可能被风雨摧折。

她似乎不太舒服，呜咽着侧过头，下意识要找一个躲避风雨的地方。因她这茫然可怜的模样，他轻揽过她的脑袋，让她靠在自己的怀中入睡。另一只手伸到她的后背，帮她把水靠略微松了松，让她呼吸能更顺畅一点。

就在他俯头贴近她之际，他听到她的口中喃喃地吐出了几个字。

他怔了怔，贴着她的唇边，静静地听了一听。

她说："阿言，对不起……"

心口涌过灼热的一股血潮，竺星河握着她发丝的手，默然收紧了。

阿言。他刚刚听她这样叫过朱聿恒。

但……那个阿言，此时应该已经不在这世上了吧。他这样想着，终究还是慢慢松开了手，只沉默着，缓缓将她拥入怀中。

天色渐渐暗下来，最大的那一轮暴风雨过去。怀中的阿南轻微地动了动。

竺星河低头看去，发现她已经睁开眼，在他的怀中定定地看着他。

"你醒了？"风雨淹没了他的声音，阿南也不知道听到没有，只张了张唇，那唇角似乎微微上弯。

竺星河低下头去凑近她，才听到她艰涩的声音，轻轻地说："这风雨……和你捡到我那一天，好像啊……"

他和阿南第一次见面，也是这样的一场暴风雨。

海上的风雨，比陆上更为诡谲可怕。为了不至于船毁人亡，所以在航行之中遇上暴风雨时，他们会尽量寻找海岛停靠。

而那一次的风雨海岛中，他站在甲板上，看见了一个五六岁的枯瘦小女孩在荒岛砂砾上疯狂奔跑，扑向海边礁石。

她后方的空中，一只巨雕正从高处掠下，向她飞扑而去。

小女孩不顾一切地钻进粗粝的礁石缝隙之中，双手双脚磨得鲜血淋漓，却依旧拼命蜷着手脚，往礁石下躲藏。

可惜礁缝太小，她的身体有小半还露在外面。那只巨雕在半空盘旋着，似乎在寻找将她拖出礁石的机会。

小女孩抱头缩在礁石缝内，嘶哑地哭喊着："娘，救我，救我啊……"

那时，竺星河的母亲刚刚过世。或许是她凄厉的声音触动了他心底的伤痛，他低低唤了一声："石叔。"

石叔几步走到他身后，看见这样的情形，摘下肩上的弓箭，一箭向着巨雕射去，正中雕眼。

那巨雕一头栽在沙滩上，翻滚了几下便死去了。

小女孩颤抖地缩在礁洞内等了许久，才将头探出来，小脸煞白地看着外面。那双因为太瘦而显得奇大无比的眼睛，不偏不倚正与竺星河对上。

竺星河永远记得，那时瘦弱的她睁着一双大眼睛，头发乱蓬蓬的，像一只未断奶的小野猫。

暴风已过，雨势减小，竺星河的船缓缓掉转，准备驶出这座临时停靠的海岛。

那小女孩像是忽然醒悟过来，手脚并用爬上礁石，竭力踮着脚，大声问站在船上的他："你是神仙吗？"

那时的他，其实还只是个十二岁的少年。

只是他一袭白衣，撑着描绘仙山楼阁的杏黄油纸伞，尚带稚嫩的轮廓上，已经初显摄人的光华。

他撑着伞看着她，没有回答。

她又问："是我娘让你来救我的吗？他们说，我娘去天上了……你会带我走吗？"

他看了看面前这荒岛，又看了看这干瘦的小女孩，微皱眉头。

魏乐安看了看她，说道："这么小的孩子，在这样的海岛上活不下去的。我们不带她走，她会死在这里。"

冯叔则摇头道："这种陌生海岛，捡一个来历不明的小孩回去，不妥，不妥。"

大船即将离去，那小女孩急了，跳下礁石，冒雨在沙滩上狂奔，朝着他们的船大喊："娘，娘！别丢下我！"

她小小的身子扑入水中，固执倔强地要追上他们，似乎不惧淹死在海里。

听着她的哭喊，竺星河忍不住回头看她，又听到魏乐安说道："我想起来，公输师傅说，想要找几个有资质的孩子，培养后人。你们看那小孩的手……"

她已经被海浪扑入水中，却还在水中沉浮，固执地冲他们招手，企图让船返回来。

那时小小的她，便已有了一双比寻常女孩子都大一些的手。微黑的皮肤下指骨稍凸，带着常年攀爬礁石留下的伤痕，却一望可知极灵活又极有力。

竺星河终于开了口，说："让她上来吧。"

他们放下了跳板，让她攀爬上船。

许是因为太累太饿，又或许是那日的雨太大，在跳板的最高处，她脚底打滑，差点跌下海去。

他一手撑伞，伸出空着的另一只手，握住了她的手腕。

她用双手紧紧抓住他的手，双脚蹬在船身上，狠命翻上甲板。

就在跌进他怀中那一刻，她破烂的衣襟被栏杆上雕刻的鱼嘴钩住，怀中一个破旧香囊从她的怀中掉出，直直落到了大海里。

在她失声低叫中，它被巨浪瞬间卷走，沉入了深不可及的海中，就此无影无踪。

后来他才知道，那香囊是她父母唯一的遗物，里面有一张纸条，她娘说，可以用它找到家。

她是遗腹子。父亲出海打鱼不幸遇害，怀有身孕的母亲被海盗掳去，在土匪窝里生下了她。

她五岁时，海岛匪盗火拼，母亲受波及死去。而她在尸堆中等了半个月，吃着生鱼和海蛎子，终于在那场暴风雨之中，等来了路过那个岛暂避风雨的，他的船。

竺星河经常回想起那一刻，耿耿于心，难以释怀。

如果那个时候，他早一点答允带她走，或者他不是随意地伸出一只手，而是用双手拉住她，也许阿南那个香囊就不会丢掉。

她或许，就能找到自己的家了。

她姓什么；她从哪里来；她的父母是谁；她是否还有家人亲族……

从此一切都成了永不可知。

只是人生，再也没有或许。

因为心头这淡淡的歉疚，他在风雨之中，抱紧了再度沉沉睡去的阿南，就像抱紧十四年前那个喊着娘亲的无助孤女一样，似是永远不愿放开。

剧痛让朱聿恒从沉沉的黑暗中醒来。

眼前尽是绚烂的光点在无序跳动，伴随着耳膜中突突跳动的血脉流动声，让他狂乱郁躁。

他躺在床上，盯着头顶的轻纱帐幔，以及纱帐外流苏悬垂的宫灯，阴影渐渐散开，认出自己身在孤山行宫内。

窗外是浩渺湖光，西湖似大了一圈。

他竭力撑起身子，解开衣襟，看了看自己身上的痕迹。

两纵一横，第三条血脉出现了。

这一次崩裂毁坏的，是阴跷脉。自照海穴而上，横贯身体内侧，赤红的血线与之前的两条纠缠相切，越显触目惊心。

他抿唇掩了衣襟。帐外的官人察觉到他的动静，立即起身进帐伺候。

瀚泓端来熬好的药，听朱聿恒问起外间情况，面带悲戚："昨日那场大风雨，摧毁了钱塘海堤，海水倒灌直冲杭州城，城墙在冲击下塌了好大的缺口！"

大风雨掀起钱塘江巨浪，从杭州城东而进，在城内肆虐，又从城西冲出排入西湖。城内房屋被冲塌了上千间，全城哀声一片。

幸好朱聿恒从海上回来后便告知会有大风雨，让杭州府及早防范。皇太孙一再示警，所有官员不敢怠慢，城内及早设了预防措施，百姓转移及时，人员伤亡倒是不大。

"只是城内如今一片混乱，衙门也不敢迎殿下前去养伤，因此奴婢与浙江布政使商议后，便先侍奉殿下于此休养了。"

屏退了瀚泓，朱聿恒又叫了韦杭之过来，问了杭州及周边城镇如今的情况。得知损失不大后，他才问："那个'朝夕'的毒，怎么解的？"

韦杭之迟疑着，讷讷道："殿下……并未中毒。"

朱聿恒凛冽疲惫的神情乍然僵住，在迟疑中透露出了一丝迷惘。

"杭州几位最有名的大夫已替殿下诊断过了，其他并无问题，就是……身上有几道血脉淤紫，不知道是否是朝夕引发的……"

他微抬右手，示意韦杭之不必说了："那些并无大碍，亦与阿南无关，你吩咐下去，不得外传便是。"

韦杭之错愕地应了，站着等他吩咐。

朱聿恒大脑混沌，许久，嗓音尤带喑哑："可我当时确实吃了她给的药丸，也确实吐血了。"

"大夫说，殿下遇险落水，又被阿……女匪带着在水下活动，胸脯本该有淤血，但如今却并无异常，可见当时服的应是清毒药物，吐出来的大概是体内淤血……"韦杭之迟疑着，又不得不继续说下去，"大夫们说，吐出来了倒是好事。"

所以，是骗他的吗？

根本就没有所谓的毒药，没有朝不保夕。

全都是她编造出来恐吓他的谎言。

朱聿恒这样想着，一动不动盯着自窗棂外射进来的波光。

那些光华在他面前如同有形的迷雾，幻觉般波动。就像那奇诡的水面之下，阿南的身影被水波拉扯得失了真，却又分明决绝地挡在他的面前，替他扛下那些致命的攻击。

那时她挡在他面前的双手，坚定而迅捷，哪怕衣袖被水下的波纹绞成碎片，她维护他的姿态，依然毫不动摇。

现在想来，他其实并不知道，究竟是她绑在自己身上的牵丝，还是她在水下拥住自己的双手，更令他刻骨铭心。

沉默望着窗外许久，他才低低道："你去准备一下，等我恢复一些，就去海宁一带看看灾情。"

韦杭之急道："殿下刚醒，身体欠妥，还请安心休养，切勿考虑家国大事了。"

朱聿恒没有回答，靠在枕上闭目养神。

韦杭之无奈，静立了一会儿，拿出一个东西轻轻放在床头柜子上，放慢脚步退出。

朱聿恒听到了那东西发出轻微的"叮"一声响。这熟悉的声音让他下意识收紧了自己的十指，觉得指尖空荡荡的。

那应该是他昏迷之后，失落在放生池的岐中易。

你可要好好练手啊，等我回来，不能偷懒。

阿南说过的话言犹在耳，可她为了救她的公子，已经抛弃了对他许过的所有承诺，是不会回来了。

身体虚弱无比，他用尽所有的力气，抓过床头的岐中易，想将它狠狠摔入窗外的西湖。

但最终，岐中易从他虚软的手中滑脱，坠落于心口，轻微的金属碰撞声在他胸前响起，清脆又寒凉。

他死死盯着胸口那发着淡淡金属辉光的"九曲关山"，就像看见阿南那明媚的笑容。

明知道会灼伤双眼，可人为什么总是会被耀眼的事物所吸引，最终意乱情迷，难以自拔。

他终于艰难地、一寸一寸地抬起了手，将那个岐中易紧紧地抓在手中。

就像他在心里发誓，他以后，一定会将主动权牢牢控制在自己掌中，再也不会蠢到跟随着她的步伐，以她的节奏行事。

“阿南，你为什么这么拼命？”

“我不拼命的话，如何成为公子手中最锋利的那把刀呢？”

“做别人手中的刀，又有何意义？”

“就算没有意义，可至少……在我折断之前，公子不会放弃我。”

阿南从沉沉的疲惫倦怠中醒来，头痛欲裂，身体虚软。

她呆呆地躺在床上，看着头顶绣着海棠花的纱帐，回想着梦里那些话——很久很久之前，她与最好的姐妹桑玖说过的话。

到如今，桑玖已经在海底化为了枯骨，而她成了司南，恪守着自己的理想，终于成了公子身边最有用的人。

只是，人总是贪心的。到了现在，她不再希望自己唯一的用处，是帮他收拾掉来袭的敌人。

尤其这一次，来袭的敌人是阿言。

阿言，他现在一定很恨她吧……

她的眼前一直出现他盯着她的冰冷眼神，在她陷入沉沉昏迷之时，萦绕在她的脑海中，挥之不去。

不愿让低沉的情绪控制自己，阿南强迫自己不再想这些，注意到身下熟悉的起伏，鼻间也嗅到了咸腥的气息。

她抓过床边的衣服披好，推窗向外望去。

果然是大海。她脚下的船正借着风在海上航行，穿破千重波浪，驶往蔚蓝的远方。

她怔了一怔，猛地拉开门，光脚朝外面走了出去。

候在廊外打盹的司鹭，听到她的脚步声，立即便扑上来：“阿南阿南，你可算醒来了！感觉怎么样？身体难受吗？饿了吗？”

“还行，饿。”阿南用干哑的嗓音回答，看向甲板。

这艘船并不大，却很快，轻巧窄长的船身破开海面，似乎波浪对它不会造成任何阻碍。

头顶的船帆洁白轻盈，如同白云鼓足了风。水手们和她打着招呼，牵拉船帆借着尚未彻底退去的大风，使船全速前进。

一睁开眼，回到了纵横十数年的海上。感受着脚下起伏的船身，听着海鸥的鸣叫与破浪的水声，张开双手迎接扑面而来的海风，阿南一时之间竟觉得恍惚，不知是真实还是梦幻。

竺星河正站在船头查看前方洋流，听到她的声音，他放下手中千里镜，朝这边看来。

他的温柔神情和面前的大海一样，熟悉又令她安心。

她抬手迎风试了试，问："船行朝北？我们去哪儿？"

"朝廷封锁了各个南下出海口，严查出海船只。我们商议后决定反其道而行之，既然他们认为我们会南下西洋，那我们就干脆北上渤海，到时候看他们如何阻截。"

阿南听到朝廷堵截，心下暗自一惊，偷偷打量公子的神情，却见他神情如常，才偷偷松了一口气，低头接司鹭手中的托盘，先坐下吃点东西。

"鲍鱼煨海参，和小米一起炖得又酥又烂，司鹭你手艺大长啊！"阿南端碗喝着，夸奖道。

司鹭幽怨地看着她："不是我做的，待会儿她送小菜来你就知道了。"

"唔，是吗？船上新请了大厨？"阿南也没在意，吃了半碗，才问竺星河，"现下局势如何？"

竺星河在她对面坐下，淡淡道："皇太孙朱聿恒亲自调度陆海各卫所，此人手段了得，以赈灾之名迅速查抄了江浙一带所有与永泰行有关的产业，又在舟山结阵，拦截所有南下船只。泉州、广州一带的出海口也结了铁索阵，眼下看来，必定会殃及我们在海外的船队。"

阿南熟知阿言个性，但下手这么快还是超乎她的预料。抿唇思索片刻，她才道："天高海阔，朝廷海禁多年，也封锁不住下海的人们，如今我们已经回到海上，船队倒是不足为虑。只是……公子多年来苦心经营的永泰行，就这么便宜了官府？"

"永泰在创建之初，我便预见到或许有今日，因此甚少出面。就算被查封几个明面上的店铺，暗地里布的子朝廷也一时难以彻查，更何况……"他神情云淡风轻，似是对这些年来心血的折损并不在意，"这么多年来给朝中那些大人物上的供也不是白给的，他们不保永泰，难免惹火烧身。"

阿南捏着汤匙，默然点头。

竺星河端详着她的神情，以尽量轻缓的口吻问："话说回来，你当时不是说，他中了朝夕之毒吗？"

阿南只觉得心口猛然一跳，汤匙在碗上叮的一声敲击。

她推开碗，坐直了身子小心翼翼回答道："当时局势危急，为了逃出生天，因此我不得不对他们扯谎，说对他下了毒……"

竺星河神情淡淡地望着她，没有开口，只等待着她的后话。

明明他神情和煦，阿南却如芒刺在背："其实事出紧急，我身上哪有带那些东西啊，根本也不可能给他下毒的……"

"所以，你让公子错过了斩杀仇敌的最好时机。"一直侍立于竺星河身后的司霖冷冷开口道。

阿南与他向来不对付，此时更没好气，斜了他一眼问："当时我们身陷放生池，情势极为危急，你觉得公子首要的事情，是逃出生天保全性命，还是奋力一击、和对方拼死相搏？"

司霖语塞，恼羞成怒道："可你为何不将实情告诉公子，让他以当时情况来定夺？"

阿南一扬眉，正要反唇相讥，竺星河抬手制止了她，说道："不必伤了和气。当时情况危急，阿南确无机会将此事对我挑明。"

司霖悻悻地瞪了阿南一眼，大步走到船尾去了。

阿南心不在焉地吃着海参粥，又听到竺星河轻声道："不过，你昏迷这两日我听大家说，你与那位皇太孙颇有交情？"

阿南心虚道："也算不上交情，就是他在追查三大殿起火之事，顺着那只蜻蜓摸到了我身上，而我看上了他那双手，想训练他帮我对付那个姓傅的，后来……"

她把自己和朱聿恒之间发生的一切原原本本对公子禀报清楚，包括几次交手、几次联手，还有一起破阵的事情，都抖搂了清楚。

只在说到顺天地下火阵之时，她略顿了顿，实在羞于让公子知晓她替别的男人吸淤血之事，便含糊跳了过去。

"我原以为他是神机营内臣提督，可以趁机打探公子的消息，因此才与他周旋一下，没想到近日意外发现他的真实身份，原来我一直被骗了！"

"他的手、还有那棋九步的能力，确实很棘手，以至于在放生池给我们造成了那么大的麻烦。"竺星河端详着她紧张的模样，微微笑了笑，并未指摘她什么，只道，"不过你胆子不小，居然敢把皇太孙认成太监。"

"是我大意了，本想算计他，谁知却被他算计了……"

想起那些危急时刻，她毫不在意地与他肢体接触、双手交握，心里不由得恼羞成怒。可那羞恼之中，又夹杂着她自己也不明所以的纠结情绪，让她闷闷地说不出话来。

"你也不必自责。此人城府极深，我若不是在三大殿中见过他一面，或许也要被骗过去了。"竺星河说着，目光终于从她脸上移开，只盯着远处海天相接处，低低道，"只是……可惜了。"

可惜，没能趁机杀了他吗？

阿南只觉心口微寒，忍不住嗫嚅道："可是，二十年前他才刚刚出生，老主人出海时，他也才三岁……"

说到这儿，她看见竺星河落在自己身上的目光，那一贯的温柔中透出微寒的意味。她咬住了下唇，不再说话。

"阿南，他兴师动众设下圈套，还亲身上阵潜伏在你左右，实则是做足了完全的筹划。果然，连你都被他欺瞒了。"

阿南没有回答，只问："之前，在三大殿檐角之上，被他射了一箭的……真是公子您？"

"嗯，我接到蓟承明的消息，知道当日或有动静，于是便潜入宫中查看。谁知朱聿恒机警异常，竟察觉了我的藏身之处，立即便要置我于死地。我虽险险避过，但……你送我的蜻蜓，却因此而遗落了。"

阿南抿唇不语，心想，不但你的，连我的蜻蜓，也落在他手里了。

但，很快她便想到了更重要的事情，脱口而出："所以公子早已知道三大殿会起火？"

"知道。只是蓟承明并未告诉我顺天地下的死阵会发作得那么快，好险当时他并未引燃，否则不但是潜进去查看情况的我，当时在城内治伤的你，怕是也在劫难逃。"

阿南望着公子，心里忽然升起一股冰冷的感觉，让她四肢百骸都僵冷下来。

他们没事，可城内的百姓呢？

公子知道地下死阵引发之时，便是全城百姓覆灭之日，可他只是选择了提前离开京城，为自己制造了不在场的证据，而后悄悄地潜入宫中，亲眼去看仇敌遇难，或者是……以防万一，需要他出手。

若不是那一日阿言发现了檐下公子的踪迹；若不是他射出那一箭让公子退避，恐怕蓟承明未必会死在那场大火之中，地下死阵会提前被引燃，她和阿言，也永远没有下地去破阵的机会……

京城近百万的百姓，都已经葬身于九泉之下。

背后的毛孔在一瞬间张开，冷汗一下子冒了出来。

公子见她神情大变，问："怎么了？"

阿南慢慢抬头望着公子。蔚蓝海天之上，他依旧白衣如雪，风姿如神。这是她五岁那年看见的少年，如神仙般降临在她濒死的那一刻。

他手中撑起的那把仙阁楼台明黄伞，曾是她十几年来梦寐以求的遮蔽。

可现在，她仿佛忽然才想起来，那把伞其实早已褪色残破了，在公子被尊奉为四海之主的那一刻，它被清理出来，丢弃在了茫茫大海之中。

公子俯头望着她，那眼睛像是要看进她的心里一样："你可是在怪我，没有及早通知你？"

"不……我是觉得，公子不该以身犯险，这种事交给我就好。"阿南迟疑道，"毕竟连蓟承明也不知道，那个地下火阵如此危险吧，万一发动，后果不堪设想。"

"是我疏忽了，以后这些与机关阵法有关的事情，我会先与你细细商量过。"公子微笑道。

阿南僵硬地点了一下头，看着公子温柔的笑意，又觉得自己不该太多心。

毕竟，公子还命她前往黄河边保住堤坝，以免造成生灵涂炭呢。只可惜她的手已经回不到过去，以至于差了那么一点点，失去了挽救的机会。

他是将她从小养护到大，又带她平定海盗、靖海平波的公子，她怎么可以因为他一时考虑不周而误解他。

她收敛了心神，与公子细细商议起前往渤海后如何行事。

忽听得旁边传来一声呼哨，后方的船加快速度，追了上来。

两条船并行之时，搭出一块跳板，冯胜笑容满面地先走了上来，招呼后方一个少女跟上自己。

那少女手中捧着一个托盘，一身浅碧衣裳，顺着颤巍巍的跳板走来，袅娜的身姿似一片轻云要被海风卷去，令人顿时心生怜惜。

阿南生性最爱美人，自然多看了那个少女两眼。

她肌肤莹白，笑靥如花，虽然在海上不施脂粉，松松挽着的发髻上也没有任何装饰，但那动人的容光仿佛足以照亮周身一切。

"方碧眠？"阿南不由得"咦"了一声，诧异地问她，"你怎么在这儿？你的伤好了？"

"多谢南姑娘关心，已经不碍事啦，说起来，我还没谢过您之前对我的救助之恩呢。"方碧眠朝她抿嘴一笑，将托盘放在她床头，殷勤询问，"南姑娘，鲍鱼煨海参可还能入口吗？这两样都大补元气，南姑娘吃了必定能长足精神的。"

阿南忙端起碗向她道了一声谢，看向竺星河。

他随口说道："前日冯叔去应天打探消息时，在水中救起了方姑娘。"

方碧眠抚着自己伤势尚未痊愈的右臂，轻声对阿南解释道："我手伤得太重，大夫们都说没法弹琴了，嬷嬷怕断了财路，收了歹人银子设计让我卖身，等我发觉时已经被骗上了船。万般无奈之下，我宁可投河自尽，也不愿让恶人得逞……幸好冯叔将我救起，还有公子愿收留我，实属碧眠再生父母……"

阿南一听顿时火冒三丈，痛骂了嬷嬷和歹人一通；又对方碧眠道："我下次到应天帮你教训他们！再敢逼你跳火坑，看我揍不死他们！"

"不，我不会再回去了。如今我已属溺亡之人，也算是重获新生，碧眠只求在此处有个安身之所，再不愿回去了！"

阿南打量她纤细的身子，问："我们以海为家，航行漂泊无始无终，方姑娘能适应这样的生活？"

"能，我一定能的！只要诸位恩公不赶我下船，我一定结草衔环，服侍各位恩公！"说着，方碧眠提起裙摆含泪盈盈下拜，公子忙抬手扶住了她。

阿南端详着她那芍药般娇艳的面容，心说可惜啊，这样的美人在海风烈日中多待几天，迟早和自己一样晒黑了。

等方碧眠收拾了碗筷回船，阿南凑近竺星河悄悄问："公子为何要留她在船上？虽然她看来不似坏人，但毕竟是教坊司的花魁，交往复杂来历不明，怕是有点麻烦？"

竺星河摇摇头，道："阿南，她的祖父是方汝萧。"

阿南闻言，愣了一愣，才低声问："是当年为护先帝而被……凌迟弃市的方大人？"

竺星河点头道："方家男丁抄斩，女眷籍没教坊司，方碧眠当时尚在其母腹中。她在教坊司出生长大，因为坊间忠义之士敬慕她的祖父，护她到现在，不至于遭受垢辱，但这些年她在教坊司苦苦挣扎，也是不易。"

阿南同情地看看方碧眠背影，又问："她的身份，公子确实调查清楚了？万一这是朝廷埋伏的一个棋子呢？"

竺星河微微一笑道："自然查清楚了，她也确实曾是棋子。在我被关押在放生池的时候，她便对我吐露了身份，告诉我，她是被官府叫来做内应，施美人计的。"

阿南错愕问："她那么轻易就告诉你了？"

"不但告诉了我，而且她还帮我传递出了信息，就是那颗铁弹丸。只是我当时尚未信任她，所以只随便写了一句诗，而她确实瞒着官府，将它原封不动送到了我指定的地方。那颗铁弹子最后也被朱聿恒费尽心机拿到了手。只是他应该打不开弹子，我也借此确定了方姑娘与朝廷并无勾结。"

见他如此肯定，阿南"喔"了一声，道："我说呢怎么这么巧，刚好她就被冯叔救了，肯定是公子吩咐暗地保护她的吧。"

竺星河淡淡一笑，不置可否，只道："所以你有空也可多与她接触，一来海上难得有姑娘与你做伴，二来你心思灵透，她若有问题，定然无处遁形。"

阿南立即打包票："公子就放心交给我吧，一切妖魔鬼怪都难逃我这火眼金睛！"

大风雨过后，夏日热暑再度笼罩了杭州府。

烈日下的海塘边，嘈杂喧嚣，叮叮当当的打石声和此起彼伏的吆喝声不断传来。运沙子的、装沙袋的、搬石头的、砌石塘的……分工明确，热火朝天。

太子妃从马车上下来，看见面前这副场景，眉头紧皱地向江边临时搭建的简陋芦棚走去。

她十几岁嫁入世子府，身怀六甲还助丈夫守卫燕京，也是历经风雨的人。可目光扫过钱塘江，看见灾后江边泥浆及膝，成群蝇虫绕着死鱼臭鼠嗡嘤，肮脏污秽满目疮痍，而她的儿子拖着病体在海堤上亲自指挥，与那些兵卒村汉一起修筑堤坝，她眼圈一下子便红了。

朱聿恒抬头看见母亲，怔了一怔后大步上前，扶她到芦棚内坐下，问："不是说应天会有使者到来吗？怎么……"

"怎么娘就不能比使者先到一步吗？若不是你父王身体不好被我们劝阻，他也要亲自过来呢。"太子妃挽住儿子的手，见他大病未愈，面容在风中显得有些憔悴，忍不住心疼地抚了抚他的面颊，道，"我带了岑太医过来，你赶紧坐下，让他诊断一下。"

"我身体已无大碍，母妃不必担忧。"

他虽笑着安慰母亲，但太子妃怎么听得进去，将儿子按在椅上，让岑太医好生诊断。

岑太医专注诊脉许久，道："殿下脉象沉促，鼓动过躁，这是虚阳外浮、内伤久病之兆。老朽以为殿下该好生静养，切勿为外物所扰，更不该过度劳累，宵衣旰食，以免积劳成疾，将来追悔莫及啊。"

朱聿恒垂眼收回自己的手，只笑了笑没说话。

将来的事，对他来说太遥远了，他也未必有机会追悔。

见他这毫不在意的模样，太子妃心下更为郁躁，等岑太医下去后，她按捺住性子，以尽量轻缓的口吻问："太医的话你都听到了？南京工部侍郎已随我们来到杭州了，一应事务皆可以交给他，你先回去休息吧。"

朱聿恒看着烈日下正忙碌修建堤坝的人们，说道："既然如此，我便在此等候褚侍郎，交接了事情再回去。工地嘈杂混乱，娘还是先回去休息吧。"

"我无法休息，这几日娘根本无法合眼，才日夜兼程过来找你。"太子妃端详着朱聿恒日渐清瘦的模样，嗓音微哑，"真没想到那个司南居然如此狠毒，不但劫走朝廷要犯，大肆屠戮官兵，还敢给你下毒！"

"她确实劫走了圣上指明要我押解上京的犯人，也确实下手狠辣，放生池一役死伤众多。"朱聿恒看着外面茫茫烈日，缓缓道，"但她没有给我下毒。杭州诸名医皆已诊断过，刚刚岑太医也确定了，母妃放心吧。"

"但她坏事做尽，还让你身陷险境，总是事实吧？这么说，她以前救你、与你一起解决顺天的巨大危机，都只是诳你入彀的伎俩？"

朱聿恒没有回答，只紧握手中的茶盏，一言不发。

太子妃啜了一口茶，勉强镇定心神，又道："聿儿，你可知道，堂儿前几日，差点死于非命？"

"七弟怎么了？"朱聿恒不由得错愕。

朱聿堂是朱聿恒的幼弟，袁才人的儿子，今年才六岁。

他披麻戴孝，在灵堂为母亲守灵，因为哭泣脱力而困倦昏睡，被抱到后堂照看，结果奶娘一时没有注意，在外面打了个盹，朦胧间听到花瓶落地的声音，赶紧跑进去一看，发现朱聿堂满头满脸都是水，正从水盆中挣扎起来，坐在地上哇哇大哭。

"堂儿说，他在睡梦中被一个人拎起，不知怎么的全身一点力气都没有，只能任由对方将自己按在了水盆中。呛了好几口水后，他又痛又怕，只能抬脚拼命挣扎，终于踢翻了旁边的几案，惊醒了外面的人，才得了一条命。"太子妃说着，兀自心有余悸，那一贯雍容沉稳的面容上，也染上了掩不去的惊惧，"堂儿被吓坏了，我们好生抚慰追问，但他毕竟年纪小，而且睡梦中差点被溺死，自然无法看清那潜入灵堂的刺客面目，但是……"

说到这儿，她的话语顿了顿，目光紧盯着朱聿恒，一字一顿道："他在呛水之时，看见了按住他的那只手上，戴着一个缀满各式珠宝的臂环。"

手腕微颤，一点热茶溅上虎口。朱聿恒直视着母亲，脱口而出："什么？"

"而且，堂儿还看见了那臂环上，有一颗硕大莹润的珍珠。"太子妃意有所指道，"聿儿，明珠暗投虽令人惋惜，但当断则断，总比执迷不悟要好。"

听母亲的口气，朱聿恒便知道她已察觉自己当日骗阿南去行宫的用意，或许也注意到了他送给阿南的那颗珍珠。

朱聿恒只觉心下思绪翻涌，勉强抑制住情绪，道："这世上戴臂环的人，不在少数。"

"但戴着臂环，又用这种手法杀过人的，却只她一人。这也证实了之前杀害登州知府苗永望的，必定是她无疑！更何况——聿儿，堂儿是你的亲弟弟，袁才人亦是咱们东宫的故人，如今司南对他们痛下狠手，郳王更是因此而步步进逼，我想其中必有关联！"太子妃嗓音更冷，就连眼中对儿子的慈爱也被肃杀遮蔽了大半，"你难道还不愿抛弃幻想，正视那女匪的真面目吗？"

面对母亲殷切哀恳的目光，背负父母兄弟的重托，朱聿恒一时气息凝滞。许久，他才默然开口问："刑部的文书下了吗？"

"她既敢犯下重罪，朝廷便不能不追究，如今海捕文书已下，她落网只是时间问题。"

"罪名呢？"

"劫掠重犯、屠戮官兵、谋害皇嗣，每一条都是杀头的重罪。"

朱聿恒强压下心口翻涌的情绪，只是沉默，并不说话。

"聿儿，你可别犯糊涂啊！"太子妃抬手紧按住他收得太紧而青筋隐现的手背，问，"难道你执意要维护一个来历不明的女匪，将你爹娘和幼弟弃之不顾？"

"国法律条皆在，我不会因一己私欲而偏袒任何人，也不会使无罪之人平白蒙冤，否则，我们又如何对得起堂儿、对得起冤死的袁才人？"他目光坚定，清清楚楚道，"母妃放心，我定会将真凶揪出来，让所有诡异的案情大白于天下！"

再度回到海上，阿南如鱼得水，快乐无边。

朝阳尚未升起，她睁开眼便跳下床，赤脚跑到船舷边，纵身跃入水中，让微凉的海水激得自己彻底清醒过来。

正给众人准备早点的方碧眠站在甲板上，呆呆地看着她如一条大鱼在碧浪中翻腾，手中的托盘差点掉落。

司鹭眼疾手快地帮她接过，方碧眠指着阿南，结结巴巴问他："南姑娘……这么一大早就下水，会不会对身子不好？"

"有什么不好的，她从小就这样，连伤风感冒都没有过。"司鹭笑道。

"可从这么高的船上一下子跳下去……"

"那你真该去看看她之前住的悬崖，几丈高的地方跳下来，连朵水花都没有，有时候还能翻两三个筋斗，可好看了。"

方碧眠瞪目结舌地看着，直到阿南游过瘾了，以臂环勾住船舷飞跃上来，提了水冲洗身子，方碧眠才回过神，赶紧给她拿了毛巾过来，帮她擦头发。

阿南用海盐洁了齿，喝着方碧眠煮的红枣糯米粥，连声道谢："方姑娘，你太客气了，这么照顾我。"

方碧眠笑道："其实我也是有私心的，我想……既然上了船，以后请南姑娘也教我游水，跟着大家行事也方便些。"

"唔……"阿南看了看她纤小的脚一眼，说，"你裹脚呢，怕是不太好学。"

"我的脚是为了跳舞裹瘦的，不过以后我不会裹了。"她眼中闪着灿灿的光芒，满是憧憬，"我娘以前也不许我裹脚的，我五六岁时，教坊的嬷嬷就逼我裹脚，说这样身姿好看些，但我娘总是在晚上偷偷帮我放开一些。她跟我说，阿眠，你是好人家的女儿，就算要裹脚，也不是这种讨好男人的裹法……"

说到这里，方碧眠黯然神伤，声音有些哽咽了："可惜我娘郁郁而终后，当时七八岁的我受不了毒打，最终还是……还是把脚弄成这样了。我娘要是泉下有知，一定会又伤心又失望吧……"

阿南听她提及母亲，又想起自己的母亲，不由得眼眶也是一热，她抬手抚抚方碧眠的后背，给她递了张手绢："别哭别哭，其实这东西特别好学，等太阳把水晒得暖和点，我带着你游两圈你就会了！"

"先别游了，我不是嘱咐你好好休息吗？"身后魏乐安的声音传来，"不遵医嘱，落下病根你以后别后悔！"

阿南吐吐舌头，乖乖地入舱坐下，伸手让他把脉。

魏乐安摸着她的脉门，越摸越郁闷，最后悻悻地丢开了手。

"怎么啦？"阿南问。

魏乐安哼了一声："底子太好，恢复迅速，老头我一身惊世骇俗的医术毫无用武之地！"

阿南不由得哈哈大笑，见他起身要走，忙拉住他说："魏先生，既然你医术惊世骇俗，那我问你一个病如何救治啊，很罕见的病。"

"哦，说来听听？"

"就是有一种病啊，每隔两个月，身上的奇经八脉会崩裂一条……"

她才刚刚开口，魏乐安脸色大变，脱口而出："'山河社稷图'？"

阿南没料到他居然一下便知道是这个病，不由得对他竖了竖大拇指："魏先生，你真是博闻强识。"

魏乐安摇头道："不……因为这是我师父在世时，唯一束手无策的绝症，他在临死前还在念叨着，所以我自然记得很深刻。"

阿南不由得失望："魏先生的师父都没办法？那……这病岂不是真的无救了？"

"那倒也是未必，你听我说啊……"

六十多年前，魏乐安还是个七岁稚童，他的师兄魏延龄八岁。他们二人都是战乱孤儿，师父收养了他们，带他们在武安山行医。

有一天，一辆四壁绘着青色火焰的马车停在他们的草堂前。当时战乱，耕牛尚且稀少，那马车却是由两匹膘肥体壮的大马拉着，车身漆色鲜亮，显然主人身份不凡。

魏乐安和师兄魏延龄好奇地迎上去。锦缎车帘掀起，下来一位二十出头年纪的少妇，正当绮年玉貌，容颜光华无匹，只是面容上蒙着一层难解忧愁。

她牵着一个五六岁的稚童下车，说自己听闻魏神医大名，跋涉千里过来求医。

师父将孩子的衣服解开一看，那孩子的奇经八脉已经有七条崩裂成血线，只剩一条任脉尚且完好。

魏乐安师兄弟都还是孩子，一看那血痕，顿觉心惊肉跳，以至于魏乐安在六十年后回忆起来，依旧记得那些可怖血线深红发紫，如同赤蟒缠身，触目惊心。

师父惊问女人这是何怪病，见他居然反要询问自己，女人顿时面露失望之色，显然是知道他亦无能为力。

因此，她只草草告知，孩子的血脉每隔两个月便会崩裂一条，发作之时惨痛不已。她寻遍天下名医，辗转一年，却只知道这病叫"山河社稷图"，是有人在孩子身上种下的毒，为的就是慢慢折磨他们母子，可究竟如何中毒与控制，无一人知晓。

魏师父最终只能给她开了几剂消淤解毒药，聊作安慰。也在她走后，遍寻古籍，企图找到"山河社稷图"的踪迹。但直至他去世，并无任何线索。

魏延龄与魏乐安后来继承师父衣钵，各自成名，但两人后来纵然救治了千百人，也未再见到任何与"山河社稷图"有关的病情。

师父冥寿百岁之时，师兄弟曾共聚草堂，整理师父遗物，发现他临死之前记下了自己一生中难以释怀的各种疑难杂症，第一条便是"山河社稷图"。

他们都看见了师父在病案的最后写下的论断——

绝症。

"后来呢？"阿南见魏乐安说到此处停下，又怕此病真的是绝症，急忙追问。

"后来本朝开国，我师兄在北，任太医院使，而我随老主人扬帆出海，时隔三十多年，在西洋大海之上，居然又遇见了那对母子。"

阿南挑挑眉："那位夫人长这么漂亮吗？魏先生与她一面之缘，三十多年后还能认得？"

"倒不是我记性好，而是见过那女子的人，肯定都忘不了——她的眉间有一朵小小伤痕，被她刺成了青色火焰模样，看来如贴了一片精巧花钿。"魏乐安瞧着她，捻须一笑，"你说呢，你能不能认出来？"

"她……她是傅灵焰！？"阿南激动之下霍然站起，差点打翻了椅子。

"没错，就是你自小崇敬、百年一遇的棋九步、开创拙巧阁的九玄门天女傅灵焰。"

"她的孩子也遭殃了？后来呢？"

"你猜怎么的，傅灵焰当时与儿子在一起，那儿子看起来，大约比我小一两岁年纪。"

船身在海中微微一动，波光从窗外射入，在阿南的双眼上滑过，一片灿亮："是当时那个得病的孩子？"

"对。我当时尚不敢确定，便找到机会与他搭了一句话，问他，你身上的'山河社稷图'后来怎么医治好的？"看着阿南一脸急躁的样子，魏乐安微微一笑，"他说，没治好。"

阿南按着桌板急问："怎么可能没治好？古籍中不是说，八条经脉尽数崩裂之时，便是殒命之日吗？"

魏乐安颔首道："傅灵焰行踪不定，匆匆一别后我便再未见过他们。事后我也曾对此思索许久，至今不得其解。"

阿南沉吟片刻，忽然问："傅灵焰的儿子，脸上有血脉崩裂的痕迹吗？"

魏乐安怔了怔，恍然大悟地一拍大腿："没有！所以你的意思是，他那最后一条血脉没有崩裂，因此存活？"

"是啊，奇经八脉之中的任脉直冲喉结，上达天灵盖，如果那条血脉崩裂的话，肯定会显露在面部！"

阿南之前曾一再想过，阿言长这么好看，等到任脉崩裂的时候，岂不是要毁容了——因此听魏乐安并未提起面容的事情，她立即便察觉到了这一点。

"这么说，傅灵焰应该是找到了阻止血脉崩裂的方法？"魏乐安思忖着，又叹道，"只可惜四海茫茫，不然，我真想知道她究竟以什么方法救回了自己的孩子，以慰我师父在天之灵。"

"至少，现在总算有了线索，总比漫无头绪好。"

"话说回来，你打听这个病是为什么？"

阿南抿唇顿了顿，然后说："我得罪了一个朋友，想帮帮他当赔礼。"

"那你这朋友挺惨的，"魏乐安同情道，"而且你要办这种大事才能赔礼，得罪得也是够狠的。"

阿南托着下巴看着窗外苍茫大海，低低说："是啊……确实挺狠的。"

第八章

钱塘弄潮

再次来到杭州，绮霞的心情与上回大有不同。

上次她是被请到杭州来教习的，教坊司的人对她客客气气的，小姑娘们也都听话敬她，可说是顺心如意；而这回她是因为忍受不了应天众人的异样目光，所以接了个餐江神的名额来这边逃避的。

结果因为她刚吃过官司，人人对她侧目而视，甚至教坊司的人在知道了她的情况之后，劝她还是好好保养手指，别劳累了，然后指了个小姑娘顶替了她的位置，让她孤零零站在了曹娥庙外。

"浑蛋！官府都把老娘放了，你们还怕我玷污庙宇？"绮霞在庙外跺脚，气得面红耳赤，又无可奈何。

时过正午，耳听得锣鼓喧天，是钱塘江大潮头马上就要来了。

"来了来了，弄潮儿来了！"岸边观潮的人群纷纷涌向前方。

绮霞无精打采地收起自己的笛子，踮起脚尖向江上看去。

只见江面波涛滚滚，江边红旗翻卷，前方人潮涌动，不时发出一阵阵叫好声。

白浪铺天盖地，却有几艘小船迎着浪潮直上，如急雨中翻飞的燕子，船身在激流中拉出一道道白线。

每每浪头扑来就要将小船掀翻之际，小船总能准确地避开浪头，无论对面是什么疾风恶浪，都无法损伤这些小船一分一毫。

最令人赞叹的，是立在那船头之上的一个个弄潮儿。

他们身着紧扎紧靠的红衣，手把大旗，稳稳立于船头之上。浪潮凶险无比，一波波朝着他们扑来，他们却翻转腾挪，来去自如。

尤其是其中一马当先的那个少年，总能在最凶险之时堪堪避开击打在身上的潮水，始终挺立船头，手中红旗不湿，猎猎招展于江风之中。

虽然绮霞正在情绪低落之中，但看见那个少年如此英勇无惧，还是被吸引了注意力。

在山呼般的喝彩声中，旁边人指着那少年手中红旗上绣的"寿安"二字，道："哟，寿安坊今年请来了厉害人物啊，这个弄潮儿是谁，真是一身好本事！"

即使杭州刚遭过水灾，但宁抛一年荒、不舍一季潮是南方人的秉性。刚把海塘修好，八月大潮水来了，各街坊就竞相邀请能人出赛，必要争个高低。

今年端午龙舟赛，寿安坊垫了底，看来是誓要在八月弄潮中挣回脸面了。

"你们不认识他？那是大名鼎鼎的江白涟啊。"旁边有老人答道，"他们疍民一世都在水上，从不上岸的，这水性能不好吗？"

疍民从生到死全在船上，一辈子打鱼为生，因此个个水性非凡，而江白涟更是这一辈中的佼佼者。

他仗着一身好水性，自十三四岁起便成了远近闻名的弄潮儿，每到大潮之期，他便接受各街坊延请，代为争流，数年之间无一次落败，一时成了杭州红人。

眼看潮水越发湍急，几艘船迎潮而上，势头也更凶猛。船头的弄潮儿们被风浪所卷，不是站不稳身子，就是丢失了手中红旗，唯有江白涟在船头纵横来去，一翻身、一侧背便避过那险险袭来的浪头，将手中红旗稳稳护住，始终让它招展在浪头之上，赢得岸边一阵阵此起彼伏的喝彩声。

就连江边高地的彩棚之内，坐在最佳位置观潮的人亦在鼓掌赞叹。

旁边那几个好事者又在问："这搭彩棚让这么多大员作陪的，是什么人啊？看起来很年轻啊。"

"还能是谁？皇太孙殿下亲自赶来杭州视察大风雨，不然灾后怎能短时间投入如此多人力，又安排得如此井井有条？"

听说是那个传闻中的皇太孙，绮霞忙看向那棚内人，顿时错愕地瞪大了眼睛。

重重护卫正中间坐着的俊美男子，紫衣玉冠矜贵无匹，赫然就是阿南的那个阿言嘛！

绮霞正张大了嘴巴回不过神来，身后忽有人在她肩上一撞，她猝不及防，脚下一滑，眼看就要摔入江中。

绮霞惊叫一声，正以为自己要完蛋时，一只手迅速抓住了她的胳膊，将她扯了回来。

绮霞惊魂未定，按住狂跳的心口睁开眼，见拉住她的是个皮肤黧黑的小胡子男人，正忙不迭道谢，却听他笑着开口道："就知道贪看男人，这下出事了吧？"

绮霞一听这人的口气，感觉他应该是跟自己相熟的人，可一时又想不起来自己什么时候见过他，只能讪笑着朝他致谢："多谢，得亏大哥拉我一把，不然掉下去我就惨了！"

说着，她想起什么，赶紧抬手扶了扶自己发上的金钗，确定它还稳稳插在上面，才安心松了一口气。

那人瞄了她发上花好月圆的金钗一眼，脸上笑容更深："忘记哥了？上次在顺天你给我吹笛子时，还说我胡子好看呢！"

绮霞嘴角抽了抽，心道酒桌上的屁话你也信啊？就你那胡子长这么猥琐，我说这话的时候应该是闭着眼的吧！

但毕竟人家救了自己，她也只能赔笑："是啊是啊，我想起来了，是大爷您啊！"

对方摸着胡子瞅着她笑："一看你就没良心，我是董浪啊，手下有几十个兄弟跑船的。"

"哦哦，董大爷，我想起来了！"

绮霞拼命在脑子里搜索这个人的信息，此时猛听得江边人群又是一阵震天叫好声，锣鼓声更为喧闹，两人说话都听不到了。

绮霞正不愿与面前这男人尬聊，赶紧撇了他，凑到江边看热闹去了。

那个董浪站在她身后，帮着把几个乱挤的人给搡到一边去，免得他们又把绮霞挤得跌了脚。

人群中一个眉清目秀的少年挤过来，在嘈杂的人声中低低问："怎么样？"

小胡子男人朝他眨眨眼，即使面色黧黑长相猥琐，但掩不住那双眼睛灵动清澈，比猫儿眼还要灿亮："放心吧司鸶，论易容改装，我天下数一数二！"

周围的嘈杂声掩盖了她那低回略沉的女子嗓音，若绮霞在旁边的话，肯定能听出这是阿南的声音。

可惜她正趴在江边栏杆上，身处最喧闹的地方正中心。耳边更是有无数人激动大喊："浮木来了，哇，这身手可顶天了！"

阿南也是最爱热闹不过的人，一听之下，立即探头去看江面情形。

身后司鸶无奈地戳戳她的脊背，警觉地看了看周围，拉着她挤出人群。

　　堤岸后方，司鹭见左右无人，才低声郁闷道："我觉得你也是太任性，你好不容易和公子重逢，才没几天就又跑来了。就算朝廷诬陷你杀害苗永望和袁才人，还谋害皇嗣又怎么样，反正本来你就被海捕了……"

　　"我不在乎海捕，不在乎朝廷降罪，可是，阿言他诬陷我，就是不行！"阿南郁闷道，"我把他当兄弟，他居然泼我脏水，这口气我死都咽不下！"

　　"还有那个绮霞！"司鹭提醒她。

　　"放心吧，她要是真的为了自保而出卖我、让朝廷把这黑锅扣我身上，那她就该知道要负什么后果。"

　　司鹭想了想，又忧虑道："可我听说，朝廷已经召集江湖好手齐赴杭州，尤其是，那个傅准可能已经到杭州了。上次我们侥幸未曾与他碰面，这次你务必小心啊！"

　　"我先查清阿言的事儿吧。"阿南恨恨道，"如果真的是他对不起我，我连他带傅准一块儿收拾了！"

　　"查什么查，你还天真呢！朝廷海捕文书写得清清楚楚的，不是他下令还能有谁？他是什么人，你还指望他能站在你这个女反贼这边？"司鹭见她神情愤愤之中尤带黯然，扁了扁嘴忍住自己后面的话，拍拍她的手臂，与她告别。

　　"总之，记得你对公子的承诺啊，一个人在杭州务必小心，我们在渤海等你。"

　　"好，让公子不必担心我，我这边事情解决了，立马就去追你们。"

　　眼看司鹭的身影消失在后方人群之中，阿南站在江边沉默了片刻，目光不由自主地望向彩棚之下的朱聿恒，像是要穿透他的身体，看看他的心到底长什么样。

　　忽听得耳边山呼声响，人群也连连后退。她踩在高处一望，原来是大潮已至，潮头一波波高耸如峰，浪头扬得极高。

　　而江心突出的一块沙洲之上，正设着锦标。只要哪个坊将旗子插在其上，便能赢得胜利了。

　　只是船冲沙洲难免搁浅，是以各个船头都趁着大浪，放出一块块雕成莲叶形状的绿漆浮木。

　　浮木在浪头之上随波逐流，被浪头高高捧起又重重落下。而弄潮儿手持红旗，跃到木莲叶之上，借助木头的浮力，在水面保持平衡的同时，飞跃浪头，招展红旗。

　　海浪如同飞速移动的山峰，一层层、一脉脉汹涌推移而来，早有几个弄潮儿站立不稳，站在莲叶上拼命扭动身子，免得自己跌落于水中。

　　在夹杂着"哎哟"的惊叫声和哄笑声中，唯有"寿安"大旗牢牢擎在江白涟手中。

　　他沉住下盘，赤脚紧紧揪住脚下莲叶，身体随着波涛的起伏而控制木荷叶随水而动，挺胸冲上浪头又俯身顺着浪头而下，仿佛托住他脚下荷叶的不是水波，而是一道透明的墙壁，而他乘着木荷飞檐走壁，来去自如。

阿南虽然在海上见过更大的浪，但见他在钱塘江口倒涌的千里长浪之中如此纵横自如，也不由得跟着众人提起一口气，关切地盯着那条在风浪中时隐时现的身影。

就在所有人的目光都紧盯着江中之际，人群中忽然传来一声女子的惊叫。

阿南听出这是绮霞的声音，心口一惊，立即转头看去。只见汹涌的巨浪扑向岸边，一条绛红身影迅速坠下河堤，被波浪卷走。

"绮霞！"阿南想起她刚刚便差点落水，心中一凛，当即拨开人群向着那边跑去。

人群挤挤挨挨，拥挤不堪，阿南一时竟无法跑到最前面。

只听挤在前面的人大嚷："冒出来了，冒出来了！"

绮霞挣扎着从水中冒出头来，可钱塘江的巨浪非同寻常，尤其现在正是涨潮时刻，她刚刚冒出个头，还没来得及呼救，就又被一个浪头打来，沉入了水中。

锣鼓喧天，风浪巨大，江上的弄潮儿也都在凶险风浪中急速躲避浪头，根本没注意到落水者。只有最前方的江白涟似是感觉到了什么，他柔韧的腰身一转，看向了绮霞落水处。

寿安坊的里正跺脚大喊："江白涟，快冲，把旗子插上去！"

江白涟正在迟疑之际，绮霞又竭力从水中冒出头来，双手在水中摆动，企图抓住什么来挽救自己。可惜一个浪头打来，她再次沉入水中，没能稳住身子。

阿南终于拨开了前面的人群，急切询问落水者在何处。

还没等旁边的人指给她看，一个大浪打来，前面所有人都惊呼着往后急退，反而将她又向后推了两步，差点摔倒。

情急之下，阿南再也顾不得什么了，拨开所有人往江边急冲。可大浪过后，江上茫茫一片波涛，根本寻不到绮霞的踪迹。

她极目观察，却见踩在莲叶之上的江白涟在水中划了一条弧线，劈开波浪，直向着船后而去。

他手中红旗已经湿透，垂卷在了一起，再也看不出那上面的招牌大字。

寿安坊的里正跺脚大喊："江白涟，你磨叽什么？快点冲过去，将我们的坊旗插上沙洲，去夺锦标啊！"

江白涟却置若罔闻，他看看前方水浪，又看看手中红旗，终于将它往水中一丢，执意向着反方而去，任凭浪花在身后拉出细长一条白线。

"江白涟！我们要是输了，你……你一文钱也拿不到！"寿安坊里正看着他们坊的大旗被浪头卷走，这次别说夺冠了，怕是垫底的份都没有，气得嘴都歪了。

他郁闷的咆哮声却被众人的惊叫声淹没，只见江白涟前方的浑浊浪涛之中，冒出了一个人头——

正是绮霞，她竭尽最后的力量从水中钻了出来，再一次挣扎呼救。

激浪之中，她头发散乱，扑腾无力，显然已经脱力，眼看就要被大潮吞噬。

岸上的人都屏住了呼吸，就连那个正在咒骂的里正也闭了口。

阿南瞥了彩棚中的朱聿恒一眼，见他显然也注意到了落水的人，自己跳下去救绮霞，必定会被冲走伪装，暴露行迹。

但生死关头，她也顾不得了，一手按在江堤之上，做好下水的准备，一边盯着江白涟，看他如何行动。

只见江白涟在水面之上身影如电，飞快滑到了绮霞的面前。

这濒死之时出现的矫健少年郎，让绝境中的绮霞重新燃起了生的希望，竭力扑腾着向他靠近，抬手求他抓住自己。

"救……救命……"她一开口，浑浊的江水便涌进了口中，让她又连连呛水，更加痛苦。

江白涟站在木莲叶之上稳住自己的身体，冷静地低头看着她。

明明伸手就可以拉住她，他却并不动作，反而在浪头将他冲向绮霞之时，身形一扭，不偏不倚从绮霞身边转了过去，与她求救的手掌擦过，然后借着波浪再折了回来。

岸上的人都是大急，议论纷纷，不知道他为什么不救人。

阿南却只紧盯着绮霞和江白涟，收回了按在栏杆上的手，那准备下水的姿势松懈了下来。

在绝望中刚冒出一丝希望的绮霞，在江白涟穿过自己身侧的时刻，希望再度破灭。浑浊的江水直灌入口，她求援的手无力垂下，再也没有一丝力气的身体沉了下去。

在岸上人的惊呼声中，顺着浪头折回的江白涟终于有了反应。

他从莲叶上高高跃起，笔直钻入水中，就如一尾穿条鱼，未曾激起一丝水花，便已经没入了水中。

岸上人议论纷纷，江面的波涛依旧险恶。沙洲上的锦标已经被插上，但没有人再关注究竟是哪个坊赢得了这场胜利。

所有人的目光都盯在钱塘江中心，绮霞沉下去的那一块地方之上。

唯有阿南的目光，顺着水流而下，在距离落水处足有二十丈远的地方停了停，然后又转向下方三十丈处。

岸边的锣鼓依旧喧天，波涛声与人声此起彼伏，不曾断绝。

阿南沿着堤岸，向着下方快步奔去，后方的人不明所以，有几个下意识便跟随着她跑了下去。

蓦地，江面上忽然出现了一抹绛色与赤红，两抹红色在黄浊的怒潮之中，显得格外亮眼。

阿南低低叫了一声"来了"，捡起一根粗大树杈奔下海塘，向江边冲去。

"大哥，危险啊！"后面的人看着不时拍击上岸的浪头，对她大喊。

这里是个比较平缓的斜坡，但浪头翻卷上来的势头也不容小觑。江白涟拖着已经昏迷的绮霞，虽然竭力靠近了海塘，但遭海浪反扑，一时竟无法将绮霞抱上去。

阿南跑下海塘，将树杈递到他面前。江白涟趁着浪头上涌的势头，终于抓住了树枝。身后几个汉子也赶上来，与阿南一起扯着树杈，将他们拉出水面，移送到了高处。阿南立即将绮霞翻过来，趴在自己膝头控水。

江白涟却不肯上岸，只浮在水中看着她熟练的手法，又打量她的模样，开口问："海上的？"

阿南将呼吸渐趋平缓的绮霞搁在自己膝头，朝他一笑："跑船的。"

江白涟控着耳中水，瞥着她怀中的绮霞，忍不住开口问："这姑娘是？"

"她是教坊的绮霞姑娘，今儿个陪我来看潮头呢，不想失足落水了。"

"哦……"江白涟意味不明地又看了昏昏沉沉的绮霞一眼，回身便汇入了波涛之中，向着前方的船游去。

阿南叫了辆车把昏迷的绮霞送上去，不动声色地瞥了江对面的朱聿恒一眼。

他的目光早已从这边的混乱上移开，看向了沙洲上夺得锦标的弄潮儿，似乎只是看了一场不足挂齿的平淡戏码。

"江白涟那个浑蛋！见死不救！得亏我没死，不然我做鬼都不会放过他！"

绮霞一醒来，精神还萎靡着，就先破口大骂。只是她如今有气无力，难免声嘶力竭，外强中干。

坐在她床边的阿南好笑地将她扶起一点，示意她赶紧喝药："他哪有害你，不是救了你吗？"

"他故意不救我，一动不动站在水上看着我沉下去！"

"后来也是他下水把你救出来的。这是人家疍民的规矩，他们在水上讨生活，溺水者必须三沉才救，表示已经给过水鬼机会了，不然江海里的东西会记恨他们的。"

　　绮霞气得根本不听劝，一边按着自己疼痛的胸，一边继续骂："我都要死了，他还讲究这些臭规矩？要是我沉两次就被淹死了呢？"

　　"其实他这样做是有道理的。"阿南示意她赶紧喝药，解释道，"三沉之后，溺水者就没力气了，此时上去救人的话，对方才不会死死缠着他挣扎，会容易很多。"

　　绮霞悻悻地接过药，看着阿南，脸上又露出诧异神情，想了半天才迟疑着问："你是董……董相公？怎么是你在这儿？"

　　"江白涟把你救起来后，只有我认识你，自然得我送你回来了。再说这边教坊的人好像不愿意跟你亲近，我找了半天，也没个人愿意来看顾你的，只能留下了。"

　　"别提了，我现在晦气着呢……"绮霞有气无力，但还是对她道了好几声谢。捏着鼻子把药喝下去后，她眼泪都快下来了，"什么药啊这么苦，我不就是呛了点水吗……"

　　"是蒲公英苦地丁什么的，大夫说都是清凉去火的。等你胸痛好了后还有服药，是调理身子的。你是不是身上有月事？裙子都弄脏了，大夫说此时落水，以后对生育怕是不太好。"

　　绮霞抿唇默然许久，摇了摇头说："哎，顾不上了，随便吧。"

　　见她这怏怏的模样，阿南也只能拿走她的碗，说："那你先好好休息吧。"

　　绮霞点点头，忽然又想起什么，伸手一摸自己头上，顿时眼泪就冒出来了："啊……我的金钗丢了！那可是金的啊！是阿南给我打的啊！"

　　阿南不动声色问："阿南是谁啊，你相好的？"

　　"不是，是外头一个姑娘，她帮过我好多。"

　　"听人说你之前遭了官司，所以这边姑娘们都不敢和你接近？"她假装不经意问。

　　"是啊，差点我就死在大牢里了。后来是阿南相熟的阿……一个人帮我找到了新的证据，才逃得了一条命。"

　　阿南心想，这么说来，阿言确实履行了对她的承诺，帮助绮霞洗清了冤屈。

　　所以，阿言为什么要那么辛苦替绮霞开罪，又把罪名扣在她的头上呢？

　　一时理不出头绪，她便继续套绮霞的话："我听说你卷入了登州知府的案子，但现在海捕的女刺客不是另有其人吗？"

　　"阿南不是女刺客！她是被冤枉的！"绮霞脸都涨红了，攥着拳头嘶声道，"她才没有干坏事，她……"

　　话音未落，溺水后疼痛的胸口猛然咳嗽起来，阻住了她激愤的话语。

　　门外正有人进来，一见她这模样，忙冲进来把手里提的东西一丢，拍着她的背帮她缓气。

阿南见是卓晏，知道他最多话，怕自己不小心泄露了行迹，便朝他拱了拱手，说："既然绮霞姑娘有人关照了，那我便先走了，以后再来找你。"

绮霞对她千恩万谢，阿南摆摆手走出门，见四下无人，又赶紧蹑手蹑脚凑回墙根下，听听看他们会不会有关于自己的只言片语。

卓晏颇有点醋意，揪着绮霞问："那人谁啊？"

"我以前的恩客，他姓董。"绮霞有气无力道，"对了，你这些什么东西啊，怎么撒我一床？"

"这是我托人买的岷县当归和文山三七，你之前不是在牢狱里被弄坏了身子吗，现在怎么样了？"

"还是一直淋漓流血，停不住啊……"绮霞说着，似乎是按住了卓晏的手，郁闷道，"别看了，我们女人的病，你们男人懂什么。"

"应天那群人也太狠了，明知道你来了月事，居然故意拉你去水牢中站了两天两夜……要不是我知晓了这事儿，跑去找提督大人，你怕是到死还在那脏水里泡着呢！"

绮霞咬牙道："可就算死，我也不能承认啊！我要是按他们说的招了，把所有罪名都推到阿南身上，她不就死定了！"

阿南靠在窗上，默然听着她虚弱却恳切的声音，长长地、轻轻地出了一口气。

"一样的。就算你宁死不招，阿南不还是被通缉了？"卓晏叹气道，"你啊，你也是笨。反正要维护阿南，你就咬定自己和阿南一起看到刺客嘛，又说自己眼睛痛没看清，你看你两边没落到好，阿南以后要是知道了，不来找你算账？"

"可我真的没看到啊！我当时被殿内白光灼了眼睛，痛得一直流眼泪，而且那瀑布水不停往下流，亭子内的情形完全看不真切，我就只看到水缸后有个绿影子，其他的我真的没看清楚。"

阿南挑挑眉，想起绮霞之前确实跟自己说过，被殿外的白光灼到眼睛的事情。

只听卓晏又问："对了，当时你的眼睛怎么了？"

"别提了，从殿内出来后，我四下张望找阿南，一扭头就被一道白光灼到了，那光太刺眼了，我当时还以为自己要瞎了！"

阿南隔着窗棂看去，时隔半月，绮霞说到当时那一幕，还忍不住去揉眼睛。

卓晏便翻看了一下她的眼皮，问："是被瀑布的反光刺到了吧？"

"不是啊，我找阿南呢，怎么会去看瀑布？是看向殿内的时候，不知被什么刺到的。"

"胡说八道，殿内哪来的白光，难怪官府不肯放过你了。"卓晏显然不信，嗤之以鼻。

"可事实就是这样啊，反正我对官府、对阿言，都是这样说的。"

"要死了，你也敢叫阿言。"卓晏轻拍了下她的头，说，"这世上能这样叫他的人，你知道有几个？"

绮霞想起周围人的话，想着阿言如果是皇太孙殿下，那么阿南这个刺客，谋害的皇嗣大概就是阿言了……

这都什么事儿啊，明明上个月他们两人还好好的，在一起开开心心的，一转眼就一副生死大敌的模样了。

她忍不住低低哀叫："唉，阿南太惨了。"

"行了，管好你自己吧，你就够惨的了！来，让我看看你的手……"

说着，卓晏执起绮霞的手，抚摸上面几处尚未褪去的伤疤，哀叹不知道会不会影响她吹笛子。

眼看两人进入了卿卿我我的状态，阿南觉得自己实在没眼看，轻手轻脚赶紧便离开了。

虽然绮霞对江白涟的行为恨得牙痒痒，但为人处世的道理还是得遵守。

因此过两天她身体好了些，便苦着脸，拎着一篮子鸡蛋和红枣桂圆，到疍民聚居地给江白涟送谢礼去了。

早就暗地等在江边的阿南，见她在江边左顾右盼的，便假装和她巧遇，上前和她打招呼："绮霞姑娘，还敢来江边呢？"

"董相公，可巧遇见你了，你知道江白涟住哪儿吗？你们是我的救命恩人，我来谢你们的大恩大德了！"

阿南心道，你之前一次差点落水，一次真的落水，一看就是有人背地下手，还敢来这边呢。

不过她也想看看背后动手的人是否跟那案子有关，便顺手帮她拎过鸡蛋，说："我也正在这边寻人呢，那先帮你找找江小哥。哎，你不生他的气啦？上次你醒来，不住口在埋怨他呢。"

"当然生气啊，我当时都快死了呢，好不容易有点活的希望，结果他只站在不远处盯着我看，我当时真是，有多绝望就有多恨他！"绮霞想到自己濒死那一刻，咬牙切齿道，"要不是他最后救了我，我恨不得咬他几口！"

"他也是为了救你，冷静点。"阿南笑道，眼前不自觉出现了在西湖的狂风暴雨之中，朱聿恒在最后那刻盯着她的目光。

她心里忽然闪过一个念头——

那时候，阿言一定也恨极了她，在心里发誓永远不会放过她吧……

"可我也是为了救你啊……"她不自觉地喃喃道。

绮霞莫名其妙地看着她，她回过神，摸着唇上的小胡子讪笑，一指前方："到了到了，那不就是江小哥吗？"

上次大风雨，江边疍民首当其冲，船全被摧毁得不成样子。她们过去时，正看到疍民们在捞水上浮木，而江白涟拖了几根木料在自己船上，正顶着烈日叉开大腿跨坐舱顶，拿着锤子乒乒乓乓钉木料。

绮霞看他咬着钉子的粗野模样，再看看他这破败的木船，脸上竭力不露出嫌弃的神色："江小哥，忙着呢？"

江白涟低头看了她一眼，把钉子吐出来，笑问："哟，这不是上次那落汤鸡吗？今天拾掇得挺齐整嘛。"

绮霞一听他这语气，顿时气不打一处来，把手中红纸包的桂圆枣干拎起来晃了晃，没好气道："这不是来感谢你救命之恩了吗？"

江白涟露着大白牙一笑，从舱顶跃下，落到他的小船上，撑过来接她们："多谢啦，来我家喝杯茶吧。"

上船一看，简直见者落泪。舱内空无一物，就一个老妇人躺在稻草堆中，看见有客人来了，她扶着腿坐起来，脸上堆笑："是阿涟的朋友吗？我给你们烧点茶。"

"阿娘不用忙了，我们是来谢江小哥救命之恩的。"阿南熟稔地盘腿在舱内坐下。

绮霞身上月事一直在流，见船上全是潮气，一时难以坐下。阿南扯过稻草给她垫了块干地，拉她坐下，问江白涟："听说寿安坊今年出了不少钱请江小哥争渡，但小哥为了救人，舍了这份钱财，真是高风亮节。"

江白涟指指还没钉好的舱顶笑道："嘻，我们疍民要什么钱财？家财万贯也全是打水漂的命。这不，大风雨一过，有钱没钱还不全都从头开始？"

绮霞道："无论如何，救命之恩，我终身铭记于心。"

江白涟眼见她这勉强模样，本想嘲讽她几句，但尚未开口，心里忽然想起她被自己捞上来时，瘫倒在他怀中的绵软身躯，心里不知哪个地方有点异样，便只朝她笑了笑。

江白涟的娘已经在船头土炉中烧了红枣桂圆茶，每碗打了两个鸡蛋，端进来当点心招待客人。

绮霞抬手接过，客气道："啊，谢谢阿娘替我倒茶。"

一听到"倒"字，江白涟和他娘的脸色立刻就变了。阿南赶紧给她使眼色，绮霞察觉到气氛不对，又不知道问题出在哪儿，忙闭了嘴，埋头吃起了鸡蛋。

"味道怎么样，还合口味吗？"江母在旁边问。

"很好，阿娘手艺真不错。"阿南赞道。

绮霞也附和："是啊是啊，很甜很好吃！"

然后她就看到江白涟和母亲的脸色又变了。她莫名其妙看向阿南，阿南无奈，把手指在嘴边按了按，示意她别再说话了。

绮霞郁闷地闭嘴默默吃饭。谁知鸡蛋吃完后，她将勺子拿出来，见无处可放，便倒扣在了船板上，捧起碗喝剩下的汤。

阿南心惊肉跳，一把抓起勺子，正要翻过来，那边江白涟已经跳了起来，拿起笤帚挥舞着，口中不住念叨："煞星下船，晦气消除！"

阿南口中忙不迭地道歉，拉起绮霞就赶紧出了船舱。

可船正在江中，她们也没地方可去，眼见江白涟在后头挥着笤帚赶她们，眼前一艘货船正向这边驶来，停靠在江白涟的船边，阿南忙拉着绮霞跳上船，躲避江白涟的笤帚。

运货的船老大感觉船身一沉，转头看她们上了船，诧异问："江小哥，你家的客人上我船干什么？"

阿南无奈道："唉，我这妹子不懂忌讳，所以被人拿扫帚赶我们下船了。"

绮霞气呼呼地横了江白涟一眼："我又没说什么，不就是谢谢阿娘倒茶，又说了茶很甜，还扣了个勺子吗？哎阿南你说，别的也就算了，凭什么'甜'都不能讲啊？"

船老大一听这些字眼，赶紧呸呸呸吐了几口唾沫去晦气，一脸悻悻，恨不得把她们也打下去。

阿南无奈，在绮霞耳边低声道："疍民的老话里，'甜'与'沉'是同音的，不能说！"

船老大从船上卸下几样东西，堆在江白涟船头，说道："江小哥，东西送来了，明日寅时准时出发至钱塘湾，可别延误了。"

江白涟瞪了绮霞一眼，悻悻地把手中扫帚一丢，清点起东西来："行，那我明天和老五一起过去。"

"别提老五了，他在大风雨中受的伤红肿溃烂了，这两天一直高烧不退，怎么可能出得了海？"

江白涟眉头一皱，道："这可怎么办？除了老五外，谁还能有那一手飞绳绝技？"

阿南不动声色听着，搭船靠岸后，把绮霞撵回教坊，立马跑回来向江边渔民打听老五的事儿。

"彭老五啊，喏，那边那排水屋，门口晒着青鱼的那家就是。"坐在船上织补渔网的阿婆絮絮叨叨，吃着阿南的蜜饯果子，一开口就停不下来。

等听到彭老五的一个妹子三十年前不知所终后，阿南立刻拍着船舷，激动叫了出来："我娘没有骗我！我大舅真的是钱塘渔民，我……我可算找到根儿了！"

面对这个送上门来的外甥，彭老五一家如蒙甘霖，感恩戴德。

这外甥一来就喊了最好的大夫给彭老五看病，抓顶贵的药眼睛都不眨一下，而且又打酒又割肉、又买米又扯布，这要不是亲人，哪还有更亲的？

一家孩子含着糖叫哥，彭老五和老婆听说妹子早逝都叹息不已，知道这大外甥如今在漕运跑船赚得盆满钵满，又都欣慰不已。

"听说大舅擅长飞绳，我也会啊！可能这就是骨肉亲情，天生的！"阿南摸着小胡子得意道，"我在河道上时，长绳系枪，二三十丈的目标，百发百中！"

"哦？这可比我厉害！"彭老五赞服道，"话说回来，这回官府正招我去钱塘湾下方探险呢，报酬很丰厚，可惜我去不成了。"

阿南拍胸脯道："那我就替大舅去一趟，咱舅甥非把这外快给赚回来不可！"

于是，第二天寅时出发前往钱塘湾的船上，便多了一个黑不溜秋的小胡子男人董浪，顶替了彭老五的飞绳位置。

为了防止下水时身上涂的颜色被洗掉，阿南昨晚特地在乌桕汁里泡了两个时辰，这一身黝黑十天半个月是去不掉了。

"都把自己捯饬成这样了，希望能有收获。"阿南摸着唇上的小胡子——自然也用不溶水的胶粘牢了——盯着钱塘湾的海水，像是要把下面所有的一切揪出来看个清楚。

初升的朝阳金光灿烂，照在水波之上，将海天上下映照成一片金黄。

前方海面逐渐现出一面巨大旗帜，在海风中猎猎招展。

首先出现在他们面前的是一艘千料宝船，足有三十余丈长，如巨大的鲸鲵坐镇于东海之上。周围又有多艘四百料座船巡守，各种轻小战船穿梭其中。

阿南抬头看着，不由得惊叹。

饶是她纵横四海，见过无数大小船队，但如此气势非凡的巨大宝船，亦是她在传说中才想见过的七宝太监下西洋时的辉煌。

顺着高大的船身，她仰头向上，看见站在飞翘船头上的那个人。

在夏日阳光与粼粼波光的明亮映衬下，他俯视下方的目光带着莫名的震慑感，令阿南心口轻微窒息，别开了头，不敢直视。

怎么哪哪儿都见到阿言，避都避不开啊！

有一瞬间她甚至怀疑，是不是阿言已经查明了她的行踪，所以故意设局把她拉到这海上来。

人一旦心虚起来，就会疑神疑鬼。

所以明知自己已经易容伪装、明知阿言距离自己这么远肯定察觉不到异样，阿南还是钻进了船舱暂避锋芒。

江白涟正窝在船舱内拾掇自己的东西，见她进来了便随口闲聊道："真没想到，你居然是彭老五的外甥。"

"我也没想到。爹娘去得早，我也是随意来我娘说的地方寻摸一下的，谁知居然就找到了。"阿南随口扯谎，听到后方有声响，回头一瞥，有条船从后方驶来，船上人正朝他们招手。

阿南一眼看见站在船上的楚元知，心下感到又好笑又无奈——要死要死，怎么到处都是熟人？

"楚先生！"江白涟坐直身子，和楚元知打了个招呼，又对阿南介绍道，"这位楚先生可了不得，咱们此次下水的火药全都是他研制的，听说在水下威力比旱地更强！"

"厉害厉害！"阿南满脸堆着敬仰。

此时宝船上已放下软梯。几人一起上了甲板，刚刚站定，耳边便有笑声传来，一个长相颇为英俊的青年笑脸相迎，对众人团团作揖。

"各位有礼了，在下薛澄光，师从鬼谷一脉，如今在拙巧阁司掌坎水堂。此次下海便由区区领队，诸位若有什么需要或禁忌的，尽管对在下提出。"

当年的离火堂主楚元知心情复杂，讪笑着朝他点头。

幸好薛澄光并未注意他，只示意他们将所有武器都卸下，带着他们向二层船舱走去，穿过两重稀疏的黑色珠帘。

忽听得"哎哟"一声，有一条黑珠忽然无风自动，向着江白涟飞去，砸向他的胸口处。

江白涟"啊"一声跳起来，捂住自己被击中的胸口。

旁边的侍卫立即上前，喝问："什么东西，拿出来！"

江白涟郁闷地解开衣襟，拉出一个铜锁，说："我一出生就戴着的，这也不行？"

"哈哈，这个没事，别担心。"薛澄光看了看这拇指大的小锁头，打圆场屏退了那几个持刀的侍卫，又帮江白涟把胸前黑珠取下，小心地放回原处，不让几条珠帘绞缠在一起。

众人才知道那些珠帘是由磁石打磨成的，又用极细的线穿成。民间黄铜如江白涟的铜锁，也含铁杂质颇多，是以若是谁身上暗藏铜铁武器，磁珠必定被吸附于身上，无所遁形。

阿南暗自庆幸自己为防万一没戴臂环，否则，这些磁珠子老早吸附在那些精钢之上，便会暴露自己行踪了。

他们肃立在二层甲板上等了一会儿，耳边传来轻微的"叮"一声轻响。

众人循声望去，一个身着金线团龙朱红罗衣的年轻人，在众人簇拥下走到了船舱之前。那声音，正来自他手中的岐中易。

所有复杂的圈环都被他那双极有力度的手瞬间收住，他的目光在众人脸上转过。

海上日光炽烈，他的面容粲然生辉，那凛冽与矜贵混合的迫人气度，令面前众人一时都不敢出声。

他目光扫过时，阿南不知怎么就心虚了，赶紧缩在人堆里，脸上堆满谄媚奉承的笑容，努力伪装成一个普通的中年男人。

朱聿恒的目光，从她的脸上转了过去，面无表情。

阿南维持着脸上的僵笑，心里默念：别看我别看我……

薛澄光不便介绍朱聿恒的真实身份，只含糊地带领众人拜见过提督大人，然后便作为此次队长，向朱聿恒一一介绍起此次下水的事宜，以及对各人的安排。

"这位是第一个发现水下异常的江小哥江白涟，此次他主要负责勘探地形水势，此次行动大家切记要跟牢他，切勿脱队；这位是楚元知楚先生，水下爆破大行家，待会儿大家领到的水下雷，就是他研制的，不明白怎么使用的可以尽早讨教；这位是彭老五的外甥董浪。老五是钱塘湾最有名的飞绳手，每次出海捕大鱼，第一支飞枪都要他先下手，如今他病了，推荐外甥来顶替他的位置，这家学渊源，董大哥身手自然没得说……"

薛澄光尚未介绍完，朱聿恒的目光落在阿南的身上，意味不明地问："董浪？"

阿南满脸堆笑："是，草重董，水良浪。薛先生之前试过我了，我虽比不上我大舅，但勉强也能顶上吧。"

薛澄光笑道："董大哥过谦了，你除了臂力稍逊外，准头和反应速度比你大舅更胜一筹，实是青出于蓝。”

朱聿恒不言不语，不动声色打量着阿南。

黧黑干黄的皮肤，胁肩谄笑的姿态，颇带猥琐之气的小胡子。

按理说，这样一个三十多岁貌不惊人的普通汉子，分明不值得他去关心，以他的身份，也不应该这样打量一个普通人。

可，一种不知何来的怪异感觉，让他的目光不自觉地在这个"董浪"身上停了许久。

压下心口的异样情绪，朱聿恒不再多问，只起身对众人道："此次出海，水下危机重重。但既有众位高手同心协力，相信定能一举破局，替杭州城解除今后隐患，立下不世之功。"

在众人轰然的允诺声中，薛澄光带着一干人等向朱聿恒行礼退出。

走下楼梯之时，阿南觉得背后有点异样感觉。明知不应该，但她还是忍不住，尽量不经意地回头，瞥了朱聿恒一眼。

他们的目光，隔着咸腥的海风与炽烈的日光，骤然相碰。

但也立即各自转开，仿佛都只是无意识的偶然交汇。

他转身便进了船舱。她抬脚跳下了甲板。

下到甲板，江白涟悄悄问薛澄光："刚刚那位是什么提督？"

"总之来头很大，你们务必谨慎。"薛澄光并不回答，只示意众人都注意听自己的嘱咐，"大家也听到了，此次下水事关紧要，水下无论有无发现，你们都要把嘴巴闭严，不可走漏半点风声，知道了？"

江白涟朝阿南撇嘴笑笑，做了个口型："当我们傻？"

阿南知道他的意思，毕竟十八日大潮当日，朱聿恒与一群官吏在彩棚中观礼，众人看他那众星捧月的模样，早已把他的身份猜得透彻了。

薛澄光又笑道："当然了，替朝廷办事，别的不说，至少赏赐绝对丰厚。不然江小哥之前在海里打捞到珊瑚，为啥要以祥瑞上供呢，对不对？"

"别提了，朝廷倒是给了我不少，"还加上帮忙寻找行宫那具尸首的赏赐，江白涟想想便叹气，"可惜啊，家财万贯，见水的不算，大风雨一来，我能护得住我娘就是侥幸，现在又是穷光蛋一个了！"

"嘻，风吹鸡蛋壳，财去人安乐，活着就好！"

众人一边安慰他，一边穿水靠装鱼药，听之前下过海的水军们给他们详细讲解水下情况。

楚元知将水雷一一分发给众人，叮嘱要点。

万事俱备，薛澄光一身青灰色鲨鱼水靠，跃上船舷朝他们招手，随即一个鱼跃，当先钻入水中。

他是拙巧阁坎水堂的堂主，水性自然非比寻常。岸上众人齐齐叫好，下饺子似的一个个扑腾了下去。

阿南欣赏着众人的泳姿，慢悠悠地解开自己的外衣，露出里面早已穿好的水靠——毕竟她还要束胸，甚至还要在水靠内扎一些棉褡子来掩饰身材，肯定不能在船上更换水靠——坠好铜坨，系上气囊，活动好身体，站在船舷上，抬起双臂。

站在二层书房的朱聿恒，此时目光正透过镂刻鱼龙的花窗，定在她的身上。

只见她高高跃起，如同一条梭鱼般凌空入水，只激起细小的一朵浪花，随即便钻入了碧蓝大海中。

逆光模糊了她的面容和身段细节，在朱聿恒的眼中幻化成刻骨铭心的那条身影——

是在楚家后院，他曾托举仰望的那段身形，轻盈似暗夜中穿梭而出的那只蜻蜓；亦是顺天地下黑暗之中，被他抛向半空的那抹身姿，肆意如火花照亮他前路叵测的人生。

他的手下意识抓紧了面前雕刻着鱼龙跃浪图案的窗棂，几乎要将那坚硬的花梨木折断。

是幻觉吗？还是臆想？

明明对方的身形比阿南要粗壮许多，明明是差了十万八千里的一个男人，明明他们的言行举止截然不同——

可，为什么他如此荒谬地，似乎在这个人的身上，寻找到了阿南的影迹？

夏末秋初的日头虽然炎热，却无法穿透深邃的海洋。

阿南跃入热烫的水面，随即潜进了微凉的水下。

薛澄光在前方引路，眼看平缓海沙的尽头渐渐显现出城池轮廓，众人看清面前的情形，却都惊呆了。

隐隐波光中只见乱石狼藉，一片废墟。这原本华美宏伟的水下城池，已经损毁殆尽。

阿南停在水中，用脚掌缓缓拍水稳定身子，知道这肯定是之前那场大风雨引动了海底机关发作，机关又借风雨之力掀起风暴潮，以至于酿成杭州那一场大灾。

坍塌后的城池废墟一片死寂，水流从中掠过，似有回音袅袅，更觉荒凉可怕。

薛澄光对众人打了个手势，示意众人都要小心谨慎。他与江白涟当先探路，阿南与另一个飞绳手一左一右在侧翼护卫，一群人如结阵的鱼儿，小心而警惕地游入了城池中心。

一路游去只有一片死寂。而城池的正中心，石块高垒的地方，显然就是原来那座高台。

原本笼罩神秘光华的高台亦成一堆废墟，令她心中暗自惋惜。

水波转侧间，她一眼瞥见石块缝隙中有亮光闪现，当即向下游去，停在废墟之上，抬手用力推开压在上面的石块。

那石块巨大无比，人在水中又无法借力，即使江白涟上来帮她推了推，依旧一动不动。

阿南解下腰间楚元知给的水下雷，将它按进了石缝，示意众人全都远远避开。

游到两丈开外，她将随身的绳枪解下，向着石缝间的水雷击去。

炸药遭受重击，立即爆开，就如水下绽开大朵的乌云。周围水中的人都只觉得胸口猛然一震，血气翻涌间，耳朵一阵刺痛。

众人都在心里暗自咋舌，没想到楚元知交给他们的东西，威力竟如此骇人。

爆炸的水浪掀开了大石块，露出了下方被石块掩埋的东西。

那是一块被砸扁后已看不出原来模样的铜制物体，依稀应是一个弧形物什，但那上面又连接着其他奇形怪状的零件，与下方更大的铜块连通，上面镶嵌的宝石早已零落，散在下方石缝中，一时是不可能寻回了。

后方的人游上来，将下方那些古怪的机栝一一牵系于绳索之上。薛澄光指定了一个水军将绳索牵到岸上，把这些东西都打捞上去。

一群人劳师动众有备而来，却发现下方水城早已毁灭，未免都有些意兴阑珊。唯有阿南和江白涟两人最喜探寻水下情形，二人翻动着堆垒的石块，寻找埋在下方的东西，帮助水军们将奇怪的东西捆束扎好。

就在一起推开一块巨大云石之时，阿南借着动荡的波光，忽然看见了石头上雕琢的痕迹，立即抬手示意江白涟停下。

她绕着这块扁平云石游了一圈，看出它应该是高台上方的一块雕塑。云石有天然的纹路与颜色，工匠借助巧思，利用它天然的颜色雕出图案，在海底虽已有数十年，却未曾被磨洗太少。

石头外围苍翠的颜色，宛然是一圈苍茫青山，起伏的地势之中，包围着一圈殷红。而在青红相交的某一点，是在石头上刻槽后，镶嵌进去的细细金丝，描绘出一座高大城楼，飞阁重檐耸立于高高的城墙之上，俯瞰下方大片红色。

端详着那地势和楼阁，阿南只觉得十分熟悉，却一时未曾想明白究竟是什么地方。于是她转开眼，去看前方只剩一角的那块浮雕。

那块浮雕选用的是黑黄色云石，雕刻的是大股海浪挟着空中巨大龙挂扑击城池，黑色的乌云和黄色的浊浪直逼江边，铺天盖地席卷了城中所有一切，显然指的就是杭州府上次灾难。

她再看向后面那块雕刻，猜测着中间那一湾红色是什么时，心口猛然一震——

两道狭长山脉如同手臂伸出，拥抱着中间长圆形的一泓赤水，旁边城楼上如仙山楼阁般耸立的高大建筑……

这是渤海和蓬莱阁。

在东海巨浪之后，接踵而至的，将是血海蓬莱。

第九章

血海蓬莱

从海里打捞起来的东西，一件件出水，送出海面。

朱聿恒站在高处，看向那些奇形怪状的物件。

散乱扭曲的精铜机栝，即使已经弯曲损坏，但凭借他的能力，扫一眼便迅速还原出它们原本的样子——那正是他在关大先生留下的册子上见过的那些机栝零件，正好可以组成一只盘旋的青鸾。

当初制造这只铜青鸾的时候，不知道使用了什么法子，即使六十年过去，镀金的外层依旧闪闪发亮，未曾斑驳褪色。

水面哗啦声接连响起，下海的人们一个个浮出了水面。

朱聿恒不动声色地扫过人群，在动荡的海浪之中瞥到了那个董浪。只见他一手扒住船沿，先用力将船晃了几下，等到船板荡到对面之际，翻身跃上船，刚好将小船晃动的力量消掉，在浪头中稳稳当当立在船头。

朱聿恒的目光在"董浪"身上顿了片刻，然后收回目光，率人下到一层甲板。

阿南爬上大船，蹦跳着倒耳朵里的水。她身体有些沉重，毕竟水靠内还扎了棉褙子，一出水格外沉重。但也没办法，她的身材与男人相比过于纤细柔韧了，还是搞点东西比较妥善。

朱聿恒打量着堆在甲板上的铜制机栝，问薛澄光："水下情况如何？"

"水下城池已被之前的风暴潮水彻底摧毁了，这些都是从废墟中整理出来的，下面还有一部分，但已被石块彻底掩埋，怕是很难潜入深水将其捞起。"

朱聿恒吩咐诸葛嘉找人将这一部分先复原来，又注意到江白涟在旁边欲言又止，便朝他一注目。

江白涟用手肘撞撞阿南，禀报道："董大哥在水下石块上发现了一些挺怪异的雕刻，我看着那画面，像是渤海地形图。"

"渤海？"朱聿恒的目光，终于落在了"董浪"的身上。

阿南只觉头大，本来她一看到朱聿恒就有点犯怵，避之唯恐不及，但此时朱聿恒已经开口询问她，她也只能假装恍然大悟，道："可不是嘛，我前些年跑船去过渤海，看到水下那石头上居然刻着渤海，还是红色的，当时就吓了一跳。"

她吞服的药物令声音嘶哑低沉，但此时下水已久，药效渐退，只能自己再把声音压了压。

朱聿恒眉头微皱："红色渤海？"

事已至此，阿南也只能黯出去了，她伸手大大咧咧比了个斜长圆形状，说："这形状，可不就是渤海吗？那石头颜色有红有绿，我瞅着绿的是被雕成山了，红色被雕成了海，海的西面还有蓬莱阁。那临海的城墙和上面的楼阁，我认得妥妥儿的，不会有错！"

朱聿恒略一沉吟，吩咐薛澄光道："让下海的人把石雕弄上来看看。"

阿南道："那石雕太大，怕是不成，倒是可以拓印一下带上来。"

旁边卓晏好奇地抬头，问她："纸见水就湿，墨在水下转眼晕散，怎么拓印？"

薛澄光一直在旁边听着，此时说道："这倒不难。找一块白布蒙在石雕上，再拿块见水不会晕染的煤块或炭块，在上面按照突起的图案涂出来就成了。只不过水下拓印那么大的画幅，定是十分艰难，要慢慢来才行。"

虽说很难，但朝廷一声令下，哪有办不到的事情。

薛澄光去布置此事，朱聿恒则对阿南道："随我过来，将水下的情形详细讲一讲。"

阿南应了一声，跟着他就往二层船舱走。但她的水靠内还塞着棉布，渗出来的水滴滴答答往甲板上淌。

韦杭之看见了，抬手拦住她，道："换件衣服再上去。"

阿南撮着牙花子："没带。"

韦杭之转头吩咐士兵拿了一套干衣服过来，递到她面前："就在这儿换。"

阿南"哈"了一声，抬手接过衣服，又抬起眼皮望了望朱聿恒。

他站在二层高处，淡淡望着她，似乎也在等待着她剥开水靠，露出真身的那一刻。

阿南扬扬眉，心里盘算着现在从船上跳下去，一个猛子能扎多远，又需要游多久能到达可供她休息的岛屿。表面上却不动声色，笑嘻嘻地抬手按住自己水靠的带子，说道："行啊，我也觉得这湿嗒嗒的有些闷气……"

"不必换了，你直接上来吧。"

朱聿恒的声音，自上方传来。阿南如蒙大赦，暗舒一口气，脸上却露出一副遗憾表情，把衣服扔还给韦杭之，几步踩着楼梯便上去了。

捏着滴水的发髻，阿南在冷着脸的韦杭之指引下，走进了主船舱。

千料宝船的主舱室内，铺着厚重的真丝地毯，阿南滴水的脚步在上面一踩一个痕迹，鲜亮的颜色顿时都糟践了。

她一边替阿言心疼，一边大步穿过沉香木的外廊。

绕过琉璃镶八宝屏风，拂开坠着珠玉的垂垂纱帘，阿南看见端坐在巨大紫檀书案前的朱聿恒。

他依旧是端严而沉稳的模样，脊背挺直神情冷峻，高傲尊贵的模样不可逼视。

他抬手示意阿南坐下，她习惯性地往椅子上一瘫，顺便还盘起了一条腿。

等回过神想换姿势已是来不及，朱聿恒早就看到了她这惫懒模样。

她干脆自暴自弃，盘起两只脚靠在圈椅内，目光在舱内转了一圈，觍着脸道："大人这船可真不错啊，哪个船厂造的？要是有钱我也想弄一艘。"

朱聿恒淡淡道："龙江船厂。"

"那看来小人没机会了。"听说是皇家宝船厂，阿南夸张地叹了口气。

朱聿恒没接她的话茬，只道："将你在水下所见到的情形，详细说给我听听。"

"情形和下水前水军跟我们描述的差不多，就是城池塌了，高台长啥样也搞不清楚了，反正就一堆乱石，拖出了些破铜烂铁。"

"会画图吗？把情形画下来给我看看。"

"说实话，这我还真不会。"阿南见朱聿恒无动于衷，已经将纸笔推到她面前，也只能接了过来，在纸上乱涂一气："就咱一群人游进去，这是坍塌的街道，这是高耸的废墟，水下城池该是依山而建的，最高处就是城中那座高台，不过也塌了。那些雕刻是我用水下雷炸出来的，所以断裂了，不过可以看到前面那块雕刻的是钱塘风暴潮，和前几天那场差不多，后面就是蓬莱那个血海了……"

朱聿恒见她画的内容歪七扭八，实在看不出具体情形，目光便渐渐移向了她的手上。

阿南看人惯来先看手，所以对于自己的手当然也下功夫做了伪装，那双手黑黄粗粝，上面的伤疤也都被遮掩不见了，与她之前的手截然不同。

朱聿恒的目光又不自觉移向了她的脸。

黧黑的肤色，连耳朵都被晒成了古铜色的，就算刚从水里出来，也显得干巴巴的，与阿南润泽的蜜色肌肤截然不同。

他的容貌与阿南也全不相同，上面两横吊梢眉，鼻梁有个歪曲的驼峰，颧骨颇高，加上两撇小胡子，带着股扑面而来的猥琐劲儿。

那吊梢眉下的目光一动，似要看向他。朱聿恒转开了目光，沉声道："你画技拙劣，绘出来无用，不必画了。"

"哦哦。"阿南并不在意，笑嘻嘻地丢下笔，说，"那小人先告退了。"

朱聿恒抬手示意她离开。阿南暗松了一口气，蹬蹬几步就退了出去。

朱聿恒再看了看案上那张乱七八糟还被滴上了水的画，冷着脸将它扯起，卷成一团丢弃在字纸篓中。

就在他拿起那支笔时，有一缕极淡的栀子花香，被他敏锐的嗅觉所捕捉，让他的目光陡然一暗。

这是……阿南在手脚受伤后，经常涂抹的药膏气味。

他看着地毯上残留着的湿脚印痕迹，迟疑着将那支笔又在鼻下嗅了嗅。

但，充斥鼻间的，只剩下海水的咸腥味和墨汁的松烟气息，刚刚那缕栀子花香，似乎只是他的幻觉，再也难寻。

当天晚上，拓印染色后的画幅便被送到了朱聿恒下榻的孤山行宫，画面与水下的雕刻一般无二。

"真是术业有专攻，薛澄光说这画与水下的雕刻复拓得一模一样，大小颜色分毫不差。"卓晏将画铺设在案上，又将一份卷宗放在案头，"这是殿下要的，那个董浪的资料。"

朱聿恒瞥了那幅画一眼后，拿起资料一看，脸色顿时沉了下来。

董浪，持贵州铜仁府路引，于铜仁府跑船廿载，手下有十二条船和百十个船工。自言父母去世已久，如今按照母亲遗嘱前来杭州府寻找大舅。江湾村渔民彭老五确认其为失散三十余年的外甥……

"如此说来，这个董浪的身份根本没有任何凭据，全靠刚刚认亲的彭老五保举？"

卓晏凑过去看看上面的内容，脸都黑了："海宁水军究竟有无章法，这种来历不明的人，居然也能轻易混进下水的队伍？更何况此次出海还由殿下率军，他要是有问题还得了？"

"更何况，铜仁山高路远，若要查证可谓千难万难，一来一去起码要一两个月时间才能确认。"朱聿恒将卷宗丢下，神情冷峻。

卓晏想了想，脸上露出迟疑的神情："这……若是殿下信得过，或许，可以让绮霞去探查一下？"

话一出口，卓晏便感觉不妥，赶紧改口："绮霞说过董浪曾是她的恩客，不过她南来北往的客人挺多的，而且她现在身体……"

"可以。"没料到朱聿恒却只略一沉吟，便道，"绮霞与'他'既然相熟，相处起来必然难以遮掩，露马脚的可能性就大多了。"

"……是。"卓晏应了，心想殿下你从哪儿知道他们相熟啊，绮霞对这种只见过一两次的客人，估计也没太多印象吧？

虽然是教坊出身，但是绮霞接到任务，顿时眼泪都快下来了。

毕竟，她要是那么聪明，能勾引男人能套话，至于现在混得这么惨？

可卓晏说是官府有令，她也只能在杭州教坊旁边的锦乐楼设了酒，请了"董浪"过来，感谢他的相助之恩。

阿南欣然赴约，还给她送了条松香缎的马面裙，绣着艳红海棠花，跟春光一般鲜亮迷人。

绮霞爱得不行，抱着裙子心花怒放，觉得对方猥琐的胡子都显得顺眼起来了。

"喜欢吗？喜欢就换上给哥看看。"结果董浪的内心比胡子还猥琐，觍着脸就关了雅间的门，抬手去扒她的衣服。

绮霞赶紧拍开她的手，往后方躲了躲："讨厌，这是在酒楼里呢！"

"门关好了，酒菜也上好了，没人进来的。"阿南笑嘻嘻地与她打闹，扯她的衣襟，"来嘛，跟哥亲热亲热……唔，栀子花味儿的头油，哥喜欢！对了，你上次不是说金钗丢了？让哥快活了，明天就给你打一支一模一样的。"

"你才打不了一样的呢，那可是天下独一无二的……"

旁边雅间里，耳朵贴在木板壁上听着这边动静的卓晏脸上露出嫌弃的神情，低低骂了一句："恶心！"

只听绮霞还在按着裙角抗拒，那个"董浪"则不知道做了什么，只听得绮霞低低地"啊"了一声，声音低颤："你……你再这样，我就要叫人了！"

"你叫啊，你叫破喉咙……咦？你身上的月事还没好啊？离上次落水都好几天了。"董浪悻悻的声音传来。

正在考虑要不要过去阻拦的卓晏怔了怔，停下了要踹开门的脚。

那边传来绮霞低低的埋怨声，"董浪"终于放过了她，说："这可不行，你这身子骨是不是出问题了？别喝酒了，得好好养养，落下病根可不成——小二！"

小二听到召唤赶忙进去，还没来得及询问，两块碎银就先拍到了他的面前："替我跑一趟，把杭州最有名的妇科圣手请来，这银子是他的出诊费。这另一块是你的跑腿费。"

小二乐不可支，揣好银子跟掌柜的说了一声，撒腿就往清河坊跑去，把保和堂的大夫给请了过来。

老头医术精湛，捋着胡子给绮霞把了脉，皱眉道："这可不只是癸水过多的症状了，是来了月事后在冷水里泡久了吧？"

绮霞见他一语道破，也只能无奈点头，说："之前我被诬陷下狱，官府拉我去打板子夹手，后来阿……上头有人下令不许动刑逼供，那些狱卒就趁我来了月事，将我架到水牢里，让我在齐腰的脏水里泡着，逼我诬陷一个相熟的姑娘，说我什么时候招了，什么时候放我出去……"

"那你在水里泡了多久？"老大夫纵然行医多年，听到如此描述，也不由得面露同情。

绮霞流泪摇着头，想起当时情形，神智已经恍惚，没有了具体的记忆："我不知道……我当时下身一股股流血，大腿和臀上的伤口又在水中泡烂了，全身的力气只够我靠墙站着，怕我一坐下，就淹死在水里了……好像头顶的铁窗亮了两次又暗了两次，后来卓少爷说我是泡了两天两夜……"

阿南眼圈热烫，忍不住道："那你为什么不招认了？你命都要没了，还帮别人扛什么？"

"你胡说什么？我一个教坊司的贱人，本就没有成亲生娃的指望，活着也没多快活，就算死，忍一忍也过了，何苦为了自己苟活去诬陷别人？"绮霞白了她一眼，嘟囔道，"再说了，阿南待我很好的，我怎能对不起她。"

阿南别过头，强自压抑自己的神情，不让他们看出异样。

大夫摇头叹息道："我看啊，你这身子骨怕是垮了，这辈子得好好调养着，但一是药材会比较贵，二来能不能有起色也难说……"

"养！无论如何也要把她身子骨养回来！"阿南一把搂住绮霞，不管她的埋怨挣扎，将她揽在怀里，大声道，"好好养着！这辈子有哥在，一定让你吃香的喝辣的，包你后半辈子开心快活！"

卓晏回行宫禀报时，颇有些苦闷。别说套话了，绮霞差点让那个猥琐男在酒楼占了便宜，简直偷鸡不成蚀把米。

谁知他难以启齿地将经过告诉朱聿恒后，却发现殿下的脸上，一瞬间出现了一种怪异的迷惑，而且他的问话也是古怪之极："这么说，董浪确实是个男人？"

卓晏唾弃道："那浑蛋算什么男人，禽兽不如！要不是绮霞身体不好，差点在酒楼就被他给强……咳咳，哼！"

朱聿恒一言不发，只目光微冷地看向窗外的西湖。

渺渺波光已经恢复了清凌凌的模样，断桥白堤横跨西湖，依依垂柳一如当日他和阿南走过的模样。

许久，卓晏才听到他的声音，低喑中似带着一丝疲惫："那个董浪，你们以后慢慢再寻访确证吧，多加留意即可。"

"是。"

卓晏轻手轻脚地退出，走到门边时，忽听得屋内传来轻微的"嚓"一声。

他回头一看，一只黑猫睁着琥珀色的眼珠子，跃上了窗台，正歪头朝里面看着。

他认出这是"母亲"当初养过的猫。乐赏园被封后，里面的猫无人喂养，四散逃逸，而这只猫竟逃到了这边。

他正在迟疑，想着是不是帮殿下将猫儿抓走时，却见那只猫已经熟稔地朝着皇太孙殿下走了过去，跃上桌案，蹭了蹭他的手，低低地"喵喵"叫着。

朱聿恒将画卷往旁边挪了挪，垂眼看了看它，从抽屉中取出一小撮金钩放在了桌角。

小黑猫心满意足地吃着金钩，就连朱聿恒伸出两指轻揉它的头顶，也只眯着眼睛晃了晃尾巴。

卓晏蹑手蹑脚地离开，心中大受震撼——

殿下居然替一只野猫准备了食物，而且看那架势，明显喂它不是一两天了。

可就在短短数月前，他是怎么说的呢？

"我对猫没兴趣，对她，也没有。"

他想着当时殿下言之凿凿的话语，一时觉得这世界都古怪迷离了起来。

卓晏退下后，朱聿恒觉得心口烦乱。

眼看着猫儿吃完了东西，跳出窗户消失了踪迹，他洗了手，合上抽屉之际，看见了里面那支从楚元知家中得来的笛子。

将笛子取出来，他紧握着沁凉的笛身，另一只手在上面轻轻滑过。

指尖抹过之前他削过的那个断口处，他的手停了下来，看着上次自己用薄刃削过却最终无法剖出的那条细线，沉吟片刻，他又拿起了阿南给他做的岐中易"九曲关山"。

深吸一口气，他摒除脑中所有杂念，将九曲关山举在眼前，慢慢地抬手拈住圈环。

确定自己的手稳得没有一丝微颤之后，又在脑中将它们的移动轨迹、行动后其他八个环的动静、相撞后的退让及前进路径全部在心中推演了一遍，确定自己能将所有最细微的变化控制无误后，他屏息静气，开始移动连接在一起的九曲圈环。

侍立在外间的韦杭之，在这午后的行宫之中，听到室内传出极轻微的金属碰撞声，清空匀长，混合在西湖波光水声之中，令他一贯紧绷的神经，似乎松懈了下来。

也不知过了多久，里面的金属声一顿，然后，传来了几个圈环叮叮当当散落于桌上的声音。

韦杭之陡然一惊，正猜测是怎么回事，却听到殿下低低唤他的声音："杭之。"

他忙应了，快步进内。

只见朱聿恒站在窗前，波光自他身后逆照，令韦杭之看不清他的神情。

朱聿恒抬起手，将面前桌上散落的圈环一个个捡起，慢慢拼了回去，然后吩咐他："去找薛澄光，替我弄点东西。"

薛澄光毕竟是拙巧阁的堂主，见多识广，接到消息后不多时，便将皇太孙要的化漆明矾水调配好送了过来，而且看起来和阿南之前用的差不多。

另外，还附上了朱聿恒要的一根牵丝。

朱聿恒回忆着阿南之前的手法，将笛子泡入明矾水中，等露在外面的漆泡软之后，取出笛子放在面前的案桌上，小心地固定好。

托阿南制的"九曲关山"所赐，他如今的手稳得不再有丝毫迟疑。

用指尖缓慢抚摸，确定了上次的断口之后，他以软布将牵丝首尾两端包住，轻轻地、深深地吸了一口气之后，凝神静气，轻缓无比地将细得几乎只是一丝白光的牵丝抵在断口处，然后顺着笛身的弧度，轻缓无比地刮过去。

一缕清透的白边卷翘了出来，他察觉到这触感与上次自己用刀刃切削出来的差不多，手腕微颤，立即控制住自己手指的力度，阻止住牵丝刮削的去势。

他捏紧手中牵丝，心口沉了沉。

难道，还是不行吗？

即使日夜不停地用她的岐中易来磨炼手部控制力，即使她一再艳羡他的天赋，即使他觉得时机已经成熟，自己已经足以达到要求，不行的，始终不行吗？

他默然闭眼定了定神，片刻后，再度将牵丝附在了竹笛之上，然后抬手迅速刮去。

被泡得略有松动的清漆，带着一层薄如蝉翼的竹衣，轻轻地扬了起来。

因为太过薄透，竹膜在气流的涌动中如同无物，只看见一抹似有若无的光影散开来，上面有金漆描的极细线条，仔细看去，是各个分开的字迹，写在白光般的竹膜之上。

朱聿恒的手略微顿了一顿，等看清楚那一片白光与金字只有细微的粘连破损之后，他知道自己控制的那种幅度是基本正确的。

于是他轻轻出了一口气，再度收敛气息，极度专注缓慢地，将这一卷吹弹即破的竹衣一丝一丝地拆刮了开来。

直到天色渐转昏暗，湖面跃动的波光也消失殆尽，瀚泓率人送进二十四盏宫灯，才发现朱聿恒一动不动地站在案前，正俯头面对着案上一片朦胧的光线，沉默查看着。

他吓了一跳，一边示意宫女们将宫灯高悬点亮，一边将一盏灯座挪到案几边，向殿下问了安，小心询问："天色已暗，殿下可看得清吗？"

透明竹衣上的金漆被灯光照亮，光芒流转如细微的火光，映在朱聿恒的眼中，让他目光越显明亮。

仿佛怕自己的呼吸让面前这片薄透的光消逝，朱聿恒没回答他，只抬手示意他们都退下。

瀚泓走到门口时，听到朱聿恒又道："把卓晏叫过来，让他带一把琴。"

号称两京第一花花太岁、自诩混迹花丛琴箫风流的卓晏，听说皇太孙要他带琴过去，立即奔去七弦名家那儿借了把盛唐名琴，急匆匆赶往了孤山行宫。

但等他抱琴接过朱聿恒给他的几页曲谱时，又讪讪愣住了。

"怎么？这难道不是琴谱？"见他神情犹疑，朱聿恒便问。

这是从拆解开的竹衣上抄录的几页金漆字，因为他日常不太接触乐理曲谱，因此叫了精通乐理的卓晏过来。

"这……看起来应该是减字谱没错，但是……"

卓晏的手按着琴弦，对照着朱聿恒的曲谱，试着弹奏了几声，可那声音完全不成曲调，怪异至极。

"按照这个谱子弹的，没错啊。"卓晏嘟囔着，硬着头皮又弹了几声，琴弦嘣一声，被他又抹又挑的，居然断掉了。

他"啊"了一声，羞惭地抬头看向朱聿恒。

朱聿恒神情却并未显露异样，只道："看来，这曲谱有问题。"

"对啊对啊，这曲谱古里古怪的，肯定有问题！"卓晏大力点头，坚决赞成他的判断，"减字谱用特定的笔画代表双手各个手指，然后将所有手指的动作拼成一个字。比如殿下您看这个字，字内又有木、又有乚，这完全不合常理呀！按照四指八法的规律来说，木为右手食指抹、乚为右手食指挑，这又抹又挑还是同一个音，难道是这人右手有两根食指吗？"

朱聿恒自然知道于理不合，但他也确定自己绝对不会将那些字抄错。

思索片刻，他又问："那么，还有其他曲谱，与此相似吗？"

"没有了吧，减字谱一般就用在琴谱之上……"说到这里，卓晏忽然想起一件事，忙道，"对了，我之前听教坊的人提过一嘴，说是拟将所有乐器都弄成减字谱，这样好传授管理。我当时并不看好，各种乐器的手法完全不同，这怎么能推广得开呢？果不其然，大家都偃旗息鼓了，只有绮霞那个实心眼儿，寻访到了以前的老笛手，弄出了用在笛子上的减字谱。我嘲笑她为这种事儿费劲，但她说前朝末年时确曾有过的，她就是将过往的旧东西挖掘出来而已……"

"前朝末年？"听到是六十年前的事情，朱聿恒略一思忖，便道，"将她召来，我们听听这曲谱以笛子如何演奏吧。"

可惜，令他们失望了。

用笛子来吹那曲谱，简直是魔音贯脑，比琴音更令人无法忍受。

"我的天，这能是阳间的乐声？"卓晏捂着耳朵，痛苦不堪。

朱聿恒亦紧皱眉头，觉得那笛音怪异，令人头脑昏沉，十分不适。

"奇怪，明明应该可以用笛子吹出来呀……"绮霞翻着朱聿恒抄录的那几页谱子，举起笛子又想吹奏。

"求你了绮霞，别吹了别吹了！"卓晏站起来想去阻止她，谁知一阵不明由来的晕眩袭来，他双脚一软，立马连人带椅子摔在了地上。

绮霞忙去扶他，谁知自己也是脚下一软，跌坐在了他的身上，不由得惊叫一声。

朱聿恒亦是眼前一花，整个身子陷入虚浮。幸好他早有防备，动作迅速地按住桌子，稳住了身躯。

而卓晏摔得挺狼狈，抱头摸着在青砖地上磕出的大包，直吸冷气。绮霞也扶着自己的头，一时站不起来。

一道闪电般的思绪，忽然劈过朱聿恒的脑海，令他一动不动站在窗口夜风之中，良久没有挪动一步。

见他神色暗沉，韦杭之有些不安，在旁边低声问："殿下？"

朱聿恒缄默抬手，示意他将卓晏和绮霞送出去。

瀚泓给他送上茶水，小心地问他："殿下，可是天气太热了，身体不适？"

朱聿恒依旧没回答，只抬眼望着面前明亮交织的灯光，想起和阿南在应天十六楼中对坐时，曾远远萦绕的那缕笛声。

那时淅淅沥沥的雨声打在屋檐上，让人分不清是《折杨柳》，抑或是其他什么声响。

他忽然在瞬间明白了，苗永望的死因。

"知照麾下各队，即刻准备，明日卯时出发回应天。"

听说自己居然被官府点名北上渤海，阿南心中真是惊喜交加。

喜的是，本来没借口跟随阿言偷查自己的冤案，现在顺理成章被安排了。

惊的是，她都在酒楼里那么没脸没皮调戏绮霞了，活脱脱一个猥琐急色男，他们不至于还怀疑她吧？不然渤海那边难道找不到好用的飞绳手？

揣摩不出对方真意，一贯走一步看一步的阿南也就不猜了，还坐地起价狠敲了朝廷一笔竹杠，把猥琐本质发挥得淋漓尽致。江白涟和她一拍即合，不但拿了一笔银子给母亲，还以疍民不能上岸为由，弄了条新船给自己专用。

阿南当然要求和他一起走，毕竟陆路熟人太多，麻烦更大。

意想不到的是，卓晏居然带着绮霞，挤上了他们这条船。

阿南看见绮霞喜出望外，当下就凑过去笑道："哟，两天不见，气色好多了！"

绮霞一看见她，立即满脸堆笑，道："多谢董相公关心，我好多了。"

阿南也觉得她脸颊有了点红晕，喜滋滋地捏捏她的脸颊："看来那大夫的方子不赖，记得要乖乖听话，好好调养啊。"

绮霞啐了一声，打开她的禄山爪，低低埋怨道："哎呀要死了，当着这么多人动手动脚的，这要在教坊，你早被人踹翻了！"

听她这又"死"又"翻"的，旁边传来"啪"一声响，正是盘腿坐在船舷上的江白涟，他一拍船板，忍不住就去抓旁边的笤帚。

阿南就知道他又要遵照疍民的习俗，用扫帚把晦气的人赶走了，忙一脚踩住扫帚，说："江小哥别介意，我好好教教她。"

绮霞自觉失言，正想跟江白涟道个歉，谁知对方已抬手驱赶她，像在轰什么脏东西：

"走走走，别靠近我，你一开口必无好事！"

想起上次他用笤帚在江心把自己赶下船的行径，再看他这般嫌弃模样，绮霞也不由得心头火起："行，那我给您立个长生牌位，天天上香祝祷您福如东海、寿比南山，万事如意还长生不老，怎么样？"

江白涟哪里听不出她话里的嘲讽："还是留给你自己吧，瞧你这路都走不稳的样儿。"

"我路都走不稳还不是你害的？但凡你当时早点救我，我至于胸口到现在还痛？"绮霞捧着心，幽怨地白他一眼，"把我丢在水里迟迟不肯救我，知道耽误我多少事儿吗？本来我每天舒舒服服地躺着，跟别人哼哼两声就能有银子进账，现在被你搞成这样，哪还有人找我呀……"

卓晏下意识地捂住了额头，一时无语。

而江白涟嘴角抽搐，说话也结巴了："无……无耻！"

"什么无耻？"绮霞先是一脸诧异，然后才恍然大悟，"我说的是我来杭州教小姑娘们吹笛子，靠在榻上随便点拨几下就行呀！江小哥你什么意思啊？你年纪轻轻的，脑子里怎么全是龌龊事儿？"

江白涟脸红得连他黝黑的肤色都遮不住："我……你……你明明是故意说那种话的！"

"哪种话呀？我怎么不知道？"绮霞笑嘻嘻地贴近他，江白涟急忙往旁边一缩，却忘记了自己正坐在栏杆上，失去平衡后一仰身，扑通一声就掉入了水中。

众人都知道他水性好，也不在意，绮霞更是靠在栏杆上，笑嘻嘻地看着他从水中冒出头，朝他挥挥手绢，莞尔一笑："江小哥你这着急忙慌的模样，不会还是个雏儿吧？"

江白涟气急败坏地抹了一把脸，狠狠瞪了她一眼。

目光碰触到她那盈盈笑脸，脑中不知怎么全是怀抱着她时那柔软的触感。江白涟只觉心口胸口全是燥热，怕被别人发现了他的异样嘲笑他，立刻一个猛子扎进水中，远远游到船后去了。

"你逗小孩儿干吗呢？看把人急的。"阿南无奈地拍拍绮霞的手臂，示意她放过江白涟。

卓晏也赶紧将绮霞拉回了船舱，等出来后，拿了一张渤海地图摊在桌上。

江白涟此时才悻悻从船尾上了船，按照卓晏的招呼在桌边坐下，只是脸上依旧有些别扭。

"江小哥，咱们说点正事。"卓晏指着图上海峡最狭窄处，说道，"你看，这是渤海与黄海交界处，登州与三山海口如双臂伸展，扼住入海口。此次我们目的地蓬莱阁，便在海峡最窄相望之处。到时还请你先下水探路，熟悉熟悉水况。"

江白涟定定神，把绮霞抛在脑后，全神贯注地研究这幅渤海地形图，问："我多在东海黄海这边打鱼运货，东海多浪，黄海多沙，不知渤海那边如何？"

卓晏道："渤海三面被山陆所围，入海口小，浪潮平缓，加上黄淮泥沙堆积，海水很浅，相比东海来说，我们下去肯定要安稳许多。"

阿南端详这海图，笑问："怎么，又要下水？"

"这次就是冲着下水才去的。你们猜怎么的，在东海水下发现那石雕之后，朝廷紧急调派人手下渤海打探，就在蓬莱阁与三山海口相望之处、海峡最正中间稍偏西北，发现了与钱塘湾下方几乎一模一样，但规模却更为巨大的一座水城。"

江白涟回想起杭州水下那座城池，再想到渤海湾水下居然有座更大的，不由得咋舌。

而阿南忙问："也有青鸾和高台？"

"不知道。因为城池更大、海水又没有东海清澈，所以在城外看不清楚。下去打探的水军也看到了青鸾水纹，本想从上面游过去，却与杭州水军一样，被其所伤，无法接近。"

阿南一拍桌子道："这倒正好了，在钱塘湾受的气，咱们正好从渤海湾找补回来！"

杭州到应天，走水路不过两天。

船从运河过太湖，又入长江转秦淮河，沿应天通济门进了东水关，便是六朝金粉地。

绮霞不适应船上生活，闷了两天整个人都瘦了，眼看前方终于到了桃叶渡，她欣喜地拖着虚软的双腿去收拾东西。

看她那软绵绵的模样，阿南立即心疼地跟过去："来，哥帮你收拾，有没有什么重的东西，哥替你拿着……"

卓晏郁闷地看着她："整天甜言蜜语讨好绮霞！"

江白涟鄙视地看着她："屁颠屁颠的，这般献殷勤有什么出息？"

说着，两人相视一眼，惺惺惜惜。

绮霞是个挺不讲究的女人，阿南一进她住的舱室，就看见丢在床上的衣服、散在被上的曲谱、堆在枕边的胭脂水粉，乱七八糟。

"哎呀，我先收拾一下，董相公你等等。"绮霞也有些不好意思，赶紧收拾起衣服来。

阿南也不在意，随手帮她将散落的曲谱收好，看了看上面那些奇奇怪怪的字符，问："这什么字啊？看起来怪怪的。"

"这是减字谱，我拿来吹笛子用的。"绮霞想起这是皇太孙殿下交付她和卓晏研究的，也不知该不该让董浪看到。但见对方那神情，完全是不懂曲谱的模样，便赶紧拿了回来，说："董相公你看不懂的。"

"可不是，我哪懂。"阿南笑嘻嘻道，"你吹给哥听听，哥说不定就懂了。"

"根本吹不出来，我学了十几年谱子都摸不透这东西。"

阿南懒散地靠在床头，问："说起来，昨晚我隔着船舱听到顶难听的一段笛子，听得我头都晕了，不会就是你对着这玩意儿吹的吧？"

"确实难听，我吹两下也晕。"绮霞抱怨道，"可是吩咐下来了，又不能不弄。"

阿南也不问谁吩咐的，只瞥着那些奇形怪状的字笑而不语。

绮霞将谱子叠好压到包袱里，靠在床头的阿南忽然抬手扯扯她的裙裾，指着上面艳红的海棠刺绣，说："你看，哥给你送的裙子花样，这是阴阳手法啊。"

"都说了别动手动脚的，扯人家裙子干什么！"绮霞不知道她莫名其妙在说什么，啪地打开她的手，"阴阳手法又是什么？"

"阴阳，以两种不同的颜色填格子，就可以连成线、连成面，变成一幅画。"阿南指指她的裙裾，说道，"比方说你这裙上海棠花就是用的黄梅十字挑花法，每个交叉的十字可以看成一个小点，而这种小红点多了，凑在一起就组成了海棠花。"

见绮霞还是迷惑不解，阿南又笑了笑，道："两种不同的颜色啊、形状啊都行，比方在一个巨大的棋盘上摆开两色棋盘，只要棋子够多，那么远远看去，就能组成一幅画。你这裙子，不就是在一片松香色的棋子上，用红色的棋子拼出一朵朵海棠花吗？"

绮霞有些疑惑："对啊，但是……董相公怎么忽然注意起我的裙子了？"

"有感而发嘛。世上的东西似乎都可以分个类，然后找出规律来。我看不懂乐谱，所以瞧着你这纸上的东西，似乎也可以归为两种类型。"阿南说着，抬头见前方已到桃叶渡，便接过绮霞手中的包袱，"我刚在船上看到金铺了，这就去给你打支钗子。你上次那支挺好看的，就照那个打？"

绮霞本来还想着那些字符如何归类为两种，一听到要给自己打金钗，顿时抛到了脑后，口称的相公立即就变成了哥："董大哥你对我这么好？我这就去拾掇拾掇，在旁边买酒谢您！"

戴上新置的金花钗，绮霞精神大好，回教坊打扮出红唇黛眉，穿着松香色马面裙，风风光光在秦淮河边显摆了一回。

卓晏过来看见她这得意的模样，不由得笑了："收敛点啊，太招摇了要遭人嫉恨的。"

"遭就遭呗，你看碧眠当初多谨小慎微，被推举为花魁时连谢宴都不敢穿红衣，可最终……哎，能得意时就得抓紧时间得意，不然活着多寂寞啊！"绮霞晃着脑袋给他看自己闪闪发亮的金钗，"再说了，你有资格说我吗？你看你今天又穿得板儿正，整个应天就数你最招摇！"

卓晏拉拉自己熨帖的衣襟，转了话头："对了，我之前在杭州府不清楚，碧眠出什么事了？"

绮霞的神情黯淡了下来："唉，她为了救我，把手伤了，大夫说八成废了，以后怕是不能弹琴了。教坊嬷嬷怕失了摇钱树，收了个富商的钱诈她上花船……结果碧眠宁死不从，跳河自尽了，到现在尸身还没找到呢。"

卓晏也是叹息不已："碧眠的琴，在江南可是数一数二的，她去了，应天再也没有这样色艺双绝的美人了。"

绮霞想了想问："你不跟皇……提督大人说说吗？那几个嬷嬷太可恨，结果挨了顿板子罚了点钱，就这么逃过去了？"

"别开玩笑了，提督大人日理万机，哪有空过问一个教坊女子的事情？"

"可提督大人对人挺好的，当初也救了我啊……"

"那是因为阿南的嘱咐，否则，他这种九重天上的人，怎么可能顾及教坊司这种地儿的破事？"卓晏叹了口气，见绮霞听到阿南，情绪更加低落，便揽着她的肩膀安慰道，"放心吧，阿南本事大得很，她没事的。话说回来，你那个曲谱，有研究出什么东西来吗？"

"怎么可能呢，那莫名其妙的……"绮霞说着，扯着自己马面裙上的褶皱，看着上面交织的海棠花，忽然脑中灵光闪现，"咦"了一声，发起呆来。

"怎么了？"卓晏搡搡她。

"阴阳手法……红色的绿色的，可以组成图案，那么……减字谱也可以啊！"绮霞想着"董浪"对自己说过的话，眼睛一亮，转而对卓晏道，"你发现没有，减字谱中所有的字符，归纳起来只有两种结构，一种是下方包住，一种是下方开放。假如我们将包围结构的当成一点黑色，开放结构的当成一点白色，那是不是，也能组成一幅画呢？"

"咦？"卓晏疑惑地眨着眼，问，"你的意思是，那曲谱，不是用来演奏的？"

"那一片混乱，我试过很多次了，根本奏不出来的！所以，还不如换个角度看看，或许真的是有人将画面隐藏在了谱子当中呢？"

"阴阳手法？"

遵照朱聿恒的吩咐，一有了线索，卓晏立即奔去找朱聿恒，将这个猜测告知了他。

出乎卓晏意料，朱聿恒沉吟思索片刻，不是与他研讨可行性，而是先问："是谁提出的？"

卓晏挠挠头："是绮霞忽然想到的。"

朱聿恒便也不再问，屏退了卓晏及众人后，取出已经装裱在绢上的那片竹衣——毕竟，原来的竹衣实在太薄脆了，若没有依托，就算他手脚再轻，也差点让它破损。

按照包围和开放两种结构，他取了张纸小心地涂画各个点，将整张曲谱转化为黑墨和朱砂两种格子，填涂排列好。

然而，两种颜色凑在一起，依旧是杂乱的，看不出任何具体图形。

只是偶尔有一两条，似乎是山脉的走向，又有一两处是笔画模样，可整体看来，却像是被打乱了的图片随意组合，依旧是乱七八糟一片。

看来，就算拆解开了笛子，知道了里面的字如何分析，可不知道具体的分布数据，亦不可能将这幅画复原出来，挖掘出里面深藏的内容。

他将竹衣重新卷好，放回抽屉内。

到了此时，他倒也不急了。毕竟，这笛子与"山河社稷图"关系是否密切还是未知数，但等待他的渤海水城却是真真切切的。

他将竹笛放好，听到门口禀报，太子妃随身的侍女已到了殿门口。

朱聿恒迎到门口，看见母亲牵着幼弟朱聿堂的手，走了进来。

她神情略带倦意，妆容虽依旧严整，却也挡不住面容上透出的憔悴。

朱聿恒向母亲问了安，抬手轻抚朱聿堂的头顶，他却不自觉畏缩了一下，躲在了太子妃身后。

"堂儿受惊过度，这段时间一直吃不下睡不着的，见人就躲。我也担心他再出事，所以一直将他带在身边。"太子妃见朱聿堂如受惊小兽的模样，叹了口气，将他抱在怀中轻拍着，直等他入睡了，才小心地交到嬷嬷手中，让一干人都退下。

"你小时候啊，也是这样赖着娘，而且还闹腾，比堂儿更难哄。"太子妃朝他一笑，招手示意他与自己一起在榻上坐下。她抬手摸了摸儿子的脸颊，埋怨道，"回来了也不好好休息，你看看你，又清减了。"

"孩儿身体康健，忙一阵子不打紧的。"朱聿恒见她眼下微显青迹，眼带疲惫，便宽慰道，"倒是母妃要注意身体，堂儿固然需要看护，但您也得保重己身，免得父王与孩儿们担忧。"

太子妃摇头道："可怜堂儿小小年纪没了亲母，我若不多照看他，袁才人地下有知，怕也无法安心……也不知那凶手何日可以落网，告慰袁才人在天之灵。"

朱聿恒却道："唯有抓到了真凶，才能告慰，若是办了个冤假错案，怕是更加无法令亡者安息。"

太子妃端详他的神情，轻叹一口气，沉默不语。

"孩儿已看过了刑部的调查案卷。乐伎绮霞当时所招认的，是她因为眼睛有异，并未看清楚水晶缸后的一切。而刑部借此断定袁才人被刺客杀死是阿南编造的，怕是太过臆断。"

太子妃微微颔首，只问："可当时有能力在行宫内造成瀑布暴涨的，唯有她一人吧？"

"瀑布暴涨冲入殿中之时，阿南亦是救助了母妃的人。"朱聿恒道，"而且阿南是与我们一起看着袁才人坠水的，事后找到的遗体也已确认无疑。"

太子妃垂下眼，沉默了许久，才轻轻握住他的手，说道："但是聿儿，司南大逆不道，劫走重犯、屠杀官兵，哪一桩不是千刀万剐的罪行？更何况，袁才人与堂儿的事，如今所有的证据都指向她，三法司早有论断，怕是已难有翻盘余地。"

"不一定，苗永望之死已有新的线索出现，孩儿有证据证明，这几桩案件与她绝无关系。"

太子妃握着他的手收紧了，她攥着儿子的手，欲言又止，却终究说不出什么。

朱聿恒看着她的神情，终于明白了她的意思。

他慢慢抽回自己的手，紧握成拳，问："郐王？"

太子妃艰难地，却坚定不移地点了一下头："是。郐王咄咄逼人，东宫对他的忍耐已到尽头。此次东宫祸起，郐王来兴师问罪，正是咱们借此反击的最好时机。"

朱聿恒眉头微皱，问："什么时候？"

"就在前几日，这个局，已经在两京布下了。"

毕竟，要给圣上关切倚重了二十年的人重击，唯有以圣上隐藏了二十年的逆鳞。

至于最好的手段，莫过于让郐王与海外余孽竺星河扯上关系。

从这一点来说，他的爹娘应对迅速且果断，不但扭转了袁才人之死的被动局面，而且极有可能借此一举击溃郐王势力，再也不会有任何动摇国本的可能。

而反过来，若是他与阿南还牵扯不休，那么他爹娘对郐王的反击，就会落在他的身上。

他会成为跨越雷池、与前朝余孽纠缠不休的忤逆太孙，最终影响到父母在朝中的立身，甚至影响到整个东宫。

朱聿恒只觉得心口收紧，有些东西一直在往下沉去，却怎么也落不到底。

母亲的手轻轻覆在他的肩上，又缓缓移向他的面容。

她的儿子已是高大伟岸，可她轻抚他的鬓发，却一如抚摸幼时那个曾偎依于怀的孩童。

"聿儿，东宫同体，生死相守。这世上，唯有爹娘、你，还有你的弟妹们紧紧倚靠在一起，东宫所有人才能活出头，盼到云开月明的那一天。"

她哽咽微颤的声音，将朱聿恒那一直沉坠的思绪拉了回来。

"你……可要谨慎行事，切勿行差踏错，将整个东宫毁于一旦啊！"

紧抿双唇，他抬手覆在母亲的手背上，顿了许久，才缓缓说："儿臣明白。"

第十章

随风入夜

穿过三山海口，便越过了黄海与渤海的交界。

从深蓝的海驶入微黄的海中，船队进入山东地界。黄河带来的泥沙让渤海湾变得浑浊，也让人无法揣度它的深度。

如今山东动乱，民不聊生，海上自然疏于监管，更无巡逻戒备。

竺星河走上甲板，抬眼度量面前的路线。

他自幼在海上纵横，早已习惯了向着虚无的方向前进。遥遥在望的狭长半岛切入海中，洁白的海鸟翔集于海岛上空如云朵聚散，海风迎面，令他从容愉快。

或许是因为已经靠近陆地，一只蜻蜓从他的眼前掠过，斜斜飞向了前方。

在灼灼秋日之中，这只蜻蜓闪耀着青绿色的光彩，于碧蓝的天空飞舞，孤单又自在。

竺星河的目光追随着这只蜻蜓，唇角不由自主地上扬，手也不由自主地摸向了腰间玉佩。

入手只有冰凉的玉石质感，他这才恍然想起来，系在上面的那只蜻蜓，已经被顺天宫殿的大火所吞噬，又失落于朱聿恒的手中，再无寻回可能。

而阿南现在，又在何方呢？

面前的海洋变得格外空旷，他忽然觉得有些无趣，懒得再看。

头顶日光消失，是身后方碧眠撑着伞，轻移脚步过来帮他遮住阳光："公子别看现在入秋了，可日头还大着呢，前几日常叔下水游泳，竟被晒脱了皮。不如我帮您设下茶几，到日影下喝杯茶吧。"

竺星河点一点头，走到舱后阴凉处坐下。

方碧眠为他斟茶奉上。日光照得她白皙的手指莹然生晕，与白瓷的杯子一时竟难以分辨。

竺星河看着她的手，眼前忽然出现了在放生池时所见过的，朱聿恒那一双举世罕见的手。

阿南现在是不是与他在一起呢？

他闻着杯中暗涩的茶香，心里又升起一个怪异的念头——

阿南她，有多喜欢那双手？

耳边传来爽朗笑声，是司鹭带着常叔、庄叔等一众老人过来了。方碧眠手脚麻利地给众人一一斟茶，然后便说去后方船上拾掇点心，立即告退了。

庄叔看着她离去的背影，赞叹道："船上有了这个小丫头可真不错，伺候公子周到，又乖巧又懂事，一看咱男人有事情要商量，立马主动避开，绝不多事。"

常叔也道："可不是，我昨日下水晒脱了皮，又干又痛的，还是她帮我向魏先生讨了药送过来，不然咱们大老爷们哪想得到这些啊！"

"这姑娘贤惠大方，一点没有教坊司娇生惯养的模样，谁要娶了她，真是有福气了。"

竺星河轻咳一声，将他们的话头拉回来："庄叔，你此次上岸，有打探到什么消息吗？"

"有！刚收到了南姑娘的传书，她已去往应天，据说不日便要北上渤海，与我们会合了。"

竺星河眉宇微扬，道："这么快？让她不要那么毛躁，孤身一人在外，还是要小心行事。"

"这……南姑娘倒不是一人。"庄叔迟疑道，"她是随朝廷水军北上的，是此次被征召至渤海水下探险的成员之一。"

众人闻言都皱起了眉，唯有司鹭欣喜赞叹道："那敢情好啊，阿南毕竟是阿南，这么快就打入官府队伍之中，果然能干的人到哪儿都能混得好！"

"她如今是朝廷通缉的要犯，如此深入虎穴十分不妥。"竺星河虽面带不愉，但还是对庄叔道，"给阿南传个话，务必冷静，不要冲动。"

庄叔应了，又从怀中掏出一封信，郑重地递交到他手中，道："这是先行前往登莱探路的兄弟们收到的讯息，请公子过目。"

朱聿恒打开扫了一眼，神情变得凝重起来。

众人关注着他，而他放下信后沉吟许久，才道："青莲宗邀我们见面商谈大事。"

"青莲宗？不是最近在登莱闹得沸沸扬扬的那群乱民吗？"冯胜脸色大变，压低声音问，"究竟是何处走漏了风声，他们竟会知道我们来了这边？"

众人都是惊疑不定，庄叔则道："手下兄弟将这消息传递来时，我也很诧异，但对方似乎很有诚意，甚至愿意让我们选择地点相见。"

竺星河略一思忖，道："见一见也好，看看对方究竟掌握了我们多少内幕。而且渤海湾上也算他们的势力范围，我们拜会一下地头蛇，亦是礼数。"

他既做了决定，众人便应了，各自分工准备接洽事宜。

方碧眠手脚很快，已经蒸好茶点送了过来。只见碧绿的瓷盘中盛着十数只雪白天鹅，米粉捏成的身体蒸熟后半透明，显得晶莹可爱，甚至还有橘红的鹅头与鹅掌，栩栩如生。

等众人吃完点心散了，司鸶收拾着盘子，对竺星河道："阿南最喜欢新奇好吃的，她要是在的话，这一盘白鹅可不够她吃的……公子您说，她什么时候回来啊？"

竺星河啜着茶没有回答，只慢慢地转头回望南方。

碧波微风，长空薄云，阿南奔赴的方向，已经是他再也无法望见的彼岸。

日光下有青蓝的微光划过，是刚刚那只蜻蜓摇曳着薄透的翅翼，飞向了蓝得刺眼的海天，最终消失在大海之上。

应天湿热，午后时节似要下雨，蜻蜓低低飞于水面，红黄蓝绿，为这阴沉的天色增添了几抹亮色。

朱聿恒快步行过庭院，心中思虑着大大小小的事务之时，一抬眼便看见了在池苑之中飞翔的这些蜻蜓。

他的脚步慢了下来，身后一群人不明所以，也都随着他站在了这雕梁画栋的廊下。

他的目光落在这些蜻蜓之上，眼前似出现了那只大火中飞出的蜻蜓。

阿南向他讨要了好几次的蜻蜓，还留在他的手中。也不知出于什么心情，他就是不想把蜻蜓还给她——

仿佛这样，她就能永远是初见时那个鬓边戴着蜻蜓的普通女子，热心地为素不相识的渔民传授弓鱼技巧，就像一簇在水边与虫鸟为伍的野花，蓬勃而灿烂，年年常开不败。

他的目光追随着蜻蜓，放任自己的思绪在其中沉浸了一会儿。

可，母亲的话又在他的耳畔响起——

这个局，已经在两京布下了。

他眸中热切的光渐渐冷了下来，压抑住心口那难以言喻的悸动，正要转头离去，却听后方传来一阵急促脚步声。

"殿下，圣上密旨。"

圣上给南直隶传递消息甚多，但多是传给各衙门或东宫的，指定给皇太孙的，却并不甚多。

朱聿恒拆了火漆，一眼看到密旨内容，心口不觉猛然一跳——这是一份由拙巧阁出具的，关于司南的调查卷宗。

阿南曾与拙巧阁有过恩怨，最了解对方的莫过于敌人，因此圣上向拙巧阁垂询此事也是理所当然。

朱聿恒合上折子快步回到殿中，屏退所有人，将密旨仔仔细细地看了一遍。

拙巧阁对于阿南的情况讲述得十分详细。

她父母是渔民，出海捕鱼时为海盗所杀，五岁时她被公输一脉收养，十四岁出师后，因其超卓的天赋远超所有人，原定的十阶划分已不足以衡量她的能力，故被众人誉为三千阶。

那时她在海上相助竺星河，纵横四海未遇敌手，是他手下最得力的人才之一。

十七岁时她随竺星河回归故土，并按照她师父的要求，以海外公输一脉的身份，前往中原各个家族派系拜会切磋。

当时拙巧阁主傅准外出，拙巧阁在她手下连败六人。长老毕正辉见她如此嚣张，急怒之下出手失了分寸，两人陷入以命相搏的态势。最终毕正辉败亡于她手下，她也身负重伤突围逃离。

傅准回来后得知此事，在她逃亡的路上设下绝杀阵，终于将她擒获，挑断了手脚筋带回阁中祭奠死伤阁众。

然而司南竟与当年创建拙巧阁的傅灵焰有旧，并以誊写傅灵焰在海外传授的机关为借口，诱骗他替自己接好了手筋，并在伤势未愈、众人疏忽监视之时暗地制作逃离的物什，并在某夜消失无踪。

此后拙巧阁一直在搜寻她的下落，也派出过一些人阻截，但她狡黠机智，又通晓变装之术，因此一直未曾再度抓获。

转过了年，受伤的阁众伤势痊愈后，想起她时除了灰头土脸，大多只能悻悻说一声佩服；唯有毕阳辉一意要为兄长复仇，因此前次擒拿竺星河、抵抗司南时，他亲自率众前来，并且摆开与她不死不休的架势，最终死于竺星河手下。

至于竺星河，拙巧阁因未曾接触过，了解得比司南更少。只知道他在海外威名赫赫，他父亲的旧人中有轩辕后人，竺星河凭借自己的过人才智，少年时便习得了轩辕一脉的"五行决"，并将这千年来未曾有过寸进的算法推演翻新，自创出了更高一层，以五五算法破解天下所有山川丘陵、汪洋河流的走势流向，至此从婆罗洲一路开拓，挡者披靡，山海岛屿尽在屈指之间。

所以——朱聿恒的手，下意识地抚上了自己的心口，似乎可以感受到那几条崩裂血脉突突跳动的隐痛——竺星河的五行决，可以计算出"山河社稷图"的走向，并且他之前也确实曾推算出过顺天和黄河那两次灾祸。

在放生池上，竺星河曾说过，他的五行决需要阿南配合。

而阿南，她心心念念救竺星河，甚至可以毫不留情对他下手。

于理于情，这两人……都像是天生一对。

灼热的愤恨与冰凉的理智交织，朱聿恒的手下意识抓紧了密函，直至将这檀皮纸抓出了褶皱来，才慢慢放开手，盯着那上面的字。

被他捏皱的，正是"狡黠机智，又通晓变装之术"这一句。

他的眼前，恍然出现了那一日在船上，他看见"董浪"跃入水波的那一刻。

还有，在韦杭之命他更换衣服时，他眼中一瞬间闪过又立即被掩饰住的迟疑。

朱聿恒思忖着，将密函慢慢抚平，锁入抽屉之中，然后开门大步走了出去。

韦杭之看见他要出门，立即跟上。

但朱聿恒走了几步，却又停下了脚步，看了看天色。

要查验一个人，最好的时机，自然不是大白天。

只有在夜晚睡梦中，突如其来的变故，才会将一个人真实的本性彻底激发出来。

而且，他不相信有人会睡觉时还带着伪装，更何况是很长一段时间、每时每刻的伪装。

于是他低低地，以只有韦杭之能听见的声音，吩咐道："让薛澄光带几个阁中好手过来——越了解阿南的越好。"

月朗星稀，宵禁的应天长街寂寂，空无一人。

朱聿恒虽带了令信，但尽量还是避开了通衢，在巷陌之中欺近"董浪"居住的房子。

许是为了方便隐藏行踪，董浪并未居住在官府安排的驿站，而是住在秦淮河畔玄真巷的一处小屋，闹中取静，十分相宜。

韦杭之在周围转了一圈，并无任何异常，但见皇太孙殿下要潜入这小屋，他还是震惊了："殿下，您千金之躯，万万不可以身犯险！"

"这两三丈见方的地方，能有什么危险？你们在外面候着，若有情况，我会给你发讯号的。"

韦杭之稍一犹豫，还想阻拦，但朱聿恒已一手按在矮墙上，踩着石头缝纵身跃了进去。

站在门外的韦杭之只能示意所有人散开，团团在周围设伏。

东宫侍卫们无声无息散开，韦杭之听着里面轻不可闻的落地声，心中情绪复杂——他家殿下什么时候变成这样的？

为什么溜门翻墙这么熟练，甚至连落地的声响都控制得跟猫儿似的，这还是他记忆中那个矜贵沉稳的皇太孙殿下吗？

轻微的"叮当"一声，自阿南的枕下传来。

初秋暑气未消，她用的还是瓷枕。租下这个院子时她便考虑了下入侵者最适宜进入的角度，在砖下布置了几个空心铜扣。

此刻，想必正有人从她选定的方位进入，踏在砖上后触动了铜扣，铜扣牵动紧绷的细线，扣响了她瓷枕中的小铃。

虽然是极其轻微的声响，连身旁的绮霞都未曾惊动，但这声音一经入耳，阿南自然睁开了眼睛。

停顿了约莫三四息，小铃再度轻响了一下。

阿南微微一笑，仿佛看到了潜入进来的人在屏息等待片刻之后，确定周边没有任何动静，于是抬起了脚，使得受压的铜扣松开弹起，于是再度发出了警戒声响——

这可不是小猫小狗该有的动静。

她缓缓坐起来，悄无声息地将窗户推开一条缝隙，眯起眼向外看去。

明亮的月光下，她看见那条颀长而端严的身影。

他穿着黑衣，月光洒在他的身上，隐约勾勒出他的轮廓。哪怕深夜潜入人家，他依旧是那副凛然冷傲的姿态，未曾改变。

阿南忍不住皱起眉，低低地自言自语："小猫咪，你怎么又来了？"

身旁的绮霞发出意味不明的梦呓，翻了个身，鼻息沉沉。

阿南见她没醒来，又回头看小心翼翼穿过院子的朱聿恒，唇角扬起一丝微不可见的弧度——怎么，还想半夜来检查她有没有卸妆？可惜啊，她早有准备，不但涂黑了皮肤、粘了眉毛胡子、弄肿了颧骨，甚至还叫了绮霞过来陪睡！

阿言，惊不惊喜？意不意外？

她轻手轻脚地披衣起身，拉开抽屉取出一粒麻涩丸含在口中，让自己的嗓音变得低哑。

绮霞被她惊动，呓语问："怎么了？"

"我起个夜。"她低低回答着，想了想干脆往香炉中撒了把助眠的香，让绮霞睡得更好些。

胸口本就束着，她随意扎好衣带，出厢房在堂屋门后一张望，朱聿恒已经穿过院落，走到了门前。

阿南笑眯眯地往堂上一坐，蜷着身子揉搓自己的手指，活络筋骨。

朱聿恒在门口停顿了半晌，考虑着如何潜入这屋子。但最终，他似乎觉得已经到了这里，也不惮惊动她了，便拔出了袖中一柄薄薄的匕首，顺着门缝探进去，干净利落地向下斩断了门闩。

这匕首名为"凤翥"，与他之前的"龙吟"正是一对，一样的吹毛断发，无坚不摧。

门闩如同切豆腐一般，无声无息断成两截。长的那截尚挂在门上，短的则掉落于地，在暗夜之中，发出沉闷的一声响。

朱聿恒的心弦顿时绷紧了。

坐在椅子上的阿南则一动不动，依旧瘫在椅中，揉着自己的手指。

唯有她的一双眼睛，亮得如同看见猎物的猫儿，微微眯起，紧盯着那即将开启的大门。

在一片死寂之中，终于，朱聿恒警觉地倾听着周围的声息，然后抬起手，试探着推开了那扇门。

一片黑暗之中，他尚未看清堂屋内的情况，便只见无数朦胧光点扑面而来，迷离的光芒摇曳，一片辉光交织在他的周身，将他整个人彻底笼罩住。

朱聿恒自然想起了当初第一次侵入阿南住处时，那片洒落的荧光。

他立即闭了呼吸，纵身向内急跃，要脱离门口那片光华。

随他便发现，这荧光与之前的并不相同。这些荧光已经吸附在了他的身上，让他整个人蒙上了一层幽光，在黑暗之中，无所遁形。

随即，那被他推开的门关上了。

一片黑暗之中，只有他闪着微光，成为唯一凸显的存在。

在他看不见的黑暗之中，阿南托腮靠在椅子扶手上，望着他微微而笑。

朱聿恒从月下而来，眼睛尚未适应室内黑暗，耳听得风声急转，似有无数细小的东西朝着他攻击而来。

他侧身急避，察觉到那些东西似乎并不是什么利刃暗器，而是一条条细线，在他身边密集穿梭。

他不假思索，挥起手中利刃，向着面前这些纠缠的细线劈去。

可惜再锋利的刀也只能将缠上刀刃的那几束割断，万千细线在他发光的身躯边缠绕，就像蛛网笼罩住一只落单的萤火虫。

眼看交织的细线越来越密，他在黑暗中无从辨识之际，已经充斥了整个房间。

而他的短刃匕首削断了近身的几缕线后，正准备在黑暗的屋内先清理一遍，却忽觉双脚一紧，无数丝线缠绕，整个人骤然失去平衡，被倒提了起来。

朱聿恒反应极快，立即在半空中抬手去斩脚上的丝线，可惜他的手上刀上都沾染了荧光，被阿南看得清清楚楚。

她牵过旁边的线，利落地一拉一挽，朱聿恒的手尚未抬起，只听得耳边风声响起，整个人已经被倒提了起来。

阿南左右手不停，就像织女牵引无数织机，轻微的轧轧声中，屋内所有细线同时收紧，如同万千蛛丝喷薄而出。朱聿恒整个人被牢牢捆缚住，捆成了一只蚕茧，挂在了梁上。

阿南笑嘻嘻地站起了身，仰头看向上方一动不能动的他。

而朱聿恒俯瞰着下方黑暗中的她，虽然辨认不出她的身形容貌，但那熟悉的感觉和这熟悉的手法，他怎可能还确定不了她的身份。

只是阿南还要演演戏，声音听起来又诧异又惊慌："哪位贼老爷深夜至此？我租的这房子里有两台织机，我日间刚闲着无事将它拆解了在房中拉线玩呢，你怎么一头撞进线堆来了？"

朱聿恒冷冷道："你好大的胆子，放我下来！"

阿南仰头看着上方的他，想象这个一贯高傲的男人此时又狼狈又无能为力的模样，不觉笑着"啧啧"了两声。

他身上洒满的荧光已被重重缠绕的丝线遮盖，黑暗中只能依稀看见他的身躯，被捆缚住却依然是那严整的姿态。

这姿态让阿南的心中忽然掠过一丝不祥的预感——普通人被捆缚住之后，自然而然都会蜷缩起身子，下意识地会有一种含胸屈膝保护自己的本能。

可是他没有，他的身子，依旧是充满警戒的姿态，甚至手中的匕首都未曾脱落。

可惜身体的反应总是不如脑子快，阿南心念刚一转，朱聿恒身上缠绕的丝线已寸寸散落。

"你以为只有你知道房中有织机吗？可我连屋内有多少线，都已一清二楚！"

如一只从天而降的鹰隼，他向她飞扑而下，即使如今尚在黑暗之中，他亦已根据她声音的来源确定了方向，发出凌厉而注定无可躲避的一击。

阿南在心中暗自叫了一声不好，看来她是太低估这男人了。

真没想到，才区区数月时间，他便已不再是上次潜入她房中那个愣头青了。

可……就算她教导了他这段时间，他也不应该如此彻底地摸清她的手段。

他的身后，肯定站着什么人……一个充分透彻了解她、能根据官府的情报而迅速摸透她的人。

但情势已不及思索。到了此时，她避无可避，唯有抬手向旁边迅捷挥去。

黑暗中一抹流光倏忽闪过，卡住墙缝，机栝收缩之际，阿南的身形向旁硬生生横拉出三尺距离，脱开了他必中的那一击。

流光闪现，她的身份已无法隐藏，因此一经脱出他的攻势，她立即纵身跃起，扑向旁边的厢房，准备逃跑。

耳后风声突起，凤翥已连同缠绕它的丝线，向着她的脑后射来。

下手如此之狠，阿南在心里骂了一声阿言，唯有一个趔趄向前倾去，避开马上要穿透她脑袋的利刃。

凤翥扎入半开的门板，随着朱聿恒手一抖，半开的门被他一把带上。

而向前趔趄冲去的阿南，额头刚好撞在了被拉回来的门板上，黑暗中咚的一声响，痛得她眼泪都快下来了。

棋九步，听声辨位，分毫不差。

她恨恨地回头看朱聿恒，他已经脱开了缠绕在身上的那些细线，正向她一步步走来。

暗黑的屋内，他蒙着一层朦胧的幽光，宽平的肩、细窄的腰、修长的腿，以及以自然的姿势垂在腿边的，那一只握着利刃的手。

荧光勾勒出他那只手的细致轮廓，那紧扣着匕首护手的手指，那搭于匕脊的指尖，那因为力度而在手背上轻微突起的筋络，都被荧光忠实描摹，仿佛上天太过满意自己的杰作，而让他的手在黑暗中熠熠生辉。

朱聿恒已经来到了她的面前，抬起的凤翥对准了她，声音低缓："脱掉你的伪装，你已无反抗之力。"

"什么伪装？"黑暗中她的声音充满了疑惑，"我就是一个跑船的，又没招谁没惹谁，我伪装什么呀？"

朱聿恒冷冷地将匕首尖再往前凑了一点，几乎要抵在她的胸膛上。

"你以为负隅顽抗，我就会相信？"

"那你又怎么会以为，因为只是短暂的居所，所以我会只设一道机关护身呢？"

话音未落，就在朱聿恒心头一凛之际，手中握着的匕首已经微微颤抖了一下。

朱聿恒屏气凝神，想要将刃尖对准阿南。可惜他身上的肌肉开始僵硬，已经不听使唤。

阿南拍了拍手，捂住了自己的鼻尖，笑着朝他挥挥手："不然呢？你以为这些荧光只是为了在黑暗中标记你，让我更好地捕捉你吗？"

话音未落，只听得轻微的当啷声响，朱聿恒手中的凤翥已掉在了地上。

阿南一矮身，抬手要去拿，却发现面前一动，是朱聿恒抬脚踩在了凤翥之上。

"好吧好吧，留给你，小气鬼。"她抬眼看见朱聿恒软软坐倒的身影，以及在微光中死死瞪着她的那双眼睛，笑着收回了手，"那你告诉我，替你制订今晚应对计划的人是谁？凭着屋内原有的东西，就能料中我会如何设置防护机关的人，在这世上可不多见。"

朱聿恒紧抿双唇，用足尖将凤翥拨回自己手边，冷冷道："拜你所赐，我才进境飞快。"

说了等于没说，阿南知道他既然来了，必定有大堆的人在外面埋伏，自己已经身陷天罗地网之中，显然无法再伪装董浪，随他一起北上渤海了。

时间紧迫，她也无心再折腾朱聿恒，丢下一句"不敢，我董浪又不是小贼，哪敢教你妙手空空"一溜烟就回了房间，摸黑收拾起自己的东西来，准备立即逃离应天。

就在她扫理柜子里的衣服瓶罐，走到床头要拿银两时，耳边忽有风声响起。

阿南心中暗叫不好，抓起面前的银锭，下意识回手便向后方砸去。

凤翥寒光闪过，银锭被一劈为二，跌落于地上。在一片黑暗之中，全身依旧散发着朦胧微光的朱聿恒，已经欺近了她。

阿南立即抬手，想要射出臂环中的精钢丝网。

然而他们距离太近了，她又为了不让绮霞摸到，将臂环调整好后戴在了手肘上方。只迟了这电光石火的一瞬，朱聿恒已迅速抓住了她的手，将她狠狠压在了床上。

阿南的头撞在了瓷枕上，咚的一声，额头于今晚二度受创，痛得她忍不住叫了出来。

即使口中已经含了药，但这仓促的一声尖叫，依然难掩她原本的嗓音。

这声低呼让朱聿恒终于轻出了一口气，手下却更加用力，狠狠按住她的双手，将她抵在了床上。

阿南抬脚踢他，挣扎着想要摆脱他的束缚。

而他屈膝压在她的身上，抬起凤翥，将闪着寒光的刃尖对准了她的咽喉："你上次不是骗我吃下你的毒药吗？所以我亦受了你的教导，提前服食了万应解毒丹。"

阿南恨恨地盯着他，咬牙道："好啊，才被我调教了几天，你就以为自己会飞了，敢奴大欺主了！"

"哼……"朱聿恒将握着凤翥的手横了过来，抬起手指抚上她的唇，"终于承认了吗？你以为贴上了这撇胡子，我就不认得……"

"你们……在干吗啊？"

旁边传来绮霞迷迷瞪瞪的声音，随即，她揉着眼睛从床上坐了起来，推开了窗户，让月光洒了进来，照亮了床上纠缠的两人。

阿南和朱聿恒都僵住了。

这一番大动静，终于吵醒了在助眠香中甜睡的绮霞，让她醒了过来。

然后，她看见面前发着微光的朱聿恒，又看见被他压在床上动弹不得的"董浪"，再看见朱聿恒手中寒光四射的匕首，以及他正抚摸着"董浪"双唇的手，整个人都吓傻了。

足足过了三四息，绮霞才捂着脸尖叫出来："救命啊！歹人入室劫色啦！"

暗夜中，绮霞的尖叫声惊起了街坊四邻，更让候在外面的东宫侍卫们面面相觑，不知该不该冲进去。

韦杭之的手按在院门上，挣扎纠结，感觉自己遇到了人生中最艰难的一个抉择——进，还是不进？

殿下这大半夜的闯入民宅，难道……真的是要干什么出乎他们意料的事情？

还未等他做出抉择，门已经被从内一脚踢开。

一条黑影从门内仓促扑出，差点撞到了韦杭之怀中。

韦杭之下意识抓住了对方的手腕，要将其制住，却听门内传来他家殿下的声音："看好她。"

韦杭之这才发现被从院中推出来的，是一个衣衫不整的姑娘，他认得是教坊司的乐伎绮霞。

这么说，刚刚在里面大喊"劫色"的人，应该就是她了。

韦杭之黑着脸，示意她蹲到墙角，命令士兵们看好她。他抬头看向院中，小屋已经再度关上了门窗，窗缝后只透出几丝隐约的灯火，外面的人再未听到任何声息。

掩好了门，拨亮了灯，朱聿恒往屋内一望，发现阿南居然还倚坐在床上，揉着自己撞出一块红肿的额头，气呼呼地瞪着他。

他提着灯，冷冷回望她。可惜橘色的灯光不给他面子，纵然他脸罩严霜，可那温暖的光芒依旧让他的冷肃消散了大半。

"司南，你目无法纪、滥杀无辜，如今海捕文书已下，你居然还敢伪装潜入应天，是嫌自己的命太长吗？"

听他疾言厉色的喝问，看着他板着却未能板成功的脸，不知怎么的，阿南揉着自己的额头，靠在床头竟有了点笑模样："恰恰相反啊，我就是想活久一点，所以才回来的，不然，我怎么洗清自己的冤屈呢？"

"你有什么冤屈？大肆屠戮官兵、劫走朝廷要犯的人，难道不是你？"

"是我。可我对不起朝廷对不起官府，唯独没有对不起你。"她理直气壮道，"我早就对你提过，不要朝廷赏赐，只要换公子平安，甚至我在去放生池之前，还费尽心机调虎离山，希望你不要受到波及。你说，我从始至终，有没有做过任何伤害你的事情？"

朱聿恒没回答，只紧盯着她抬起手，将手腕上被牵丝剐出的伤口展示给她看。

那已经愈合却尚未褪去颜色的伤口，虽已不再有痛楚，但每每看到，却总令他的心口生出一种隐隐作痛的酸涩感。

暴风骤雨之中，她带着竺星河离去的背影，至今还在他的眼前。这是他此生遭遇过的，最刻骨铭心的背叛。

而阿南站起身走过来，抬手握住他的手腕。

朱聿恒心下涌起一股恼怒，下意识要抽回来，她却收紧了十指，说："别动，让我好好看看。"

她的掌心温度比他的手背要高一些，有几缕温热顺着他的肌肤渗进手臂，又顺着汩汩的血脉而上，令他的胸口都温热了起来。

一瞬间那笼罩在他耳边的暴雨声远去了，他僵直地抬手任她握着，只垂眼盯着她的面容。

灯光暗淡，她又染黑了皮肤，在一片暗沉之中，只有她异常明亮的眸子在浓黑的睫毛后闪出亮光，然后那双异常明亮的眼睛一转，看向了他。

"是手背上刮伤了，没有伤到筋骨。"她的指尖在他的手腕上抚了抚，心疼道，"幸好我当时把你绑起来了。不然的话，你这个死心眼肯定追上来拼命阻拦我，到时候不管是你伤了我还是我伤了你，我们都会难过的……"

朱聿恒将脸别开："什么我们，只有你。"

"好好好，只有我，谁叫我有情有义，而你冷血无情呢？"阿南将他的手放开，鼓起腮帮子有点委屈，"话说回来，我还没找你算账呢！你凭什么把袁才人和苗永望的死都栽赃到我头上？"

朱聿恒想要解释那并非自己的决定，但想到父母的处境，紧抿双唇顿了片刻，才僵硬回答道："你触犯朝廷法律，滥杀官兵，我绝不可能放过你。"

"西湖边救公子的事，我认罪，我伏法，我罪有应得随便你处置。"阿南一股脑儿全应了，利落地回道，"可是阿言，我对得起你，你却对不起我！一码归一码，你不能把别人的罪名扣到我头上！"

朱聿恒冷冷道："若你不服这些罪名，可以去大牢中与三法司好好讲清楚。"

"怎么讲清楚？三法司当时在场吗？他们对这两桩案件的了解比我深吗？他们知道问题关键点在哪里吗？"阿南一连串发问，脸上那些不正经的笑容收敛了，神情甚至显出一丝凌厉来，"你知道我逃出生天之后，又孤身回返是为什么吗？我冒险扮成男人回来又千方百计混进下水的队伍，难道我是因为舍不得杭州的美景、舍不得清河坊的葱包烩？"

朱聿恒没有回答，毕竟，他已经了解她要说什么。

见他只死死盯着自己，一言不发，阿南站起身，问了最后一句话："说吧，你要一个帮你破谜团、下渤海的董浪，还是要一个被通缉的死敌司南？"

朱聿恒依旧没有回答，只是那一贯坚忍不拔的眼中，闪过了些微犹疑。

"行，那就这样。你们泼在我身上的脏水，我会用自己的方式洗清的。以后我们青山不改绿水长流，就此别过！"

阿南等了他片刻，见他并无回应，她又张了张口，想说什么，但最终只长出了一口气，道："别看我刚刚一时疏忽被你制住，我现在要走，你和门外的人，绝拦不住我，告辞！"

说罢，她抓起自己打包好的东西，抬脚就向外走去。

但，还未走出两步，一只手从后方伸过来，将她的手臂紧紧地抓住了。

她低头看着这只紧握住自己的手，顿了顿后，转头看向朱聿恒。

即使在这么近的逼视下，朱聿恒依旧紧紧抓住她的手臂，没有任何松开的迹象。

灯光下一切有些恍惚，但他的手如此坚定地握着她，让阿南的心口微微一动，有一种未曾被辜负的欣喜涌上心头。

她丢开包袱，噘起嘴甩开他的手："干吗抓这么紧？"

朱聿恒沉默地将手松开了一点，目光落在她的包袱上，语气有些僵硬："之前，你曾救过顺天百万民众，这次大风雨也因为你的话，提前示警杭州府，避免了更大灾祸……"

"所以呢？"阿南偏转头看着他。

"所以，此次血海蓬莱或许也潜伏着一场大灾难。若确到了那一步，我希望你能将功折罪，守护渤海，佑得百姓周全。"

阿南抱臂扬头，骄傲道："放心吧，这天下能办得成这事的，舍我其谁！"

卓晏觉得，他的眼睛肯定有哪里不对劲。

为什么那个猥琐的董浪，居然受了皇太孙殿下垂青，成了寸步不离他左右的人。

"绮霞，那个董浪……"一群人站在苗永望出事的楼中，趁着大家复查当时现场，卓晏小心地用手肘撞撞旁边的绮霞，压低声音问，"他昨晚不是耍醉硬拉你去陪他吗？怎么一夜过去，小人得志了？"

"这……"绮霞看看"董浪"，再看看与他站在一起的皇太孙，面上神情痛苦，"我、我也不知道。昨晚殿下忽然过来找他，然后我就被赶出来了，不知道他们说了什么，总之……"

总之，她脑中至今还盘旋着睁开眼时那巨大的震撼感。

皇太孙压在一个男人的身上！

还低头贴着他说话！

还抬手摸他的唇！

此时此刻，绮霞的心中只燃烧着一个念头——阿南你在哪里？我好想给你通风报信，你知不知道你的阿言扭曲了！

屋内的朱聿恒瞥了绮霞一眼，见其他人都在门外，便低低地问正在查看青莲痕迹的阿南："那个绮霞，她的口风紧吗？"

"不紧，简直口无遮拦。"阿南一看就知道他想问什么，笑道，"但是放心吧，她又不是傻瓜，哪些话该说哪些话不该说，她分得清楚。"

朱聿恒"哼"了一声，忍不住又问："你一个假男人，怎么晚上还要找人陪睡？"

"错了，不是她陪我，是我陪她。绮霞接连遇到了意外，我怀疑有人要对她下手。"

"她一个教坊女子，会结下这么厉害的仇敌？"

阿南拍拍手站起身："你说呢？"

朱聿恒略一思忖："行宫里，她目击了什么重要事情？"

"不然，我也实在想不出她能有什么值得别人对她一再下手了。"阿南说着，将当日在行宫的事情又在心头过了一遍，然后一扬眉，看向朱聿恒，问，"你说，她在行宫时，有什么事情会令别人很介意并且记在心中呢？"

"白光……"朱聿恒心中与她所想一模一样，缓缓道，"在被刑部收押后，她其余的供词都与你一模一样，唯有问到高台上的情形时，她说被一道白光刺了眼睛，所以对台上的情形，并未看得像你一样清楚。"

"嗯，那道白光，绝对是凶手很在意的事情，值得关注。另外，关于白光的事情，绮霞应该只在刑部招供过，知道此事的人，并不多吧？"

"我会让人查探一下。"说到这儿，朱聿恒又忽然想起，面前这个提出疑问的人，正是本案已经被判定的凶手，而且，他的父母都坚信不疑，她是罪大恶极的女刺客。

见他神情有异，阿南也回过神来，朝他一笑："怎么，和海捕女犯合作，心里的坎儿还有点过不去？"

朱聿恒避开她的笑颜，沉声道："只要说得有理，哪怕死囚的话，该采纳的也可以采纳。"

见他底气不足地撂这种狠话，阿南扑哧一笑，正想回他两句，耳听得下方传来锣鼓声响，一派喜气。

她凑到窗边一看，下方有十几艘披红挂绿的小船正划过秦淮河，船上的人正喜气洋洋地向岸上的孩子们撒糖，引来一片欢笑声。

"咦，娶亲用船接送的，这可少见。"阿南见此间也没什么线索可供查探了，便迈出房门和绮霞一起趴在栏杆上看起了热闹。

朱聿恒也随她走了出来，看着她一副男人装扮却随随便便歪在绮霞身上，不由得皱起眉头。

绮霞也没个正经，毫不在意地抬手一指船头一个扎着红头巾的少年，惊喜道："是疍民啊，你看那个送亲的，不就是江小哥吗？"

阿南低头看去，江白涟站在船头，后方一群人正将一身红衣、头发用红缎子扎得紧紧的新娘拉出来。

岸边的人顿时轰然叫好："疍民要抛新娘了！这水面看来足有三尺，新娘这边敢抛，新郎那边敢接吗？"

　　疍民历来有抛新娘的习俗，娘家人这边将新娘抛去后，意为抛却心头肉，夫家将新娘接走，意为接到无价宝。女婿要跪在丈母娘前苦苦哀求，丈母娘还要当众训女婿，让他指天咒地才肯将女儿抛过去。

　　应天疍民不多，这般场面哪有那么容易见着，因此岸边所有人都聚拢过来围观，呼喝着欢笑着，一时热闹非凡。

　　江白涟被新娘娘家人请去抛新娘，大家信任他的身手，因此也不用牵系绳索保安全，直接便抱起了新娘。

　　船上花炮大放，招呼对面新郎做好准备。

　　新郎矮着身子，紧张地抬手准备着，生怕妻子掉入水中。虽然疍民无论男女都有一身好水性，但大喜的日子落水，以后肯定要遭人嘲笑一辈子的。

　　在火炮声中，江白涟双臂一展，那新娘身材纤细，在他手中如同一朵红云抛起，飞越过两船之间的水面，稳稳落向对面船头。

　　新郎一个猛扑，赶紧将妻子抱在怀中，可惜势头太猛，接到人后一个趔趄摔了个屁股墩，看起来倒像被新娘压在了船头一般。

　　众人看新郎抱着新娘爬起来，一溜烟跑回了船舱，忍不住个个鼓掌大笑。

　　在花炮声中，绮霞一边笑着，一边偷瞄了身旁的"董浪"一眼，心想，那新娘压新郎的姿势，和昨晚那一幕可真像啊……呸呸呸，乱想什么！为了小命，求求老天还是赶紧让自己忘了那一幕吧……

　　阿南哪知道她在想什么，指着下方笑道："嫁给疍民也挺有趣的，这对小夫妻以后肯定恩爱。"

　　绮霞白了她一眼："恩爱有什么用啊？疍民又穷又苦，你知不知道疍民的女人叫什么啊？大家叫她们曲蹄婆呢，因为她们一辈子都在船上，只能蜷着脚在船舱内睡觉，而且天天在水上，老了脚还会变肿变形，太惨了！"

　　"有情饮水饱，他们亦有他们的欢乐。"阿南说着，却见绮霞的目光一直在下方转来转去。

　　顺着绮霞的目光看去，抛完了新娘的江白涟正帮忙运送新娘的嫁妆去夫家船上。燥热的日头让他只穿了件无袖的衫子，日光晒得他黝黑的皮肤蒙上一层光泽，年轻蓬勃的躯体柔韧强健，起伏的肌肉线条煞是好看。

　　而绮霞目光游移，有时候看看水，有时候看看船，又有时候飞快地瞥一眼江白涟，立刻移开。

阿南笑了笑，忽然道："疍民不外娶的。"

绮霞"咦"了一声，诧异地转头看她。

"疍民男人只娶疍民女子，他们祖祖辈辈都严格遵守这个戒律，不然，外娶的疍民便会失去立足之地。"

绮霞看着她怪异的眼神，涨红了脸，结结巴巴道："废话！不、不然呢，哪有正常姑娘愿意去当曲蹄婆啊！"

阿南拍拍她的肩，笑道："我知道，你就更不行啦，就算你被人抛过去了，江小哥也没空接呀。"

"没空？什么没空？"绮霞诧异问。

"手没空，因为他急着拿扫帚呢！"

绮霞愣了一愣后，娇嗔顿时化作怒吼："董大哥你要死啊，不许再提扫帚两字！"

在纷纷扰扰的花炮与人声之中，江白涟似乎察觉到了什么，忽然在船头一仰头，抬眼看向了她们。

绮霞本是个没脸没皮的人，但此时被他一看，下意识便偏转了头，有点羞恼地轻踢了阿南一脚。

阿南却不以为意，笑嘻嘻地朝下方的江白涟挥手，喊道："江小哥，你今日英姿不凡啊，我请你喝一杯！"

江白涟见新娘被迎走后，也没他什么事了，便跟女方家的人说了一声，跳到了旁边自己的小船上，划到岸边来接阿南和绮霞。

朱聿恒见阿南连案子都不查了，提着酒兴冲冲跳上了江白涟的船，略皱了皱眉。

卓晏心思灵透，立即道："有酒无菜，喝起来没劲，我给他们带一点。"

他从酒楼里订了几个下酒菜，让伙计端着托盘，送到江白涟船上。

船舱狭小，阿南和江白涟盘腿坐着，绮霞正郁闷地闭嘴托腮，吸取了之前的教训，不敢在他的船上多说话。

看见卓晏送来的菜，阿南欢呼一声，把托盘用小板凳垫着，充当起了小桌。

卓晏一拂自己的罗衣下摆，在绮霞身旁坐下，笑问江白涟："江小哥，我带菜来，蹭点酒可以吧？"

"求之不得。"江白涟说着，给他满上了酒。

绮霞在旁边幽怨道："酒可以多喝，话可要少说，江小哥船上忌讳多，卓少你掂量着点。"

"在水上讨生活的人，自然得谨慎些。"卓晏与江白涟碰了一杯，又看向阿南，"董大哥是跑船的，想必与江小哥颇有话题。"

"江小哥的人生可比我精彩多了，我们正聊他出海捕鲸的事儿呢。"

卓晏唬了一跳，问："捕鲸？古人云，鲸鲵吸尽银河浪，又说那个鲲之大，不知其几千里也，那可是比山还高、比岛还大的巨鱼啊！"

"确实很大，但几千里是夸张了，我们当时围捕的那条，估计得有十来丈长，喷气之时声浪如雷，掀翻了我们好几艘船。"

卓晏不由得咋舌，问："如此危险，兄弟们几个人一起去的，又是怎么想到去捕鲸的？"

江白涟道："当时是拙巧阁领头，雇了沿海一带所有好手齐聚。我任先锋探路，董大哥的大舅彭叔率领三十六名飞绳手，我记得还有几个闽粤的大哥，那水性真叫了得！我们一共十八条船出海，结为罟朋[1]，飞绳系上铁钩，万标齐射，那鲸鱼在血浪中挣扎，虽脱不了钩子，但鱼尾拍得我们好几艘船身开裂，真是好生吓人！"

几人听他讲述捕鲸的事情，仿佛看到了那万分危急的时刻。

绮霞更是揪紧了衣襟。明知他如今就坐在自己面前，却还似担心他会出事般，目光紧盯着他不敢移开。

"那鲸鱼力大无穷，拖着我们的船在海上乱转，又钻入海底，十八条大船亦拖不住它的身躯。眼看我们一群人都要没命，彭叔向着后方料船疾呼，打手势示意大家弃了飞绳，赶紧逃命吧。正在此时，有一人从船舱中出来，走上船头，那动作似在撮口而呼……"江白涟回忆当时的情形，神情似有些恍惚，因情势太过危急，惊恐之中便有了些虚幻，他一时不敢确定自己的记忆，"那人清清瘦瘦的，站在颠簸的船头做了个撮口呼喝的动作。周围浪声太大，我并未听到他发出的是何声音，可那条巨大的鲸鲵不知怎的便重新浮上了水面，虽依旧在水中滚动挣扎，但幅度越变越小，最终筋疲力尽，无力反抗。我们十八艘大船一起往岸边划去，飞绳拖着身后鲸鲵巨大的身躯，身后东海化为血海……"

阿南听着江白涟的讲述，冷不丁插了一句："料船上那个人，就是你说在风浪之中撮口而呼制镇鲸鱼的，是拙巧阁的吧？"

---

1 罟朋：一种海上蛋民组织。集合十只左右的船只，使用同一张网，进行联合捕捞。

"应该是。我们其他人出海后都相熟了，事后你大舅和我们凑在一起时，也常说起当时，我们都想弄明白那人究竟是如何在这种险境之中喝制鲸鲵的，只是所有人都毫无头绪。其实我们也不知道拙巧阁要这种大鱼做什么，但他们给的酬劳丰厚，人人都很开心。"

"他捕鲸自然是为了鲸须啊！"阿南咬牙切齿，郁闷道，"真是我命中该有一劫！"

江白涟诧异地看着她："你和那人认识？他是谁啊？"

"不提了，反正我吃瘪了。"阿南笑了一笑，不知怎的有种疲惫从心底升起，她下意识地就往绮霞身上靠去。

卓晏抬手就将绮霞的肩揽过来，厌弃地将他搡开："董大哥，喝醉了就别往姑娘家身上凑了！"

"小看我了吧？我可是千杯不醉的量。"阿南笑嘻嘻的，故意想去抚绮霞的背，对面江白涟把托盘往她怀里一塞，说："得了，我也得去看看新郎官那边有什么要我帮忙的事儿了，这边先散了吧。"

阿南的手被他拦住，无奈只能接住托盘，若有所思地瞧瞧江白涟又瞧瞧卓晏，再看看面色微红似还沉浸在江白涟所讲的惊险故事中的绮霞，笑道："行，那我们下次再来听江小哥讲海上的事儿！"

行宫的瀑布依旧在奔涌着，为楼阁殿宇蒙上一层绚烂虹霓的同时，也带来了初秋难得的清凉。

重回行宫，站在左右两阁之间，阿南与绮霞都只觉恍然如梦。

唯有朱聿恒牢记正事，一到阁前便问绮霞："当日你说出来寻找阿南之时，曾经被一道白光灼眼，以至于后来未能看清刺客？"

"是，当时碧眠虚弱昏迷，我心里慌得不行，所以就去寻找阿南……"说着，绮霞一边回忆当时情形，一边往外走，在殿门外站定："就是在这里看到的！"

阿南查看四下角度，道："看来那白光绝不是瀑布的反光了。"

绮霞见她如此熟稔自然，诧异问："董大哥，你也来过这里？"

阿南干咳一声，把声音压沉："听殿下介绍过本案的基本情况。"

朱聿恒担心她露了马脚，等绮霞把一切都交代清楚后，便吩咐卓晏先带她下去休息。

阿南站在绮霞记忆中的地方，回头朝殿内望去，然后，她看到了几扇紧闭着的门窗。

她循着直线走去，来到窗前。那房间的殿基由巨石垒成，足有一人高，窗户更是伸手难及。

阿南转头问跟随在他们身后的行宫太监："当时这里是什么人在？"

那太监一看便道："这是行宫左殿的偏殿，直面瀑布。当日殿内混乱，女官们护着太子妃殿下在此歇息过片刻。"

阿南随口"喔"了一声，转头去看朱聿恒，却发现他望着上方窗户，又看向对面楼阁，神色略有古怪。

"怎么了？"她问。

朱聿恒摇摇头，将心中一些不应升起的念头强压下去，示意众太监宫女都退下，然后才道："你是朝廷海捕罪犯，只需尽心戴罪立功即可，其余事情，不必多想。"

"没良心！你怎么只记得我做过的错事，不记得我当初救了你、救了顺天，也帮了杭州的事儿啊？"阿南白了他一眼，"我当初豁命救你也没见你感激我，现在回来帮你也不见你感念我，我怎么这么贱呢？"

说罢，她郁闷地转身，大步走向了那间偏殿。

朱聿恒默然，只觉胸口血脉微微波动，类似于抽搐的微痛顺着"山河社稷图"贯穿他的身体。

她确实豁命救过他。

在顺天的地下，他身上的经脉被机关牵动而发作之时，为了让他清醒过来，她解开了他的衣服，帮他吸出了淤血——

从某种意义上来说，她是这世上，与他最亲密的女子。

心口的悸动似要冲破这些时日郁积在胸口的愤恨，将他整个人淹没，让他再也维持不住疾言厉色的表象。

他唯有竭力深深呼吸，压下心口的悸动，以免自己心口厚厚修筑的堤防被她攻破。

闷声不响的两人，一前一后踏入了那间偏殿之中。

行宫毕竟少人来，又只是片刻歇息的偏殿，因此里面的陈设十分简单。墙上挂着大幅祥纹织锦，靠墙放着一榻一椅。

床榻对面便是四扇长窗，窗下是供整妆的桌台，设了一面镜子一个妆盒，里面是空的。毕竟太子妃殿下随身女官必然带着妆奁，行宫提供的肯定不合用。

阿南在室内转了一圈，明明可以问朱聿恒的，却偏要去问太监："太子妃殿下在此休息，有谁进出过这里？"

"当时殿内一片混乱，殿下身边的女官都在正殿帮扶各家闺秀。再说此间狭窄，因此奴婢与侍女们都守在门外，不敢惊扰休息的太子妃殿下。"

"一个人啊……"阿南自言自语着，走到窗前，将桌上的镜子拿起来照了照。

镜子磨得很亮，她对镜摸了摸自己那两撇小胡子，又看了看正对面的右阁。

朱聿恒闷声不响，目光从镜子转向瀑布。

而阿南已将镜子放下了，指向九曲桥，说："我去对面看看。"

走出深殿，外面热浪扑来。他们在热辣的日头下走过玉带拱桥，来到右边殿宇。

"好热啊，这大热天的在外面简直受罪。"阿南出了一身汗，一边用手扇风一边抱怨着，就去桌上寻找茶具，想要倒一杯水。

出乎她的意料，桌上空空如也，居然没有任何茶壶茶杯。

她终于回头看向朱聿恒，腮帮子鼓鼓的，却不说话。

朱聿恒示意太监去取水来，目光盯着外面的瀑布，对着空气解释道："煮茶有炭气，肯定要远离寝殿。"

阿南白了这个别扭的男人一眼："要喝冷的呢？"

"宫中人手多，吩咐一声马上便能现做四季渴水。"

阿南心道，毕竟皇家风范，喝点水都要喊人，这也太麻烦了。

过了不久，外边茶水送上来，却还是滚烫的。

阿南吹着杯中茶，在殿内转了一圈，走到窗边望向外面。

窗户正对着瀑布，越过瀑布便是左阁那个门窗紧闭的偏殿。水光幻彩，琉璃屋瓦雕梁画栋，一片氤氲彩光。

阿南迎着水风感叹道："要不是袁才人离奇死亡，这里简直是神仙宫阙。"

坐在桌前的朱聿恒未曾听清，他望了望她，迟疑片刻，终于起身走近她，问："你说什么？"

"没什么，感慨而已。"阿南喝着手中终于不再烫的茶水，抬头望望瀑布，"这瀑布声响太大了，足以遮掩很多声音啊……对了，在殿内香炉撒助眠香的人是谁，查到了吗？"

"查到了。"朱聿恒皱眉道，"是袁才人身边的女官，香也是袁才人找人采买的。"

阿南有些诧异："是她自己？"

朱聿恒转头，示意韦杭之将当日殿中当值的太监宫女叫来。

其中一个年长的宫女道："奴婢们当日将殿内安置好后，袁才人便吩咐我们都退下，说太子殿下睡眠不好，略有声响便会惊觉。奴婢领着人出去时，看到袁才人身边的女官拿出一包香往炉内撒，袁才人看了看，让她再拆一包，说是瀑布声音太吵了，怕殿下睡不安稳。"

朱聿恒补充道："女官也已招供，袁才人为邀宠而擅自使用助眠香。"

阿南思忖着，又问那几个宫女："袁才人出门之时，你们曾听到声响吗？"

"瀑布声音很大，奴婢们候在门外，从始至终并未听到任何动静。期间怕茶水冷了，奴婢还送了一壶新的进去，当时殿下和才人都在安睡。但奴婢出来后刚将冷茶送去膳房回来，就听到大家说袁才人出事了，奴婢当时还吓了一跳，心说我刚刚进去时还毫无异样呀！"

听她这么说，阿南便将桌上的茶壶提起，又给自己倒了杯茶。

夏日炎热，茶水滚烫，她捏着杯子略一沉吟，又问："当时窗户闭了吗？"

宫女摇头："如此暑热，怎么会闭窗呢？这通天彻地的八扇门全都开着，可以直接通向后方瀑布。"

"好，我知道了。"阿南等这群宫人都退下了，才转头看向朱聿恒，指着对面的偏殿道，"我心里有个猜测，是关于这两个左右相对的阁内，两边都无人时发生了什么……你呢？"

朱聿恒紧抿双唇，没有回答。

他之前心中油然升起的怪异感觉，此时终于化成了可怕的预感。

左右两阁，白光，绮霞遭受的追杀，对阿南的仓促定罪，甚至阿南所不知晓的他幼弟的灾祸……都意味着同一件事情。

只是，这太过可怕的猜测，阿南不愿说，他也不愿接受。

他们沉默地站在瀑布前，雪浪般冲击而下的瀑布离他们尚远，但水风潜来，让朱聿恒扶在窗口的手上凝结了细小的水珠。

他的手因为收得太紧，上面有青筋隐隐显露，令这双举世无双的手增添了一丝不和谐。

阿南在心里默然叹了一口气，轻轻拍了拍他的手，示意他先不必担忧："别怕，或许这也说明不了什么。毕竟，我看见刺客杀袁才人的时候，你和你娘正在殿内呢。此案错综复杂，一定还有什么我们所未曾窥知的真相。"

朱聿恒没有应她，但终究还是慢慢地展开了自己的手掌，深吸一口气，道："我并不怕，因为我相信她。"

阿南便不再说什么，只指着瀑布，说道："还有，我要上去看一看这瀑布。毕竟，在出事前后瀑布的那两次暴涨，我真的很介意。"

瀑布从两山之间流泻而下，左右双峰高耸，十分险峻。

这座行宫是当年关大先生为龙凤帝所建的避暑行宫，在夏秋两季炎热之时，以水车牵引下方池水而上，顺着粗大的竹筒将水送到山顶蓄水池中，化成瀑布流下，用以消暑。春冬二季则停止引水，上方蓄水池水位降低，瀑布自然消失。

朱聿恒指派了负责检修水管的老兵带她上山。阿南对照着地图，沿着水车向上攀爬。

双峰陡峭，沿途是一节节粗大的水管，为了避开岩石及过于陡峭之处，管身亦非笔直而上，而是弯折成各种角度，曲曲折折，沿山而上，倒是让她有了攀爬上去的借力之处。

竹筒是当年关大先生设计，以类箍桶的手法拼接，每一根都足有两尺粗细。虽历经多年风雨，但只要稍加维护，依旧滴水不漏。

她随口问老兵：“这边一般多久检查一遍？”

“山顶上下往来不便，因此我等只每旬沿水管上来检查一遍。前次瀑布异常时我也曾上来查过，当时周围草木有被冲刷的痕迹，可能是池水暴涨之时殃及，其余并无异样。”

一路说着，阿南身体轻捷，不多时便攀上了崖顶，站在了蓄水池旁。

水池由条石砌筑而成，池水碧绿，周围长满了灌木草丛，郁郁葱葱青绿逼人。阿南拨开草丛看了看，有些灌木上有折断的痕迹，但因为过去了多日，已长出新芽，草丛更是早已恢复生机。

水池出口处拦着三层细格铁栅栏，以免有脏物随瀑布流下，污了下方水池。

阿南看了看，问：“这水里没有鱼吗？”

老兵“咦”了一声，诧异地探头看去，道：“不可能啊，这池中一直都有很多大小鱼儿的！它们原是顺着水管上来的，数十年来在池中逐渐长大，最大的该有一两尺了。因池水清澈，我每次上来清理杂物都会看见它们在水中嬉戏，并不怕人……怪事，怎么那么多鱼儿都不见了？”

“所有鱼儿都突然不见了？”阿南直起身，看着水池正在思索，忽听身后传来脚步声。她回头一看，朱聿恒已带人爬了上来。

她诧异地挑挑眉，笑问：“殿下怎么亲自爬山上来了？”

朱聿恒没回答，只示意韦杭之带着众人去守住崖下的通道，等众人都散开了，才压低声音，道：“我想……若你要检查机关的话，可能要下水。”

“真是想到一处去了，我正要下水呢。”阿南朝他一笑，见水池边已经只剩他们二人了，便抬手利落地撕下唇上胡子和加浓的眉毛，又从怀中掏出自己随身的东西，一股脑儿交到他手里，再脱了外衣丢给他，只剩了里面一件贴身的细白布衫："帮我拿着，我去去就来。"

朱聿恒下意识接住她丢来的衣服，抬眼看见她在日光下蹦跳着活动身躯，忍不住在她身后低低问："为什么？"

但他的话刚刚出口之际，阿南已经钻入了水中，潜了下去。

他望着碧绿水面的层层涟漪，下意识收紧了十指，紧抓住她残留的那些温度，仿佛这样便能抓住自己不愿承认的虚幻期望，哪怕只有一瞬。

这么竭尽全力，是为了她自己，为了绮霞，还是……如当初在黄河边、在楚家、在顺天地下一样，是为了他？

蒙在他周身的树荫清凉，怀中的衣服还留着微温。

池水中涟漪渐散，碧水如一块巨大的玉石镶嵌在遍布青苔的池壁之间，平静无声。

因为这太长久的寂静，朱聿恒的心口忽然掠过一丝恐慌。

这毕竟是关大先生所建造的机栝，阿南未经准备便贸然下去，若有个万一，她是否会被这深不见底的碧绿彻底吞噬？

——至少，也该在腰间拴一条绳索，让他能有一丝救她的机会。

他正想着，面前凝固般的碧绿哗啦一声，陡然动荡起来。

水下的波涛在不断起伏，阿南却迟迟未曾钻出水面，只看到暗流在绿色的水面下波动。

朱聿恒抱紧了阿南的衣服，大步走近水池，紧张专注地看向水面。

一瞬间，他脑中闪过要跳下去寻找阿南的念头，但未等这念头实施，水面泼剌一声，阿南的头已钻出了水面。

朱聿恒暗暗松了一口气，而她向岸边游来，抹了一把脸后看见站在池畔的他，脸上满是古怪的神情。

她抬手抓住池壁，半个身子埋在水下，抬头望着他欲言又止，却就是不肯上来。

朱聿恒以为她是脱力了，便俯下身，将自己的手递到她面前，示意要拉她上来。

阿南张了张嘴，顿了片刻，然后才有点艰难地说道："那个……你转过身去。"

朱聿恒疑惑的目光从她湿漉漉的脸上滑下，不自觉地看向了她隐在水下的身体。

她胸前的衣襟散开了。大概是在水下被什么东西扯住了衣服，原本束紧的胸部也散开了，半露的胸口在不断波动的水面下隐约起伏，让他心口猛然一跳，脸也热了起来。

他将怀中的衣服丢到了池边草地上，然后飞快地转过了身。

耳中听得哗啦啦的出水声，随后传来窸窸窣窣的声音，应该是她在穿衣服了。

朱聿恒盯着面前的矮树，竭力收敛心神。

却听后面的阿南搞了许久，终于叹了口气，郁闷道："阿言，来帮我一下。"

他转过身，一看见她的模样，顿时身体又是一僵。

她背对着他站着，夏日小衫面料轻薄，又在水中打湿了，她的背笼罩着日光与波光，仿佛只蒙了一层水雾。

他素来知道她身段柔韧修长，却不知道她的腰那么细，腿那么长，在湿衣和日光的勾勒下，简直令人目眩神迷。

胸口有股灼热的血一下冲上了脑门，他第一时间移开自己的目光，尽量悠长地深吸进一口气，又尽量平静地吐出，勉强抑制自己的失态。

而她却毫无察觉，指指自己背上松脱后又缠成一团的布头："你替我系紧吧。这东西在后背绞成一团了，我的手受过伤，那个角度我实在使不上劲。"

朱聿恒声音带着一丝喑哑："我给你拿件外袍，帮你罩住。"

"那可不行，那不是要被人发现我是海捕女犯了？"阿南苦恼地圈臂抱住自己，这个时候真恨不得自己胸小一点了，"行了，男子汉大丈夫别婆婆妈妈的，你就当自己还在冒充太监嘛，反正……"

反正她之前被他骗了，还牵过他、抱过他呢。

朱聿恒抿紧双唇，慢慢走过去，将那些缠住的布条解开，虚按在她的后背上，替她将乱缠的死结打开。

而她抬手将自己湿漉漉的头发抓起，免得被他束在衣带中。被她刻意染黑的肤色已经有些变淡，蜜色的肌肤上尤带水珠，修长脖颈上一缕未被拢住的发丝蜿蜒地贴在皮肤上，暧昧地钻入衣领之中，令他心口有种难抑的冲动，很想伸手顺着衣领滑进去，帮她将这缕发丝挑出来。

但最终，他的手只是按照她的指点，将她束胸的布条理出来，将两头交到她的手中，然后沉默地退后两步。

"唉，真没想到，我阿南上得高山下得沧海、进可袭营退可布阵，现在却没办法再摸到自己脊背了。"阿南一边哀叹着，一边用力将自己的胸裹好。

朱聿恒轻咳一声，道："我们下去吧。"

"等等吧，我先把衣服晒干。"阿南将头发解开，用手梳着发丝，对水照了照，"虽然有点狼狈，但这趟下水也算是有收获，你知道我在水下发现了什么吗？"

"水下有机关？"

　　"只是增强水势的一些小机关，其余没什么异常。不过我在条石壁的青苔上发现了几处刚被刮出来的痕迹，很长，略呈弧形。"

　　朱聿恒问："看得出如何导致的吗？如果水下没有被动手脚的话，那两次瀑布暴涨，刺客是如何做到的？"

　　"你猜猜？"阿南笑吟吟地朝他一扬下巴，"我下去的时候，看到池里的鱼基本全都消失了，只剩下几条小鱼。唉，这些可怜的鱼啊，我好同情它们哦，这可真叫殃及池鱼……"

　　朱聿恒没说话，只微皱眉头，显然不满她这说正事时东拉西扯的模样。

　　阿南是个挺不讲究的人，在灌木的阴凉处坐下，拍拍旁边的草丛，示意他和自己一起坐会儿："太阳这么大，你就这么站着，热不热啊？"

　　朱聿恒默不作声，看了她拍出来的草窝子一眼，终究还是在她身旁坐下了。

　　阿南示意他将东西拿给自己，对着水面粘自己的眉毛胡子，又用胶水在脸上涂抹，将自己柔和的肌肉走向拉扯得更像男人一点："阿言，我心里隐隐有个猜测，这个刺客，或许不是冲着杀人来的，而是冲着关大先生，甚至是……'山河社稷图'来的。"

　　朱聿恒问："何以见得？"

　　"我们可以从行宫下手拿到钱塘水城的线索，对方当然也能。而且，这个刺客对于行宫的布局和利用，比我们更为了解。当初我们因为袁才人的死与香炉中的羊踯躅，一直找错了方向，以为对方是来行刺的，可如今看来，或许对方只是想潜入高台，寻找什么东西，只是被袁才人阴差阳错撞破了。"

　　朱聿恒思忖道："可是高台上除了两个水晶缸与一套瓷桌椅，一无所有。"

　　"甚至现在水晶缸也被瀑布冲走了。"阿南苦笑着，想不明白便先抛开了，转而说了其他，"对了阿言，一直没机会告诉你，我这次回去，遇到一个名医，打听到了一些'山河社稷图'的事。"

　　朱聿恒心口微微一跳，没想到她抛下自己后，居然还关心自己的病情。他别开头，声音冷淡："什么名医，知道得比魏延龄还多？"

　　"你肯定想不到我找的人是谁。"阿南在心里暗自腹诽他那臭脸，又不得不好声好气哄他，"那是魏延龄的同门师弟，但是他比他师父和师兄都多了解一点，因为他出海了，而且在海外遇到了傅灵焰！"

　　阿南将魏乐安所言一五一十对他复述了一遍，见朱聿恒听到傅灵焰儿子的情况时，脸上虽然还笼罩着沉郁之色，但眼睛微亮了起来。

　　胸口那一直沉沉压着的东西，在这一刻终于有了消融的迹象。仿佛长久以来一直在黑暗死寂中独自跋涉的人，终于听到了彼方传来的声音。

他兴奋的心情，应该和她当初听到此事时一模一样吧。

"别忘了，关大先生和傅灵焰，都是九玄门的杰出人物。"阿南不由得朝他一笑，"关大先生设置的阵法会触发你的'山河社稷图'，傅灵焰又与'山河社稷图'颇有瓜葛，那么我们何不从拙巧阁下手，去查一查线索呢？"

按捺下心口的澎湃，朱聿恒强自镇定："所以现任拙巧阁主傅准是？"

"傅灵焰创了拙巧阁，取大巧若拙之意，摒弃门派之见，无论师从何门何派，皆可加入。她后来渡海而去，留下幼女继任拙巧阁，生下的孩子便是傅准。"阿南说到这里，一脸烦闷，"哎，我最崇敬的人就是我最恨的人的祖母，真是气死我！"

朱聿恒默不作声，似在思索什么。

"对了，朝廷现在与拙巧阁关系如何？我猜一定不错吧？"阿南说着，又白了他一眼，"不然的话，那天晚上你怎么可能对我的机关了如指掌，又那么迅速就解开我的迷药？肯定是傅准那个浑蛋领着拙巧阁，把我的底摸得透透的，全都卖给你了！"

朱聿恒并不正面回答，只道："普天之下莫非王土，拙巧阁既在我朝疆域之内，与朝廷合作绝无坏处。"

阿南绾好半干的头发，想了想，道："我想去一趟拙巧阁。"

朱聿恒口吻淡淡："你不是在傅准手上败得很惨吗？"

"难道因为落败过，我就一辈子绕着他走？"阿南噘起嘴，恨恨道，"我不但要去拙巧阁，我还要掀翻了它，不然对不起我在那里度过的伤心时日！"

"我不会让你去兴风作浪。"

"什么叫兴风作浪？你想都想不到，我手头可是掌握了拙巧阁干坏事的证据。"阿南扫了旁边一圈，俯身凑近他，低低道，"江白涟对我们聊起了他之前随着拙巧阁捕鲸的事，傅准他抬手间便制服了受伤暴怒的鲸鱼，你知道他用的是什么手法吗？"

她凑得太近，气息让朱聿恒的心口略微一滞："什么？"

"声音，听不见的呼哨声。"

朱聿恒睫毛微微一颤，想起了绮霞吹奏那支他拆解出来的曲子时，他们无法站立的情形。

阿南满意地看着他，说："反应很快啊阿言，一下子就想到了苗永望的死。"

不是一下子，而是我早就有了这方面的线索，朱聿恒心道。只是他心有芥蒂，并未与她探讨此事，只问："拙巧阁的人早就知道你擅长变装，你连我都瞒不过去，又怎么瞒得过那群老江湖？"

"怕什么？我之前变装都没人察觉到，就是这回不知怎么的，栽在了你的手上。"说到这里，阿南又有点好奇，问他，"对了，你是怎么发现我的？明明所有人都被我骗过去了啊！"

望着她紧盯自己的那双明亮眼睛，朱聿恒没有开口。

毕竟他怎么能回答她，因为她对他而言，是这世上最不同寻常的存在。无论她变成什么样，他都可以在茫茫人海之中，一眼将她和其他人分辨出来。

可惜……这世上对他而言最特殊的她，心中亦有个特殊的存在，可以碾压所有一切，让她在暴风雨之中抛下痛苦不堪的他，不惜一切地离开。

他的神情变得冷淡，语调也变得冰凉："头发干得差不多了吧？下山。"

"是是，下山。"阿南嘟囔着，拍拍屁股随他起身，觉得这个男人实在有些莫名其妙。

好好的，怎么说翻脸就翻脸啊？

"所以你会帮我去拙巧阁吗？"

"未必。"

说是未必，但第二天，阿南就拿到了朝廷发的腰牌与名帖，成了前往拙巧阁议事的一员。

"这个阿言，嘴上很硬气，行动很诚实嘛。"阿南满意地打听好了具体事项，开始收拾东西。

绮霞最近和"董浪"打得火热，听说他要出公差，便过来给他送了些点心果脯。

"出门不比在家，路上要是饿了，千万记得吃东西。"

"还是小娘子会疼人。"阿南笑嘻嘻地收下了，又看看她的气色，"最近身子怎么样？有继续喝药吗？"

"有呀，我可不能辜负董大哥您的心意。"绮霞扯扯裙子笑道，"近来已不再见红了。只是大夫说落下病根了，以后怕是子息艰难……嗤，我这种人哪需要孩子啊？倒省了我买避子汤的钱呢！"

阿南抚抚她的肩，心口愧疚，但又无法说出口，只道："养好身体最重要，你给我乖乖喝着！"

"行啊，反正你出钱，我当然听话啦。"绮霞笑着和她一起歪在椅中，两人嗑着瓜子闲聊。

七七八八闲扯几句，绮霞看着她的模样，忽然扑哧一声笑了出来："董大哥，你这歪歪倒倒蜷缩在椅中的模样，和我认识的一个人可真像。"

阿南自然知道她说的是谁，便逗她问："什么人啊？"

"是个挺好的姑娘，你别打她主意，她可不是我们教坊司的，保准让你吃不了兜着走。"绮霞白了他一眼。

阿南笑道："我哪有空打主意，现在就够烦恼了。"何况哪有人打自己主意的。

"你整天没点正事，还会有烦恼？"

"别提了，我得罪了一个人，现在努力巴结他，可热脸总是贴人家冷屁股上。瞧他那对我爱答不理的模样，真是好没意思。"阿南抬手揽住她的手臂，"你教教我，该怎么办才好？"

绮霞哑然失笑："我又不知道对方是什么样的人，又不知道你是怎么得罪他的，我哪知道你该怎么办呀？"

"那个人……"阿南想着他在激战之中指挥若定的模样，又想着他给自己当家奴时忍辱负重的样子，不由得笑了出来。

他啊，人前大老虎，人后小猫咪……

但终究，她只是说："那人吧，像只猫……你也知道猫是最难哄的。"

"这有什么，是猫咪你就上小鱼干嘛。"绮霞道，"你想想他有什么需要的、你有什么拿手的。要是他需要的正是你拿手的，那就再好不过了，有什么哄不好的？"

"唉，他需要的可没那么简单……"阿南缩在圈椅内叹了一口气，不知怎么的，就想起了昨日阿言帮她整理衣物的那一刻。

明明他动作那么轻缓，明明他们以前有过更亲密的接触，可他的手虚按在她背后的那一刻，她人生第一次觉得，有只猫咪在轻挠自己的心。

一贯厚脸皮的她，如今想想还有些后悔，不应该钻到石缝里查看池鱼的，以至于她要向他发出那么尴尬的求助——

现在的阿言，一定在心里暗自嘲笑她吧！

阿言并没有嘲笑她。

他沉坠在一个虚幻怪异的梦里。

黑暗之中，一双晶亮的深琥珀色瞳仁打开，呈现在他的面前。

是一只懒洋洋的黑猫，踱着缓慢轻盈的步伐，招展着那骄傲的尾巴，高高跃起，扑向了他的怀中。

朱聿恒不得不伸出手，将它托在掌中。

那触感又轻又软。轻得就像阿南在他的托举下跃向空中的身姿，软得就像她在机关中紧贴着他时那温软的触感。

不知不觉，他就抱紧了这只黑猫，而那只猫也变成了刚从水中钻出来的、湿漉漉的阿南。

她朝他微微而笑，而他也顺理成章地抬手轻抚她的发丝，就像在逗弄一只难以控制，却又格外迷人的猫儿。

耳畔又传来卓晏不知在何时说过的话——

"阿南姑娘看着像我娘养的那些猫，忍不住想顺一顺她的毛……"

于是，他顺理成章地低下头，用唇轻轻贴向她的面颊。

栀子花的香气淹没了他的神志，在大片的黑暗中，他猛然下坠。失重感让他的身体一颤，睁开了自己的眼睛。

眼前是黑暗的深殿，悬挂在檐下的灯发出的光亮暗暗透过门窗与纱帐透进来，香炉内的沉檀暗息飘散，取代了梦中的栀子花香。

简直是……不可理喻。

他想要挥开一直在眼前晃动的、甚至在梦中都出现的那条身影，想要将日光下她滴水的身躯赶出自己的脑海，可终究无能为力。

明知道她是前朝余孽势力，明知道她会毫不犹豫地背弃他，明明上次她以牵丝在他手上剐出的伤痕至今还未消退……

可就算他用繁重的公务赶走了眼前虚影，却依旧无法阻止她入侵自己的梦境。

长久以来，无论何时总是成竹在胸胜券在握的人，终于感到了无力绝望。

他竭力挥开心口郁积的情愫，不愿再沉浸在这难以言喻的思绪之中。

起身走出内殿，外面月朗星稀，明日又是晴好天气。

"杭之……"他低低唤了一声。

韦杭之上前听候他的吩咐，他却又停顿了许久，才终于下定决心，开口道："让瀚泓和长史安排一下，明日给我腾一天空出来。"

第二日卯初，阿南拿着官府名刺到桃叶渡一看，果然有拙巧阁船只在等待她。

她一登船便发现了韦杭之，他今日只穿了件普通皂衫，完全没了往日东宫副指挥使的气派。

见韦杭之用幽怨的眼神看着她，她眨眨眼，探头往船舱内一张，果然就看见了那条端严身影。

阿南敲了敲门，闪身进屋，抬头一看朱聿恒的模样，顿时笑了出来："阿言，谁给你易的容啊？丑死了！"

和她一样，朱聿恒唇上也贴了两撇胡子，眼睛被扯得略微下垂，往日那矜贵气质顿时一扫而光。

朱聿恒轻咳一声，道："杭之认为我与这种江湖人士打交道，还是别用本来面目好。"

"他的手艺够差的，看起来太假了，来，我帮你调整下。"阿南不由分说拉他坐下，将他按在椅中。

船只已经起航，入长江后顺流而下，直往大海而去。

在微微颠簸的船舱内，阿南翻出自己包袱中的瓶瓶罐罐，倒了些胶水，又从自己头上剪了些碎发，将他的胡子重新贴了一遍。

她的手落在他的肌肤上，带着些许温热，手中碎发贴在他的面颊上，带着些微麻痒，就像梦里他俯头贴着那只黑猫的感觉……

她就在他的眼前，不足咫尺，呼吸可闻。

朱聿恒的目光落在她的脸上，而她认真专注地在看着他，手指轻按在他的面容上，有种温热而麻痒的触感……

他紧抿下唇移开了眼睛，不愿再看这个女反贼。

垂下眼，他低低问："你平时的胡子，也是用头发粘的？"

"当然啊，就地取材，最好用了。"阿南用小刷子将胡子一根根刷好，满意地左看右看，将镜子递到他面前，"行了，这下再怎么细看也没破绽了。"

朱聿恒瞄了镜中的自己一眼，没说话。

阿南又问："这次你怎么也来啊？江湖很危险的。"

朱聿恒心道，别说江湖，圣上还曾飞鸽传书命他远离江海，可——

因为她在钱塘湾遇险，所以他不顾一切便带着人出海去寻她，将圣命抛在了脑后。结果现在出海如家常便饭，怕是回京要受圣上责备。

见他不回答，阿南又问："既然变装了，你这回是什么身份？"

"称我提督即可。"

好嘛，兜兜转转又回去了。阿南笑嘻嘻地摸着下巴问："提督大人大驾光临，有何贵干？"

朱聿恒瞄了她一眼，淡淡道："既然知道拙巧阁与'山河社稷图'关系非比寻常，我怎能不亲自来探看一下这闻名已久之处？"

"那你记得帮我个忙。"阿南见杆就爬，凑到他耳边低低说了几句。

朱聿恒听着，皱着眉头一言不发。

"怎么样，帮不帮啊？"

"你如今是朝廷罪犯，我网开一面许你过来，你就安安分分询问官府出具的问题即可，别再多惹麻烦。"

"什么叫惹麻烦啊，我还不是为了帮你？"阿南不满地嘟嘴，往船窗上一靠，道，"总之，你就说行不行吧！"

朱聿恒没回答她，只含糊道："等见了傅准再说。"

"哎，见不到他的，除非现在是皇太孙殿下亲临，不然他不会浪费任何时间。"

"浪费时间？"朱聿恒微眯起眼睛看她，像是要从她身上看出她与傅准当初的恩怨。

"算了，不提也罢……"阿南嘟囔着垂下眼，目光扫到了他的手，"咦，我给你的岐中易呢？我离开后你就偷懒不肯练了？"

朱聿恒垂眼望着自己的手，抿唇沉默片刻，然后道："我已经将那支笛子解开了。与你所想的差不多，里面确实用金漆写着东西——你应该也在绮霞那边看到拆出来的部分内容了吧？"

"真的？那笛子内的东西，这么快就被你拆出来了？"阿南震惊了，下意识地抓起朱聿恒的手，又激动又艳羡地打量着，脱口而出，"阿言，我就说吧！你的手加上棋九步的能力，假以时日，你必成传奇！"

她的手将他握得那么紧，像是握住了什么宝物，不肯放手。

朱聿恒望着她眼中的狂热，不知怎么的，他对自己的手升起了一种莫名的、令他自己也觉得怪异的嫉妒感。

而更令他忧惧的，是她握着他的手时，令他心旌无法停止的摇曳悸动。

"拉拉扯扯，成何体统。"他冷冷地从她掌中抽回自己的手，"出去。"

阿南"哼"了一声，郁闷地收拾自己的东西："刚用完我就一脚踢开，过河拆桥！"

长江入海口一带，千万年来泥沙堆积，形成长长的沙尾，涨潮之时大多隐在水下，退潮之时呈现为大片沙洲。这些大小沙洲造就了大大小小的岛屿，其中最大一座，被太祖赐名为"东海瀛洲"。

拙巧阁便坐落于这江海交汇之际，水天一色之处。

此次去拙巧阁，是朝廷要探索渤海，因此过来借调人手，帮助共破水下城池。

早已习惯了船上生活的阿南，一路和船工们说说笑笑，尤其江白湅也在雇佣行列，倒也不寂寞。

　　见快到饭点，阿南便取出绮霞送的点心分发给大家，也给江白涟递了一份。

　　江白涟看着他手中那包点心，迟疑了下，默默拿出自己箱笼中的一包，和她手里的一模一样。

　　"咦，怎么和绮霞送我的一样？"旁边传来卓晏的声音，他在船舱待得有点不适，正吃着果脯，扶着栏杆出来透气。

　　看着三人手中一模一样的点心包，阿南不由得哈哈笑了出来。

　　江白涟有点恼怒，将点心丢回了藤箱，不肯再吃。

　　卓晏则撇撇嘴，见阿南喜欢吃桃酥，便挑出自己的桃酥跟她换了块柿饼，只是神情未免有点郁闷。

　　前方入海口出现了一抹绿色，是瀛洲快到了。

　　众人都各自收拾东西，唯有阿南靠在栏杆上，望着那渐渐呈现轮廓的岛屿，唇角浮起一丝笑意："好久不见……没想到吧，我司南又杀回这块伤心地了。"

　　阿南猜得没错，即使踏上了拙巧阁的地盘，傅准也没有出现的意思。

　　与官府相熟的薛澄光正在应天筹备去渤海的事宜，此次阁中负责出面接待的是个顾盼生辉的美人，眉眼与薛澄光长得颇为相似。

　　"各位贵客光临蔽阁，有失远迎。"美人落落大方，目光在众人身上转过，唯独只在朱聿恒的手上多停了片刻，朝他嫣然一笑，道，"在下坎水堂主薛滢光，略备薄酒以表心意，请诸位随我移步。"

　　拙巧阁建于瀛洲旁的小岛之上，正是江水与海水汇聚之处，移步间随处可见水景。前头芦苇掩映幽深，转个弯便见辽阔海面广袤无垠。一座座精巧楼阁建筑于水上，以形态各异的桥梁相接，耳边尽是潺潺水声，处处都是烟水迷蒙，绝似传说中的仙山海岛。

　　这景象吸引了几乎所有人的目光，唯有卓晏这个花花公子的注意力全在薛滢光身上。他紧走几步跟上她，笑着搭话问："不知薛姑娘与另一位坎水堂主薛澄光兄弟是何关系？"

　　薛滢光见他发问，微微一笑，转头对众人解释道："薛澄光是我兄长，我们同时出生，是双胞胎兄妹，因此自小一起学艺，长大了也一同执掌坎水堂。"

　　说罢，前方已到了一条河沟之前。池中水草柔曳，对面沙洲之上却是孤立的一座楼台。

　　薛滢光示意众人小心，抬手便朝着对岸拍了两下手。

　　楼台上早已设好了宴席，对面的人听到击掌声，立即推开身旁栏杆。

只听得耳边水声激荡，对面楼台的绿竹栏杆随着水声缓缓打开。栏杆横斜，竹条向着这边延伸而来，栏杆片刻间变成了一座小小的竹桥，凌空自建，架在他们面前，形成了一条通往楼阁的道路。

众人面露赞叹之色，在薛滢光的带领下踏上小桥。

阿南探头往桥下一望，不动声色地抬手撞了撞身旁的朱聿恒。

他随着她的指引看去，只见隐藏在葱郁草丛之中的，依稀是一根与行宫水管颇为相似的竹筒。

"这水被引到楼台旁又喷出，里面的机栝被推动之后，自然能引动栏杆变换形状。"周围都是拙巧阁的人，阿南只压低声音简短解释了一句，问，"这机栝，眼熟吧？"

朱聿恒略点了一下头，轻声道："与行宫的应当出自同一人之手。"

顺着小竹桥，众人走到对面楼阁之中。

阁内已设下了果点，薛滢光邀请他们入座，互通了姓名之后问："前日接到官府书信，说有要事相商，不知蔽阁可于何处效劳？"

卓晏瞄瞄朱聿恒，见他没有开口的意思，只能赶鸭子上架，道："自然是为渤海之事而来。这是令兄要求调配的下水物什，请薛堂主过目。"

他从袖中取出单子递上，薛滢光接过扫了一眼，道："这些物什弄起来颇为麻烦，怕是得一两天时间……奇怪，怎么还有鲸脂？他要这东西做什么？"

卓晏哪知道这是干什么用的，正在迟疑间，朱聿恒开口道："这是官府为另外一事所求。近日应天拟为贵人营建陵墓，墓中要放置一对长明灯，灯油自然最好用鲸鲵脂膏。听闻贵阁曾下海捕鲸，所获颇丰，不知是否还有鲸脂积存？"

薛滢光摇头道："我们上次捕鲸也是一两年前的事了，如今已再没有了。"

"若是我们邀贵阁相助，同出东海捕鲸，是否可行？"卓晏上次是直接听到江白涟说起捕鲸之事的，赶紧接过话茬，"姑娘是坎水堂主，想必江海纵横，来去自如，猎捕几条鲸鲵肯定不在话下！"

"不必捧我，此事我可没把握。"薛滢光拂拂鬓边发丝，朝他一笑，"朝廷若真有这个意思，那我便代为询问阁主，看他是否有空为朝廷效劳吧。"

朱聿恒看见阿南朝自己眨了一下眼。他自然知道她的意思是"只有傅准会那种手法，苗永望的死跟他脱不了干系。"

薛滢光再不提此事，几个年轻弟子上来殷勤劝酒，盛情款款频频举杯，水阁内一派热闹情景。

四周烟水环绕，水声淙淙，席上酒香袭人，宾主尽欢。"董浪"很快就醉了，酒了一身的酒，瘫在椅中烂醉如泥。

众人看着她的模样一脸无奈，向薛滢光告罪，借了间屋子，朱聿恒亲自将阿南扶到屋内去。

等房门一关，阿南一骨碌爬起来，将外面衣服一脱，塞进被子里装出鼓鼓囊囊似有人睡在里面的模样，对朱聿恒道："这里就交给你啦，要是有人进来就帮我遮掩一下。"

朱聿恒见她里面穿的衣服与拙巧阁弟子的差不多，知道她来之前早已准备好，便问："你设计潜入阁内，要去找什么？"

"几个数字而已。"阿南朝他一笑，将自己的头发重新扎好，绑上拙巧阁式样的发带，"你从笛子中拆解出来的那串减字谱，要是不拿到排列数据，如何能组成一幅正确的山河地图？"

朱聿恒默然抿唇，而她已利落起身，紧了紧自己的衣袖，朝他一挥手："稍等一下，快的话我半个时辰便回来了。"

"别太莽撞了。"他忍不住出声道，"你之前曾失陷此处，这次又何必只身冒险？拙巧阁与朝廷交往不少，或许以朝廷的力量施压，他们会愿意交出那串数字？"

阿南朝他一挑眉："朝廷出面索要，到时候有心人稍微推断一下，不就知道你身中'山河社稷图'了？朝堂上下针对此事会起多少波澜，你自己心里没数？"

朱聿恒自然知道，要是朝廷出面了，那么就算做得再隐蔽，世上也没有不透风的墙，更何况，他的叔父郏王还虎视眈眈待在应天要持东宫长短，绝不可能轻易放过此事。

见他一时无言，阿南也并不等待他的回答，只朝他一扬唇角，用口型说了"等我回来"四个字，右手轻挥，流光勾住窗外树枝，她借着反弹的力量转眼跃出了院墙，消失在外面青葱的芦苇荡中。

芦苇茂盛无比，高过人头，如同一层青纱帐遮住了面前的世界。

在根本没有路径的地方，阿南却凭着自己以前摸熟的方向，东一拐西一转，很快便踏上了一条通畅的"道路"——正是那些输水的巨大竹筒。

拙巧阁虽然在江海汇聚之中，但周围海水交汇，是既无法饮用、又无法灌溉的咸水。所以这氤氲仙岛上其实有两种水，一种是包围着沙洲的海水，一种是纵横交错的沟渠中流淌的泉水，来自岛上日夜奔涌的玉醴泉。

千山拜昆仑，万水归沧海。沿着竹筒逆溯，便是岛的最中心，烟云最盛之处。

前方芦苇荡逐渐稀疏，阿南冲出这绿色的屏障，跃上了一条柳荫道。

她小心地避开偶尔出现在道上的几个弟子，免得他们对生人起疑。等走到柳荫尽头，她拐了个弯，大片鲜艳夺目的颜色顿时涌入她的视野之中。

夏末秋初，面前是曲折的花径。所有花朵抓住最后的时机，过分灿烂如同豁命地盛开。

在霞彩锦缎般的群花之中，万千潺潺流水从正中心的楼阙高台下喷涌而出，流泻于下方池苑。

阿南透过万道绚烂的水纹霓虹，盯着最高处的律风楼看了一眼。

那里依旧门窗紧闭，一如往日般无声无息。

可她不知为何，后背不自觉便沁出了一丝冷汗，仿佛在暗夜之中跋涉的旅人，明明周围无声无息，亦能察觉到逼近的危险。

她深吸一口气，对自己说，阿南，不要害怕。你是纵横天下难逢敌手的阿南，就算从三千阶跌落，就算面对你此生最大的敌人，你也未尝没有一战之力。

她一定要拿到拙巧阁中的那串数字——她得让阿言解出那支笛子的秘密，揪出杀害苗永望的真凶，洗清自己的冤屈。

她也希望能从拙巧阁这边下手，查到关于"山河社稷图"的秘密，帮助阿言逃脱这迫在眉睫的死亡。

还有，公子一定能借助这串数字与阿言的那张地图，以他的五行诀推断出"山河社稷图"具体的分布。到时候，这或许能成为公子与兄弟们的护身符。

她定了定神，将所有的杂念抛诸脑后，顺着花径与流泉，向着正中间欺近。

拙巧阁所有屋宇都建筑于沙洲之上，下方打下众多长达一两丈的巨大木桩。处理过的木头"干千年、湿千年"，在海上撑起了这些华美的建筑，历经数十年风雨，依旧如绚烂仙宫。

因为是纵横沙洲，外人不熟悉路径必定迷路，再加上阁内机关重重，因此防守戒备并不森严。

阿南欺近了高阁，仰头看向上面悬挂的"东风入律"牌匾。

周围水声清淙，花香四散，一片安静。

她努力回忆着当初傅准与自己探讨拙巧阁布局时，曾经说过的话——

"艮其背，不获其身。行其庭，不见其人。"

艮居东北，背山之势，正是最宜藏纳之处。

她的目光落在律风楼东北侧，那里是一座不起眼的厢房，门上挂了一把很普通的锁。

她正在看着，忽听得后边传来脚步声，便立即抬头观察了一下周围，确定柱子与墙壁刚好是个死角，便立即射出流光勾住檐角，一个折身跃了上去，将身躯藏匿在了角落之中。

只听得足声渐近，两个阁中弟子拿着扫帚过来，扫走庭院中的落花与枯叶。

阿南见他们动作缓慢，心下有点着急。而年轻的那人心不在焉，一边扫一边扯着咸淡："你说，咱们从来不打扫屋内，里面要是落满灰尘怎么办？"

"阁主都说了，这屋子天底下能进去的只有他一人，其他人进内非死即伤。你冒这个险干吗，少点事情不好吗？"

"这倒也是……但让阁主亲自打扫，总觉得……"

两人声音渐远，转到后方打扫去了。

阿南轻吁了一口气，确定四周没人了，纵身落在门边，抬起手指，用指甲在锁上轻叩了几下。

这锁的内在和外面一样普通，都是她拿根牙签就能捅开的货色。

她弹出臂环上的小钩子，将那个门锁打开，闪身到一旁，将门悄悄掀开一条缝。

里面无声无息，并无任何动静。

阿南朝里面一探，整齐铺设的青砖地上，列着几排多宝格，隔开内外室。内室影影绰绰似有几个更大的柜子，但里面垂着帐幔，又被外面的架子遮住，看不分明。

但阿南心知绝没有那么简单，想着那两个弟子说的"天底下能进去的只有他一人"，她眉头微皱，略一思忖，便蹲在门槛外，抬起手指将门内的几块青砖都叩击了一遍，倾听敲击的声音。

青砖的下面，果然并不是实心的土地，甚至回声很不均衡，敲击声在虚空中微漾。

"可惜，要是阿言在的话，肯定一下子就能听出青砖下面的大致结构。"

而她对声音的分析没有他敏锐，但对傅准及其机关手法的了解，却比任何人都深透——为了方便自己一个人进出，傅准很有可能在地下埋伏了一个天平构造。

换言之，机关会随时衡量踏入者的体重，若与傅准的区别超过一定范围，那么机关便会立即发动，将擅入者格杀。

"但也不对啊……"

就算傅准的体重确实轻得异于其他男人，但拙巧阁女弟子中也不乏身轻如燕的，若有个体重与他差不多的女子进内，岂不是白费心思了？

除非，还有另一个特定的，姑娘做不到的地方……

她看向那些低垂的帐幔，猜测着或许应该是身高。毕竟，就算有姑娘与傅准差不多重量，但正好与他一般高的却是少之又少。

原本这确实是个省时省力的机关，对于经常需要出入此处的傅准来说，不必每次都开启关闭，确实方便易行。可惜，只要猜透了他的心思，掌握了阁中机关的诀窍，她破解起来就易如反掌。

扳下横梁上的两块雕花，将它们绑在鞋底垫高，阿南又捡了几块石头掂量着重量，参照自己对傅准的印象，估摸着自己现在和傅准的高矮轻重差不多了。

——毕竟一个人早晚的重量都会略有差池呢，藏在青砖下的机关又如何能太过精确？

将几块石头揣进怀中增加体重，她推开门，踏了进去。

站定在青砖地上，她顿了一顿，确定脚下机关没有发动后，才按照记忆中傅准那轻飘的步伐，一步步向着多宝格走近。

那上面陈设的都是些瓷器古玩，看起来价值不菲，但绝非她想要找的东西。

阿南越过帐幔，走向了后堂。

头顶的帐幔刚好堪堪从她的发上拂过，轻微的"咔"一声，帐幔移动了半寸便飘回，传来了令她安心的卡回槽中的声音。

她轻舒了一口气，走到后堂的柜子前，打量它的柜门，思忖着如何下手。

避开正面，她准备以流光勾住柜门，将它扯开。

但就在一侧身之际，她看见了悬挂在帐幔之后的一幅素绢卷轴。

宫阙殿阁之中，一个女子左手支在石桌上，右手持着一管金色竹笛，神情散漫，若有所思。

那女子容貌极为艳丽，依稀与傅准有几分神似，眉心如同花钿的火焰刺青更让阿南确定了，这就是创建拙巧阁的傅灵焰年轻时的画像。

而她手持的金色笛子，大概就是楚元知当年奉命去葛家夺取，最终被阿言解开的那一管了。

阿南自小仰慕傅灵焰，此时不由得敛息静气，双手合十向她默默低了一低头。

就在垂眼之际，她看见了画像上落的款：龙凤二年七月初六御笔以贺芳辰。

原来这是龙凤帝亲手画的。

心念及此，她脑中忽有什么东西闪过，正在她努力想抓住这缕念头之际，忽听得身后有清泠而缥缈的声音传来："既然潜入阁中行宵小之事，又何来面目对我首任阁主行礼？"

阿南这一惊非同小可，转身脱口而出："傅准？"

身后空无一人，被她掩上的屋门纹丝未动。

就算是傅准，他也绝不可能无声无息地从门缝里进来吧？

头顶似有风掠过，阿南警觉地抬头，原来是高悬的帐幔无风自动，缓缓飘拂。

那飘飞的帐幔后，出现的是中空的铜管，联想到刚刚傅准那略显缥缈的声音，阿南顿时醒悟，这只是他在其他屋子的传声，其实他并未靠近这屋子，只是提前喝止而已。

心念急转间，她看向屋子四角悬着的弧形铜镜，这镜子她当年也有一组，在阿言刚刚来到她的身边时，她还曾经利用多重折光反射，用它监视过外间的一举一动。

所以，傅准现在还在别处，在镜子一再反射之后，他应该也不可能凭借那模糊的身影辨认出伪装后的自己。

心念至此，她立即要拔身而起，趁着这个空当逃离。

可还未来得及动作，只听得轻微的"咔咔"声连响，是门窗封闭的声音，随即她脚下一震，所有的青砖顿时翻覆。

阿南立即纵身向上跃起，在失重前一刻抓住上方帐幔，折身翻上了屋梁。

但对方显然早已知晓她会如此反应，"嚓嚓"声响中，帐幔忽然全部碎裂。是上方的机关启动了，四面利刃旋转，阻断了上方所有容身之处。

阿南臂环疾挥间卡住横梁，双脚蹬在柱身上，斜斜稳住了身躯。

见她居然在半空中险之又险地悬住了身躯，避开了上下两处危境，铜管中传来了傅准低低的"咦"一声。

但随即，横梁上旋转的利刃便向着她所在之处聚集过来，双面相对的尖利薄刃因为在空中飞旋，变成一团团雪亮的残影，如电光飞逝，在她的身畔呼啸闪过，一旦触到便是血肉模糊。

阿南闪身急避，利用流光顺着柱子转了一圈，耳听得呲呲声不绝于耳，柱子被擦过的利刃绞得木屑横飞。

她将背抵在柱子上，避开那些利刃的同时，急切寻找可供她脱离的死角。

未等她瞥到蛛丝马迹，只听得耳边咻咻声不绝，那些旋转的利刃就如长了眼睛似的，绕过柱子直冲她而来。

阿南抬眼看向四角的铜镜，明白自己无论如何躲避，都处于傅准的监视当中。

她当机立断，右腕挥动，向着离自己最近的角落扑去。

只听得铮一声轻响，流光缠上了铜镜的边缘，阿南用力一扯，虽未将后面的机栝扯断，但铜镜已歪斜偏向了角落，屋内终于出现了一个可以容她避开傅准视角的死角。

阿南向那死角飞扑而去，但傅准立即根据其他三面铜镜算出这屋内唯一可供落脚之处，只听得嗡嗡之声不绝于耳，屋梁上悬浮的利刃上下斜飞，如同万千飞蛾，迅疾猛扑向了她藏身之处。

阿南最不惧怕的就是有牵引的杀器，臂环扬起，精钢丝网激射而出，将迎面扑来的利刃尽收其中，一拉一扯之际，所有利刃便失控地相互绞缠撞击在一起，在发出刺耳的金属刮擦声之际，上面悬着的铁线也彻底绞死，再也无法掌控。

阿南愉快地一抖手臂，撤了自己的钢丝网，将它匆匆收回臂环之中，飞身跃向屋内另一处的铜镜。

并未看到死角处发生了什么的傅准，在无法掌控利刃后，正在沉吟之际，忽见她的身影出现在西北角的铜镜之中。

未等他反应，铜镜已被她一脚踹偏，他面前的镜中再度失去了她的踪影。

阿南向着另一角掠去，正要如法炮制，将第三个铜镜也毁掉之时，耳边忽听得厉声尖啸，风声陡起。

她仓促地回头看去，只见原本交缠在一处的利刃忽然齐齐断开，所有失控的雪亮白光如同密集的雨点，顺着先前晃荡的角度向四面八方疾射，笼罩了整座屋内。

此时此刻，唯一可以躲避的地方，只剩下青砖地面。

阿南如一只断线的风筝，直扑于地。落脚处的青砖果然如她所料，一触即偏，下方机关启动，无处借力的她眼看就要被卷入轧轧作响的机栝之中，碾压得粉身碎骨。

即使明知自己此时处于铜镜的监视范围之内，阿南亦不得不挥出流光，强行制止自己下落的身形。

她臂环中的流光细如针尖，划过因为紧闭而昏暗的室内，原本绝不可能被辗转反射了多次的铜镜映出的细微光线，却让傅准那边的声响停顿了片刻。

但生死关头，阿南也顾不得那许多了。她足尖在下陷的青砖上一点，飞掠向对面的窗户，一脚狠踹，希望将窗棂踢开。

然而令她失望了，在傅准察觉此间出事之后，机关启动，所有的门窗都已经被铁通条横贯锁死。

她这一脚并未踹开窗户，却只听到"啪"的一声，她重重踢在了铁窗上。幸好她脚下绑着用以增加身高的木块，缓冲了这铁窗的硬度，脚趾并未受损。

木块飞散的同时，也踢碎了窗户上镶嵌的明瓦，磨得薄脆透明的珠贝随着清脆的碎裂声，四下迸散。

阿南脚底隐隐作痛，她一个翻身再度落地，足尖在下方虚虚的青砖地上一点，借助臂环再度弹向空中，落于横梁之上。

铜管彼端传来低低的一声："是你！"

随即，便是霍然而起的声响，那边再也没有了动静。

阿南心里暗暗叫苦，傅准定然已经察觉到是她了。

没想到她好不容易逃出拙巧阁，这回再度潜入，居然又被他困住，眼看要落入魔掌。

她考虑了一下从律风楼最高处下到这里的时间，就算上方机关重重，傅准要绕一周才能下来，但她的后背还是冒出了一层薄汗——留给她逃跑的时间，不到半刻了。

她下意识地在屋内环视一周，想要寻找出路。可还没等她想好这铁门铁窗如何突破之际，梁上那些飞转的利刃全部落地之后，被割碎的帐幔忽然无风自动，打横飞起。

阿南何等机警，她迅疾反身，倒垂下梁，抬眼一看，上面一层黑雾已沉了下来。

无论这是什么，她都断不敢让它们近身。可下方青砖地上又尽是机关，她一旦落地，便会被绞入万分凶险的机关之中。

难道她只能维持这悬在半空的姿势，等待傅准过来将她一举成擒吗？

正在她扫视周围，心念急转之际，忽听得"咔咔"几声响，昏暗的屋内陡然亮了起来。

被她踢出了一个小洞的窗户，已经被人一把扯开，只剩下里面的铁栅栏。

光线从窗外射进来，照亮昏暗的室内。她看见朱聿恒逆光的面容，在明亮光线与灿烂繁花之前，他俊美的轮廓一时失真，唯有那双星子般的眼睛，直刺入她的心怀。

他丢开手中拆下的窗扇，看着她这吊在半空的狼狈模样，皱起眉头："快点，过来。"

"过不去，倒是傅准马上要来了。"阿南苦笑一声指指上方，又问，"你干吗跟着我？"

朱聿恒没回答。他抬眼看了一下上方律风阁，估算一下时间，跃上了窗台。

双手抓住上方的檐角，他挺腰抬脚狠狠踹向铁窗。可惜铁窗十分坚固，虽被他一脚踹得变形内凹，却并未有破开的希望。

"这样不行，我们得顶开固定铁窗的插销。"阿南说着，抬手一指窗框与墙壁的相接处。

朱聿恒的手与目光一起顺着墙壁向下滑去，准确地找到了安装时嵌入墙壁的铁条。

他拆下窗上雕花，顺着铁条相接的痕迹将砌砖的灰浆用力撬掉，露出里面的接口，想要将嵌入的插销给起出来。

可这铁窗年深日久，插销早已锈死在其中，而且插销与铁套是齐平的，外面绝无任何可供他将其顶出的借力点。

见他无处着手，阿南便道："我臂环中有弹簧。"

朱聿恒立即便明白了她的意思，但她如今正仗着臂环垂在空中，根本无法将它丢过来给他。

略一沉吟，朱聿恒的目光扫过地上虚浮的青砖，道："落地，我帮你走。"

阿南看了看脚下，吸了口冷气："阿言你知道这是什么吗？这机关藏在砖下，在各关键点利用鲸须的弹性实现万向旋转变动，灵活无比，诡异莫辨……"

朱聿恒声音很低，却十分确定："有声音有动静，我就能分辨。"

见他既然如此笃定，阿南便再不多说，毫不犹豫地收了流光，向着青砖地落下。

乍一接触到砖地，脚下立即晃动下坠。

阿南提起最后一口气仓促跃起，右手一把抓住多宝格，避免被卷进这翻覆的机关之中。

她悬挂在晃动的架子上，却还是竭力抬起左手，一按右手卡扣使臂环松脱，然后立即向着窗口的朱聿恒抛去。

随着她手臂用力，那原本就岌岌可危的多宝格终于倾倒了下来。

阿南双脚在倒下的架子上一蹬，险险地扑到了旁边另一个多宝格上。

耳听得咔嚓之声尖利响起，后面那个多宝格已四分五裂，破碎的木头被扯入了地下机关，绞得粉碎。

晃动的青砖翻转，又恢复成虚悬的模样，似在等待着下一个落入虎口的猎物。

"阿言，快点啊……"阿南踩在岌岌可危的多宝格上，看向朱聿恒，"下方玛瑙条滑到第二朵兰花，下按，就可以打开了！"

他握住她掷来的臂环，按照她说的将玛瑙条按住一滑一按，圆弧形的臂环果然"叮"一声弹开，露出了里面密密匝匝又排列紧凑的零件——与那只绢缎蜻蜓一样，全都是细小精巧得不可思议的精钢机栝。

他没时间细看，起出上面的棘轮，拆下压在后方的一条精钢弹簧，然后将弹簧按在了铁插销的下方，深吸一口气用力拉长后，放手让它重重上击。

只听得"铮"一声锐响，弹簧反弹的势能何其巨大，锈死的铁条立即被震得跳出了一截，露在了外面。

朱聿恒立即抓住外露的铁条，竭力将它拔出，然后如法炮制，将上方另一根铁条起出。

就在朱聿恒抬脚蹬开铁窗之际，阿南这边已险象环生。

她失去了臂环，无法再自如寻找落脚点，而如今攀附的多宝格又在震动的机关之中渐渐倾倒，眼看就要被绞进地下机关之中。

就在朱聿恒终于蹦开窗户之际，阿南脚下的多宝格也正在古怪的尖利声响中，陷进了下方。

"跳！"她听到朱聿恒的声音在耳边响起，下意识的，大脑还未确定往哪儿落脚，身体已经从坍塌的架子上跃起，落了在斜前方——

脚下果然是空的。

眼看青砖翻转，她没了臂环又无从借力，只能眼睁睁落入这肆意绞杀的机关之中。

她脑中急闪的念头是，阿言你骗人，我这回可死定了！

然而预想中被拖进机关彻底绞碎的一幕并未出现，那原本虚空的脚下，忽然有一道力量升起，托住了她的身躯。

阿南险险站住，抬眼一看，朱聿恒已经落在了她对面的一处砖地上，示意她先不要动。

阿南顿时呆了一呆，脱口而出："阿言，你疯了！"

这地板下的机关采用的是天平法，所以有下陷的地方，必定有机关上升之处。

而他竭力打开窗户，竟然是用自己的身体作为砝码，替她托起生路，让她逃出这万死险境。

"快走吧。"朱聿恒却只隔着微微起伏的机关看着她，抬手指向窗户，"等傅准来了，我说自己好奇误入便是。这天下，还无人敢动我。"

"就算傅准不敢动你，可万一你失足呢？"阿南盯着他虚晃的脚下，急道，"这机关可不管你是什么身份！"

"不至于应付不过这么点时间。再说，傅准不是就要来了吗？"他稳住心神，沉声道，"我会让你出去的。"

阿南抬眼向窗外看去，透过皎净明瓦，外面花枝颜色艳丽，正在微微起伏。她仿佛看到花海之中，那条令她胆战心惊了无数个夜晚的身影，正要降临。

咬一咬牙，她回头向着窗口奔去，看也不看脚下青砖一眼。

第一步迈出，脚下微沉了数寸，但就在她要失去平衡之时，青砖下的机栝立即上升，将她再度托住——

是阿言听声辨位，瞬间搜寻到天平另一端对应的砖块，在她落脚的一刻飞身踩踏住彼端，替她铺好了前进道路。

第二步、第三步……阿南却并未直线前进，而是在窗下绕了一个曲线。

她每踏出一步，朱聿恒便忠实地替她压下均衡天平的对应青砖。他紧盯着她的身影，生怕遗漏她哪怕最细小的一个动作，即使不明白她为什么不直接逃离。

"阿南！"在她再一次斜斜地偏过窗台之时，他终于出声，提醒她，"别浪费时间了，快走！"

阿南终于回头，看到他已踩踏至傅灵焰的画像下，才终于朝他扬了一下手，然后转身直扑向窗台。

傅准的身影，已经映在了门上。

疾风突起，花影不安摇曳，映在明瓦上的身影颀长而清瘦，正在门前缓缓抬手。

而阿南重重地一脚蹬在青砖地上，地下传来坚实的踩踏感，她知道阿言已经替自己扛住了最后的力量。

她跃上窗台，头也不回地向前急奔，跳入了后方的玉醴泉中。

失去了她在那边的压力，朱聿恒的身体亦急速下坠。但他反应极快，一把抓住了面前傅灵焰的画卷，双腿分开撑在墙壁与香案之上，勉强稳住了身形。

他听到门外传来傅准的声音，低冷清透，如冰块在水中的撞击："阿南，是你回来了吗？"

朱聿恒在空中勉强稳住自己的身躯，盯着门后那条影影绰绰的身影，沉住呼吸，一言不发。

见里面没有任何声响，他在外面愉快地笑了，说："这些日子，我还真有点……想你呢！"

伴随着这久别重逢的温柔问候，是他利落地按下门外暗藏的机关。猩红的毒雾与纵横的利刃，如夺目的烟花，瞬间在屋内盛绽——

利刃袭击向四面八方屋内每一处，唯一堪堪容身的死角，是朱聿恒紧贴着的、傅灵焰的画像。

也是阿南替他寻找的、傅准必定会让凶器避开的东西。

但他设置的利刃会避开这一点，毒雾却不会。毒雾大朵大朵如花般肆意绽放，很快便弥漫成了绮丽的云雾，淹没了室内。

朱聿恒下意识捂住口鼻，但也因为这个动作而身子一晃，脚下的香案一脚滑进了地砖缝，整张案桌顿时倾倒。

四面八方旋转的利刃与毒雾，仿佛随着他的动作，向着他疯狂奔涌而来，如巨大可怖的恶魔，转瞬便要吞噬了他——

但，比这些致命的可怕东西更快来临的，是巨大的奔流轰鸣声。

奔涌的雪浪自那扇敞开的窗户直冲而入，狂暴激湍将室内所有一切席卷包裹。

眼看要落在朱聿恒身上的利刃与毒雾，转瞬间被裹挟住，打横在屋内激荡着，向着前面的墙壁和门窗急扑而出。

所有门窗被这巨大的力量冲得齐齐碎裂，封锁门窗的铁栅栏虽然还幸存，但也被冲得扭曲歪斜。

站在门外的傅准尚不知道里面发生了什么，便已被从屋内冲出的激浪淹没，瞬间消失了踪迹。

回荡的水浪在屋内拍击着，朱聿恒脚下的香案自然也难以幸免，连同地面那些虚浮的青砖一起被冲走，碎裂堆积在了墙角。

幸好悬挂傅灵焰画像的钩子十分牢固，朱聿恒抓着钩子一个翻身附在墙上，见水流还不停向内冲击，便抬头看向水流冲进来的方向。

窗外玉醴泉的岸沿上，阿南将手中沉重的铜扳手一丢，踩着那些巨大的管筒站在奔泻的水浪之上。

她扫了这被她毁得彻底的楼阁一眼，扬脸朝着他一笑："阿言，我们走！"

被水冲击后的机关已经丧失了大部分灵敏度，青砖被卷走后，下面的机栝运转显露无遗。

朱聿恒踩着水中虚浮的托座，在晃荡之中奔向阿南，紧握住她伸过来的手，翻出窗台。

外面的玉醴泉依旧奔流，但下方引水的管筒早已被阿南给拆了。她扳倒支架，利用泉中引水的弯曲管筒倒吸起所有泉水，一瞬间疾冲进屋内，将里面的一切彻底摧毁。

看着面前这一片狼藉，朱聿恒眼前忽然闪现出行官那突然暴涨的瀑布，这一刻就如那日情景重现。

他不由得看向阿南，阿南朝他点了一下头，仓促拉起他的手往前飞奔："快跑，等他爬起来就完了！"

他们毫不怜惜地踩踏过蓬勃灿烂的花径，穿过密林，顺着输水的巨大管筒冲入芦苇荡，向前直奔。

芦苇茂盛无比，高过人头，他们一只手紧握着对方，另一只手肘挡在脸前奔跑，免得苇叶割伤他们的面容。

将逼近的危机抛在身后，朱聿恒紧握着阿南的手，任由她在绿色的苇海中带着自己冲向前方。

即使不知道她选择的路对还是不对，可他还是执着地与她相牵相伴，不能也不愿放开她的手。

因为他不知道放开她后，自己会迷失在哪条路上。

因为他真的很想看看，她会将自己带到哪个绚烂的方向。

阿南对拙巧阁很熟悉，方向感又极强，当然不会带错路。

冲出芦苇荡，他们已经在沙洲之上，前方便是码头。

阿南脱下拙巧阁弟子的衣服，丢在芦苇丛中。两人尽量恢复平常，然后踏着台阶上了码头。

他们的船停靠在码头，隐约听到有人大声问："那个董浪的酒还没醒吗？咱什么时候回去啊？"

"这就回去！"阿南快步走过去跳上船，招呼他们立即走，"卓少爷来了吗？人齐了就出发！"

律风阁那边事起仓促，周围的弟子都尚未知道那边出事，见他们要走，还纷纷挥手送别。

焦急忐忑的韦杭之一眼看见安然无恙归来的朱聿恒，略松了一口气，赶紧迎上去。还没等他开口慰问，便听到殿下低声急促道："全速，快走！"

韦杭之虽有诧异，但立即便奔到船工们身边，示意即刻出发。

江白涟一声呼哨，船工们扯开风帆，将它高高扬起。

船老大打满舵，驶出码头港湾。水手们齐力划桨，船身如箭，向东疾驶而去。

直到离开了这片繁花沙洲，阿南才感觉到这一路夺命狂奔的疲惫。

她靠在船舱上，看着后方律风阁上高高升起的响箭，以及烟柳道上率人急奔而来的薛澄光，唇角扬起一丝笑意。

码头的弟子们看到讯息，个个都是大吃一惊，立即上船企图追赶前方船只。

可前方的船早已驶出好一段距离，何况这是龙江船厂所制最为快捷的船只，哪是码头这些弟子们的小船可比的，别说追赶了，未到半刻，便被远远甩掉，连踪影也看不见了。

"想追上姑奶奶，下辈子吧！"阿南心花怒放，朝着后方扮了个鬼脸，开开心心地到船舱坐下。

一番折腾，她现在又饿又累，蜷在椅中先塞了两个点心，然后靠在椅背上，沉沉打了个盹。

朱聿恒进来时，见她趴在椅背上瞌睡的姿势，唇角不由得扬了一扬——

这姿势，可真像那只孤山行宫的小黑猫。

若是天气晴好的午后，它吃完他给的金钩后，往往也会这样蜷缩在他的身侧，安安静静打一个盹。

以至于，他的手不自觉地向她伸出，想去摸一摸她的发丝，看看是不是和梦中一般柔软。

但就在即将触碰到她发丝的时候，他又下意识收紧了自己的手指。最终，他紧抿双唇偏开了头，只从怀中掏出被自己拆解的臂环和弹簧棘轮，轻轻放在了她面前的桌上。

虽然动作很轻，但阿南立即便睁开了眼，清炯的目光盯在他身上，声音有些微哑："阿言……"

朱聿恒闷声不响地坐下，将桌上的东西朝她推了推。

阿南睡眼惺忪，懒懒地将它们抓过来，重新装置好后"咔"一声戴回自己的腕上，转了转手腕，满意地一笑。

窗外已是落霞满天，赤红的火烧云横亘于前方江面，长江如一条鲜艳夺目的红绸，蜿蜒游动于万里肥沃平原之上。

船向着西面划去，霞光落在阿南眼中。她撑着头，望着他的目光亮得灼灼如火："阿言，你胆儿挺肥啊，仗着自己有进步，居然连傅准的机关都敢硬扛？"

朱聿恒斟着茶淡淡道："他是人，我也是人，怎么不能扛？"

"咦，莽撞还有理了？刚刚要不是我拼了，你现在怕是已经粉身碎骨了。"阿南顺手将他倒的茶拿过来，灌了两口，"对了，我之前问你还没回答我呢，干吗偷偷跟着我啊？"

朱聿恒别开头去看晚霞："怕你给官府惹麻烦。"

阿南才不相信呢，笑嘻嘻地凑近他："说实话。"

她凑得太近，气息微喷在朱聿恒脸颊上，让他不由自主收紧了自己握茶壶的手。

那手指上，似乎还残留着阿南与他牵手狂奔时的温热。

许久，他压低了声音，生硬道："一码归一码。虽然你触犯朝廷律条，罪责难逃，但你毕竟对朝廷有功，而且……更不需要你为了我而舍生忘死。"

阿南转着手中茶杯，笑嘻嘻地看着他，没脸没皮道："原来不是担心我啊，真让我有点失望呢。"

朱聿恒偏开头，懒得理她。

"不过阿言，以后可别这么冲动了，你看你刚刚那样，一点都不把自己的命放在心上，你是什么身份的人，为什么要对自己这么狠？"

他淡淡道："也没什么，反正是将死之人。"

"不许你再说这种丧气话了，我们现在不是有进展了吗？"阿南给他一个白眼，然后又欢欢喜喜道，"虽然我被困在里面了，但那组数字啊，我可能有线索了。"

朱聿恒诧异地看着她，毕竟阿南为了救他将阁内所有一切都摧毁殆尽了，那组数字怕也已荡然无存。

"我说有就有。"阿南颇有点得意地朝他一笑，滑倒在椅中，一副懒洋洋的模样，"我得躺会儿，刚刚那水管让我脱力了，当时太拼了。"

朱聿恒回想她操控水流冲垮楼阁的那一刻，将自己当时心头转过的疑惑问了出来："行宫内的瀑布，也是如此操控吗？"

"没错，用的是'渴乌'，或者说'过水龙'手法。"阿南说着，拎过桌上茶壶，将盖子揭掉后用手掌紧紧捂住壶口，然后将壶身倾倒，那壶中还有大半的茶水，却半滴都未曾从壶嘴中流出。

她将这个倒倾在空中却滴水不漏的茶壶在朱聿恒面前晃了晃，朝他眨眨眼："看，这就是酿成行宫那场大灾祸的原因。"

朱聿恒一点就透，略一思忖，道："杜佑《通典》曾提及渴乌，李贤亦在注《后汉书》时写过，渴乌为曲筒，以气引水上也。"

"对，傅灵焰在行宫和拙巧阁用的就是这法子。箍大竹筒相连套接，外面用麻漆密裹无漏，然后将一端入水，在另一端放入干草点燃。筒内之气被焚烧殆尽后，即可吸水而上，形成源源不断的流水，甚至可以借助此法将水牵引到很高、很远的地方。"

"所以……气可提水，亦可抑水，全看如何使用。"朱聿恒点头赞成，"当时你潜下行宫水池，发现青苔上的弧形刮痕，自然是有人用与你相同的手法，掉转管筒形成的。"

"对，刺客就是利用瀑布水势的两度暴涨，实现了他无影无踪的出现与消失。而袁才人就很不幸，出现在了那个高台之上……"说到这里，阿南若有所思地托腮，望着朱聿恒，问："说到袁才人，你会去向……确定此事吗？"

朱聿恒知道她没有说出口的人是谁，他没有回答，抿唇沉默。

窗外的落霞已经被黑暗吞噬，阿南也没有等待他的回答。她将灯点起，在晕红的灯光下朝他一笑："不论如何，我相信你会有最正确的决定。"

朱聿恒没回答，沉默片刻后，起身从船上密柜的抽屉中取出一个装裱好的卷轴，递到她手中："这是之前我拆出来的那支笛子，我想，有必要让你也看一看。"

"对哦，忘了夸你了，阿言你进步真的很快！"阿南见他居然将这么重要的东西都交给自己了，顿时心花怒放，心想只要阿言不再摆出那冷冷的表情，这一番出生入死就算没白费。

接过那张拆解后的竹膜，她的目光扫过上面密密麻麻的减字谱，道："如果我上次猜测的阴阳手法是正确的话，那么这里面的所有字可以分成黑白两种颜色，而一般与之相对应的排列顺序，则很可能就是清浊法。"

朱聿恒略一思忖，问："阴阳初辟，八卦相分，清气上升，浊气下沉——所以，可先根据一定数据，将其上下分列？"

"对，而这个数据……"阿南将卷轴搁在膝上，朝他微微一笑，"我已经知道是什么了。"

朱聿恒回忆着当时阁内的情形，略觉诧异。

她不过比自己多进去那么一点时间，当时阁内也并未出现什么异常，如何会有她发现而他未曾察觉的事情？

"因为，我曾在海外与傅灵焰有过一面之缘。"阿南像是看出了他的心思，道，"五岁那年，我被送到我师父门下学艺，师父嫌弃我是个女孩子，一个大男人哪能照顾得好小姑娘，所以懒得收我。但送我去的石叔跟他说，万一这女娃儿将来是第二个傅灵焰呢……"

阿南记得，当时师父瞥了她的手一眼，嗤笑一声，但最终还是把她留下了。

她那时只是个孩子，并不情愿进入这个怪异世界。每日的训练让她手上遍布伤痕，过度疲劳使得手筋每晚抽痛，有时候半夜手部突然痉挛，会让她猛然握着双手惊醒，却又无从纾解，只能抱着自己的手一直哭。

因为这双失控的手，所以师父吩咐她将一具时钟搬去堂上时，因为负担不住沉重的机身，她不小心将它在桌上磕了一下，结果时钟卡住，再也无法运转了。

这具时钟是师父的得意之作，他潜心钻研古籍中苏颂的水运仪象台数年，然后将所有机栝细微为之，用了四千八百个精微至极的零件，花费了五年时间才完成。

只需倒入几杯水，然后压紧钟身，机栝便会自动将水流吸到山顶，然后顺着山腰蜿蜒流下，带动山间百兽在林间穿行来去，最后水流汇入池中，再度被吸上山顶，循环不已。而林间谷中，还有一座寺庙，每到一个时辰，庙门打开，一个小和尚会在门内敲击木鱼报时。若到午时，则百兽齐鸣，小和尚会持扫帚出门扫地一圈。

然而被她磕碰之后，里面精微的机栝受损，水流停住了、百兽不走了，小和尚也不敲木鱼不扫地了。

师父拆开外壳，看着里面四千八百个零件，气得抓起根竹梢狠狠抽她。毕竟，这些零件全都精微无间地结合在一起，如果一个个拆解下来检查的话，没有一年半载的时间肯定弄不完。

阿南站在原地，一动不动任他抽打。海上天气炎热，她衣服单薄，没抽几下便觉脊背火辣辣地疼，她的眼泪不由得扑簌簌掉了下来。

此时却听门口有人问："公输先生，多年不见，怎么一来就看见你在打孩子啊？"

年幼的阿南泪眼婆娑，看不清那人的模样，只记得她一身华服，可头发已全白了，海岛灼热的日光映照得她全身通彻，泪眼中看来散着虚幻的光。

师父悻悻丢开了手中的竹枝，道："我多年心血终于完工，特意修书邀你过来观看这座水运宝山时钟，谁知这混账居然一个失手把它摔坏了，我打死她都不冤！"

那人笑道："年纪这么大了，性子还这么急。铜铁制的东西若是一摔就坏，那也是你自己的本事不到家，关人家小娃娃什么事？"

说着，她走到那具时钟前，俯头仔细看了看，隔着外壳用指尖轻轻地从上叩击至下，侧耳听了一遍，然后将宝山外壳卸掉，用一根小铜棍伸进密密麻麻的机栝零件之中，将可以够到的地方轻敲了一遍，闭上眼睛细细听着。

须臾，她微微一笑，丢开了小铜棍，说道："转运水流的一个小棘轮震偏了，卡住旁边的杠杆，因此连带得整座宝山停止运转。你把小庙拆下来就能看见。"

师父将信将疑，忙去拆铜山上的小庙。

而她则抬手轻抚阿南的头发，又坐下来拉起她的手翻来覆去地看着，手指轻抚过手背上那些新新旧旧的伤痕，面容沉静。

阿南站在她的面前，看见握着自己的那双手，即使年纪已经大了，上面的褶皱已经加深，但那依然是一双保养得特别好、修饰得干干净净、一眼便可以看出很有力度的手。

阿南忍不住抬起眼，小心地、偷偷地看了她一眼。

她年纪已经很大了，脸上难免有许多皱纹，但肤色依旧皎洁，一双眼角带着风霜的眼眸，也依旧清亮如少女。

她的双眉间，有一朵如同火焰的刺青，如同花钿般鲜亮。

而她抬眼看着阿南，微微一笑，握紧了她尚未长成的小手，说："你这可不行，我教你一套手势，以后你手痛的时候就照着按摩缓解，就不会痛了。"

她纤长有力的手指替阿南按摩着，低声教她如何保护自己的手。

正在此时，旁边传来"叮"的一声轻响。阿南转头一看，只见流水潺潺，山间小兽穿行，那座宝山时钟重新开始运转，循环不息。

师父喜滋滋地回来坐下，打发阿南去煮茶。

阿南提着炉子蹲在阶下扇火煮茶时，听到堂上传来的低语："你这徒弟很不错，好好教导，将来你们公输一脉说不定就由她发扬光大了。"

"这小娃娃？"师父嗤之以鼻，"天赋尚可吧，但整日哭丧着脸不情不愿的，看着令人心烦。不愿入这行的人，能有什么出息？"

"我看她将来比你有出息。你说说看，你六七岁时，能如她一般心智坚忍？"

师父哑口无言，瞥了阿南一眼又悻悻道："你要是看上了，送给你得了。"

"她跟我不契合，棋九步靠的是天赋，后天再怎么努力，也走不了我这条路。但你们公输一脉主张勤、潜二字，她倒很合适，以后若有机缘，说不定会走得比我们更远。"

师父瞥瞥阿南，不屑地问："这小丫头，能有这样的命？"

"谁知道呢？这世上任何东西我都有把握计算，可唯有命，我真算不出来。"

师父哑然失笑，道："这就是你总将自己的生辰作为钥眼，来设置机关阵法的原因？"

"有何不可呢？反正天底下知道我四柱八字的，只有至亲的人。"她微微一笑，靠在椅背上，望着窗外繁盛的树荫道，"子孙们若有能耐破了先辈的阵法，难道不是我辈幸事？"

"所以……解开这道阴阳谜题的，很可能就是傅灵焰的四柱八字？"

这陈年旧事听到此处，朱聿恒恍然大悟，想起了拙巧阁那一张傅灵焰画像。

"对，我也是在看见傅灵焰画像时，才忽然想起这么久远的事情。"阿南说着，抬头遥望前方两岸灯火，道，"有御笔画像，而且还住在宫中，她应该入过龙凤朝后宫。而龙凤帝以青莲宗起事，宫中常有祭祀，自然有八字忌讳，咱们既然知道了她的出生年月，逆推前朝宫中祭祀档案，不就一清二楚了？"

应天玄武湖中的黄册库，藏着天下所有户籍，亦有前朝秘密档案，即使在圣上迁都之时，也不曾变动分毫。

朱聿恒回到应天，第一件事便是调取玄武湖卷宗。虽然里面不可能记载后妃们的生辰八字，但根据生辰赏赐，他找到了与傅灵焰同日而生的那个妃嫔——

当年的青莲宗敌首去世之后，渡海消失的姬贵妃。

按档案来看，姬贵妃有一子一女，若她便是傅灵焰的话，那么她应该是带着身中"山河社稷图"的长子到海外求生，而女儿应该便是傅准的母亲，继承了拙巧阁与母姓，并招婿诞下了傅准。

确定了傅灵焰身份后，再根据每次宫中祭祀各人出席或者避讳的情况，朱聿恒终于倒推出了那个具体时辰，并拿去与阿南相商。

"辛未年丙申月丙午日，这三个数据是可以确定的，目前推断出来的时辰是庚午，就先用这个试一试吧。"

阿南落笔勾画，将上面的字按照自己的设想，在宣纸上落笔："戊庚壬为阳，己辛癸为阴，阳上阴下分两列，再以地支分排，单数为奇，双数为偶……"

她迅速点数着，将竹衣上的减字谱重新排列，飞快在宣纸上记录，圈圈点点毫不迟疑。

朱聿恒垂眼看着她记录的手，又不自觉转头看向她的侧面。

她认真的样子与平时嬉笑慵懒的模样迥异，浓密纤长的睫毛微颤，那双比常人似要亮上三分的眸子微微眯起，摄人心魄。

不知怎么的，他忽然想起了她设下循影格谜题，为了竺星河，而将他骗离杭州的那一夜。

莫名又突兀地，他忽然开口道："你对这些秘钥法，似乎很熟悉。"

阿南并未察觉到他的异样情绪，"嗯"了一声道："也不算，有点兴趣而已。"

口中说着，她手下不停，很快填出了一张粗略的黑白图。她搁下笔，与朱聿恒并肩站在榻前看着面前的宣纸，一时久久难言。

是一张山河图。

黑色为大地，白色为山川河流，虽然纵横交错，黑白格子亦很粗略，却依稀可辨九曲黄河、千里长江、巍峨五岳、苍茫昆仑的走势。

“这地图，肯定就是她埋下的那些阵法所在，也就是——你身上‘山河社稷图’的下一步关键。”

朱聿恒默然点头，注视着那张山河图：“可是，没有标记。”

所有的山川河流都只是白点连成的线，苍白而冷漠，就连曾发生过灾祸的顺天、黄河与钱塘，也没有任何异常。

阿南又凑到竹膜上的金字前，仔细地查看上面，但最终还是失望了。

“还是不行啊……她留下的这个谜，如今已经有了底，可‘点’要去哪里寻找呢？”

在竹衣上细细搜寻了一遍又一遍，最终没有发现任何踪迹，阿南只能道：“不论如何，既然有了这张地图，那么再要找到确定的关键点也不难。更何况，咱们还有渤海湾下那个水城呢，先去那边看了也不迟。”

船只从长江驶入秦淮河，在灯火辉煌处徐徐靠岸。

官府拨给江白滟的船就停靠在河边，船沿上坐着一个女子，正晃着腿嗑瓜子。

阿南一眼看到是绮霞，正看着江白滟笑，他已经急急跳上自己的船，没好气地问绮霞：“你来干什么？”

绮霞捂嘴一笑，拉着他就进了船舱。

阿南心下好奇，等下船时，又听到那边船上传来绮霞一声低吼：“少废话，赶紧给我穿上啦！”

她偷偷隔着船舱木板的缝隙往里面张了张，只见绮霞手中拿着一双鞋，摔在江白滟的身上，郁闷道：“姑奶奶平生第一次替别人做鞋，你居然敢不要？”

江白滟别开头，声音颇不自在：“我天天在船上打赤脚惯了，要穿什么鞋子？你拿去给董浪或者卓少吧。”

“他们的脚和你一样吗？我可是特地量了你的尺寸给你做的，别人怎么穿啊？”绮霞气不打一处来，“我一边跟你说话一边偷偷用手比画你的臭脚丫，我容易吗我？”

听她这么说，江白滟脸色稍霁，别扭地拿过鞋在脚上比了一下，问：“你看你这缝得歪七扭八的，董浪和卓少都不嫌弃？”

“我给他们缝什么呀！他们想穿不会自个儿上成衣铺买去？”绮霞怒吼一声，见江白涟脸色反倒好看起来，她眼睛一转，又转怒为喜。

她凑近他，笑嘻嘻地去挽他的手，甜甜地问："好弟弟，你不会在吃醋吧？姐姐跟你交个底吧，真的只给你一个人做了鞋，而且是我这辈子第一次给别人做鞋！"

江白涟臊得满脸通红，一把甩开她的手道："你赶紧下船吧，我要划船去城外了，这边夜间停船可是要收泊船税的。"

"那带我一程呀，刚好我今天没事，正想去城外转转呢……"

阿南憋着笑，心中暗想江白涟这个涉世未深的小哥，哪逃得出绮霞这个风月老手的掌心啊。

她轻手轻脚地回转身，看着江白涟的船沿着秦淮河向城外划去，绮霞这死皮赖脸的，居然真的没被赶下船。

第十三章

共此烛夕

天色已晚，东宫的灯火一一点亮。万千灯光映出高高低低重檐攒角，缥缈如天上宫阙。

太子妃在侍女们的簇拥中踏入东院，屏退众人迈入殿内。

一眼看见正在伏案忙碌的朱聿恒，她向来雍容的面容不由得蒙上一层无奈之色："聿儿。"

朱聿恒起身迎接她，却听她埋怨道："母妃千叮咛万嘱咐，让你注意身体，又被你当耳旁风！"

朱聿恒指指案上堆积的卷宗，道："前日出了一趟，耽误的事务得补上，还要着手准备前往渤海事宜，安排好此间事务。这些都是大事，拖欠不得。"

"天大地大，在为娘的心里，只有孩子最大。别的什么大事小事，搁置几天怎么了？"

"今年灾祸频仍，若不及时处置，或将牵累黎民受苦、一地流离，怎可搁置？"朱聿恒扶她在殿内坐下，道，"而孩儿晚睡一两个时辰，又有何关系？"

"日后积劳成疾，你必有后悔的一日。"母亲忧心叹气道，"儿大不由娘，看来母妃必须要找个人，替我好好管管你了。"

朱聿恒一笑置之，没有接这个话茬。

"怎么，你不把爹娘的期望放在心上，难道连圣上都敢忤逆？再不把太孙妃定下来，你如何消受圣上赏赐？"见他这模样，太子妃只能再挑起话头，问，"前次在行宫内，几家闺秀你也都见过了，可有中意的？"

朱聿恒无奈道："当时那情形，我哪有空去关注这些？"

"那也无妨，娘已替你相看过了。吴家那位姑娘真淳可爱，朝中亦颇多她祖父的门生；柳家的姑娘相貌最出挑，家族也算清贵……"

朱聿恒听着母亲点数，只笑了笑，干脆拿起自己未曾看完的文书，翻了起来。

太子妃有些不悦，抬手压在册页上，问："那么，聿儿你的意思呢？"

朱聿恒淡淡道："母妃知道孩儿想要的，并非那些。"

太子妃脸色微沉："聿儿，你别执迷不悟。你的太孙妃，可以是任何人，唯独那个女匪，是绝不可能的。"

朱聿恒掩了折子，抬眼看她："女匪一词，母妃勿再提起。行宫一案近日经查证，真凶已呼之欲出。此事我会妥善处理，请母妃放心。"

太子妃心下一震，口气微变："我有什么不放心的？"

朱聿恒沉默地望着她，许久，才低低道："袁才人之死，若真的需要一个承担者，那也应该是刺客，而不是阿南。"

太子妃敛容，嗓音微冷："刺客不就是阿南臆造出来的？"

"我想，是不是臆造的，母妃应该比世上任何人都清楚。"

这语调平淡的一句话，却让太子妃拂袖而起，紧盯着自己的儿子，连气息都急促了几分。

见母亲失态，朱聿恒抬手挽住她，轻轻拍了拍她的手背，示意她镇定下来。

他亲自去掩了门，拉她与自己一起坐下："其实，孩儿早该叩问母妃，只是担心您受惊，又心知母妃绝不会做出令东宫动荡之事，因此一直未曾开口。"

太子妃双唇微颤，翻转手掌紧紧握住了儿子的手，欲言又止。

"但事到如今，一切都已昭然若揭，母妃若再不对孩儿坦承，怕是孩儿有心也难以替您遮掩了。"朱聿恒目光澄澈，一瞬不瞬地盯着母亲道，"更何况，此事关系孩儿切身存亡，请母妃一定要告知，当时您在偏殿内休息之时，是否看见了那个刺客？"

"切身存亡？"太子妃紧盯着他，惊疑不已。

朱聿恒不忍对母亲讲述自己只剩数月寿命之事，便一语带过道："是，个中情形十分复杂，待此事完结，圣上定会亲自与父王母妃详谈，如今……还不是时候。"

听他搬出圣上来，太子妃紧握着他的手，惊怔许久，才终于深吸一口气，艰难道："是……我确实看见了刺客。"

见她终究开口，朱聿恒心头稍缓，等待她说下去。

"当时……我在偏殿内歇息，看见对面瀑布之下，有个刺客蹲伏，似要伺机而动。他的身上有血迹，腰间还赫然插着一把匕首！而你的父王和袁才人正在阁内安睡，刺客只需几步便可跨入阁中！"

朱聿恒问："您当时为何不叫人，却反而用镜子去晃照袁才人？"

"当时殿内一片混乱，而瀑布水声太大，我纵然大声疾呼，对面的侍卫恐怕也不可能听到，反而会惊动刺客孤注一掷。我情急之下，抓起手边的镜子照向对面，将炽烈日光聚向袁才人，希望强光晃眼能让她惊醒，发觉刺客入侵。谁知……"太子妃声音微颤，低暗又急促道，"谁知那光线如此灼热，竟将她头上的绢花引燃了！我看见她慌乱起身拿起桌上的茶壶要浇在自己头上，不知为何却又放下了，反倒向着瀑布跑来……"

朱聿恒心中一闪念，再剧烈的光线，让绢花烧起来怕是也要一段时间，母亲当时怕是早知阁内熏了助眠香，仅用亮光晃刺是无法惊醒的……

但他终究没有当面揭穿她隐瞒的心思，只低叹一声，说道："那壶内是刚送进去的滚烫热水，袁才人势必无法用它浇头灭火。而外面伺候的人取水又要一段时间，还不如两三步跑到外间高台，檐下全是瀑布水垂落，须臾间就能扑灭头上火苗。"

所以她惊慌地奔出右阁，头顶的绢花在燃烧中散落，金丝花蕊也掉落了在了桥缝之内。

"可我不知道刺客竟如此凶残，在被袁才人撞见后，他竟不是跳水逃跑，而是下手杀掉了她！"太子妃神情灰败，抬手按住自己的额头，缓了一口气后，声音才算是稳了下来，"袁才人是荥国公之女，伯仁因我而死，郐王又来兴师问罪，所以母妃无论如何，都得遮掩住这个秘密，绝不能牵连到你与太子，使东宫陷于动荡。"

"所以，您授意将绮霞打入刑狱，在她被孩儿洗清罪名释放后，又多次找人收拾她，就是因为她运气不好，偶然间看到了您照出的白光？"

"一个教坊司的贱人，也不知命怎么那么硬。"见自己所做的事情被儿子毫不留情地揭开，太子妃反而扬起了下巴，冷硬道，"别说一个乐伎，无论是谁——从司南到郐王，只要可能危及我们东宫的人，那母妃就算死，也要将他们一一扫除。为了你们，为了东宫，我粉身碎骨亦无憾！"

朱聿恒缓缓摇头，不知该如何劝解自己歇斯底里的母亲。

最终，他只劝道："不必多费心机了，更别再利用此事做文章，借阿南和海客给郐王挖陷阱。母妃别忘了，在苗永望死后第二天，我便接到了圣上的飞鸽传书，让我远离江海，然后，行宫瀑布便出事了。"

太子妃脸色巨变，她死死盯着自己的儿子，仿佛要从他脸上看出一个答案来："你的意思是……"

"圣上掌握的内情，比我们所能想象的还要更多。"朱聿恒声音低缓而清晰，道，"在他眼皮底下搞小动作，尤其还是阋墙之争，绝不明智。"

"可……爹娘已经行动，这一切，又该如何是好？"

"这倒也无妨，我会妥善安排一切。"朱聿恒的神情波澜不惊，只揽住母亲的肩紧紧抱了一抱，"阿南的冤屈会洗清，刺客会落网，郇王我也自有办法收拾。只希望母妃好好待堂儿，他失去生母已经惨痛，切勿再给他增添阴霾，以免衷才人泉下不安。"

儿子已经长大，肩膀比她更为宽厚，足以承担风雨，护佑东宫。

太子妃听着他肯定的话语，心乱如麻又觉得欣慰，在他的肩上默然靠了一会儿。

在儿子面前卸下了心头难以言说的重担，她有羞愧也有轻松。事到如今，原先劝婚的话已再不可能说出口，她与儿子又坐了一会儿，最后问："你当真有那么喜欢阿南，甚至……不在乎她背弃过你？"

"在乎。"朱聿恒缓缓道。

她带着竺星河离去的那一刻，他是真的恨她。

直到现在，他心里依旧扎着那根刺，或许，永远也不可能拔除了。

但……在逃离拙巧阁的死阵之时，他紧握着她的手，跟着她在恍惚中往前狂奔，不知道前路何在时，他忽然有种万念俱灰的自暴自弃——

或许，他能拥有的仅此而已。

不知道前方在哪里，不知道是否有生路。可命中注定，她是这世上唯一能与他牵着手，在困境中跋涉的那个人。

即使她并不属于他，可他的路途中，却唯有一个她。

等到心神略为镇定之后，太子妃匆匆离去。

朱聿恒站在殿门口目送她，深夜中一排宫灯簇拥着她走向黑暗的前方。

烛光中她一身锦绣，可再亮的灯也只能照出周身数步，谁也不知道前路究竟隐藏着什么。

夜风从开启的殿门外疾吹而入，引得殿内灯光一片摇曳。

无数团光芒自宫灯中洒下，打着转在朱聿恒的周身投下明明暗暗的影子。

朱聿恒在殿内缓缓踱步，低头看着自己散乱的影子在金砖上的波动痕迹，想着母亲刚刚说的话——

刺客蹲伏在对面瀑布下的高台上，而且听母亲的口气，时间应该不短。

他在等待什么，还是在寻找什么？

可当时，父王与袁才人正在酣睡之中，本应是他最好的下手机会。

而那个一无所有的高台上，除了一套瓷桌椅、两个水晶缸之外，似乎便再无任何东西了……

他思索着，在灯下无意识地徘徊。

地面的金砖一格一格排列着，在摇曳的灯光下，有时蒙上黑色阴影，有时却显出白色反光，在光影中黑白交错。

这让朱聿恒想起阿南对照笛衣绘出的山河图，一个一个格子，黑黑白白，也是如此……

他抬头看向琉璃宫灯，恍然想起，那日阿南跃上高台穹顶，点燃那盏琉璃灯时，如同幻境的一幕。

原来……如此。

那看似空荡荡的高台之上，有一盏关大先生亲手设计制作的琉璃灯！

如同醍醐灌顶，他拉开抽屉，抓起里面那个卷轴，大步走出了殿门。

天已经黑了，坊间静悄悄的，正是酣眠时刻。

可阿南租住的屋外，却传来一阵急促的敲门声。

她不情不愿地披衣起床，先摸了摸自己的小胡子，然后提灯过了小院，隔着门问："谁啊？"

"董大哥，是我呀，绮霞。"

阿南诧异地拉开门，照了照孤身在外的绮霞："深更半夜的，怎么一个人来找我？"

"哎呀别提了，我今天搭江小哥的船出城玩，结果、结果有点事儿耽误了……现在都宵禁了，我回不了教坊司，幸好你这边离城门近，出入方便，我来借住一宿你不介意吧？"

阿南当然不介意，甚至还打着哈欠下厨房给她弄了两个荷包蛋，靠在桌上打量她："看你容光焕发，是被什么事儿耽误了？"

绮霞吃着荷包蛋，眉飞色舞："才不告诉你呢……要不帮我烫壶酒吧，我现在晕乎乎的，想喝点。"

"唉，对我呼来喝去的，却只给江小哥做鞋，董哥我伤心哪……"阿南给她烫上酒，端了碟花生米往她面前一搁，"对了教你个事儿，其实人手腕到手肘的长度和脚掌一样长，你以后再给人做鞋，不用特地去量臭脚丫了。"

"哎呀，你居然偷听我和江小哥说话，真不是个男人！"绮霞嗔怪地一拍筷子，又想起什么，"对哦，你本来就不是男人，哼！"

阿南顿时一惊，没想到绮霞居然已经察觉到自己身份了，她错愕之下，干脆也不掩饰声音了，问："你……什么时候发现的？"

"我见天儿跟你待在一起，还同床共枕的，有时候早上醒来靠太近，就发现你的胡子是粘上去的了，不然我哪敢大半夜来找你借宿？"说到这儿，她才惊觉，"咦"了出来，抬手指着她瞪大眼睛，"你、你的声音……难道是？"

"是我。"阿南抬手轻拍她的后脑勺，感叹，"真是千瞒万瞒，瞒不过枕边人啊！"

"你你你……你是阿南？！"绮霞差点没跳起来，"我还以为你是太监扮男人执行公务，所以才受皇太孙宠幸！"

"什么宠幸？我们只是一起办事，各取所需。"这暧昧的形容让阿南心口猛然一跳，赶紧否认，"我们……只是合作关系！"

"合作什么呀，你们年纪轻轻的，就不能搞点男女关系？"绮霞有了点醉意，抬手扯掉阿南的胡子，捏着她的脸颊左看右看，"啧啧啧，你就每天用这种脸对着皇太孙殿下？要不要姐姐教教你，怎么让男人乖乖听话，永远逃不出你手掌心呀……"

阿南打开她的手，跟她碰了碰酒杯："你先把江小哥搞定再说吧。"

绮霞笑嘻嘻地抿了两口酒下去，脸上终于露出点羞赧神色："实不相瞒，你猜猜我今天……为什么这么晚才回来呢？"

阿南唬得一跳，不敢置信地瞪大眼："你……？"

"唉，本来我真的只想和他坐船出去看看风景，散散心的。"酒不醉人人自醉，绮霞靠在椅背上捧着酡红的脸，"结果，我们穿过芦苇丛时，船身忽然一晃，我就趴在他身上了。"

"那趴一下也不至于……吧？"

"我摔趴下来时，把他胸前的铜锁给扯下来了，然后就掉水里了。"绮霞扶着脸，懊恼道，"什么嘛，一个小破锁而已，他却跟丢了命似的，说那是他从小戴到大的。我说你当时迟迟不救我还弄丢了我的金钗呢，我们两人就吵起来了，然后……"

阿南莫名其妙地看着她，绮霞自己也是糊里糊涂的，撑着头满脸绯红："哎，总之……我说我捞不回来、赔不起，那我只能肉偿了！我就……我就把他压倒在船舱里了……"

阿南目瞪口呆地看着她，绮霞则盯着桌上跳动的灯火，两人一时都无语。

最终，还是绮霞灌了口酒，揉揉自己滚烫的脸，说："我这回也是亏大了！以前客人留宿至少要一二两银子的，他那破锁能值几个钱啊！"

阿南只能问："避子汤喝了吗？"

"喝什么喝，大夫说我这辈子都不会有孩子了！"绮霞把酒杯重重搁在桌上，又斜了她一眼，"阿南你很懂嘛，你和阿言……殿下上次大半夜把我赶出去，是不是也……"

"没有！我们啥事也没有！"阿南一口否决，但一想到那夜她被阿言压在床上的情形，觉得自己的脸颊也烧了起来。

和阿言在危急时刻，确实顾不上许多，搂抱过好几次……

仿佛要驱赶心中这股悸动，也仿佛为了坚定信念，阿南斩钉截铁道："我心里有人了，我有公子！"

绮霞这女人喝了点酒，满脑子全是邪念，笑嘻嘻地摸向她的脸："那你和公子是不是也……"

阿南"啪"一声打开她的爪子："我和公子发乎情止乎礼！"

"哈哈哈哈太好笑了，你都十九了，你家公子多大？这么大的男女天天凑一块儿，还一起发乎情止乎礼？"

"因为，因为……"阿南一时语塞，"你见到我家公子就知道了，他是神仙中人，你别亵渎他！"

"好好，你舍不得……那你家公子对你呢？"

阿南踌躇着，十四年来的一切在眼前飞速闪过。

第一次见面时，他牵着她的手将她拉上船；她出师时，他摸过她的头夸奖她；她在战斗脱力时，他也曾将她拥入怀中带她撤离……

可是，过往中无论何种接触，感觉与绮霞间的，都不是一回事。

见她迟疑着无法回答，绮霞又问："那承诺总有吧？公子跟你说过吗？他什么时候娶你？有多在乎你？"

这一连串的问题，阿南全都无法回答。莫名的焦灼伴着热辣的酒劲冲上脑门，她驳斥道："当然在乎了！我是公子手中最好用的一把刀，我为他大杀四方，所向无敌，他不在乎我还能在乎谁去？"

"哈哈哈哈，阿南你真好笑。"绮霞指着她气急败坏的脸，嘻嘻醉笑道，"有人拿刀杀人，有人拿刀切菜，你听过有人跟刀成亲的吗？凶器用完就得了，谁会抱着它睡觉啊？"

阿南一把抓住她的手腕，气得脸色都变了："胡说！我家公子、公子他……"

可多年来，一直横亘在她心中的那个念头，忽然借着醉意，炸裂弥漫了她的整个胸臆——

或许从一开始，她的路就走错了。

他从来不喜欢南方更南之地，那些灼热日光与刺眼碧海终究留不住公子。

纵然她再喜欢海岛上四季不败的花朵，可最终他还是舍弃了那广阔的四海，奔向了心中的烟雨江南。

阿南，你这辈子最想要的，可能真的永远也得不到。

酒意上来，完全忘了自己说过什么的绮霞，趴在桌上沉沉睡去。

阿南恨恨地盯着这个揭自己伤疤的女人许久，才将她扶起来，拖到榻上给她盖了一条薄被，以免她着凉。

然而她却因为绮霞的话，酒也醒了，睡意也没了，坐在桌前托腮怔怔望着灯火许久，陷入了迷惘。

耳听得谯楼上二更鼓点响过，外面又传来两下不疾不徐的叩门声。

这风格，阿南便知道是谁来了。拉开门，外面果然是阿言，只带了一小队侍卫，提灯照亮了门外一块地方。

他举起手中卷轴向她示意，说道："去行宫，我忽然想到了一个可能的线索。"

"这大半夜的，你还真不把我当外人。"阿南暗自庆幸绮霞已经睡下了，不然阿言深夜来访被她发现，肯定又要被她胡乱揣测一番。

正带上门要跟他走，朱聿恒的目光落在她脸上，却抬手拉住了她，反而将她往屋内带去。

阿南诧异地问："怎么了？"

朱聿恒低声道："你胡子没贴。"

"哦……刚刚被绮霞撕掉了。"海捕女犯阿南有点尴尬地摸摸上唇，随意指了指椅子，"坐吧，我收拾一下。"

朱聿恒闻到屋内扑鼻的酒气，又看到在榻上睡得迷迷糊糊的绮霞，不由得微皱眉头。

转到窗前，他看到桌上有阿南正在制作的东西，便随手翻了翻。

几条细若蛛丝的精钢丝，连在几片莲萼形状的薄铜上，以弹簧机栝相连，看来像是一种小装饰。

他看不出这是什么，便问正在对镜贴胡子的阿南："这是什么？"

阿南一看他手中的东西，忙过来将它抓起，往抽屉里一塞，仓促道："没什么，随便做做打发时间。"

朱聿恒瞄她一眼，便没再问。

阿南则觍着脸，一边贴胡子一边问："对了阿言，你能不能给我弄点东西啊？"

"要什么？"

"帮我弄块昆冈玉，要昆仑与和田两地正中间出的青蚨玉，越透越好，越大越好。还有精钢丝，要在炭火中反复煅三百次以上……算了，把精钢给我，这个我自己来吧，不放心别人的手艺……"

杂七杂八说了一堆，她见朱聿恒一声不吭，便干脆写下来交给他："一定要弄到啊，尽快。"

朱聿恒拿着备注详细的满满一张纸，眼前忽然闪过上次她将单子交给自己时的情形。

那一次，她也是这样将救竺星河要用的东西写了满满一张，还讨价还价让他给她尽量多弄一些——

然后她便使用他给的东西，将他困在暴雨之中，带着竺星河头也不回地离去。

而这一次，她瞒着他做的，又是什么呢？

他看着她的单子，神情略冷："这些东西，怕是不好弄。"

"就算不好弄，你也得帮我搞到，这回真的不能打一点折扣。"

"做什么用的？"

"羊毛出在羊身上喽，最终还是给你们朝廷用的……"

朱聿恒淡淡道："你前次索要火油炸药的时候，也说是为我做的。"

"之前是之前嘛……"阿南揉揉鼻子，难得有些不好意思，"我这次可是说真的，不要不领情……"

朱聿恒正在垂眼思索，却听得旁边传来绮霞醉醺醺的声音："不领情……你家公子确实不领情，十几年的情都不领哈哈哈哈……"

阿南错愕地转头看她，却发现她说完梦话加醉话，翻个身，又呼呼大睡去了。

阿言不会误会这是给公子的吧……

阿南无奈地抬眼，果然看见朱聿恒的面色沉了下来，那双一贯锐利的眸子也蒙着微寒。

但还没等她说什么，朱聿恒已将单子折好塞入袖中，声音微冷道："行了，我知道了。"

阿南见他转身大步离去，只能赶紧跟上，一边在心里哀叹，有求于人也只能委曲求全了，只希望阿言生气归生气，东西可不能不给呀。

被水车管筒牵引上去的瀑布，日复一日地流泻在行宫双阁之间，奔流不息。

高举明灯，阿南随着朱聿恒走到瀑布之下，站在高台上。

朱聿恒以手中的灯照亮脚下密密匝匝镶嵌的小方砖，又抬头看向顶上的琉璃灯，问阿南："你发现了吗？"

阿南现在有求于他，当然要好好表现。看着脚下铜钱大小的细方砖，她眼睛一亮，问："难道说，我们从卷轴上转来的黑白方格地图，原本应该是填涂在这里的？"

朱聿恒略一点头，道："我母妃在出事当日，曾看到刺客蹲伏于此。我猜测刺客必定是在地上画这个图案，而天下之大，他为什么要躲在这里描绘图案呢？"

阿南随着他的目光向上看去，头顶的三十六头琉璃灯，正在灯光下暗暗生辉。

她不由得脱口而出："这灯就是那幅地图的点！"

朱聿恒微一点头，将手中卷轴展开："看来，我们首先要找的，是画面中心点。"

他们点数着八角高台的地砖，寻到正中心那块地砖后，又在黑白卷轴上同样寻找到中心点，将上面的黑白格子以墨汁转描到地砖之上。

等卷轴上那幅山河图案原原本本地出现在高台上之后，阿南以流光牵住檐角，一个旋身上了彩绘藻井，晃亮火折将那盏三十六头琉璃灯点亮。

朱聿恒熄掉了提灯，暗夜中只剩下琉璃灯光照彻高台。

三十六盏琉璃灯头彼此折射，光辉重叠映照，一朵巨大无比的青莲映在下方的地上，青莲上几颗特别明亮的光斑，如露珠般在那幅山河图上闪耀。

阿南从穹顶上跃下，和朱聿恒并肩站在这朵巨大的青莲灯影之中，屏息静气看向那几个地方。

长城内、黄河边、东海畔……

他们曾经历过的那些巨变，都清晰地出现在这幅简略的地图之上。

除此之外，还有西北弯弯一泓白线旁的一点。

阿南与朱聿恒一起站在灯光下看着这一点，想着曾在顺天城下看到的笛子与那句"春风不度玉门关"，问："是离月牙泉不远的玉门关吗？"

"嗯，很有可能。"朱聿恒点了一下头，又转而去看它东面的一点，"这一点，似是贺兰山。"

再往东而去，则是渤海湾中的一点明亮光斑。

"还有一点，似在云南。"阿南用足尖点点横断山的一角，疑惑道，"关大先生不是一直在北伐吗？居然在南方也设了点？"

"可惜太模糊了，虽然可以断定大致地点，但却很难定到具体位置。"

阿南道："毕竟只有三十六盏琉璃灯了，若是七十二盏的话，应该能清晰映照出来。"

"那阵法已经毁在钱塘海下了，琉璃易碎，又被沉埋在水下，如何寻回呢？"朱聿恒抬头望着那些大小不一、形态各异的灯头，皱眉思索。

"渤海之下呀！"阿南脱口而出，"渤海之下的水城既然与钱塘湾下的一模一样，二者必有关联。搞机关的人不会有半分差池，我猜想，既然钱塘湾有，那么渤海湾肯定也有一样的琉璃灯！到时候我们将琉璃灯捞起来，装在这盏灯上，不就能准确地知道阵法所在了吗？"

朱聿恒深以为然："看来渤海下那个水城，我们势在必行。"

在卷轴上做好标记，灯油燃尽，高台上又陷入黑暗。

将提灯点亮，二人提水将砖上的墨汁痕迹冲洗掉，以免被人发现。

直到一切痕迹都湮没之后，阿南才丢下水桶，道："还是那个刺客省事，瀑布暴涨将他留下的痕迹直接湮没了，不像我们还要自己清除。"

"刺客所掌握的地图似比我们清晰，就算是白天点燃这盏灯，也能照出痕迹来？"

"这就是对方用眉黛的原因啊。"阿南指指柱子上那个残存的青莲痕迹，道，"远山黛中掺了青金石，能反射微光，在白天的话，用这个是最好的选择。"

说着，阿南又忽然想起一事，若有所思道："说起这个眉黛，我倒想起关大先生那些东西上的胭脂痕迹。傅灵焰与他同为九玄门的人，又同在龙凤帝身边，二人不知有没有联系。"

"随身带着胭脂、眉黛的人，多为女子。"朱聿恒将当时在场的人在脑中过了一遍，道，"按现场推算下来，此次在行宫中作案的，大概就只能是她了吧。"

"可刺客分明是用右手杀人，而且衣服颜色也不对呀……更何况，她是怎么从众目睽睽之下，骤然消失的呢？"阿南思索了一阵，见没有头绪，便也就先撂开了，"所有疑问，找到人后就能迎刃而解了，就像我们要是能找到傅灵焰，那一切都不成问题。"

"大海茫茫，她是否尚在人间也是个疑问，要寻找一个人谈何容易。"朱聿恒道，"此事还得着落于渤海水下，等我们寻到高台，寻到琉璃灯，一切都会有结果的。"

他们低低地商量着，在深夜的行宫内沿着青石台阶往下走，韦杭之带人远远跟在后方。

瀑布在道旁变成溪流，曲曲折折流向山下。

阿南手中的灯照亮他们脚下的道路。她脚步轻捷，朱聿恒与她并肩而行，有时候她的影子在他的身侧，有时候一转弯，却又叠在了一起。

明明暗暗的灯光之下，她离得那么近，却显得那么缥缈，若即若离，似远还近。

走到一处水潭边，阿南的目光忽如水波一转，"咦"了一声。

她举起手中灯笼往旁边照了照，抬手朝他做了个噤声的手势，低低道："等我一下，我马上回来！"

朱聿恒停下了脚步，微举提灯照亮她的身影。

只见阿南折了一根小指粗的树枝，沿着台阶轻手轻脚走了下去。在走到最后一级台阶之时，她抬起手，又狠又快地刺向水中。

只听得波喇喇一声，一条大黑鱼从水中猛然跃了出来，原来已被她的树枝刺中。

阿南眼疾手快，提着树枝将鱼拎起来，扯过旁边的柳条穿了鱼鳃，兴冲冲地拎着鱼跑上台阶，举到朱聿恒面前："看，好大一条鱼！我明天早上有鱼片粥吃啦！"

朱聿恒料想不到她竟然在行宫捉鱼，看她拎着鱼的开心模样，不禁哑然失笑。

韦杭之一行人训练有素，即使阿南拎着条活蹦乱跳的鱼叩开城门穿街过巷，也都保持了肃穆。只是偶尔挂在马身上的鱼蹦跳起来，尾巴啪一声拍在马匹上，他们的嘴角就要微微抽搐一下。

等回到住处已是四更天。阿南下马时忽然转向朱聿恒，问："进来帮我下？"

朱聿恒随她进内后，才知道她居然要自己帮她烧火煮粥。

他转身要喊个人来顶替自己，阿南忙拉住他，轻声道："别啊，我其实是想跟你说点事情。你闲着也是闲着，帮我看着点灶台里的火呗，好不好？"

夜灯下她笑容盈盈，灯光映照在她的眼中，跳着些令他心口微动的光芒。

不知怎么的，他就点了头，帮她把灶火烧起来。

阿南运刀如飞，几下剖了那条大黑鱼，剔除鱼刺，刷刷刷利落片鱼。

朱聿恒见火已经燃旺，便将几块细柴爿[1]往里面压了压，让火持续闷烧，将粥在锅中慢慢滚开。

阿南理着雪白的鱼片，朝着正坐在灶前烧火的他露出满意笑容："火烧得挺好啊，

1　柴爿：经过截断、剖劈的木柴，作燃料用。

看来之前当家奴的手艺没丢。"

朱聿恒丢了手中火钳，问："不是有事跟我说吗？"

阿南见米粒已经烧得饱满绽开，便将鱼片下入粥中烫熟，盖上锅盖焖一会儿："哦，是这样的……你看最近我们追踪'山河社稷图'，也算是有了些重要线索，但这个具体分布和坐落地点啊，就算对照地图，朝廷也要勘探许久。"

朱聿恒点了一下头，没有回答。

"但你也看到了，我之前找黄河堤口的阵法时，是很准确的，几乎没有偏差。"她坐到他身边，用火钳拨着灶灰将明火盖住，托腮打量火光下他忽明忽暗的神情，"如果……我是说如果啊，现在我们查到的点不太分明，若我家公子愿意用五行决来帮忙找出详细所在，那我觉得肯定是件大好事，你说呢？"

朱聿恒盯着面前明灭的火光，沉默片刻，缓缓道："他的问题，并非如此简单可以解决。有二十年前那场风云变幻在，圣上绝不可能允许他在疆域内行动。"

"可你是皇太孙呀，天下人都说圣上最疼爱你了，肯定会看在你的分上……"

"圣上不止我一个孙子。"

听着他干脆利落的回答，阿南的脸都皱成了一团："可我家公子可以查到关大先生设下的阵法啊，难道朝廷会任由灾祸动摇社稷，也不愿揭过二十年前的旧事吗？"

朱聿恒的声音微冷："所以你在被朝廷海捕之后，还胆大妄为回来潜伏在我身边，就是为了向我提议此事？"

阿南忙道："主要是为了替自己洗清冤屈！现在我的冤屈已经洗清了，所以顺带问问嘛，而且这也是为了你、为了天下百姓，对不对？"

朱聿恒没理她，站起身拍去身上的草屑："话说完了？我走了。"

阿南忙问："那你到底是答应还是不答应啊？"

"我会与圣上商议的，或许他老人家能以江山社稷为重，考虑此事。"

虽然他口气不太好，但阿南听他话里的意思，不由得心花怒放："那应该是很有希望？"

"未必，毕竟还要看竺星河如何抉择。"朱聿恒看了她一眼，抬脚要走。

"哎，等等。"阿南踮起脚尖，抬手将他脸颊上的灰迹拭掉，对着他笑道，"虽然你现在火烧得挺好了，可灰还是沾到脸上了啊。"

她贴得那么近，温热的呼吸甚至都喷到了他的耳畔。

他偏转头，想要毫不迟疑地转身走掉，谁知阿南却又笑道："先别走啊，鱼片粥做好了，你辛苦烧的，不来一碗吗？"

　　她将他按在桌前，去院中摘了一把紫苏叶切碎，撒入粥中搅匀。见绮霞睡得正酣，便只盛了两碗端过来，给他分了一把勺子，两人对坐在桌边吃着鱼片粥。

　　"好喝吗？"她觉得鲜美异常，便有些得意地问朱聿恒。

　　他"嗯"了一声，说："可以。"

　　"喜欢的话我下次再给你做。"阿南托腮望着面前的他，他吃得快速而文雅，一看便可知从小养成良好的习惯，和她这种蛮荒海岛上长大的人截然不同。

　　阿南是很爱喝鱼片粥的，她喜欢吃一切的海鲜，鱼虾贝壳她都爱吃，可公子却不爱吃海里的东西。

　　或许就像公子喜欢的烟雨江南，她却总觉得下都下不完的雨，让她憋闷。

　　相比之下，虽然阿言板着脸只说可以，但吃得比她还快还多，这让做饭的她真开心。

　　窗外天色渐明，屋内一灯如豆。饥肠辘辘的绮霞闻到香气醒来，迷迷糊糊睁开眼，看见阿南正坐在窗下用勺子舀着粥，眉开眼笑地与对面人扯着咸淡。

　　熹微的晨光映照出她对面人的轮廓，让绮霞大气都不敢出，把睁开一条缝的眼睛又赶紧闭上了。

　　造孽啊，看这模样，皇太孙又来找阿南共度了一夜？

　　可是，她醉倒之前，怎么恍惚记得阿南说的是他家公子啊？

　　皇太孙出行前往渤海，声势自然浩大。

　　尽管已一再精简并筛减了人员，但等到出发之日阿南登船一看，浩浩荡荡十二艘楼船，从龙纹描金的主船到负责日常用度的料船，再到开道清淤的鸟船、护卫随从起居的座船，阵仗极大。

　　阿南身为朝廷网罗的下海好手之一，自然被安排在座船上，她乔装改扮后并没多少东西，随便把包袱往房间内一丢，转身正打量船只格局，就看见薛澄光从对面过来了。

　　"董兄弟。"薛澄光笑嘻嘻地与他打招呼，闲扯了几句今天天气不错之类的废话，话锋一转便问："听说前次你去了我们拙巧阁？"

　　"是啊，和卓少一起去见识了一下，果然是人间仙境美不胜收——哦，还遇到了令妹，真是女中豪杰。"阿南靠在栏杆上，看看周围，又凑近他挤眉弄眼问，"对了，薛堂主知不知道当日拙巧阁内出了什么事？我们的船开出后，看岛上好像燃起了信号？"

　　薛澄光脸上依旧堆笑，盯着她的目光却显出一丝锐利："这还要问你呢，听说你在阁内逗留了不短时间，然后匆匆跑上船，命人立即开船离开？"

"什么，竟有此事？"阿南脸上露出震惊神情，"那可是朝廷的船，我这种去混粮饷的小人物，能驱使得动那帮大老爷？难道是我喝醉后大发神威了？"

薛澄光若有所思地打量她贱兮兮的模样，又问："或许是和你一起的那位仁兄说话比较有分量？"

"是吗？卓少居然这么讲义气，在我喝醉后还陪着我？"

看着她那抵赖到底的模样，薛澄光不由得笑了："看来你真是醉得不轻。"

阿南脸上的笑更真诚了："还是你们拙巧阁的酒太好，令妹又太热情了，不知不觉就喝多了。"

薛澄光"哼"了一声，似笑非笑地瞄着她道："你还是早点想起来比较好，否则一旦下了这艘船，就没有你想不起来的余地了。"

阿南觍着脸道："还是留点余地比较好。青山不改绿水长流，江湖就这么点大，日后还是要相见的嘛。"

薛澄光再不说话，朝她笑了笑，扬长而去。

阿南才不怕这个笑面虎。她当然知道自己在拙巧阁那一番动静肯定瞒不过他们的眼目。不过反正在官船上薛澄光不能对她下手，到了渤海之后她办完事就开溜，到时候就让拙巧阁满世界找董浪去吧，关她阿南什么事？

所以她浑不在意，在船上做做手工，偶尔和众人聚在一起探讨探讨渤海水城，日子过得轻松自在。

从应天沿运河一路北上至淮安，换河道转潍坊，往东北而行便入渤海。

山海相接处，巍峨城墙上，耸立的便是蓬莱阁。

舟行渤海上，阿南立于船头，仰望上方城阁。城墙依丹崖山而筑，高矗于海岸之上，任凭万千浪头击打，兀自岿然不动。

在城墙的上端，是错落分布的亭台楼阁，在浪潮与水雾之中高踞崖顶，与海底捞起的那块浮雕一般无二，一派仙山楼阁的气象。

阿南正在赞叹着，却听身旁的江白涟低低地"啊"了一声。

她诧异地顺着他的目光看去，却见仙乐飘飘，楼阁之上有一群乐伎正在演奏乐曲，想来是这边的官员为了讨好皇太孙而搞的这一出戏。

而在乐伎之中，一个身穿绯衣持笛而吹的女子，正是绮霞。

阿南也不由得"咦"了出来，脱口而出："她怎么来这里了？"

"我啊，听说山东教坊正缺个笛伎，就逮着空缺赶紧来了。"

阿南登了岸一问，绮霞便委屈地往她身上一靠："谁知这边催得急，这几天紧赶慢赶的，我累得脚到现在还虚软呢。"

"难怪你来得比我们快，原来是一路赶陆路。"阿南扶着她埋怨道，"你身体刚刚恢复，何苦为了这点钱搏命？"

"主要是，你们都走了，我在应天好无聊啊……"口中说着你们，绮霞的目光却一直往下方瞄。

阿南看了看无法上岸而待在船上准备的江白涟，将她的肩一揽，了然地笑出声："行啊，那本大爷找你好好聊聊！"

下方的江白涟抬起头，看着台上亲热拥在一起说话的二人，目光在绮霞脸上停了停，赌气地狠狠转头，大步走进了船舱内。

"哎……"绮霞下意识地抬手，似想要留住江白涟。

"隔这么远，他听不到的。"阿南笑嘻嘻地将她的脸扳过来，"好好吹笛，不许分心。"

结果脸一转过来，就看到卓晏朝她们走来了："董大哥，该去喝接风酒了……咦，绮霞你也在啊？"

阿南心中暗笑，你怕是一听到音乐就知道绮霞在了吧，还装模作样过来搭讪。

她口中应着，一转过屋角就赶紧贴在墙壁上，生怕卓晏吃醋为难绮霞。

一抬眼，朱聿恒正率人从走廊那边而来，她赶紧朝他打手势，示意别带人来这边。

朱聿恒止住了身后侍从，却快步走到了她身旁，眼带询问。

阿南只好将手指压上嘴唇示意他别说话，指了指墙角后。

那边卓晏的声音传来，带着浓浓的醋味儿："认识好几年了，怎么感觉你我还没这些认识不久的人亲热？"

朱聿恒没想到自己屏退这么多人，居然被阿南拉着干起了听墙角这种完全不符合皇太孙身份的破事儿——听的还是下属的感情纠纷。

他有些无奈地瞧了阿南一眼，见她关注着那边的动静，眼睛都在冒光，只能按捺着陪她听那边动静。

只听绮霞笑道："一开始可不都打得火热嘛，咱俩是情深日久了，细水长流。"

卓晏语气和缓了些，但还有些委屈："我瞧着你跟他不一样。"

"哎呀，董大哥又给我治病又给我抓药的，对我有恩嘛……"

"我是说江小哥。"卓晏打断她的话。

绮霞怔了怔，那应付自如的神情也破功了："他……嗯，他不一样。"

卓晏没吱声，等着她说下去。

绮霞支吾了半晌，最后似是终于下定了决心，叹气道："卓少，中意你的姑娘很多，你中意的也很多。你心里会疼很多姑娘，我只是其中一个，可我和江小哥心眼都小，装了对方就满当当的……"

卓晏冲口而出："你傻吗？他是疍民，疍民一世在水上，是不会娶陆上姑娘的！"

"卓少说笑呢，我一个教坊的贱籍，还想着别人娶我？"绮霞笑笑，声音又低又轻，"我在岸上，他在水里，我们就这么相互贴着一点点就行了，其余的，我也要不起。"

见卓晏陷入沉默，阿南忙拉拉朱聿恒的衣袖，示意他和自己赶紧走。

"阿言，你说绮霞能脱离乐籍吗？"阿南似在询问，用的却是商量的口吻。

朱聿恒自然知道她的意思，说道："这倒无妨，我吩咐一声便可帮她脱籍。可目前他们最大的问题是，江白涟是疍民。"

阿南自然也知道疍民只能娶疍民，绝不与陆上通婚，她有点泄气道："这倒是，江小哥比绮霞还难。"

"刻在骨子里的习俗，有时比写在纸上的律令更有束缚力。"朱聿恒说着，见瀚泓已小步跑来，便转了话头，道，"先去接风宴吧。"

"那是替你接风的，我还是和绮霞下馆子去吧，想吃啥吃啥多开心。"阿南转身就走，挥了挥手，"别忘了我的青蚨玉啊，我现在万事俱备只欠这个了！"

吃饭不是阿南的主要目的，主要是为了寻找同伴给她留下的线索。

在最繁华的街市上转了一圈后，阿南心里有了数。

等吃完把绮霞送回去后，她晃晃悠悠到了驿站，不到一刻，有个戴着斗笠粗手大脚的汉子便拿着条扁担出了驿站。

门口负责盯梢的人一看他身上挂着枯枝草屑的模样，便知是送柴火来的，打量了几眼便不再关注。

"阿言，以后你想管我，可得找几个得力的手下呀。"阿南笑着腹诽，拿着偷来的扁担溜之大吉。

数声雁鸣，在渤海之上远远传来。

天高云淡，正值雁群南飞之际。竺星河目送长空征雁，不觉间已面向南方，遥望碧波广阔之外。

司鹭在他身后望了望天空，说："可惜飞得太高了，不然我们把它打下来，今晚就有烤大雁吃了。"

竺星河略一皱眉，并不说话。

方碧眠在旁边看竺星河神情，对司鹭微笑道："天南地北双飞客，老翅几回寒暑。大雁是最忠贞的，你把一只打下来了，另一只可怎么办呢？"

"还要管这个吗？我以前和阿南可打了不少。"司鹭挠挠头，想想又笑道，"你要是跟阿南说这个啊，她肯定会说，那就两只一起打下来呀，成亲都是要提上一对的！"

方碧眠笑着看向竺星河，而他已收回了目光。正当转身要走时，他忽然又迟疑了一瞬，回眼看向海上。

冯叔驾驶着快船破浪而来，站在船头的一人，身穿蔽旧布衣，头戴斗笠。

船速太快，船头在急浪上忽起忽落颠簸不已，那人却似与这大海有默契般，身形随之起伏微动，如钉在了船头。

竺星河望着那条身影，那一贯微抿的唇角此时缓缓扬起。

任由海风吹起他的鬓发衣袖，他向前踏出两步，站在船头最高处迎接归人。

见久违的公子站在熟悉的船上等待她，阿南不由得欣喜万分。等不及搭上跳板，两艘船身擦过之时，阿南一纵身便跃向了公子，笑声欢快："公子，我回来啦！"

竺星河下意识地伸手去接扑来的她，但在即将碰触到时，又改成了拉住她的手臂，免得她站立不稳。

可阿南身手灵活，哪需要他的扶持，搭了一把后便已站定，笑盈盈地看着他。

竺星河打量她这一身糙汉装扮，还没来得及问话，旁边司鹭已经又惊又喜地叫出来："阿南，你怎么搞成这样？我的天啊丑死了！"

方碧眠也笑道："南姑娘你先坐下喝口茶，我给你打水洗把脸吧。"

"不用不用，我马上得回去，那边还有事情呢。"阿南忙制止她，一边对公子解释道，"我是瞅空跑出来的，待会儿还得回去呢。"

竺星河微皱眉头，问："牵涉你的案子那么棘手，还没解决吗？"

"解决嘛……其实也差不多。苗永望的死啊，行宫的刺客啊，我们也都心里有数了。"阿南接过方碧眠递来的茶水，着意多看了她一眼，见她神情温婉地望着自己微微而笑，毫无异状，便也朝她一笑，然后道，"但我还有另一件大事要办，相信能帮到公子。"

竺星河见她神秘的模样，便示意她随自己到船舱内。等她如常蜷缩在椅中找好了舒服的姿势后，才给自己斟了一杯茶喝着，问："怎么？"

阿南略正了正身躯，道："我此番回去，打探到了不少消息，也与阿……与朝廷有了接触，摸到了他们的口风。"

竺星河微扬眉梢，但并未出声。

"如今朝廷对关大先生在九州各地设下的杀阵束手无策，灾祸异变必然引得民乱纷起。虽然官府一直在追查线索，但目前拿到的地图依旧晦涩不明。"阿南凝望着竺星河，信心满满道，"我相信，天底下能帮他们的，只有公子的五行决！"

竺星河低低地"唔"了一声，若有所思地瞧着她，问："你的意思是，朝廷如今要寻求与我合作？"

"是呀！我想这也是大好事。兄弟们可以解除海捕身份，换得在陆上的自由，公子不也一直希望能破除灾祸，拯救黎民吗？"阿南眼睛晶亮地望着他，道，"上次公子命我去救黄河堤坝，我势单力薄没能成功，如今有朝廷雄厚之力为靠山，公子一定能挽救苍生，实现心愿！"

竺星河垂眼看着杯中碧绿茶汤，淡淡道："如此说来，倒真像是好事。"

"对吧！所以我一探到口风，知道此事有望后，赶紧回来找公子了！若朝廷真能给出足够诚意，并且出具妥善的合作方式，那我们大可在保持时刻抽身的警惕下，试探着与他们合作下——最重要的是，兄弟们能洗脱海捕身份，不至于被朝廷通缉，无法登陆。永泰行也不必倾覆，被牵连的人都能安然无恙，公子觉得呢？"

她筹划得热闹，但竺星河只端详着她，并未出声。

阿南终于停下来，迟疑了一下："只是……不知公子的意思？"

竺星河搁下茶杯，那双幽深的眸子望着阿南，徐徐道："阿南，你太天真了。"

阿南心口一震，看着公子平静又坚决的神情，喃喃问："怎么……"

"你在与世隔绝的荒岛长大，掌握了世上最高深的技艺，能破解世间最艰深的阵法，你纵横四海无人可挡，可你……不曾见过权力斗争，不知道这世上最残忍血腥的东西是什么。"

如兜头被泼了一盆冷水，阿南默然看着他，双唇嗫嚅，一时什么也说不出来。

第十四章

逝水流年

阿南其实很想告诉公子，我知道的。

十四年前，她离开那座孤岛，被送去了公输一脉学艺。

用了近十年时间，她顺利出师，成了当世无人可及的三千阶。又用了三年时间帮助公子平定四海。

其实现在想来，那可能是自己最好的时候。

那时她还年轻，心中除了公子一无所有。她曾经纵横四海，拥有广袤无垠的天地，可她的人生，其实也很狭窄。

狭窄到，枯槁孤单的人生中，唯一的方向与期盼只有公子。

他喜欢的，她便去做；阻碍他的，她便去铲除。风雨无阻，坚定不移。

十七岁时，她随公子回归故土。明面上，公子是按照父母的遗愿落叶归根，可她知道不是的。

她永远记得老主人去世那一日，在狂浪扑击的断崖上，痛哭失声的公子。

"我知道，公子您的心里，一直记挂着二十年前的国仇家恨。"阿南声音低低的，但她那双比常人都要亮上许多的眸子一直盯着公子，一瞬不瞬，与她的话语一般，毫无犹疑，"两年前，我跟着您踏上这条路时，便知道这会是条不归路，但我那时早已下定决心，就算死，能为公子而死，也是司南死得其所。"

说到这里，她却缄默了下来。

可踏上这片陆地后，她按照师父的吩咐去拜会各家门派，与公子分别之后，才发现，这个世界太大了，大得超乎了她十七年人生能想象的范围。

名山大壑，荒漠草原，她从未见过的人烟阜盛都市繁华，万千人欢笑与忧愁之处、安居与迁行之所。

在海上的时候，她面对的全是海匪盗贼，只需要按照公子的吩咐，一往无前地斩杀恶徒便可以了。

可在这世上走了一遭，她已不再是当年那个只有公子的小女孩。她的生命里，出现了萍娘用性命保护下来的囡囡，有过将母亲遗骸托付给她的葛稚雅，以及为了保护她宁可承受最难堪折磨的绮霞……

还有，无数次在生死的天平上，毫不犹豫选择脚踏死亡，将她送上生路的阿言。

她想要保全他们，更想在公子陷入深渊前一刻拉住他，阻止这滔天洪水，让每个人都能走上最好的那条路，在日光下从容度过自己的人生。

"我至今依旧是这样想的，我和兄弟们都愿意为公子豁出性命，百死无悔。"阿南直身正坐，一反素日的慵懒散漫，姿态与神情都无比郑重，"可万一，公子现在走的这条路错了……"

竺星河没回答，只是看着她的目光中带上了寒意。

"我知道公子身负血海深仇，也知道当今皇帝为了登基手上沾染了多少血腥。"阿南凝望着他，道，"可是公子，二十年过去了，朝廷已不再是当年的朝廷，纵然我们有必死的决心，可我们区区百人之力，要撼动这万里江山谈何容易？到时只怕兄弟们徒然牺牲，无法建功立业。"

"这么大的事，当然不容易。"竺星河嗓音低喑而肯定，"回来的这两年，我们已在朝中联络到了诸多旧人，地下势力亦遍布大江南北，深入民间。朝廷虽一时打击永泰行，但我相信，浮云终究不能蔽日，人心所向，必是我们这一脉正统！"

"虽然如此，可是……咱们在海上纵横万里、无忧无虑，又有什么不好呢？"

就让陆上依旧一片盛世繁华景象，让万千百姓依旧安居乐业，他们又何苦一番图谋，令神州血雨腥风生灵涂炭？

"公子，我们在海上的时候，难道不比现在快意百倍？我们诛盗贼、平匪窝、定四海，兄弟们在海上叱咤风云，千洲万岛共奉您为四海之主……我真想，真想永远这样下去……"

"我自也留恋与你一起在海上肆意横行的日子。可是，我与你不同，我的人生，背负了太多责任。江山易主的国仇，父皇在孤岛郁郁而终的家恨，忠于我们的臣子惨遭枉死，我能将一切弃之不顾，只管自己在海外独善其身，过自己开心快活的日子吗？"

他血淋淋的质问，让她无言以对。

许久，她勉强道："至少，咱们徐徐图之，不要和青莲宗的人在一起。他们趁着灾祸纠集灾民烧杀抢掠，甚至为了维持民乱，他们可以暗杀求赈济的官员，公子……您霁月光风，怎么能与这些人为伍？"

"也不算为伍。之前青莲宗与我们会面约谈，颇有诚意，当时又正巧有官兵来袭，抵御之时我发现与他们联手合作还算顺手，因此便多接触了些。"竺星河不愿与她多谈青莲宗的事，只道，"对我而言，世上能令我重视的人不过寥寥数人。所以有些事情能让青莲宗出手也好，毕竟我不希望你……还有其他兄弟，为了我而舍生忘死。"

阿南摇头道："但公子，就算借助青莲宗和乱民，我们要颠覆天下，也是蚍蜉撼树，谈何容易……"

竺星河垂眼，冷声道："但当初若是蓟承明的计划成功，或许那个匪酋已经葬身于顺天，这九州大陆已经变了天。"

即使心中早已盘旋疑问，但听他此时提起，阿南不觉悚然。

顺天那场灾变若按照蓟承明的计划实施，皇帝、太孙与满朝文武一夜之间尽殁于地火，前朝炆帝子嗣归来，确是足以改朝换代之举。

可，望着公子眼中惋惜的神情，阿南只觉脊背一阵冰冷，汗湿了内衫："公子是指……以顺天百万人为殉？"

"匪酋当初起兵谋逆，事后又清算臣民，所杀之数怕是早过了百万。"竺星河冷冷道，"若顺天民众殒身能换得天下太平，我相信他们九泉之下亦能瞑目。"

阿南额头微麻，她望着面前的公子，十四年来被她捧在心口奉若神明的这张面容，此刻忽然模糊起来，让她一时看不清晰。

"阿南，我暗地联络当年旧人，借用当年那些阵法，就是为了你们着想。毕竟贼人已经坐大，真刀真枪上阵胜算太小，我不能拿你们的性命冒险。"竺星河抬眼看她，轻叹一口气，目光中有温柔也有坚决，"蓟承明挖掘出的关大先生阵法，正是我们的大好机会，我想你也不会让我们放弃这大好机会，让兄弟们徒增伤亡吧？"

"可……可您当时还曾让我去黄河边阻止灾变……"

他没有回答，只以暗沉的目光望着她，缄默不语。

阿南忽然在瞬间明白过来——

所以，公子只让司鹭陪她去黄河。

他不是让她去阻止灾祸的，而是帮他探路的。

他要确定自己五行决的结果，确定自己可以推断灾祸的确切细节，最终实施他的计划。

所以，她心中所设想的一切都是梦幻泡影。

公子需要的，是动荡的乱世。关大先生留下的那些巨大灾祸，与青莲宗一样，正是他的助力。

他绝不可能帮助阿言，破解"山河社稷图"的。

外面传来呼哨声，船已经靠近了目的地。

前方码头严整，是一个渤海中地势颇佳的小岛。

阿南转头看着面前井然的屋舍与巡逻人员，心道公子果然厉害，来这边不过短短月余，已经布置得井井有条了。

"这边离陆上有段距离，不是轻易可以整顿好的。这岛是青莲宗之前的据点，我们合作之后，便接手了此间，倒也省事。"像是看出了她的心思，竺星河道，"水能载舟，亦能覆舟。青莲宗虽是一群乱民，但若能为我所用，散沙未必无法聚力。"

阿南终于在心里叹了一口气。公子毕竟还是没有跟她说实话。

海客与青莲宗的合作，并不仅仅只是他轻描淡写的那些而已。

阿南沉默地跟他踏上岸，便听方碧眠温柔含笑的声音传来："公子，您接南姑娘回来啦？大伙儿知道了都很高兴，正设了酒宴要为南姑娘接风呢。"

"走吧，别让大家久等了。"竺星河神情如常，对阿南笑道。

虽然心事重重，但阿南个性素来开朗，踏入院中见到诸多熟人，一激动也就暂时抛却了烦忧，与大家叙起话来。

"南姑娘，你可算回来了！知不知道俞叔添了个孙儿啊？赶紧和他喝一杯！"

"阿南你好没良心啊，把我们抛下说走就走，还不快自罚三杯？"

"来，咱兄妹走一个，这回你再敢走我就跟你急知道不！"

席间热闹非凡，觥筹交错间笑语连连。

阿南与他们多日未见，再加上如今心情郁积，杯到酒干来者不拒，不多时便面带酡红，兴奋得就差与众人勾肩搭背了。

"阿南，你醉了。"公子见她失态地靠在司鹭身上，便走到人群中，亲自将她扶住。

"没醉，我高兴，真的……回到陆上这么久，今天大家终于又重聚到一起，就像当年在海上一样，我……我真是开心极了！公子，我真的好想回到海上，我们回去做海匪头子好不好……"

她像只网潮般，双手不住地往公子身上摸搭，差点要缠上去了。

竺星河看着满院望着他们笑的兄弟，只能无奈道："方姑娘，你扶阿南去屋内歇息一下吧。"

阿南一边喊着"我酒量很好我没醉"，一边趔趄着被方碧眠拉进了早已为她收拾好的厢房内，倒在床上便没了动静。

方碧眠推了推她，见她没反应，便帮她脱了鞋盖好被子，出来对公子抿嘴而笑："南姑娘倒头就睡，看来是真醉了。"

竺星河对众人道："大伙适可而止，以后别再这么灌酒了。阿南毕竟是个姑娘，和咱们这群男人不一样。"

听他这样说，冯胜先笑了出来，道："公子所言极是，只是这丫头太能逞强，比男人还彪悍，我们老忘记她是个小姑娘这回事。"

"也不是小姑娘了，不知不觉也十九啦。"常叔叹道，"我还记得五年前她忽然跑来婆罗洲，差点被我们打出去的情形呢。"

"那可不，一个黄毛丫头说公子救过她，她努力学习了九年，现在出师来找公子报恩了。"冯胜大笑道，"谁会记得九年前救过的一个小孩啊，我还以为是哪股海盗混进来的奸细呢！还是公子记性好，一下就认出了她。"

竺星河道："我曾去拜访过公输师父，是以与阿南见过几面。"

"总之，公子与阿南姑娘缘分不浅啊！"俞叔新添了孙子，众人给他敬的酒不比阿南少，此时带着醉意道，"公子，您与南姑娘……都老大不小了，犬子比您还小四岁呢，都、都给我生孙子了，你们啥时候……让咱兄弟喝喜酒啊？"

方碧眠持酒壶的手轻轻一颤，目光偷偷地看向了竺星河。

却见竺星河笑了笑，语气平淡道："匈奴未灭，何以家为。如今我们正在颠沛之中，哪有心力去想成家的事？"

"那匈奴没灭时，汉朝人就不成亲不生娃了吗？咱在海上讨生活的时候，把脑袋都提在手里过日子，还不各个都有了孩子？"冯胜亮着一贯的大嗓门，道，"再说了，正因为咱们现在不安定，您才更要早点成亲！多生几个小主子，我们这群老家伙也就安心了！"

"怎么，俞叔孙儿的满月酒没喝够，大家都急了？"竺星河笑道，"我自己的事，自己心底清楚，无须大伙牵挂。"

"但男大当婚，女大当嫁。公子还记得否，老主故去之时，心中也记挂着此事。"一直在首席沉默的魏乐安终于开了口。他年岁最长，又是公子开蒙的老师，说话慢悠悠，却自有权威，"这些年南姑娘为您出生入死，居功甚伟。所谓凤凰于飞，直上九天，公子志存高远，若有长风相送岂不是更好？而南姑娘，一直以来便是您双翼之风，既然她能伴您翱翔天际，岂不是公子命定佳偶？"

"嗨，我知道了！"说到佳偶，冯胜一拍大腿，道，"这有啥，南姑娘好，方姑娘也好！公子是干大事的尧舜，两个姑娘一个助您前程，一个体贴周到，大可效法娥皇女英嘛……"

方碧眠脸上一红，赶紧别过身去，不敢看众人一眼。

竺星河声音微寒，打断他的话："冯叔，你喝多了。"

庄叔在后头扯了冯胜一把，冯胜闭了嘴，不料醉醺醺的俞叔却插嘴道："是我们这班老、老家伙不中用啊，随公子回来后寸功未建，甚至还让公子身陷险境，全靠阿南才把公子救回来……呜呜呜，我老俞愧对老主啊！"

竺星河的眼前，浮现出阿南救自己离开放生池时，那紧盯在朱聿恒身上的目光——那是十几年来，她从未曾对他表露过的眼神。

而她这次回来，也是为了劝说自己，帮助朱聿恒解开"山河社稷图"……

不自觉的，他手中的酒杯重重搁在了桌上，砰的一声响。

他一向都是和颜悦色，自幼从未失态过。因此声音虽然不大，但众人见他神情阴沉，心中都是一惊，忙拉住了俞叔。

"我失陷敌手，是因为认出了对方身份，为伺机动手才故意被擒。就算阿南不来救我，我也自有脱身之法。"他淡淡开了口，道，"至于其他事情，我自己心里有数，无须多言。"

说罢，他起身离去，头也不回。

天色已暗，院中挑起了灯笼，照着狼藉的席面。

一场接风宴闹得如此不愉快，大伙都陆续散了。方碧眠默不作声地带人收拾东西，头压得低低的，不敢抬一下。

司鹭端着解酒汤从她身边绕过，进了厢房内，刚把东西轻手轻脚放在床头时，却发现一动不动躺在床上的阿南，眼睛睁得大大的，似是茫然，又似是出神。

他心中一惊，不知她什么时候醒的，是否已经听到了外面的议论。他结结巴巴道："阿南……你，你醒了啊？"

阿南"嗯"了一声，看到他捧来的醒酒汤，便坐起来喝了两口，皱起眉头："又酸又涩，下回帮我多放点糖啊。"

见她神情无异，司鹭才略微放心，无奈道："哪有醒酒汤放糖的，快给我喝掉！"

"我说要就要嘛，哪来这么多废话。要是阿言的话，我要多少糖他肯定给我加多少。"

司鹭嘟囔："阿言阿言，口气这么亲热，你在外面认识了多少乱七八糟的男人？"

"我认识的男人可多了，绝对超出你和公子的预计。"阿南埋头喝汤，含糊道。

司鹭毫不留情奚落道："反正就算认识全天下的男人，你最终还是要回来守在公子身边的。"

"你真懂我。"阿南笑嘻嘻道。

司鹭见阿南还是这副脸皮奇厚的模样，倒也放下了心。等她喝完，他帮她掖了掖被子，说："睡吧，明天早上我给你做敲鱼面吃。"

"不用了，趁现在没人看见，我悄悄走。"阿南将被子拉起，蒙住自己的脸，声音有些发闷，"你懂吧，司鹭……我不知道明天起来，怎么面对大家伙儿……"

司鹭急道："这有什么啊，你喝醉了，什么都没听到啊！"

"可我醒来了……我都听到了。"阿南低低道，"我真丢脸，要让这么多人替我当说客。"

可，纵然有这么多人为她说话，依旧没有打动公子。

她用被子胡乱揉了揉脸，强迫自己清醒一点。

跳下床，穿好鞋子，她紧了紧自己的臂环，说道："我走了。"

"那你什么时候回来啊？"司鹭见她马上就要走，急忙拦住她问，"你就这么把公子拱手让给她？怕什么，大家都站在你这边！"

"我当然不让，我是要回去解决掉这件事。"阿南脸上的神情变冷，声音也沉了下去，"无论是她，还是青莲宗，都别妄想沾染公子，将他拖下水！"

司鹭尚不明白她的意思，阿南已将他的手一把推开，快步往外走去。

在经过正堂的时候，阿南见里面有灯光，朝内看了一眼。

竺星河正坐在灯下，方碧眠弯腰小心翼翼捧住他的手臂。

他被牵丝剐后的伤口比朱聿恒要严重许多，再加上逃离时伤口在水中泡了太久，如今手腕上肉痂虽退，尚留着浅色疤痕。

方碧眠正用毛巾沾了温热的药水，轻轻柔柔地帮他洗去旧药粉，又换了干净帕子，帮他将药水小心拭干，才无比轻缓地帮他上药。

她那嫩生生的手跟新剥的春笋一样细长白嫩，动作就如毛羽轻拂，柔软得令人心动。

阿南冷冷的目光从方碧眠的手上移开，转到公子脸上。

而竺星河正抬起头，目光不偏不倚与她撞了个正着。

他微一皱眉，将手臂从方碧眠的掌中抽回，站起身想说什么，但阿南已朝他笑了笑，转身一扬手便下了台阶。

她大步出了门，挑了艘自己喜欢的小舟，解开缆绳一脚将它蹬到海中去，然后纵身跃上船头。

酒已经醒了，她身形在船头只微微一晃，便立即站住了。

耳听得身后脚步声响，她回头看见公子已走到了门边，站在台阶上看她。

但，看着阿南决绝的姿态，他终究还是停下了脚步。

悬在檐下的灯照亮了他的面容，他深深盯着她。之前发生的事毕竟还让他有些不自然，他并未开口，也未上前。

而阿南朝他一笑，丢开缆绳扬头道："公子，告辞了。"

她的笑容蒙着淡薄月色，已没有了以往望着他的热切。

竺星河觉得心口微紧，双脚不自觉地向她的方向走了两步。

可她船已离岸，再难回转，他最终只道："去吧，我等你回来。"

"或许，等我处理好了一切……"她一扯面前风帆，夜风催趁，小船如箭般破开面前暗浊的海浪。

她回头转舵控帆，控制着小船朝西南方而行，任由自己的话被疾风吞噬。

竺星河再也没有听到她后面的话语。

阿南在海上出生，在海上长大，大海于她就是生命的一部分。

但这一夜，她第一次感觉到大海原来如此寒冷。

在永远温暖的南海之上，她喜欢随时跃入水中，凭着冷暖水流和风向的交融，不需任何星斗与罗盘，便能清楚明晰地前往她想去的任何地方。

可这是渤海。入秋后的夜风呼啸着从她单薄的衣衫中扎入，带来虽不刺骨却令她酸楚的凉意。

认准前路，绑好风帆，阿南脱力地躺在小舟之中，望着漫天灿烂星辰，把认识公子以来的那些日子，一点一滴地回忆了一遍。

从五岁开始，她不知疲倦地拼命努力，尽自己所有力量终于站在了公子身旁，也让全天下人都知晓了她对公子的仰慕。

她时时刻刻贴着他、念着他，可究竟公子是怎么想的、他的心意如何，她其实从未得到过确定的答复——

就像这次一样，终究她还是得不到想要的结果。

渤海并不大，海风鼓足她的船帆，月亮西斜之时，彼岸已在眼前。

她狠狠甩开所有纠结的情绪，对自己说，那又怎样。

她能踏平四海，又何惧脚下的荆棘。

只是现在，她需要一点时间来修整心中的痛苦酸涩，当然更需要的是，将那些荆棘全部铲除。

她不信公子会把心心念念的苍生抛诸脑后，更不信他会为了复仇而葬送百万民众。那个背后搞鬼的人，连同青莲宗，都是她此行的目标。

她从船上站起身，扬头看向前方。

明月皎洁，那一波波扑上蓬莱阁城墙的波浪在月光下明亮耀眼。沿海而筑的城墙之上，所有灯笼全部点亮，海浪上幽蓝的荧光与火光交织，炫目瑰丽。

在这些明彻光芒的映照下，阿南一眼便看见了站在城楼之上的那条身影。

辉煌灯光映在海中，海上海下燃着两片艳烈火光，拥着她的归舟，也照亮伫立在蓬莱阁前俯瞰她的朱聿恒。

她的船慢慢驶近，而他沿着城墙快步向下，在她靠岸时，灿烂的灯火已经照亮她脚下的道路，明亮地延伸向他所走下的台阶。

在黑暗阴冷的海上漂泊了这么久，而他已带着温暖光明迎接她的到来，让阿南的心口涌起难言的微悸。

她的眼眶微微一热，但随即便绽开了笑容，毫不迟疑地从船上跃下，快步走向他："阿言，你怎么在这里？"

天都快破晓了，难道他在这里等了一夜？

朱聿恒站在她面前，却别开头看着面前的大海，声音平淡道："正巧要来处理一些事情。"

依旧是端严的姿态与整肃的面容，可周围的灯光在他的脸颊上洒下浓浓淡淡的晕红色，令他那伪装的淡定消失殆尽。

即使情绪低落，可阿南还是望着他笑了："我不信。大半夜的，处理什么呀？"

他凝望着她，心道：还能是什么？

她从驿站消失了，而官道陆路上没有搜寻到任何踪迹，他知道她是出海去了——

而且，必定是去了竺星河留驻的那个岛。

而原因，应该便是她从他这边打探了口风，要回去与她的公子商议与朝廷合作之事。

他等了半夜，而她迟迟未曾出现在海面之上。那时他心中已经打定了主意。

若她带着竺星河回来，那么，这会是较好的结果。以后他会豁出一切说服祖父，促成他们与朝廷的和解。

若等到天亮她还未回来……或许，再等一两天，她再不出现，则表示所在的这一伙海客，是不可能归顺朝廷了。

既然如此，到时他便会下令，所有船舶集结出海，夷平匪徒乱党占据的那座岛屿。

哪怕要以他的生命为殉，他也要清除掉青莲宗与前朝余孽，不会容忍这山河动荡的因素存在。

只是……

明明已经做好了所有打算，可他望着漆黑的大海，却觉得焦灼与恐惧在啃噬着他的心。

他知道自己在害怕。怕阿南真的不回来了，怕自己真的要下达那一道格杀勿论的命令。

他曾失去过、也曾失而复得的阿南，他寄予巨大希望与憧憬的阿南，他真的怕她不回来，就此在大海上化为灰烬。

天色一点一点亮起来，煎熬一分一分堆积。他做好了最坏的打算，却没想到，阿南居然独自一个人回来了。

显然，她没能说服竺星河，可她还是离开她的同伴们，回来了。

他的目光从她散落的湿发上，慢慢移到她苍白无血色的唇上，迟疑片刻，问："你看起来不太好，怎么了？"

"哦……渤海有点冷。"阿南当然不能对他倾诉自己与公子的事情，便抱着自己的双臂，随口扯道。

朱聿恒身边人手众多，伺候周全，他抬手取了件赤红簇金羽缎斗篷将她拢住，挡住黎明前最寒冷的夜风。

斗篷太长太大，阿南提着它的下摆，看着四周通明的火光，问："你怕黑吗？点这么多灯。"

朱聿恒顿了顿，终于回答："怕你不熟悉这片海域，在黑暗中寻不到回来的路。"

阿南提着下摆的手一顿，看着面前的他，还有他身后那条铺满灯火的道路，一直不曾掉过的眼泪此时忽然涌了出来。

比公子不愿承诺时更为委屈伤感的一种情绪，如同浪头铺天盖地而来，将她淹没。

她抬起手，仓促地用自己伤痕累累的手掌遮住眼睛，顿了片刻，才低低说："阿言，我们走吧。"

踏过一级级明亮的台阶，转过一片片明明暗暗的光影，他们并肩向上方巍峨凌虚的蓬莱阁而去。

天边的墨蓝转成鱼肚白，又变成炫目的金红。

阿南在最高处回头望去，渤海之上的浓云已被万道霞光冲破，一轮耀眼的太阳正从碧海之上跃出，给她、给阿言、给整个世界镀上了灿烂金光。

一群人齐聚渤海边，当天下午便在蓬莱阁内碰头，组织商议如何下水的事情。

薛澄光作为本次活动的主要负责人，摊开水兵们测绘的水图，向大家粗略讲解了一遍："渤海要比东海浅很多，因此潜下去的难度不大，下水人手自然也可以调度更多。不过渤海浑浊，行动起来视野无法像东海那么广，下方水城的范围也更大，因此大家队形务必要紧凑，一定要聚集在核心周围，以免错过指示。"

众人都应了。阿南昨晚一夜没睡，今天补了觉还是有点懒洋洋的："那得给核心做个标记啊，搞鲜艳点下水。"

薛澄光道："这个自然。届时你还是负责率领飞绳手，这回下水的人多，共有五十个弩手，已经在水下练了几天飞绳了。我们已经做好了彩标，到时你插标下水，飞绳手们好跟着你行动。"

阿南苦笑："得，我自作自受，这下插标卖首了。"

"少胡扯这些不吉利的话，大家都要插。"薛澄光说着，看看下方海边的船，说道，"董兄弟，我看你和江小哥挺熟，就请你去向他转述一下今天说的要点。疍民没法上岸，还挺麻烦的。"

等散了会，阿南抄起自己涂抹的纸笔，下到码头一看，绮霞与江白涟正坐在船沿说话。

绮霞兜着一捧林檎，一边啃着一边絮絮叨叨说着些街上琐事。什么街边卖果子的阿婆给的斤两很厚道，对面铺子的布庄老板就很抠之类的。

江白涟则修整着自己的鱼钩，听她这些废话也听得认真，偶尔应和几声。看见她荡起的脚将裙子掀上了脚背，便抬手将她的裙角按住，以免她白生生的脚露在外面。

阿南在心里暗笑，这码头除了你俩再没别人了，还怕绮霞的脚被人看了去？

她笑嘻嘻地走过去，跟他们打招呼："江小哥，明天就要下水了，我来跟你讲讲大伙刚商议的事儿，还有下水后要走的路线。"

江白涟忙将渔网鱼钩收好，示意她进船舱。阿南一掀船舱帘子，见这条贴布绣的帘子崭新，上面的五彩鸳鸯拼得脖子都歪了，那手工拙劣，一看便知出自没做过女红的人之手，当下便朝着绮霞笑了出来。

绮霞毫不知羞，还喜滋滋地问："好看吧？"

"挺好挺好，我就知道你心灵手巧。"阿南睁着眼睛说瞎话，展开自己带来的简图，给江白涟讲解了下水中情形。

"你别看薛澄光这人整天笑嘻嘻的，其实个性十分强硬。依我看来，他下水后行动必定粗暴迅速，到时候江小哥可千万要注意，他们叫你别离得太远，但也别太近了，没得被他的手段波及。"

江白涟点头应了，又道："董大哥毕竟是走江湖的人，我看你与薛堂主交往也不多，怎么看出他的惯用手段的？"

阿南笑而不语，心想，我以前和他打了多少交道，我能告诉你吗？

"董浪"在这对小情侣中是不受欢迎的人，看着江白涟那不时瞄瞄船外绮霞的目光，阿南自然不会自讨没趣，把事情和明天的出发时间交代清楚，就起身告辞了。

跳上岸之时，她又故意凑近绮霞，看着她手中的林檎问："好吃吗？"

"好吃，酸酸甜甜的。"绮霞很自然地分她一个。

阿南将它在手中一起一落抛接着，离开码头走上了城楼。

快到台阶尽头时，她随手抓住林檎咬了一口，顿时酸得整张脸都皱了起来。

"这也太酸了，绮霞什么口味啊，还说好吃？"阿南不敢置信地转身回头，看向江白涟的船，想居高临下喊一声谴责她。

谁知她一回头，却看见绮霞的身子正从船沿跌落，双膝跪着摔在了岸上。

阿南大惊，还以为她是不小心，谁知绮霞尚未爬起来，已惊叫一声，似被人扯着般，骨碌碌地滚进了草丛之中。

阿南情知不好，绮霞定是被人勾住了衣服扯进去的，便立即丢了林檎，沿着台阶向下奔去。

可她已走出不短距离，更在城楼之上，即使再怎么三步并两步，也无法在片刻间赶到。

下方江白涟被绮霞的叫声惊动了，从挂着鸳鸯的绣帘内冲出，一步踏上船沿，看向声音来处。

阿南抓住栏杆纵身下跃，落在下方一级台阶上，俯头看见那近一人高的荒草丛中，似乎有武器的亮光闪过。

她立即对江白涟大喊："草丛里有人，有刀！"

高大的荒草剧烈摇晃，绮霞的呼救声在里面仓皇而凌乱地响起，可她应该是被凶手抓住了，始终未见逃出来。

江白涟站在船头，看向草丛又看向自己的脚下，死死盯着距离船沿不到一尺的条石岸，恐惧侵袭了他身上每一寸肌肤。

疍民世世代代，永不踏上陆地一步。

这古老的训诫在他的血管中流淌，已经变成了深入骨髓、誓死恪守的规矩。

他年幼时曾见过滩涂上曝尸。阿妈告诉他，这是违背祖训上了岸的疍民，被族人驱逐，又不被岸上人所接受，最终死无葬身之地。

可……他抬头看向前方摇晃的草丛。绮霞的身影在其中趔趄着一晃而过。他心下一惊，赶紧抄起竹篙竭力扑撩草丛，试图够到绮霞。

顾不得是否会暴露行迹，阿南抬手射出流光，勾住栏杆再跃下一级台阶。

下方是极高极陡的城墙，流光长度不够。阿南抬脚踩住城墙上突出的一块砖头，险之又险地趴在墙壁上，再度以流光降下身体，向下急坠。

江白涟探出的竹篙在草丛中一停，终于被人抓住。

透过蓬乱摇曳的草丛，他看见抓住竹篙的人正是浑身血迹的绮霞。他心下一喜，赶紧将她拉出草丛："抓紧，不要放手……"

话音未落，后方一条蒙面黑影赶上，狠狠踩在绮霞手上。

竹篙脱手，绮霞被抓住摁在地上，对方高举起手中雪亮的匕首，向着她狠狠刺下。

阿南终于落了地，向着码头边狂奔而来。可匕首刺下只需瞬息，而她离草丛却足有半里，须臾间怎么可能到达。

幸好凶手身量瘦矮，绮霞在危机之中猛然发狠，一脚狠狠蹬在对方的腹部上，将他一脚踹开，一骨碌爬起来就要逃离。

可地上全是草根纠结，她慌乱之中脚尖被绊住，再度栽倒在荒草之中。

蒙面凶手爬起来，抓起地上的匕首，赶上来向她背心狠狠刺去。

就在这千钧一发之际，一条人影直扑上来，将凶手重重撞开。

绮霞涕泪交加，抬头一看，江白涟已从她身旁扑向了蒙面人，与他扭打在一起。

她慌乱不已地爬起来，哆哆嗦嗦地看着江白涟。对方手中虽有匕首，但见江白涟赶到，知道自己已再无得手可能，一转身便冲向了草丛深处，消失了踪迹。

而江白涟追出两步，身体晃了晃，勉强站住了脚。

绮霞扑过去紧紧抱住他，惊恐万分，可喉口干涩，却一个字也说不出来。

江白涟回手抱住她颤抖不已的身躯，低声道："我没事，就是从没在陆上走过路，跑不快……"

后方草丛晃动，阿南奔了过来，见他们安然无恙抱在一起，才松了一口气。

江白涟定了定神，和绮霞相扶着一起走回自己的船。他从未上过岸，走起路来有点歪斜打晃，上了船后便赶紧翻找药粉，给她包扎。

巡守的士兵被这边的动静惊动，赶过来围住草丛搜查凶手，却一无所获。

阿南见那边凶手无影无踪，便将绮霞的衣服解开查看，手臂和腿上都有伤口，所幸绮霞反抗激烈，江白涟又来得及时，没有刺到要害。

江白涟拿药出来，瞪了阿南一眼，忙把绮霞的衣服拢好，带她回船舱包扎。

阿南摸着猥琐小胡子，透过半掀的门帘看见绮霞抱着江白涟痛哭失声。她吓得声音都哑了，只能呜呜哭泣。

而江白涟一边给她包扎，一边安慰她。可他的手抖得厉害，说话也是七颠八倒，不成语句。

阿南知道他破了疍民的戒律，绮霞又遇到危险，内心必定剧烈波动，能如常上药已经不易。

叹了一口气，她想想绮霞一而再再而三地遇险，再想想这一切的始作俑者，一怒之下转身就向上方蓬莱阁冲去——

"阿言，你给我等着！"

"绮霞又遇袭了？"

朱聿恒听完阿南的陈述，端详着她愤愤的神情，便屏退了所有人，问："怎么，你觉得是我母妃下的手？"

"不然呢？"阿南想到绮霞刚刚差点殒命，抑制不住心中的愤怒，"三番两次对目睹真相的绮霞下手，之前还给我加罪名，说我谋害你幼弟，我好歹也与她一起共过危难，怎么可以这样？"

"不可能。此事关系重大，我已与母妃详谈过。她心中自有利害衡量，绮霞对她来说早无意义了。"

阿南见他如此肯定，想想如今这局面，太子妃也确实没必要再对绮霞下手，皱眉思索片刻，"啊"了一声："那个人看起来身材瘦弱，不似男子，难道说……"

"嗯，我母妃就算要下手，也会找几个身手利落的人过来。"朱聿恒点点桌子，示意她坐下慢慢谈，"依我看，是那位刺客按捺不住了。"

阿南"呵"一声冷笑，道："我正要找她算账，她自己就撞刀口上来了，真乖。"

朱聿恒瞥了她一眼："据我所知，她如今与竺星河在同一个岛上。"

"那又怎样。我想收拾一个人，谁能拦得住我？"阿南蜷在椅上，笑嘻嘻地看着他。

朱聿恒看着她那散漫的姿态，神情虽没什么变化，但心口慢慢冷了下来。

这么看来，她回来是为了借官府，甚至是他的手，干掉她讨厌又不便下手的人。

她终究还是那个女匪。离开海客匪首来到他身边，只是为了利用他而已，与之前并无二致。

朱聿恒别开头不愿看她，声音也变得冷淡："虽然我们都知道凶手是她，但她还有决定性的证据，证明自己不可能是那个刺客——毕竟，她当时右手受伤了，正躺在殿后昏迷不醒。而你清楚看到，刺客是用右手杀的人。"

"是啊，这倒是个难题。"阿南歪在椅中，无意识地活动着自己的手指，又道，"不过你们官府要给人定罪，什么时候需要所有证据完备了？我和绮霞就因为一点嫌疑，一个被海捕一个被下狱，我还没跟你好好算呢！"

"你的海捕文书上已经销掉了刺杀太子、谋害皇嗣几条，但你劫走朝廷重犯是铁板钉钉的事实，这条是不可能撤销的。"

在拙巧阁与她携手狂奔时，他曾抛开对她的所有介怀。他希望在以后注定所剩无几的生命中，能看着她在身边熠熠生辉、能有她陪自己奋战到最后一刻，也算是人生最后的慰藉。

可，她的心并不在此。他以为能握住的最后希望，其实不过是他的错觉。

她为另一个人而来，也会随时为另一个人离开。

"好好好，终究还是你站在制高点，我认错。"阿南虽不知他的心思，但也不跟他争辩，只笑嘻嘻地蜷在椅中，问，"对了，上次说的青蚨玉，你帮我找到了吗？"

朱聿恒冷着脸，从抽屉里取出一个匣子，放在桌上推给了她。

阿南打开来一看，里面是一块无瑕碧玉，旁边有个小荷包。

她惊喜地将玉拿起来放在眼前，只见一团浓翠在掌中融融生辉，映得她整只手都成了青碧颜色。

"毕竟还是神州地大物博啊，我在海上蹲了十几年，可从未见过这么出色的碧玉。"

"我亦未曾见过青蚨玉，是下面人寻的。"

见朱聿恒的口气如此冷淡，阿南腹诽着"怎么又不开心了，这男人真难伺候"，便把盒子一关站起身说："谢了，那我先走了。记得把引刺客出洞的局给布置好啊。"

朱聿恒淡淡"嗯"了一声，等她走出门时，又忍不住抬眼看向她的背影。

却见她出门时无意间瞥向海上，便不由得站住了脚，盯着前方看了又看。

朱聿恒正有些诧异，她却又急急转身，脸上带着惊诧的笑容朝他招手："阿言，你快来！"

朱聿恒起身走到她身旁一看，只见外面辽阔海天之上，半阴半晴的天气氤氲迷蒙。原本苍茫的海面忽然呈现出万千楼台幻影，似是远空之中的仙人殿阁，又似是雾霭烟霞的幻影，光晖离合，缥缈难言。

海风猎猎，拂动他们的衣袖衣摆。他们仰望半空海上的奇景，一时因为这幻境而陷入久久难言的虚浮震撼之中。

许久，朱聿恒才听到阿南道："都说蓬莱多海市蜃楼，没想到我们真的遇到了。"

"听说秦始皇当年命人东渡求长生，亦是因这边多虚幻蜃景，才向海外仙山而去。"朱聿恒望着空中，声音低暗，"只可惜仙山神楼全是虚幻，纵然一统六国挥斥八荒，他还是难免归于骊山。"

"而现在我们也要向渤海而行，只是我们早已知道海的那一端是什么。"阿南倚在栏杆上，扬眉道，"但只要我们拨开重重迷雾，就一定可以解除你身上的'山河社稷图'，好好活下去。"

看着她坚定凝望自己的眼神，朱聿恒那心中刚升起的介怀，似乎又渐渐地消融了一些——

虽然她口口声声都是她的公子，可面对与她无任何切身关系的地火与渤海时，她总是二话不说为他赴汤蹈火。那么，就算她心心念念着另一个人又如何呢……

至少，他知道自己在她心里，占据了一个很重要的位置。

他们并肩立于蓬莱阁上，仰望着空中那渐渐呈现又徐徐消散的幻境，有种万古难言的震撼与怅惘。

直到一切消散，阿南才意犹未尽地抬头看他："阿言，你以前见过海市蜃楼吗？"

朱聿恒颔首："见过，不过是在沙漠里。之前跟随圣上北伐时，我曾见过沙漠中突现湖泊绿洲。但那情景全都是倒悬的，听说那叫反蜃。"

"海上的老人们跟我讲，海市蜃楼是大蚌吐出的虚气，可我一直很怀疑，觉得那可能和彩虹一样，都只是日光的反照而已。"阿南说着，打开匣子将里面的玉石拿出来，在日光下辗转着，将反光射到自己的手掌上，"行宫的瀑布在日光下彩彻区明，全是日光在水上投射的幻影。在水上或者在沙漠中，平坦辽阔之处光线可能更容易虚浮折射，于是便会将他处的情形投射到上空，让我们看到远处的风景。"

朱聿恒与她一起遥望远空，缓缓道："确实，水性难测，光与水相遇后，往往能营造出很多我们所未曾想见的幻象……"

阿南摩挲着那块玉石，思忖道："如此说来，光线投射，反厮，幻象……"

她这喃喃的话语，令朱聿恒脑中一闪念，不由得问："难道说，刺客行凶时，也是借用了这个手法，因此才会造成她不可能杀人的假象？"

"很有可能。"阿南点头，摩挲着手中碧玉，一仰头对他展颜而笑，说，"行了，一切线索都对上了。现在就等你引蛇出洞，让我把刺客所有手段揭露得干干净净！"

见她已胸有成竹，朱聿恒也不再多问，低头看她手中玉石，问："我看这与寻常碧玉也差不多，为何要叫青蚨？"

看他管这种浓翠叫寻常，阿南给他一个"暴殄天物"的眼神，解释道："传说青蚨有灵，若你抓了小虫，母虫必定会飞来。因此传说以母子血分别涂在钱上，用母留子，母钱便能在夜间复飞会还。"

"无稽之谈。"

"只是用作比喻嘛。比如这种玉被称为青蚨玉，就是因为将它横贯切成极薄的玉片之后，叩击其中一片，与它相接的另一片也会响应发声。"阿南说着，用手指轻轻叩击了一下玉石，听着上面的回响，满意地笑了，"这难道不和传说中的青蚨子母感应有异曲同工之妙吗？"

朱聿恒博闻广记，道："此事《梦溪笔谈》中亦有记载，沈括于琴弦之上置纸人，弹动与其对应的弦时，则纸人跃动，弹奏他弦则不动，便是这个原理。"

"对，沈括将之称为'应声'。而青蚨玉因为质地特别纯净匀称，因此是做应声器物最好的原料。"阿南说着，喜滋滋地放好这块碧玉，见匣中还有个厚重的小荷包，便拿起来看看。

刚拉开一点，里面便有碧绿幽光闪出。阿南"咦"了一声，拢了荷包看向里面，是一颗圆径过寸的夜明珠，正在里面幽荧放光。

阿南倒吸了一口凉气，话都来不及说就将它取出来对着日光看了又看，差点被这浑如云气的幽光珠子迷住。

"是你之前说过的夜明珠吗？这可是稀世奇珍，你真舍得给我？"阿南口中这么说，手却始终抓着珠子不放，目光简直黏在上面扯都扯不下来。

见她喜形于色，朱聿恒心情也随她愉快了些："舍不得，还给我吧。"

阿南这人从不掩饰自己，立即揣好这颗夜明珠道："不过我刚好缺一颗珠子呢，来得正正好，那我就用上啦！"

朱聿恒不再说话，与她一起倚靠在栏杆上，望着风烟俱净的渤海。

阿南又忍不住拿着碧玉看来看去，手在上面比画着，似在寻找最佳的下刀角度。

想到她说的"应声"，朱聿恒估计她是要将它分解成薄片，不知有何作用。

他凝视着她欢喜的侧面，心想：这世上有些东西真是奇妙。

比如说，两个本来相隔很远的东西，却能因为相似的特性而被触发，从而彼此响应，不远万里。

如宿命，如孽缘。身不由己，难以逃避。

物与物如此，人与人，往往也是如此。

身后传来脚步声，是瀚泓带着一行官员过来了。阿南当然不会掺和这些场面，收好东西便要走。

抬脚时听到"洪灾"二字，她想起那次是她未能挽回黄河决堤，导致下游无数州县尽成泽国，心中略微一沉，顿住了脚步，倾听里面的声音。

这行人正是山东各地的官员，过来商议赈灾事宜。朱聿恒到山东不过两三日，但他头脑清捷过人，早已将当地的情况摸清楚了，三两句便理出了各州府县几个乡受灾、无法自给的灾民有几许；储粮可匀出几成用于救济、几成用于工赈……

"真是贵人事忙，阿言怎么什么事都要管？"她看着他专注而沉静的侧面，听他与众人商议如何分派麦种才能不误秋播，下意识嘟囔了一句。

脑中忽然闪过一个念头，公子呢……

在海上时，她每每看见公子烦闷，便总缠着他想让他开怀。可公子总是说，他想到贼匪篡位后必将鞭挞苍生，山河动荡翻覆，百姓无边疾苦，因此无法开怀。

在她的心里，公子一直心怀天下，烛照世人。

可现在……

她默然回望后堂，朱聿恒正铺展黄页，与众人专注商榷各项事宜。

而她的公子，现在是不是正与作乱的青莲宗搅和在一起，要趁天下大乱之际，谋取他认为的最好的局面呢……

正在心烦意乱之际，她的肩头忽然被人拍了一下。

她抬头一看，原来是卓晏。

他无精打采地劝告他道："董大哥，朝廷议事，你在这儿怕是不妥。"

"哦，卓兄弟说的是。"阿南见朱聿恒那边安排得滴水不漏，并无她插手的必要，便赶紧跟着他离开了。

二人沿着蓬莱阁的城墙而行，卓晏俯头看向江白涟的船只，问："董大哥，听说绮霞刚刚遭遇刺客了，幸好被你和江小哥救回？"

"不，我离她太远，已经赶不及了，是江小哥救了她。"阿南感叹道，"真没想到，江小哥这么认死规矩的人，竟然会为了绮霞而破了疍民最大的戒律。"

卓晏道："那有什么，要是我，我也做得到。"

"你又不是疍民。"阿南想着当初绮霞落水时，江白涟要三沉才救她的情形，心中颇有些感触。

卓晏靠在栏杆上看着下面的码头，忽然自言自语："你说她是不是傻？她当初还嘲笑过疍民女子缩着脚睡在船上，是'曲蹄婆'呢……"

"可能喜欢上一个人的时候，其他都不会在意了吧。"阿南瞥着卓晏丧气的侧面，心想，你爹还不是为了卞存安鬼迷心窍，什么都不顾了？不然你们卓家何至于败落到现在的地步。

见卓晏郁郁寡欢，阿南便拍拍他的背，安慰道："振作点啊，马上就要出海了，我们可都要靠你保障补给呢。"

"放心，我管好水上，你们放心下水，保证不会出问题！"卓晏拍着胸脯保证。

可惜，到了第二日午时下水，偏偏就出了问题。

负责水下爆破的楚元知将封装好的竹筒火药分发给众人，谁知薛澄光一接过便利落拆解掉了，将三筒合成两筒重新组装。

楚元知吓得脸色都变了："薛堂主，我配置的炸药都是一再斟酌的配比的，你用这么猛的剂量，怕是会不安全……"

"放心吧楚先生，水下的事情我肯定比你了解。你这火药配方在陆上威力够猛了，但在水中会大打折扣，我看还是别这么保守比较好。"薛澄光拍拍他的肩，目光在众人面上一一扫过，笑容可掬，"要不要我帮你们也换一下？"

阿南和江白涟等看着这个狠人，一起摇头。

薛澄光也不强求，只让几个拙巧阁弟子配备了自己改造过的水下炸药，然后便对众人抬手示意，率先跃入了水中。

眼看水军们一个个跟下饺子似的翻下去了，阿南却并不着急。她四肢有伤，又是女子，自然不能一头扎进这秋后的海中。

因此她不紧不慢地在甲板上活动了一番，等到关节开始发热，她才抬头朝着上方的朱聿恒挥挥手，做了个"等我回来"口型，然后跃上了船舷。

就在她做好入水的姿势之时，脚下的船忽然一震，然后便是大团波涛震荡。随着波浪的奔涌，不远处黄绿色的海水迅速被灰黄吞噬。

眼看那股灰黄迅速向着这边涌来，阿南反应迅速，立即跳下船舷，仰头对着朱聿恒大喊："转舵，立即退离！"

朱聿恒站在二层楼船俯瞰下方海水异变，一边打手势让船转向，一边问她："怎么回事？"

"大概是薛澄光在海下炸水城了。渤海水浅，因此立时影响到了海面。为免万一，你让船队先退避五里之外。"

朱聿恒微一皱眉，下方抱着栏杆稳住身形的卓晏已忍不住大骂："薛澄光这个浑蛋！他都不考虑一下会惊扰殿下？"

阿南有点担心这么威猛的炸药会波及他人，道："我下去看看，警示一下他。"

朱聿恒劝道："既然他已在水下搞出如此动静，你不如先待在上方，等局势明朗后再下也不迟。"

阿南稍一犹豫，便示意他的船先往后撤一段距离，自己上了旁边小船，观察下方水面。

远处一条身影冒出海面，背上负着一个人，向着这边的船队飞速游来。

虽然带着一个人游泳速度大为减慢，但那矫健的泳姿让阿南一眼便认了出来："江小哥，水下情况如何？"

江白涟示意他们将背上昏迷的人先接走，然后抹了一把脸，喘了几口气才道："薛堂主下水后发现水城上方水波锋利，而城门口又潜伏着大批石头鱼，因此便直接布置了炸药，将鱼和城门一起炸了！幸好董大哥你嘱咐我离他远点，下面有几人因为接近爆破点被水浪冲昏，待会儿要送上来。"

阿南查看被江白涟背负上来的伤员，见正在痉挛抽搐，皱眉问："被石头鱼蜇伤的？这东西不是一向分布在南方温暖海域吗？"

"不知道哪儿来的，水城周围密密麻麻全都是。但下方水流确实温暖，好像是从城中出来的暖流。"

他们这边说着，那边水下已陆续送了三四个人出水。众人一上船便瘫倒呕吐，根本无法站起来。

护送的拙巧阁弟子看见阿南，立即说道："董先生，下方等着你呢，怎么还不带人下去？"

阿南慢吞吞系着水靠的带子，问："怎么，不是炸药开路吗？这就需要水绳手了？"

"炸开水城门后，发现下面还有地底洞穴。渤海水下洞窟不少，薛堂主让你去探一探是否有什么要紧干系。"

"飞绳手是在水里远距离攻击的，跟洞窟有什么关系？"阿南嘟囔着，但听说这宏伟华美的水城居然还带地下洞窟，立即加快了动作，对着后方的飞绳手们一挥手，率众跃入了海中。

一行人往水城方向而去，游得越近，阿南越是想骂薛澄光。

黄河将源源不断的泥沙带入渤海，原本海水就因含沙量太多而浑浊，如今海底泥沙乱翻，他们只能凭借着感觉在一片混沌中前行，潜入七八丈深的海底。

幸好在接近水城之时，水肉眼可见地清澈下来，他们也终于可以在水下暂时睁开眼睛了。

周围的泥沙迅速沉淀，杂乱的泥浆被屏蔽在外，宏大的水城就如裹在一团鸡蛋清中般，洁净而沉静。

阿南想起钱塘湾下那座水城亦是如此纤尘不染，再想到江白涟说的暖流，看来关大先生设计的水城必定都有流水向外扩散无疑。只是机栝定然无法让它们数十年持续运转，维持这么巨大的水下城池，想必是借助了地下的热流所致。

她带着敬畏之心，招呼身后的水绳手们游近水城，果然看见城门一片狼藉，原本严整的城门与街道上堆满了大小碎石，门口还被炸出了一个巨大的空洞。

阿南游过去，看着黑洞洞的下方，抬手探了探里面涌出来的微温水流，看了一圈众人却并未发现薛澄光。

拙巧阁的弟子指指洞中，意思是薛澄光已经进去了。阿南便朝江白涟打了个手势，两人拿气囊吸了几口气做好准备，便一起游了进去。

江白涟在水下比在陆上要更为自如，即使洞内黑暗无光，他依照水流的波动与感觉，依旧能在其中行动自如。

阿南随着他一起游向前方，黑洞斜斜向下，又很快拐了个弯盘曲向上，前方居然出现了一片朦胧亮光，映在水波之上。

洞窟前方无水，竟出现了一个水下空洞。

阿南与江白涟探出水面一看，薛澄光已经到达这边，正举着手中的火折子，照向四壁细细查看。

阿南与江白涟缓了几口气，流水带来空气，洞中气息虽有点闷湿，呼吸还算通畅。

"薛堂主，"拖着湿漉漉的身子爬上洞窟，阿南和薛澄光打了个招呼，"可有发现吗？这里能通往水城机栝中心吗？"

薛澄光摇头道："不知，但是前方过不去了。"

阿南看了对过的水面一眼。这里是一个狭长水洞，中间有一块突出的石头将水面分为两部分，涨水时很可能还会将石头漫过。按理他们从一侧的水洞出水，就能从另一侧入水，哪有那边过不去的道理。

江白涟走到那边水面，低头看了看，说道："我下去看看。"

薛澄光也不阻拦，只笑着做了个"请"的手势。

看他那模样，阿南对江白涟使了个眼色，示意他小心。

江白涟点了点头，屈身观察了一下水面，并无发现后又探入了一只手，见水下依旧平静如昔，甚至还有几条半透明的小鱼在水中游曳，便纵身跃入了水洞。

阿南紧盯着水下。水纹波动，江白涟下水后便展臂向前方游去，但尚未片刻，那水面忽然无声无息之间震荡起来，无数细碎的涟漪圈圈层层荡开。

阿南暗叫不好，赶紧抢过薛澄光的火折子一照水下，只见江白涟整个身子都在剧烈震颤，那原本在划水的双臂紧抱住了头部，整个人痉挛着向洞壁直撞过去。

阿南当机立断，手中飞绳弩向他疾射，钩住他的水靠，用力将他拉了回来。

人在水中阻力甚大，阿南立即叫了一声："薛堂主，搭把手！"

两人一起使力，将江白涟尽快拉回。甫一出水，江白涟顿时瘫倒在地上，按着自己的太阳穴，竭力从口中吐出几个字："下面……去不得！"

"有什么东西吗？"阿南急问。

"没有东西，就是微温的海水……"江白涟按着突突跳动的太阳穴，艰难说道，"但不知究竟为何，我身边的海水似乎一直在动荡，我的头晕眩得厉害，整个身体都不听使唤……若不是董大哥你把我拉上来，怕是我今日便要溺于这洞浅水中……"

"没有东西？"阿南沉吟着，转而看向薛澄光。

"我早说过不去吧？"薛澄光露出幸灾乐祸的笑容，抬起下巴示意洞壁，"看这儿。"

阿南起身，将火折晃到最亮，照向墙壁。

只见洞壁上凿了一个长条凹痕，中间搁着一支小小的骨笛，旁边是两行联句："劝君更尽一杯酒，春风不度玉门关。"

"这两句诗，一句出自王维，一句出自王之涣，除了都是描写塞外情景，也没什么关联呀……"

卓晏看到阿南出水后给他们描下的这两句诗，挠头诧异道。他虽然不学无术，但这两句诗都是家喻户晓的，他打小自然念过。

阿南扶着江白涟在阴凉处坐下，嘱咐他先好好休息。见一群人中最精熟水性的江白涟居然差点在水下折了，卓晏不由得咋舌。

朱聿恒默念洞壁上的两句诗，也是一时沉吟，没有头绪。

"要不就先别管了，我们还是按照原定计划，顺着道路先往高台去，破了水城后，把高台的内容先描绘下来。这个地下洞窟虽然有古怪，但会不会与'山河社稷图'有关，尚是未知数呢。"阿南示意朱聿恒与她走到船尾无人处，与他商议。

朱聿恒却摇了摇头，低声道："薛澄光是有意的。"

阿南一拍额头，问："你的意思是，他是明确知道有这个洞窟存在，所以才故意炸开的？"

"对，不然哪有这么巧的事情。"朱聿恒淡淡道，"目前看来，拙巧阁应该知晓这座水城的一部分情况，但又并无把握，因此也想借朝廷之手破这个机关，或许——里面也有他们想要的东西。"

"行啊，既然是他们早有预谋选定的，那么这洞窟怕是捷径了？"阿南笑嘻嘻地往栏杆上一靠，道，"敢利用我们蹚路，我让他们偷鸡不着蚀把米！"

虽早已熟悉她的一贯模样，但朱聿恒还是叮嘱道："我们毕竟没有他们熟悉情况，万事小心。"

"也未必不是好事，毕竟我们还省事了。而且他们既然选择了此处，必定是知道从中心点突破更加困难。"阿南道，"高台既然有青鸾异象，那必定有下方机关，而整座水城的地下机关必定借助地下洞窟相连通。就算我们绕开了此处，到了高台也依然要下地底洞穴的。只不过……这次水下的机关，薛澄光看起来也没有突破的把握，不知道他准备怎么打算。"

朱聿恒将她带回来的两句诗又缓缓念了一遍，忽然问："你记得那支笛子吗？"

"被你拆解开的那支？"

"不，顺天地下，借助天然生成的黄铁矿浮雕于煤矿之上的那支。"

阿南"啊"了一声，说："记得！旁边写的那句诗，正是'羌笛何须怨杨柳'，这倒是关大先生一贯的作风。"

"而这里多出了一句西出阳关……"朱聿恒反复念着这几个字，"阳关、笛子……"

阿南思索良久不得其要，心中想着还是先闯高台再说，一回头看见卓晏正走过来，显然是听到了他口中这两个词，在旁边欲言又止，便问："卓兄弟，怎么啦？"

"没有没有，我只是想到了一些跟这个没啥关系的事情……"卓晏见她问自己，又觉得自己所想有点匪夷所思，道，"跟这个应该没关系的。"

朱聿恒道："说来听听，兼听则明，或有益处。"

"对啊，无论想到什么，你说说看又不妨事。"

见他们都这样说，卓晏才吞吞吐吐道："就是……之前不是说绮霞有点傻乎乎嘛，她重现了六十年前的减字笛谱，还用笛谱演奏了《阳关三叠》的琴谱，然后被人笑话说，阳关与笛子有什么关系，她还不服气……"

阿南与朱聿恒对望一眼，两人都想到了绮霞试奏笛子中拆解出来的减字谱时，那魔音传脑般令人站立不稳的声音。

"对啊！我怎么没想到！那水下的机关，放出的不是暗器也不是毒，而是声音啊！"阿南恍然大悟道，"那洞窟之中必定有个以水驱动的机关，蛰伏于静水之中，一旦有人下水，水波变化剧烈，它便会立即启动，在水下发出怪异声响，让人的身体失去控制，从而阻止任何人通行！"

朱聿恒赞成道："而声音自然要以声音来破除，解开这个机关的方法，很可能就藏在那两句诗里——用笛子吹奏一曲《阳关三叠》。"

阿南笑嘻嘻地看向卓晏："卓兄弟你看，我们全都是粗人，整条船上会吹笛子的，估计也只有你这个混迹花丛的花花太岁了，不如……你下去帮我们吹一曲？"

卓晏顿时呆住了："可、可我水性很差啊！"

"放心吧，你董哥出手，我保准把你舒舒服服带到那个洞窟去！"

卓晏一下水就后悔了。

所谓的舒舒服服，就是头上扣着个特别沉重的大缸，压在他的肩上，然后几个水兵护着他，一直往海底沉下去。

好容易下到了海底，他又被斜推进水洞，上上下下七荤八素终于到达了那个洞窟。

在万众期待下，他用颤抖的手拿起那支骨笛，吹奏了一曲《阳关三叠》。

结果，从头吹到尾，水下一点响动都没有。

他和阿南相视着眨眨眼，在阿南的示意下，又吹了一次。

水下依然无声无息，毫无动静。

江白涟试探着问："不如，我再下去试试？"

"你刚刚差点出事，先歇着吧。"阿南说着，示意他拉住自己，然后伸腿在水中扑打了两圈，立即跳上了岸。

动荡未息，水面已瞬间跳跃出无数细小水泡，耳边似有"嗡"的一声，让众人的寒毛都直竖了起来。

众人死死盯着水面，直到一切平静下来，卓晏才讷讷将骨笛放回原处，说："可能不行。"

辛辛苦苦把卓晏弄下去，依旧无功而返，一群人难免沮丧。等出了洞窟到达水城门口一看，那边一路炸毁了水城道路、直推到高台下的薛澄光也是灰头土脸，带着折损大半的拙巧阁弟子悻悻而返。

再度出水已是申时，眼看天气转冷，海风渐大，也不适合下海了。此处正在蓬莱与老铁山嘴相对处，周围岛屿众多，却都是荒僻之处，因此一群人还是快船回港，返回岸上先行休整，商定下一步行动。

阿南爱看薛澄光吃瘪的模样，凑过去向他打听详细情况："你不是带人直取高台吗？那边情况怎么样？"

薛澄光似笑非笑地瞥着她："你特地找了卓少下洞窟，情况又怎么样？"

"跟我们设想的略有偏差。"

"我那边也偏差不大，等回禀了提督大人后自会再做打算。"

看他那守口如瓶的模样，阿南脸上笑嘻嘻，心道：你跟阿言商量，还不就等于跟我商量吗？我和阿言谁跟谁啊！

一时间只觉得心痒难耐，她恨不得尽快回到岸上，赶紧和阿言凑在一起八卦一番。

回到蓬莱阁已是星斗满天。众人跳上码头，兴致都有些低落。

特别是卓晏，这辈子第一次以为自己能发光发热做一个有贡献的人了，没想到终究还是铩羽而归。

正在船上等他们的绮霞一看，顿时惊呆了——

江白涟，面色苍白；卓晏，垂头丧气；连天天没个正经的"董浪"都一脸郁闷，活似三只斗败的公鸡，个个夹着尾巴。

她赶紧迎上去，问："怎么啦，这回下水可还顺利？"

江白涟抿唇不语。阿南叹了口气，说："水下情况复杂，有点麻烦。"

绮霞惊疑不定地看向卓晏，见他那一贯鲜亮的衣服此时明显有种湿了又干的皱巴模样，不由得狐疑问："怎么卓少你也下水了？"

"嘻，我还以为我建功立业的时候到了，能为殿下出点力呢。"卓晏苦闷地往船上一坐，几个人盘膝在小船中喝着绮霞煮好的茶，把今天水下的事情给复盘了一遍。

阿南一手捏着茶杯一手托着腮，百思不得其解："不应该啊，为什么呢……"

"对啊，明明应该是《阳关三叠》无疑啊，为什么那水下毫无动静呢？"

"为什么？因为你们三个人都是笨蛋！"绮霞在旁边一听，当即把手中茶壶一放，双手叉腰，"这都搞不懂，还来来回回下水，简直是瞎子点灯，白费蜡！"

江白涟蔫不拉几地垂着头，不甘地还嘴："就你聪明，活了二十年游水都不会。"

阿南一看绮霞的神情，心知她准有把握，赶紧一把抓住她的手，连声道："好绮霞，快告诉我们吧，到底是哪里有问题？"

绮霞一扬下巴，道："《阳关三叠》从唐朝至今几百年，因战乱而不断失传，又不断被人再度搜寻重新创作，所以唐朝的谱子和宋朝的不一样、宋朝的和我们现在的也不一样……"

阿南顿时拍案而起："所以，六十年前设置机关时的《阳关三叠》，和我们现今的不一样！"

"对，而我刚好前几年做减字谱的时候，有幸得到了一本六十年前《阳关三叠》的曲谱，和现在坊间流行的有不少差异……"绮霞朝他们一笑，骄傲道，"赶紧想办法把我带下去吧，不然的话，你们上哪儿去找能吹这首旧曲的人呢？"

第十五章
阳关三叠

阿南带着绮霞兴冲冲赶往蓬莱阁之时，正撞上了登莱教坊的司乐。

"我的姑奶奶，当初就是因为咱们教坊缺笛子才把你调来的，你如今是咱们坊中第一把笛，今日这大场面，你跑哪儿去了？！"对方一看见绮霞，立马拖着她往阁内走，急道，"宴席已经开始了，你千万别给我出岔子！"

"放心吧，我的笛子你还信不过？"绮霞提起裙角就往阁内快步走去。

阿南跟着进内一看，今天的场面确实不小，别说山东境内，就连相邻省份的官员都来了。黄河泛滥冲毁的并非一州一府，如今过了三四个月，各地灾情或轻或重、赈灾是否得力都已现了端倪，这几日处理了一批人后，终于得空在蓬莱阁内吃顿饭了。

朱聿恒正在人群当中议事，身旁的瀚泓注意到了她，赶紧示意给她安排个不显眼的座位。

因为是赈灾来的，酒席并不铺张，三两盏淡酒，几份当地特色菜蔬。绮霞一曲《永遇乐》吹完，很快便上了甜点，这是快要结束的意思了。

"就这，还说是大场面？"绮霞退下后，跑到阿南坐的角落吐槽道，"什么格局啊，用这点东西招待皇太孙殿下？"

阿南道："这就不错了，外面多少灾民没饭吃，他还挑剔这个？"

"我可是在担心你家阿……殿下吃不好哎，这也太委屈了。"绮霞笑着白了她一眼，却听后面卓晏的声音传来："可不是吗！再说了，本次也不仅只是为了赈灾呀，还是登莱两府大破青莲宗的庆功宴呢！"

阿南诧异地问："大破青莲宗？什么时候的事？"

"就前几天喽，青莲宗抢劫赈灾粮，但殿下英明神武早有计策，不但反杀了对方，还端了对方老巢，不然殿下哪肯花时间赴宴。"卓晏说着，又神秘兮兮道，"宴席快点结束是为了待会儿的重头戏啊，后面才是正事！"

阿南心下又惊又喜。

喜的是，阿言果然雷厉风行，迅速下手收拾掉了青莲宗。

惊的是，不知这次青莲宗的事情是否会涉及公子，兄弟们又会不会出事。

她正在沉吟，而那边席位已被陆续撤掉，朱聿恒在莱州知府的引领下率众出阁，来到阁旁空地之上。

熊熊火把映照，阁后檐下迅速摆好圈椅。在士卒们的呼喝声中，一群青布裹头满身血污的汉子被押解至空地，跪伏于地。

阿南见其中并无自己熟悉的同伴，心下一松，靠在旁边柱子上静观。只听众人跪在阶下，一一招供自己的来历与作为，某年某月入伙、何年何月参与何处动乱之类。

阿南有一搭没一搭听着，忽听得供词中传来一句"通缉的女海客"，顿时呼吸一岔，差点被自己的口水呛到。

仔细一听，原来是上头有人授意他们去寻找海客，因为觉得是可联合的力量。但他并不知道此事进展，只听过去接头的人说，确定那个被通缉的女海客并未出现，不然他们也可以为朝廷提供线索将功赎罪了。

在火光之下，阿南看见朱聿恒略略侧脸，看着她的目光似笑非笑。

阿南暗暗斜了他一眼，而莱州知府已经在喝问那个头领，指派他出去劫掠的上头是什么人。

"罪民自加入乱军后，因青莲宗教令严苛，一直没有见过上头的真面目。不过……罪民在接令时，曾见过对方身上一个令人过目难忘的标记。"

听他如此说，诸葛嘉立即道："你把标记详细描述出来看看。"

朱聿恒却略略抬手，说道："此处人多眼杂，杭之，你将他带至阁内，让他将一切细细记录下来。"

毕竟，若父母在青莲宗里已经埋伏了暗线，就很可能会涉及海客与郏王，到时候阿南亦会被卷入。只有将范围缩到最小，才能更方便处理。

等一群人招供后各自被带下，莱州知府又进言道："以微臣所见，这些乱民在山东境内作乱，煽动无知百姓抢夺赈粮，公然与朝廷作对，臣请殿下以雷霆手段从速镇压，为我山东百姓谋福。"

朱聿恒沉吟片刻，道："本王看这群乱民，多是灾荒后走投无路的百姓，为青莲宗所煽动才结党作乱。相信只要赈灾手段得法，百姓自会安居乐业，青莲宗那些蛊惑人心的手段亦可不攻自破。"

诸葛嘉一贯冷冽狠辣，道："虽则殿下仁厚，但山东之乱，首恶不可不除。再者青莲宗气焰嚣张，竟敢在南直隶残害登州知府苗永望，显然野心已不再局限于此一地。"

朱聿恒听到此处，颔首看向阿南与绮霞，道："本王忽然想起一事，苗永望案涉案之人正在此处，此案至今悬而未决，不如再详细描述一二，山东官员或有线索？"

绮霞吓了一跳，没料到自己过来吹个笛子，居然又摊上事儿了。

见满院大员的目光都集中在自己身上，绮霞哪见过这世面，吓得一哆嗦，赶紧就跪在了阶下，把当时情形又讲了一遍

"苗大人他……他当时对奴婢说，少则三两天，多则十来天，他马上就要升官发财帮我赎身了……"

其他人都不清楚，但诸葛嘉当初曾涉及此案，当下便问道："他可曾对你吐露过升官发财的原因？"

绮霞尚未回答，只听朱聿恒轻微咳嗽一声，众人一时肃静。

"关于此事，本王当时亦曾见过案卷，事后也曾思索苗永望所言从何而来。但无论如何，终究离不开一个推测，那便是苗永望之死八成与他所掌握的、要告知朝廷的事情有关。而且此事必定关系极为重大，否则他身为地方官，治下出现如此大事，何来将功折过升官发财的可能？"

众人皆以为然，点头称是。

绮霞却有点踌躇，努力回忆道："但是当日因我情绪并不好，因此与他……"

阿南忽然插嘴道："对，此事绮霞也曾与我提及，苗永望确曾对她提过极为重要之事。但此事事关重大，怕是与青莲宗那人一样，无法在光天化日之下当着这么多人的面直接说出……"

朱聿恒与她目光相对，立即便知晓了她要做什么，略略颔首道："既然如此，那便也找个清净之所，让她将所知晓的一切详详细细原原本本写出来，不得有半点遗漏。"

绮霞惶惑地看着阿南，似是在等她替自己拿主意。

阿南拍拍她的手，道："来吧，你只管将当初和苗永望所发生的一切，原原本本写下就行。"

"可我知道的，之前全都已经……"

"让你写你就写吧，尽量详细点，慢慢写，给凶……给别人一点时间。"阿南说着朝她眨眨眼，笑容诡秘地拉起她往蓬莱阁旁边的小屋走去，"走，我替你把风。"

屋内点起了明亮的灯盏，绮霞坐在桌前，咬着笔头考虑怎么下笔："哎呀，我认识的字不多，真不知道怎么写呀……"

阿南坐在她面前剥着花生，笑嘻嘻道："不知道怎么写就画下来也行呀。"

"你还取笑我！"绮霞嗔怪着斜她一眼。

两人正说着，忽听得外面传来轻微的脚步声，随即一道低低的怪叫声传来。

"什么声音呀，怪瘆人的……"绮霞抚着自己胳膊，觉得鸡皮疙瘩都起来了。

阿南便起身道："我去看看，你在里面待着吧。"

她开门出去，四下一张望，看到影影绰绰的树丛之前，站着一条清瘦颀长的身影。

阿南一时愣住了，万万没想到出现在外面的竟会是他。

四下无人，她急步跨下台阶，走近他时却又想起，就在几天前，她也是在这样的暗夜中，孤身离开。

而诱引刺客出来的局，为什么会是他先出现呢？

难道她之前的估计是错误的，公子……其实在此案中，也有作为？

想着他冷冷说出顺天百万民众在地下瞑目的话，她心口忽然生出一种莫名的倦怠，眼中的火光也不自觉地熄灭变冷，往日那些看见公子便会自然而然涌起的欢喜，不知怎么的也变淡了。

她看看周围，示意他与自己走到旁边僻静角落，压低声音问："公子怎么来了？"

暗淡的星月之辉下，竺星河静静看着她，说道："怎么，只许你任性离开，不许我带你回去？"

"我还以为你要过段时间才会来找我呢。"再度听到这熟悉又温柔的声音，阿南只觉得心口一酸，别开了脸，"难得，公子居然这么快就想起我了。"

"偶尔……"看着她偏转的侧脸，竺星河心下微动，缓缓道，"偶尔会觉得日子有点漫长，想着你若早点回来，或许大家在岛上也不会那么无聊。"

"其实我也有点想念公子和大家了。"阿南笑了笑，说，"就是最近有点忙，事情还没办完呢。"

"真的想我们吗？"在逆照的月光之下，公子目光深邃，像是一眼便可看穿她的心思，"看你这几日又出海又下水的，确实很忙碌。"

知道他一直在暗中关注自己，阿南朝他笑了笑，但终究没法像以前一样兴奋起来。

那一夜她决绝离开后，其实胸膛中一直有块地方空空的。她想那可能是，十几年付出却得不到回响的空洞吧。

而如今，公子来找她了，她那空落落的心却并未被欢喜填满。失望就是失望，空了就是空了，再也无法像以前一样用自以为是的幻想来填补。

"阿南，你以前可不是这样爱闹别扭的人，怎么现在变任性了？"见阿南一直沉默，竺星河的语气也变得无奈，"走吧，船在下方等你呢。"

阿南迟疑了一下，问："现在就走？"

竺星河微微扬眉："难道你又要说，这边还有事不能走？"

阿南回头看向后方绮霞所在的小屋，皱眉道："可这回，我真的有要事。"

公子凝望着她的眼神更显幽晦，阿南眼前不觉又出现了十四年前，刚刚失去娘亲的她与他，在海上初遇时的模样。

那时候她还以为，她终于找到了避风的港湾，能永远跟着公子走下去。

她叹了口气，低低道："这次真的很重要，公子等我一会儿吧，就一会儿，行吗？"

"别任性了，阿南。"公子的声音沉了下来，"蓬莱阁周边全是朝廷官兵把守，因为你任性出走，所以我才亲自潜入此间来接你。就算我愿意陪你逗留，可司鹭还在船上等着呢，你多拖拉一刻，岂不是让他离险境更近一分？"

"但是……"阿南看向下方码头，又看看后面绮霞所在的屋子，一时犹豫难决。

绮霞自小在教坊长大，能认识几个字已是她上进，写了十来句便后背出汗。

"发财的发字怎么写来着……"她正衔着笔头苦思冥想，阿南离开后虚掩的门微微一动，有人闪身进内，又将门关好。

绮霞抬头一看，手中的笔顿时掉在了桌上，惊呼出声："碧眠？你……你怎么会在这里？"

烛光照出面前这条盈盈身影，灯光下如花枝蒙着淡淡光华，正是方碧眠。

她笑而不语，只抬起手指压在唇上，对绮霞做了一个噤声的手势，向她走来。

绮霞看着她在灯下的影子，激动地站起身，一把握住她的手，捏了又捏："有影子、手是热的……太好了，碧眠你……你没有死！"

方碧眠含笑轻声道："是呀，那日我不愿受辱投河自尽，幸好被人救起，辗转来到了这里。这次看到你来了，就出来与你打个招呼。"

"真是太好了！你不知道当时听到你没了的噩耗，我们有多伤心……我们还顺着秦淮河一路撒纸钱给你招魂，不瞒你说，几个姐妹眼睛哭肿了，好多天都没法见人呢！"

方碧眠抿嘴一笑，说道："好姐姐，我就知道你疼我……咦，你今天的眼睛怎么也肿肿的，让我看看。"

她说着，捧着绮霞的脸看了看，说道："哎呀，怎么把墨汁擦到眼角了？赶紧过来，我帮你洗洗。"

"是吗？"绮霞听说妆容出问题，赶紧抬手一看，见手指上果然沾了墨汁，不由得懊恼，"写写画画的事情，我真是做不来！"

方碧眠将绮霞牵到墙角脸盆架前，提起旁边水桶倒了大半盆水，又取下毛巾，示意绮霞先用水泼泼脸。

脸盆正在及腰的地方，绮霞依言俯下身，闭上眼睛捧起水泼在脸上。正拿手擦眼角之际，她耳边忽有一阵风声掠过，似是笛声，又似只是她的幻觉。

尚未听得真切，脑中晕眩猛然侵袭，她整个身子不由得软软跪了下去，一张脸不偏不倚正面朝下，浸了脸盆当中。

绮霞心下大惊，抬手想要拉住方碧眠或扶住脸盆架，好直起身子，可眩晕的大脑让她整个人前倾，双手只在空中乱舞。

她张口想要呼唤方碧眠，水却迅速从她的鼻孔与口中灌入，直达肺部。她剧烈咳嗽，却只让自己呛入更多的水，胸口越发剧痛。

很快，昏沉的脑子中已经没了清醒意识。她的手痉挛地抓住自己的衣服，眼前出现了苗永望死后那张可怖的脸——

江小哥啊，阿南啊，卓少啊……他们要是看到她那副模样，一定很伤心吧……

身体越发沉重，她的头向水中沉去，没过耳朵的水闷响出一片轰鸣。无数怪异的景象在眼前的黑暗中飞闪而过，最后定格在她在八月十八日沉入钱塘江中时，站在水上的江白涟注视她的面容。

那时候将她从没顶的水中拉起的双臂，如此坚实有力。

这一次，是真的没有人再来救她了吧……

就在绝望之际，哗啦一声，令绮霞窒息的水陡然动荡起来。

一只手猛然将她从水中拉起，在面前模糊的视线中，她失去平衡的身体撞入后方怀抱。

随即，一道熟悉的声音在她耳畔响起："没事吧？"

虽然阿南服了药后嗓音低哑，但绮霞早已熟悉了"董浪"的音色，顿时心下一松，眼泪涌出，紧紧抱住了她。

阿南一手揽住她，抬脚狠踹向面前的脸盆架，只听得一片稀里哗啦的声响，正要逃跑的方碧眠顿时被架子砸到，脚下一个趔趄，摔倒在地。

早已候在屋外的韦杭之听到声响，立即率人直冲进门，一见里面的情形，立即将摔在地上的方碧眠提了起来。

阿南拥住绮霞，赶紧抚着她的背心帮她控水。绮霞涕泪横流，又吐又呛，抱着她哇哇大哭。

回头看向方碧眠，阿南怒极反笑："别走啊方姑娘，好不容易来一趟，不让我们好好招待招待你？"

方碧眠面露凄惶之色，问："怎么了？我、我正要去扶绮霞，你们怎么突然冲进来就抓我……绮霞你没事吧？怎么洗个脸就呛到了呀？"

绮霞听她这么说，心下迟疑，但又总觉得哪里不对劲，紧抱着阿南的手臂不肯放开。

"方姑娘的意思是，绮霞自己去洗把脸，却差点被呛死？原来我们误会你了，真是抱歉抱歉。"阿南扶绮霞坐好，靠在椅背上似笑非笑地看着方碧眠，"可我觉得绮霞这遭遇，看起来怎么和苗知府一模一样，我还以为那个凶手过来了呢！"

方碧眠脸色一变，张了张嘴却一时说不出话。

正在此时，外面灯火骤亮，照彻屋内。

暗夜中两行提灯放射光华，簇拥朱聿恒进内。朱红团金龙罗衣被灯光映得灿烂，他神情却格外沉肃，冷峻目光扫了方碧眠一眼，便拂衣在上首坐下。

众人将方碧眠反剪双手绑了，推她跪下来。就在她"扑通"一声跪倒时，朱聿恒的眉心忽然微微一皱。

他的目光不动声色地掠过屋上横梁，又落在阿南身上，见她正在帮绮霞控水，似乎并未察觉到周围。

他略一思忖，抬手示意韦杭之过来，在他耳边低低说了几句。

韦杭之神情微震，但很快便抑制住了，让闲杂人等全部先行退出。

不到片刻，屋内除了原来三人，只剩了韦杭之护在朱聿恒身旁。

阿南抬头看了朱聿恒一眼，见他示意了一下方碧眠，料想是方碧眠知晓的内情不少，尤其是"山河社稷图"那一部分，更是不能外泄，所以将人都屏退了。

绮霞的呛咳终于停下，又捂着心口一直在干呕，双眼通红唇色乌青，显然刚刚溺水差点要了她的命。

阿南怒极，再也懒得和方碧眠磨叽，劈头便问："方姑娘，你深夜潜入意图杀人，被我们当场抓获，还不赶紧认罪？"

方碧眠惊道："南姑娘，我手里一没刀子二没绳子，我怎么行凶，如何杀人？你……你怎么可以污蔑我？"

听到她叫"董浪"为"南姑娘"，韦杭之心下诧异，但见朱聿恒与绮霞都并无异样反应，再端详这个"董浪"，心下顿时郁闷。

难怪殿下这段时间与这个猥琐小胡子来往亲密，原来她是阿南乔装的！

殿下您也太任性胡为了！司南那累累恶行您不都亲自过目了吗？在发觉她身份的第一眼，就该让属下我直接将她擒拿归案啊！

韦杭之暗暗腹诽着，板着脸一动不动站在朱聿恒身侧，警惕地盯着面前这两个对质的女人——毕竟，这俩没一个是省油的灯。

阿南"喔"了一声，找了个最舒服的姿势在椅子上瘫着，对方碧眠道："佩服佩服！杀了这么多人，还一副楚楚可怜的娇弱模样，方姑娘真是世间少有奇女子。"

方碧眠急道："南姑娘，你怎么也和官府一样，随便找人替罪呢？苗知府遇害时，我们一群姐妹都在一起，大家皆可证明我并未离开过，哪有可能去杀害苗大人？"

"你根本无须离开，更不用动手。"阿南一笑，抱臂看着她道，"毕竟方姑娘杀人易如反掌，只要轻轻吹口气，哪还有对方的活路？"

方碧眠神情一僵，目光中涌起一丝惊惶，暗暗看向窗外。

"怎么，犯下如此大案，还妄想别人来救你？"阿南一看就知道她在盼着公子来救她，当下笑嘻嘻道，"放明白点吧方姑娘，没人会与你这种人为伍！你这副楚楚可怜的模样，骗得了一时，骗不了一世！"

方碧眠听她这口气，心下一凉，但神情依旧恳切委屈，对着阿南道："南姑娘，我一直敬您念您，叔伯们虽然那般……那般提议，但我哪敢与您一起服侍公子呢？我卑下微贱，只愿为奴为婢报答救命恩人，求姑娘放我一条生路，碧眠……实在担不起杀人凶手这样的罪名！"

绮霞嘴角微抽，心道不会吧不会吧，她这话里的意思，难道是指海客们提议让她们一起嫁给公子，然后阿南出于嫉恨，要扣个黑锅给情敌，把她逼死？

想到自己亲眼看见皇太孙殿下与阿南的"亲密温存"，绮霞难免心惊胆战，又偷偷打量朱聿恒的脸色，想看看这个当事人会不会勃然大怒。

宫灯光芒散射，投在朱聿恒沉静若水的脸上，微显阴影。

他目光缓缓转向阿南，阿南却依旧蜷着身子揉搓自己的手指，面上神情自若，对方碧眠那含沙射影的话嗤之以鼻。

朱聿恒何尝不知道这是方碧眠故意在他们的面前挑拨离间，企图寻找可乘之机，便对阿南微微一笑，道："怎么，你如此劳苦功高，却有人提议把你与一个初来乍到的人并列？我看有些人妄自托大，未免太不知天高地厚。"

阿南对他一笑，朝着方碧眠喝道："你说你担不起这个罪名，我就担得起？别东拉西扯的，既然你敢把这黑锅扣给我，我就不能饶你！"

方碧眠眼圈发红，颤声道："南姑娘，我真没有杀人的本事，我也不知道是谁冤枉了您，求您明辨是非……"

"还不承认？今晚我引蛇出洞，都掐住你的七寸了，你还嘴硬？"阿南冷笑一声，端详着她的模样，忽然跳下椅子，走到她的身旁蹲下，抬手摸向她的鬓边，"方碧眠，我看你头上这簪子挺别致啊，要不，让我瞧瞧？"

方碧眠身体一僵，下意识地便往后缩了缩。阿南眼疾手快，早已将那支簪子拔了下来。

方碧眠顿时挣扎起来，脸色大变。

阿南拿着那支簪子起身，展示给朱聿恒看，笑道："猜猜这有什么用？"

朱聿恒见这簪子以精铜制成，薄而中空，上面还有类似哨子的切口，略一沉吟道："我听说西域之人驯犬，会用一种独特的哨子。那哨子发出的声响，我们普通人往往听不到，但犬类听觉极为敏锐，却能因此而焦躁或驯服，甚至根据那些听不到的声音而做出反应，听命于人。"

"对，我上次见到这样的东西，是拙巧阁的'希声'，造型与它大体不差。傅准制作它用以捕鲸，在与鲸鱼搏斗之时，往往能用它震慑鲸鲵，令其臣服。"阿南端详着手中这支"希声"，将它在方碧眠面前一晃，笑问，"看来，如今大有改进，甚至可以令人虚耳紊乱，用来杀人了？"

听她道破自己的手法，方碧眠咬紧下唇不敢说话，只是面色青一阵白一阵，惊惧不已。

阿南却笑嘻嘻地看着她，道："哎呀，方姑娘你脸上好像擦到尘土哦，这可不行，这么漂亮的脸怎么可以弄脏呢？我带你去洗把脸吧。"

说着，她将"希声"叼在口中，一把提起方碧眠的衣襟，将她推到脸盆前。

方碧眠终于面露绝望之色，拼命挣扎，可反剪了双手的她又如何能挣脱得开。

阿南一脚踢在她的腘弯处，同时以双手三指按住了自己两侧耳畔的上关、下关、听会穴，轻轻在她身旁一吹口中的"希声"。

大巧若拙，大音希声。

朱聿恒明明没有听到任何声响，却觉得一阵令他毛骨悚然的感觉从耳边掠过，令他脑子嗡的一声，神智瞬间便不清明了。

他立即学着阿南的样子，将耳边三个穴道按住，而绮霞就没那么幸运了，耳边轰鸣作响，顿时觉得恶心欲呕，趴在扶手上又吐了出来。

他们在屋子另一端，离笛音尚有段距离，还算能勉强控制自己。而"希声"就在方碧眠耳边吹响，她脑颅一震，整个身子虚软地往前栽倒，面朝下跪在了脸盆前，整张脸浸入水中，连半分挣扎的力气都没有。

阿南低头一看，水盆里全是气泡冒出，她心情愉快地取下"希声"抛了抛，笑眯眯地揣进袖中。

朱聿恒放下按住穴位的手，道："别淹死了，还没审完呢。"

"别急，刚刚绮霞可被她呛了不短时间呢。"阿南有仇必报，等到水面气泡急促，方碧眠整个身子都有些抽搐了，才抓住她的衣领将她提了起来，任她趴在地上狼狈呛咳，问："怎么样方姑娘？你还需要离开大家进屋杀人吗？虽然苗永望喝酒的那个房间，门是朝着街边走廊开的，但洗脸盆却是放在后方窗边。你大可趁着姐妹们在栏杆边招引客人，走到那边拐角后的窗边，像欺骗绮霞一样，将苗永望骗到窗边洗脸，然后趁机在他的耳边一吹，等他失控趴进水盆后转身就走——一切便在须臾间神不知鬼不觉地完成了。"

方碧眠趴在地上脱力呛咳，脸色青紫，一句话也说不出来。

"你杀完人后，回去照样和大家言笑晏晏。至于罪行嘛，推给绮霞就行了，谁叫苗永望很有可能对绮霞说出了青莲宗的秘密，关系到你们的生死存亡呢？她不死你就很麻烦，甚至让你不得不一次又一次地对绮霞下手，要置她于死地。"

"阿南，这……是不是有什么误会啊？"绮霞听到这里，抚着胸口强抑自己恶心晕眩的感觉，怯怯出声道，"碧眠她、她救过我的，当时在行宫大殿内，要不是她拼着重伤挡在我面前，我的眼睛就要瞎了……"

"别傻了，你以为她是为救你才奋不顾身吗？"阿南嗤笑一声，将方碧眠的右肩按住，把衣袖一把捋了上去，指着上面那个疤痕道，"若不是故意找机会受了伤，她哪有办法留在行宫中，又哪有办法说自己当时昏迷了不在场、受伤了无法杀人，给自己找到脱罪的证据？"

绮霞"啊"一声，颤声问："行宫那个刺客，是……是她？"

"不然呢？"阿南一扬下巴，看着伏在地上面如死灰的方碧眠，冷冷道，"行宫封锁严密，事后也并未找到刺客进出的痕迹，说明作案的人就是当时宫内的人。而我们目睹刺客行凶之时，几乎所有的人都或已出宫、或聚在殿内，唯有方碧眠受了伤躺在殿后，而留下来看护她的你，又跑过来找我想办法了。"

方碧眠趴在地上，可怜兮兮地看着绮霞，泪水混合着脸上的水珠一起滑落，呜咽不已。

看她这么可怜，绮霞又忍不住问："可阿南，她当时真的受伤了，而且那瀑布两边的石壁那么滑溜，她怎么爬过去呢？"

"水车呀！殿后不远便是水车所在之处。虽然左右两阁之间全是瀑布峭壁，但隐藏在花木丛中的水车，却正好横架在瀑布之后，可以横渡左右两处。"

方碧眠含泪摇头道："可我当时确实受伤了昏迷不醒！更何况……咳咳咳，那水车扇叶坚硬锋利，被水冲得一直在飞速旋转，我……咳咳，我若是爬过去，怕是早就被绞割得遍体鳞伤了！"

"咦，方姑娘口口声声说自己昏迷了，可对于那架水车却很了解嘛。"阿南擦干手坐回椅上，笑嘻嘻地托腮看她，"说到这个啊，是你下手时最周密的策划，可惜也正因如此，你的狐狸尾巴终于藏不住了！"

一言既出，方碧眠神色惊惶不定，绮霞则又害怕又好奇地紧盯着阿南，生怕自己听错了一个字，以后再也没办法解开萦绕心头已久的疑惑。

朱聿恒与阿南一路走来，携手查案，对于方碧眠的手段也有了解，但他毕竟对于江湖中这些手段涉猎尚少，哪有阿南这么了如指掌，因此格外专注地望着她。

"一开始我曾以为，瀑布的两次暴涨是刺客的作乱手段之一，目的是刺杀太子。而我们也在现场发现了属于青莲宗的标记——眉黛所绘的三瓣青莲，便一直朝着这个方向追查了下去。直到我听到太子妃当日所见的情形，才发现自己一直以来所寻找的方向都出错了。"阿南虽然在说自己的错误，但神情却十分轻快，那是一种绕过弯路后豁然开朗的畅快，"太子妃说，她看见刺客蹲伏在地上，而且许久未曾直起身子。我当时便在想，若是一个人潜进行宫中，定然会趁着瀑布造成大乱之时，趁机行刺，又怎会在高台上一直逗留，不做行动呢？

"后来我们查证到，你当时在做的，果然是另一件事情。你并不是来行刺的，而是要暗地替拙巧阁查找一桩极机密的事情，所以拙巧阁才会将瀑布管筒的路径分布及转动方法告诉你，让你顺利造成瀑布暴涨的现象——可其实，那不是暴涨，实则是断流！"

看着阿南那胸有成竹的模样，方碧眠委顿于地，明白自己所有的手段怕是都已泄露。心口涌上的绝望让她不敢再狡辩，只紧紧闭上了眼睛。

一直都肃穆静立的韦杭之，眉毛不由得跳动了一下。

绮霞更是连呛吐都忘记了，紧盯着阿南，双手攥得紧紧的，对于即将揭晓的谜底又紧张又期待。

朱聿恒思忖着，问："你确定是断流？毕竟我们当时看到的，是瀑布水流忽然暴涨冲进殿内，而我当时正在殿外，看到瀑布一直都在向下流淌，并未断过。"

阿南扬眉道："藏起一片树叶最好的方法，是丢进树林中，同样的，掩盖水流最好的方法，也是用更大的水流。我们在山顶蓄水的池子中看到了管筒被挪移后留下的弧形痕迹，以及管筒被人掉转方向而引发的灌木摧折。这证明，那些将池水源源不断运送往山顶的水管，曾在瞬间被忽然倒转逆流。管道加上蓄水池中的水流，瀑布水骤然增加一倍，导致两阁之间的水池容纳不下暴涨水量，全部冲向了地势较低又深窄的左殿，引发了那场混乱的发生！"

绮霞迷惘道："那，她让瀑布断流又是为什么呢？"

"水车呀。"阿南看着面如死灰的方碧眠，笑道，"原本从下方吸水形成瀑布的水管，在水中旋转后，由于原先涌流的势头未变，便会如'渴乌'或'过水龙'般，倒吸池中之水，将其源源不断倾泻下来，让我们误以为瀑布照旧、水车依旧还在运行。可事实上，这个时候的水车早已停止输送水流上山了，方碧眠正好可以趁这个机会，借助停顿的水车到达对面，实施自己的计划。"

朱聿恒瞥了方碧眠一眼，问："所以，山顶蓄水池的鱼全部消失，便是因为被那些巨大的管道吸走了？"

"对，为了保持瀑布洁净，水池出口设了三层栅栏防止杂物，按照那栅栏的密度，池中鱼绝不可能钻得出去，可我下水时发现，这么多鱼在一夜之间几乎全部失踪了。不是被当时那巨大的水流吸走的，难道还是插翅膀飞了吗？"

她的话斩钉截铁，灯光下的面容自信而灿烂，与那日下水的狼狈判若两人。

可朱聿恒望着她立于灯下的背影，眼前却一瞬间闪过山顶水池边，她在日光中呈现的曼妙身躯。

但随即，他又知道这是不该在此时出现的思绪，抬手按住了自己的额头，强迫自己将那萦绕眼前的身影给抛到脑后。

"殿下！"方碧眠的声音在他耳边响起，哀婉而凄弱，打断了他的神思。

他垂眼看去，是方碧眠见阿南心硬如铁，绝不可能被打动，便膝行至他面前，眼中含泪，颤声哀求道："求殿下明鉴，奴婢自小在教坊长大，体格柔弱，当时又受了伤，哪来这力大无穷的本事，调动那么大的水管，造成声势浩大的祸害？"

他神情淡淡的，目光从方碧眠那楚楚可怜的泪眼上移开，说道："阿南，你的猜测大体正确，但在一二细节上，我有疑义。"

阿南挑挑眉，瞥了方碧眠一眼，又看着他，眼中满是"不会吧，这女人一求你，你就要打我脸"的疑问。

"你说她潜入行宫只为了帮拙巧阁寻找秘密，我并不赞成，毕竟，她当时还随身携带了利刃。若她只是以眉黛在地砖上勾画，就算被人发觉，也大可说自己是误入，顶多不过是被惩戒而已，但携带凶器，却绝对是死路一条了。"朱聿恒缓缓吹了吹手中茶杯的浮沫，盯着方碧眠的目光愈显凛冽，"由此，再联想到她为了潜入右阁，宁愿付出重伤的代价，加上标记在柱子上的青莲痕迹，本王是否可以猜测，她其实是奉了青莲宗之命，潜入行宫，意图谋害太子殿下？"

此言既出，方碧眠断无生路。

见朱聿恒竟比阿南更为狠辣无情，方碧眠那哀婉可怜的面容顿时变得灰白，绝望地瘫倒在地。

"说得对，看来还是我思虑不周了。"阿南满意地朝朱聿恒一笑，心下畅快，而朱聿恒则朝她一点头，示意继续说下去。

"这位柔弱的方姑娘，你能给行宫的管筒做手脚，当然是因为和拙巧阁做了交易。拙巧阁给你'希声'，你肯定要帮他们做事，我猜，交换条件应该是要求你去行宫高台之上，按照地砖格子排列，画一张地图吧？行宫是九玄门高手设计，与拙巧阁构造相同，这管道两头有一种防堵机制，只要在下方将大量枝叶塞进水管，水车将其送上尽头后，最上一节的管道便会自然启动关窍颠倒，借用猛烈的冲力将里面的东西冲走。拙巧阁既然要用你，自然会教你利用这个特性，而你所需要做的，就是在进殿之前找机会往水车上扔几扎枯枝败叶，水车运行之时，自然会将它们混着水一起送往最高处。接下来你便只需等待，等到水势冲击殿内造成混乱，即可找到机会受伤滞留宫中，借助卡顿停止的水车，爬到对面实施计划。"

而在拙巧阁，阿南也正是利用这样的手法，将阁中的醴泉倒置，冲垮了傅准的天平阵。

绮霞紧盯着方碧眠，见她面如死灰，已无从抵赖，不由得又伤心又震惊："为什么呢？袁才人与我们这些教坊女子无冤无仇，你为何要处心积虑潜入行宫刺杀她？"

"这事其实有点冤枉，方碧眠潜入后袁才人不巧撞见，于是才惨遭毒手。"

阿南说着，与朱聿恒对望一眼。其实袁才人原本与此案无任何关系，可因为太子妃寻找了她当太子的替死鬼，所以才不幸殒命。

　　方碧眠急切地抓着绮霞，道："绮霞，你帮我说说话啊！我们教坊中人，当时穿的都是浅蓝衣服，但你们都看见凶手是穿着绿衣的，而且还是用的右手杀人……你也看到了，我当时为了保护你，右手伤得很重，不可能有力气杀人的！"

　　见她刚刚还要谋害自己，现在又来乞怜，绮霞赶紧一把甩开她的手，转头看向阿南。

　　"对，这两点，也是我百思不得其解的地方。在案发后，我曾多次在行宫高台调查，却都没有得到线索，直到——我看到行宫工图，想起了案发之时，高台上还有两个巨大的水晶缸。而我们所目睹的，全都是发生在水晶缸之后的事情。"阿南在屋内看了看，见旁边正好有一个水晶花瓶，便将里面的花枝拿掉，放在桌上，说道，"那对水晶缸，已经在瀑布暴涨之时被冲下了水池，砸得粉碎，所以我一直未曾将其与案情联系起来，以至于错漏了事发之时两个重要的条件。"

　　说着，阿南举起一根手指："第一，我们看到的杀人现场，是在瀑布第一次暴涨之后。原本应该空着的水晶缸内，当时因为瀑布冲击，已经盛满了水。这些陡然冲下来的水，里面带着泥浆，微带黄浊，使得我们看见的缸后情形变得更为朦胧，同时，还改变了我们眼中的颜色。"

　　阿南转而看向方碧眠，笑问："方姑娘，你琴棋书画无一不精，所以向你请教下，画画时蓝色加上浅黄色，会变成什么颜色呢？"

　　方碧眠咬紧牙关，一言不发。

　　"蓝色加黄色当然是绿色啊！"绮霞恍然大悟，"所以，当时我们透过水缸看到的教坊蓝衣，就变成了灰绿色衣服！"

　　"对，然后还有误导我们的第二点——我们这位凶手方姑娘，受过伤的右手在杀人时，怎么可能那么利落？"阿南说着，朝方碧眠笑了笑，并不再说下去，而是拿起一朵花扯掉了左半边花瓣，然后将它放在了盛满水的花瓶后方。

　　这下，就连一直板着脸专心倾听的韦杭之，也不由得"咦"了一声。

　　被扯掉了左半边花瓣的花朵，呈现在水晶瓶后时，竟然是右半边缺失而左半边完好的模样，与真实的截然相反。

　　"因为圆形会让光线扭曲，所以在盛满水的透明圆形物品之后，所有的东西都会变成左右相反的情况。所以，我们当时看到的那个凶手，其实用的是左手杀人！"

　　此言既出，绮霞捂住了嘴巴，震惊得许久无法呼吸。

　　就连朱聿恒，也是手端着韦杭之递给他的茶，忘了啜饮。

　　"可惜她没料到的是，几乎所有人都在殿内忙乱之时，我们却正好在对面发现了她的行迹，因此，她只能选择在杀人后立即遁逃！"

绮霞"啊"了一声，急问："阿南，那时行宫中那么多人在对面盯着，而后方就是顺着桥过来捉拿凶手的侍卫们，众目睽睽之下，她究竟是如何消失的？"

这事在众人心头都盘旋许久，凶手在对面无数人的目光下消失，事后众人都是百思不得其解。

"其实很简单，你记不记得，我们在池边的混乱结束后，赶紧去殿后找方碧眠，发现她一身是水，浑身湿透地躺在殿后？从锁定她是凶手后，我便考虑她是借用水遁而从众人面前消失的。由此我便想到，当时我们所有人的注意力都在袁才人身上，以为刺客是将她推下了水池后才消失不见的，可其实，刺客是抱住了她，用她身上那件宽大华服遮掩住了对面的视线，与她一起坠入了水中！"

阿南说到这里，转头朝着方碧眠微微一笑："想不到吧，一直假装自己不会水，甚至还跳河自尽脱离教坊的方姑娘，其实是个潜泳高手。她在水下放开袁才人，趁着大家都在关注上浮的袁才人之际，游到遮掩水车的花木丛中，利用静止的水车迅速回到了东阁，并且将那些管筒的巨大机关复原。水车加上管筒的再一次倒转，造成了瀑布的第二次暴涨，将她所有作案痕迹消除得一干二净，冲走了绘在高台上的眉黛、那对水晶缸，也冲走了水池中袁才人的尸身。而浑身湿透的她躺在殿后，说自己被暴涨的瀑布水溅湿了，身上残留的血迹也被我们认为来自她自己的伤处，害得你还难过大哭。"

阿南说着，轻拍了一下绮霞的后脑勺："岂不知人家刚刚干了一件大事回来，说不定正在策划下一步如何除掉你呢！"

绮霞瞪大眼看着方碧眠，见她所有手段被戳穿后，自知已无可抵赖，那娇美的面容上尽是铁青冰冷。

她打了个冷战，颤声问："碧眠，难道说……前几日在码头草丛要杀我的人，也……也是……"

"别问了，就是她。"阿南毫不留情道，"她——或者说背后的青莲宗，似乎很介意苗永望掌握的一些事情，不然，我们怎么可能利用你布局，演出这一场引蛇出洞的好戏，让她为了杀你而自投罗网呢？"

绮霞气得从椅上跳起来，指着方碧眠大骂："方碧眠，这是真的吗？我……我当初给你流的眼泪，还不如流给一条狗！"

韦杭之瞪了她一眼，她才醒悟自己居然在皇太孙殿下面前骂粗话，赶紧缩着头闭上了嘴巴。

方碧眠却一言不发，用眼角的余光关注着门窗，似乎还期待着有人能破窗而入，奇迹般将她救走。

阿南冷笑一声，走到她的身旁俯下身，贴在她耳边低低道："怎么，还期待着公子来救你呢？可惜啊，我绝不允许你这种蛇蝎心肠的人与公子为伍，更不会让你将他拖入青莲宗这个旋涡，你就安心接受朝廷处置吧，毕竟，这都是你应得的！"

方碧眠呼吸急促，目光死死盯着她，放出困兽凶光。

阿南才不在乎，抛下她利落起身，对朱聿恒笑道："好啦，弯弯绕绕这么多天，我终于洗清自己和绮霞的冤屈了。如今真凶落网，谜底揭晓，这个罪犯就随你处置了。至于她和青莲宗还有拙巧阁的关系，我就不掺和了，那是你们朝廷的事儿。"

看阿南轻松愉快的模样，朱聿恒又瞥了横梁一眼，不动声色道："这桩谜案能得破解，你功不可没。我会如实禀报朝廷，秉公处理凶犯，同时也会依律评判你的功过，看是否能相抵吧。"

阿南笑道："哎呀，这倒无所谓，反正……"

她扬扬眉，把后面的话咽回了肚中，道："算了，你看着办就可以，反正这事告一段落，我也没有牵挂了。"

这一晚折腾至此，大家都已有点倦意。韦杭之押起方碧眠出门，阿南也扶起绮霞，说："走吧，你今晚吓坏了，赶紧歇息吧。"

绮霞点点头，拉着她的胳膊起身之际，忽然一个偏头，按着胸口又干呕了出来。

"水还没呛完吗？"阿南忙帮她抚着后背。

绮霞一边拉她出门，一边勉强抑制自己恶心呕吐的冲动，说："这倒不是，是我最近不知吃坏了什么，一直有点恶心，每天都想吐……呕……"

阿南脚步顿住，用不可思议的目光打量她，问："给你搞几个林檎吃吃怎么样？就上次酸不拉几那种。"

"这么晚了哪还有卖？明天我去多买点，那个真的好吃。"

说到这里，两人站在廊下，一起沉默了。

"不……不能吧？"绮霞终于傻了眼，"大夫说我应该是怀不上了啊……"

她迟疑错愕，阿南则兴奋地一拍她的手，说道："这说明大夫方子有效，是大好事啊！赶紧的，告诉江小哥这个好消息去！"

今晚这一番死里逃生，又清洗了冤屈，又知晓了自己可能有了孩子，无数重惊喜交加，绮霞觉得自己有些晕乎乎的，一时都傻了。

她轻抚自己的小腹，又是欣喜又是犹疑，而阿南一手提灯一手扶着她，小心地带她下台阶。

就在他们下到城墙最低处，要走向码头之时，绮霞忽然拉住了她的手，停下了脚步。

阿南疑惑地看着她，而她咬着下唇，望着江白涟船上的灯火站了许久，才摇了摇头，低低道："阿南，我想回顺天，我……不会告诉白涟这件事，你也帮我瞒着他，好吗？"

阿南顿时愕然："为什么？"

"我不想我的孩子一辈子困在水上，虽然像白涟这样，也能成为一个特别好特别好的男人，可是……可是我想带孩子住在很热闹的地方，遇见很多很多的人，我没有勇气一辈子守在一条船上，和一个男人永远在水上过日子，我会疯掉的！"

阿南沉默地紧握着提灯的杆子，没说话。

"就算你笑我，说我自私也好，说我堕落也好……可我喜欢爬山，也爱去树林里摘花摘果子，将来，我也想带孩子一起去。白涟生来是疍民，能为救我而破戒上岸，已经是为我豁命了，毕竟，他自小在水上长大，那么信命，那么怕犯忌讳……"说着，她抬起手捂住了眼睛，也挡住了自己眼中涌上来的泪，用力呼吸着，喃喃道，"阿南，我很喜欢很喜欢他，可是再喜欢也没用，我有我的路，我也不想让孩子走上那条路，你……明白我吗？"

阿南紧拥着她，让她靠在自己的肩上，歇了一会儿。

她抬眼看向江白涟的船，那盏似乎在等待绮霞的温暖孤灯，因为夜风太冷、夜色太黑，显得微不足道，时刻要被吞噬。

"我明白的。"阿南轻轻地，低低说道。

就算拥有天空的鸟和拥有大海的鱼亦能一瞬间于水面碰触，但人生那么漫长而丰富，并不可能永远靠着那片刻的温存活下去。

"就当是最后分手的礼物吧，我这辈子能有这么一个孩子，就是我最大的幸运了……我不奢求他为我放弃他的人生，我也没法为他不顾一切，唉，阿南……你明白吗？"

阿南叹了一口气，拢着她的肩，说道："回顺天吧。我替你去求阿言帮帮忙，看能不能让你脱离乐籍。至少，不能把孩子生在教坊。"

"呜呜……阿南你太好了，我、我不知道怎么感谢你。"绮霞哭得稀里哗啦，把眼泪鼻涕都抹在了阿南的胸前，"等孩子出生后，我让他认你当干娘！"

"那必须的，我要是不当干娘，这世上没人有资格当了！"阿南笑道，拍了拍她的后背又问，"这么晚了，你回教坊还是去江小哥那儿啊？"

"算了吧，回教坊太远了，还是、还是去白涟那儿吧。"绮霞擦擦眼泪，说道，"顺便……我也想好好和他告个别。"

"那行，我也担心青莲宗的人会报复你，你这段时间最好和江小哥靠近些。对了，你拿着这个。"阿南说着，从袖中将"希声"取出，弹出臂环中的小锉刀，调整了一下哨子口，将太薄利的断口锉了锉。

"现在就算你在别人耳边吹，它也不能伤害虚耳了。但是这个声音会很尖锐，周围三两丈内的人都会因为耳膜被震而晕眩，无法攻击你的。"阿南试着轻轻吹了吹，见绮霞捂住耳朵差点又要吐了，才满意地将改造后的"希声"递给她，教她将耳朵按住，"吹的时候堵住耳孔与听会穴，这样你自己就不会受影响，遇到危险就赶紧溜之大吉。"

"好呀，虽然我打架不行，但我跑得很快的！"绮霞把情绪调整好，让阿南帮自己确认了无异后，学着方碧眠的样子将簪子插在发间，然后向码头走去。

只是下意识的，她原本轻快的步伐放慢了，像是怕惊动肚子里的小生命。

在船上等她已久的江白涟看见她的身影出现，欣喜不已。

他握住她的手臂，将她拉上船，大概是觉得她的手有点冷，江白涟一边说着什么，一边将她的手拉起贴在自己脸颊上暖一暖。

绮霞笑盈盈地抬头看他，烛光之下，她的眼圈似有泛红。

阿南目送二人走进那绣着歪歪斜斜鸳鸯的帘子中，沉默地在冷风中驻足许久，终于轻叹了一口气："对啊，是该告别的时刻了……"

眼看蓬莱阁上灯火渐熄，阿南往上而行，走到审讯方碧眠的那个院落一看，静悄悄的，所有人都已撤走了。

阿南从门口朝里一探，目光往梁上扫了扫，学着小猫叫了两声："喵喵？"

屋内毫无动静，她诧异地又叫了几声："喵喵喵？"

"这么大的人了，没个正经。"只听身后传来一道熟悉低醇的声音，透露着无可奈何的纵容。

"阿言，"阿南一惊，随即笑嘻嘻地回身，"方碧眠收押好了？"

朱聿恒接过她手中的提灯搁在廊下，灯光在风中微动，摇曳地映着他幽深的眼眸："嗯，正想与你商议一下，如何处置她。"

"这个你做主就好啦，我只负责把她揪出来，洗清自己的冤屈。"阿南说着，又想起一事，忙说，"对了阿言，我想求你件事啊，能不能帮绮霞解除乐籍？因为她……"

她一时踌躇，不知该不该将绮霞的事告诉他。

"可以。"还没等她想好，朱聿恒已经应了，并不需要她的原因，"我待会儿便吩咐下去。"

　　阿南愉快地笑了，又朝屋内望了望，确定公子已不在其中，便拉了拉朱聿恒的袖子，示意他与自己进屋去，笑道："你来得正巧，我给你看个好东西！"

　　见她这神秘模样，朱聿恒略一挑眉，正要提灯进内，阿南却止住了他的手，说："不用。"

　　韦杭之见阿南将殿下拉到暗无灯火的屋内，急忙要跟上，阿南却早已将门一关，把所有人挡在了外面。

　　一片黑暗之中，朱聿恒只觉阿南贴近了自己，在微冷的秋夜与寂静的暗室之中，那种温热的栀子花气息侵袭了他所有意识，让他的身体都不自觉紧绷起来。

　　尚未等他反应，阿南的手中已出现了一团澄碧光彩。是那颗夜明珠静静躺在她的掌心，周围旋转围绕着一圈莹绿的辉光，那是珠光映照下的青蚨玉。

　　阿南将这团灿烂辉熠的光芒举到面前，珠玉生辉依稀照出她笑吟吟的面容，她的眼睛比那明珠美玉更为晶亮："阿言，这是我师父讲过的傅灵焰的武器，但我只知道构造，不太清楚如何使用。我想这应该是最适合棋九步的武器，就替你做出来了，具体的操控方法，接下来要靠你自己慢慢钻研了。"

　　朱聿恒望着她的笑颜，缓缓抬手握住面前这团晶灿的光辉。

　　打磨得极为薄脆的玉石与夜明珠在他掌心轻微相撞，发出清脆空灵的细碎声响，也让珠玉光华缭乱，在他指缝之间闪烁不定。

　　他看着那精铜的莲萼底座，认出这是上次她匆匆忙忙间藏起来的半成品。

　　原来，这不是给竺星河的，而是给他的？

　　他握紧了掌中这团灿烂，低声允诺道："我会好好研究的。"

　　阿南笑望着他的手。这双让她一眼便沦陷至不可自拔的手，被指缝间的微光照亮，如梦似幻，却终究是她触碰不到的镜花水月了。

　　她心口涌起一阵类似心悸的遗憾，忍不住抬起双手，将他的手与那片光芒拢在掌心之中，握了一握。

　　光芒被遮没，一室幽冷黑暗中，她的掌心暖烫而有力。

　　朱聿恒下意识地翻转掌心，想要反手握住她，她却已经松开了手，声音有些发闷："好啦，终于交给你了，我也就安心啦。"

　　她拉开门，正要迈出去时，听到朱聿恒在身后问："它叫什么？"

　　"日月。"

　　如日之升，如月之恒。

　　永远明亮、光照万物，也是所有世人无法逃离、无法抵挡的致命力量。

朱聿恒低头看着手中的"日月"，外面漏进来的灯光遮掩了他手中的光华，而阿南靠在门上望着他，脸上含着笑意："真想早日看到你手握日月、操控自如的模样，我想一定和当年的傅灵焰很像，纵横天下，挡者披靡。"

他听出她口中遗憾的意味，但还未来得及询问，她便毫不迟疑地将门推得大开，一步迈了出去。

她没有回头，只背朝着他抬手挥了挥，说："阿言，再见了。"

离开灯火辉煌的蓬莱阁，阿南却并未回到驿站去。

她避开人群走下海堤，伫立在月光之下，望着辽阔的大海发了一会儿呆。

海浪发着细微的荧光，一波一波舐舐着她脚下的沙滩。

身后有脚步声传来，踩在沙滩上发出轻柔的声音。

阿南回头望了来人一眼，脸上挤出一丝笑容："公子，我们走吧。"

"你叫我看的好戏，都演完了？"竺星河与她并肩站在海边，发了一声呼哨通知司鹭。

"怎么，还没看够吗？"阿南抱臂望着远远而来的司鹭，道，"想不到吧，那个柔柔弱弱的方姑娘，居然是青莲宗和拙巧阁的双面间谍，杀人不眨眼的主儿。什么为保清白投河自尽也全是假的，都是被青莲宗指使接近我们的手段。"

竺星河微微皱眉，嗓音也有些低喑："画龙画虎难画骨，想不到我们以诚相待，她却包藏祸心。"

"她是风月场中的老手，咱们久在海外，哪见识过这种手段。"阿南说着，有些郁闷地噘起了嘴，"可恶，她这纯良的模样，装得可真像，连我们都差点被她给离间了！"

"这倒不必多虑。你与我是什么交情，她一个初来乍到的，又算什么。"周围万籁俱寂，远远灯火暗烁，月光下竺星河凝望着她，目光温柔而专注，"退一万步说，就算她不露出真面目，但只要损害到了你，或者让你不快，我也会始终站在你这边。"

听到他这番恳切话语，看着他凝视自己的温柔眼神，纵然心里还有些介意，阿南也觉得心口悸动，鼻尖一酸，脸上还挂着惯常的笑容，声音却闷了一些："我就知道公子不会辜负我的，我纵然粉身碎骨也值啦！"

公子抬手轻轻按在她的肩上，顿了片刻，想说什么但终究还是换了话题，问："你那个教坊的朋友呢？"

"绮霞吗？她找相好的小哥去了。公子你知道吗，绮霞为了我，差点把命都葬送在监狱里了，所以今生今世，我一定要护她周全！"

她把绮霞宁可带着月事在水牢中站了两天两夜，也不肯将她招供出来的事对公子详细讲了一遍。

想着怕苦又怕疼的绮霞宁可承受那非人折磨，也要死咬牙关不肯诬陷她的情形，阿南眼圈不觉红了，哽咽道："之前她受了这般折磨，大夫说她不太可能有娃了，可现在就像奇迹般，她怀孩子了，我真开心，也总算放下一桩心事了，不然，我这辈子都对不起她！"

竺星河默然听着，与她一起望着江白涟那艘小船上的灯火，他的神情有些阴沉，但看着阿南那欢喜欣慰的侧面，又终究什么也没说。

阿南回头看他，又问："怎么啦，忽然问起她？"

竺星河淡淡道："没什么，我看她与方碧眠有瓜葛。"

"公子担心青莲宗报复她吗？不怕的，我把'希声'给她了，就是之前拙巧阁用过的那个，公子也见过吧？"阿南抬手在耳边示意了一下，说道，"青莲宗的人近不得她的身。"

竺星河缓缓点头，没再说什么。

阿南观察他的神情，终于忍不住，低声劝道："所以，公子你看，青莲宗既然会安排方碧眠这种人潜伏在你身边，肯定也有其他卑鄙手段，我们还是不要与青莲宗搅到一起，以后分道扬镳吧。"

竺星河一哂，道："阿南，你此言失当了。什么叫搅到一起？有共同的敌人，合作并非坏事。"

"老虎与毒蛇都会受到人类追捕，但丛林之王从不与蛇蝎为伍。公子您是何等身份，又怎能自降格调，与这种令人不齿的乱党结交？"

竺星河微微侧头看了她一眼，神情依旧温和，声音却微冷下来："放心吧，我做事自有考量。既然你与其他人一样奉我为少主，便只需安心信赖我即可，我所作所为，只求为大家谋一个最好的出路。"

"可我不认为与青莲宗合作对抗朝廷会有出路。方碧眠的手段，我刚刚不是已经清楚地揭示了吗？她杀了苗永望、杀了袁才人，还三番两次加害绮霞，哪有半分道义可言呢？青莲宗这些人只会些下三烂的手段！"阿南急道，"趁现在合作未深，尚有转圜余地，还请公子三思！"

竺星河的嗓音更沉了，问："哦？所以你觉得，不结交其他势力，不惊动官府百姓，我们该何去何从？"

阿南与他相处多年，哪能听不出他口气不佳。但明知公子不悦，她依旧不肯放弃自己的想法，说道："那我们就回去吧。"

竺星河望着黑暗的海天沉默。阿南等了他片刻，见他不开口，又道："公子，二十年过去，山河已定，又何苦再令这世上风波动荡？回到属于我们的海上，天地之大，一生一世够我们纵横驰骋的……"

竺星河劈脸打断了她的话："是朱聿恒让你这么说的？"

骤然听他提起这个名字，阿南心下顿时一惊。她咬住唇，见公子的神情在粼粼波光下明暗不定，声音亦有些迟疑："阿……他从未提过这些。但我这段时间在心中翻来覆去想过了，这或许是最好的解决方式。世上改朝换代本不罕见，亦有皇室后人选择隐姓埋名遁世而去……"

"别说了。"竺星河静静道，"你未曾经历过我的人生，你不会懂得我的选择。"

他没有怪罪她，也没有与她争执，但这种平静冰冷的口吻，他从未曾在阿南面前表露过。

星汉璀璨，潮声急促。竺星河转身，与她背向而立。

阿南伫立在他身后，看着他的背影似要被黑暗吞没，终于忍不住开口问："你与方碧眠，什么时候相识的？"

竺星河的身形略略一顿，却并未回头。

"换言之，你与青莲宗，其实早就已经联络上了？不然，方碧眠怎么会那么巧，刚好在杀完苗永望之后便被迫投河，而投河的时候，又恰好被我们救走？"

"不要多心，想这么多对你又有什么益处？"竺星河抬头凝望着空中那抹冰冷的下弦月，道，"阿南，你以前没有那么多心思，要可爱许多。"

阿南一动不动地站着，喉口哽住，连呼吸都觉得迟缓。

司鹭的船终于靠岸，他拉住阿南，激动得哇哇大叫。

阿南抬手示意他别惊动岸上的人，默不作声地上了船。

"阿南，你这次事情都办完了吧？不会再跑了吧？"

"嗯，应该不会了。"阿南慢慢说着，却觉得心口堵得慌。

阿言身上的"山河社稷图"，她还未帮他解开。

只是，她已经尽了最大的能力，帮他提供了最后的线索。如今距离十月初下一条血脉的发作尚有时间，相信他能在渤海水城中找到线索，最终解开谜团的。

而她，也不知道竭尽全力，究竟能不能让公子回归南方之南，回到他们最好的地方。

怀着沉沉的心事，她抄起船桨，慢慢将船划向海中。

在泛着荧光的幽蓝大海上，小船渐渐远去，融入了黑暗之中。

熄掉灯火的城楼之上，朱聿恒伫立在窗前，放下自己手中的千里镜，沉默地看着海上的斜月。

韦杭之在旁边等待了片刻，低低问："殿下，要拦截他们吗？"

朱聿恒将千里镜交到他的手中，转身大步向下走去，说道："不要大张旗鼓，先循踪看他们是不是返回海客们盘踞的那座岛屿，届时若有青莲宗的人出没，再行剿灭不迟。"

"是。"

顺着跳板踏上座船，他已经看不见前方小船。

水军们的跟踪信息传来，座船不紧不慢出了海，隔着对方无法发现的长距离，向着同样的方向航行。

朱聿恒站在船头，望着起伏的海浪，握紧了手中的"日月"。

月光下，夜明珠的荧光幽淡，显出莹白质地。它与青蚨玉一般，都被切割成了极薄的片状，以精钢丝收拢相系于精铜的莲萼底座之上，依旧是浑圆模样，不上手根本不知道它们已被彻底切割，锋利无比。

日月。悬在手中如明珠日侧旋转一轮碧玉弯月，置于掌中则所有珠玉碎片散成一泓白云碧水，光华流转。

他轻轻地抖动手中这层珠片玉，试着按住莲萼上的刻纹。

只听得碎玉相碰的空灵撞击声不断，那些刻纹其实是极细的精钢丝，连接于莲萼中心的弹簧机栝之上。被他一触动，所有锐利薄片如雪片般同时向前蓬射而出，笼罩了面前这片海天。

携带着仙乐般的敲击声，船头之上忽现万千星光，漫天耀眼。

一直伫立在他身后的韦杭之吓了一跳，正在辨认是何异状，却见那些光华于一旋一转之间，如流星般划出圆满弧度，倏忽回到了殿下手中，聚拢于他的掌心，被他牢牢握住。

周围一切无声无息，唯有黝黑的水面之上，出现了细密如弦的无数条笔直波纹，在光芒闪过时瞬间割开水面又瞬间消失，一纵即逝。

光芒盛炽，无人可避。

难怪她说，这是天底下最适合棋九步的武器。因为这庞大的瞬间计算与操控，除了他与传说中的傅灵焰以外，没有任何人能掌握驾驭。

这是她送给他的临别礼物，在她决意要离他而去之时，倾尽了心力为他而制。

这算是，她对他最后的情意吗？

"阿南，你不是遗憾，无法看到我手握日月的模样吗？"他将日月悬于腰间，如一枚别致的腰佩，在月光下幽光淡淡。

"那现在，我就走到你面前，让你亲眼看一看它的光彩吧。"

第十六章

越陌度阡

月光之下，渤海愈显幽深辽阔。

前方阿南的小船出海后便扬起了帆，风力催送下小船快捷如箭，月过中天之时，已接近海客们所在的岛屿。

朱聿恒的座船在他们看不见的后方远远航行，几艘快船打探情况，源源不断地将消息传来。

等阿南他们上岛之后，朱聿恒命令船只停泊在距离不远的荒岛坳中，商议如何进攻围捕。却听得外面响箭声响，显然有重要消息传递。

朱聿恒起身看去，只见海面上一艘小船被快船夹击，船上人呼喝着以刀棍拒敌。但朝廷水军训练精熟，哪是他们能抵抗的，不出片刻，众水兵便利落翻上小船，将一船十余人全部擒住。

这十余人与上次抓到的那批一样，全都是青布裹头，浑身凶悍之气。领头的被绑了还不服气，咬牙道："我们都是良善渔民，怎么晚上打个鱼，都要被官府抓捕？"

"渔民出海打鱼，还要携带武器？"审讯之事诸葛嘉最为精熟，根本不与他们多言，示意手下把人制住，将小船驶到了背风港坳之中。

一阵鬼哭狼嚎声从小船上传来，朱聿恒虽在座船之上，亦如看到对方惨状。不多时诸葛嘉便回来了，神色不定地请朱聿恒屏退了所有人，告诉了他青莲宗谋划的事情。

"属下从他们口中撬出了三件事。其一，今日落网的方碧眠显然是教中主要人物，他们正要去救她。"

这倒是求之不得的事，朱聿恒示意他可加派人手，围点打援。到时候对方人来得越多，对他们越是好事。

"此外，我看青莲宗行动如此迅猛，那个方碧眠手中重要机密的事情不会少，一定要严加看管。"

只是不知她对"山河社稷图"的事是否有了解，他倒是不便假手他人尽快审讯，只能等回去再说了。

诸葛嘉应了，朱聿恒又问："其二，他们既出现在此处，应该是正有人与海客接洽，准备一起动手救回方碧眠？"

诸葛嘉点头称是，又道："另外，青莲宗出现在此处，还有个原因是，在海上遭受了不明攻击。对方实力非凡，他们本以为是官兵，但据属下所知，我方尚未出动。"

"若地方卫所出动，必定会上报我们，所以这股突然出现的势力……"朱聿恒略一沉吟，立即了然，道，"若是他迫不及待动手的话，也未必不是好事。走吧，我们去看看局势如何。"

海客与青莲宗相会之处，正是距离此处西南方二三十里处的一个沙尾。

这沙尾由长年的泥沙冲刷而形成，只在退潮时分露出水面，仿如一个数丈方圆的小岛。

月光下四周茫茫，他们的船停得很远，毕竟那沙尾无遮无掩，一旦有船接近便会被察觉。

朱聿恒放下千里镜，沉吟面对这一望无垠的海天。

暗夜之中，水波茫茫，一弯下弦月孤单悬在海面上，缓缓涌动的海面镀着一层明亮的光华，如同一匹光滑的黑缎在船下起伏。

朱聿恒正要回舱安排水军潜近，目光瞥过海面时，脚步忽又停了下来。

面前巨大的黑缎海面之上，出现了小小一点乱跳的光芒。

螳螂捕蝉黄雀在后。没想到在跟踪海客之时，自己也被他们盯上了。

朱聿恒略一沉吟，向韦杭之打了个手势。韦杭之会意，错愕地扫了海面一眼，立即悄悄退开，示意船上防卫提高警惕，准备抓捕来人。

然而，就在来人出水，流光一闪勾住船舷之际，韦杭之看到殿下又朝他一抬手，示意他带着所有人退下。

韦杭之错愕地看了从水中轻捷跃出的那条身影一眼，见流光闪烁间，殿下已向对方迎了上去。他顿时猜到了来人是谁，只能闷声不响转身离开。

而朱聿恒走到船舷边，见她已经上到了船沿，正要抬手给她，不防她已经一跃而上，揪住他的衣襟，臂环中弹出小刀，抵在了他的脖颈上。

朱聿恒并不反抗，只在月光下静静看着她。

而阿南抬眼看他，湿漉漉的睫毛下一双比常人亮上许多的眸子瞪了他一眼，然后收回了自己的臂环，没好气地问："堂堂皇太孙，居然干这种偷偷摸摸的行径？"

朱聿恒并不回答，只抓起旁边的毛巾交给她，示意她擦擦脸上的水珠："我是担心你。"

阿南郁闷地胡乱擦着自己的头发，问："我怎么了，需要你担心？"

朱聿恒默然看着她，端详她的神情许久，才问："你还好吗？"

他关切的目光，让阿南忽然悲从中来，一把攥紧了手中的毛巾。

她当然知道他的意思。

即使公子肯悉心安抚她，可她怎么可能不知道，公子必定是方碧眠的同伙——至少，方碧眠的所作所为，公子早已知晓。

甚至，方碧眠进入他们这个团伙，成为海客与青莲宗的纽带，也可能是他们在放生池上相遇时就已经商议好的。

而如今，竺星河与青莲宗赍夜密会，并未通知阿南，表示已经将她摒弃在了核心之外。

她和公子，已经是道不同，不相为谋了。

只是，公子和她之间的事情，她始终觉得是自己能掌握的东西，不需要任何人来插手。

尤其是，阿言。

她将毛巾狠狠地丢给朱聿恒，沉声道："我自己会处理，不劳你操心。"

"你真的对自己的处理有信心吗？"在下弦月的光辉下，朱聿恒静静看着她，低声问，"我想竺星河应该是瞒着你去和青莲宗会面的吧？若你真的有把握处理好，为什么还要像我手下的水军一样，偷偷地潜近？"

来意被他一句道破，阿南心下一阵急怒，但伴随而来的，又是无言的黯然。

最终，她倔强地转过头去，望着残月之下那抹依稀浮现的沙尾，低低道："会有办法的，我一定、一定能让公子回心转意！"

朱聿恒端详着她的神情，毫不留情道："你明知道，他与青莲宗已经上了一条船，你阻止不住的。"

"我知道我不一定有这个能力，可我跟着公子回来，就是想了结青莲宗与海客们的联系。"她一贯尾音上扬的声音低落了下来，眼中除了郁闷难过，还有无法割舍的纠结。

朱聿恒问："那你打算怎么办？"

"说不好，我现在心里很乱，根本不知道该怎么办。"她将脸埋在毛巾中，声音有些发闷，"可我不能眼睁睁看着他踏上绝路，还带着兄弟们一起……如果有可能的话，我想带公子回家，回到海上去……"

后面的话，被她湮没在了喉口中，模糊仿如梦呓。

海风微冷，她浑身湿透，朱聿恒望着月光下她微微抽动的肩膀，难以抑制冲动，想要将她揽入怀中。

但尚未抬起双臂，阿南已丢开了毛巾，望着他的目光恢复了沉静："好了，我要走了。海客们的事情，我会处理好的，你……不需要插手我们的事情。"

"事已至此，我不插手不行。朝廷水军已在渤海之上设伏，而且目前还有一股力量要收拾青莲宗与你们。"朱聿恒盯着她，指着下方海面，道，"阿南，我们出生入死多次，我也希望永远都站在你身边，所以才会亲自出海来找你。看今晚的局势，海客们已经到了生死关头，有可能全部都死在这渤海之上。可我不能让你走上这条绝路，你……懂我的意思吗？"

下弦月光芒冷淡，可他对她说出这些话时，眼神却似在月色中灼热燃烧。

她当然不会不懂他的意思，可对公子十四年的依恋与执念，让她暗暗咬了一咬牙，终究狠狠转过头去，说："无论如何，我不会放弃他们。他们都是与我并肩作战过的生死兄弟，如今既然走上了绝路，那么，就算是为他们而死，我也甘之若饴！"

说罢，她抬手按在船舷上，翻身便要下水而去。

"阿南，别执迷不悟！"朱聿恒一扬眉，抓住了她的手臂，提高了声音："你明知竺星河已不是同路人，当着他的面拆穿方碧眠的罪恶勾当亦是白费心机，你回到他身边也阻拦不了他与青莲宗的结交，何必还要抱存希望？"

阿南站在船舷上，残月在她的肩头光华冷淡，逆光隐藏了她的神情，他只听到她的声音，喑哑而低微："阿言，我欠公子一条命。所以，无论失望也好，痛苦也罢，我都得用这一辈子去还。"

和绮霞在应天小店中喝醉了酒时说的话，忽然在这一刻涌上了她的心头。

欠了债的荷裳，终究以身抵债，和打钹的饶二再也没有缘分。

欠了一条命的她，最后握了一握阿言的手，身体向后仰去，坠入冰冷的大海之中，让深暗的水吞没了自己的身躯。

入秋的渤海，海水已经有些冷了。

被冷水一激，阿南的思绪反倒清醒得可怕。

她潜在水中，向着公子所在的沙尾游去。她潜得那么深，水面上只有一条细不可见的波纹，一直向着那边延伸。

许久，她才冒出头换一口气，取下头上小钗，拧掉中间的精钢芯，将中空的钗身含在口中，然后再度没入水中，只以中空的管子吸气，无声无息地贴着水面潜泳。

下弦月照亮的细长沙洲之上，公子如雪白衣在风中微动，镀着一层冷月光华，如同姑射神人。

"方姑娘已经落入朝廷手中，我看你们要过去营救她，绝非易事。"即使沙尾四周辽阔平静，竺星河的声音依旧低低的，令水中的阿南听来，恍惚波动如在梦中。

对面人以青布裹头，显然是青莲宗的人，头领颇显老成，捻须沉吟道："碧眠姑娘虽不会武艺，但一向机敏过人，而且此次行动还有公子护送，本应万无一失，怎的失手了？"

竺星河并未说话，而司霖道："官兵狡诈，设下了圈套，方姑娘急于求成被擒住了。当时阁内重兵埋伏，我们若出手相救怕是也无法脱身，只能先行回来通知你们。"

看来，公子他并未向人提及是她所为，这让阿南心口的微痛又似得了一丝缓解。

老者急道："方姑娘于我宗举足轻重，她既然出事，兄弟们无论如何也要将她救出来。她当初一力促成你我双方合作，对你们也是仗义，不知如今你们是否会助我们一臂之力？"

司霖道："这个自然，否则我们公子为何连夜找你们商议？营救方姑娘之事越快越好，最好是趁今晚尚未交接及早下手，否则一旦她被交付押解，路上再营救便难上加难了。"

青莲宗众人纷纷赞成，开始商议营救事宜。

阿南平静地藏于温柔沙地之中，她早已洞悉许多，因此也并无太大反应，只是觉得心口像被针扎了般，微微刺痛。

他到蓬莱阁，不是来接她回去的。

他是护送方碧眠去杀人的，甚至把她从屋内引出也是为了让方碧眠动手，顺便，把任性的她带回去。

但，公子至少并未对青莲宗提及她揭发方碧眠的事情，他还是维护海客团体的，也是……维护她的吧。

沙尾之上，众人已经商定解救方碧眠事宜，如何趋近、如何脱离都制定好了路线。就在分头行动之际，青莲宗头领忽然问："碧眠姑娘此次执行任务失手被擒，那个目标绮霞，如今怎么样了？"

水下的阿南气息骤然一滞，她赶紧屏息，竭力镇定下来，听到司霖闷哼一声："被救下了。"

"苗永望死前只有她在，而且碧眠姑娘还曾在窗外听见他们有过升官发财之类的对话，为防万一，我们绝不能让她活着，毕竟，那件事若是泄露了……"

即使他们确定周围并无他人，但说到这里时，对方的声音还是压得极低，潜在水中的阿南无论如何也听不见他后面的话语。

审讯方碧眠时，公子亦在梁上听到了经过，知道苗永望临死之前，并未对绮霞说什么，因此他微一皱眉，沉吟道："那个绮霞……"

阿南的话还在他耳畔回响，她说："公子你知道吗，绮霞为了我，差点把命都葬送在监狱里了，所以今生今世，我一定要护她周全！"

她欢喜欣慰望着江白涟那艘船的侧面还在他的眼前，她红着眼圈讲述绮霞对她的情义，一切都清晰在目。

但，他终究开了口，语调平淡而清晰道："她似乎与一个疍民关系非凡。"

似有冰冷的海水灌入额头，阿南瞬间浑身冰凉，从头至脚，周身所有的血似乎都停止了运行。

她死死地捏住自己的鼻子，让自己保持神志清醒，免于呛水。

只听青莲宗头目又说道："多谢公子提供线索，区区一个弱质女流，既有了下落，收拾起来自是不费吹灰之力。"

"还是尽量小心些。"既然已经帮了他们，竺星河干脆声音沉沉地再度开口，提醒道，"方姑娘的'希声'已经落入她的手中，这东西能震荡耳膜令人身形不稳，到时候你们怕是得防备一二。"

青莲宗的人立即道："行，那我们用布堵住耳朵再去杀她！"

"那没用。"竺星河抬起手，做了个手按耳孔与听会穴的动作。

青莲宗的人一看便知，这是得按住穴道，才能抵御那声波。

几人按照那手法依葫芦画瓢按了耳朵穴道，向他连连道谢。眼看天色不早，海水已侵漫上来，即将淹没整片沙洲，众人将小舟推下沙洲，准备离去。

却听哗啦一声，一条人影从海中跃出，漫身水花飞溅间，已经立在了青莲宗的船头。

冷月之下，只见她一身艳红水靠熠熠夺目，一头浓发湿漉漉地披卷于肩头，眼中倒映着冷冽波光，那临风而立的姿态攫人魂魄。

她足踏船头雕刻的青莲，取下口中叼着的精钢发钗，慢慢地将自己的湿发挽起，在月光背后俯视着船上的青莲宗众人，如同罗刹临世，杀气弥漫。

船上的人看着她，惊恐万状，不知这个突如其来的凶神恶煞，是如何突然冒出来的。

而她慢慢地抬起手腕，臂环在月光下发着冷冷光华，对准了船舱中的头目老者。

仓促之间，青莲宗的人立即回防，挡在头目面前。

可惜他们防得住她的身影，却防不住那一线流光无孔不入，倏忽间穿透人墙缝隙，直取头目的眉心。

众人没想到她下手如此稳准且狠辣，正在反应不及之际，却见那新月光芒一闪之际，硬生生停滞在了距离头目双眼不到一尺之处。

是竺星河，他是最了解阿南的人，是以一见她动手便知道她的攻击方向，此时身影飘动，早已拦在人墙面前，手中春风如初初抽芽的蒹葭，莹光细长，那上面的花纹正卡住了新月，并反手一绞一挥，精钢丝缠绕于苇管之上，所有攻击力量立时消弭。

起起落落的潮水似永不停止，汹涌地拍击船身。立于船头青莲之上的阿南用力抬手挥斥，精钢丝立即从苇管之上松脱，新月倏然回转，一缕光华急缩回她的臂环之中。

一击被阻，阿南立即飞扑上前，跃上船舱，向众人直击。

然而，竺星河早已张开了双臂挡在青莲宗众人面前，看着飞扑而下的她，声音既冷且急："阿南，住手！"

她的流光即将正面射向他的胸膛，而他已经收了春风，并不与她相抗——因为他知道，面前这势如疯兽的女子，世间没有任何武器能收服她，即使是他的春风，也绝无可能。

因此他只有袒露自己的胸口，任由她的攻击撞向自己。

十四年来对她的了然于心，让他敢于赌这一次。

那流光在他胸前破开了三寸长的口子，鲜血于白衣绽裂处涌出，他胸前印上一道鲜红血月。

但与此同时，那抹夺目的流光也硬生生地掠过了他的身躯，在空中虚妄飞舞着，奔赴回茫然恍惚的阿南臂环之中。

他赌对了。

只这一瞬间的错神，他已经欺近阿南，春风轻挥，点在了她的肩井穴上。

阿南的右手顿时麻痹，那臂环便再也抬不起来了。可她一身凶悍之气，哪是右手失控可以阻止的，身躯前倾便要直冲入面前青莲宗众人中，腰间一紧，却已经被竺星河一把揽住。

那前冲的力道，被竺星河借力卸掉，顺势带着她后退，将她拽下了船，两个人一起落在了漫水的沙洲之上。

青莲宗见这个女煞星被擒，哪还敢多问，朝竺星河拱一拱手，立即抄起桨橹，向前飞也似的划去。

司霖在阿南手下吃亏甚多，见她这疯魔的样子，哪敢久留，对公子一点头，赶紧追上青莲宗离去。

阿南情知他们此去，不但要劫掠方碧眠，更要杀害绮霞，哪肯罢休。她咬一咬牙，一把甩开竺星河，大步蹚水要追上去。

冷不防腰间一麻，是竺星河制住了她，在她瘫软倒下之际，他自身后抱住了她，带着她涉过浅水，将她放在了沙洲另一边自己的小船上。

阿南仰躺在小舟上，看见空中冷月黯淡，天河倒悬，汹涌的海水在耳边澎湃，整个天穹似被浪潮撕裂扭曲。

她睁大眼睛，看着面前这动荡的苍穹，也看着俯身望着她的竺星河，气息沉重急促，许久，却只从牙缝间挤出几个字：“为什么？”

“我倒想问你为什么。”竺星河在她身旁坐下，抬手将她黏在脸颊上的乱发撩开，看着她因为激愤而通红的眼眶，眉头微蹙，“我早告诉你，青莲宗如今与我们合作甚密，你擅自动手，还痛下杀招，这是要置我、置兄弟们于何地？”

阿南死死盯着他，声音嘶哑地反问：“为什么要杀绮霞？你明知道……苗永望并未对她吐露任何秘密！”

公子眸光暗沉，静静看着她许久，才低低道：“匹夫无罪，怀璧其罪。”

渤海夜风寒冷，阿南想问绮霞有什么值得他们痛下杀手的地方时，脑门忽然冲上一片冰冷，一瞬间，她忽然明白了。

《阳关三叠》。

绮霞可以帮助阿言解开进入水下城池的方法，是这世上，仅有的几个知晓古法《阳关三叠》曲谱、掌握了那个水洞的钥匙的人。

所以，公子不允许她打开水城，让他们进入其中。

他要这天下动乱颠覆，要这灾祸成为他的可乘之机。

他非但不可能帮她制止即将到来的灾祸，连可以阻止灾祸的人，也要顺手清除掉。

一瞬间，那些以往经历过的、却未曾想明白的事情，全都涌到了她的眼前，似在猛然炸开。

老主人去世时，在悬崖上痛哭失声发誓复仇的公子。

蓟承明焚烧顺天、要以百万民众为殉时，潜入宫中冷眼观察动静的公子。

黄河决堤冲溃万里时，只命她一个人去观察地势的公子。

钱塘暴风雨中，眼看着灾祸发动摧垮城墙、阿言又必死无疑之时，才带着她离开的公子。

拉住年幼时的她，将她带上船的公子。

在她斩杀了敌首之后，微笑抬手轻抚她发丝的公子。

并肩看着海浪时，仔细倾听她对绮霞安排的公子……

毫不留情传授斩杀绮霞方法的公子……

所有一切如疾风骤雨，在她面前倾泻而下，整个天空的星辰都在剧烈动荡，劈头盖脸向她坠落，令她无法喘息。

她眼中大颗的眼泪扑簌簌顺着脸颊滑落进发间，胸口呼啸激荡的巨大血潮，让她无法控制地低吼出来："你明知道……明知道绮霞如何豁命保护我，明知道我发誓要护她一生一世……"

"我知道，你一直很重感情，对我、对兄弟们，都可以豁出性命相交。"竺星河在她身旁坐下，仰望天空星辰，面容皎洁若冰雪，"可阿南，你能以情待人，却不能感情用事。诚然，绮霞可能对你很好，但这比得上我们兄弟并肩浴血奋战时的情谊吗？在生死关头，我们都可以毫不犹豫地牺牲自己，保全战友，而你现在要为了她，弃我们多年来出生入死的感情而不顾，甚至要毁了兄弟们的前程吗？"

"前程……"阿南喃喃地念叨着，抬起勉强可以活动的酸软手臂，覆住了自己的双眼，"没有前程……公子，这条路走下去，只能是绝路……"

竺星河声音微寒："少听这些挑拨离间的话，阿南，你在外面游荡太久，着魔了。"

"不，着魔的人不是我，是公子你。"或许是绝望了，阿南的声音反倒显得平静，她捂着眼睛不去看头顶的星空，也不去看面前曾令她千万次心旌摇曳的星河。

"抱歉啊，公子……我是个心思浅薄的女人，我本以为，我跟随您回归故土是落叶归根，哪怕最坏的打算，也不过是找准机会、豁出命替您刺杀谋朝篡位的那个大恶贼，哪怕就此身死，也是报了当年您救我的大恩。"她说到这里，神情惨淡地笑了笑，说道，"可公子您是有大抱负的人，我以为您的仇敌是皇宫里那一个，可谁知，却是整个朝廷和天下。"

"你错了，天下不是我的仇敌，是我要挽救的目标。"明月和波光从身后照来，竺星河的面容背对着所有光线，显得格外晦暗，他的声音也越显低沉，"阿南，这本是我父皇的天下，我无法眼睁睁看着它落入匪酋之手，自己却在海外逍遥自在！"

"所以……为了二十年前的恨，你可以拉顺天百万人陪葬，可以任由黄河泛滥，可以让渤海化为血海……为了这夺取天下的机会，你甚至可以结交匪类，任由生灵涂炭，滥杀无辜……包括我最好的姐妹！"

竺星河一把抓住她的手腕，逼视着仰躺在小舟上的她，眼神锋锐，阻止她再说下去：
"阿南，你眼光放长远些。成大事者不拘小节，一时动乱为的是万世安定！"

可阿南没听他在说什么。

她只是一动不动地望着他，目光中有悲怆有伤感，却再也没有了这十数年来对他的炽热憧憬。

那一直追逐着他的目光，已经冷却了。

波光摇曳，微寒的夜风带着海水气息从他们中间穿过，一切恍然如梦。

疲惫脱力的感觉忽然涌遍全身，竺星河慢慢放开了紧攥着她的手，默然跌坐在她的身旁。

海风鼓足小船风帆，海客们的小岛已遥遥在望。

阿南身上的酸麻渐退，她撑起身子，勉强坐了起来，又扶着船舱，慢慢站起了身，活动着身体。

竺星河默然望着她，向她伸出手："走吧，回去好好睡一觉，想想清楚。"

阿南低头望着这双递到自己面前的手。

十四年前，她紧紧握住了这双手，从此获得了自己往后的人生，成了如今的阿南。

可如今她看着这双手，却再没办法伸出手。

她咬一咬牙，狠狠推开了他的手，抬脚在船沿上一蹬，趔趄着落在了码头的另一艘小舟之上。

抄起竹篙，她在码头上一抵一撑，小舟立即退离开码头，向着海上而去。

"阿南！"竺星河在码头厉声喝问，"你去哪儿？"

"我去救绮霞！"她声音嘶哑，带着一种绝望的坚定，催着脚下小舟向蓬莱阁而去。

竺星河死死盯着她离去的背影，一种从未有过的心慌，彻底堵塞了他的胸口。

这些年来，他们在海上纵横，曾经有过无数次离别。

有时候，是她整装出发，站在船头对他挥手，脸上的笑容如身上红衣一般鲜亮；

有时候，是他深入敌穴，她替他检查武器，叮嘱他记好战阵的布置与控制；

有时候，是他们分头出击，在两艘船擦肩而过时，朝彼此对望一眼，心照不宣。

　　无论哪一次离别，他们心中都毫无犹疑，坚信他们很快便会再次相见。

　　可这一次，他的心中忽然充满了恐慌。

　　无法控制地，他怀着自己也不明了的心情，忽然对着撑船离去的她大声喊了出来："阿南！"

　　他从未如此失态过，也从未这般嘶声喊过她。

　　阿南手中的篙杆不自觉地停了停，慢慢回头望向岸上的他。

　　暗夜之中，码头孤灯独悬，照得他一身朦胧，似蒙着一层缱绻烟云。

　　而他深深望着她，道："前次……你喝醉之后，长老们曾对我提起一件事。"

　　阿南心口猛然一抽，握着篙杆的手不觉收紧。

　　她自然知道，他指的事是什么。

　　"自你走后，我最近一直在考虑我们之间的事情。我想，这么多年了，或许我们……不应该再让他们记挂了。"一贯清冷自持的公子，终于第一次在她面前失态，因为气息凝滞，话语都有些不顺畅，"阿南，回去后，我们让魏先生选个好日子，你看……好吗？"

　　他没有直接说出那两个字，但她怎会不知道他的意思。

　　多年的夙愿，终于在这一刻呈现于她的面前。只待她放开离别的舟楫，转身扑入自己梦寐以求的怀抱，采撷到她长久仰望的那颗高天星辰。

　　可，锥心的痛深刺入胸膛，阿南再也忍耐不住，眼泪扑簌簌便落了下来。

　　设想了这么久的一刻，她却没有料到，会是这样的情形、这样的局面，梦想成真。

　　抬手捂住脸，她呼吸颤抖，在这微冷的初秋海上，每吸入一口气，都似让胸臆疼痛万分。

　　不愿让公子看见自己的绝望悲恸，她转过头去，声音低哑："好，我知道了。"

　　见她没有回来，他的声音沉了沉："那你……还不回来？"

　　阿南死死地握紧手中篙杆，紧得手上青筋如同抽搐痉挛，与她心口的疼痛一般刻骨。

　　她很怕。怕自己一回头，实现了梦想的代价，是付出绮霞的命。

　　收到件漂亮衣服就乐不可支招摇过市的绮霞；喝醉了酒拉她对街上男人评头论足的绮霞；宁愿在屈辱折磨中死去也不愿出卖她的绮霞……

　　那么辛苦才看到幸福曙光的绮霞，若再犹豫下去，她的人生就要被掐灭了。

　　而，要掐灭绮霞的人，就是她的公子。

　　为了他的仇恨、他的大业，百万顺天民众、黄河无数灾民都只换得他轻轻一句"九泉瞑目"，绮霞又怎么可能得到他的半分怜悯。

她慢慢摇了摇头，抬起手，狠狠擦掉自己脸上的水珠。它们顺着脸颊滑落，那么咸涩，根本分不清是海水还是泪水。

她抓起船篙在水面一点，借着水势往前疾冲，箭一般刺入了黑暗的海面，向着绮霞所在的方向而去。

"阿南！"她听到公子在她的身后，迟疑的呼唤。

海浪声那么大，却压不过她胸口澎湃的血潮。她抬手死死扯着风帆，不敢回头。

她怕自己一回头，这不顾一切冲向绮霞的勇气，便会消弭在公子那凝望的目光中。

以至于，她不敢回头、不敢回应，只死命扯着风帆，向前而去。

眼见她就要驶离视野，竺星河再难维持一贯清雅高华的举止。他略一迟疑，不由得跃上旁边另一艘船，便要划开海浪，向着阿南的小舟追去。

谁知，他的船尚未划出海港之际，海上忽然有震天动地的声响传来。

海波剧烈动荡，浪潮几乎要将他们的船掀翻。

船只停靠的码头有轰然亮光燃起，随即火光冲天，码头大半的船同时燃起熊熊火焰。

敌袭！

阿南扯住风帆猛然转向，朝炮弹来处看去。

黑暗的岛上已响起尖锐哨声，发出警报。

众人在海上之时早已习惯，因此并未亮灯，而黑暗中早已有守备哨兵冲出，向着码头而去。

只听得轰隆声响不绝，无数火炮向着岛上猛击。这一次的目标，是岛上刚刚修整好的屋舍。

地面震动，海面掀起巨大的波浪，重重拍击在他们的小舟之上。

阿南的船去势被阻，船身又太小，差点被激浪卷入。无奈之下，唯有用力一拉船帆，借着风势顺潮头逆回，险险避过巨浪的同时，也被逼回了码头。

只见被火光照亮的码头上人影聚集，海客们已经迅速冲至码头。

半夜从海上折返，如今他们一帮人都刚进入酣睡不久，但习惯了枕戈而眠，一惊醒便立即察觉到了敌人来处。

众人的目光从燃烧的船上扫过，落在码头边的竺星河及海上的阿南身上，都是茫然不知发生何事。

冯胜声音最大，在混乱中只听他大嚷："这么猛的火力，朝廷鹰犬来了？"

"不，看座船的标志，是郧王。"庄叔恨恨地放下千里镜，道，"看来他们早已在海上设好埋伏，要等我们所有人聚在岛上之时，将我们一网打尽！"

"郧王？"众人顿时心下一凛。尤其是年长的，更是想起了当年郧王在战场上大肆屠戮战友的模样，再看对方下手如此准确，先烧船只再夷居所，显然是要让全岛鸡犬不留，不由得个个神情激愤。

"但，郧王怎么会来围剿我们？"

竺星河跃上码头，指挥灭火救船，上船填炮反击。众人迅速听命投入战斗，唯有司莺在码头看着阿南，顿足大吼："阿南，你还不赶紧回来？小心被火炮当成活靶子！"

阿南与司莺感情最好，她手握篙杆心口一恸，还未来得及回答，一发炮弹落在她面前的水中，激起高高波浪，她所站的小船顿时晃荡不已。

阿南矮身伏下，抬头一看码头已被火光吞噬，司莺被水浪震倒，重重跌在了火中。阿南大急，立即跃入水中，扑向火海，拖出半身是火的司莺，架着他跋涉上岸。

见她回转，竺星河心下一松，疾步过来接应，与她一起将司莺拖上了岸，扑灭火势。他抬眼看向阿南，却见她只焦急扶抱着司莺去找魏乐安，又觉莫名失落。

司莺的头发衣服被烧了大半，脸上也有许多燎泡，而魏乐安仓促奔出，随身并未带着烧伤药，只道："公子，敌方势大，这岛地势平坦难守，纵然抗击惨胜，亦无甚意义，大伙儿不如撤了吧。"

竺星河点了一下头，示意阿南先带司莺上船，道："分散行动，以免伤亡。"

刀光急斩，倒扣在焚烧大船身上的小船一一落水。海客们遵照指挥，在晦暗的夜中向四方散去。

海上炮火虽猛，但小舟汇入黑暗，便绝难击中。

"阿南，来。"竺星河跃上自己的小舟，抬手示意浅水中的阿南。

在过往的所有危机之中，他们始终在同一条船上，并肩抗敌——

习惯性地，他认为这次也是这样。

阿南扶着司莺上了船，将他放在甲板上，静静地抬眼看了竺星河一瞬，翻身便下了船。

她站在及腰的海水中，抬手在船尾上狠狠一推，将他的船往前送去。

火炮声响不断，竺星河在风浪中回头看她，浪涛颠簸，他伫立在船头的身形却纹丝未动。

这是她心中坚若巨船的公子，她也以为自己是那永远牵系着船头的缆绳，却未曾想过，她也有松开他，沉入大海的一日。

"你们走吧，我……殿后。"

像以往无数次一般，阿南隔着两三丈的海水与弥漫的硝烟，对着他大声道。

只是这一次，她的眼中，再也没有期盼重逢的光芒。

竺星河站在船上，定定看着她。

火光前面容明灭令他心口暗紧，于是他伸着的手一直不肯收回，执意要拉她上船："阿南！"

趴在甲板上的司鸶抬起头望着水中的她，一边呻吟，一边痛楚叫道："阿南，你……快上来啊，我们一起走！"

阿南望着他，也望着船上的公子，缓缓地，重重地摇了摇头。

她依旧能为公子、为兄弟们而死，但她已无法与他们一起在这条路上走下去。

道不同，不相为谋。

他们已经到了分别的岔路口。

十四年前，公子乘船而来，将她带出那座孤岛。那么今日，就让她亲手送公子离开，以痛，以血，以他当年救下的她的性命。

"公子，别辜负阿南争取的时间，快走吧！"

在同伙的催促下，船只散开，抓住最后的机会四下逃逸。

即使公子还死死盯着她，但脚下船只也终于向着海中而去。他是首领，他得带领着兄弟们逃出生天，谋取最大的生存机会。

被水远送入黑暗的船上，公子最后的声音传来："阿南，等脱离危险，我们凭暗号再聚。"

她没有回答。

后方响起不绝于耳的可怕咔嚓声，阿南身后那座木头搭建的码头终于被烧朽，一边焚烧着一边坍塌入海，激起巨大的水浪。

阿南站在没膝的激荡海水中，在水火相交之中，最后看了竺星河远去的身影一眼。

她五岁时遇见的公子；如同奇迹般出现在孤苦无依的她身边的公子；她曾经想要毕生追随的公子……

她曾以为他永远是朝着受难的人伸出救援之手的神仙中人，却没想到，他的手上已鲜血淋漓。

南方之南，她心中永恒的星辰坠落了。

那些灼热的迷恋与冰凉的绝望，那些陈旧的温暖与褪色的希冀，全都埋葬在了这暗夜波光之中。

　　她竭力咬住自己颤抖不已的双唇，拼命制止住那即将落下的眼泪，跃上身旁小船，向着邗王的船阵，以疯狂的势头疾驶而去。

　　黑暗的海上，炮火声隐隐传来。

　　朱聿恒悚然而惊，立即走出船舱。

　　大海辽阔，残月黯淡，他抓过千里镜远望炮声来源，却只看到黑色的海浪与微亮的波光。

　　不多时，有个水兵攀爬上船，奔到朱聿恒身边，单膝跪下凑到他跟前，低低对他禀报了战况。

　　朱聿恒脸色大变，问："海客散逃，唯有一个女子只身去阻拦邗王座船？"

　　"是。那人穿着艳红水靠，身材看来，是女子无疑。"水兵见他反应如此之大，忙详细讲了一遍。

　　朱聿恒握紧了椅子扶手，立即扬声叫道："杭之！"

　　韦杭之立即上前，听朱聿恒疾声道："立即调集快船，随本王……"

　　话音未落，只听得数声火炮巨响，在这辽阔海上远远扩散，令人耳边震荡，就连波浪也被震动，船上的人都是一个趔趄。

　　朱聿恒神情一变，立即起身举起千里镜看去。

　　只见黑暗的海面之上，有突兀火光腾起。是被炮火引燃的船帆在熊熊燃烧。随即，火苗蹿上几艘船的甲板，引燃船舱，船上所有人眼见无法救火，顿时个个跳海求生，一时间海面一片动荡。

　　他又朝着炮火来处一看，那脚蹬船头，正在指挥众人大呼酣战的，正是邗王。

　　韦杭之从自己的千里镜中一觑，立即大惊失色："邗王爷他……他怎么会在这里？"

　　朱聿恒没回答，但他自然知道，这是因为太子设局，导致谣言自青莲宗内部而起，民间更是纷纷传说邗王与海客及青莲宗有交易，甚至连天子脚下都有所惊动，引来朝中众多非议。邗王气昏了头，竟暗夜涉险来此，企图一举击溃青莲宗和海客，为自己洗清不白之冤，更要借此讨得圣上欢心，在自己的功劳簿上再添一笔。

　　此中种种，他自然不会对别人谈及，因此只道："上快船，走！"

　　天色终近破晓，海天相接处一抹灰白横亘，云朵簇拥于旭日将升之处，等待着捧出世间最亮的光芒。

　　海客的小舟四散在茫茫暗海上，火炮根本无从寻觅目标。

眼见炮口转变方向挪来挪去，最后却都在水上落空，根本无法追击散逸的小船，郇王气得对传令官大吼："打！给本王狠狠打！今天不把他们全部击沉，本王唯你们是问！"

众人不敢怠慢，急忙装填甲板上架设的大炮，一时炮火连天，座船隐隐震动，可惜依旧收效甚微。

"王爷少安毋躁。"身后有轻轻的咳嗽声传来。

郇王转身看去，黯淡天光中缤纷的光彩闪现，一只盘旋于空中的孔雀振翅而来，正是当初被大风雨卷走的"吉祥天"。

身后轻咳的人抬手轻挥，吉祥天顺着他的手势落于肩上。

熹微晨光映着七彩雀羽，将他苍白俊逸的面容映照得光华绚烂，旭日未出的海上，似升起了一道动人虹霓。

他身姿清瘦，步伐飘忽，走到栏杆边扫了海上状况一眼，平淡道："无妨，小喽啰不追也罢。司南和竺星河肯定在一条船上，其他人都是短兵器，唯她的流光足以远距离攻击，那便先让吉祥天替我们探一探路吧。"

说罢，他右臂一挥，吉祥天自他肩上振翅而起，拖着长长的尾羽，带着奇异的啸叫声，横掠向了茫茫大海之上。

炮弹搅起无边风浪，吉祥天借着风火俯冲过所有船只，在空中划了个弧形，遥遥返回。

见无功而返，他也不在意，手腕一抖，拨开了吉祥天的喙。

"看来，不给点颜色瞧瞧，她是不肯现身了……"

在他捂嘴轻咳声中，吉祥天再度乘风而起，向着各处船上飞掠而过。

海客之中，冯胜脾气最为火爆，见这绿影一而再地飞来，他哪耐这窝囊气，从船上站起身就挥刀向它劈去，口中大骂："扁毛畜生，在你老子面前扑棱来扑棱去……"

话音未落，那鸟喙中一蓬毒针射出，直刺他的面门。

冯胜大叫一声，只觉得满脸刺痛中夹着灼烧感，知道必定有毒，立即捂着脸大叫出声："小心毒针！"

但他们的小船在海上无遮无蔽，唯有竺星河身手超卓，挥舞竹篙护住自己船上众人，而其他船上的人措手不及之下，被吉祥天飞速掠过的船只，一条条相继响起惨叫声。

"傅准！"见此情形，后方正急速追赶上来的阿南扬头看向对方的旗舰，从牙缝间挤出这两个字，竹篙一点，迅速向他而去。

吉祥天凌空而来，四下肆虐。眼看无法抵御这诡异孔雀，船上人无法阻拦，只能纷纷弃船，慌忙钻入水中躲避。

就在吉祥天肆意飞扑之际，半空中忽有一道弧光闪过，直切它的羽翼。

此时风疾浪高，吉祥天在空中右翼被斩，身子一偏，顿时直扑水面，贴着水波滑了出去。

"流光。"傅准满意地盯紧那光芒闪出之处，一声呼哨，在吉祥天往回急飞之际，锁定了阿南所在之处。

阿南船篙在海面一点，向着他们的座船如箭划去，对着他喝道："姓傅的，少拿吉祥天搞偷袭，有本事冲着我来！"

"她疯了……不要命了？"眼看她只身孤舟，直冲旗舰而去，站在竺星河身后的司霖声音略颤。

竺星河望着伫立于船头的阿南，她一身艳红水靠，在拂晓黑海之上镀着一层幽光。随着她排众而出，对面所有的船几乎都找到了目标，纷纷向着她的小船掉转了炮口。

阿南却毫不畏惧，在如林的炮口前操纵小舟，猛然冲入敌阵之中。

竺星河紧盯着阿南那决绝的身影，因为心口那莫名的冲动，手中竹篙一点，向着她追了上去。

旁边常叔离他们的船最近，见他追随阿南身涉险地，急忙伸桨一把钩住他的船沿，对他大喊："公子，咱们快走！兄弟们再逗留下去，怕是要走不成了！"

竺星河没有回答，用力握着手中竹篙，紧盯着前方阿南的背影。

炮火落于海上，水浪飞溅，她就如一只幽蓝的蜻蜓，穿过密集雨幕，直赴前方。

司霖在他身后急道："公子，时机难得，兄弟们全部撤出的机会就在此时了！"

竺星河紧抿双唇，那被他太过用力紧握住的竹篙，微微颤抖。

趴在船沿上的司鹭一把握住了他的竹篙底端，流泪看着阿南的背影，嘶声哽咽："走吧，公子……阿南为您、为我们舍生忘死，咱们若不抓紧时机，怎么对得起她豁命殿后？"

"是啊！公子您就放心吧，在海上时，阿南也多次替兄弟们断后过，哪次不是安然无恙回来了？"

竺星河手中的竹篙发出轻微的"喀嚓"一声，被他捏得开裂。

竹刺深深扎入他的掌心，刺痛让他的思绪终于清醒。

他狠狠将目光从阿南身上收回，在海面上零落的伙伴们身上迅速扫过，深吸了一口气，握紧了沁出血珠的掌心："传令下去，全速撤离！"

朝阳将升，风帆催趁，海客们的船只散入茫茫海上。

　　后方隆隆炮声响起，剧烈涌动的海水令阿南脚下的小舟顿时倾覆。就在她落水之际，炮弹与烈火立即笼罩了那朵水花。

　　海面快船上，朱聿恒盯着那炮火最盛处，只觉得喉口如被扼住，一时连气息都不稳了。

　　他猛然回头，匆匆下令："加速，去旗舰！"

　　"殿下，火炮无眼，不可以身涉险！"韦杭之脱口而出，"更何况，郏王与我们东宫向来不和，殿下此时去找他，若是他借机发难……"

　　"我说去，就去！"朱聿恒厉声道。

　　韦杭之不敢再多言，小船驶出遮蔽的礁石丛，向着郏王旗舰全速而去。

　　海上火炮密集射向阿南消失的地方，直到一轮轰击完毕，他们停下来装填，所有人的目光都盯在海中那块地方。

　　唯有小船斩浪向前的朱聿恒，看见了郏王座船下忽然冒出一朵水花，随即，新月光辉闪动，流光勾住甲板，哗啦一声，阿南分开倒映在海面上的灿烂霞光，跃出了水面。

　　甲板上传来"呜"的一声螺号，在尚且昏暗的海面上远远传开。

　　随即，万千"嗤嗤"声破空传来，如同飞蝗过境，直射向半悬在水面上的阿南。

　　船身平滑，并无任何藏身之处，阿南当机立断，翻身再度向着海面扑下去。

　　天边一片鲜媚的粉色金色，海天浸在绚烂之中，阿南就如跃入了大片颜料之中，被那些颜色吞没。

　　傅准站在上方看着下方鲜亮的霞影，下令道："收网！"

　　只见数条细长的波纹自水下箭一般飞速聚拢，射向了阿南落水之处，密密交织，如同迅速编织的罗网。

　　就在这些波纹迅速交织之际，旁边船上忽然传来一声惊叫："在那里！"

　　只见紊乱耀眼的波光之中，被大炮轰炸后残碎的一片船板上，正站着身姿笔挺的阿南。

　　她身姿轻巧，借着这片三尺见方的船板屹立于天海之间，沐浴万道霞光。

　　初升的朝阳自她的身后冉冉升起，给她镀上一层金光灿烂的轮廓，而她面对身前的巨舰与火炮，倔强而固执地阻挡住万千人的去路，明知是螳臂当车亦在所不惜。

　　"那女人是谁？"郏王愤愤地一掌拍在栏杆上。眼看那些海客四散而逃，早已出了船队火炮射程之外，他气恨不已，把自己抓捕不到海客的愤恨全都发泄在了她身上，"不杀了她，难泄我心头之恨！"

"杀她哪有那么容易？我费了两年时间，也就伤了她几根寒毛而已，还……"傅准想起被冲垮的拙巧阁密室，抚着肩上再度残破的吉祥天，俯头看向下方的阿南，嗓音微寒，"不能这么便宜她，一定要将她活捉到手！"

螺号声响，周围万箭齐发。为了要活口，这些箭都已去掉了箭头，后面拖曳着极细的丝线。

朝阳光辉照亮了那些细细的银线，万千流星奔赴向坠落之地，向她极速汇聚。

在天水交汇的海面之上，阿南寻到一线最狭窄的生机，可如今水下是缠绕的罗网，空中是交织的乱线，上下一起收拢，这一线生机眼看就要被彻底绞杀。

阿南毫无惧色，右臂高挥，新月般的弧形流光在空中旋过，所有的银色细线被新月绞住，随着她手腕的幅度，如同一个稀薄的银色旋涡，在旭日下飞速盘旋转动。

星辰旋涡的最中心，如同漏斗最下方的那一点，正是阿南。

正在全速前进的小舟上，朱聿恒定定地看着海上的她，心口悸动，难以自已，只望脚下的船快一点，再快一点。

而傅准捂住嘴，轻咳两声，那紧盯着阿南的目光露出一丝笑意，仿佛看着正在走进陷阱的猎物。

站在他身后的薛澄光啧啧赞叹："阁主果然神机妙算，就知道阿南会选择用流光来收拢天罗，这下她还不翻船？"

果然如他所料，只见那被阿南收束住的银线，并没有随着她手臂旋转的弧度而收拢，反倒在被收住的同时，四散纷落，如雪花一般向着她落下，笼罩了全身。

此时她头顶是散落的天罗，水下是密布的地网，真正的上天无路，入地无门。

眼看那片幽光即将蒙住她的身体、侵染她的肌肤，众人都不约而同憋了一口气，期待着她束手就擒的那一刻。

然而就在此时，水面上忽然波涛狂涌，飞激的水浪如巨大的莲花自海面怒放，翻涌的水花在日光下晶莹透亮，迅速吞噬了空中散落的幽蓝雪屑。

是阿南在千钧一发之际，猛然踩翻了脚底的船板，在落水的瞬间，水浪相激，如花绽放，消融了倾覆而下的天罗。

水下银线急速收紧，是地网被水面的动静所触动，要收拢捆缚落水的她。

在天罗消融、地网收束的同一刹那，阿南右臂的流光勾住水面上一块碎木板，拉过来挡在自己上方，身体在水面硬生生转侧过来，翻身重新扑在了之前所站立的船板之上，避过了天罗。

如此机变，让联手狙击她的人都目瞪口呆。

傅准却似早有预料，他冷冷地收回目光，抬手示意。随着螺号声响，水上的轻舟战艇迅速包围了阿南。

在明灭不定的波光下，阿南手中流光再度飞舞，如残月乍现，引得海面上呼声骤起。

然而，不过两三声惨叫的短短瞬间，那回转的流光忽然滞住。

天罗再次发动。不同的是，这次幽蓝的银线之中，混合着发丝般细微的钢线，从周围小船上喷射而出，将她的流光紧紧绞住。

被缠绕住的流光迟滞地、但依然按照惯性，向着阿南的臂环弹回来。

缠绕在上面的钢线与银线，于是也随着这一道流光，向着阿南扑去。

阿南立在尺板之上，眼睁睁看着面前光华如彗星袭月，万千条银光向自己直射而来。

间不容发之际，她已无暇多想。

抬手按上臂环，精钢丝网激射而出，如丈余大的云朵绽开，将所有向她扑来的利线裹入其中。丝网洞眼不小，眼看有不少钢线脱出，但她抬手疾挥，丝网旋转倾斜之际，就将所有一切线条卷入其中，在离她的身体不过三尺之地时，哗啦一声被她甩脱坠入水中。

眼看缠绕在一起的丝网已经无法在这关头整理收回，阿南干脆利落地按下臂环上的宝石，将丝网弃在海中。

此时海面上的快船已经逼近，她的周身被团团围住，只剩下小小一块水面。

她的肩上，朝阳已冲破所有云雾，自空中射下刺目光辉。

被围困于极小一片水面的阿南，已经失去了流光与丝网，同伴们也已经在她的掩护下不见踪迹。

但，仰首踏在波光闪耀的水面上，任由猎猎海风将自己湿透的衣服与鬓发吹干，阿南毫无惧色。

明知自己绝没有逃出生天的机会，但她依旧在水上将脊背挺直。周围围拢的士兵为她的气势所慑，一时竟不敢动手。

"这妖女是什么人？怎么如此彪悍？"郑王破口大骂，催促傅准赶紧动手。

第三声螺号在海上响起，低沉如鲸鲵呜咽。

最后一波天罗即将到来。周围船只上，每个士兵都蒙着面，不让一丝肌肤暴露在外，他们手中都有一只对准阿南的钢筒，有几个已经泄出淡淡的黑色烟雾。

"黑烟曼陀罗……"阿南下意识地喃喃。

这是拙巧阁的秘方之一，纵然屏住呼吸，但只要肌肤上沾染到了一丝，神仙也站不稳——而她孤零零站在这水上，更是避无可避。

傅准居高临下，冷眼看着下方纷扰的战局，将右手缓缓举了起来。

海风猎猎，这些弥漫的黑雾将随着天罗射出的气旋，自四面八方扑向阿南。

而陷入绝境的她，如今只待一声螺号，便是被擒之时。

就在傅准的手即将落下、号令就要响起之时，海面之上忽然绽开一束灿烂的火花——

那是被日光照耀的珠玉片光，绚烂夺目地在海上蔓延扩散。无数片薄如蝉翼的玉石，在飞赴至阿南身畔之时，忽又猛然散开。

所有圆形的、弧形的片玉相互敲击，共振共鸣，借助彼此的力量向外扩散，又敲打于另一枚玉片之上，将它向前推进，飞旋不已。

空灵的叮叮当当声不绝于耳，细碎的光芒与日光波光上下相映。离阿南最近的一圈人眼前一花，只觉光芒灿盛一闪即逝之际，手腕上忽然一痛，砰砰声哗啦声不绝于耳，手中的钢筒已全部落于船上水上。

那些玉片割断一圈人的手腕后，挟着光芒飞旋撞击上下交错，原本势头已混乱竭尽，但后方内圈却有其他玉片斜飞而来，准确地与其擦撞而过，外层玉片借了此力，顿时如涟漪般向外扩散。

转瞬之间，那朵围绕着阿南的花火似又暴涨了一周，外围船上所有人惨呼声不断，血花飞溅，手中钢筒亦全部掉落。

阿南看着围绕自己的灿烂光环，怔了一怔，猛然抬头向光芒的来处看去。

在溃散的船队中，一只小舟飞快切入战圈，站在船头的人颀长而矫健，朱红罗衣上金色团龙熠然生辉，正是朱聿恒。

"阿言？"阿南脱口而出，不敢置信地睁大了双眼。

朱聿恒那双令人心折的手中，正紧握着她送给他的日月。十根在日光下淡淡生辉的手指，操纵着莲萼上密密麻麻的精钢丝，控制所有在空中飞旋的玉片。

他来不及与阿南搭话，只紧盯着手上纷乱飞舞的利刃，就如九天的神祇，抽离了自己所有的神思，让彼端光华此消彼长，纷繁交错，一波波在海上扩散至最远处。

精钢丝牵系的玉片轨迹怪异，却又在朱聿恒的控制下避开了一切缠绕打结的角度。玉片于混乱的旋转中再度聚拢，如一片旋涡光环绕着阿南飞舞蓄力，然后再次相互敲击震荡，转瞬间如烟火向外再次炸开。

这世间唯有棋九步能操控的巨量计算，六十六片薄刃各自攻击已是巨大的变数，六十六片珠玉相互撞击借力又叠出亿万计算，目标的移动是天量变数，而所有施加的力量穿梭来去自由回转，更是恒河沙数之计。

一生二，二生三，三生万物。

在繁急快促的珠玉敲击声中，它们层层借力互相叠加攻势，将这波光华推向了最外层。

神鬼莫测的旋转轨迹，万难逃脱的攻击范围。日月凌空，无人可避，势不可当。

转瞬之间，三波光芒如一朵更胜一朵的巨大烟花闪耀消逝。周围所有船只上的士兵连同水手已无一人站立，不是落入水中被罗网缠住惨呼，就是趴在船上握着自己的手哀叫。

朱聿恒的手骤然一停，所有绚烂收束于他的掌心，空灵的碎玉敲击声被他一握而停。

唯余他掌心莲蕚之上，碧绿弯月绕着莹白的明珠旋转不已，绚烂如初。

傅准死死盯着他手中的日月，神色阴晴不定。

邯王又惊又怒，狠狠一拍座船栏杆，向下看去。

朱聿恒的小舟横拦在阿南身前，他抬起头，朝着上方的邯王微微一笑："二皇叔，别来无恙？"

第十七章

怒海鸣鸾

听到朱聿恒这风轻云淡的一句话，郧王的脸顿时涨成了猪肝色："二叔倒要问你呢，你孤身跑来海上，还从二叔手里抢这海客女匪，怕是不妥吧？"

"再不妥，也未必有二皇叔此举荒诞？"朱聿恒扬起下巴，向着后方示意，"堂堂王爷鬓夜在海上率众混战，杀敌争功，怕是会成笑谈？"

他身后的韦杭之闻言，不由得侧目偷看了他一眼，心道，那堂堂皇太孙，又为什么要率众暗夜出海，一往无前呢？

"渤海并非二皇叔封地，可你在此处私自用兵，事先又未向朝廷报备获批。被侄儿发现也就算了，若被有心人上报到圣上面前，届时二皇叔准备如何自处？"

郧王心下一惊，顺着他的示意看去，只见远远的海面上，朝廷船队已经遥遥而来，艨艟巨舰集结成队，声势惊人。

他立即道："二叔我也是立功心切，朝里有些浑蛋污蔑我与青莲宗、海客们有瓜葛，是可忍孰不可忍？再说了，你此次奉命主理登莱事务，二叔把他们对付了，于你也有好处是不是？"

"那便多谢二皇叔了。"朱聿恒笑着拱手道，"二皇叔脾性满朝皆知，相信圣上也定不会信那些流言蜚语，二皇叔大可放心。"

"那就再好不过。你先忙这边要事，下次你到二叔那儿，陪叔多喝两盅！"郧王回头看看越发逼近的船队，哪里还敢与朱聿恒多言，目光恨恨地在阿南身上转了转，最后撂下一句，"对了，这个女匪可彪悍得紧，侄儿你可要小心啊！"

朱聿恒一笑置之，并不多言。

郏王船队迅速转舵，朱聿恒的目光移向了郏王身后的傅准。

傅准居高临下，似笑非笑地看着他悬于腰间的日月，目光在阿南身上一扫，便轻咳着随郏王离开了甲板。

朱聿恒转头看向踏在破碎船板上的阿南。

她刚刚经历了一场大战，又在海中翻覆落水，如今发丝散乱纠结于脸上，狼狈不堪。而她一贯明亮的眼睛，如今也蒙上了一层恍惚，望着他时，神思不属。

朱聿恒向她伸出手，示意她到自己的船上来。

阿南怔了片刻，终于慢慢地握住了他的手，跃了上来。

松开他的手时，她才觉得有点不对劲，低头看了看自己的手掌，然后一把拉回朱聿恒的手，掰开他的指尖。

果然，他的手指之上是道道极细的血痕，那是在操控"日月"时，太过专注而被精钢丝割出的口子。

她呆呆地看着他这些纵横交错的伤口，声音低不可闻："痛吗？"

"还好，"朱聿恒收拢了自己的手指，平淡道，"我刚拿到这东西，还不熟悉操控手法，等多练练就好了。"

"是我的错，我不该想当然的。"阿南紧握着他的手，道，"傅灵焰的日月由冰蚕丝悬系收缩，而我考虑失当，用了更易获取的精钢丝……等回去后，你以冰蚕丝替换，携带更轻便，攻击范围可以扩得更大，手也不会受伤了。"

朱聿恒听她话中口气，不觉心口微凛，问："你不随我回去？"

她道："回去！我得赶紧去救绮霞，'希声'破解法被青莲宗的人知道了，我现在很担心她会出事。"

朱聿恒垂眼看了看自己的手，点了一下头，并未出声。

阿南随身携带着流光的替代品，打开臂环将它安装好，船队已经到来，护送他们返航。

水上那一场大战太过惊心动魄，阿南疲惫脱力，到船上后勉强吃了点东西，便躺下休息了。

船行海上，一路西进。在微微起伏的船上，朱聿恒抽空将送来的公文翻阅了一遍。

南直隶这一拨的赈灾物资已安全运至下游灾区，各地以工代赈发动民夫排涝筑堤后，秋播正有条不紊地进行。

在这勠力同心的情况下，目前修补堤坝的过程进展颇为顺利。青莲宗如今元气大伤，登莱一带被裹挟的民众大多返乡安居。目前此次洪灾已基本得到恢复，只要后续没有其他变故，山东地区已趋向平稳。

后续变故……

朱聿恒望向窗外，碧海之下，隐藏的那一处水城，究竟会不会是关大先生布下的又一个杀阵呢？

眼看蓬莱阁遥遥在望，朱聿恒放下手中公文，走到蜷缩在睡榻上的阿南身边。

她一直一动不动，他以为她睡得香甜，可走近一看，才发现她一动不动地看着窗外，眼睛睁得大大的，盯着外面碧蓝的大海，不知已望了多久。

她脸上有种迷离的恍惚，那是已从梦境中醒来，却尚未彻底清醒的模样。

他知道她望着海的那一边，在想着什么，也知道她在留恋的梦境是什么。

朱聿恒不觉心口微闷，沉声问："在担心你的同伴？"

阿南慢慢摇了摇头，说："他们在海上纵横多年，不至于逃不出邾王的包围……我现在，只想尽快回到岸边，把绮霞救出来，否则……我这辈子都对不住她。"

朱聿恒望着她低落的侧面，想宽慰她之时，一开口脑中却陡然划过了一个念头——青莲宗要杀害绮霞。

阿南如此焦急，看来青莲宗已得知了绮霞的藏身之处，而且阿南说，他们也知道了破解"希声"的方法。

而将这个秘密泄露，甚至指派青莲帮众的人，应该就是与青莲宗关系匪浅的竺星河……

他心口大震，忍不住看向阿南幽微沉郁的侧面，明白了她为什么如此失望决绝地离开海客们，以必死的姿态，不顾一切地孤身阻拦邾王。

她不是去殿后的。

眼睁睁看着十几年来信赖依托、敬之爱之的人崩塌溃散，她在那一刻，是真的绝望到想把自己埋葬于大海，永不再看见这个世界。

但他不知如何劝解她，他也知道这样的心境下说什么都没用。

思索了片刻，他吩咐人送来衣服和梳妆盒，递给她道："马上靠岸了，你先收拾一下吧。"

这一夜她赴汤蹈火，已经蓬头散发，就连身上都还穿着那件艳红水靠。

阿南本是最爱美的人，可此刻她看着梳妆镜中的自己，只喃喃摸了摸脸，低低道："这么丑，难怪……"

难怪这么多年，她也无法得到公子。即使他最后对自己说起挑个好日子，恐怕也只是不想让她去救绮霞吧……

他和方碧眠在一起，就是江南烟柳燕双飞，而她这只竖着脖颈毛的鹰隼飞在旁边，又算什么？

心中涌起难言的酸涩，她把镜子一扣，疲惫道："大海可真讨厌啊，这头发上岸后要好好洗洗了。"

"确实，还是陆上好。"朱聿恒见她与往日大相径庭的沮丧失落，便拿起梳子试着在她披散的发上梳了梳。

其实他只是想比画一下的，可一梳才发现，她在海里泡过的头发纠结干涩，上面还附着干掉的盐粒，把梳子卡得根本梳不下去。

自然而然的，他就坐在了她的身后，慢慢替她梳起了头发。

"可，再怎么险恶，我的家与归宿，都在大海上。"阿南望着窗外茫茫大海，低低道，"我从海上来，总有一天终究要回到海上去。"

她身上有海水咸腥的气味，偎在榻上的身躯透着漫不经心的慵懒，令传说中南方之南最深的海中那些迷人而缥缈的鲛人，都似有了具体模样。

朱聿恒握着她的头发，沉默一瞬，道："陆上也未必不好，尤其你爱热闹，名山大川呼朋唤友，对酒当歌秉烛夜游，未必不比海上快意。"

"可惜……热闹也不是我的，我终究……"

或许她此生此世，终究是那个被遗弃在孤岛上的小女孩，注定要在海天中孤零零度过一生。

她蜷起身子，抱紧自己空落孤寂的身躯时，却感觉到了阿言轻柔帮她梳理发丝的指尖，温柔又小心翼翼，生怕扯动她的乱发弄疼了她。

她血气充足，乱蓬蓬的头发既浓且长，垂垂及地。他将它们拢入怀中，置在膝上，手指穿过她的万缕青丝，从下至上慢慢梳顺。

阿南紧闭上眼睛，强行抑制自己眼中即将汹涌的热泪。

在最伤心的时刻，无论是谁，对她稍微好一点，都让她更感绝望与痛楚。

"算了吧阿言……就这样吧。"她拼命忍住自己的眼泪，颤声说着，将自己蓬乱的头发从他的手中扯回，抓过旁边一根银簪胡乱将头发盘起。

朱聿恒望着她强抑的眼泪，隐隐为她心疼，正要开口劝慰她时，脚下平稳行驶的船忽然一顿，外面传来了隐隐的惊呼声和金铁交鸣声。

他示意阿南少安毋躁，立即起身去查看情况。

阿南狠狠擦掉眼泪，从窗口一眼便看见了外边的情形。

蓬莱阁下的水船码头依旧停着密密匝匝的船只，她越过如林的桅杆，依稀看到了江白涟的小舟。

她尚未来得及松口气，却见蓬莱阁中有火星迸射，随即黑烟滚滚突起。

阿南抄起千里镜一看，有青布裹头的人在城墙上鬼祟放火。看这火急火燎来劫人的模样，那位方姑娘在青莲宗的地位肯定不低。

水手们抛下巨大船锚，在船沿搭上跳板。岸上的人在呼喝着救火。

心里记挂着绮霞，阿南稳定心神，竭力抛开所有低落思绪，奔到甲板上。

越过层层叠叠的船帆，她看见几个青布裹头的汉子正持刀跳上江白涟的船，显然是青莲宗众已经寻到了此处，要趁乱偷袭绮霞。

江白涟十分警觉，在周围的混乱中早已察觉到动静。他从船舱内跃出，见对方持刀袭来，便立即抓起旁边的鱼叉，抵挡住攻势。

可对方人多势众，趁着他在前方拒敌之际，有两三人绕到船尾，一把扯掉那条绣得歪歪扭扭的鸳鸯门帘，直扑船舱。

绮霞从舱内逃出，却被逼到船尾，下方便是汹涌海水，周围的船又忙着靠岸去蓬莱阁救火，在一片混乱中她走投无路，吓得脸色煞白，大声呼救。

跳板尚未搭好，阿南也顾不上许多了，流光闪动，勾住对面的桅杆，身影闪动，立即飞扑向江白涟船上。

可距离太远，中间隔了无数混乱移动的船只，她一边左挪右闪一边冲向前方，眼睁睁看着那些人欺近绮霞身旁。

只见仓皇的绮霞似是想起什么，赶紧摘下发间的"希声"咬在口中，按照阿南教的捂住耳朵，用力一吹。

谁知对面的人看见她拔下"希声"时，便立即按住了耳孔与听会穴。绮霞用力吹着"希声"，远处船上的人都被惊动，面露难受之色，而面前的凶手们反倒毫发无损。

阿南一个起落，踏在了对面的船沿上，看见绮霞脸上露出错愕惊诧的神情，想着这手法是公子泄露给青莲宗杀手的，顿时心口又急又痛，不顾面前距离还有多远，奋力向前扑去。

围攻绮霞的青莲宗众虽然双手捂耳，但脚下毫不留情，后方有人飞起一脚将呆愣的绮霞踹倒在地，绮霞惊叫一声，下意识便捂住了自己的肚子，任由下巴在甲板上磕得血流不止。

两船之间的距离太远，阿南竭力一跳，挂在了旁边的船舷上，纵身翻上，向着那边奔去。

青莲宗的人已几步赶上了绮霞，挥刀就向她砍去。

眼看刀子即将落到绮霞背上之时，旁边一柄鱼叉直刺入杀手肩膀，在惨叫声中，江白漪一脚踢飞那人，抬手拉起绮霞，带她躲入船舱，以身子与船篷为遮挡，将她护在了后方。

江白漪身手灵活，船上又十分狭窄，对方一拥而上，却互相碍手碍脚，一时难伤他们。

此时阿南已跃上船头，流光疾闪间，青莲宗众哀叫着纷纷倒下。

江白漪松了一口气，赶紧抱住蜷缩在角落中的绮霞，却发现她一直捂着肚子死死护着，忙问："哪里受伤了？"

"没……没有……"绮霞抹掉下巴的血，搭着他的手刚想站起来，船身忽然一阵剧烈动荡，她惊呼一声，又重重跌扑在船上。

阿南及时稳住身形，只觉脚下大海中传来轰然声响，船身连同水波同时猛烈震荡，波光粼粼的海面之上，有一圈巨大的涟漪向四下飞速散开。

"青鸢！"阿南脱口而出，震惊不已。

船下的海面中，一只硕大无朋的青鸢痕迹飞掠而过，携带着海浪猛烈扑击在码头之上。

码头陡然剧震，所有船只倾斜震荡，在惊呼声中，船上人纷纷落水。

阿南知道这里的水城与钱塘湾一般，水下高台无休无止在发射青鸢水波，可这一直在海下的波光，为什么会突然射向水面？

尚未等她找出缘由，日光下原本宁静的海面已狂涌波动起来。

青鸢翔集，群飞的气流直激水面，水花冲天而起。

激流直扑半空，就如接连不断的巨大青鸢自水下跃出，挟带着铺天盖地的呼啸声与倾泻而下的水珠，覆盖在集结的船队之上。

在那巨大无比的激荡中，码头大大小小的船只互相挤压倾轧，甲板船身全都在咯咯作响，只听得哀叫之声不绝，落水的、被挤扁挤伤的人不计其数。

"上岸！"在剧烈的颠簸中，阿南一把拉起绮霞，示意江白漪赶紧带她走。

然而，他们刚奔到甲板上，便只觉耳边一片轰鸣声响起，仿佛有利锥刺入头颅，剧痛无比。

在海浪的轰然声响中，勉强爬起来的人身躯再度失去平衡，不由自主地向前倾倒，"扑通""扑通"连声，船上的人几乎同时摔倒在甲板上，手中武器坠落，撞击声不绝于耳。

阿南立即按住耳边穴道，在激荡中背靠船舱稳住身躯，一抬头却发现旁边一艘船的桅杆正朝着他们直直倒下来。

她当机立断，一把推开江白涟和绮霞。

巨大的桅杆重重压在船上，甲板断裂纷飞。江白涟和绮霞躲过一劫，但也双双落水，掉入了海中。

但阿南已顾不上他们了。她看见越过船只来寻她的朱聿恒，正被困在对面那艘倾倒的船上。

那艘船桅杆断裂后，龙骨轧轧作响，整艘船都在撞击中变了形。韦杭之率众竭力扑去救助朱聿恒，可海中的青鸾与脑中的轰鸣交错，维持身体平衡已是妄想。

朱聿恒握住面前的栏杆，稳住自己身形，黄花梨的坚实栏杆本已撑住了他的身体，但在下一刻，旁边一艘船的虚梢急撞而来，栏杆顿时粉碎崩裂。

船身倾斜，水浪飞激，朱聿恒与散碎的栏杆一起直坠入海。

水浪迅速吞噬了下坠的身躯，咸腥海水从朱聿恒的口鼻灌入，直呛肺部。

朱聿恒咬紧牙关，想要浮出水面，可身体却在陡然之间一僵。他只觉得肩颈一阵剧痛，随即疼痛蔓延全身，让他整个身躯都在水中抽搐起来。

这熟悉而绝望的疼痛，让他的心口顿时与海水一样冰凉——

这一次，是阳跷脉。

剧痛自脚踝而起，顺着双腿外侧上达腹胸，直冲肩颈，最终那可怖的剧痛汇于风池穴，让他头痛得几欲炸裂，意识失控。

不是预料的十月初，他的第四根奇经八脉，在九月底爆裂了。

胸口剧痛，是他的肺已控制不住，在窒息之中吸入了第一腔水。

他忍不住呛咳起来，可越是咳嗽，周身的海水越是涌入他的口鼻之中，肺腑如被撕裂，身体开始抽搐。

就在眼前的一切蒙上昏黑，他陷入痛苦绝望之际，一双有力的胳膊自后拥来，有人紧紧抱住了他的腰。

这拥抱的熟悉力度，和上次在西湖中抱住他的，一模一样。

可他浸在冰冷的海水之中，连勉强睁开眼睛的力量都没有，只下意识地"唔"了一声，动了动自己的肩膀。

他知道阿南会了解他的情况的。

果然，她毫不犹豫便在水中将身体上升了半尺，撕开了他的衣襟，看向他的肩膀。

日光透过动荡的水波，光线跳跃闪烁，诡异而恍惚。

她看见朱聿恒的肩颈相接处，一条血脉正肿胀成狰狞的猩红，在可怖地突突跳动。

"山河社稷图"的第四条血脉，发作了。

在这样危急的境地，在距离他们设想还有数日之时，它命中注定，却又突如其来地降临了。

波光粼粼的水下，朱聿恒肩颈上跳动的血脉诡异无比。

阿南的手按在了跳动的那一点上，感觉那里面有个东西在左冲右突，意欲从血脉中冲破而出。

她只犹豫了一瞬，便立即抬手，臂环中薄刃弹出，利落地划过那截正在诡异跳动的血脉，一刺一转间，一片薄薄的血雾顿时喷出，弥漫于海水之中。

本就光线恍惚的水下，掺杂着血色，此时显得更为诡异。

朱聿恒的伤口被海水所激，整个人顿时痉挛起来。

阿南一手按住他的肩，低头凑到他的伤口处，用力吸吮。

与上次的淤血不同，她的唇明显碰到了实质性的东西。

她立即张口，模糊间看见自己吐出了细长的一根粉色东西，在水中漂荡。

朱聿恒意识昏迷，因为疼痛与呛咳，在水中抽搐不已。

她一把抱住他，匆忙地将那根东西抓在掌心，便立即带着朱聿恒向上游去。

可上面的动荡尚未停止，他们刚要冒头，只见水面波动，一条船橹忽然坠下，在距离他们不到半尺的地方直插入水，差点砸到朱聿恒头上。

阿南无奈，只能转身拼命打水，带着窒息的朱聿恒向旁边水域游去。

渤海水质黄浑，她向那边游去时，依稀看见身旁另一对游动的人影，模糊辨出是刚刚掉下来的江白潋与绮霞。

绮霞并不会水，此时显然已经呛到了，江白潋亦带着她竭力往平静海面游去，想将她托举上去换口气。

阿南跟在江白潋身后，带着朱聿恒一起向前。

就在他们即将逃离混乱船舶、冒出水面之时，忽觉耳膜一痛，下方那可怕的水波震动再次袭来。

阿南低头一看，深水之中有无数道纵横乱波向他们袭来，那碧绿的波光似是扑面飞来的青鸾，挟着万千气泡与尖锐啸叫，以势不可当的姿态，要将他们吞噬。

阿南心知不好，伸出双臂用力勾住朱聿恒的肩膀，带着他竭力向上方游去。

江白涟也带着绮霞，拼命打水企图冲出水面。

可就在他们距离海面只有数寸之遥时，那青鸾终于还是与尖锐啸声一起赶上了他们。

在这无比仓皇紧急之刻，阿南抓住最后的机会，摊开自己那一直紧握着的手掌，看向那根她从朱聿恒体内吸出的东西。

细细的、长约半寸，在他的体内大概已经很久了，上面包裹了一层薄薄的粉色血肉。

水波激荡，将她掌中东西冲走，她仓促间抬手抓去，指尖一捻，血肉化在水中，露出里面青绿色的、一端粗一端细的刺状物。

青蚨玉。

它莹润地折射着波光，那点青碧光芒仿佛针一般刺入她的眼睛，让她在一瞬间隐约窥见了朱聿恒身上那"山河社稷图"的秘密。

仅只容她一闪念，那铺天盖地的青鸾，已将他们彻底吞没。

他们不由自主地紧紧抱住了对方，锋利的水波在他们身上划出无数伤痕，周身顿时被淡淡的血色包围。

随即，青鸾的尾羽与翅膀在水中搅起巨大浪潮，涌动的暗流在水下疯狂冲击。他们来不及做任何挣扎，便被水波卷在当中，在疯狂如水龙翻卷的涡旋之中，向前冲去，再也没有机会冒出水面。

肩上传来阵阵尖锐抽痛，朱聿恒的睫毛微微颤动，却无论如何也无法睁开眼睛。

湿漉漉的身体很冷，眼皮很沉重。他竭尽全力想要控制身体，最终却只能让手指轻微地动了动。

周围水声潺潺，耳边传来轻微的窸窸窣窣声，还有一声低低的轻唤："阿言？"

那是阿南的声音。即使沉在这样的黑暗中，浸在无边寒冷中，但因为她的声音在自己耳边响起，他便觉得安心起来。

她俯下身贴近他，温热的气息扑在他的面颊上，温暖的掌心覆盖向他，轻轻贴了贴他冰凉的额头。

似是被那点暖意激醒，他用力睁开眼，眼前是另一片黑暗。

许久，他的眼睛才模糊寻到一点亮光，是阿南手中举着的一束微光，碧光幽荧，照亮了他们周身。

"醒啦？"她俯身专注地望着他，微光照亮了她的眸子，灿亮如昔，里面饱含的关切驱散了周围的暗寂，将沉在黑暗阴冷中的他重新拖回了人世。

她手中所持的光芒，正是"日月"上的夜明珠。见他只茫然望着自己，阿南想到他"山河社稷图"发作，又呛水昏迷，便轻轻将他上半身扶起靠着，让他舒服一点。

失去意识前的一切渐渐在他脑海中浮现出来，在那湍急的水涡中，紧紧抱住他、也被他所紧紧抱住的，确实是阿南。

心口弥漫着安心的暖意，借着幽微的珠光，朱聿恒靠在她身上，艰难转动眼睛，终于看清了身处的世界。

他们在一个狭长的潮湿洞穴中，周围全都是水，唯有中间一块突出的石头将水面分为两部分，给阿南与他提供了栖身之所。

"猜猜这是哪儿？"阿南问他。

他缓慢转动脖子，四下看去，而阿南让他倚坐在洞壁上，起身以手中的夜明珠照亮了对面墙壁。

只见洞壁上凿着两句诗：劝君更尽一杯酒，春风不度玉门关。旁边是小小一个长条凹痕，中间搁着一支骨笛。

朱聿恒恍然想起之前阿南对他描绘过的情形，愕然问："我们被卷入了……水城洞窟中？"

"嗯。我估摸那青鸾自此而出，机栝有如此巨力将它推出，也必有强悍的后坐力，因此造成了旋涡，将我们卷回了此处。"阿南若有所思道，"关大先生天纵奇才，必定是借助了这里的地势，不然，他一介凡人，如何能制造出这般震天撼海的机关？"

朱聿恒对机关阵法之学涉猎尚浅，见阿南都推断不出是何手段，便只点了点头表示赞同，目光看着那支骨笛，艰难道："不知江白涟他们如今怎么样了……是不是也和我们一起被卷进来了？"

"应该是的，我当时看到他们了。只是和我以前猜测的一样，地下洞窟似乎并非只这一处，如今不知他们被卷入了哪里，希望他们也能和我们一般幸运才好。"阿南担忧道。

朱聿恒勉强振作精神，道："江白涟身手不凡，水性更是万里无一，我相信他会护好绮霞的。"

阿南叹了一口气，在他身旁坐下，说："只能希望吉人天相了。"

海中洞窟幽深阴湿，他们身上又都是湿漉漉的，寒冷让他们不自觉地靠在了一起。两人肩膀相抵，让这湿冷的洞窟仿佛也温暖安定了些。

阿南靠着他的肩膀，想起什么，一手举起"日月"，一手拉下他的衣襟，照向他的伤处。

朱聿恒也恍惚记起自己落水后身上血脉剧痛的那一刻，借着阿南手中的光，他低头看向自己的颈肩与胸外侧。

幽荧碧光之下，他们看见那条血色浅淡的阳蹻脉，一时面面相觑。

想象中的可怖血线并未出现，他的阳蹻脉只显出浅浅红痕，反倒是他锁骨旁被阿南剜过的痕迹，因为泡了海水而伤口翻白，看着更为可怕。

他艰难抬手覆住这针刺般疼痛的伤口，抬起眼望向阿南，却看到她脸上渐显出一抹若有所悟的笑意。

朱聿恒望着她脸上的笑意，不觉问："你当时……发现了什么？"

她将他的手取下，凑过去仔细看了看那伤处，确定只是皮肉之伤，才道："阿言，我下水后看见你血管在突突跳动，便想着是不是该如上次一般，先将淤血清掉，让你的意识及早清醒过来。于是我确定了跳动之处，朝着那一点割了下去——你猜我发现了什么？"

她将当时发生的一切详细对他说了一遍，朱聿恒虽精神不济，但他何等机敏，立即便明白了她的意思。

他抬手去摸日月上的弯形青蚨玉，而阿南干脆拉出一片，用手指在上面轻弹，其他玉片便此起彼伏，竞相发出清空的声响，在这山洞之中如仙乐奏响，久久回荡。

"我之前受伤寻医之时，曾遇到一个妇人带着女儿看病，因婆婆恨她连生数个女儿，便在女婴身上扎针，以求不要再来女胎。那女孩当时也颇大了，她体内藏着那些针刺，居然侥幸如常长大……"

"世间竟有如此恶毒妇人？"朱聿恒听着她的话，脱口而出之际，又悚然问，"难道说，我身上这玉刺，也是如此而来？"

"确有可能，按照那玉刺外面包裹的血肉来看，可能已被植入有十数年了——我猜测，可能在你尚不记事之时，有人以淬毒青蚨玉制成细刺，又以某种手法隔绝毒源，将其扎入你体内，是以你一直毫无察觉。"阿南说着，又以手弹了弹青蚨玉，道，"我知道有些阵法便是以青蚨玉驱动，在最关键的机关眼之中设置一片母玉，设阵者手中留一片子玉。必要时击碎子玉，母玉随之破碎启动机关，这样便不需自己身处阵中亦能操纵。而如今看来，对方是反向利用了这个方法，要以阵法来操控你的生命。"

"所以，对方利用青蚨玉应声的特性，在我体内种下了子玉，又在关大先生当年所设的机关之中埋下母玉。如此……六十年一到，机关一处处启动震碎母玉之日，便是我身上子玉破碎、毒性发作，'山河社稷图'一条条发作之时？"

阿南点了一点头，说："有可能，但目前都还只是我的猜测。"

朱聿恒默然按住自己胸前那几条狰狞血线，低低道："'山河社稷图'按照奇经八脉所设，所以我的体内，还有四根淬毒的青蚨玉……"

就像四只静静蛰伏的凶兽，只等关大先生其他阵法启动之时，子玉破碎，剧毒随经脉游走，"山河社稷图"剩下的四条血线便会呈现，最终如毒蟒缠身，彻底绞杀他所有生机。

阿南沉默地再看了一眼他胸前的血痕，将他的衣襟轻轻理好，说道："阿言，若这次我们有幸生还，你回去可以查查看小时候接触过的人。另外就是，看看有没有办法确定它们在体内何处，是否能将其取出。"

朱聿恒没有回答，只摸索着握紧了她的手。

距离"山河社稷图"的秘密，终于又近了一步。可惜，是在这般危急情境之下。他根本不知道是否有办法与她安全逃离，回去拯救自己。

两人在朦胧幽光之中，双手交握，似可凭着这点肌肤的触感汲取对方身上的热意，来抵挡此时的彻骨阴寒。

她停了片刻，又俯身贴近他的耳畔，压抑气息，以极轻极轻的声音道："但是阿言，这还有难以解释之处——青蚨玉纵然会应声，那也要经过极精确的手法，而且超过一定距离便无法接受感应了。对方要如何才能保证阵法发动之时，你就在近旁，近得足以让身上被植入的毒刺因共振而破碎呢？何况按照常理来说，那次西湖与钱塘湾的距离，隔了千山万水，我不信那母玉能引发你身上的子玉破碎。"

朱聿恒心口微震，但声音亦与她一般，压得如同呓语："你是说，真正控制我身上子玉，让它与杀阵同时发作的那个人，就在我的身边？"

阿南低低"嗯"了一声："这也解释了，你第一条血脉为何会发作两次。我想，或许是对方以为蓟承明能引动地下阵法，所以在你身旁击碎了母玉，让你的子玉发作，谁知蓟承明功亏一篑，而你的毒刺后来在地下又与母玉应声发作，才造成了发作两次的假象。"

"所以，对方手中必定有控制我的母玉，同时也知道关大先生那些阵法的详细情况，才有机会做得如此天衣无缝。"身处绝境，虚弱无力，可朱聿恒的口气依旧沉静而坚定，"只要我能出去，这恶毒小人定然无处遁形！"

两人不再说话，似乎这昏暗洞窟之中蛰伏着那股威胁他们的力量，在时时窥探他们。

静静倚靠了片刻，阿南站起身，说："之前你昏迷时，我去看过外面的情况，青鸾海啸一直震荡在水城周围，根本无法出去。我再潜水去看看外面的情形……"

　　她说着，往外面的水面走了两步，然后"咦"了一声，脚在水面量了量，声音顿时发紧了："水面在上涨！"

　　朱聿恒一惊，问："这里要被水淹没？"

　　"是……外面水涡乱卷，动荡的水势必然影响到里面，海水倒灌也在所难免。"阿南估摸了一下仅剩的范围，道，"只有一丈方圆了，若这水再漫上来，我们只能及早潜水，下去寻找别的洞窟，希望能找到另一个容身之处，否则……"

　　她没有再说下去，但他们都是心中雪亮。

　　否则，海水淹没这里时，他们将注定无处可逃。

　　朱聿恒一手按着隐隐作痛的胸口，一手扶着墙壁，勉强起身走到她的身旁，道："你去吧，一定要逃出去，我们不能两个人一起被困在这里。你出去后，若有机会，可以带人下来救我。"

　　阿南自然知道这是最好的选择，但把他一个人抛在这随时会被淹没的水下洞窟中，怕是绝难有生还机会。

　　正在她犹豫之际，忽听得水下一阵动荡，然后哗啦一声，一团黑影从中爬了出来。

　　黑暗洞窟中，只有一点夜明珠的幽绿微光，此时忽然出现不明生物，阿南下意识便摆好警戒之姿，口中叫了一声"阿言退后"，飞脚便向黑影踹去。

　　那黑影在水中极为灵活，倏忽一下便换了方向，险险避开了她踢来的脚。

　　随即，伴随着呛咳声，一声急促而慌乱的声音在洞中响起："阿南？是你吗阿南？"

　　一听这声音，阿南怔了怔，立即放下正要攻击的臂环，几步涉入水中，将那团黑影拉住，定睛一看，原来是江白涟背负着绮霞，带她潜到了此处。

　　借着"日月"的微光，向朱聿恒匆匆见了个礼，绮霞便紧紧抱住阿南，与她一起靠着洞壁坐下，边咳边哭道："阿南，吓死我了！我们掉进水里还被卷进旋涡，冲到了地下海洞中……那个洞很小，很快就被水淹没了！白涟背着我在水洞中摸索了很久，幸好下面是相通的，能找到你这里太好了……"

　　恐怕不太好，我们也无计可施走投无路呢。阿南心想着，苦笑着抚抚她湿漉漉的头发，见她手中紧握着个瘪瘪的气囊，知道这肯定是江白涟随身携带的，才能让她坚持到现在。

　　她问江白涟："你们那边被水淹没后，你找了多久？唯一的路只有这里了？"

　　江白涟点头，道："我几乎找遍了外面的洞窟，所有地方全都被水淹没了，水城外又不知怎的全是旋涡，根本逃不开。我看这边也挺危险，水势难保不涨上来，咱们得赶紧想个法子逃走。"

阿南点头，看向绮霞，问她："你感觉怎么样？"

"不怎么样啊，胸闷气短，还一直……呕……"绮霞冷得打战，抱着她又干呕了出来。

江白涟借着"日月"的微光看着她恶心作呕的模样，目光又往下看向她一直护着的小腹，神情忧虑而迟疑。

"不管怎么样，如今唯一的办法，只有让绮霞试试看，能不能以古谱《阳关三叠》解开这水下机关，打开去往前方的通道了。"

"其实……其实我上次也是随便一说，要是不行的话，那、那可怎么办？"绮霞紧张地拿起洞壁凹痕中的骨笛时，手在微微颤抖。

毕竟，她上次说得那么肯定，其实都只是猜测而已。可如今箭在弦上，所有人的性命系于她此举，万一猜错了，洞内四人连同她腹中的孩子，都将殒命于此，让她怎能不压力倍增。

阿南揽住她的肩，道："别担心，再差也不过是没效果，那我们就齐心协力再去寻找下一个出路，毕竟天无绝人之路，总有办法的。"

绮霞看向江白涟，见他也向自己点头，才稍微安了下心。

她摸索手中的骨笛，这应该是用仙鹤的尺骨制成，笛子打磨得润如象牙，入手极轻。

阿南举起手中"日月"，帮她照亮笛子。

定了定神，绮霞将骨笛凑到唇边，试了一下音。

鹤骨笛音色如凤鸣鹤唳，清匀幽远，与竹笛截然不同。

只听得笛声响彻水洞，在洞壁与水浪间回转，那幽咽之声并不甚响，却激得水浪逐渐湍急。

耳边传来哗哗的声音，阿南以手中珠子照去，珠光朦胧，依稀可见内侧洞窟的水逐渐激湍，似乎被什么巨大的力量所搅动，拍击向他们脚下所站的岩石。

阿南与朱聿恒对望一眼，觉得这幽暗窒息的水底洞窟中似透进了一丝光亮，前方顿时明朗了起来。

江白涟上次下过内侧水洞，此时自然一步跨到水边，尝试着准备下水。

阿南对他道："我怀疑这水下的机括与'希声'相似，都是利用声音让虚耳受损导致身体失控。"

江白涟点头，问："我堵住耳朵再下水？"

"堵住耳朵怕是无用，你双手按住左右听会穴和风池穴，才能使虚耳隔绝侵扰，不受振动。只是常人用这个姿势可能潜不下去。"

"这倒无妨，我在水里就算绑了手脚也能游。"江白涟说着，见前方水势已逐渐加大，心知已不能再耽搁，当下深吸一口气，反手按住阿南所说穴位，潜进水中。

见他入水，绮霞心下涌起一阵紧张。她一边吹着骨笛，一边努力回忆当初收集来的古谱，但年月太久未曾温习，记忆终究是有点模糊了，她如今又寒冷又惊吓，胸口忽然一阵作呕，气息凝滞，笛音骤然一断。

水面顿时一震，虽然他们未曾听到什么声音，但那交错的水花陡自内侧喷涌而出，令绮霞顿时慌了神，捏着骨笛一时不知所措。

"不要停，继续！"阿南疾声道。

绮霞呆了呆，赶紧深吸一口气继续吹奏笛子。她竭力控制凝滞的气息，一边流泪盯着水下，一边将那古谱《阳关三叠》吹下去。

笛声幽咽，在水洞之中混合了浪涌声、回音声，一叠三叹，百转千回，一根小小的骨笛却似奏出了千丝百竹万人合唱的声势。

幽深洞穴之内，乐声久久回荡，与水洞下涌出的浪潮相激，汇成声势浩大的合奏。

朱聿恒听出这水声在应和笛声，不由得缓缓靠近阿南一些，与她一起专注盯着水面。

《阳关三叠》层层相递，原本哀伤婉转的曲子，在洞中回荡，一叠更比一叠高亢，那涌起的水浪也一波更比一波高涨，直至绮霞吹出最后一声，笛声荡气回肠之时，浪涌也到了最高点，只听得轰鸣之声不绝，狂涌而出的水浪向他们直扑而来，声势浩大。

阿南眼疾手快，一把抱住绮霞，带着她紧紧贴在洞壁上。

浪头扑过，三人都是浑身湿透，绮霞盯着内侧水洞呆了半晌，"哇"的一声哭了出来。

她扑到水洞边缘，边哭边喊："白涟，白涟！"

那狂涌的水流依旧汩汩向外，眼看着内外洞的水一起升高，已经没到了膝盖，阿南赶紧将她拉起，说道："站高一点，我先帮你把皮囊里灌满气，等水漫到胸口，带你一起下水……"

话音未落，水面哗啦一声，只见一条人影破浪而出，大口喘息着爬了上来。

洞内幽暗，但绮霞早已扑了上去，紧紧搂住了他："你没事吧？"

"没事，你的笛声引动了水下机关，那浪涌果然可以抵消水下怪象，如今水洞已畅通无阻。"江白涟抹了一把脸，看向朱聿恒与阿南道，"我顺着洞窟往前探了一段路，前方水路很长，但已隐约透出光亮，也有了出水面。我怕你们在这边担忧，因此看到出口便立即返回了。"

"有光亮有水面，可以出水底洞窟了？"阿南虽觉惊喜，但看看朱聿恒的情形，又有点担忧，问江白涟："你说水路很长，具体大概是多长距离？"

江白涟估摸了一下，说："我全速游过去，大约不到半盏茶工夫。"

不到半盏茶，对于他和阿南来说，勉强可以通行，但对刚刚呛水醒转的朱聿恒与不会水的绮霞来说，绝不可能。

阿南正在犹豫，却听朱聿恒道："你和江小哥先送绮霞过去，然后你带回气囊接我即可。"

阿南看看这涌起的水浪，刚刚还是没膝，如今已经到了大腿一半，再看这洞中空间，抿唇匆匆道："若水漫上来了，你贴着墙壁，尽量往高处攀爬。"

"我会的。"朱聿恒应道。

水涨得极快，事不宜迟。江白涟负起绮霞，阿南在后方搭住她，要带她下水。

绮霞担忧地看看正在洞壁上寻找攀爬点的朱聿恒，嗫嚅道："这边如此危险，要不……你们先带殿下过去……"

江白涟看着朱聿恒，也一时不敢开口。

朱聿恒利落道："我留下比你好，至少我会水，即使漫过头顶我也可以浮上去坚持一会儿。"

"记得在入水之前调整呼吸，吸两次，呼一次，这样入水时间可以久一点。"阿南匆匆教他呼吸法，之后便不再浪费时间，拉着绮霞便跃入了水中。

水下洞穴一片黑暗，幸好江白涟对水流极为敏感，带着她们循着流动的方向一直向前而去。

阿南与他一起护着绮霞，一边往前游，一边竭力记住水下路径，以免待会儿走错路径。

在黑暗之中穿行，时间显得格外漫长。

就在阿南都觉得窒息之时，蜿蜒的洞窟在前方拐了个弯，他们转过角度，面前水面忽然开阔，上方涟漪隐隐，透着五色光芒。

正用皮囊吸着气的绮霞虽然神志昏沉，仍不免"咦"了一声。

江白涟拉着、阿南推着绮霞，两人将她送出水面。

一经出水，五彩光芒顿时扑面而来。

呈现在他们面前的是个高约十丈的巨大空洞，洞壁斑驳嶙峋，显然已被海浪蚀空多年。但在海面之下，却有明亮圆转的光辉如巨大的日轮投射在洞壁上方，在日轮的正中，是一尊放射光辉的佛像。

光轮足有十丈之高，中间的大佛坐像也有七八丈，正俯瞰着他们。五色光辉随着水波流转，金色大佛在荡漾波光中显得有些模糊，但依稀可见面目端严沉静，头结螺发肉髻，端坐在青莲之上。

"这……这海底怎么会有佛光？"绮霞瞠目结舌，而江白涟早已拉着她一起在佛像前跪下，连连叩拜。

阿南从水中钻出，仰头看向这大佛，心中忽然想起某年南海之上，她与公子曾一起见过的佛光。

可那只是天边依稀模糊的晕光投影，哪像面前的佛光般绚烂清晰。

那时司鹭悄悄跟她说，一起看过佛光的男女，以后必受庇佑，能有美满姻缘。

可如今看来，海上的虚幻影像，自身都是转瞬即逝的东西，如何能护佑凡人的情意。

她与公子已是背道而驰，今生今世哪还有一起走下去的可能。

心如刀割，钝痛弥漫在胸口，令她呼吸都开始不畅。

她深吸一口气，将这突然涌上心口的思绪强行压下去，心中暗恨起自己，在这般危急之中，为什么还要在意那些伤感心情。

想到阿言还在漆黑洞窟中危在旦夕，她立即抄起气囊灌饱扎紧，一个猛子扎下，沿着原路返回。

顺着记忆的路径，她快速潜回洞窟中，刚穿过水洞便心口一凉。

刻着阳关诗句的那个洞穴，早已被水彻底淹没。

她急忙往洞顶浮上去，手一伸却摸到了石头，原来上面早已没有了任何足以让人呼吸的空洞，整个洞穴都被水灌满了。

她估算错误了，这水来得比她设想的还要快，还要多。

她心下大急，立即摸着洞壁，四下搜索朱聿恒的踪迹。幸好，在前洞的入口，她依稀瞥见了一抹晦暗的珠光。

她立即扑上前去，却见朱聿恒的身影半沉半浮在黑暗之中，随水漂流。

她一把抓住他的手，将他扳转过来，一手解下气囊，想要按在他的口鼻之上。

朱聿恒转过身来，脸上却已罩了一个气囊，夜明珠的微光下他看见了阿南，浸在水中的眼睛亮了亮，似乎想要说什么，但水中无法开口，只紧紧拉住阿南的手。

阿南不知他这气囊从何而来，亦不知他一个人时发生了什么，环顾周围只觉诡异无比，当下便拉起他，带他顺着水道急速游向前方。

穿过黑暗的洞窟，终于来到那个被佛光照亮的洞穴中，两人都是疲惫至极，趴在石壁上喘息不已。

缓过一口气，阿南抓过那个气囊看了看，问："哪里来的？"

朱聿恒摇了摇头，说道："我在洞中等你回来，谁知不久后水势便飞速上涨，很快将整个洞窟彻底淹没。我算了下江白涟离开的时间，估计自己撑不到你回来，正在绝望之际，水中忽有人影从我身边游过，将这个气囊塞到了我的手中。我循着他离去的方向追去，但他早已消失在了前方黑暗的水洞中，直到你来接我，他也没再出现。"

"奇怪……"阿南嘟囔着，拿过他那个气囊，翻转过来看了看，眉头忽然微皱起来。

朱聿恒顺着她的目光看去，只见气囊的接口处，烙着小小一朵火焰痕迹。

"这是？"朱聿恒抬眼看她。

"这是傅灵焰、也是拙巧阁的标志。"阿南的手指摩挲过那朵火焰标记，神情不定，"难道说，拙巧阁的人也进来了？薛澄光带进来的？"

但拙巧阁的人过来，又为何不光明正大现身，只暗地里给朱聿恒一个气囊，又立即离开呢？

"而且，水阵已经发动，周边青鸾乱舞，连那么远的码头都受影响，凭薛澄光那点道行，又如何能潜进来？"

事发诡谲，在这怪异的情境之中，两人一时也探讨不出个所以然，也只能先撂开了。

朱聿恒起身环顾周围，见洞中并无任何可供出入的口子，便问江白涟："此处可有通道？"

"有，就在斜下方。"江白涟指着水底，脸色十分难看，"只是，下面那一道坎，咱们怕是过不去。"

他是最讲究口彩的人，听他都说过不去，阿南心知必定艰难无比。

但她抿抿唇，立即道："过不去也得过，我潜下去看看，你们做好准备。"

绮霞一把拉住她的手，说："要不算了吧，阿南，咱们就在这儿待着，我相信朝廷一定会倾尽全力来救殿下的……"

阿南摇了摇头，抬手轻拍她的手背，道："阵法发动，这水城马上就要和钱塘湾下面一样，夷为平地了。如今出口已被青鸾所封锁，我们困在其中无法逃离，如今唯一的办法，只有尽快寻到阵法中心，将其摧毁，让这些青鸾气流彻底停止，才有逃出生天的希望。"

绮霞脸都青了："所以……我们还得去破解阵法？这……这么大的海底，这么纵横交错的水下洞窟，怎么找得到阵法中心啊？"

阿南自然也知道希望渺茫，但她用力握着绮霞的手，道："至少我们不能坐以待毙。拼一把还有希望，不拼一把，只能被水城埋在海底，永远也出不去了！"

五彩佛光下，绮霞的脸色一片煞白，她捂着小腹，喃喃道："可……可我不会水，我不想拖累你们……"

"什么拖累，你可是救了我们所有人的大功臣，我们能到这里，全都是靠你。"阿南搂住她，与她碰了碰额头，低声道，"别担心，就算你不相信我，也要信你的江小哥，我们一定会带你走出去的！"

时间紧迫，再者此间诡异莫测，绮霞也不肯独自留下，最终商议决定，大家一起前往通道。

目前最难的一点，是他们尚未知晓水下的具体情况，就算循着洞窟而入，也未必能顺利上到水城。

"薛澄光既然能准确地打出地下洞窟，他必定对这个水城有所了解。可惜当时我并不知道如今的变故，又担心他察觉到我的身份，没有多套套他的话。"阿南对朱聿恒说着，隐约带着懊悔。

其实她还有点心事未说出来——当时因公子的关系，她感觉对朝廷的行动不便过多参与，因此并未太过用心，如今真是追悔莫及。

"谁能未卜先知呢？我们只要知道，拙巧阁与此事必有关联即可。"朱聿恒坦然处之，举起手中的气囊向她示意，"而且，他们说不定在水下已经有了行动。"

"嗯，先下去探一探虚实，反正目前我们这境况，不会更糟了。"阿南捡起一块小石子，找了块比较平坦的石头，画出了水城的大致轮廓，然后圈定城门口，说道："这里，就是将我们吸进去的洞穴。江小哥你估摸我们在水下穿行，如今应当身在何处？"

江白涟看着水城，迟疑地比画着，一时不敢确定。

水下洞窟九曲十八弯，又全在黑暗中摸索，他纵然在水中如鱼儿一般，但危急之中，亦记不得大致方位了。

就在他迟疑之际，朱聿恒接过阿南手中的石子，毫不犹豫地在水城中心偏东的地方画了个圈，说道："应该在这里。"

阿南侧头看他："你确定？"

毕竟，她来来去去游了三次，却还不太敢肯定自己的路径，而朱聿恒才跟着她游过一次而已。

"嗯。"他声音不大，却坚定不移。

毕竟是独步天下的棋九步，阿南一想他连日月这么复杂的武器都能迅速掌控，这瞬间能进行亿万次计算的脑子，就算当时处于黑暗与疲惫中，记下这么一条水道自也不在话下。

因此她毫不犹豫，根据自己上次在钱塘湾下水的记忆，将这座水城粗略再描摹了一遍，说道："这么看来，我们应该已经接近水城中心。按照青鸢水流的角度来估计，直接垒台至那种高度相当困难，更不可能在水下暗流中屹立这么久。我估计这座城很可能依山而建，高台建在城中最高的山顶，按此推断，我们的位置可能就在街道与山峰的交界处。"

几人都点头赞成她的推断。既然确定了方位，接下来便是寻找通行之路。

江白涟道："我下水查看时，发现这佛光从下方洞窟中射出，想要接近一些，可下方光线太过迷幻，根本无法睁开眼睛，我试了好几次，发现水中还有诡异响动，只能返回。"

"诡异响动？"绮霞紧张地盯着他。

"对。我自小在水中的时间比船上还久，对于水下动静比常人都要敏感些。就算我潜入最黑暗的水道、最深的海底断崖，我也不曾有那种怪异的感觉，就是……总觉得那个水中，不仅仅有光，还隐藏着其他可怕的东西，那种感觉……我说不上来，但就是很危险，千万不要接近！"

"佛光普照，可是大欢喜大慈悲的事儿啊……"

阿南抬头看向投射在岩洞之上的佛像，这随着水波映射的青莲大佛，是当初青莲宗起事的依凭。

但关大先生此人行事，看来似乎并不在意神鬼之说，他既将如此强烈的佛光罩在此处，必是有所企图。

阿南思索着，扎紧自己的衣袖，对朱聿恒道："下水后尽量不要离我太远。我觉得关大先生设下佛光的用意，可能在于影响我们的视力，掩饰暗中的机关。到时候我们目不能视，说不得全靠你这个棋九步了。"

"放心，我会跟紧你的。"他毫不迟疑道。

阿南朝他扬唇一笑，又转而看向江白涟与绮霞，见绮霞在江白涟的宽慰下，长长吸气平定情绪，确定已经准备好，便示意他们下水，当先纵身跃入水中。

阿南当先，朱聿恒居中，江白涟带着绮霞游在最后，四人向下潜去，游向下方透出佛光的洞窟。

越是接近，眼前佛光越是强烈。

如阿南所料，他们的眼睛在水下本就难以正常视物，此时光线闪耀中，更是无法睁眼。

朱聿恒凭感觉随着阿南下潜，他聚精会神地倾听着周围的动静，可除了他们游动时搅动水流的声音之外，周围一片寂静。

阿南游动的速度渐渐慢下来，越发谨慎小心。

缓慢的潜游中，周围的水流舒缓地从他们身边穿过。在这一片温煦中，朱聿恒微一侧耳，听见了其中细微繁杂的几缕急促声音。

那声音极细微又极尖锐，就如划过耳畔的春日细雨，轻得让人察觉不到存在，却确确实实已经濡湿了肌肤。

他立即示意后方江白漪不要接近，一手迅速拉回阿南的身子，带着她向侧边急转，避过那几丝雨线般的波动。

在强烈佛光的笼罩之下，眼前尽是绚烂波光，阿南只感觉灿烂之中有几线冰凉的寒意从身旁掠过，迅疾划过肌肤，那锋利的感觉令她毛骨悚然。

她顾不得自己的眼睛，猛然抬头望向洞窟中射出的佛光。

庄严神圣的佛光放射出万千条五彩光芒，毫光似幻化成了有形之物，一条条细微的光芒密集且迅速，在水中拖曳着淡淡微光，如万千丝缕聚拢，铺天盖地而来。

情势危急，他们立即向旁边洞窟扑去，寻找避身之处。

这水下密密麻麻全是洞口，二人慌不择路，拉着朱聿恒扑进洞中，抬眼一扫屋内，顿时叫苦不迭——山洞内除了朽烂难辨的几堆东西外，只有几具石棺。

看来，这是被人当作水下墓穴了。

毫光如附骨之蛆，光芒闪烁不断，万千白光如有生命的飞鸟般一起从洞口狂涌进来，随着水流疾卷而进，对他们紧追不舍。

阿南一个箭步上前推开了石棺盖。朱聿恒虽不知道她在这危急时刻为什么还要去动石棺，但见棺盖沉重，还是立即上前与她一起抵住棺盖，用力向洞外推去。

水中毫光本就是随水而动的轻微之物，此时棺盖被猛然前推，水压卷起巨大水流，裹挟着那些正要扑近他们的毫光，在屋内卷成了一个巨大的气旋。

那些纷乱的毫光被水流迅速卷入，成了一道白光旋涡，随着水流旋转汇聚，然后与沉重棺盖一起坠出洞窟，回旋撞击着消失了踪迹。

但两人一时还不敢动弹，怕还有剩余的白光未被引走，唯有紧紧贴在一起，一动不动地等待室内水波一起安静下来。

水波缓缓静止，追击的光芒随之逐渐散去。

等到一切安静下来，朱聿恒才从身上摸出气囊，吸了两口缓解自己因水下剧烈运动而引发的窒息，又递给阿南。

　　阿南水性虽好，但也已经憋不住了，深吸了两口后才忽然惊觉，这是阿言刚刚吸过的。

　　想到自己的唇正碰触着他刚刚碰过的气囊，自己与他也正在水下紧紧依偎，她感觉有些怪异，将气囊塞回他的手中，脸颊不自觉地别开。

　　这一偏头，她看见了地上落着三两条闪着微光的东西，随着他们的动作，又在水中闪烁了一下。

　　阿南抓住一根细看，正是一条磨得极细极利的银色小针，只有水波晃动之时，它才现出一抹淡淡残影，否则几乎不可能被发现。

　　这针的质地不知是何种物什，入手极轻，形制极细，所以能随水流转。一旦有东西接近佛光引发水波卷动，这些针便会被唤起，循着水流的方向，袭击接近的人。

　　而这些针扎入目标物后又微微震荡，显然会顺着血脉往里钻进去，直至到达心脏，令人暴毙。

　　阿南拿起来向朱聿恒示意，让他小心这东西的特性。

　　手掌一紧，是朱聿恒轻轻握住了她的手。

　　他摊开了她的手掌，阿南只觉得掌心触感轻微，是他伸出食指，在她的掌中迅速地一笔一画，写下了"诱引"二字。

　　她错愕地看向他，他却只抬手指了指自己，向她点了点头。

　　水下洞窟朦胧幽暗，阿南迟疑的面容恍惚不清，似乎难下决定。

　　而朱聿恒将她的手再紧紧地握了一握，便拉着她站起身，游出了洞窟。

　　外面江白涟正带着绮霞慢慢游近洞口，见他们出来，明显松了一口气。

　　阿南举着针向江白涟做了个游动的姿势，询问他那些毫光都去了哪儿。

　　果不其然，江白涟抬手指向佛光射出的洞窟，那些细小光针又聚拢回了洞口佛光之中，静静潜伏着，等待着对下一波接近者发动袭击。

　　阿南见绮霞紧抱着江白涟的手臂半浮半沉，拿着手中气囊呼吸着，怕是支持不了多久，便对着朱聿恒一点头，转身贴着洞窟向佛光而去。

　　见阿南似要从这团佛光中穿过，绮霞心下大急，赶紧拉拉江白涟，示意他去阻拦阿南。

　　然而江白涟还未动弹，却见朱聿恒已经毫不犹疑地跟上了阿南，随她向着那凶险万分的佛光正中央而去。

　　就在五色熠熠的光彩照亮他们身影的瞬间，悬浮于光芒中的光针察觉到水波流振，立即被挟带发动，向着拨动水流的他们而来。

阿南当即折身，一拉朱聿恒。

他与她配合无间，抬手之际，日月光华盛绽于昏暗海中。

薄薄珠玉映着绚烂佛光，携带着无数股水波，如同巨大的千瓣莲华开放在他们身前，护住了靠在一起的身躯。

佛光中那缕缕透明的光针随水而动，顿时随着玉片的牵引散成千百股白线，如织机在纺织时的纱线随梭翻飞，万千细毫跟着日月搅起的水流，骤然聚散。

朱聿恒抬手操控精钢丝，内层幽绿明珠击打外层青蚨玉，那巨大的莲华光辉再度扩散，激起更多水流扩散向外。随着水流激湍搅动，佛光上那些白光如箭雨、如飞蝗，齐齐追逐着珠光玉片飞去，似万千流星飒沓，划过海底水域，共同奔赴向激流最汹涌之处。

趁着所有致命光针都被朱聿恒引走之际，阿南抬手向江白涟略一示意，头也不回地率先钻入了洞窟之中。

佛光如一束巨大的阳光从洞窟内向头顶的海水射去，阿南投入这万丈光华，就如纵身扑入了炽烈的日光之中，身影迅速便被吞噬殆尽。

朱聿恒只来得及看了她一眼，便不得不再度收敛心神。面前的水流旋涡已越来越大，汇聚的毫光也越来越多，朱聿恒的日月也只能一而再、再而三地互相撞击、扩散、收缩、再扩散，搅动水流的幅度也越来越大，才能将所有光针圈禁在日月光辉之中。

水流阻滞，朱聿恒知道自己不可能坚持如此强横的力量太久，可他已将如此巨多的毫光都汇聚于此，若一旦停下或速度减缓，所有细针将同时扎入他的身躯，到时断无生理。

因此即使水压让他的胸口沉闷难耐，即使长久未曾呼吸的窒息感让他的动作难以支撑，他也无法停手，只能利用日月制造更大旋涡，即使明知此举是饮鸩止渴，也唯有不管不顾地持续下去，替阿南争取到尽可能多的破阵时间。

阿南已经扑入了洞窟之中，迅速接近了端坐于正中的佛像。

这洞窟十分窄小，被修整成浑圆形状，一尊佛像端坐青莲之上，正好将整个洞窟堪堪填满。

佛光自背后射来，照亮了法相庄严。它在水下数十年依旧金身鲜明，熠熠生辉，如同神迹。

阿南透过佛像肩膀，看向洞窟后方射来的绚烂光彩，猜测是建造时引来了上方光线，又以五彩琉璃重重折射，使洞中光线与水光相映，才将这座佛像扩大投映于空中，形成佛光幻象。

其实海底光线并不甚强，但经过两重折射之后，光芒被聚拢至中心一点，他们又陡然从黑暗的水洞中潜行出来，因此一眼看见佛光，顿觉格外光华耀眼，庄严绮丽。

而这释放出来的光华配合周围护卫的万千光针，便形成了华光万丈动人心魄的佛光景象，在这大慈悲的佛像中隐藏了最深重的杀机。

这些针既然总是聚拢在佛光之中，必定是佛光中有什么东西在控制它们。

阿南扬手，试探着将握在掌中的一枚光针挥出。

只见光芒微动，那毫针果然随着水流向面前的佛像漂去，但在即将触到佛像之际，又悬停在了两三尺开外，不再接近。

阿南心下了然，这佛像应该是具有强烈磁力，足以将光针吸引而来，但洞窟中又埋下了斥力，让它们无法接近，只能一直分散悬停于佛光之中。关大先生用极为精确的计算，控制这万千光针微妙悬浮，水流平缓时为佛光增添光彩，水流变化时则成为看不见的杀人利器。

而现在，唯有摧毁这佛光异象，收束万千毫光，才能为他们打开逃生之路。

仰头看向洞窟之外，朱聿恒的日月光华幽碧，倒映着绚烂佛光，一波波璀璨花朵于昏暗死寂的海底绽放开谢，如此绝艳夺目，却也让她清楚地知道，这盛景难以坚持长久，阿言再怎么坚持，也已是强弩之末。

她游到雕像后方，用力去推佛像，意图将它推出洞窟，解除磁力束缚，吸附所有毫针。

然而一推之下她才发现，这雕像的青莲伸出数根铁条，扎进下方地面，无论她怎么用力，依旧纹丝不动。

阿南果断抬手向后面游进来的江白涟示意，让他将洞口的宝幢丢过来给自己。

洞窟陈设与寻常庙宇近似，门口有双双宝幢相对，供桌上也有铜炉烛台，供奉佛香。

宝幢上的锦幡早已在水中腐烂殆尽，但宝幢的杆子却不知做了什么处理，依旧泛着青灰的金属光泽，并未生锈。

江白涟一手护住绮霞，一手抓起光杆在水中往前一送，无声无息便穿过水波滑到了她的面前。

阿南用脚尖挑起杆子，将它插入了青莲之下。

她的动作幅度稍大了一点，上方的水流立即被搅动，有一两簇漏网的毫光被水流裹挟着，向着她直冲而来。

江白涟立即抬手抓起另一根杆子，在洞窟中挥舞了两下，以杆尖搅动光针，让它们被更大的水流卷走，以便阿南能专心去撬那青莲。

外面光彩缭乱，绮霞仓皇地转头看去，只见朱聿恒已经承受不住胸口窒息，一手操控"日月"，空出另一只手去摸腰间的气囊。

可面前万千毫针无孔不入，他稍稍分心，便是数条白光乘虚而入，向他攻击而来。他不得不松开气囊，操控日月立即回防，才将那些随水而动的攻击化解。

但与此同时，他的口中也冒出了一连串的水泡，已呛到了水。

他身体蜷在水中，整个人痛苦不堪，可双手一直未停，依旧坚持着让面前的日月光华阻挡住万千白光。

绮霞咬了咬牙，狠狠从气囊中吸了口气，然后将江白涟向外一推，示意他去朱聿恒身边，自己则在洞中连滚带爬，虚浮着以狗刨的姿势接近阿南。

虽然连身体都站不稳，但她还是抓起案上一截蜡扦，扶着洞壁爬到阿南的身边，将其插入青莲座下，要帮阿南将上方佛像一起顶起。

阿南抬头看向洞外，江白涟已游到了朱聿恒身边，将他的气囊解下，按在他的口鼻之上，暂时缓解他的气息。

但这般续气也保证不了多久，她知道自己要尽快解决这佛像才行了。

抓过绮霞的气囊吸了两口，她将手中的杆子丢给游回来的江白涟，把香炉踹到莲座下方，定好位置，示意江白涟以此为支点，架起宝幢为杠杆。

随即，她拔身向上，一手撑在上方洞壁上，双脚顶在佛像肩上，向绮霞和江白涟示意。

三个人一起竭尽全力，将青莲连同上头的佛像顶向前方。

只听得咔咔声连响，佛像摇摇欲坠，泡在海水中已锈烂的铁条终于齐齐崩断，下方青莲彻底脱离了地面。

巨大的水流卷起污浊泥水，洞中佛光一时黯淡。佛像在摇晃中向着前方重重倒去，仰面沉重地倒在了供桌之上，又在水中翻了个跟斗，滚到了离洞口不远之处。

阿南落地，与江白涟一起架好杠杆，将它撬动再往前翻滚出去。

在轰然声响中，佛像坠下洞窟，向下跌落。尘灰在水下无声弥漫，头顶的佛光黯然消失。

脱离了平衡磁力的洞窟，大佛身上的引力顿时暴增。那些正纠集于日月旁的毫光，此时仿佛有了统一的目标，齐齐脱离了朱聿恒面前的水流。

紊乱的水流乱搅成团，万千光针在水中汇聚成数匹白练，随着大佛携带的水流向下坠落，如仙袂如云雾，簇拥着佛像消失在了下方黑暗的深渊之中。

朱聿恒手上一松，日月光华骤然收回，而他疲乏之际，整个身子瘫软于水中，脱力地向下坠落。

腰身被人揽住，一双手臂搂住他下落的身躯，在乱卷的海水中给了他向上的力量。

是阿南将他拦腰抱住。她双腿打水，托着他向着上方洞窟而去，带他一起奔赴绚烂光彩。

没有了佛像的遮挡，五彩佛光透过水波从洞中冲出，照亮了整条通道。

那一边，隐约有光线在波动，似乎在等待他们的到来。

第十八章

万壑归墟

迎着绚烂光彩前行，他们穿过斑斓的洞窟，向前方出口不顾一切地疾游而去。

阿南依旧一马当先，引领他们奔赴前方。

眼看前方亮光洞明，出口遥遥在望，他们的耳边尽是轰隆声响，外面似乎在不停震动。

在洞窟的出口处，有一个小小的弯折。

阿南刚越过那个弯道，便感觉后方有人奋力赶上，拉了拉她的裙角。她转头一看，江白涟在水下向她打了个手势，指向那个弯道。

见江白涟已经拉着绮霞游往那边，阿南知道江白涟在水下无人能及，当下毫不犹豫，折身跟了过去。

曲折绕过一段洞窟，前方赫然有一段空洞，四人迫不及待，将头冒出水面，贪婪地呼吸着这片难得的空气。

等喘息渐渐平息，他们将两个气囊内的废气排掉重装。在外面一般用风箱给气囊鼓气，但这里并无工具，他们只能扯开袋子口，尽量多装些新鲜空气。

一抬眼，阿南在幽微珠光下，看见朱聿恒沉思的侧脸，便用手肘撞了他一下，挑了挑眉以示询问。

"我在估算路径，这里离高台应该已经很近了。"朱聿恒靠在洞壁上，指着外面道，"前次薛澄光带着拙巧阁众从街道而上前往高台，应该就在这里。他们比我们更了解水下情况，装备也更精良，但最终折戟沉沙，无功而返……"

阿南知道他的意思，拙巧阁与朝廷联手下水，最终惨淡收场，如今他们四人仓促至此，前路只会更为叵测。

绮霞抱着江白涟浮于水上，不自觉地将小腹贴紧他的身体，似乎要让腹中这一直浸在水中的孩子，多感受一些他的体温。

江白涟双手环住她，将她护在怀中。他目光紧盯着她，张了张口，可身处如此危境，那些要询问的话语，却终究堵在了他喉口，无法出声。

阿南在心中暗叹了一口气，收敛心神道："休整一下，咱们出去后就是山呼海啸了。这座水城在海中六十年，如今阵法已经发动，高台青鸾气旋锋利，一直在水城上纵横。那水波在远处还好，靠近了可以割肤断发，到时候我们千万不可大意，一定要及时躲避锋芒。"

绮霞忙不迭点头，提醒江白涟注意。

江白涟道："我被困水下后，曾经多次想出洞窟逃出水城，可四下全是持续不断的水波，根本无法脱逃。最诡异之处在于，它们以青鸾形状在水中向外四处飞散，可以将人割伤，又会化为气泡……到底是什么古怪东西？"

阿南脑中一闪念，脱口而出："我猜，它不是用任何可以摸得到的东西制成的，青鸾是由看不见的气组成的！"

话一出口，她自己都觉得荒谬，但再想一想，又肯定道："是的，只要利用地下洞窟的气流，以水作为交换，机栝将其急速射出，只要气流足够强大，风刀水刃伤人确实不在话下！"

绮霞咋舌："这……这得多巨大的阵仗啊！"

阿南道："她又没有鬼神之力，能设下这般阵法，必然是借助了这海底的地势，只是，我还不知道究竟是什么。"

朱聿恒则若有所思，道："关大先生这几个阵法，当年为对抗异族而设，一经发动必然翻天覆地引发灾祸。钱塘湾的水城引发了风暴潮涌冲垮杭州，可渤海这个水城，我看青鸾虽然锋利，但只在水下纵横，似对陆上并无影响。"

阿南想起一事，道："这么说的话，我们当时在东海之下，曾打捞到高台残块，上面雕画着血海蓬莱。可我再怎么想，也想不出渤海湾被血染红的可怖场景，到底会怎么发生……"

光华幽淡的夜明珠，照着小小的一泓水面，照出绮霞惊慌失措的面容，也照出江白涟欲言又止的神情。

阿南便问："江小哥，你是不是有什么发现？"

"那块浮雕，我们是一起在水下看到的，那上面艳红的渤海，确实令人心惊。"江白涟回忆当时情形，心有余悸道，"只是我多年在海上，这段时间船又总是停在渤海岸边，心中有个想法……那红色倒未必与人有关，或许，是海上会发生的灾难？"

阿南略一思忖，脱口而出："你的意思是，赤潮？"

"是。我晚上会在岸边看到荧光浪潮，泛着蓝光的浪花一波波冲上岸，那是要发'厄潮'的前兆。"

阿南与朱聿恒对望一眼，想起她那晚独自回蓬莱，朱聿恒率众相迎的情形。

那一夜的浪尖上，在火光的背后，他们确曾看见荧光在浪尖闪现。

"渤海三面被海湾围困，通连外界的活水极少，而且黄淮常年携带大量泥沙入海，使得淤沙年年堆积，海水极浅，只有老铁山水道还有三十来丈深，凶险湍急，是连通黄海的唯一一要道。而这座水城，就距离老铁山水道不远，并且，正对着水道。"朱聿恒听着他们的话，此时开口道，"若那场海啸般的浪涌持续下去，恐怕周围的海礁砂石会急剧坍塌沉淀，到时候，这条唯一的水道将逐渐消失，两岸的海峡也必将越收越窄。仅靠那么一点出入的水源，渤海势必逐渐封闭。"

江白涟用力点头道："渤海本就多发赤潮、青潮，若出入活水再减少，一年甚于一年，年年频发，守着这样一潭死水，厄潮又大多有毒，海中鱼虾绝收，沿海的渔民还有活路吗？"

见他面带惊惧，阿南安慰道："不至于这么严重。海洋广袤无边，就算水下青鸾之力强悍，我看这点力量，十年八年内也造不成多大影响。"

"别忘了钱塘湾下方，在六十年内被逐渐影响的地势，最终造成了杭州城那一场风暴潮水。"朱聿恒抿紧双唇。

江白涟脸上满是水珠，他抹了一把脸，急道："是啊，一年两年，或许都没有太大影响，可若是六十年一百年呢？"

阿南哑然失笑："到时候我们怕是都不在了，渔民肯定也都散了，早就离开这多灾之地，另谋出路去了。"

"靠山吃山，靠海吃海，海若是都没了，我们水上讨生活的人，还能有什么出路？"江白涟说着，将绮霞又往水面托了托，低低道，"再者说，六十年一百年后，我们自然已经不在了，可我们的孩子还在这海上。我们如今就在这里，不把这苗头掐掉，万一真轮到那结果，留什么给我们的后人？"

绮霞抱紧了他的手臂，紧紧咬住下唇，一声不吭。

阿南却笑了出来，说："江小哥，你年纪不大，眼光倒很是长远啊，连孩子都考虑到了。"

江白涟闷声低下头，揽着绮霞，不再说话。

"放心吧，关大先生的设想不会成功的。既然薛澄光执意冲击高台，那么这水城的总控必定在那上面。只要我们捣毁了高台，这座水城的一切都会停摆。"阿南将灌饱的气囊系好，交到朱聿恒手中，一字一顿地道，"水城我们要闯，命我们会留着，渤海也绝不会成为一潭死水！"

说罢，她深吸一口气，向他们抬手示意，随即一个猛子出了洞窟。

朱聿恒对江白涟一点头，立即跟了上去，似是怕她这一往无前的姿态，会被前方汹涌海水侵蚀吞没。

出了弯折洞口，向前探出水下洞窟，面前豁然开朗。

如他们所料，城池果然依山而建，他们从山中一个洞穴钻出，差点被面前激荡的水流卷走。

整座水下城池，已经被激烈的啸声和振荡的水波笼罩。

秩序井然的街衢巷陌、鳞次栉比的屋宇楼阁，如今全都如台风过境，已被夷为平地。

从海底涌出的狂风激浪，从他们的面前呼啸而过，那声波与水波共振，在海底隐隐回震。

众人的胸腑本就因为海底压力与无法呼吸而沉闷不堪，此时再受剧烈震动，都是气血翻涌。

在这涡流之中，上方有金紫红碧光彩波动。

阿南抬头看去，山巅高台矗立于乱流之中，五光十色，影影绰绰。那里高高在上，倒比城中安静。

她向江白涟比了个手势，见他确定自己能护住绮霞，便与朱聿恒一起贴着山坡向上游去。

他们放低身体，竭力贴着地面，以免被激烈的水流卷走，终于艰难地靠近了高台。

高台由一块块平整条石严丝合缝地垒砌而成，四壁陡峭，伫立于山顶之上。

他们贴着台壁急速向上游去，上面果然是青鸾气流的死角，他们终于松了口气，稳下身子。

台身四周有狭窄的楼梯盘绕，阿南对江白涟打了个手势，让他与绮霞先停在台阶上，自己与朱聿恒继续往上。

水城中混乱不堪，台上水流却异常平缓。

阿南一眼便看见了站立于高台四角的红色珊瑚火凤，每一只都与当初江白涟在钱塘海中捞到后进献上来的那只珊瑚凤凰相差无几。

钱塘湾水城的形制与渤海的相同，只是钱塘湾其中一只由于受震而脱落，被江白涟打鱼时偶然获得，最终才指引他们辗转来到了这里。

高台四周是大枝的白色珊瑚与五彩琉璃纵横围成的栏杆，中间是方方正正两丈见方的一块平地，只在正中有一个高约丈许的青铜镏金雕塑，是一尊庄严巍峨的四面佛。

佛像的身边，一只展翅飞舞的青鸾以尾相缠，盘旋在佛身左右，似与大佛一起守护这座水底城池。

大佛的身上璎珞缠绕，青鸾的羽间宝石相辉，因为持续不断的水波荡漾，栏杆上的琉璃片振动四面水波，慑人眼目，是以在极远的城外都能看见这边光彩氤氲，金紫动人。

可是，没有关大先生从应天行宫分来的三十六支琉璃灯。

阿南示意朱聿恒先别动，她来到青鸾后方，缓缓地从下方游到台上，踏着雕刻云纹的洁白石板，向内走去。

她极其小心，整个人几乎悬浮在高台之上，只用足尖轻点台面，以免惊动任何可能存在的机关。

可惜她毕竟身在海中，阻止不了周身的水流波动，台上原本舒缓的水流中，出现了一丝异常波动。

水流撩动了佛身那只青鸾，它口中冒着震荡的水波，圈在佛身上的尾巴是一个巨大的铜轨，倏忽圆转，喙口猛张，锋利的水波已向着阿南所在的地方直射而去。

阿南出生入死多年，早已养成了极为迅捷的反应，下意识地便侧转身子向着高台外倾去，直扎入下面水中。

朱聿恒一把拉住她下坠的身子，带她紧贴高台墙壁站着。

他们的上方，是青鸾喷射而出的利波，比下方整座城池中弥漫的更为锋利，笼罩护卫住高台四面佛。

天平机关，与拙巧阁中那个几乎相同的结构，这长久不朽的弹性机栝中，关键环节所用的想必也是鲸须。

只要有一处受压，万向旋转的机械青鸾便能感应，借这海中源源不断的水流作为动力，内部机栝连通洞窟空洞，发射出鸾凤形状的利刃波光，斩杀入侵城池的任何东西。

阿南与朱聿恒交换了一个眼神，指了指下方的佛洞。朱聿恒点了一下头，知道她是准备利用刚刚对付那些毫光的手法，一个人吸引水波的振动，另一个人趁机前往干掉青鸾。

再次拿出气囊，他们交替深深呼吸。

随即，一个向左一个向右，他们绕着高台游到两旁。

阿南向朱聿恒打了个手势，朱聿恒会意，先试着弹出几片日月，查看水下轨迹。玉片轻薄，在水流的波动中角度肯定会发生变化。等确定了干扰及纠正手法之后，他才瞄准台角的一只珊瑚凤凰，一击而出。

凤凰与高台相接的双爪立即断裂，向台边直直跌下。

察觉到这边水流波动，青鸾立即旋转，向着空中飞舞的珊瑚凤凰喷出锋利的气流。

气流如利刃切削向飞舞的凤凰。红珊瑚抵不住巨大的冲击，翅膀与尾巴等脆弱的地方立即被震断，随水散落。

与此同时，对面的阿南趁着青鸾旋转的时刻，一个猛子扎向四面佛，企图借此空隙接近佛身——毕竟那青鸾脖子朝外，它总不可能对着佛像喷出那种锐利水波。

就在她堪堪接近大佛之时，那青鸾已飞快旋转回来，迅疾地向四方直射出大圈的锋利气波。

阿南立即一个弯腰下沉，避过那横斩的气流，紧贴在地上躲过一劫。但气流横削，阿南胸口猛然一震，口中气泡混合血液冒出，几缕血色转瞬消逝在海中。

朱聿恒瞥见高台那边的血丝，大惊之下正要向阿南游去，头顶忽然传来异常的波动。

他抬头一看，不觉毛骨悚然。

原来，高台的波动又引来了鲨鱼。它们应当也是被水波卷入水城的，因这里的水波平静而聚集于此，看它们那目露凶光的模样，怕是早已多日未曾进食，正值饥肠辘辘。

如今他们被困在高台附近，怕是要让鲨鱼们大排宴席了。

朱聿恒紧握住手中日月，可这薄薄的玉片，面对这些巨大的鲨鱼，绝无胜算。他看向对面，阿南也已扣住臂环，但她的流光怕是更难伤及鲨鱼群分毫。

水压沉沉，让他胸口越发疼痛。朱聿恒终究还是咬一咬牙，不顾上头逡巡的鲨鱼，绕着高台游了半圈，会合到阿南身前。

阿南与他脊背相抵，手搭上自己右臂，对准了上头的鲨鱼，做好了防护反击的姿势。

鲨鱼如同幽灵般在水中游动，渐渐聚拢向高台。

阿南与朱聿恒紧贴着身后石壁，心里都不由得升起一个念头——这难道会是他们生命的最后一刻？

不由自主，朱聿恒只觉得心口跳得厉害，在这幽暗死寂的水下，他几乎可以听到自己胸口怦怦的声音，无法抑制，剧烈动荡。

他忽然想起那个暮春初夏的早晨，他在皇宫的护城河外一眼看见阿南和她鬓边的蜻蜓，那迷离闪烁的光芒让他一步步追寻，兜兜转转直至此处。

难道他一路艰难跋涉至此，是为了与阿南一起永远葬身在这怒海之下？

但不知为什么，在冰冷的水中，与阿南的背脊相抵，感受到彼方传来她肌肤的温度，他忽然觉得这样也好。

他是朱家的子孙，他绝不可能窝囊又不明不白地等待死亡来临，面对阴谋诡计选择束手就擒。

死在探寻的路上，总好过死于等待。

更何况，他并不是一个人赴死，他的身旁，有与他一起并肩作战的阿南。

因为心中难以言说的情绪，在这生死存亡之际，他忽然转过身，低头将自己的双唇在她的发上贴了贴。

希望下辈子，他们还能再重逢，还能一起面对绝境，杀出一个生天。

死亡来临，巨大的迷惘绝望让朱聿恒沉浸迷失了片刻。但他很快抬起了头，再度投入戒备状态。

阿南只感觉他在自己发间轻轻一触，尚未来得及察觉那是什么，第一条鲨鱼已经扑到。

她立即挥扬手中流光，直射向扑来的鲨鱼。

携带着轻微的气泡，流光疾射向那一张一合的鱼鳃，直刺内脏。

原本前游的鲨鱼，整条躯体一弓，上弹了足足半丈有余。深海之中耳朵受到重压，耳边只有低沉嗡鸣，但鲨鱼那剧烈挣扎的姿势，让他们仿佛听见嘶声哀号。

不等他们将目光从那条鲨鱼身上收回，第二条鲨鱼已向他们扑来。

朱聿恒的日月即将出手之时，阿南却将他的手按住了。

第一条受伤的鲨鱼在水中失控，横冲乱撞向他们前面那条。两条鲨鱼一起重重撞在他们身旁的高台之上。

与此同时，高大的台阙剧烈震动，让抵在墙上的阿南与朱聿恒维持不住平衡，差点随着水波往前冲去。

他们贴紧高台，抬头向上看去，只见上方青鸾再度喷出巨大的水波，将高台震得隐隐晃动。鲨鱼们被锋利的水波绞出好几道血淋淋的大口子。

高台之上一时血腥弥漫，鲨鱼受伤后狂性大作，向着他们一拥而上，而这巨大的水流又引得青鸾发动，震声不断，无数散乱的青鸾波纹不断向着四方飞舞，场面一时可怖至极。

阿南与朱聿恒在鲨鱼的追击下，又要闪避青鸾水波，一时左支右绌，顾应不暇。

胸口气血翻涌，他们闪避的动作已开始阻滞，却没办法腾出手来解下气囊缓一口气。

正在此时，眼前一道身影忽然从血雾中闪过，引动青鸾立即旋转，也让鲨鱼的注意力迅速转移。

那人的水性极为惊人，身形在鲨鱼和青鸾的乱流之中穿插，将所有对准他们的攻击全部引走——正是江白涟。

他在下方看到阿南与朱聿恒处于绝境，心下焦急，却又不敢放开绮霞。但绮霞却将气囊按在他的口鼻上，让他多吸两口，然后她将自己缩进台阶凹处，朝他用力点头，示意他放心去救人。

江白涟急速冲出，游上高台挡在了他们面前，引开了鲨鱼的注意。

他常年在水中，又是疍民，对付鲨鱼自有独到手段。双臂一展，自高台侧一滑而过之际，他抬手便抓住了一只站立在台角的珊瑚凤凰，双脚蹬在一条冲过来啃噬他的鲨鱼身上借力，迅疾转身。

凤凰的尾羽被一把掰断，他持着尖利的珊瑚枝，对准了上头的鲨鱼，转瞬之际已经戳进了它的眼睛。

眼见一错眼之际，江白涟已经吸引走了所有注意力并干掉了一条鲨鱼，阿南和朱聿恒这边压力陡减。

她朝朱聿恒一挥手，两人立即向着上方游去。

弥漫的血液遮掩住了他们的身影，趁着鲨鱼们疯狂扑袭江白涟、青鸾的力量又被鲨鱼们所牵制的空档，阿南与朱聿恒贴着台面补了两口气。

气囊内的气体鼓入不够，又是两人一起使用，如今已显浑浊，即使吸了好几口，也只是稍稍缓解胸口割裂般的窒息感，不足以让他们长久维持下去了。

高台外的鲨鱼还在疯狂撕咬，青鸾振动的声波让它们陷入疯狂，只顾凶性大发。

江白涟在鲨群中险险穿插，每每在最危险的时刻与利齿擦身而过，显然就算他水性无双，也没法在这么多的鲨鱼中坚持太久。

事不宜迟，阿南向朱聿恒一点头，一个纵身上高台，滚到了四面佛的脚下。

憋着最后一口气，阿南小心翼翼直起身子，检查四面佛的机关。

被鲨鱼引走的青鸾，为她接近的水流所牵动，只听到轻微的"嚓"一声，自佛身上旋转过来，向着她射出尖利啸叫。

阿南却毫不迟疑，翻身借着水的浮力向上跃起，踩在了青鸾的冠羽上。

那青鸾虽然在四面佛的周身圆转如意，但毕竟是青铜所制的死物，脖颈挪移的范围并不大，被阿南踩住头部正上方之后，只向着四周乱转，并朝前方疯狂乱喷气旋。

眼看阿南就要被甩出去之际，眼前光华闪现，是朱聿恒的日月盛开在了台侧。

水城在海面之下十来丈，日光透过海水照下来，已大为减弱。但日月引动波光，依旧绚烂无匹。

万千水流波动，青鸾立即被引走注意力，向着光芒闪耀处发动攻击。

见乱转的青鸾陡然一停，阿南立即从青鸾头顶跃起，不顾下方紊乱的气流，踩着佛像飘飞的衣袖，竭力爬上佛头。

她知道大佛的身躯内，必定隐藏着驱动青鸾的机栝，可这大佛做得光滑无痕，她仓促间搜寻一遍，竟找不到任何机关痕迹。

胸口越发窒息，她正在心急如焚之际，忽觉身边水流异动，抬头一看，她站在佛头最高处，又无遮无拦，原本纠结乱斗于江白涟身边的鲨鱼，不知什么时候已经盯上了她，有几条已经抛下了江白涟，向着她游弋而来。

阿南头皮发麻，全身所有神经都绷紧了，脑中飞快考虑自己该往何处躲避。

朱聿恒也看到了她的危境，但他手中的日月正牵引青鸾利波，根本无法再回手护住她。

幸好水波影动，江白涟抛下了自己面前的鲨鱼，向着她这边游来。他身后追着数条鲨鱼，却毫无惧色地直冲向更多鲨鱼的聚集地，又挑衅地在鲨鱼面前划出重重波浪，引得它们抛下了阿南，转而追逐向了更惹眼的目标，

阿南来不及庆幸，胸口窒息憋闷，已经再无时间。

她趴在佛头紧急查看，可镏金铜铸的佛头上毫无缝隙。铸造的肉髻整整齐齐，四个头颅做出喜怒哀乐四个表情，每个佛像额头，都嵌着一颗鸽血宝石，与镏金佛身交相辉映。

四面佛，他面向水城四方，似在永久地守护凝望这座城池。

阿南略一思忖，伸手在佛头上敲击。胸口窒息感越来越强，她已快要无法控制自己的呼吸，不得不按住口鼻，才能专注俯身倾听敲击声。

终于，她听到空洞的回音，在水下显得迥异。阿南立即弹出臂环上的小刀，一把挑开那座佛像的额头宝石，果然看见了后面显露出来的小洞。

她立即向朱聿恒和江白涟打手势，让他们注意变动。

江白涟正在鲨鱼群中左冲右突，看到她的手势，在躲避鲨鱼攻击的同时，更努力将它们引往后方，以便自己能趁空档去保护绮霞，顿时左支右绌。

而朱聿恒一边放出日月吸引青鸾的攻击，一边以尽量轻的动作翻上高台，向阿南靠拢。

阿南也顾不上他们了，臂环小刀探入佛像额头，试探里面的机关，以刀尖轻微的停顿与滑动为凭，她的脑中迅速画出隐藏在佛身体内的机关，并准确寻找到薄弱处，往勾连处一挖一撬。

水泡涌出，机栝启动的轧轧声在水下显得格外沉闷。

眼前螺髻旋转，大佛那原本紧紧靠在一起的四个头向四面八方分离倒下，卷起巨大的水波。

只听得呼啸声尖利，许是受到佛身震动，青鸾的声势更为巨大，水波陡然剧变，朱聿恒手中的日月再也无法牵引它泛起的利波，那聚散的光华被击得零落不堪，精钢丝也差点被截断。

朱聿恒当机立断，将日月陡然收回，整个人向着佛身扑去，要与阿南会合。

可惜他的水性不如阿南，身上又带着伤，终究未能赶在青鸾攻击之前及时跃上佛身避开攻击。

眼看青鸾的水波削向他的双膝，他的身体在水中失去平衡，整个人即将被拖入水刃中时，腰上忽然一股力量传来，将他整个人斜提向上，堪堪避过那几道纵横的水刃。

正是阿南，她在千钧一发之际发射流光勾住他的腰，让他偏离了攻击范围。借着她的力量，他立即上扑至佛身，然后纵身而上，抓住她伸来的手，站在了佛肩之上。

随即，他解下气囊递到阿南手中，让她赶紧缓几口气。

阿南确实憋急了，也不管里面的空气如何，深吸好几口后，才俯身扎到佛身中，查看里面的情形。

佛身约有三尺粗细，下方大约一丈处，便是大佛的肚腹。那里有机械轮杆在牵引制动，指挥着青鸾左旋右转，进行攻击。

杠杠顿挫，棘轮运转，机栝旋转。许是怕在水下生锈，而金银的硬度又不够，因此关键节点呈象牙色又弹性十足，显然是鲸须，连接的部件则由水晶制成，光滑且极其耐磨，运行起来异常顺滑，难怪青鸾的攻击能圆转如意。

但，下方结构复杂，仓促之间，她根本没有办法判断各自的关联，也找不出究竟哪些是控制青鸾攻击的，哪些是控制下方水城的。

抬头看向高台外，江白涟已将鲨鱼引到外面，正趁空隙拉着绮霞游了上来，靠近高台。

她知道必须要尽快将青鸾停下，以免绮霞和江白涟受损，便一把抓过朱聿恒的手，指指下方的机栝，在他手心写了"同时"两个字。

朱聿恒点头，又看向下方的机栝点。中心最耀眼的一处，他指给阿南，其余的则举起自己手中的日月示意。

阿南颔首，低头看见朱聿恒手指上被日月的精钢丝割出的细小伤痕，这双举世无双、让她一见倾心的手，如今上面布满了细小伤痕，又在海水中凌乱翻白，令她神情微黯。

朱聿恒却并不在意，只握了握她的手，两人收敛心神，阿南举起臂环，朱聿恒则操控日月，两个人一起对准了下方的机栝。

随着阿南一挥手，无数光点顿时向着下方射去。

从丛簇簇的水晶与石头中，所有正在运转的鲸须在瞬间被直击而中，崩裂阻滞。

但，机栝固然硬生生停住，可日月的青蚨玉薄脆，击打下去只见玉屑纷飞。

朱聿恒顿时错愕，气息一滞，差点呛到了水。他赶紧将日月收回，握在掌中一看，幸好鲸须柔韧，水晶脆硬，青蚨玉只崩裂了三四片。

可阿南替他做的武器，毕竟有了残损。

还未等阿南查看状况，佛身已剧烈震荡，青鸾发出最后的波动，大股的水伴随凄厉的啸声疯狂涌出，向着四面八方无差别横斩攻击。

正越过高台的江白涟与绮霞，眼看即将触到佛身之时，却在瞬间被狂暴的气旋与水流笼罩，眼看要被卷走。

阿南心下大惊，立即以流光钩住佛身，双脚一点腰身一折，在水中飞速前冲，一把抓住绮霞的手臂，将涡流中的她硬生生拉住。

尚未等她回转，只听得耳畔轰隆作响，被流光拉住的佛身忽然剧烈震动。涡流飞旋，支点震荡，她差点控制不住，要与绮霞和江白涟一起坠落于高台。

低头一看，她才惊觉，那正在剧烈震动的，并不是佛身，而是高台。

被他们摧毁的机栝与下方高台紧密联系，此时高台内机栝破碎，下方装置立即启动，整座汉白玉砌成的石台缓缓向下沉去。

巨大的浪潮与气泡自地下狂涌而出，在轰然席卷的水波中，他们本就窒息的胸口在巨震之中气血翻涌。

绮霞顿时被呛到，整个人佝偻蜷缩，痛苦不已。

周围震荡厉害，众人都控制不住身体，江白涟竭力将绮霞护在怀中，艰难地将气囊扯开，按在她的口鼻之上。

未等绮霞缓过一口气，夹杂着地下涌出的尘沙和气泡的浊流之中，忽然有灰白的影子闪过。

阿南一眼看见，顿时心下一凉——这些本应被江白涟引走的鲨鱼，不知何时又靠近了，还被激流卷过来，如今他们全都失控，眼看要在水中相撞。

这些鲨鱼皮糙肉厚，每条怕不都有数百上千斤，若在这激流中与它们相撞，定是生机渺茫。

如今最大的生存机会，可能就是躲进大佛的空身躲避。按照下方涌出的气旋来看，下沉的地方定然连接着巨大的水下洞窟，可以让他们暂避危机，找到机会从这座坍塌的水城中逃脱。

阿南当机立断，抬头看向朱聿恒，打了个手势。

他与她心意相通，在浊流之中不必看她的面容表情，只需她一个回头的动作，他便已明白她的意思。

日月疾射，于水流之中紧紧缠缚住了她的腰身，要借精钢丝将她拉回来。

阿南抓紧绮霞的手臂，可水流太过湍急，他们三人卷在激流之中，朱聿恒一个人根本无法对抗。他竭力扯住日月上的精钢丝，指尖因太过用力而被割出凌乱伤口，但最可怕的还是胸口的闷痛，长久未曾呼吸，又被急湍的水流冲击，窒息感似乎要撕裂了他的神经。

一手抓紧大佛的入口，一手紧握日月，他眼前涌上茫茫黑暗，知道自己定是支撑不住了。

但他无论如何都不肯松手，不愿放开被日月牵住的阿南，不愿一个人进入这正在随着高台缓缓下沉的大佛体内，躲避这如利刃般来袭的死亡。

毕竟，一生中总有些抉择，让他不甘认命，世上也总有些人，他无法放手。

即使所有人都对他寄予厚望，即使所有人都觉得他将来能掌控天下、被亿万百姓所拥戴，可此时此刻，唯一能被他紧握在手中的，与他生死同命的，只有阿南一人。

苍茫天地间，除了阿南，再无任何人。

阿南艰难地转头看他，激流将他的身影化成了模糊的影迹，可她却依旧可以看到他坚定执拗的姿势。

心口骤然一恸，她知道他无论如何也绝不会放开她。可当下这情形，他还要抓住她便是死路一条，结局只能是与她一起赴死。

在这冰冷的海水之中，阿南的胸中却涌起巨大的灼热。

人生一世，草木一秋，她这一世活得比大多数人都开心，又是死在自己一生浸淫的机关阵法之中，技不如人，就算死也能走得无怨无悔。

更何况，她的星辰已经陨灭，她的心已经死了。

可她的手上，还牵着绮霞。

她若放手，绮霞与江白涟便绝无生路，可她若不放手，又必定会将阿言也拖入绝路。

刹那之间，在疯狂乱卷的水涡之中，她心中的念头急转，拼命要找到一条生路，让自己所重视的人，都能在这生死关口，活下去。

激荡的水浪冲击着所有人，阿南尚未想出任何办法，已在下一刻被狂涌的激浪打得脑袋嗡的一声，思绪瞬间混乱，唯有下意识地紧紧抓着朱聿恒与绮霞不放。

而湍急水流中，前方出现了一头庞然大物。

那是一条黑灰色的鲨鱼，正被巨浪裹挟着，从对面斜冲过来，庞大身躯直撞向正中间的绮霞。

激流冲击之中，绮霞死死闭着眼睛和嘴巴，手中的气囊已遗失，连意识都昏沉了，又哪有办法看得到面前的危机。

可就算她看到了，在这激流中又怎有办法闪避。

她只是艰难地蜷起身子，希望至少能让自己的小腹减轻一些压力。

湍急混乱的水流之中，忽然有一双手自后方伸来，紧紧护住了她的腹部。

那双手托着她的腰身，将她竭力往前推送出去，险险避开了撞来的鲨鱼身躯，以毫厘之差让她脱离了险境。

是江白涟。他以自己无人可及的水性，在激流中寻到了合适角度的水流，以自己的身躯顶替了她的位置。

在鲨鱼重重撞到他身上之际，江白涟借着那冲击的巨力，竭尽身上仅剩的力气，再度推了绮霞和阿南最后一把，让她们从这股涡卷之中骤然脱出。

朱聿恒只觉手上压力陡然一轻，立即往回急扯，日月机栝收缩，六十六根精钢丝回弹，横逆水流之中的阿南带着绮霞疾速扑至。

朱聿恒立即伸手，带着她们贴到佛身之上，稍解疾卷水流的压力，随即拿出气囊让痛苦不堪的绮霞吸两口气。

绮霞却没有接过，她急切地回头，看向后方江白涟。

激流中，他只来得及看了她最后一眼，便迅速被卷走。

水城中混乱的水刃在他身上纵横削过。那天底下最适合游泳的身躯，那曾紧紧拥抱过她的双臂与胸膛，那曾依恋地靠在她怀中的脸颊，在瞬间被斩出道道血雾，随即，那血色与他的身影一起彻底被乱涛掩埋，再也不见踪迹。

高台渐渐坍塌，佛身下沉，外面全是呼啸乱卷的急流。

绮霞张了张口，似要大声疾呼，可口中水泡冒出，却再次呛咳出来，面上尽是无声的痛苦绝望。

阿南咬一咬牙，将目光从江白涟身上收回，身体紧贴在佛身上，低头看向中间的空洞，思索要不要进内躲避那些乱卷的涡流——毕竟，如此密闭的小空间，可以保护她们屏蔽水刃，但也可以将他们困死其中。

正在刹那迟疑之际，旁边绮霞忽然松开了扒着大佛的手，任由自己被水浪卷走，竟似要追逐江白涟而去。

阿南立即反手去抓她，可外面的水流何等迅猛，只一错神的工夫，绮霞已无声无息被水流卷走，眼看他们再也追不上了。

朱聿恒下意识地转身，举起手中日月试图将她拉回。

可日月在湍急的水流中不受控制，只从绮霞身后擦过，便差点被水流冲得纠缠在一起。

就在两人心口涌上无尽的绝望之时，原本已消失在旋涡深处的绮霞，忽然被一种古怪的力量，反推回了他们身旁。

她依稀看见了绮霞后方的水流波动。

一条若隐若现的身影，在乱流之中向他们游来，并向他们打了个手势，示意他们随自己来——

即使恍惚如梦，可朱聿恒依旧认出，这条身影，正是那个将气囊塞给他的人。

阿南则猛然攥紧了拳头，万万没想到，过来的人竟是他。

而他已将绮霞推到她的怀中，然后立即进了佛身。

阿南毫不犹豫，对着朱聿恒一示意，随之抱着绮霞钻入佛身，潜了进去。

水城光照昏暗，又在激流之中，朱聿恒未能看清那人的面容，只看到他清癯的身影，瘦长的轮廓，带着一种世外孤客的清冷恍惚意味。

与拙巧阁中那条映在藏宝阁门上的人影重叠，也与郏王船上那个身躯重合，让朱聿恒立时知道了他是谁——

傅准。

他为什么会出现在这里，又为什么要在他濒死之际留下气囊？

但阿南所去的方向，必定是正确的，因此他只略一迟疑，便随即进入了佛身。

阿南紧抱着绮霞，不让她再逃脱。佛身虽然有三尺粗细，可腹内立有机关，何况阿南还抱着绮霞，必须要紧贴着才能容纳。

高台下陷，剧烈震荡，朱聿恒刚刚进入佛身，上方的四个佛头已经在飞旋的水流中脱离。

有的被卷飞出去，有的砸在佛身上哐啷一声巨响，中空的铜制佛身渐渐倾塌，留在中间的他们眼看要被挤压成肉泥。

朱聿恒握住阿南的手，示意她决断上下。还未等阿南回复，眼前骤然一暗，佛身剧烈震荡，一个佛头被水流卷起，轰然卡在了佛身入口处。

朱聿恒立即在水中折身，抬腿上踹，想要将它推开。

然而佛头的重量加上乱卷的水浪，佛头又与佛身卡得极死，他们身处狭窄下方，没有任何办法将其推开。

他们如被困在铜罐之中，佛身摇晃不已，周边咔咔作响，似乎就要被挤成肉酱。

下方传来清脆声响，如冰玉相激，正是傅准穿过了机关，向下而去。

阿南抱着绮霞没他纤细灵活，只能抬起脚，狠狠向下踹去。

佛身中节节相连的杠杆与棘轮毕竟是水晶所制，虽然坚硬，却是精致脆弱的东西。在她竭力的踩踏之下，水晶立即断裂脱离，直坠入下方深不可见的黑洞之中。

强烈晃动中，他们随着水晶一起，任凭身体在破碎水晶上刮出血痕伤口，一直向下沉去。

在胸口发闷发痛之时，阿南的脚终于踩到了水底实地。

悬在空中的心终于落下了一半，她抬手卡住陷入半昏迷的绮霞肩膀，竭力向前游去，很快便抵在了一堵石壁上。

但阿南反而放下了心。毕竟，为了积存海水不让地下的空气冲出来，这机关中必须要有一道下弯。

她抱着绮霞，带着朱聿恒，追着傅准向下沉去。直等摸到石壁最下方的空间，再越过石壁，向上冲去。

她的脚奋力在水中蹬动，疲惫让她的手脚沉重，怀中的绮霞很沉，可是她一定得出去，她不能丢下绮霞、不能丢下阿言。

哪怕豁出了最后一口气，她也得带着他们，逃出这片黑暗的绝境。

在窒息与绝望中，她倔强地带着绮霞一直向上游去，用尽最后的力量，拼命向上，不管不顾。

越是往上，水面越是动荡，这上面定是无尽激流。

但激流就代表着上方是空的，这对于他们来说不啻圣旨纶音，顿时两人都拼尽全力，加快游速。

直到他们的头终于冒出水面，呼吸到了第一口湿漉漉的、带着海中的咸腥味狂扑到他们脸上的空气。

阿南那被水压迫得发痛的眼睛不由得涌出温热眼泪。她与朱聿恒拼命地将绮霞往上拉，在激荡的水中将她的脸托出水面，呼吸到第一口气。

这绝处逢生让他们忘却了一切，紧紧拥抱在一起，任凭身体在水中沉沉浮浮，久久不肯放开对方。

许久，他们才终于回过神，朱聿恒摸到腰间的日月，将它举出水面，照向四周。

他们的前面，是一条长长的石阶，从水底延伸向山洞高处。

傅准已经上了岸，站在台阶上居高临下看着泡在水中的阿南："狼狈不堪，退步了。"

"拜你所赐。"阿南在水下憋了太久，声音微哑，狠狠从牙缝中挤出四个字。

傅准笑了笑，沿着台阶向上，伸手在墙上拨动。

凹痕中火星迸出，引燃细长火线，迅速蔓延向高处。

山洞之中陡然大亮，洞窟顶端一盏三十六支琉璃灯从外至内依次点亮，熊熊燃烧的火焰经过琉璃与水波的反复粼粼折射，光芒氤氲灿烂，照得整个洞窟如一场朦胧又恍惚的幻梦。

原来行宫中被分拆出来、可以定位"山河社稷图"的琉璃灯，被放在了这里。

阿南不觉向朱聿恒看了一眼，朱聿恒也朝她点了一下头。

终于寻到了它，他自然得记下形状和光焰，以便回去复原那七十二支琉璃灯。

两人将绮霞拉上台阶，他们在水里泡了太久，出水后身体都是沉重不堪。绮霞更是眼前发黑，瘫倒在了台阶上喘息不已。

这一番水下折腾，骤见光明，他们更觉疲惫饥渴，在台阶上瘫坐喘息着，一时都没动弹。

而绮霞眼神发直，神情木然，似乎还没从刚刚噩梦般的情境中走出来。

阿南怕她还想不开，帮她将头发和衣服绞干，虽然疲倦至极，还是用力抱了抱她的肩，说："放心吧，江小哥水性天下无双，我想……或许他和我们一样，能找到路径，逃出生天呢？"

但其实她们心里都清楚，在那样的急流之中，在这样的水城之下，又怎么还有生还的可能。

绮霞默默将脸埋在阿南的肩上，静静地待了一会儿。

在生死之际走了一遭，又被阿南执着地一再拖出必死之境，那股悲凉的冲动渐散，她似乎也渐渐清醒了过来。

"带我逃出去……我要活下去，阿南……我不要死在这里。"她的手抚着小腹，明明还是平坦柔软的地方，可里面或许有个小生命已存在，一切便都不一样了。

"会的！"阿南的回答确切而肯定，毫无犹疑，"你会回去的，白涟也会，你们的孩子也会……"

"不会的。"傅准轻咳着，语带嘲讽道，"机关中枢被你们破坏，水城会沉入海底自毁，这里任何人——你们，还有我，再没有逃出去的可能。"

阿南与他有深仇大恨，正要反唇相讥，可脚下一凉，下面急流向上漫涌，已经过了她的脚踝。

她来不及和他吵架，用尽最后的力量与绮霞相扶往上。

台阶并不长，尽头是一座高高矗立的牌坊，后头是两扇巨大的石门。

这牌坊三间四柱，足有两丈高，以青石搭成，从花板到明楼、雀替等一应结构全为石刻。它在水下多年，却依旧雕花精致，坐镇在这路径尽头，气势威严。

牌坊正中刻着四个大字，贴以金箔。在地下多年，金字已变得斑驳，依稀可辨是"万壑归墟"四个大字。

"归墟……"阿南喃喃念着。

归墟，传说中海陆漂浮其上、众水所归的虚空之处。列子认为，归墟在渤海之东，没想到居然就在此地。

后方潮水汹涌，节节上升。阿南扶绮霞坐下后，赶紧越过牌坊，走到石门前查看。

门上雕着一座城市的模样，四方通衢的街道、鳞次栉比的房屋、珊瑚丛生的园圃……在琉璃灯与水波的粼粼映照下，显得华美诡谲，不似人间——分明就是这座水城模样。

而朱聿恒的目光则落在旁边石壁上，道："壁上有字。"

这字迹刻在洞壁之上，一笔一画十分清晰，在灯光下一眼可辨。

崖山之战，不屈胡虏而蹈海者百万，有幸存者寄居海岛，心怀故国。龙凤元年，大宋皇裔振臂而讨虏，天下云集响应，海外岛民咸归。贼酋纠众反扑，岛民孤悬海上，寡不敌众，阖岛忠义尽殁。但留遗言不葬元土，愿归渤海，死后必挟骇浪而灭北元。今奉龙凤帝之命，以一岛旧居为殉，殓葬于此。鸣鼍为浪，怒涛为守，千秋万世，永奠忠魂……

看到此处，阿南脱口而出："原来这宏大的水城，本来是一整座岛，而且还是龙凤朝重要的战略之地？"

傅准似笑非笑，抱臂倚在石门上，一双微眯的眸子被琉璃灯映成浅金色，带着些诡异的迷人意味。

想来也是，即便关大先生有天纵之资，在水下建造这一座城池也是千难万难，但若借助下方的海底空洞，让岛上所有屋宇沉入海中，倒有足以实施之处。

阿南转头盯着傅准，问："你既然能到这里，之前又曾派遣方碧眠去行宫做鬼祟之事，想必定有逃出去的方法？"

他笑着摇了摇头，咳嗽让眼角染上了薄薄的红晕："没有。"

朱聿恒若有所思地打量他。他的面色苍白，连手也白得过分，几乎可以透过皮肤看见纤细手骨。

他的手保养得很好，修饰得整整齐齐，诚然也修长而骨节分明，只是看不出太过超越常人的地方。

想着阿南终生再回不去三千阶，以及楚元知那双至今颤抖不已的手，都是拜琉璃灯下这个苍白清瘦的人所赐，朱聿恒一时竟难以接受，令江湖中人闻风丧胆，甚至连阿南都折在他手上的最强者，居然是这般模样。

他的声音不觉沉了下来，问："傅阁主，你们拙巧阁似乎对关大先生所设的这些阵法，知之甚多？"

"关大先生当年设下这些死阵，也是为了驱除异族，后来虽出师未捷身先死，但因为这些阵法太过凶险，他曾留下一份密档，详解各地阵法。"傅准叹道，"我祖母同为九玄门人，在出海之前将这些阵法关闭，又留言六十年甲子之期届满，阵法会有循环开启之虞，吩咐拙巧阁后人届时务必要前往查看，谁知我如今被困水城，也是出师未捷，唉！"

"既然如此，之前几场灾祸，你身在何方？"

"家父于二十年前骤然辞世，并未交付阁中要事。而当时我尚且年幼，并不知晓那份密档。"傅准捂嘴轻咳，声音低低道，"至于方姑娘，是她向我求取了'希声'之后，愿意作为交换，帮我去拓印行宫高台砖痕的，也是为了拿到这些阵法地图之故。"

"喔，只要砖痕，不需要灯光，因为你已经有了这三十六盏琉璃灯的线索了。"阿南一指斜上方的琉璃灯，道，"这证明，你曾经进来过这个水城，而且也曾顺利出去过！"

水洞被海浪所漫，本就空间不大，阿南又疾言厉色，声音在洞中隐隐回响。

傅准捂住心口，靠在墙壁上无奈道："有话好好说啊，阿南……你知道我气虚体弱，经不起吓的。"

阿南嘲讽地瞧着他："气虚体弱的傅阁主，刚刚在水下气息比我还足。"

"咳咳，毕竟我阴虚，宜水。"傅准咳了一阵，脸色微带潮红，那双浅色的眸子浸了水色，更显动人，"确实，我进来过这里。两个月前朝廷找我们借人手破水城，我才寻到当年的阵法密档，将其重启后发现了当年那些阵法。"

朱聿恒质疑道："既然朝廷已向你垂询此事，你若要查看行宫，并不需要方碧眠，大可自行前往。"

毕竟，行宫出事当日，他曾接到过圣上的飞鸽传书，让他勿近江海。可见当时祖父已经与拙巧阁接触，甚至可能派人见过傅准，才会知道接下来的灾祸与两个水下城池有关。

傅准朝他苦笑，道："有时间差啊殿下。我与方碧眠协商交换条件时，尚未与朝廷合作，只是借了薛澄光过去而已。他回来描述水下青鸾之事，我才察觉此事与祖母有关。"

阿南抬下巴示意了一下正汹涌漫上来的海水，问："那你之前进来，是如何出去的？"

傅准亦用下巴指了一下石门："这么大的门，南姑娘看不见？"

阿南最怵和这人磨叽，几步跨到那扇高大石门前，迅速查看了一番。

石门由洞壁凿出，与石壁紧密镶嵌，她摸索敲击了一圈，确定周围全是厚实石壁，才回头看向傅准。

傅准明白她的意思，走到石壁的刻字前，抬起双手同时按住上面的两个"龙凤"字样，用力撤了下去。

只听得轧轧声响，石门微震，似是立刻就要开启。

阿南立即扶起绮霞，紧贴在墙壁上，以免门后有水冲出来，将他们卷走。

可是，想象中的水势并未扑来，只有几股小小的水流喷了进来。

傅准放下手，一副用力过度的模样揉着自己的手："我说吧，出不去了。"

阿南这才想到，原先的石门内外应该都是空的洞窟，可如今水城已经沉降，门外自然被海水堵得死死的。他们现在要打开石门，等于要推开数十丈的重压海水，不啻万斤之力。

疲惫不堪紧贴在洞壁上的绮霞，听着他们的谈话，脸色泛白。

刚刚升起来的求生欲，如今又被掐灭，望着阿南的眼神既有惊惧又有希冀。

阿南扶着她，睨着傅准道："别担心，你看他那轻松自在的模样，像是逃不出去的样子吗？"

"说没有，就真的没有。"傅准朝她一笑，眉梢眼角隐现温柔，"说起来，咱们这两个身负血雨腥风的大恶人，能在此时此地同年同月同日死，也未尝不是难得缘分。"

"什么缘分，不过是我走了背运。"阿南咬牙切齿，只觉得在水下浸泡太久的手肘与腘弯又隐隐刺痛起来，"你放心，我死都不会和你待在一起！"

话音未落，她眼前猛然一花，面前通明的山洞一阵恍惚迷离，灯光闪烁跳跃，整个洞窟剧烈摇晃起来。

下方水波轰然漾动，一直激荡上升的海水，此时已顺着阶梯狂涌上来。

"完了！"绮霞紧紧贴着洞壁，声音颤抖，脱口而出。

看来，上方的高台和佛像已被冲毁，而水城还在持续下沉，海水就要彻底涌入这地下洞窟了。

见海水涌上来，阿南反倒眼前一亮，也终于知道了傅准为什么并不慌张。

她轻拍绮霞，道："别怕，这是我们逃出去的契机。待会儿里面的海水漫上来，门内外的力量便可以相互抵消，我们就能推动石门了。"

"确实，到时候石门就能畅通了。"傅准轻咳着，遗憾道，"不过这扇门后便是海底通道，一旦开启，内外海水相激相通……唔，阿南，你肯定知道会发生什么。"

拍着绮霞后背的手微微一颤，阿南当然知道——

内外水流同时加诸狭窄通道，会立即形成巨大旋涡，涡流速度比之普通激流增加何止十倍百倍，届时所有人卷入其中，将没有任何把握在那巨大的吸力下逃生。

她闭一闭眼，狠狠道："无论有没有把握，横竖是个死，死在旋涡中总比困死在这洞窟中来得痛快！"

傅准笑容中带上了讥诮，瞄了绮霞一眼，似乎在问，刚刚还拍胸脯保证，让她相信你的呢？

阿南没再理他。后方的水已加速涌入，汹涌的海浪越涨越高，鸣声如雷。转瞬之间，身材娇小的绮霞双膝已被漫过。

眼看潮水一波波涌来，她紧靠在石牌坊的柱子上，免得自己被冲走。

阿南向朱聿恒打了个手势，示意他与自己一起到门边检查情况。

石门做得极为牢固，刚好嵌合在石洞壁中，严丝合缝。除了几条细细的水流从门缝中喷射进来外，岿然不动。

阿南瞄了傅准一眼，低声道："等水冲上来，石门开启之时，我们得抱住石牌坊，免得被水浪冲走。我刚刚看过了，牌坊的青石柱子与地下结合得比较严密，或许能让我们在水中暂时寻找到支撑点。"

朱聿恒点了一下头，又看了绮霞一眼，问："她怎么办？"

"我会安排好的，至少得让绮霞安全逃出去。"

朱聿恒没有质疑，想了一下，只低低道："到时候我们一定不要分散。"

他的声音低沉，带着不容置疑的坚定，面对着即将扑上来的激涌海浪，无比恳切。

浪潮已没到了胸口，阿南只觉得朱聿恒的话语如海浪般拍击自己的心口，带来一种莫名的悸动与微痛。

在洞顶琉璃灯被淹没之前，她借着灯光，最后再看了朱聿恒一眼。

一起在海底经历这么多险难，一贯端严整肃的他也终于无法再维持皇太孙殿下的形象，湿发全都贴在脸上，脸颊有了红肿擦伤，眼睫毛上挂满水珠，十分狼狈。

这些瑕疵打破了他沉静严肃的气质，让他竟莫名有了几分稚气，他不再是高高在上矜贵无匹的皇太孙殿下，显露出了一个二十出头年轻人的本色。

心口怵动，她那一向无畏的心中忽然涌起巨大的不舍。

舍不得这美好人世，舍不得身边人，舍不得未曾到达的梦想，更舍不得他们可能拥有的无限未来。

自己的命、绮霞的命、阿言的命，如今全都牵系于她身上。

虽然她表现得坚定不移，可真等着水漫上来之时，天不怕地不怕的阿南，身体还是微微颤抖了起来。

她不能辜负了他们。

她真的很担心会让他们的信任落空。

在这漫灌的冷水中，身旁的朱聿恒轻轻握住了她的手。

这般黑暗冰冷的水下，只有紧贴的掌心给予着彼此一点温暖。

仿佛绝望中的一缕光芒照耀在她的身上，阿南用尽最后的力气，朝他笑了一笑。

水已经没过脖子，滔天恶浪即将扑灭他们，而他们要投入其中，打开一条生路。

谁也不知道，他们是否能逃离这可怖的海底，再见到天空与云朵，高山与平原。

琉璃灯已破碎于激浪，黑暗中几个人紧贴在石牌坊上，接受这最猛烈的一波冲击。

汹涌澎湃的海浪排山倒海袭来，他们同时被海浪重击，洞窟已被彻底淹没。

石牌坊摇晃了几下，终于险险立住。

等到晃动过去，阿南睁开眼。黑暗的水下，她借着日月微光，看到绮霞依旧死死抱着石柱，才松了一口气。

傅准再次按下龙凤字样，石门轧轧作响，却只晃动着，并未开启。

阿南一听这声音，立即便知道是水浪冲击石门之时，开门的机栝损坏卡住了。

她立即潜入水中，捡起一块鹅卵大的石头，扑向刻字的石壁。

傅准自然知道她的来意，略侧了一侧身。

阿南将手中的石头狠狠砸向刻字，一下，两下，疯狂地砸向龙凤二字。

但石壁厚实，水中阻力又让她使不上劲，敲击在石壁上的声音沉闷而毫无效力。

朱聿恒游到她的身后，接过她手中的石头，用尽全力砸了下去。

龙凤二字在水下骤然崩裂，显露出后方的机关杠杆。

阿南示意朱聿恒将洞口砸得更大一些，她扯过日月，往里面照了照。

黑洞洞一片，根本照不清是哪里出了问题。

她死死憋住最后一口气，将手伸进石壁后的空洞，摸索机栝结构，飞快确认各个零件的用处，并迅速确定了其中连通石门的那一条路径。

可是，出问题的那部分，远在他们看不到也摸不到的地方，显然没有任何办法能准确判定。

除非，他们将刻字石壁与石门之间所有的空洞敲开，否则，根本无法检查出哪一点出了问题——那是没有几个时辰绝对办不到的事情。

剧烈的运动让她憋气更为艰难，水压让她的胸口沉闷难耐，长久未曾呼吸的窒息感让她的动作难以支撑。可她还是固执地拿着石头，狠命敲击着，要用最后的时间寻到那一处机栝卡住的地方，死都不肯放弃。

手掌被人握住，手中的石头被人拿走。

是朱聿恒摊开她的手掌，在她的掌心写了"宝山时钟"四个字。

阿南的脑中，顿时瞬间闪过她年幼时搬运师父的时钟损坏，傅灵焰凭着几下敲击，便确定了损坏点的过往。

她在水下愕然睁大眼，看着面前的朱聿恒。

朱聿恒微微朝她点了一下头，然后将自己的耳朵贴在了石壁之上。

他的意思是，他要像当年傅灵焰一样，凭借着敲击机栝的声音，把卡壳的那一点找到。

阿南想告诉他，不可能的，即使他也具有棋九步的能力，可他初涉此行，对于机栝之学如此浅薄，如何能靠着天赋，弥补那几十年的经验？

但，事已至此，除此之外已没有任何办法。

　　既然阿言还没有经验，那便让她用尽全力，替他弥补上。

　　阿南一转身附在敲开的洞壁上，将臂环探入那个缺损的洞中，流光沿着机栝，向里面射了进去。

　　一直在旁边冷眼旁观的傅准，此时也终于游了过来。

　　他知道了他们要做什么，也不愿相信朱聿恒能凭借着听力寻找到那处故障。

　　只听得阿南的流光在空洞中掠过，叮叮当当声不绝于耳，偶尔碰到金属，但更多的是与石壁相碰撞的声音。

　　她立即收回流光，第二次便转换了角度，往金属声密集的地方击去。

　　虽然石壁后的零件并没有宝山时钟那么琐碎细小，可如今他们都已是强弩之末，心口跳动紊乱不堪。而且声音在水下听来，大多失真，洞壁坚厚，能传到耳边的更少。

　　在这样的生死关头，阿言所面临的困境，比之当年的傅灵焰更甚。

　　而他强迫自己冷静下来，不顾胸口那难耐的窒息疼痛，将头紧贴在石壁之上，竭力听得更清晰一些。

　　"淙淙"声是水流穿行波动，在石壁内久久不息；"擦擦"声是流光在洞壁上划过，低沉又令人微感不适；"铮铮"声是流光切过较小的机栝，声音清脆动听；"咔哒"声是机栝相接处被流光勾到，两种或者三四种高低不同的声音会随之波动开……

　　他闭着眼睛，仿佛忘了自己身在深海，一动不动附在石壁上，凝神仔细倾听。

　　阿南则不顾一切，一次又一次地用流光反复击打里面的机栝，不肯停歇。

　　水压沉重，因为窒息与大脑空白，朱聿恒精神有些恍惚，倒似屏蔽了一切外界混乱与杂音。

　　像是抽离了魂魄，他有一种神游身外的怪异感觉，好像贴在石壁上的不是他，而是他的影子，他整个人已经穿到了石壁之内，清清楚楚地看见了里面一切复杂机栝的连接与碰撞。

　　他慢慢地贴着石壁往后移动，仿佛追逐着流光，看见它穿过石壁、擦过金属杆子、缠上了一个棘轮又被阿南收回……

　　他的耳朵中，终于传来了一声不和谐的异响。

　　流光敲击过一片清脆的金属，在冷冷嗡嗡之中，夹杂着一声轻微嗒嗒声。

　　在这机栝交汇处，应该是大片不同的金属声音连成一片，金声此起彼伏的地方，绝不应该出现这样略带沉闷的声响。

　　他猛然睁开眼，朝着阿南打了个手势，示意她再向这边敲击一次。

　　与他一样贴在洞壁上倾听的傅准，终于忍不住转头瞧了他一眼，又看向阿南，那双总是微眯着的浅色眸子中，瞬间闪过错愕与惊骇。

这两人，一个女海匪，一个皇太孙，一个恣意妄为，一个高居朝堂。可，明明是截然不同的人生，但他们不知道哪里——或许是那种一往无前的姿态，又或许是那般不肯放弃的倔强，简直如出一辙，一模一样。

真没想到，这毫不相干的两个人，居然能并肩携手，或许以后，再也无人能抵挡他们。

这突如其来的发现，让他心口涌起一种难言的不安。

他的目光，不由自主地看向朱聿恒手中的日月。

如日之升，如月之恒。

这本应只有傅灵焰才能操控的武器，如今在水中幽荧发亮，照亮了那只举世无双的手，在水下显得虚幻而迷离。

傅准瞬间恍惚，但他随即转身，屏蔽所有念头离开了洞壁，游到了石门旁边。

是不是棋九步、他能否与阿南并肩，都不重要了。

毕竟，能活着离开这里，才有意义。

绮霞望着阿南，吸着气囊中最后的气体，在心中茫然地一遍又一遍想着江白涟。

她想着八月十八汹涌大潮他乘着莲花破浪而来的姿态，想着他在水下紧紧拥住自己的结实双臂，于是便也不再太过害怕。

无论如何，她的人生里面，出现过那个永远十七八岁，蓬勃年少的江小哥，这让她此生不再惧怕水下，不再惧怕黑暗。

而阿南已经再次射出流光，击打在刚刚那一处地方。

再次听到那声音，朱聿恒用了片刻确定方位，旋即捡起地上那块石头，朝着洞壁毫不犹豫地尽力砸去。

刻字的洞壁后方，原本便被掏空而设置机栝，此时在他重重击打之下，石壁终于崩裂，裂缝的中心被他用力敲出个巴掌大的小洞。

阿南立即游了过去，朝洞内一望，洞后的机栝中，赫然有一块卡在棘轮中的碎石，将那轮子咬死不放。

她一把抓住石头，将它从棘轮中迅速清掉，然后朝朱聿恒一点头，拉住他的手腕，带他游回了石壁前。

被敲掉了“龙凤”二字的石壁上，黑洞洞的后方只残留着两根压杆。

这一番漫长的历险，到此时他们都已经精疲力竭，可看着这最后的希望，身上不知从哪里又涌出了力气。

生死存亡，在此一举。

朱聿恒抬起右手，将掌心放在一根压杆的上方，看向另一边的阿南。

但阿南却悬游在她那根压杆之前，转头看向了牌坊，骤然向石柱那边伸出了手。

流光在水下一闪，细微如蛛丝般绕过了正在牌坊后合十祈祷的绮霞腰部，又继续向水下穿梭而去，飞快缠上了傅准的胸部。

一拉一扯间，流光缠绕过二人，阿南又在臂环上一按，流光从她手腕松脱，傅准已被紧紧地跟绮霞捆缚在了一起。

日月珠光在水下太久，已显黯淡，照不出那边傅准的神情，但依稀看到他立即扯住流光，试图将其解开。

阿南当机立断，回身朝向朱聿恒，伸出左手斜斜向下一挥，两人的手掌同时向着杠子压下。

大股的水骤然奔涌，窒息黑暗的水下，长长的"吱咔"声终于传来，那道石门震荡着缓缓打开。

内外水流同时交汇激荡，傅准预计的旋涡随着石门打开的瞬间形成，一股巨大的吸力贯穿过水洞，将他们所有人的身体向外疯狂扯去。

那力量太过强大，坚实的青石牌坊已摇摇欲坠。

傅准恼怒地扯了一下身上的流光，想将它抛离。可阿南手法刁钻，流光的精钢丝将绮霞与他绑得死死的，一时根本无法解开。

他恨恨地一脚踹在牌坊之上，在激流中飞扑向了慌乱抱柱的绮霞，一把抓住了她的衣领——

毕竟，他们现在是真正拴在一条线上的蚂蚱，她要是被水流卷走，流光如此锋利，非将他的胸部勒断不可。

要想活下去，他只能带着绮霞一起逃生。

而石壁前的阿南与朱聿恒无处借力，眼看便要被水流疾卷入洞中。

在令人无法睁眼的激流之中，阿南感觉到了朱聿恒的竭力接近。她只来得及错愕看了他一眼，便已经被他紧紧抱在怀中。

箍紧的双臂，像是永生永世也不愿再放开她一般，竭尽全力，至死不渝。

下一刻，激荡的水流奔涌而至。

朱聿恒手中的日月，在旋涡疾卷的刹那，卷上了他们的身躯。

青石的牌坊被旋涡拔起，洞中所有东西皆遭涤荡，他们两人的身躯彻底失控，被裹挟着直冲向石门彼端。

阿南的手，不由自主也紧紧回抱住朱聿恒坚实的背脊。

呼啸而过的激流，疯狂跳动的心口，混乱的血脉声在耳边激荡，整个世界瞬间黑暗。

在失去意识之前，阿南心中忽然闪过一个念头——

就这样与阿言死在一起，让他这双手紧紧拥抱着自己永沉海底，这算不算也是一种得偿所愿，人生圆满？

毕竟，这是她梦寐以求的，一生中最心动的一双手。

湍急旋涡之中，唯有日月光华旋转，如万缕通透的情丝，将他们两人的腰腹紧紧捆束在一起，再也无法分开。

尾声

今我来思

江南有三秋桂子，十里荷花。

杭州的秋天，残荷金黄，烟波浩渺，偶尔一阵风送来，桂花香便飘散于大街小巷，正是一年中最好的季节。

日头还有些热烫，绮霞坐在医馆的桂影中，抬手遮住自己的眼睛，抬头看向上方。

一簇簇一丛丛的金色小花簇拥在绿叶间，微风拂过，细小的落蕊擦过她的脸颊，带来温柔的微痒感。

阿南送的松香缎马面裙上落满了桂花，绮霞抬手将它们轻轻掸去，忽然在心里想，阿南要是在这里的话，肯定要做了桂花糖和自己一起分享。

这世上，和她一样又爱吃又贪玩的人可不多见；能与她手挽手去偷窥街上俊男靓女的更是罕有；而在必死的危难中，能奇迹般让她逃出生天的，只有她一个。

正有些伤感之际，忽听得医馆的婆子喊她："绮霞姑娘，请进来吧。"

驰名杭州府的妇科圣手，在保和堂坐诊五十年什么人没见过，也对她的体质啧啧称奇。

老头在她腕上搭着脉，口中说道："之前你月事不净，我以为你这辈子没养娃的指望了，结果你那个恩客董相公流水价花钱，各种滋补下来，你居然调养好了，还怀上了……"

绮霞欣喜又伤感地抚摸自己的小腹："那，大夫你看我的孩子，目前状况如何？"

"不太好。没见过你这种人，都有身子了还把自己折腾成这样，现在整个人气虚劳损，胎气羸弱，难办。"

绮霞弱弱解释："我也不想落水的，没办法啊……"

老头撒开她的手腕，皱眉道："行了，滑胎药你要哪种？平时不喝避子汤，现在怀上了可要一番折腾了……"

绮霞心下一惊，忙道："这孩子，我要的！"

老头诧异地看她一眼："要什么要？教坊的姑娘居然要孩子？人家都是怀上了打不下来才勉强生的。"

"我要的！"绮霞一字一顿坚定道。

老头捻须打量她，道："那你跟孩子爹说，这娃没问题。只要肯花钱，我保你七个月后瓜熟蒂落，生一个白白胖胖的娃娃！"

见他这样说，绮霞眼圈一红，声音有些许哽咽道："好，无论如何，付出一切，我也要把孩子好好养下来。"

走出保和堂，门外等她的卓晏在一群来看妇科的大媳妇小娘子中间显得格外惹眼。

家中出事后，他低敛了一段时间，但毕竟本性难移，过了那段日子，他又开始蠢蠢欲动，虽然无法再穿飞鱼服，可服饰又锦纹鲜亮起来了。

"怎么样，大夫说情况还好？"卓晏将手中的芭蕉卷递给她，绮霞从中拈了一颗盐渍梅子吃着，说："大夫说没什么大事，你陪我去买点布料吧，我要学着做小衣裳了。"

"真想不到，以前在教坊中就数你最讨厌小孩子，结果你现在居然要当娘了。"卓晏觉得自己心情有点复杂，抓了颗梅子一咬，一股酸气直透胸口，"话说回来，你真的要离开教坊了？"

"不然呢？我可不愿意让孩子在教坊司长大，将来和我一样。"

"幸好有阿南啊，她一句话，就帮你解决了一切。"卓晏感叹道。

绮霞啃着梅子，沉默点头。

其实她与阿南发现自己可能有孕之后，很快便遭遇了变故，想来阿南也只能仓促对阿言提一两句。

但因为是阿南拜托他的事情，他立即替她办好了。

等绮霞回到应天教坊司时，便发现朝廷早已传了脱籍文书过来，甚至返还了这些年来她所交的脂粉费，随时可以带着钱走人。

"离开教坊司后，你准备怎么办？"

"说起来你不信，我现在可也算是个小富婆了。"说到这个，绮霞的情绪欢快了些，"顺天教坊司前几日已将我历年缴纳的脂粉钱送返了，哇，你肯定想不到我这些年被他们搜刮了多少钱！如今我拿着钱在河坊街买了个铺面收租，又在后面巷子置办了一处宅子，雇了一个婆子在家打理，下半辈子我只当包租婆，生活也绰绰有余啦！"

"那敢情好啊，带我去认认门？"卓晏也为她欣喜。

两人在布庄买了匹触手柔软的松江细布，便来到清河坊。绮霞买的铺子门面不大，但面对着熙熙攘攘的街口，被人租去卖四季果品和糖果蜜饯，生意十分兴隆。

此时正有一家三口过来店里买糖。父亲清秀温文，手中拎着大包小包立于门外，静等着里面的妻儿挑选东西。孩子母亲戴着帷帽，虽看不清面容，但玲珑的身材与轻柔的声音，也令人感到可亲。

那孩子十二三岁左右，长得十分机灵漂亮，买了几包杂糖交到父亲手中后，又拉着母亲去看蜜饯，冷不防一回头，他顿时对着门口的父亲叫出来："爹，你又偷吃我的糖！"

抓着松子糖刚送到嘴边的父亲尴尬无比，只能苦笑道："小北，家里买的糖，我也有份。"

"昨天晚上你还捂着牙在床上打滚，对阿娘说自己再也不吃了！"

"哪有打滚……一点点痛而已……"他讪讪地捂着腮帮子道。

"哼！等阿南姐姐回来了我要跟她告状，让她给我造个你一摸糖就会被打手的机关！"

卓晏强忍住笑，走到这一家三口面前："楚先生，楚夫人，好久不见。"

偷糖被儿子当街喊破，又被熟人撞个正着，楚元知颜面大失，耳根都有些发红："久违了，卓少何时从山东回来的？"

"已有几天了，在楚先生之后回来的。"他说着，笑嘻嘻地拍拍楚北淮的小脑袋，"小北，别欺负你爹，大人不能管太死，知道吗？"

楚北淮根本听不进去，只问："阿南姐姐回来了吗？她上次答应教我做的捕鱼笼我还没学会呢。"

"她……"卓晏一时不知该如何回答，只回头看向绮霞。

绮霞眼圈微红，见几人都看向自己，只能勉强道："快了，我想她一定很快就回来了……"

楚元知心知不对，便道："我家就在附近，不如卓少和这位姑娘过来喝杯茶吧。"

　　到了楚家门口，绮霞错愕地咦了一声，指了指旁边紧闭门户的小院，说道："那是我新买的宅子，原来咱们竟是邻居了。"

　　两家虽没贴着墙，但中间只隔了一条三尺小巷，倒真是巧了。

　　楚元知恍然道："难怪前几日我看到有人在修整院子，原来是姑娘你住进来了。如此甚好，那以后大家就是邻居，内子对这一带十分熟悉，你有什么事情尽可找她。"

　　金璧儿也对绮霞微微点头。

　　只有楚北淮还记挂着自己的疑问，扯了扯绮霞的衣服。

　　见绮霞欲言又止，楚元知示意儿子别心急，几人进了内院，他让儿子帮妻子去烧水煮茶，才问卓晏："还未寻到殿下的踪迹吗？"

　　卓晏黯然点头道："圣上特意指派了七宝太监前往搜寻，太子殿下更是亲赴渤海，朝廷如此多的人手在渤海上搜救，我想……不日便能找到了。"

　　口中这样说，但他的神情却让楚元知了然，这么多天过去了，他们依旧杳无音信，怕是凶多吉少。

　　绮霞却道："阿南会与殿下一起回来的。我都能死里逃生，他们怎么可能回不来呢？"

　　楚元知听她讲着水下遭遇，沉吟问："那最后，你是怎么回来的？"

　　"我也不知道……在那个可怕漩涡把我卷进去前，我好像感觉到阿南把我和拙巧阁那个傅阁主绑在了一起——不过我当时并不知道他是谁，直到出水醒来后，才知道他的身份……"

　　绮霞醒来时，已经身在东海瀛洲。

　　拙巧阁随傅准下水的人不少，但黑暗曲折的洞窟中，就连薛澄光都迷失了，能到达最终机关中枢的只有傅准，也只有不到三分之二的人勉强从水下逃生。

　　阁中出现如此巨大变故，傅准这个口口声声说自己虚弱的人，过来瞧她的时候，脸色比水下更为苍白阴郁。

　　他将一卷白色的细丝丢到她的面前，郁闷道："下次见到阿南的时候，把这东西给她。"

　　绮霞捏了捏，见是一束入手冰凉坚韧无比的丝线，也不知道是干什么用的，但听到他的话，她枯槁的心中似乎注入了灵泉，整个人顿时活了过来："下次见到？你的意思是，找到阿南了？她回来了，那、那江小哥呢？"

傅准慢悠悠地靠在窗上，抱臂望着窗外那尚未修复好的玉醴泉，道："暂时还没回来。不过祸害遗千年，像她这种煞星，哪片海敢收了她？"

巨大的失望让绮霞怔怔呆了许久，才问："那，皇太孙殿下和其他人……也没找到吗？"

"他们当时捆成个粽子，比我们更紧，你说逃得了谁？"

"他们在一起也好，至少，朝廷会倾力去救他们的，一定能找到他们的……"

傅准没搭理她，声音转冷："阁中不许外人停留，看在阿南的面子上我让你养伤多日，这份人情以后我会找她讨还的。你走得动就快点走吧，免得让她欠我更多。"

绮霞心急如焚，自然也不肯在这里多待。身体恢复些后，她便强撑着身子搭乘航船沿长江而上，返回应天。

看着面前的卓晏和楚元知，绮霞想起一件事，赶紧告诉了他们。

在她乘船逆流而上之时，曾与另一艘顺流而下的船擦舷而过。

靠在船窗边闷闷想着心事的她一抬眼，看见了对面那艘船上一个风姿绰约的碧衣少女。

她当时愕然睁大了眼睛——那是方碧眠。

本已在蓬莱被擒的她，如今手中拈着一束白菊，正回头与身旁的一个男子说话，笑靥如花。

那白衣公子沉静地望着两岸远山，不言不语间自有一种清雅高华的气质。

那晚方碧眠以"希声"将她溺在水中的记忆太过可怕，绮霞不由自主地将自己的身子往窗后缩了缩，只从窗棂后盯着方碧眠看。

两人不知在说什么，方碧眠笑盈盈地抬头仰望着白衣公子，面颊娇艳若初绽芙蓉，眼中那种憧憬映着日光波光，足以令世上所有人心折。

就连心中还在惧怕她的绮霞，也不由得被她容光震慑，看呆了一瞬。

但那白衣公子只对方碧眠摇了摇头，随即转身便进入了船舱，头也不回。

船身已经擦过，绮霞又躲在窗内，便劲凑到窗棂前也看不见她的反应与神情。

只有江心涟漪荡开，一束白菊花被狠狠抛入江水中，落花流水漂散，最后被波浪卷走了所有踪迹。

"方碧眠确实被青莲宗救走了。那日逆贼焚烧蓬莱阁，趁火打劫，朝廷伤亡颇重。"

但山东如今正全力搜寻皇太孙殿下的下落，哪还顾得上抓捕方碧眠，居然被她逃脱了。

皇太孙失踪，朝廷束手无策，他们几人在这边干着急，也是无计可施。

告别了楚元知，卓晏陪绮霞回家。

婆子把家里洒扫得干干净净，小小的庭院内落满阳光。

两人坐在葡萄架下，葡萄颜色尚还青翠，但已经有鼓胀胀的漂亮模样了，一串一串挂在日光中十分喜人。

两人有一搭没一搭地聊着，最后卓晏说："再给我吹一曲《阳关三叠》吧，以后可能很难再听到你的笛子了，我还真有点舍不得。"

绮霞给笛子贴着膜，笑道："我虽不在教坊了，但你要是想来也依然可以来找我呀。白涟与你也是朋友，将来我的孩子还要叫你一声伯伯呢。"

卓晏凝望了她一瞬，道："我被调去凉州卫所了，一年半载怕是不会回来。"

绮霞诧异抬眼："怎么突然要去那种地方？我听说那里可偏僻荒凉了，你过惯了富贵日子，能适应吗？"

卓晏叹了口气，说道："我也老大不小了，整日混迹花丛确实没意思。之前殿下替我谋划过，让我可去边关参军，他将我安排到了与父母相近的卫所，我随时可以拿着公文过去。我们卓家以前是靠军功起家的，如今我也算是继承祖业，从头开始。"

听他作此抉择，绮霞有些疼惜但也有些欣慰，道："也好，男人总得替自己打拼一番事业，那我便在这里预祝你平步青云，早日衣锦还乡了！"

"看，你又拿对其他男人那一套来敷衍我了。"卓晏在葡萄架下伸展四肢，笑道，"当兵的人要平步青云，那不得来几场大战？到时候边关不宁，百姓苦不堪言，都要赖你头上。"

绮霞自己也笑了，她认真地望着卓晏，轻声道："塞外苦寒，务必保重。"

卓晏郑重地点了点头，目光落在她依旧窈窕的腰身上，说道："你也是。"

天气晴好的秋季，绮霞一个人在杭州等待着。

她给孩子缝的衣服，针脚还是那般拙劣，歪歪斜斜的绣花和当初船舱门帘上的鸳鸯一样，总是不成样子。

"可能这辈子也当不了贤妻良母了，亏待了你爹，又要亏待你啦。"她摸着肚子，和自己的孩子说些无聊的话。

有时她会逛到钱塘江边去，在疍民聚居的岸边，买上一条鱼、几只虾。

她记得江白涟的船，被他修补好的船舱内，他娘也会坐在秋日中缝缝补补，晒着太阳。

江母认出了有一面之缘的绮霞，笑着招手让她上船来坐坐。

绮霞按照疍民规矩，脱了鞋子上船。

日光温煦，水风轻缓，江母给她煮了上次一样的枣茶，又见时近中午，便将船尾炉子上正在煎的刀鱼给她端过来。

"这东西啊，这时节不多见，是白涟朋友今天打到了，就送了两条给我。"说到江白涟，江母的脸上满是笑意。

绮霞接过她递来的筷子，和她一起吃了半条，然后将鱼头连着骨头掀走，再吃下面的鱼肉。

她现在吃鱼，已经不翻身了。

江母见她这么懂规矩，不由得笑了，显然是想起了上次她过来时处处犯忌讳被打出去的遭遇。

"姑娘也会我们这些水上人家的习惯了？"

"嗯……一个水性很好的朋友教的，和他在一起后，自然而然就会了。"

绮霞慢慢嚼着这鲜美清甜的鱼肉，觉得眼睛热热的。

已经养成的习惯，可能这辈子都不会再改了。

她尽量维持表情自然，问："江小哥出去挺久了吧，还没回来吗？"

江母满脸放光道："他这回可出息了，被朝廷征召去了蓬莱，好像是上头大官亲点的。自他走后，州府衙门按月过来给我送钱粮，我也不知他是干什么大事去了，总之肯定是好事。"

绮霞咬紧下唇，点了点头，江母见她神情有些不对，正在诧异，她已经捂住口，干呕了起来。

江母忙给她递茶，问："怎么了，吃不惯这鱼腥味？"

"不，没有腥味，是……"她轻抚着肚子没有说话，但江母也是女人，哪有不知道的，顿时眉开眼笑道："哟，这可得恭喜姑娘了，哪家的小子这么有福气啊？"

绮霞没回答，只勉强笑了笑。

"既然有喜了，可得注意点身子，少吃蟹，多吃虾……"江母絮絮叨叨和她说着。若在以前，绮霞大概会嫌弃老妇人多嘴，但此时她只安静听着，一字一句默然点头应了。

"对了，可以托人去普陀求个信物，特别灵验！"江母说着想起一事，笑道，"白涟生在寒冬腊月，瘦小枯干的，自小多病多灾。我们疍民又不能下船寻医，当时真以为这孩子养不大了，后来岸上有人帮我们去普陀求了个开过光的锁——有钱人家的孩子求金锁银锁，我们只能求了个最小的铜锁，结果打那之后，这孩子受了上天庇佑，下河入海长得高高壮壮的，十三四岁就弄潮夺标，你说，这可不灵验吗？"

——可那铜锁，已经被我弄丢了啊！

绮霞喉口哽住，心下不由得涌起无数悲哀难过。

"所以这些年来啊，他走南闯北，各处行水，我一点都不怕。有那个铜锁在，就能镇住他的命，再怎样的险风恶浪，说不定明天他就回来了。"

绮霞怔怔听着，脸上的泪水忽然就流了下来。

江母诧异问："姑娘，你怎么了？你现在可是有身子的人，再怎么样，也要开朗一些，不能伤感啊……"

她拼命点头应着，不敢多留，仓皇下了船。

踩着遍地的黄叶，在沙沙的清脆声响中，她提着江边买的鱼，慢慢走回自己的小院去。

她想着不顾一切将她从深渊中救出来的阿南，想着手握日月照亮黑暗的阿言，想着心中那条破浪而来、动人心魄的身影……

她抚着自己的小腹，仿佛可以看到那里面的小生命正在渐渐成形，长成江白涟的模样。

她想，这个孩子一定很会游泳，会像他爹一样，纵有万千人踏浪弄潮，都是拔头筹的那一个。

不管是儿子还是女儿，这孩子一定很像自己，也很像江白涟。

她抬手擦去眼泪，拼命呼吸着，让自己不要陷于伤心绝望之中。

毕竟，再怎样的险风恶浪，说不定明天，他们就回来了。

阿南会回来的，阿言会回来的，江白涟，也会回来的。

【司南·逆鳞卷 完】

图书在版编目（CIP）数据

司南. 逆鳞卷 / 侧侧轻寒著.

—武汉：长江出版社，2022.3

ISBN 978-7-5492-8249-4

Ⅰ. ①司… Ⅱ. ①侧… Ⅲ. ①长篇小说—中国—当代 Ⅳ. ① I247.5

中国版本图书馆 CIP 数据核字（2022）第 043333 号

司南·逆鳞卷 / 侧侧轻寒 著

出　　版	长江出版社	
	（武汉市解放大道 1863 号）	
选题策划	林　璧	
市场发行	长江出版社发行部	
网　　址	http://www.cjpress.com.cn	
责任编辑	陈　辉	
特约编辑	林　璧	
印　　刷	北京盛通印刷股份有限公司	
版　　次	2022 年 3 月第 1 版	
印　　次	2022 年 3 月第 1 次印刷	
开　　本	700mm×1000mm　1/16	
印　　张	24	
字　　数	485 千字	
书　　号	ISBN 978-7-5492-8249-4	
定　　价	52.80 元